CLAIRE ASKEW

Todesschweigen

W0215013

GOLDMANN
Lesen erleben

Buch

In Edinburgh ist Detective Helen Birch auf dem Weg zu ihrer neuen Dienststelle, als sie zu einem Einsatz gerufen wird, der sie zutiefst erschüttert: ein Amoklauf am Three Rivers College. Der junge Ryan Summers hat dreizehn Studentinnen erschossen, dann die Waffe gegen sich selbst gerichtet. Was bleibt, ist die quälende Frage nach dem Warum. Während sich die Medien mit Spekulationen überschlagen, führen ihre Ermittlungen Helen Birch zu Ryans Mutter Moira sowie zu den verzweifelten Angehörigen der Opfer, unter ihnen Ishbel Hodgekiss, die Mutter der toten Abigail. Doch beide Seiten verbergen Geheimnisse, und die Wahrheit scheint Helen immer mehr zu entgleiten …

Autorin

Claire Askew studierte an der University of Edinburgh Kreatives Schreiben und arbeitet neben der Schriftstellerei im Bildungsbereich. Sie wurde u. a. mit dem New Writers Award des Scottish Book Trust ausgezeichnet und für ihren Debütroman »Todesschweigen« mit dem Lucy Cavendish Prize. Claire Askew lebt in Edinburgh.

Claire Askew

Todesschweigen

Kriminalroman

Aus dem Englischen
von Michael Benthack

GOLDMANN

Die englische Originalausgabe erschien 2018 unter dem Titel »All the Hidden Truths« bei Hodder & Stoughton, an Hachette UK company, London.

1. Auflage
Deutsche Erstveröffentlichung Dezember 2018

Umschlaggestaltung: UNO Werbeagentur, München
Umschlagmotiv: Bianca van der Werf / Trevillion Images
Redaktion: Susanne Bartel
KS · Herstellung: kw
Satz: GGP Media GmbH, Pößneck
Druck und Bindung: GGP Media GmbH, Pößneck
Printed in Germany
ISBN: 978-3-442-48842-1
www.goldmann-verlag.de

Für alle Studierenden,
mit denen ich am Edinburgh College
zusammengearbeitet habe.
Ihr habt mich viel mehr gelehrt als ich euch.

Der Tag davor

13. Mai, 12:30 Uhr

Das Gesicht in die Sonne gestreckt wie eine Katze, saß Moira Summers auf dem Oberdeck des Dreiundzwanziger-Busses – es war der erste *richtig warme* Tag im Jahr. Sie spürte, wie der Bus ruckelte, als er sich den Mound hinaufquälte. Den Blick aus dem Dreiundzwanziger hatte sie immer schon besonders gemocht: rechts das Castle, schwarz und aus Stein gehauen, wobei es schien, als würde es aus den ausschlagenden Bäumen in den Princes Street Gardens emporwachsen. Links die New Town mit ihrem klug angelegten Straßennetz. Im Sonnenschein sahen das Kaufhaus Jenners und das Balmoral Hotel aus wie vergoldete Pralinenschachteln, und das Scott Monument wirkte wie aus einem Modellbaukasten zusammengesetzt. Alles unwirklich.

Widerwillig drückte Moira die Klingel, erhob sich von ihrem Sitz, ging den Mittelgang entlang, kletterte im schaukelnden Bus die Treppenstufen hinunter und stieg an der National Library of Scotland aus. Die doppelflügelige Eingangstür des Bibliotheksgebäudes wurde von einer Gruppe Schulkinder belagert. Moira war angespannt. Sie war hergekommen, um in der Bibliothek in Ruhe für ihr Open-University-Examen zu lernen. Doch schon bei dem Gedanken, an einem so schönen Tag im dunklen, bedrückenden Lesesaal zu sitzen, machte sich ein düsteres Gefühl in ihr breit. Und wenn auch noch eine ganze Schulklasse im Lesesaal herumlief, würde sie so gut wie nichts schaffen.

»Stellt euch zu zweit auf!« Die junge blonde Lehrerin stand oben an der Eingangstreppe. »Zu zweit, zu zweit!«, rief sie den Teenagern zu, die sie nicht beachteten. Die Schülerinnen und Schüler waren um die dreizehn Jahre alt; allerdings konnte Moira in letzter Zeit das Alter von Kindern immer schlechter schätzen. Sie hielt sie stets für jünger – ihr eigener Sohn, Ryan, war zwanzig, und obwohl er wie ein Mann aussah, war er in ihren Augen zehn. Höchstens. War die Zeit so schnell vergangen?

»Zu zweit!«, rief die Lehrerin wieder. Auch sie sah jung aus. Moira dachte an ihren Ehemann, Jackie: Er war Lehrer gewesen, als sie sich zum ersten Mal begegneten. Jahrzehntelang hatte er Kinder in diesem Alter in Sport unterrichtet, und sie malte sich aus, dass er dabei ähnlich geklungen hatte wie die Lehrerin. Sie versuchte, ihn sich vorzustellen: den jungen Mann, der er gewesen war, als sie sich kennenlernten – aber vergebens. Es ist noch nicht so lange her, dachte sie. Ich will ihn noch nicht verlieren.

Moira blinzelte die aufsteigenden Tränen weg, und da wurde ihr plötzlich bewusst, dass die junge blonde Lehrerin über sie redete. Sie zeigte – einen schweren türkisfarbenen Ring an einem Finger ihrer Hand – die Treppe hinunter auf Moira. »Kinder, die Frau will in die Bibliothek.«

Moira schrak zusammen. »O nein, nicht doch!«, rief sie über die Köpfe der Kinder hinweg. Dann lachte sie – denn es stimmte ja. Sie wollte nicht. Immerhin stellten die Kids sich auf eine Seite der Treppe.

Moira zauderte. Der Ring an der Hand der Lehrerin sah aus wie diese bunten, zuckersüßen Dauerlutscher, nach denen Ryan im Eckladen gebettelt hatte, damals, als er wirklich zehn gewesen war. Die Kinder vor ihr schienen keine Ähnlichkeit mit ihm zu haben – auch nicht mit den Kindern, mit denen er zur Schule gegangen war. Vor allem die älteren wirkten heutzutage viel tougher, irgendwie schlauer. Die Mädchen, die auf den Stufen vor ihr warteten, trugen alle die gleichen schwarzen, elastischen Leggings, die kurzen Röcke darüber saßen so eng, dass Moira sehen konnte, welches Mädchen Spitzen- und welches Feinrippunterwäsche trug. Sie kam sich gleichzeitig vor wie eine Voyeurin und prinzipienfeste Oma.

»Wir gehen jetzt rein!«, rief die Lehrerin über die Köpfe der durcheinanderredenden Kinder hinweg.

Die Jungen oben auf der Treppe aus falschem Marmor schubsten einander und drängelten. Moira sah, dass einer einen langsamen, kalkulierten Blick über die Schulter warf und dann mit seinem ganzen Gewicht einen kleineren Jungen, der auf der Stufe darunter stand, anrempelte. Der große Junge hielt sich am Geländer fest, damit er nicht fiel – aber sein Opfer verlor die Balance und stürzte auf die Steintreppe.

»Jason!« Die junge Lehrerin rief den Namen offenbar nicht zum ersten Mal. Moira zuckte zusammen und betrachtete den Jungen, der jetzt, alle viere von sich gestreckt, auf den Stufen lag. Noch so ein Jason, dachte sie. Die Schlimmen heißen immer Jason, hatte Jackie oft gesagt.

Moira wandte sich von der Treppe und der Bibliothek ab und ging rasch ein paar Schritte, bis sie das Gekicher der Mädchen mit den engen Röcken hinter sich gelassen hatte. Sie dachte an die Mutter des Jungen – daran, mit welcher Laune ihr Sohn später vermutlich nach Hause kommen würde: missmutig, stumm die Treppe hinaufstapfend, ohne sie anzusehen. Hatte auch diese Mutter aufgegeben, danach zu fragen, was mit ihm los war? Nahm auch sie mittlerweile an, dass dies der Mann war, zu dem ihr Sohn heranwachsen würde? Und vermutete auch sie, in Momenten schamloser Ehrlichkeit, dass ihr eigenes Verhalten daran schuld sein könnte?

Wieder blinzelte sich Moira das salzige Brennen aus den Augen: *Hör auf damit.* Immerhin war sie drauf und dran, das Lernen zu schwänzen, und es war so ein schöner Tag. *Genieß ihn doch.*

Auf der anderen Straßenseite sah sie einen Sandwich-Shop mit orangefarbener Fassade, kaum mehr als ein Raum, in dem zwei, drei Personen stehen konnten. Moira ging hinein und bestellte ein Sandwich mit Bacon, Salat, Tomaten und Mayo. Wie altmodisch, dachte sie, während sie in der Auslage die Sandwiches mit Quinoa, Hummus und Granatapfelkernen betrachtete. Den kleinen Imbiss in einer braunen Papiertüte, schlenderte sie dann hinauf zum Greyfriars Kirkyard.

Der Kirchhof war ein beliebter Picknickplatz: Büroangestellte in schicken Klamotten saßen allein oder zu zweit auf dem Rasen, einige hatten ihre Schuhe ausgezogen. Ein Grüppchen schoss Fotos vom Grab von Greyfriars Bobby und fügte Stöckchen zu dem bereits bestehenden kleinen Haufen von Stöckchen hinzu: Geschenke für das Hundegespenst. Moira wandte sich von der Kirche ab und ging auf dem gekiesten Weg weiter. Ihr Atem stockte. Vor ihr leuchtete ein schlanker, kräftiger Goldregen: Die strahlend gelben Blüten hingen so dicht, dass sich die Zweige anmutig hinabbogen. Unfassbar, dass niemand hier war, um *dies* zu fotografieren. Sie holte ihr Handy hervor und machte selbst ein paar Bilder. Sie wurden dem wirklichen Anblick des Baums nicht gerecht.

Mit ihrem Lunch in der Hand bückte sich Moira, setzte sich unter die Goldregenzweige ins Gras und lehnte sich an den Stamm. Kein sonderlich bequemer Platz, aber im Sonnenlicht, das durch die kanariengelben Blüten fiel, fühlte sie sich geschützt und geborgen. Als ob sie in ihrer eigenen Minikathedrale säße oder – Moira lächelte – in einer dieser Schneekugeln aus Plastik. Sie aß ihr Sandwich und blickte über den Kirchhof. Viele der Grabsteine waren verfallen, nachdem sie jahrhundertelang dem berühmten Edinburgher Horizontalregen getrotzt hatten. Einer war mit der Vorderseite auf das Grab gestürzt. Doch an weniger dem Wetter ausgesetzten Stellen waren immer noch ein paar filigran gemeißelte Wasserspeier, geflügelte und grinsende Totenschädel und Stundengläser zu sehen … und hin und wieder sogar ein Engel. Die reicheren Edinburgher Familien besaßen Mausoleen – halb im Gras versunkene gusseiserne Gitter schützten die unterirdischen Kammern, in die seit Jahren kein Sterblicher mehr einen Fuß gesetzt hatte.

Lautes Gelächter schallte über den Kirchhof. Moira hob den Kopf. Ein Junge, ungefähr in Ryans Alter, saß auf dem Dach eines der Mausoleen und ließ die Beine über dessen Eingang baumeln. Ihm gegenüber balancierte ein Mädchen mit hellen Haaren, den Rücken Moira zugekehrt, auf einem Grabstein. Sie hatte sich dem Jungen entgegengestreckt, um ihm etwas zu reichen, und es war auf den Gehweg gefallen. Die Stimmen der beiden hallten über den Friedhof: das Lachen zweier Menschen, die ziemlich betrunken waren, vielleicht auch high von irgendwelchen Drogen. Moira beobachtete, wie der Junge langsam von seinem Platz herunterkletterte; den vorsichtigen Schritten auf dem Kies nach zu urteilen, trug er keine Schuhe. Das Etwas, das er aufhob, war weiß, und er hielt es in beiden Händen wie ein Kätzchen. Eine Fish-and-Chips-Tüte. Er ging über den Weg, reichte die Tüte seiner Freundin und lehnte offenbar gleichzeitig deren Angebot zu teilen ab. Die beiden strahlten: erhellt vom Sonnenschein, umrahmt von den wehenden gelben Blütenzweigen und jung, so unfassbar jung. Der Junge blieb neben dem Grabstein stehen und massierte dem Mädchen die Füße, während sie aß. Selbst aus dieser Entfernung erkannte Moira, dass der Junge, abgesehen von den nackten Füßen, teuer und schick gekleidet war. Die Sonne spiegelte sich in seiner Brille. Die Flipflops, die das Mädchen abgestreift hatte, lagen im Gras nahe der Stelle, wo ihre Mahlzeit heruntergefallen war. Im Stillen dankte Moira ihren ruhigen Händen, die ihr Sandwich in der sauberen braunen Tüte festhielten.

Sie verließ den Kirchhof wie benommen; außerhalb des Kokons aus Goldregen wirkte alles zu grell. Sie wandte sich nach rechts und kam an Läden vorbei, deren Schaufenster für den Sommer dekoriert waren: Sonnenhüte, Schals aus Gaze, Zehensandalen mit bunten Strasssteinen. Ich gehe zur Arbeit, dachte Moira. Aber es war fast ein Jahr her, dass sie vorzeitig in Rente gegangen war – zwei Jahre, seit Jackie gestorben war und seine Lebensversicherung ihr das erlaubt hatte –, und sehr viel länger, seit sie *hier* gearbeitet hatte. Als sie um die Ecke bog, erinnerte am Royal Infirmary natürlich nichts mehr an das Gebäude, in dem sie als junge Krankenschwester fast täglich gewesen war. Hinter den ursprünglichen Krankenhausgebäuden aus Sandstein hatten Stadtentwickler und Architekten Häuserblocks errichtet, die aussahen, als wären sie komplett aus Glas. In den unteren Stockwerken hingen sieben Meter lange Jalousien vor den Fenstern, um vor neugierigen Blicken zu schützen. Die obersten Etagen dagegen schienen überhaupt keine Vorhänge oder Jalousien zu haben: Die Wohnungen glichen durchsichtigen Kisten – als wohnte man unter freiem Himmel. Moira seufzte. Sie war froh, dass ihr ehemaliger Arbeitsplatz sinnvoll genutzt wurde, jetzt, da das inzwischen hochmoderne Krankenhaus an den Stadtrand, nach Little France, umgezogen war. Sie wünschte sich nur, dass die Wohnungen etwas erschwinglicher wären: Vor einiger Zeit hatte eine kurze Internetrecherche ergeben, dass selbst ein Einzimmerapartment in den Neubauten schon eine Viertelmillion kostete.

Moira überquerte die Straße und trat in den fleckigen Schatten der Platanen am Rande der Meadows. Hier gab es kein Tor, dafür aber ein Sandsteinmonument, das den Eingang markierte: haushoch, mit einem steinernen Einhorn obendrauf. Moira nickte dem Einhorn zu, so wie sie es auf ihrem Weg vom und zum Krankenhaus immer getan hatte. Wieder dachte sie an Jackie – kleine Erinnerungen an ihn schienen ihr heute überall zu begegnen –, wie er im Schatten des Denkmals stand und wartete, dass sie von der Arbeit kam, damit sie ins Kino oder durch den Park zu der Eisdiele gehen konnten. Sie hatte seine hohe, drahtige Gestalt immer schon von Weitem erkannt, selbst am Abend, wenn ihm das orangefarbene Licht der Straßenlaternen schräg über die Schulter fiel und sein Gesicht im Halbdunkel lag. Und genau so sah sie ihn jetzt: halb verborgen hinter dem gefallenen Vorhang der Zeit. Sie war so achtsam gewesen – jede einzelne Erinnerung hatte sie zu bewahren versucht.

Ein wenig innerlich aufgewühlt ging sie den Hügel hinab und an der Ostseite des ehemaligen Krankenhausgeländes entlang durch den Park. Sie betrat einen kleinen, mit Steinplatten gepflasterten Innenhof mit Setzlingen in quadratischen Beeten und winklig aufgestellten, dunklen Marmorbänken. Moira erkannte den Ort wieder – und auch nicht. Viele der sogenannten modernen Gebäude, aus denen das Krankenhaus bestanden hatte, waren abgerissen oder entkernt worden: Nur die denkmalgeschützten Sandsteinfassaden hatte man stehen lassen. Sie setzte sich auf eine der harten Bänke und legte den Kopf in den Nacken – als wollte sie den aufziehenden Erinnerungen lauschen. Sie dachte an die Nachtschichten, die sie im Sommer gemacht hatte, wie sie mal wieder die Treppe hochlief, weil der Aufzug voll, kaputt oder einfach nur zu langsam war – und kurz auf dem Treppenabsatz stehen blieb. An den langen Sommerabenden fiel das letzte Tageslicht in den Park, und der Staub wirbelte die Treppe hinauf und herunter. Sie hatte die kleinen, stillen Augenblicke inmitten ihrer chaotischen Umgebung immer über die Maßen genossen. Inzwischen fragte sie sich, ob sie die Fähigkeit verloren hatte, so lebhaft wie damals als junge Frau zu empfinden: dass es vielleicht am Alter lag, wenn sie sich nicht mehr wirklich an Jackie erinnerte, nicht mehr für ihren Open-University-Kurs lernte oder Ryan danach fragte, weswegen er in letzter Zeit so launisch war. Selbst jetzt, als sie auf einer Bank in diesem hübschen Innenhof saß, an einem schönen Tag im Frühling, an dem es absolut nichts gab, was zu erledigen gewesen wäre, fühlte Moira sich nicht so ruhig und erfüllt wie damals, als sie während ihrer Schicht im Treppenhaus eine Pause gemacht hatte.

Irgendwo war ein Krankenwagen zu hören. Kurz dachte sie, dass das Geräusch aus ihrer Erinnerung stammte; Krankenwagensirenen hatten hier schließlich einen großen Teil der Hintergrundgeräusche ausgemacht. Vielleicht war es eine Art Geisterambulanz, ein Nachklang eines der Krankenwagen, die früher ständig hier, vor dem alten Gebäude, gehalten hatten. Aber nein – Moiras Verstand setzte wieder ein. Das Geräusch kam von irgendwo hinter ihr, vermutlich war der Rettungswagen an der Tollcross-Kreuzung aufgehalten worden und kam jetzt näher.

Die Sirene wurde lauter, bis es schien, als wäre das Fahrzeug fast direkt über ihr. Beinahe rechnete Moira damit, dass es mit quietschenden Reifen um die Ecke biegen und in den kleinen, geschützten Innenhof fahren würde. Jetzt hörte sie außer der Sirene auch den Motor – der Wagen konnte nur ein paar Meter entfernt sein. Als Krankenschwester hatte Moira erfahren, dass nichts die Aufmerksamkeit von Passanten so sehr weckte wie der Klang einer Sirene – dass es im Menschen etwas gab, das von Schreien, Blutspritzern und Tragödien angezogen wurde. Die Leute wollten sehen, wer hinten aus einem Krankenwagen herausgezogen wurde. Sie wollten, dass das Unglück jemand anderem geschah, denn wenn es jemand anderem geschah, passierte es nicht ihnen. Aber noch während ihr dieser Gedanke kam, stand Moira unvermittelt auf und ging Richtung Geräuschquelle.

Als sie um die Ecke bog, war die Sirene verstummt, und die Hecktür des Krankenwagens wurde gerade aufgerissen. Drei junge Männer in Warnwesten und mit Schutzhelmen schrien den Sanitätern etwas zu, ermahnten sie, sich zu beeilen, gestikulierten mit weit ausgebreiteten Armen. Die sehen alle so jung aus, dachte Moira. Sie blieb an der Ecke des Gebäudes stehen, im Vertrauen darauf, dass ihr Status als Frau in den mittleren Jahren verhindern würde, dass man sie entdeckte. Die Bauarbeiter trugen Werkzeuggürtel um die Taille, und während sie die Sanitäter mit der Rolltrage zur Baustelle dirigierten, klirrten ihre D-Ringe und Werkzeuge wie die Schlüssel einer Schlossherrin.

Ich sollte gehen, dachte Moira. Mehrere Passanten waren stehen geblieben, um zu gaffen, was irgendwie geschmacklos war, wie sie fand. Aber auch sie rührte sich nicht vom Fleck. Sie blickte hoch, vorbei am Bauzaun, der von den sichtbaren Teilen der Baustelle überragt wurde. Eine riesige Pfahlramme, hellgelb und merkwürdig galgenähnlich mit ihren Stützstreben. Ein gewaltiger Kranarm schwang durch die Luft, nur partiell sichtbar zwischen den Gebäuden. Teile des gitterähnlichen Hauptmastes waren zu sehen, mit der Leiter darin, die jetzt ein Mann langsam hinabstieg. Unübersehbar waren alle Arbeiten eingestellt worden. Der Kranführer wirkte winzig in der luftigen Höhe. Moira verspürte einen Kitzel der Angst: Es gab so viele Möglichkeiten, sich an einem Ort wie diesem schwer zu verletzen. Wollte sie wirklich sehen, wer in den Rettungswagen gebracht wurde?

Es war zu spät. Die Sanitäter kehrten in ihre Sichtweite zurück, zogen ratternd ihren Patienten auf der Trage hinter sich her. Moira hielt den Atem an. Auf ihr lag ein dunkelhaariger junger Mann – die gleiche Warnweste, der gleiche Werkzeuggürtel –, sein Oberkörper rechts oben durchbohrt von einer eisenfarbenen Stange.

»Ryan«, hörte sie sich sagen. Es war nicht so, dass der junge Mann Ähnlichkeit mit ihrem Sohn hatte, aber er war ungefähr im gleichen Alter und von ähnlicher Statur. Eine Sekunde lang überlagerten in ihrer Fantasie die Züge ihres Sohnes das Gesicht dieses Fremden, der die Zähne zusammenbiss. Obwohl ihm ein Anschlusseisen in der Schulter steckte, war er entschlossen, sich nichts anmerken zu lassen. Tapfer zu sein.

»Kennen Sie den jungen Mann?« Noch eine Schaulustige – eine junge Frau mit blonden Haaren, jung genug, um eine Schwesternschülerin zu sein – erschien neben Moira.

»Nein«, sagte Moira, unfähig, den Blick von der Rolltrage abzuwenden, »nein, ich dachte nur …«

Aber die junge Frau war bereits zum Rettungswagen gelaufen und winkte, um die Sanitäter auf sich aufmerksam zu machen. »Hey! Hier ist eine Frau, die den Mann kennt!«

Die beiden Männer schoben die Trage in den Wagen. Der hintere Mann, der sich noch nicht im Inneren befand, wandte sich um. Moira zuckte zusammen und eilte der jungen Frau hinterher, sodass sie beide gleichzeitig am Rettungswagen ankamen.

»Hören Sie, es tut mir leid.«

»Kennen Sie den Mann?«

Der Sanitäter wirkt erschöpft, aber das tun sie ja immer, dachte sie. »Nein.« Moira brachte es nicht fertig, ihm in die Augen zu sehen. Stattdessen beging sie den Fehler, ins Wageninnere zu blicken, wo der junge Mann – jetzt vor den Blicken der Arbeitskollegen geschützt – vor Schmerzen schnell und stoßweise atmete. »Sie irrt sich.« Moira fixierte die junge Frau – vielleicht allzu streng, denn sie wich hinter die offene Hecktür zurück, wo sie nicht mehr zu sehen war. »Ich ... bin Krankenschwester.« Moira wurde rot. Als könnte diese Information die letzten dreißig Sekunden erklären.

Der Sanitäter hob den Blick himmelwärts. Moira wollte sich erneut bei ihm entschuldigen – sich immer und immer wieder entschuldigen –, aber sie fand einfach nicht die richtigen Worte.

»Okay, aber ich glaube, wir haben das hier im Griff. Bitte machen Sie den Weg frei. Sofort.« Er stieg in den Rettungswagen und knallte die Tür zu. Wieder heulte die Sirene auf, und Moira sprang zurück. Geschickt wendete der Fahrer, dann fuhr er in hohem Tempo davon, braunen Baustellenstaub aufwirbelnd.

Moira lauschte der Sirene, während sich das Geheul durch die Innenstadt bewegte. Um das niederschmetternde Gefühl der Scham abzuschütteln, versuchte sie sich die Route vorzustellen, die der Krankenwagen nahm, um den jungen Mann nach Little France zu transportieren. Sie horchte, während er um das andere Ende der Quartermile bog und dann die lange Strecke bis zum Lauriston Place fuhr, wo er noch mehr Geschwindigkeit aufnehmen konnte. Schließlich hörte sie nur noch, wie das Sirenengeheul allmählich leiser wurde, bis es gänzlich vom Verkehrslärm verschluckt wurde.

Sie blickte auf und sah, dass die drei Bauarbeiter zurückgekehrt waren und das Gleiche taten wie sie – sie standen reglos und still da, mit gereckten Köpfen, und lauschten. Moira stellte sich vor, wie sie wohl auf sie wirkte: mit ihrem mausgrauen Wash-and-go-Haar und den ausgeblichenen Jeans, die sie bereits getragen hatte, als sie mit Ryan schwanger war. *Für die sehe ich bestimmt aus wie jemandes Mum. Jemandes Mum, jemandes Ehefrau.* Nichts, was sie identifizierte, bis auf den Ehering, den ihr verstorbener Ehemann ihr geschenkt hatte. Moira verfluchte sich, weil sie in jenem entscheidenden Moment den Namen ihres Sohnes ausgesprochen und damit die Aufmerksamkeit der jungen Frau und dann der Sanitäter auf sich gelenkt hatte – weg von dem verletzten jungen Mann. Sie stellte sich dessen Mutter vor, die in diesem Moment vermutlich irgendwo im Büro saß – wie sie an einem Laptop arbeitete oder ein Meeting leitete. Diese Frau ahnte noch nicht, dass sie gleich einen schrecklichen Anruf bekommen würde. Dann erinnerte sich Moira an den Jungen von vorhin – den Teenager, der die harten Steinstufen runtergeschubst worden war. Sie richtete sich auf, schüttelte den Kopf, um den Rest ihrer Scham loszuwerden. Dann drehte sie sich um und ging denselben Weg zurück, den sie gekommen war, jetzt mit einem Ziel für den restlichen Tag: Ob es ihrem Sohn gefiel oder nicht, es war Zeit. Sie hatte es allzu lange aufgeschoben, aber damit war jetzt Schluss. Sie würde nach Hause gehen und mit ihm reden.

13. Mai, 16:55 Uhr

Als Helen Birch endlich am Gayfield Square eintraf, stand Banjo-Robin vor der Wache, als hätte er auf sie gewartet. Sie hatte gehofft, im Schatten der Bäume auf dem Platz vielleicht wie eine anonyme Fußgängerin zu wirken, doch im Näherkommen wurde ihr klar, dass er sie abgepasst hatte. Sie atmete tief ein und machte sich auf das verbale Sperrfeuer gefasst, das gleich einsetzen würde.

»Fang gar nicht erst an, Robin«, sagte sie, sobald sie in Hörweite war. »Ich arbeite nicht mehr hier, okay?« Am besten, sie ging gar nicht auf ihn ein.

»Seit wann denn das? Diesmal hast du mich echt gefickt. Hast mich echt total gefickt.«

Banjo-Robin war die lokale Nervensäge. Er war Anfang sechzig und hing mit etwa gleichaltrigen Folkmusikern ab, die sich, dem offiziellen Sprachgebrauch zufolge, in einer prekären Wohnsituation befanden. Diese Leute waren nicht obdachlos im eigentlichen Sinne – Robin hatte eine Freundin in jedem Postleitzahlbezirk und wohnte bei jeder, die er in der Woche noch nicht geschlagen hatte –, aber hatten keine feste Adresse. Wenn Robin ausnahmsweise mal nüchtern war, konnte er erstaunlich gut Banjo spielen. Das Problem war nur, dass er sein Hutgeld gerne durch den Verkauf verbotener Substanzen aufbesserte. Diese waren in aller Regel von zweifelhafter Qualität und winziger Menge, sodass er es bislang hatte vermeiden können, in den Knast zu kommen. Dafür war er ein regelmäßiger Besucher der Ausnüchterungszelle. Wenn ein Anruf über einen etwa sechzig Jahre alten Mann reinkam, der auf der Straße urinierte, verdächtig in der Nähe geparkter Autos herumlungerte oder in den frühen Morgenstunden irgendeiner Frau durch ein erleuchtetes Fenster vom Gehsteig aus Obszönitäten zurief, war es ziemlich wahrscheinlich, dass der herbeigerufene Streifenwagen von dem Einsatz mit Banjo-Robin auf dem Rücksitz zurückkehrte. Wenig überraschend, kannte dieser auf den Wachen Gayfield Square und St. Leonards sämtliche Beamte mit Namen. Im Moment nuschelte er irgendwas vor sich hin.

Birch trat auf ihn zu und hob eine Hand mit der Innenfläche nach vorn, als wollte sie den Verkehr anhalten. »Ich meine es ernst«, sagte sie. »Erzähl das nicht mir, ich arbeite nicht mehr hier. Wenn du mit jemandem reden willst, musst du mit reinkommen.«

Verärgert sagte er: »Drinnen war ich schon. Die Mistkerle wollen nichts für mich tun.« Er begann, seine Taschen abzutasten. Mit zitternden Händen holte er von irgendwo einen Tabakbeutel und Zigarettenpapier hervor.

»Geh ich recht in der Annahme«, sagte Birch, während Robin kleine Tabakkrümel zu einer dürren Zigarette drehte, »dass meine Kollegen dich gebeten haben zu gehen?«

»Nee.« Robin steckte seine dünne graue Zunge raus, um die lange Kante des Zigarettenpapiers anzulecken. »Na ja, ja, aber das ist doch nicht fair, oder? Ich meine, verdammt, ist so ein Verhalten überhaupt *professionell?*«

Birch rollte mit den Augen. »Okay. Aber wenn man sich da drin geweigert hat, dir zu helfen, und dich gebeten hat zu gehen, kann ich auch nichts mehr für dich tun. Geh jetzt nach Haus, Robin.«

»Sehen Sie, das ist ja das ganze Scheißproblem«, antwortete Robin. Er versuchte vergebens, seine Zigarette anzuzünden: Das Feuerzeug funkte und funkte und funkte. »Ich hab keine Bude. Bee hat mich rausgeschmissen, ohne echten Grund, und mir dann euch Bullen auf den Hals gehetzt.«

Birch schüttelte den Kopf. Vor Jahren hatte sie Bee, seine Freundin in Tollcross, ein paarmal getroffen und war bei Robins häuslichen Streitereien sogar dabei gewesen. Bee hatte auf sie einen freundlichen, sanften Eindruck gemacht. Sie hatte einen sympathischen Nordwestküsten-Akzent, hennagefärbte Haare und mehrere Katzen. Wieso sie sich dann und wann mit diesem Kerl abgab, war Birch ein Rätsel.

»Ich geh da jetzt rein«, sagte sie. »Und ich würde dir raten, mir nicht zu folgen.«

Endlich funktionierte das Feuerzeug. Als sie an ihm vorbeiging, brummte er irgendetwas Unverständliches.

»Viel Glück, Robin«, sagte sie. Komisch, dachte sie. Ich glaube fast, er wird mir fehlen.

Der Eingangsbereich war trotz der Neonleuchten schummrig. Die Polizeistation, ein niedriges, modernes Gebäude, stand zwischen Reihen hoher, alter Wohnhäuser. Wegen der großen Bäume auf dem Vorplatz waren die Räume dunkel. Das einzige natürliche Licht wurde von den auf der Straße geparkten Polizeiautos in Signalfarben reflektiert und fiel in hellen Rechtecken auf den Boden.

»Na, alles klar?«

Birch drehte sich um. »Hallo, Sergeant.«

Al Lonsdale kannte Birch länger als irgendjemand sonst. Er war einer der Revierbeamten, stand im Moment links von der Glastür des Eingangsbereichs und spähte von der Seite durch sie hindurch – wie ein Kind, das Verstecken spielt.

»Behalten Sie Banjo im Auge?«, fragte Birch.

Al nickte. »Ich möchte sicher sein, dass er seiner Wege geht, der Faulpelz.«

Birch lächelte. Al stammte aus Wakefield, aber obwohl er schon seit Jahrzehnten nicht mehr in jener Stadt lebte, hatte er den Akzent, den man dort sprach, noch nicht abgelegt.

»Wir haben ihn gestern Abend in seiner gewohnten Suite untergebracht«, fuhr Al fort. »Nur wegen des üblichen Blödsinns – er hatte wieder ganz schön getankt. Wir sollten ihm Treuepunkte geben, so oft, wie er bei uns ist.«

Al verließ den Türbereich, und als er an Birch vorbeiging, sah er ihr ins Gesicht und drehte dabei den Kopf wie ein neugieriger Vogel. »Geht's Ihnen gut? Sie sehen ein bisschen … durcheinander aus.«

Birch lächelte und wollte schon etwas darauf erwidern, aber Al wartete nur selten eine Antwort ab.

»Natürlich«, sagte er, »sollte ich in Ihrem Beisein meinen Ton dementsprechend anpassen. Jetzt, wo Sie in höheren Kreisen verkehren, wäre die Anrede *Ma'am* wohl die richtige.«

Birch lachte. Bei Al klang das Wort ein wenig wie das Blöken eines Schafes. »Maa-am?«, ahmte sie ihn nach. »Bitte tun Sie's nicht.«

Al grinste breit. »Also gut, Detective Inspector. Ich wollte mich nicht lustig machen.«

Er war im Begriff, hinter dem Empfangstresen zu verschwinden, aber Birch hielt ihn am Arm zurück. »Sie werden mir fehlen«, sagte sie. »So wie der alte Laden hier.«

Sie sahen einander an, während Birch immer noch seinen Ellbogen festhielt. Dann umarmte Al sie fest. Sie schniefte.

»Ist ja gut.« Seine Stimme in ihrem Haar klang gedämpft. »Nicht weinen, Kleine.«

Hinter ihm erblickte Birch die Kartons, die man auf ihren Wunsch hin heruntergetragen hatte.

»Das reicht jetzt.« Al löste sich von ihr. »Noch länger, und ich könnte wegen sexueller Belästigung belangt werden. Außerdem bin ich alt genug, um Ihr Vater zu sein.«

Birch lächelte und versuchte gleichzeitig, nicht in Tränen auszubrechen. »Nicht gerade politisch korrekt von Ihnen, Al.«

Er zuckte die Achseln. »Na ja, wissen Sie – diese ganzen Gleichstellungsgesetze, die ändern sich derart oft, dass wir Alten das gar nicht mehr mitkommen. Apropos – ich ruf mal ein paar kräftige Jungs, die Ihnen beim Tragen helfen.«

Birch grinste. »Geht schon. Mein Wagen steht nicht weit weg.«

Al trat hinter den Tresen. »Nehmen Sie mit, was Sie mitnehmen können. Im Präsidium, wo Sie arbeiten werden, weht ein anderer Wind. Da kümmert sich doch keiner um den andern.«

Birch schüttelte den Kopf. »Hey, Sergeant. Erstens: Das heißt nicht mehr Präsidium – wir sind jetzt alle gleich, schon vergessen? Und zweitens: Es ist okay. Die Leute da sind in Ordnung. Bislang waren sie sehr nett zu mir.«

Al nickte einmal kaum wahrnehmbar. »Aye, na ja, dann hoffe ich, dass das so bleibt. Ich möchte nicht vorbeikommen müssen, um mit Ihrem Chief Inspector ein Wörtchen zu reden.«

Einen Augenblick lang stellte sich Birch vor, wie Al ins Büro von DCI McLeod stürmte, entschlossen, ihre Ehre zu verteidigen. Sie lächelte, aber es war nur ein schwaches Lächeln. Denn Al hatte recht. Ihr neuer Arbeitsplatz war wirklich unpersönlich. *Mist. Habe ich das Richtige getan?*

Al hatte sich schon den Telefonhörer zwischen Ohr und Schulter geklemmt. »Sie bleiben einfach hier stehen und sehen dekorativ aus«, sagte er zu Birch. »Und ich lass mal einen der hübschen jungen Constables runterkommen. Ist doch das Mindeste, was wir an Ihrem letzten Tag für Sie tun können.«

Die Kartons waren voll mit Dingen, die aussortiert werden mussten – seit Jahren hätten aussortiert werden müssen. Birch hatte es immer vor sich hergeschoben und die Kartons deshalb erst ganz zum Schluss gepackt. Die Rücksitze ihres Wagens hatte sie nach vorn geklappt, um hinten die Ladefläche zu vergrößern. Das letzte Band, das sie mit der Wache am Gayfield Square verband, war durchschnitten.

Al hatte einen Hausmeister aufgetrieben, der ihr beim Tragen half. Als der bedauernswerte Kerl den Fehler gemacht hatte, im Eingangsbereich aufzutauchen, hatte Al gerufen: »Das ist mein Mann!« Und hatte damit ganz richtiggelegen: Der Hausmeister besorgte einen alten Rollwagen, mit dem sich die Sache – auch wenn draußen auf dem Kopfsteinpflaster das Schieben etwas mühsam war – schnell erledigen ließ.

»Haben Sie irgendwas von dem jungen Mann gehört?«, fragte der Hausmeister, bevor er den nächsten Umzugskarton ins Auto wuchtete. »Von dem, der aufgespießt wurde?«

Birch stutzte.

»Aufgespießt?«

»Ja. Ich hatte den Polizeifunk im Büro an. Es heißt, der Junge habe auf einer Baustelle gearbeitet und sei drei Meter tief gestürzt. Direkt auf ein Anschlusseisen, das ihn durchbohrt hat.«

»Autsch«, sagte Birch. Und dann, nach einer Pause: »Was ist das, ein Anschlusseisen?«

»Eine Stange, die ungefähr so weit aus dem Fundament eines Gebäudes ragt.« Der Hausmeister zeigte die Länge mit der Hand an. »Ist ein bisschen gedreht. Wie eine altmodische Zuckerstange. Aber Sie sind wohl zu jung, um so was noch zu kennen.«

Birch war dafür zwar durchaus alt genug, hielt aber diesbezüglich den Mund. »Aha, so was also. Der arme Kerl …«

»Aye.« Der Hausmeister sah sie ein wenig misstrauisch an. »Überrascht mich, dass Sie davon nichts über Funk mitbekommen haben.«

»Ich war heute schwer erreichbar. Aber wahrscheinlich ist jemand von der Wache dort gewesen.« Sie nickte in Richtung Polizeistation. Ihr kam ein Gedanke. »Ist der junge Mann denn tot?«

Wieder hob der Hausmeister einen Karton vom Rollwagen auf die Ladefläche des Autos. »Noch nicht.«

Jetzt, auf der Fahrt nach Hause, hatte Birch keine Mühe, nicht allzu sehr über die Kartons nachzudenken – der aufgespießte junge Mann nahm in ihrer Vorstellung viel zu großen Raum ein.

Hoffentlich landet der Fall nicht auf meinem Schreibtisch. Wie ein Mantra kam der Satz immer wieder zurück. *Klingt nach Albtraum.*

Sie fragte sich, wie der junge Mann den Unfall wohl erlebt hatte. Eine schnelle Internetrecherche auf dem Handy vor dem Losfahren hatte ergeben, dass er erst zwanzig war. Im selben Alter wie mein Bruder, dachte sie, was jedoch nicht ganz stimmte. In ihrer Vorstellung war ihr Bruder Charlie ewig zwanzig. Tatsächlich würde er, wenn er noch am Leben wäre, in diesem Jahr seinen vierunddreißigsten Geburtstag feiern. Birch stellte sich den Mann von der Baustelle vor, auf dem Gerüst, hinter ihm ging es in die Tiefe, während er an irgendetwas arbeitete und seinen privaten, belanglosen Gedanken nachhing. In ihrer Fantasie war er attraktiv, so wie alle zwanzigjährigen Männer – auf diese schlaksige Art, die sie selber nicht bemerken. Sie malte sich aus, dass er Charlies Gesicht hatte. Und dann stellte sie sich vor, wie er stürzte. Rückwärts fiel, als wäre er gestoßen worden, mit weit aufgerissenen Augen, während seine Hände ins Nichts griffen. Wie lange dauerte es, drei Meter tief zu fallen? Vermutlich eine halbe Sekunde, wenn überhaupt. Kaum lang genug, um zu begreifen, was passierte. Ein Sturz, bei dem man mit einer beeindruckenden Schramme oder zwei davonkommen konnte. Aber nicht diesmal. Ihr fiel ein, dass sie gegenüber dem Hausmeister *Autsch* gesagt hatte. *So unpassend.*

Auf dem Leith Walk herrschte dichter Verkehr. Birch fuhr an den polnischen Läden und den Handyshops vorbei, an der Bio-Doughnut-Bäckerei und dem Lebensmittelgeschäft der Sikhs. An einer besonders lange auf Rot stehenden Ampel bewunderte sie die in allen Regenbogenfarben schillernden Saris hinter dem Panzerglasfenster einer kleinen Boutique. Sie versuchte, die Gedanken an den verunglückten jungen Mann zu verdrängen, und dachte dann doch wieder an Charlie. Er war nun schon so lange fort. *Wie kann jemand in der heutigen Zeit einfach spurlos verschwinden?* Die Frage war ihr so vertraut, dass sie mit keinerlei Gefühl verbunden war – außer der nervigen Verärgerung darüber, keine Antwort darauf zu haben. Seit dreizehn Jahren lebte Charlie im Hintergrund ihres Bewusstseins, und dorthin verbannte sie ihn auch jetzt wieder, das Gesicht des Einundzwanzigjährigen, wie ein altes, leicht vergilbtes Foto.

War der Verkehr an sonnigen Tagen immer so dicht? Eigentlich unlogisch – die Leute sollten doch eher Lust haben spazieren zu gehen, wenn das Wetter schön war. Vielleicht kam Birch die Straße aber auch nur deshalb so voll vor, weil sie unbedingt nach Hause und die Schuhe ausziehen wollte. Zu dieser Tageszeit ähnelten die Salamander Street und die Seafield Road Parkplätzen, ganz egal, wo man auf ihnen unterwegs war. Birch zuckelte im Schritttempo am Friedhof vorbei und beobachtete dabei die Fahrradfahrer, die durch den stehenden Verkehr kurvten. Der Geruch nach heißem Fett aus einem McDonald's-Drive-in vermischte sich mit dem süßlichen der Verwesung der Seafielder Kläranlage und dem der Hunderte von Motoren im Leerlauf, die ihre Abgase hinter sich pusteten. Edinburgh, wie es die Touristen nicht zu Gesicht bekommen, dachte Birch und verfluchte die vermaledeite Ampelschaltung, die seit Jahren niemand in Ordnung gebracht hatte. Doch schon bald hatte sie die Kreuzungen hinter sich gelassen und konnte in den vierten Gang hochschalten, während das Meer – blau wie aus einem Reisekatalog – zwischen den Gebäuden hindurchschimmerte.

Ein Geheimnis, von dem Birch nie jemandem erzählt hatte: Sie hatte schon immer an der Promenade von Portobello wohnen wollen. Seit ihrer Kindheit, als sie mit ihrem kleinen Bruder für Eselritte und Eiscreme dort gewesen war, sehnte sie sich danach, in einem der Häuschen mit Blick aufs Meer zu Hause zu sein. Der Traum war zu einem Plan und dann – erst vor zwei Monaten – Wirklichkeit geworden. Ein Mittelreihenhaus in Joppa, am Ende des Strands, war auf den Markt gekommen, zu einem vernünftigen Preis wegen seines renovierungsbedürftigen Zustands. Birch war dort am Tag ihrer Beförderung zum Detective Inspector eingezogen. Die meisten Sachen befanden sich noch in Kartons. Und während sie die Portobello High Street entlangfuhr, geriet sie wieder in diese Hochstimmung, die sich noch immer nicht gelegt hatte. *Ich fahr nach Hause.*

Sie parkte halb auf dem Gehsteig. Zu Birchs neuem Domizil gehörte in einer schmalen, kopfsteingepflasterten Straße auf der Rückseite zwar auch eine Garage, aber die war noch voll mit den Sachen des Vorbesitzers. Der alte Mann, der in dem Haus gewohnt hatte, war verstorben, und obwohl seine Kinder sich bereit erklärt hatten, aus London zu kommen, um das Haus leer zu räumen, waren sie vor der baufälligen Garage zurückgeschreckt, die fast bis zum Dach mit Kisten vollgestopft war. Und ehrlich gesagt war auch Birch davor zurückgewichen – sie wusste immer noch nicht, was sich in den Boxen befand. Sie redete sich ein, dass in der Garage noch genügend Platz für ihre Kartons wäre, die sie gerade vom Gayfield Square abgeholt hatte – sie konnten warten bis zu irgendeinem Wochenende, an dem sie Zeit hätte, alles durchzusehen. Ja, dachte sie, so mache ich das, obwohl sie bereits jetzt ahnte, dass das nicht passieren würde.

Sie ging um das Haus herum zum China Express – ein preiswerter Imbiss, der anstelle des einstigen Cafés am Ende der Promenade eröffnet hatte. Zu ihrer Rechten war das Wasser zurückgewichen. Ebbe. Kinder, winzig wie Käfer aus dieser Entfernung, sprangen in den Wellen herum und bespritzten sich. Fahrräder flitzten die Straße rauf und runter, und überall waren Hunde: Hunde, die stolz Treibholz im Maul trugen, und Hunde, die aus dem Wasser preschten und einen feinen, salzigen Sprühnebel auf die Passanten schüttelten. Links von ihr erstreckte sich die gepflegte Reihe der Vorgärten, die die Promenadenbewohner in Schuss hielten. In einigen Gärten saßen Nachbarn auf Campingstühlen im Schatten, Radiomusik dudelte leise in der warmen Luft. Birch grüßte und winkte. Ihr Garten war der einzige ungepflegte in der Reihe.

Die kleine Pforte aus Holz musste gestrichen werden, an der Seite des Weges aus Backsteinen wucherten zwei Stockrosen und streckten ihre fast drei Meter hohen Blütentürme in die Höhe. Der Garten war früher einmal hübsch gewesen: Bei den Pflanzen handelte es sich nicht um vom Wind gesätes Unkraut, sondern um verholzte und verwilderte Versionen ihres früheren, gepflegten Selbst. Birch widerstrebte es, sie auszureißen. Der Garten war nicht ansehnlich, aber alt, und sie fand, das sollte respektiert werden. Außerdem roch es in ihm wunderbar. Grund war eine hellgelbe Rose, deren Ranken schon längst über das Spalier hinauswucherten. Um das Wohnzimmerfenster wuchs eine Heckenkirsche, die im Begriff war aufzublühen. Das Blattwerk war so dick, dass Birchs Arm, hätte sie ihn denn hineingesteckt, ellbogentief darin versunken wäre, ehe ihre Finger die Hausmauer berührt hätten.

Bevor sie die Tür aufschloss, stellte sie sich mit dem Rücken zum Haus und sah sich um. Von hier war die Erhebung des North Berwick Law zu sehen, dort, wo die Grafschaft East Lothian sich in den Firth of Forth hineinwölbte. Am Horizont zogen riesige Frachter langsam durch ihre Fahrrinnen. Dahinter lag Fife, ein graugrüner, in der Abenddämmerung von stecknadelgroßen Lichtern erhellter Flecken.

Eine mit einem knallrosa Hemd bekleidete Frau ging an Birch vorbei, ein dicklicher, alter, schokobrauner Labrador trottete schwerfällig neben ihr her. »Wunderschöner Abend!« Die Frau hob eine Hand zum Gruß und neigte sie dann in Richtung Birch. »Irgendwas in Ihrem Garten riecht ganz wunderbar.«

Birch grinste.

»Die Rosen!«, rief sie von der Tür aus zurück. »Sie genießen die Sonne.«

Die Frau war nicht stehen geblieben, sondern hinter den Stockrosen verschwunden – ein rosafarbener Hintergrund zwischen den Blättern – und erwiderte: »Möge die Sonne noch lange scheinen. Bis dann!«

Den Hausschlüssel in der Hand, drehte sich Birch lächelnd um.

Sie hatte den verunglückten Jungen ganz vergessen. Erst als sie es sich für den Abend bequem gemacht hatte, fiel er ihr wieder ein. Sie hatte ihre Schuhe weggekickt, ihre Yogahose angezogen und eine Flasche Wein geöffnet. Das Haus war nach Osten ausgerichtet, und nachdem sie beschlossen hatte, dass ihr ein bisschen Sonne guttun würde, ging sie in den Hintergarten, wo die Wärme des Tages noch spürbar war. Das einzige Stück Garten, das Birch bis jetzt gerodet hatte, war der hintere Teil: nur wenige Steinplatten breit, aber groß genug für eine Gartenbank, die, wie alles hier, schon bessere Zeiten gesehen hatte. Birch hatte einen kleinen Ikea-Tisch aus dem Haus geholt und dazugestellt. Sie hatte für ihn nur fünfzehn Pfund bezahlt, weshalb ein paar kleine Regenschäden nichts ausmachen würden. Jetzt blickte sie auf einen flackernden roten Lichtfleck auf der Tischfläche, während die Abendsonne durch ihr halb volles Glas schien.

Lieber Gott, dachte sie wieder, als sie sich an den jungen Mann erinnerte, bitte lass die Sache nicht auf meinem Schreibtisch landen.

Sie schloss die Augen und konzentrierte sich auf die wärmende Sonne und das Rauschen der Wellen, mit dem sich die Flut langsam wieder dem Haus näherte. Hinter der Gartenmauer fuhren hin und wieder Autos vorbei, sie klangen wie das Gesumm von Bienen. Irgendwo hatte jemand einen Grill angeworfen – der Qualmgeruch zog in der Dämmerung vom Strand her über die Hausdächer.

Es gibt genug, worüber ich im Moment nachdenken muss, dachte Birch und schlug die Augen wieder auf. Wie aufs Stichwort ertönte – irgendwo weit weg in der Stille des Abends – der panische Klang einer Sirene.

13. Mai 20:59 Uhr

Über dem Kunstrasen auf dem Sportplatz der High School und den bezopften Köpfen der jugendlichen Fußballerinnen wirbelten und tanzten die Motten und Mücken. Aus dieser Distanz sahen sie aus wie Glitterstückchen, die in einer Flüssigkeit schwammen. Mauersegler tauchten in die Strahlen des Flutlichts und verschwanden wieder daraus, ihre Schreie hallten an diesem milden Abend über den Parkplatz. Ishbel Hodgekiss ließ die Fensterscheiben ihres Nissan Quashqai elektrisch hochfahren. Sie wollte keine Mückenstiche riskieren.

Die Uhr im Armaturenbrett zeigte zwanzig Uhr neunundfünfzig, also schaltete sie das Autoradio ein, um die Nachrichten zu hören. Sie hatte den Sprecher von Radio 2 erwartet, stattdessen aber dröhnte ihr ein billiger Jingle entgegen: Abigail hatte mal wieder einen der lokalen Sender eingestellt.

Es ergeben sich einige Fragen, sagte der Nachrichtensprecher, *hinsichtlich eines Unfalls, der sich heute auf einer Baustelle im Zentrum Edinburghs ereignet hat.*

Ishbel beugte sich über das Lenkrad, um den gewünschten Sender wieder einzustellen. Die künstlich gut gelaunte Stimme des Nachrichtensprechers tat ihr in den Ohren weh.

Das Bauunternehmen behauptet, sagte er, *der Mann habe*

sich nicht an die Sicherheitsvorschriften gehalten, als er aus drei Metern Höhe auf das Fundament des Gebäudes stürzte. Unsere Reporterin Jenna Buckie hat mehr …

Irgendwie hatte Ishbel den richtigen Knopf gefunden und klickte durch die Sender, bis sie eine Stimme fand, die sie wiedererkannte. Sie lehnte sich zurück und suchte die Fußballfelder nach Abigail ab. Das Training war eben zu Ende gegangen – sie hatte den Schlusspfiff gehört –, ihre Tochter müsste bald durch das Tor im hohen grünen Maschendrahtzaun geschlendert kommen, herüber zum Auto.

Das noch immer bestehende Interesse ihrer Tochter an Fußball fand nicht ganz Ishbels Zustimmung. Gegen Sport am Abend war zwar nichts einzuwenden, aber seit Abigail aufs College ging, sollten die außerschulischen Aktivitäten, wie ihre Mutter meinte, eigentlich akademischer sein. Dass Abigail noch zu Hause wohnte, erfüllte hingegen Ishbel mit leiser, wenngleich schuldbewusster Freude: Es war vielleicht das einzig Positive an der Entscheidung ihrer Tochter, nicht die Universität zu besuchen. Trotzdem hatte Ishbel das Gefühl, dass sich ihre Tochter mit diesem wöchentlichen Training an der High School – noch dazu mit einer U-25-Mannschaft, zu der weitaus jüngere Mädchen gehörten – keinen Gefallen tat.

»Das Fußballtraining bringt nichts für deine zukünftigen Bewerbungen«, hatte Ishbel bereits mehr als einmal gesagt.

»Doch«, hatte ihre Tochter geantwortet. »Es zeigt, dass ich ein Teamplayer bin.«

Darauf hatte Ishbel noch immer nicht die richtige Antwort gefunden.

Die Mädchen strömten aus den lang gestreckten, niedrigen Gebäuden und gingen quer über den Kunstrasen zu den Autos, die auf sie warteten. Die jüngeren von ihnen stiegen in ähnliche Autos wie dasjenige, das Ishbel fuhr: Familien-Limousinen und Kombis, in denen Taxi-Eltern saßen. Die älteren Mädchen, diejenigen in Abigails Alter, begaben sich oftmals zu Autos, die auf sie warteten – kleine Ford Kas und verrostete Citroën-Kleinwagen –, warfen ihre Sporttaschen auf den Beifahrersitz und fuhren selbst. Abigail hatte ihre Führerscheinprüfung noch nicht bestanden, auch wenn das ständige Umstellen des Radiosenders bewies, dass sie übte. Ein paar Mädchen wurden allwöchentlich von nicht gerade vertrauenerweckenden Jungen abgeholt. Die jungen Männer saßen bei laufendem Motor und aufgedrehter Musik in ihren aufgemotzten Imprezas, um dann mit laut quietschenden Reifen davonzurasen. Ishbel fand das schrecklich.

»Es gibt da einen Jungen«, hatte Aidan eines Abends nebenbei bemerkt, vor rund einer Woche. Mit atemloser Stimme, ähnlich wie die, mit der, in Ishbels Erinnerung, Mädchen an der Schule Informationen weitergeben, wenn sie auf der Toilette ihre Lippenstifte tauschen. Als wäre er ein Mitverschwörer – ohne den Hauch von väterlicher Sorge.

»Was soll das heißen – *es gibt da einen Jungen?*« Sie hatte genau gewusst, was er meinte, es aber nicht zugeben wollen.

»Unsere Tochter hat vielleicht einen Freund.«

Ishbel schwieg. Natürlich hatte Abigail schon Freunde gehabt. Aber das war auf der High School gewesen – damals, als Ishbel noch die Zeit festlegte, zu der Abigail nach

Hause kommen musste, und Aidan bitten konnte, ihr bei der Durchsetzung ihrer Regeln zu helfen. Inzwischen war Abigail neunzehn. Im Geiste hörte sich Ishbel sagen: *Nein, nein, nein.*

»Woher weißt du das?«

Aidan grinste sie nur an. Er stand vor der Frisierkommode, trug ein sauberes Hemd, und Ishbel sah seinen Oberkörper im Spiegel, dreimal reflektiert. Aus irgendeinem Grund dachte sie damals – wohl zum ersten Mal seit Jahren –, dass er ein sehr gut aussehender Mann war. Noch immer war. Und kurz befiel sie eine altbekannte Angst.

»Sie hat es mir *gesagt*«, entgegnete er. »Sie redet nämlich mit mir.«

Ishbel hatte die Wäsche zusammengelegt. Jetzt erinnerte sie sich, auf das weiße Baumwoll-T-Shirt in ihren Händen hinuntergeblickt und gesehen zu haben, wie es sich rosa verfärbte, weil Wut ihren Blick trübte. In letzter Zeit war sie ziemlich oft wütend auf Aidan – sie waren wütend aufeinander. »Bist du denn nicht wütend?«, hatte sie ihn angeblafft.

»Wütend?« Er fand das offenbar lustig.

Sie atmete tief durch. *Erfindet er das nur, damit ich mich aufrege?* »Ich meine … früher warst du einer von diesen Keiner-ist-gut-genug-für-meine-Tochter-Vätern. Du hast ihre Freunde gehasst. Wir haben Witze darüber gemacht.«

Er wandte den Blick ab und strich mit den Händen an der Vorderseite seines Hemdes hinunter, um es zu glätten. »Stimmt«, sagte er. »Und wenn dieser junge Mann ihr das Herz bricht, zertrümmere ich ihm die Kniescheibe ganz bestimmt.«

Ishbel verdrehte die Augen. Als junge Frau hatte sie Aidans Gefühllosigkeit, seine männliche Angeberei gemocht. Mittlerweile empfand sie beides nur noch als nervtötend, und das wusste er.

»Aber jetzt ist sie erwachsen«, redete er weiter. »Auch ein beschützender Vater muss wissen, wann er einen Schritt zurücktreten muss.« Er hielt inne und warf ihr einen Blick zu. »Und eine neurotische Mutter sollte lernen, ein bisschen runterzukommen.«

Ishbel schloss die Augen. In letzter Zeit gehörten diese kleinen Spitzen zu ihrer täglichen Routine, zu dieser Komikernummer, deren Schauspieler sie offenbar beide waren. *Warum bleibe ich?*, hatte sie sich mehr als einmal laut gefragt. *Wegen Abigail*, lautete immer die Antwort. *Abigail, die ihren Dad abgöttisch liebt. Sie würde es dir niemals verzeihen.*

Es entstand eine lange Stille. Die vertraute Angst schwappte in Ishbel, als wäre sie schmutziges Wasser, bis sie fand, dass sie endlich etwas sagen musste. »Sie redet auch mit mir.«

Aidan zog ein Vielleicht-Gesicht, und nicht zum ersten Mal juckte es ihr in den Fingern, ihm eine Ohrfeige zu geben.

»Natürlich«, hatte er dann gesagt. »Aber in letzter Zeit warst du oft ziemlich abgelenkt.«

Ishbel schüttelte die Gedanken ab. Auf der anderen Straßenseite verschwamm der Inverleith Park im Schatten seiner Bäume zu einer dunklen Masse. Wenn sie in den Rückspiegel blickte, zeichneten sich die spitzen Türmchen der Fettes School als Silhouette vor dem dämmrigen Himmel ab. Erst nach zehn Uhr würde es richtig dunkel werden, doch hinter dem Fußballfeld und seinem Ring aus künstlichem Licht war die Stadt ein ineinander verlaufenes Durcheinander aus Giebeln und Türmen. Die Straßenlaternen gingen an, und die Wolken färbten sich rosa. Morgen wird wieder ein schöner Tag, dachte Ishbel.

Und Aidan hatte ja recht. Der Fall Telford – die größte Rechtsbeschwerde, mit der sie in ihrer Arbeit je konfrontiert gewesen war – hatte sie völlig aus dem Gleichgewicht geworfen. Auch wenn jetzt, fast drei Jahre nach der ersten Rechtsbeschwerde seitens eines privaten Altersheimbetreibers, alles überstanden war, fiel es ihr immer noch schwer, ihre frühere Work-Life-Balance wiederzufinden. Sie war tatsächlich abgelenkt gewesen. So zerstreut, dass sie seit jenem Gespräch mit ihrem Mann eine Woche hatte verstreichen lassen. Sie hatte noch immer nicht mit Abigail über die Freund-Problematik gesprochen. Aidan hatte ihr erzählt, dass der Junge aufs selbe College gehe und ein Auto und irgendeine Art Job habe. »Er scheint aus einer *netten Familie* zu kommen«, hatte Aidan gesagt und dabei seine Stimme wie eine Parodie von Ishbels klingen lassen. »Ich weiß ja, dass dir so etwas wichtig ist.« Sie hatte die besondere Spitze schulterzuckend abgetan – in letzter Zeit achtete sie sorgfältig darauf, auf welchen Streit sie sich einließ. Aber sie hatte sich erlaubt, mit den Augen zu rollen. Ihr Ehemann warf ihr immer wieder vor, zu statusbewusst zu sein, aber manchmal fand sie seine Positionierungen und Neupositionierungen zu ermüdend, um noch auf dem aktuellen Stand zu sein. »Also, das ist mal ein richtiger Mann«, sagte er dann über irgendeinen Sportler oder Promi, der seinen Gefallen fand. Jahrelang hatte Ishbel das charmant, ja sogar sexy gefunden. Aufregend. Jetzt war sie zwar erleichtert, dass sie eine Tochter hatten – nicht einen Sohn –, machte sich jedoch auch Sorgen, was Aidans Begeisterung für diesen neuen Freund bedeutete. Sie hatte auf mehr Informationen gedrängt, aber Aidan behauptete, nicht mehr zu wissen.

»Immerhin habe ich ein Foto gesehen«, hatte er schließlich doch gesagt und sich mit einer Ich-weiß-etwas-was-du-nicht-weißt-Geste aufgeplustert. »Er ist ein großer, dunkler, attraktiver Typ. Hat etwas.« Damit hatte er seinen Hausschlüssel geschnappt, um wieder einmal zu irgendeinem Treffen zu gehen, über das Ishbel nichts Genaueres wusste. »Du solltest dir Sorgen machen«, hatte er noch gesagt.

Um Ishbel herum leerte sich der Parkplatz. Die mit einem Mantel bekleidete Fußballtrainerin lief noch einmal über das Spielfeld, um es nach zurückgelassenem Abfall, Pullis oder Smartphones abzusuchen. Ishbel beobachtete die Frau: eine kleine, kompakte Gestalt, die jetzt am Zaun entlangging. Bald würde das Flutlicht ausgeschaltet werden, und die Mauersegler auf Futtersuche würden den Fledermäusen weichen. Abigail war bisher nicht aus der Umkleide gekommen. Ishbels Auto war das einzige, das noch auf dem Parkplatz stand.

Inzwischen zeigte die Uhr einundzwanzig Uhr neunzehn. Ishbel zog ihr Handy aus der Handtasche und wählte die Nummer ihrer Tochter. Es klingelte, bis die Mailbox ansprang. Wie erwartet – wenn Abigail sich mit dem Umkleiden beeilte und sah, dass ihre Mutter anrief, ignorierte sie sie. Sie würde wissen, dass der Anruf eine unausgesprochene Kritik enthielt: *Komm endlich*! Ishbel erblickte ihr Gesicht im Rückspiegel. Sie wirkte blass, die kurzen dunklen Haare, getönt in letzter Zeit, waren etwas zerzaust. *Mein Gott, wie alt ich aussehe.* In ihrer Vorstellung war sie noch immer in Abigails Alter und wunderte sich immer ein wenig, wenn sie ihr Spiegelbild anschaute und die schmalen Lippen und Krähenfüße einer älteren Frau sah.

Sie dachte daran, eine Nachricht zu hinterlassen. »Abigail, hier ist deine Mutter. Erinnerst du dich an mich? Ich muss heute Abend noch an einem Bericht arbeiten und hatte gehofft, inzwischen zu Hause zu sein. Was immer du gerade tust, bitte beeil dich damit, okay?« Sie wischte über das Display, um den Anruf zu beenden, und hatte gleichzeitig das Gefühl, nichts erreicht zu haben. Die Grausamkeit von Smartphones: Sie boten einem nicht die Genugtuung, wutentbrannt den Hörer auf die Gabel knallen zu können.

Ishbel steckte das Handy nicht zurück in ihre Tasche, sondern legte es aufs Armaturenbrett, nur für den Fall, dass es klingelte. Als sie den Kopf hob, registrierte sie in der Ferne eine Bewegung, ein verschwommenes Licht. Einen Häuserblock weiter den Hügel hinunter verlief die Comely Bank Road am Parkplatz vorbei: Von ihrem Platz im Auto aus sah Ishbel die erleuchtete Front eines Zeitschriftenladens und hin und wieder ein Auto, das über die Kreuzung fuhr.

Was ihre Aufmerksamkeit geweckt hatte, war ein einstöckiger City-Bus – mit großen Fenstern, von innen erhellt. Irgendeine Verkehrsstörung hatte dazu geführt, dass der Bus mitten auf der Kreuzung anhielt, bis schließlich jemand hupte. Stehend, sich an die Haltestange klammernd, war im Bus Abigail zu sehen. Ishbel war zwar ein ganzes Stück weg, und der Bus fuhr beinahe so schnell wieder an, wie er gestoppt hatte, aber das Profil ihrer Tochter erkannte Ishbel überall. Unsicher, was sie tun sollte, saß sie, die Hände am Lenkrad, im Auto und stellte sich immer wieder dieselben Fragen. Was machte Abigail in dem Bus? War sie nicht beim Training gewesen? Wenn nicht, wieso nicht? Und wo war sie dann gewesen? Es muss dafür einen Grund geben, dachte Ishbel. Aber ihr fiel keiner ein.

Es dauerte eine Minute, bis ihre Tochter schließlich etwas entfernt um die Ecke eines Häuserblocks bog. Sie war anscheinend aus dem Bus gestiegen. In der Dämmerung war die kleine Gestalt nur undeutlich zu sehen, aber Ishbel wusste sofort, dass es Abigail war. Das helle Haar, die nach vorn gezogenen Schultern – auch wenn Ishbel sie immer wieder ermahnte, sich gerade zu halten –, der gestreifte, auf Hüfthöhe baumelnde Sportbeutel. Die Gestalt, von der sie sicher war, dass es sich um Abigail handelte, schlüpfte durch ein Seitentor aufs Schulgelände und entschwand aus ihrem Blickfeld.

Ishbels Handy summte, doch die SMS kam nicht von ihrer Tochter. Sondern von Aidan.

Nehme an, du hast Baby abgeholt. Wenn du an einem Supermarkt vorbeikommst, kauf bitte Spülmaschinentabs. A.

Baby war ihr Kosename, den Abigail nicht ausstehen konnte – besser gesagt, den sie hasste, sowie ihn Ishbel benutzte. Aidan war es aus irgendeinem Grund gestattet. Nach Abigails Geburt hatten sie beide nur mit Mühe einen Namen gefunden. Damals wurde einem das Geschlecht des Kindes noch nicht im Voraus verraten, aber Aidans Mutter, die an alle Arten von Ammenmärchen glaubte, hatte Ishbel davon überzeugt, mit einem Jungen schwanger zu sein. Als Abigail geboren wurde – das weiblichste Baby, das man sich vorstellen konnte, bereits mit langen blonden Wimpern –, waren sie überrascht worden und hatten weder mit Nathan noch mit Jackson etwas anfangen können, den Namen, für die sie sich entschieden hatten. So hatten sie Abigail mehrere Tage lang Baby genannt, und im Grunde hatte Aidan nie damit aufgehört.

Baby verspätet sich. Bin bald zurück. I. Ishbel überlegte, dem Ende des Textes noch ein x hinzuzufügen, doch schon beim Gedanken daran sackten ihre Mundwinkel nach unten. Stattdessen drückte sie auf *Senden.*

Sie beobachtete Abigail, wie sie das Tor zum Fußballfeld öffnete und in das Flutlicht trat. Als sie ungefähr in der Mitte des Feldes angekommen war, erlosch die Beleuchtung, sodass die Trainingsfelder plötzlich stockdunkel waren. Ishbels Herz stolperte, doch nach ein, zwei Sekunden hatten sich ihre Augen an die neuen Lichtverhältnisse gewöhnt. Den Sportbeutel über der Schulter, ging Abigail weiter Richtung Auto.

»Sorry, Mum«, sagte sie, während sie die Beifahrertür aufzog. »Hab mich mit Ms Lessenger verquatscht.«

Emily Lessenger war die Trainerin, die kurz zuvor noch das leere Spielfeld abgesucht hatte. Ishbel erschrak, als sie die Lüge ihrer Tochter hörte. »Das hast du bestimmt nicht. Ms Lessenger war gerade noch hier draußen. Ich habe sie gesehen. Sie war allein.«

Abigail legte den gestreiften Beutel in den Fußraum und schlug die Autotür zu. »Wann genau?« Sie sah aus, als könnte sie kein Wässerchen trüben.

»Vor fünf Minuten. Ungefähr.«

Abigail schüttelte sich die Haare von einer Schulter auf die andere. »Oh. Dann war das davor. Ich hab mit ihr geredet und mich dann erst umgezogen. Tut mir leid. Ich hatte ganz vergessen, wie spät es schon ist.«

Ishbel betrachtete ihre Tochter. Es wäre ein Leichtes, ihr zu glauben, dass ein anderes Mädchen in dem Bus gestanden hatte, über die Straße, durch das Schulgebäude gegangen und auf das Fußballfeld gelaufen war. Ein anderes Mädchen mit blonden Haaren und einem gestreiften Sportbeutel. *Glaub es ihr. Genau das will deine Tochter.*

»Ich habe dich angerufen.« Ishbel startete den Motor. Die Uhr am Armaturenbrett zeigte einundzwanzig Uhr sechsundzwanzig. Während Abigail im Beutel nach ihrem Handy kramte, steuerte Ishbel den Wagen rückwärts auf die Straße.

»Ach ja«, sagte Abigail, als sie ihr Smartphone eingeschaltet hatte, »ein verpasster Anruf. Sorry.«

Ishbel bog nach links und dann gleich wieder nach rechts ab. Sie fuhr gern am Park entlang, vorbei an den Altbauvillen in Inverleith mit ihren Erkern und elektronisch gesicherten Toren an den Grundstücksgrenzen.

»Dad hat mir eine Nachricht geschickt«, fügte Abigail hinzu und blickte auf ihr Handy – die Körperhaltung, in der Ishbel sie momentan meistens sah. »Ich soll dir ausrichten, dass du bitte Geschirrspültabs mitbringst.«

An der Inverleith Row blieben sie vor einem Vorfahrtsschild stehen und warteten, bis ein Bus vorbeifuhr: der Doppeldecker 23 nach Trinity. Fährt in meine Richtung, dachte Ishbel. Typisch. Jetzt musste sie hinter ihm her zuckeln.

»Wir haben keine Zeit mehr, die Tabs zu kaufen«, sagte sie. »Ich muss heute Abend noch an einem Bericht arbeiten, der morgen beim Anspruchsteller sein muss, und bin sowieso schon spät dran. Schreib deinem Vater, er soll per Hand abwaschen. Das wird ihn schon nicht umbringen.«

Widerwillig schrieb Abigail die Nachricht. »Du weißt genau, dass *ich* dann das Geschirr spülen muss.«

»Na und? Du wirst es auch überleben.«

Schweigend fuhren sie weiter. Der Dreiundzwanziger hielt neben einer Reihe von Imbissen: Pizza, indisch, chinesisch. Ishbel blickte in den Rückspiegel, überholte dann den Bus und wechselte auf die Rechtsabbiegerspur in Richtung Ferry Road. Ein Taxifahrer hupte. »Du kannst mich mal«, zischte sie.

Abigail hob den Kopf. »Mein Gott, Mutter.« Sie lachte. »Du bist heute Abend aber echt stinkig.«

Ishbel verkniff sich eine Antwort und bog von der Ferry Road in die Trinity Street. Bald waren sie zu Hause: nur noch ein paar Straßen. Sie musste irgendetwas sagen. »Wo bist du wirklich gewesen, Abigail?«

Ihre Tochter blickte sie an. »Was meinst du?« Wieder diese Unschuldsmiene.

»Heute Abend«, Ishbel versuchte, ganz ruhig zu bleiben, »bist du nicht zum Training gegangen. Wo warst du stattdessen?«

Wieder lachte Abigail. Ein selbstbewusstes Lachen – aber noch etwas anderes lag darin: ein kleines bisschen Boshaftigkeit. »Ich weiß nicht, was du meinst. Ich war beim Training. Du hast mich hingefahren. Du hast gesehen, wie ich in den Umkleiden verschwunden bin. Und eben hast du gesehen, wie ich wieder herausgekommen bin.«

Ishbel drosselte das Tempo. »Nein. Was ich eben gesehen habe, ist, dass du an der Comely Bank Road aus einem Bus ausgestiegen bist. Erst *danach* habe ich gesehen, wie du über das Spielfeld gekommen bist.«

»Was?«

Da ist er, dachte Ishbel. Der kleine Riss in der Fassade. »Ich habe dich wirklich gesehen, Abigail. Du bist aus dem Bus gestiegen und hast dich durch die Seitentür ins Schulgebäude geschlichen. Und dann bist du mitten über das Spielfeld gegangen, damit es so aussieht, als wärst du die ganze Zeit beim Training gewesen.«

Abigail schwieg. Sie hielt ihr Handy in beiden Händen, das Display war dunkel. Stur blickte sie nach vorn durch die Windschutzscheibe.

»Geht's um diesen Jungen?«, fragte Ishbel leichthin, noch während sie das Bild, wie ihre Tochter ein schummriges Schlafzimmer – ein streng riechendes Jungenzimmer voller Pizzakartons und mit Playboy-Postern an der Wand – betrat, aus ihren Gedanken zu verdrängen versuchte. »Dein Vater hat mir gesagt …«

Abigail verdrehte die Augen. »Dad kann einfach nicht die Klappe halten.«

Es stimmte also: Abigail hatte sich ihrem Vater anvertraut, Ishbel gegenüber aber bewusst geschwiegen. War Aidan immer schon so selbstgefällig gewesen? Sie konnte sich jetzt, in diesem Moment, nicht daran erinnern. »Ist es jemand, den ich kenne?« Ishbel ging auf, dass sie keine Ahnung hatte, mit wem ihre Tochter in letzter Zeit Umgang pflegte. Sie wusste nur von einem einzigen anderen

Jungen aus Abigails High-School-Jahrgang, der das Three Rivers College besuchte – ein Junge mit dunklen Haaren. »Ist es Ryan?«, fragte sie.

Abigail sah immer noch stur nach vorne.

»Ryan?«

Es entstand eine Pause. Abigail krauste die Nase. Dann: »Meinst du Ryan Summers? Den von der High School?«

»Summers«, sagte Ishbel. »Ja – das ist sein Name.«

»Mein Gott, Mum. Absolut nicht. Ich meine – bäh. Ryan Summers ist total ätzend. Ich würde auch dann nicht mit ihm gehen, wenn er der letzte Hetero auf diesem Planeten wäre.«

»Okay.« Ishbel nahm kurz die Hände vom Lenkrad, stellte sich dann aber vor, dass der Fahrer vor ihnen ihre beiden Handflächen im Rückspiegel als zwei helle Flecken sah, und legte sie wieder zurück. »Ich hab mich das nur gefragt. Du kannst mir nicht vorwerfen, dass mich das interessiert ... Vor allem, wenn der Junge Grund genug ist, das Fußballtraining ausfallen zu lassen.« Sie hatte locker, unaufgeregt klingen wollen. Aber es hatte nicht geklappt.

»Zu deiner Information, sein Name ist Jack. Ich wundere mich bloß, dass du das nicht schon längst weißt, nachdem Dad nicht dichtgehalten hat. Aber ich hab nicht seinetwegen das Training geschwänzt. Ich bin heute Abend noch nicht mal in seiner Nähe gewesen, okay?«

»Es würde mir nichts ausmachen, wenn du das Training hin und wieder ausfallen lässt. Wenn du stattdessen zu einer«, Ishbel stockte, »Freundin gehst. Aber sag es mir. Sag's mir einfach, okay, Abigail?«

Sie hatten die Primrose Bank erreicht. Zu Hause, dachte

Ishbel und schlug das Lenkrad nach rechts ein. Abigail blickte immer noch nach vorn, aber Ishbel konnte förmlich hören, wie es im Kopf ihrer Tochter ratterte. »Ich wollte mich nur vergewissern, dass du … aufpasst«, sagte sie.

Abigail holte Luft – als wollte sie etwas erwidern. Während Ishbel den Wagen in Richtung Garageneinfahrt steuerte, glaubte sie noch, Abigail würde klein beigeben – zugeben, was sie getan hatte – und sich entschuldigen.

Stattdessen sagte sie: »Scheiße, Mutter, bist du auf Crack?«

Ishbel zuckte zusammen. So hatte Abigail noch nie mit ihr gesprochen – kein einziges Mal in fast zwanzig Jahren. Der Motor lief noch, und sie stand mit einem Fuß noch auf der Bremse, damit das Auto nicht von der leicht ansteigenden Garageneinfahrt zurück auf die Straße rollte.

Abigail griff nach ihrem Sportbeutel im Fußraum und öffnete die Beifahrertür.

»Bilde dir bloß nicht ein, dass ich dich so mit mir reden lasse«, entfuhr es Ishbel.

Abigail knallte die Tür zu und lief um die Vorderseite des Wagens. Als sie daran vorbeiging, streifte das Scheinwerferlicht die Rückseite ihrer Beine. Auf ihrer stonewashed Jeans waren Grasflecken.

Ishbel zog die Handbremse an und drehte den Schlüssel im Zündschloss. Abigail war bereits ins Haus gestürmt und zog jetzt die Tür hinter sich zu. Ishbel griff nach ihrer Tasche und stieg aus. An der Haustür stellte sie fest, dass ihre Tochter die Sicherheitskette vorgelegt hatte, sodass sie ausgesperrt war. »Wir werden noch ein ernstes

Wörtchen miteinander reden, junge Dame!«, rief sie durch den Spalt, den die Kette frei ließ, klingelte Sturm und lauschte.

»Darling«, Aidans Gesicht erschien, »bitte.«

Ishbel ließ die Klingel los – und den Türgriff, den sie so fest umklammert hatte, dass sich das Messing-Achteck in ihrer Handfläche abzeichnete. Sie horchte, während Aidan auf der anderen Seite der Tür die Kette löste, um sie hereinzulassen.

»Ich weiß zwar nicht, was hier los ist, aber könnten wir bitte an die Nachbarn denken?«

Ishbel stand im Flur und ließ ihre Handtasche auf den abgeschliffenen Holzboden fallen. »Vergiss die Nachbarn, Aidan. Wo ist sie?«

Er legte ihr eine Hand auf die Schulter. »Was ist denn passiert, Bel?«

Sie schlug seine Hand weg. »Sie hat sich irgendwo herumgetrieben. Kurz nachdem ich dir die Nachricht geschickt hatte, habe ich gesehen, wie sie an der Comely Bank aus einem Bus stieg. Sie hat sich ins Schulgebäude geschlichen und es durch einen Seiteneingang wieder verlassen, damit es so aussieht, als wäre sie beim Training gewesen. Sie wollte mich für dumm verkaufen.« Aidan machte Anstalten, etwas zu erwidern, aber Ishbel war nicht zu bremsen: »Und kaum war sie im Auto, hat sie mich angelogen. Sie hat mir frech ins Gesicht gelogen, Aidan. Ohne mit der Wimper zu zucken.« Ishbel zitterte. Was war das – Schock? Wut? Sorge, dachte sie. Aber ihr Mann lächelte sie nur an.

»Das ist alles?«

Sie riss die Augen auf. »Was soll das heißen, *das ist alles*?

Wo ist sie gewesen? Warum lügt sie mich an? Warum hat sie mir nicht gesagt, dass sie einen Freund hat?«

Aidan schmunzelte. »Ach, komm, Bel. Hattest du denn nie Geheimnisse vor deinen Eltern?« Wieder machte er dieses unerträglich heitere Gesicht und fügte hinzu: »Ich meine, vor deiner Mutter.«

Ishbel hielt kurz inne, dann scheuchte sie ihren Mann beiseite und ging an ihm vorbei. »Ich fasse es nicht, dass du so etwas sagst.« Sie lief die Treppe hinauf.

Hinter sich im Flur hörte sie Aidan sagen: »Hast du dich denn nie davongeschlichen? Wolltest du nie etwas haben, das nur dir allein gehört?«

Die Hand auf dem Geländer, wendete sich Ishbel halb um. »Weißt du noch mehr? Was hat sie dir erzählt? Hast du eine Ahnung, was hier läuft?«

Ihr Mann runzelte die Stirn. »Nein.«

Sie sah, dass er die Wahrheit sagte. *Verdammt!* Wäre er Mitwisser von etwas, von dem sie ausgeschlossen war, hätte sie das gekränkt, aber zumindest hätte sie die Gelegenheit gehabt, es aus ihm herauszubekommen.

»Das habe ich dir doch schon vorige Woche gesagt. Aber Abigail ist fast zwanzig. Sie ist erwachsen. Was sie tut und wohin sie geht, das ist nicht mehr unsere Sache.«

Ishbel schlug mit der flachen Hand auf den Handlauf. Es schmerzte. »Verdammt noch mal, Aidan. Du weißt genau, warum ich mich so aufrege. Es geht nicht darum, wohin Abigail geht oder was sie macht – sondern darum, dass sie lügt. Wieso lügt sie mich an? Warum wird sie mir gegenüber ausfallend? Es ist ja nicht nur so, dass sie kommt und geht, wie es ihr gefällt. Da läuft doch irgendwas hinter meinem Rücken.«

Aidan hob die Hände – die Was-auch-immer-du-gewinnst-Geste. Sein Verhalten ärgerte Ishbel. Weshalb war nicht auch er wütend?

»Nein.« Noch einmal schlug sie mit der Hand aufs Treppengeländer. »Du darfst nicht einfach klein beigeben. Dieses Mal, Aidan, nur dieses eine Mal, brauche ich dich an meiner Seite. Du musst so fühlen wie ich oder meine Gefühle wenigstens ernst nehmen. Abigail lebt immer noch mit uns unter einem Dach, sie isst immer noch unser Essen, ich warte immer noch jede Woche auf diesem gottverlassenen Parkplatz, bis sie vom Fußballtraining kommt. Wenn nichts mehr davon zutrifft, dann kann sie machen, was sie will. Wenn ich ihr nicht mehr die Jeans wasche, kann sie sich meinetwegen im Dreck suhlen. Aber solange sie noch bei uns wohnt, habe ich das Recht zu wissen, was zum Teufel vor sich geht!«

In der nachfolgenden Stille spürte Ishbel ihren schweren Atem. Die Obertöne ihres Wutausbruchs hallten auf der Treppe und dem Treppenabsatz wider. Doch sie fühlte sich keineswegs besser als vorher. Etwas staute sich immer noch in ihr.

»Hast du mich gehört, Fräulein?« Ishbel rief die Frage in die Richtung des Schlafzimmers ihrer Tochter. Ihre Stimme klang inzwischen heiser. »Wir beide sind noch nicht fertig miteinander. Du lügst mir nicht ungestraft ins Gesicht – nicht, solange du deine Füße unter meinen Tisch stellst!«

Keine Antwort. Kein Laut von oben. Hatte ihre Tochter überhaupt ein Wort von ihr mitbekommen? Vielleicht trug sie ja diese schallschluckenden Kopfhörer. Oder sie sah fern. Unten im Flur hielt Aidan immer noch die

Hände hoch – als bedrohte ihn jemand mit einer Waffe. Ishbel betrachtete ihn aus dem Augenwinkel. Und hatte das Gefühl, als würden alle Kraft und Energie aus ihr entweichen.

Aidan ließ die Arme fallen. »Jetzt, wo wir alles ausgesprochen haben, könnten wir uns bitte wieder beruhigen?«

Ishbel blickte ihn böse an, doch ihre Streitlust war verflogen. »Was ist eigentlich los mit dir, Aidan? Das Verhalten sieht dir gar nicht ähnlich.«

Er zuckte hilflos mit den Achseln. »Du bist nur viel zu melodramatisch. Und ich glaube, das weißt du auch.«

Sie standen da und schauten einander an. Aidan im Flur, die Hemdsärmel aufgekrempelt, ein Loch in einer seiner Socken. Ishbel fünf Stufen über ihm, die Füße wund gescheuert in den High Heels, während es in ihren Ohren rauschte. Natürlich, dachte sie. Es interessiert ihn einfach nicht, wenn unsere Tochter verschwindet, ob bei Tag oder Nacht. Er verschwindet ja auch, und zwar ständig. Sie versuchte, den Gedanken zu verdrängen.

»Hast du die Spülmaschinentabs gekauft?«

Ishbel schlug die Hände vors Gesicht; sie ertrug seinen Anblick einfach nicht mehr. »Ich gehe jetzt schlafen.« Da Aidan schwieg, fügte sie hinzu: »Im Gästezimmer.«

Als sie kurz darauf die Hände wieder vom Gesicht nahm, war er bereits verschwunden.

Amoklauf am Three Rivers College

Aus Wikipedia, der freien Enzyklopädie
(Weitergeleitet von Ryan Summers)

Ort	Three Rivers College
Datum	14. Mai, ca. 8:30–9:00 Uhr (GMT)
Ziel	Studierende des Three Rivers College
Art des Angriffs	Schießerei in der Schule, Tötung mit nachfolgendem Suizid, Massenmord, Schulmassaker
Waffen	Bruni Olympic .380 BBM modifizierte Schreckschusspistole (x3)
Tote	14 (inkl. Täter)
Nicht tödliche Verletzungen	2
Täter	Ryan Andrew Summers

Der Amoklauf ereignete sich auf dem Tweed Campus des Three Rivers College. Der 20 Jahre alte Ryan Summers erschoss 13 Kommilitoninnen [1][2][10][37] und beging anschließend noch am Tatort Selbstmord [1][10]. Es handelt sich neben dem Amoklauf von Hungerford im Jahr 1987, den Monkseaton-Shootings im Jahr 1989, dem Schulmassaker von Dunblane im Jahr 1996 und der Schießerei in Cumbria im Jahr 2010 um eine der schwersten mit Schusswaffen begangenen Straftaten in der Geschichte des Vereinigten Königreichs.

Der Amoklauf hat eine Debatte über die Waffengesetze im Vereinigten Königreich [3] ausgelöst, in dem der Waffenbesitz bereits streng reguliert ist [4]. Im Anschluss an das Schulmassaker von Dunblane wurden das Schusswaffengesetz von 1997 und das 2. Schusswaffengesetz von 1997 verabschiedet, die den privaten Besitz von Handfeuerwaffen im Vereinigten Königreich untersagen. Danach startete die Polizei in Großbritannien eine Kampagne zur Förderung der öffentlichen Sicherheit, in der auf die Gefahren von Waffenmodifikationen detailliert hingewiesen wurde. Zudem führte der Vorfall zur Bekanntgabe neuer polizeilicher Richtlinien, was die Möglichkeiten betrifft, am effektivsten mit Notdiensten in Kontakt zu treten [22].

Hintergrund

Zum Zeitpunkt der Schießerei gab es am Three Rivers College 26.708 immatrikulierte Studierende; allerdings waren viele von ihnen zum Online- oder Fernstudium eingeschrieben [5]. Die Hochschule hat drei Standorte: den Tweed Campus, den Esk Campus sowie den Forth Campus.

An jenem Tag

14. Mai, 8:20 Uhr

»Hallo, Sergeant. Sie sehen umwerfend aus wie immer.«

Birch hatte einen Blick in die Kühltheke geworfen; sie war unschlüssig, ob sie einen mit Früchten belegten Toast – ein gesunder Start in die Woche – oder eine Zimtschnecke – entschieden weniger gesund – wollte. Weil sie vor knapp einer halben Stunde gefrühstückt hatte, hatte sie zwar keinen Hunger, aber auf der Wache war es offenbar üblich, dass alle morgens mit einer Kleinigkeit erschienen. Sie musste zumindest versuchen, sich zu integrieren.

»Entschuldige, Danny, ich war ganz in Gedanken.«

Im Coffeeshop war es voll und laut. Es war kurz vor halb neun, und anscheinend hatte sich jeder Pendler in der Stadt in die warme, hell beleuchtete Lieblingsschlange seines Lieblingscafés eingereiht. Birch war standorttreu – sie ging schon seit Jahren in den kleinen Coffeeshop nahe dem Leith Walk – und entschlossen, es auch zu bleiben, egal, wo sie arbeitete. Danny war ihr Lieblingsbarista. Er war um die siebzehn, hatte kürzlich das College geschmissen und war sichtlich begeistert, Geld zu verdienen, das allein ihm gehörte. Die erste Freude im Arbeitsleben: Wenn Birch sich anstrengte, konnte sie sich gerade noch so daran erinnern. Danny bekam stets ein gutes Trinkgeld von ihr.

»War als Kompliment gemeint, Sarge.« Danny zwinkerte ihr zu und kritzelte ihre übliche Bestellung auf einen Pappbecher. »Keine Sache auf Leben und Tod.«

Birch hatte es zwar hinausgeschoben, es rumzuerzählen – sie fürchtete, angeberisch zu wirken –, aber als sie sah, wie Danny mit seinem dicken Marker *Sgt Birch* auf den Becher schrieb, kam ihr das doch wie eine Degradierung vor.

»Ehrlich gesagt, ich bin kein Sergeant mehr.«

»Mist.« Danny warf den Becher über die Schulter nach hinten: Er würde, das wusste er, vom Kollegen an der Kaffeemaschine geschickt aufgefangen werden. »Hat man Sie gefeuert?«

Er hatte es gesagt, um sie zum Lachen zu bringen: Ihr Rang war am Blusenkragen deutlich sichtbar. Jetzt erwiderte er ihr Lächeln.

»Seien Sie nicht albern, Danny.« Sie flirtete mit ihm – auf jene sichere, bedeutungslose Weise, die eine Frau sich erlauben kann, wenn der Mann zwanzig Jahre jünger ist. »Nein, ich bin befördert worden. Jetzt bin ich DI. Detective Inspector, kaum zu glauben, was?«

»*Ich* glaub's Ihnen jedenfalls aufs Wort.« Danny streckte die Hand nach dem Geld aus, das sie noch zahlen musste. »Hab mich echt schon gefragt, warum die so lange dafür brauchen.«

Während Birch ihm einen Zehn-Pfund-Schein reichte und zusah, wie er das Wechselgeld abzählte, wurde ihr klar, dass sie zum ersten Mal in den Wochen seit der Beförderung Stolz empfand. Bislang war ihr hauptsächliches Gefühl Angst gewesen: Angst, die Wache am Gayfield Square und ihr Team zu verlassen, Angst, nach Fettes umzuziehen und unter den Augen des Detective Chief Inspector zu arbeiten. Angst, wieder die einzige Frau der Truppe zu sein. Aber Danny bewunderte sie – das konnte sie in seinem Gesicht lesen, als er den Deckel auf den Kaffeebecher drückte und diesen mit beiden Händen über den Tresen schob. Die Arbeit, die sie leistete, war es wert, geschätzt zu werden.

»Ach, und noch eine Zimtschnecke, bitte. Zum Mitnehmen. Hier, der Rest ist für Sie.«

Draußen spürte sie die frühmorgendliche Kühle. Über den Häusern von Leith hingen ein paar lilafarbene Wolkenfetzen, den Himmel erhellte eine Art Disney-Prinzessinnen-Rosa. Roter Himmel am Morgen, dachte Birch. Eine Warnung. Sie hatte den großen schwarzen Mondeo, ihren neuen Dienstwagen, auf der anderen Seite der Straße geparkt, die plötzlich voller Busse war. Sie wartete im Gestank der Abgase und genoss die Wärme des Bechers in der Hand und den Geruch nach karamellisiertem Zucker, bis sie die Fahrbahn überqueren konnte.

Als sie das Auto aufschloss, hörte sie, wie das Funkgerät Selbstgespräche führte. Irgendjemand aus der Leitstelle: eine Stimme, die sie nicht kannte. Sie stellte den Kaffeebecher in den Halter, während sie sich bemühte, das Geplapper zu verstehen. Der Kerl schien ziemlich aufgeregt zu sein. Ein bisschen früh dafür, dachte sie.

Dann hörte sie ihn etwas von einer *College-Schießerei* sagen. Sie hatte den Funkempfänger in der Hand, fast bevor ihr Gehirn das Wort verarbeitet hatte.

»Charlie Alpha, hier spricht CA 38, DI Birch. Habe ich Sie eben richtig verstanden? Eine College-Schießerei? Over.«

Die Leitung knisterte. »Hier ist Charlie Alpha. Sie haben richtig verstanden, Ma'am.« Er hatte offensichtlich nicht damit gerechnet, dass ihm jemand antworten würde. Birch konnte förmlich hören, wie er zusammenzuckte. »Angeblich Schüsse auf einem Campus des Three Rivers College, aber wir nehmen an, dass es sich um eine Falschmeldung handelt. Zwei Einheiten wurden bereits an den Tatort entsendet, over.«

»Wer hat gesagt, es sei eine Falschmeldung? Ist der Einsatzbefehl von oben noch nicht erfolgt? Over.«

Birch hätte schwören können, dass der Mann in der Leitstelle seufzte.

»Unser Station Officer ist noch nicht da. Ein Jugendlicher hat uns angerufen, aber bei einer Massenschießerei müssten doch eigentlich nicht nur ein, zwei Anrufe eingehen.« Er schnaubte. »Sondern Hunderte, over.«

Birch sah auf die Uhr. Zwanzig vor neun. »Die beiden Einheiten, sind die bewaffnet? Over.«

»Nein, Ma'am, over.«

Angst stieg in Birch auf. Das Gefühl bildete sich im Zwerchfell und breitete sich von dort bis in die Kehle aus – es war, als würde man eine heiße Flüssigkeit schlucken, nur umgekehrt.

»Sind das Kollegen der Kriminalpolizei? In Zivilfahrzeugen? Over.«

»Nein, Ma'am.«

Birch merkte, dass der Mann in der Leitstelle wütend war. Er wollte sie abwimmeln und mit seiner Tagesroutine weitermachen.

»Beide Streifenwagen waren in der Gegend. Ihr Bericht müsste gleich reinkommen, over.«

Birch ließ den Motor des Mondeos an. »Nennen Sie mir bitte die Adresse. Over.«

Der Tweed Campus lag etwas außerhalb der Stadt. Birch war schon einmal dort gewesen, anlässlich irgendeiner beruflichen Veranstaltung: Im Sommer, während der Semesterferien, wurden die Gebäude als Tagungsstätte vermietet. Der Komplex war ziemlich schick, ziemlich neu. Birch erinnerte sich an jede Menge Glas und Stahl. An eine Cafeteria mit hellroten Wänden.

Der morgendliche Berufsverkehr war eigentlich bereits am Abklingen, aber dafür stand Birch hinter einem Müllwagen im Stau. Reuegedanken überkamen sie. Sie hatte mit Danny geflirtet, den Mann von der Leitstelle angeherrscht. Gesagt, sie würde zu einem Tatort fahren, der vermutlich gar keiner war. Während sie sich ärgerte, hörte sie mit halbem Ohr dem Funkverkehr zu: zwischen dem Rauschen immer wieder Satzfetzen. Was sollte sie DCI McLeod sagen? *Ich wollte nur mal nach dem Rechten sehen?* Sie würde sich mindestens eine Stunde verspäten.

»Charlie Alpha, hier spricht CA19, Park.«

Birch horchte auf: Die Stimme gehörte zu einer Kollegin, mit der sie vor geraumer Zeit zusammengearbeitet hatte. Nette junge Frau, Police Captain. Noch unerfahren, aber mit Potenzial.

»Ich bin auf dem Tweed Campus des Three Rivers College und kann bestätigen, dass Schüsse abgefeuert wurden; ich wiederhole, Schüsse wurden abgefeuert, over.«

Ohne auf die Antwort des Mannes in der Leitstelle zu warten, schaltete Birch die Sirene ein. Wie so oft bremste der Typ vor ihr vor Überraschung scharf ab – was früher vielleicht dazu geführt hätte, dass das Zivilfahrzeug nirgendwo mehr hingefahren wäre – außer in die Werkstatt. Aber das war nicht Birchs erste Einsatzfahrt. Sie war auf seine Reaktion vorbereitet gewesen und ausgewichen.

»Danke, Kumpel«, sagte sie laut, lenkte den Mondeo wieder auf die Straße und schaltete hoch. Sie rauschte am restlichen Verkehr vorbei: ein Gefühl, von dem sie einfach nicht genug bekommen konnte. Auf Parks Kanal hörte es sich an, als würde der Mann in der Leitstelle völlig die Nerven verlieren.

»Was soll ich tun?«, hörte Birch Park fragen. Die Stimme der jungen Frau klang spitz und hoch vor Angst. »Was soll ich machen, over?«

»PC Park, hier spricht DI Birch. CA38. Ich bin unterwegs zum Tatort, over.« Birch wurde seltsam ruhig. Sie hatte das Gefühl, als würde das Auto von selbst fahren: Die Tachonadel zeigte über hundert km/h und bewegte sich weiter nach rechts. Sie schoss an Autos vorbei wie in einem Film. Ihre Sirene klang weit entfernt – das Gejaule drang wie durch Nebel zu ihr.

»Ma'am.« Dass Birch sich eingeschaltet hatte, schien Park nicht im Mindesten zu beruhigen. »Er ist reingegangen. Er ist reingegangen, und ich hab Schüsse gehört, over.«

»Wer ist reingegangen? Over.«

Park antwortete ihr nicht, aber Birch hörte sie sprechen. Also war sie nicht allein. Gut.

»Charlie Alpha, hier spricht Birch. Wenn es noch nicht passiert ist, muss jetzt der Einsatzbefehl von oben ergehen: Ich wiederhole: Einsatzbefehl von oben muss ergehen, over.«

»Hier spricht Charlie Alpha.« Die Stimme des Mannes brach.

Birch stellte sich die Panik in der Leitstelle vor: Sie hätten den Einsatz längst anordnen müssen und hatten's vermasselt.

»Entschuldigung, Ma'am«, sagte der Mann in der Leitstelle. »Aber haben Sie denn die Befugnis …«

»Ach, jetzt halten Sie sich also an die Vorschriften?« Das war gemein, aber sie hatte es gesagt, bevor sie sich stoppen konnte. »Wir haben eine bestätigte Schießerei und unbewaffnete Kollegen am Tatort. Es handelt sich hier um einen Vorfall, für den wir dringend den Befehl von oben brauchen. Over.«

Als sie sich dem Campus näherte, hörte Birch nur ihre eigene Sirene. *Diese Blödmänner in der Leitstelle.* Sie hatte gehofft, bei ihrer Ankunft auf dem College-Gelände bereits auf Spezialkräfte zu treffen, sodass ihr Eingreifen überflüssig wäre. Sie schaltete die Sirene aus. Sollte der Schütze noch frei herumlaufen, wollte sie lieber nicht zur Zielscheibe – oder Schlimmeres – werden oder den Täter dazu bringen, wegen des Sirenengeheuls auszurasten und noch mehr Menschen zu erschießen. In normalem Tempo fuhr sie auf den Parkplatz des Campus.

Bei dem Anblick, der sich ihr bot, war ein Untersuchungsausschuss der Regierung so gut wie vorprogrammiert. Die Studierenden liefen aus dem Gebäude, die meisten aus dem Foyer. Sie trampelten aufeinander herum wie Vieh, viele von ihnen schrien. Andere erschienen auf Feuertreppen und kamen aus Seiteneingängen, niemand dirigierte sie, sagte ihnen, wie sie sich verhalten sollten. Manche wollten sich in Sicherheit bringen, indem sie auf das Gebüsch am Rande des Campus zurannten, mussten dabei aber große Asphalt- und Rasenflächen überqueren, wo der Scharfschütze sie mühelos abknallen könnte. Und noch schlimmer: Viel mehr Studenten standen in der Nähe der Gebäude herum und blickten ungläubig zu den oberen Stockwerken hinauf. Als Birch die Tür ihres Wagens öffnete, hörte sie den schrillen Feueralarm des College: ein Geräusch, das dafür gemacht war, Chaos ausbrechen zu lassen.

Einige Meter entfernt hockten Park und zwei uniformierte Beamte hinter ihren Streifenwagen. Park sprach in ihr Funkgerät, Birch hörte ihre Stimme. *Die müssten doch zu viert sein*. Das hatte Park also gemeint, als sie sagte, jemand sei reingegangen: ihr Kollege.

»Verdammt«, zischte Birch. Sie stieß die Fahrertür bis zum Anschlag auf, stieg aus und ging in die Hocke. Die Tür würde sie – je nach Typ der Waffe – zwar kaum schützen, war aber besser als nichts.

»PC Park!« Birch musste schreien, um sich in dem Lärm des Feueralarms und der Studierenden Gehör zu verschaffen. Die junge Frau blickte auf, ihr Gesicht war eine Maske des Schreckens. »Ich bin DI Birch. Wann wurde der letzte Schuss abgefeuert?«

Pause.

»Ich weiß es nicht, Ma'am!«, brüllte Park schließlich. »Es tut mir leid. Ich glaube … so ungefähr vor einer Viertelstunde.«

»Okay.« Im Wagen lautes Stimmengewirr. Die Einsatzzentrale kommunizierte jetzt auf mehreren Kanälen mit den Rettungswagen, den Feuerwehren und den superwichtigen Jungs von den bewaffneten Einheiten.

»Charlie Alpha, hier spricht Birch. Ich bin am Tatort. Wo bleiben die Spezialkräfte?«

Eine weibliche Stimme antwortete. Offenbar waren endlich die richtigen Leute informiert worden, und obwohl Birch selbst ein bisschen panisch war, war sie froh, nicht mehr diese jammerige männliche Stimme hören zu müssen. »Hier spricht Charlie Alpha. DI Birch, sind Sie die leitende Beamtin am Tatort, over?«

Birch blieb hinter ihrer spärlichen Deckung, der Wagentür, in der Hocke sitzen.

Ein junger Student rannte vorbei, auf eine Baumgruppe zu. »O mein Gott«, sagte er, anscheinend zu ihr. »Ich glaube, Liz ist tot. Ich glaube, Liz ist tot.«

Sie schaute ihm hinterher, bis er ein einigermaßen sicheres Versteck gefunden hatte, dann drehte sie sich um und blickte hinüber zu Park und den beiden Polizisten. Einer der Männer weinte, versuchte es jedoch zu verbergen.

»Verdammt, Charlie Alpha«, sagte Birch. »Es sieht so aus, als wäre ich es.«

14. Mai, 8:20 Uhr

Die örtliche Niederlassung der Firma, bei der Ishbel arbeitete, war in einem sanierten Gebäudekomplex untergebracht, einer ehemaligen Tuchfabrik. Im noch fahlen Morgenlicht ging Ishbel über den Hof und malte sich ein mögliches früheres Leben aus: das einer jungen Weberin im langen Rock, die hier zu einem anstrengenden Tag voll harter körperlicher Arbeit erschien. Die ersten Sonnenstrahlen spiegelten sich in den zahlreichen Fenstern in den oberen Stockwerken des Gebäudes und warfen zitternde Rechtecke aus Licht vor Ishbel auf den Boden. Damals hatte es keinen Strom, keine Heizung und mit Sicherheit keinen Wasserspender oder Aufenthaltsraum für die Arbeiterinnen gegeben. Pünktlich auf die Minute zur Arbeit zu erscheinen musste ihnen mit jedem Tag ein wenig schwerer gefallen sein.

Siehst du, dachte Ishbel. So schlecht hast du es gar nicht. Aber so richtig überzeugten sie ihre Gedanken nicht.

Als sie den Haupteingang erreichte, rief jemand ihr etwas zu. »Ist noch nicht geöffnet!«

Sie wandte sich um. Joan, eine der Reinmachefrauen, stand in ihrer marineblauen Arbeitskleidung im dunklen Schatten des Gebäudes.

»Ich hab den Haupteingang noch nicht aufgeschlossen«, sagte sie, als Ishbel näher kam. Dicker weißer Rauch kräuselte sich aus ihrem Mund, und Ishbel roch das Erdbeeraroma von Joans Lieblingsliquid. »Sie sind ja ziemlich früh dran, Herzchen.«

Ishbel lächelte. »Hab gestern meine Hausaufgaben nicht gemacht.«

Joan nickte. »Jaja, immer dasselbe. Die Notausgangstür an der Seite ist auf. Lassen Sie sie einfach offen – ich geh gleich nach Ihnen wieder rein.«

Oben angekommen ließ Ishbel ihre Handtasche und den Aktenstapel auf ihren Schreibtisch fallen. Die Mitarbeiter sollten jeweils den Arbeitsplatz nehmen, der gerade frei war, eine Richtlinie, die jedoch alle ignorierten: Jede der kleinen Arbeitsnischen war persönliches Terrain, das mit Fotos und Andenken dekoriert war. Zwei Schreibtische weiter war der Bildschirm von Ishbels Kollegen noch immer mit rotem Lametta geschmückt. *Eigentlich kann ich die bis Weihnachten dranlassen*, hatte er schon ein paarmal gesagt.

Ishbels Schreibtisch war nicht besonders geordnet; sie bewahrte Kulis, Tacker, Gummibänder und andere Bürosachen in mehreren Kaffeebechern auf, die sie zum Großteil auf Tagungen und Fortbildungen geklaut hatte. Außerdem hatte sie ein uraltes Schaumstoff-Mousepad – mittlerweile nicht mehr genutzt –, das der Satz *Meine Mami ist eine Superheldin* zierte, sowie eine gekrakelte Zeichnung von *Abigail H, 4 Jahre alt*, auf ihrem Schreibtisch.

Aidan hatte das Bild für Ishbel zu Weihnachten drucken lassen – was Ishbel inzwischen absurd fand. In den vergangenen Jahren hatten sie sich zu Weihnachten nichts mehr geschenkt und sich darauf geeinigt, das Geld zu sparen und für Abigail auszugeben, woraufhin sie beide versucht hatten, einander zu übertrumpfen. Wie zwei Laborwissenschaftler, die in einem gemeinsamen Forschungsobjekt miteinander konkurrierten. Plötzlich war Ishbel wütend und drehte das Mousepad um. Die schwarze Unterseite war bereits in Auflösung begriffen: Die dunklen Fetzen krümelten den gesamten Schreibtisch voll.

Im Aufenthaltsraum beobachtete sie das trostlose Getröpfel der Kaffeemaschine und bemühte sich, ihrer Wut Herr zu werden. Gib's zu, dachte sie. Du hättest gar nicht so früh zur Arbeit erscheinen müssen. Sie atmete tief ein und versuchte, sich mittels des Kaffeedufts, der durch den Raum zog, aufzuputschen. Sie hatte absolut keine Lust, ihren Bericht zu Ende zu schreiben. Im Grunde hätte sie sich eine Ausrede ausdenken und dem Anspruchsteller einen neuen Termin mitteilen können. *Aber ich wollte einfach nicht da sein, wenn Abigail aufwacht. Ich habe es satt, diejenige zu sein, die sich entschuldigt.* Ishbel holte ihren Lieblingsbecher aus der Spülmaschine. *Soll sie doch mal einen Tag lang im eigenen Saft schmoren.* Der Kaffee schmeckte bitter, war aber heiß und stark – gut genug.

Zurück am Schreibtisch lauschte Ishbel dem Klicken und Surren ihres PCs beim Hochfahren und dachte wieder an ihre Tochter. Es war fast halb neun – sollte Abigail rechtzeitig aufgestanden sein, müsste sie bald im College eintreffen. Das erste Seminar fand um neun Uhr statt, aber sie war gern etwas früher da. Ishbel hatte das immer als Fleiß interpretiert, den Wunsch, entspannt einen lernintensiven Tag zu beginnen. Inzwischen kamen ihr diese Frühstarts verdächtig vor. Fuhr Abigail wirklich direkt zum College, oder machte sie irgendeine Art Umweg? Besuchte sie ihre Seminare überhaupt? Denn außer dem wöchentlichen Tagesablauf gab es kaum einen Beleg, der bestätigte, dass sie tatsächlich zu ihren Veranstaltungen erschien. Sie hatte sich für *Darstellendes Spiel* eingeschrieben – was Ishbels Meinung nach mit Sicherheit als Affront gemeint war. Zwar hatte sie sich bemüht, ihren Frieden mit der Entscheidung zu machen und den Mund zu halten; allerdings nahm sie an, dass Abigail ihre Bedenken kannte. Vielleicht ahnte sie auch, dass ihre Mutter insgeheim auf einen Sinneswandel hoffte, einen Wechsel zu einem intellektuelleren Studiengang. Erneut verfluchte Ishbel das Fach *Darstellendes Spiel*. In jedem anderen musste man Seminararbeiten schreiben. Arbeitsblätter durchackern. Etwas Schriftliches abliefern. Abigail ließ immer mal gerne Sachen im Haus herumliegen, aber Ishbel konnte sich beim besten Willen nicht erinnern, wann sie zuletzt etwas auf dem Küchentisch hatte liegen sehen, das mit dem Studium zu tun hatte. Ich bin wirklich mit den Gedanken woanders gewesen, dachte sie. Wie konnte man mit jemandem unter demselben Dach wohnen und im Grunde nichts über seinen Tagesablauf wissen? Was Aidan in seiner freien Zeit machte, wusste sie noch weniger.

Am Abend mussten sie unbedingt miteinander sprechen. Idealerweise sie alle drei, aber zumindest Abigail und sie. Ishbel probte im Geiste bereits eine kleine Ansprache. *Ich weiß, es wird dir nicht gefallen, aber ich muss dich danach fragen. Wenn du mich anlügst, was das Fußballtraining betrifft, wie soll ich dann wissen, dass du mich nicht auch in anderer Hinsicht anlügst?*

Ihr Rechner piepte kurz, dann betrat Dave das Büro. »Scheiße.«

Ishbel blickte zu ihm hoch. »Dir auch einen guten Morgen, Dave.«

Er ging mit langen Schritten an ihr vorbei und warf seine Jacke über die Rückenlehne seines Bürostuhls. »Entschuldige«, sagte er. »Ich war mir absolut sicher, heute der Erste im Büro zu sein.«

Sie lächelte gezwungen. »Dafür kriegst du leider auch keinen Preis.«

Dave schaltete seinen Rechner ein. »Ich wäre schon mit einer lobenden Erwähnung zufrieden.«

Ishbel senkte den Blick. »Immerhin gibt's frischen Kaffee. Ich habe gerade welchen gekocht.«

Er warf einen kurzen Blick in Richtung Aufenthaltsraum und klatschte einmal in die Hände. »Du bist super, Bel. Übrigens, warum bist du überhaupt schon so früh da?«

»Warum bist du es?« Normalerweise kam Dave so spät zur Arbeit, wie er nur konnte.

Er wurde rot. »Okay.« Er atmete tief aus. »Kann sein, dass ich eine neue Freundin habe. Sie wohnt hier in Musselburgh, deshalb … muss ich nicht mehr so weit pendeln.«

Ishbel strahlte ihn an. In der Zeit, in der sie zusammen arbeiteten, hatte Dave geheiratet, sich scheiden lassen und den Rechtsstreit um die Unterhaltszahlungen verloren – und das waren nur die Dinge, von denen er ihr erzählt hatte. »Das ist ja super, Dave! Ich freue mich für dich.«

Er stieß einen Laut der Geringschätzung aus – als wollte er ihre Worte nicht hören. »Das Ganze ist noch ziemlich frisch. Erzähl bitte niemandem davon, ja? Entschuldige –

ich weiß, dass du so etwas nicht machen würdest. Aber wenn Sheila – die Sheila aus der Verwaltung – das erfährt, wissen bald alle davon, und meine Freundin und ich sondieren momentan erst mal nur das Terrain. Ich möchte sie nicht verschrecken.«

Ishbel milderte ihr Grinsen zu einem Lächeln mit geschlossenen Lippen. »Natürlich. Ich schweige wie ein Grab … Dave?«

Er war zum Aufenthaltsraum gegangen, drehte sich jetzt aber um und sah sie an.

»Um deine Frage zu beantworten … Ich bin heute so früh im Büro, weil …«

Es entstand eine kurze Stille. *Sag's doch einfach.* Eben noch hatte sie ihm so viel über Abigail erzählen wollen. Es drängte sie, bei jemandem nachzufragen, sich zu vergewissern, dass ihr Verhalten nicht krankhaft war, so wie Aidan das zu glauben schien. Doch das Schweigen wurde immer länger. Was, wenn Dave Aidans Meinung war? Was, wenn er ihr sagte, sie hätte eine aufmerksamere Mutter sein müssen? Was, wenn er das auch anderen Leuten gegenüber sagte?

»Weil«, sagte sie, »mir diese Beschwerde hier vorliegt und ich … ein bisschen Mühe habe mit dem vorläufigen Bericht.«

Daves Gesichtszüge entspannten sich.

Gut. Es war richtig, ihm nichts zu erzählen. »Hättest du vielleicht irgendwann in dieser Woche Zeit«, fuhr sie fort, »einen kurzen Blick draufzuwerfen? Nur mal zu lesen. Zu schauen, ob ich auf der richtigen Spur bin?«

Dave machte eine Okay-Geste. »Klar doch, Bel. Wofür sind Kollegen denn da?«

Ishbel konzentrierte sich auf die Arbeit. Öffnete den halb geschriebenen Bericht und las durch, was sie bislang getippt hatte. Löschte das eine oder andere Wort, stellte den einen oder anderen Satz um. Ihre Gedanken schweiften ab, der Text vor ihren Augen verschwamm. Die Versuchung, ihre E-Mails zu öffnen, wurde fast übermächtig. Nein, ermahnte sie sich und versuchte, sich wieder zu fokussieren. *Ich muss das hier fertigbekommen.*

Acht Uhr fünfzig – ungefähr die Zeit, zu der sie an einem normalen Tag im Büro erschien –, und sie hatte genau nichts geschafft. Das Büro begann sich zu füllen: Ein paar Schreibtische weiter wurde jemand gefragt, wie denn der Urlaub gewesen sei. Im Aufenthaltsraum hinter ihr wurde laut und durcheinandergeredet. Dave tippte ernsthaft vor sich hin.

Ishbel trank einen Schluck von ihrem Kaffee und verzog das Gesicht. Er war kalt.

»Ach, du Scheiße.«

Sie blickte auf. Das kam von Alison, die an dem Schreibtisch arbeitete, der Ishbels direkt gegenüberstand. Die Rückseiten ihrer Rechner waren einander zugewandt, und die Frauen hätten einander in die Augen sehen können, wäre nicht die Trennwand, eine mit Stoff bezogene Spanplatte, zwischen ihnen gewesen. Als Ishbel Alisons Fluch hörte und hochschaute, fiel ihr Blick auf die neunjährige Abigail, die sie von einem Foto an ihrer Pinnwand anstrahlte.

Plötzlich lugte ein blondierter Haarschopf über die Trennwand. »Entschuldige bitte. Tut mir leid, aber … ich bin gerade auf Twitter, und …«

»Twitter?« Dave hatte aufgehört zu tippen, beugte sich

Richtung Ishbel und sah sie augenzwinkernd an. »Ist ja mal was ganz Neues.«

Ishbel warf ihm einen Du-bist-schrecklich-Blick zu, aber irgendetwas in Alisons Stimme hatte ihre Aufmerksamkeit geweckt.

»Hör auf damit, Dave«, sagte Alison. »Es ist mir ernst. Die schreiben hier, dass es eine Schießerei gibt. In diesem Moment.«

Weitere Köpfe wurden aus den Kabuffs gereckt.

»Wo?«, fragte jemand. »In den USA?«

Alison hob die Stimme, damit alle sie hören konnten. »Nein, hier. An einem College in Edinburgh.«

Ishbel fühlte ein Zittern in ihrer Brust, wie ein stotternder Motor. Rings um sie herum loggten sich Kollegen und Kolleginnen in ihre Twitter-Accounts ein – Ishbel hörte ihr entsetztes Aufkeuchen. Die Stimmen wurden lauter.

»Welches College?«, fragte sie, was jedoch niemand mitzubekommen schien. Alisons Kopf war wieder hinter der Trennwand verschwunden, aber Ishbel hörte sie »O mein Gott« murmeln, leise, immer wieder.

»Alison«, sagte Ishbel derart schroff, dass das Gesicht ihrer Kollegin erneut erschien. »Welches College?«

»Das Three Rivers«, sagte Alison. Und dann: »Scheiße, geht nicht deine Tochter dahin?«

Ishbel blickte nach unten. Einen Moment lang versagte ihr Sehvermögen, und ausgefranste Flecken tanzten vor ihren Augen. Es erinnerte sie daran, wie sich früher Fotografien verändert hatten, wenn zur falschen Zeit die Tür zur Dunkelkammer aufgegangen war – so sah das aus. Sie blinzelte, dann erkannte sie wie durch einen Nebel die verschwommenen Umrisse ihrer Hände. Der Brillant an ihrem Verlobungsring leuchtete wie ein Punkt aus weißem Licht. Sie hörte sich fragen: »Steht da, auf welchem Campus?«

Alisons Gesicht tauchte kurz ab, dann wieder auf.

»Tweed Campus.« Die Worte klangen wie ein Klagelaut. »Das ist der drüben im Westen.«

Wieder blinzelte Ishbel. Ihr Blickfeld wurde pixelig. Die kleinen Punkte verwandelten sich in tosende graue Flecken, darin Chimären in allen Regenbogenfarben, die wie Fliegenaugen glitzerten. In ihrem Kopf baute sich ein lautes Summen auf; die Geräusche im Büro wurden leiser.

»Unsinn«, hörte sie Dave sagen. »Wenn du die Nachricht auf Twitter gefunden hast, ist es wahrscheinlich eine Falschmeldung. Die Nutzer denken sich da dauernd irgendwelchen Quatsch aus, das macht mich ganz verrückt. Ungefähr alle sechs Monate heißt es dort, Bruce Springsteen sei tot, zum Ausflippen. Es stimmt nie. Bel, geht's dir gut? Du siehst ein bisschen blass aus.«

Ishbel schloss die Lider, aber die irre Lightshow vor ihren Augen wollte einfach nicht aufhören.

»Ihre Tochter geht dort aufs College«, hörte sie Alison sagen.

Jemand packte die Rückseite von Ishbels Bürostuhl und zog ihn vorsichtig nach hinten. Plötzlich spürte sie den sanften Druck einer Hand in ihrem Nacken.

»Ishbel.« Daves Stimme war jetzt ganz nahe an ihrem Ohr. »Ich glaube, du hast einen kleinen Schwindelanfall. Beug dich mal vor, und leg den Kopf auf die Knie, ja?«

Ishbel hielt die Augen noch immer geschlossen, nickte

aber. Sie versuchte, sich zu entspannen, und ließ zu, dass Dave ihren Oberkörper nach vorn dirigierte.

»So ist's gut.« Dann, lauter, zu jemand anderem: »Sie ist nur ein bisschen blass um die Nase. Gleich geht's ihr wieder besser.«

Ishbels Kunstfaserrock rieb an ihrer Stirn. Sie spürte, wie ihre Haare elektrisch knisterten. *Du musst ja einen Anblick abgeben.* Am liebsten wäre sie eingeschlafen. Das Summen in ihrem Kopf war fast beruhigend, und die wirbelnden grauen Wolken mit den bunten Flecken darin wurden nach und nach schwarz.

Dave holte sie zurück in die Senkrechte. »Alles gut. Und jetzt setz dich mal kurz gerade hin. Alison hat dir einen heißen Tee mit Zucker gebracht. Hier, trink.«

Es entstand eine Pause.

»Dazu solltest du die Augen aufmachen, Ishbel.«

Irgendwie gehorchte sie. Ringsum war alles hell erleuchtet und unscharf. Sie ließ sich von Alison einen Becher Tee in die Hand drücken, hob ihn an den Mund und nahm einen Schluck. Zu heiß, sie verbrannte sich die Zunge.

Dave beugte sich an ihr vorbei und tippte irgendetwas auf der Tastatur ihres Rechners; seine andere Hand lag auf Ishbels Rücken, wie um sie zu stützen, während sie dasaß, den Becher nahe an ihrem Gesicht, und den Dampf einatmete. Auf dem Bildschirm erschien die BBC-Nachrichten-Website; obwohl Ishbel alles nur verschwommen sah, konnte sie die Eilmeldung lesen.

»Eine verlässliche Quelle, das ist es, was wir brauchen«, sagte Dave. »Nicht diesen Twitter-Quatsch.«

Ishbel riss die Augen weit auf und hob die Brauen so hoch, wie sie nur konnte. *Warum ist mir schwindlig?*, hätte sie beinah gefragt. Die Angst saß in ihrem Brustkorb fest – die anderen hatten sich gerade eben über etwas Wichtiges unterhalten. Aber über was?

»Oh, verdammt!«, sagte Dave.

Ishbel erstarrte. Abigail, dachte sie. Es hat etwas mit Abigail zu tun.

»Eilmeldung«, las Dave vor. »Die BBC hat Informationen erhalten, wonach auf dem Tweed Campus des Three Rivers College in Edinburgh Schüsse abgefeuert wurden. Rettungsdienste wurden angefordert. Alles deutet darauf hin, dass sich der Schütze noch auf freiem Fuß befindet. Bisher wurde nicht bestätigt, dass es Tote oder Verletzte gegeben hat. Wir werden die laufende Berichterstattung fortsetzen, aber bis dahin ...« Dave verstummte.

Ishbel drehte sich ruckartig zum Bildschirm um und versuchte, die Schrift scharf zu sehen. Der heiße Tee schwappte über den Becherrand. Ihr rechter Oberschenkel wurde heiß und nass. »Bis dahin *was?*«

Dave starrte immer noch auf den Bildschirm. Er versuchte, auf der Webseite weiter herunterzuscrollen, obwohl er schon an ihrem Ende angekommen war. »Das war's schon«, sagte er. Und dann: »Tut mir leid. Die haben bis auf Weiteres eine Telefonhotline eingerichtet, das ist alles. Mehr Informationen haben die nicht. Also kann die Sache nicht so schlimm sein. Oder, Alison? Es kann nicht so schlimm sein, sonst würden die doch ausführlicher darüber berichten. Dann würden sie sagen ... ich weiß nicht ... dass die Gegend evakuiert wird oder so. Oder?«

Alison musste um ihren Schreibtisch herumgegangen sein, denn plötzlich hörte Ishbel ihre Stimme hinter sich.

»Du hast sicher recht. Man muss sich bestimmt keine Sorgen machen.«

Ishbel schaute noch immer auf den Bildschirm. Die Wörter *Hotline*, *Familien* und *keine Presse* verschwammen immer wieder vor ihren Augen. »Dave? Könntest du für mich da anrufen? Bei der Hotline? Anscheinend kann ich nicht mehr richtig sehen.«

Wortlos beugte sich Dave wieder über den Schreibtisch. Den Blick immer noch auf den Monitor gerichtet, hörte Ishbel ihn wählen. Er schien dies sehr langsam zu tun, weshalb sie ihn schon anherrschen wollte. Gleichzeitig registrierte sie, dass Alison sich bückte, um den verschütteten Tee aufzuwischen.

»Soll ich mit denen auch sprechen?«, fragte Dave. »Egal, wer dran ist?«

»Nein.« Ishbel griff nach dem Hörer und hielt ihn sich ans Ohr; ihre Hand zitterte.

»Unsere Mitarbeiter befinden sich derzeit alle in Gesprächen.« Eine weibliche Stimme, unverkennbar ein Roboter. »Bitte versuchen Sie es später noch einmal.«

Ishbel starrte vor sich hin.

»Bitte versuchen Sie es später noch einmal«, sagte die Roboterfrau nach einer langen Stille erneut. Dann wiederholte sie den Satz wieder – und wieder.

»Herrgott noch mal!« Ishbel knallte den Hörer auf den Apparat. Das Blut rauschte in ihren Ohren. Alles stürzte auf sie ein: Die Stimmen ihrer Kollegen, unerträglich laut. Das Neonlicht. Das zu helle Flimmern des PC-Bildschirms. Daves billiges Aftershave, das so intensiv roch, dass sie glaubte, es auf der Zunge schmecken zu können. Alle Blicke waren auf sie gerichtet. »Bitte versuch es noch einmal.« Wieder hielt sie sich den Hörer an die Wange; Dave drückte die Taste für Wahlwiederholung.

»Unsere Mitarbeiter befinden sich derzeit alle in Gesprächen …«

Aber Ishbel hatte den Hörer bereits aufgelegt. Sie blickte auf, in Daves Gesicht. Es war kalkweiß.

»Scheiße.« Mehr sagte er nicht, aber in diesem einen Wort lag alles, was sie hören musste: *Es stimmt tatsächlich. Die Situation ist ernst.* Am lautesten war der Gedanke: *Du musst da hinfahren.* Wieder beugte sich Ishbel so weit wie möglich nach vorn – diesmal bis über den Saum ihres Kunstfaserrocks hinaus. Unter ihrem Schreibtisch holte sie ihre Handtasche hervor und kramte darin, bis sie den Autoschlüssel gefunden hatte. Während sie sich erhob, sah sie, dass die meisten ihrer Kolleginnen und Kollegen ebenfalls standen – zu dritt oder viert drängten sie sich um die Computer, blickten in ihre Richtung und dann schnell wieder weg. Sie drehte sich zu Dave um.

»Fahr«, sagte er fast flüsternd. »Fahr einfach hin. Ich kümmere mich um alles hier.«

Das reichte. Ishbel schob ihren Schreibtischstuhl nach hinten und lief zur Tür.

14. Mai, 9:25 Uhr

Moiras Hände waren schmutzig. Der Boden im Schuppen war seit Jahren nicht mehr gefegt worden: Sie kroch durch Ruß und Erde, Staub, vertrocknete Blütenstängel, trockenes Laub und durch Spinnenleichen. Alles angesammelt über die Jahre. Irgendwo hier müssen sie doch sein, ging es ihr immer wieder durch den Kopf, als wäre der Satz eine Art irrer Singsang. Hinter der offenen Tür sah sie den Garten. In dem noch frühen Tageslicht wirkte er grün und leicht streifig, so wie das Innere einer Flasche. Während sie den Kopf hierhin und dorthin wendete – *irgendwo hier müssen sie doch sein!* –, hinterließ die Tür einen hellen, blassgrünen Punkt auf ihrer Netzhaut.

Eine Gestalt trat in den Türrahmen, und es wurde dunkler im Schuppen. Ehe Moira aufblicken konnte, hörte sie ein mechanisches Klicken.

»Bewegen Sie sich nicht.« Eine Männerstimme. »Polizei.«

Moira erstarrte. Dieser Singsang in ihrem Kopf: *Irgendwo hier müssen sie doch sein, irgendwo hier müssen …*

»Ich gebe Ihnen jetzt einen Befehl«, sagte der Mann. »Hören Sie ihn sich bis zum Ende an, bevor Sie sich wieder bewegen, okay?«

Er schien jung zu sein. Irgendwo tief in seinem Inneren registrierte Moira ein leichtes Zittern: Angst.

»Richten Sie sich bitte auf, ganz langsam. Halten Sie die Hände dabei so, dass ich sie die ganze Zeit sehen kann.«

Moira blickte auf ihre Hände. Sie hielt die Handflächen nach unten, stützte sich damit auf den Schuppenboden. Eine Körperhaltung, die sie als junge Frau oft eingenommen hatte – als Frau, deren Söhnchen zum vierzigsten Mal am Tag *Hoppe, hoppe Reiter!* sang. Sie war im Garten herumgekrochen und hatte sich den Rücken ruiniert, nur um für Ryan das Pferdchen zu spielen. Inzwischen wurden ihre Hände faltig, und auch der Schmutz vom Boden ließ sie älter aussehen. Jeder Fingernagel hatte einen schwarzen Halbmond.

Als sie den Kopf hob, sah sie den Verursacher des Klickens. Etwa einen halben Meter von ihrem rechten Auge entfernt befand sich der Lauf eines Gewehrs. Ihr blieb fast das Herz stehen.

»Sie müssen das *jetzt sofort* tun, bitte«, sagte der junge Mann.

Moira blickte an dem Gewehrlauf entlang. Der Mann war ganz in Schwarz gekleidet und trug eine gepolsterte, schusssichere Weste. »Okay«, erwiderte sie, tat, wozu er sie aufgefordert hatte, und kam mühsam auf die Beine. Im Aufstehen sah sie, dass sie genauso groß war wie er. Er hielt die Waffe so, dass sie mitten auf ihre Brust zielte. Moira stellte sich vor, wie die Kugel ihr Brustbein durchschlug – ihren Oberkörper aufbrach wie eine saftige pinkfarbene Frucht.

»Gut«, sagte der junge Mann. »Und jetzt heben Sie die Hände, damit ich sie deutlich sehen kann, und drehen sich so, dass Sie mit dem Gesicht zu mir stehen.«

Moira hob die Hände mit den Innenseiten nach vorn.

Der Schmutz hatte sich in jeder ihrer Falten festgesetzt. Die Füße hob sie übertrieben wie ein Dressurpferd.

»Okay.« Aus dem Wort sprach eine gewisse Erleichterung. »Und jetzt sagen Sie mir bitte, wie Sie heißen, Madam.«

Das *Madam* kam ihr so deplatziert vor, dass sie tatsächlich lächelte. »Moira Summers.«

Er senkte den Gewehrlauf und nahm die Waffe in eine Hand. Mit dem anderen Arm winkte er jemanden herbei. »Chef!« Er rief in den Garten hinein, sodass eine Gruppe Dohlen aus dem größten Baum in der Nähe aufgescheucht wurde. »Wir haben die Mutter!«

Moira ließ sich um das Haus herum zu dessen Vorderseite führen. Die Straße hinter dem Gartenzaun war mit Fahrzeugen zugestellt: die meisten davon schwarz und nicht weiter auffällig. Da waren auch Polizisten, einige mit Helm und ebenfalls schusssicherer Weste; ein paar im Vorgarten, andere standen auf der Straße neben ihren Transportern. Aber die meisten waren inzwischen vermutlich bereits im Haus. Moira dachte an die tiefen Abdrücke, die ihre Stiefel auf den Teppichen hinterlassen würden, und versuchte sich daran zu erinnern, ob die Küche sauber war. Gestern Abend hatte sie lange dort gesessen – aber sie war zerstreut gewesen, hatte sich mit Ryan unterhalten. Sie schauderte. Sie wollte unbedingt mit ihrer Suche im Schuppen weitermachen.

Mittlerweile hielt der Mann, den der junge Soldat oder Polizist mit dem Gewehr herbeigerufen hatte, Moira am Ellbogen fest. Er hatte seinen Handschuh ausgezogen und seine Finger sanft auf den Ärmel ihrer Strickjacke gelegt, trotzdem hatte die Geste etwas Bestimmendes. Sie bedeutete: *Keine plötzlichen Bewegungen. Bleiben Sie ruhig.* Der Griff konnte, wie Moira wusste, weitaus schneller fest werden, als sie es jemals schaffen würde wegzulaufen.

»Mrs Summers«, sagte der Mann, »ein Team von Beamten durchsucht gerade Ihr Haus. Sie müssen mir sagen, ob Sie von irgendeiner Gefahr für deren Sicherheit wissen.«

Wieso?, wollte sie fragen. *Warum durchsuchen die mein Haus?* Doch stattdessen dachte sie an andere Dinge: an die Stolperkante des Läufers auf der sechsten Treppenstufe; an Jackies uraltes, schartiges Rasiermesser im alten Lederbeutel im Badezimmerschränkchen. An das Brotmesser mit der Klinge, die sich manchmal aus dem Griff löste. Aber sie wusste, dass das nicht das war, wonach er gefragt hatte. »Nein.«

»Ich will mich genauer ausdrücken: Wissen Sie von irgendwelchen Bomben oder anderen Sprengsätzen in Ihrem Haus?« Er deutete nach hinten: auf den Kieselrauputz, die Erkerfenster, die verholzte alte Hortensie neben der Haustür.

»Nein.«

»Wissen Sie von irgendwelchen Schusswaffen im Haus?«

Moira fing an zu zittern. Sie erinnerte sich an Ryans Gesicht am Küchentisch. Hatte das Gespräch erst gestern Abend stattgefunden? Sie kam sich vor wie ein Kind, das bei einer Lüge ertappt worden ist. »Nicht im Haus«, sagte sie nach einer Pause.

Der Mann verstärkte seinen Griff, wenn auch nur leicht. »Nicht im Haus. Aber irgendwo auf dem Grundstück?«

Sie schloss die Augen. »Ja. Im Schuppen. Danach habe ich gerade gesucht. Ich weiß, wonach …«

»Können Sie die Waffen beschreiben?«

Moira hielt die Augen geschlossen. »Es handelt sich nicht um Waffen. Jedenfalls nicht um richtige.« Ja, genau wie ein Kind, das lügt: Es wurde erwischt, versucht sich aber rauszureden. »Es sind Startpistolen. Mein Mann ist … war … Leichtathletiktrainer. Aber sie sehen aus wie echte Pistolen, ein bisschen. Jedenfalls für mich.« Sie öffnete die Augen.

»Okay.« Der Mann redete jetzt langsamer, so wie man mit jemandem spricht, dessen Englisch nicht gut ist. »Wie sehen sie genau aus?« Er deutete auf den jungen Polizisten mit dem Gewehr. »So wie ein Gewehr? Oder wie eine Handfeuerwaffe?«

Moira nickte, obwohl er keine Ja-Nein-Frage gestellt hatte. »Wie eine Handfeuerwaffe. Ziemlich klein. Es sind drei. Zwei davon sind orangefarben, einige Teile sind aus Plastik, glaube ich. Eine ist hauptsächlich schwarz – die, die am ehesten einer Schusswaffe ähnelt. Einer Waffe aus dem Fernsehen. Alle haben eine Art Holzgriff.« Der Mann hielt sie noch immer am Arm fest, und fast war sie froh darüber.

»Und diese Schusswaffen haben Sie zuletzt im Gartenschuppen gesehen, sagten Sie?«

Sie nickte.

»Der Schuppen, aus dem Sie gerade eben hinausgeführt wurden?«

»Ja.«

»Und Sie sagen, dass Sie in dem Schuppen waren, weil Sie nach ihnen gesucht haben?«

»Ja.«

Er nickte. »Aber Sie haben sie nicht gefunden?«

»Noch nicht.«

Moira sah, dass sich auf der anderen Straßenseite etwas bewegte: der alte Frank, ihr Nachbar, machte die Haustür auf und trat in Pantoffeln auf die Fußmatte. Sie konzentrierte sich. *Wie lange habe ich da gerade hinübergeschaut?*

»Mehr weiß ich wirklich nicht.« Sie bemühte sich, den Mann in der Kevlar-Weste weiterhin anzusehen. Am Rand ihres Blickfelds verharrte Frank vor der Haustür und beobachtete, was passierte.

»Sie machen das gut, Moira.« Inzwischen klang die Stimme des Mannes etwas freundlicher. Als sie blinzelte, merkte sie, dass ihre Augen nass waren, ihr Gesicht ebenso. Ob sich die Männer wohl darüber wunderten, dass sie weinte? Dachten die, dass sie schuldig aussah?

»Ich habe vorerst noch zwei weitere Fragen«, sagte der Mann. »Die erste: Halten Sie es für möglich, dass diese drei Schusswaffen kürzlich aus dem Schuppen entwendet und an einen anderen Ort gebracht wurden?«

»Ich weiß nicht, was Sie damit meinen.« Aber sie wusste es. Und er wusste das auch.

»Ich will wissen, ob sich die Waffen beispielsweise im Haus befinden. Könnte jemand sie dort hingebracht haben, seit Sie sie das letzte Mal gesehen haben? Ihr Mann vielleicht?«

»Mein Mann ist tot. Er ist vor zwei Jahren verstorben.«

Der Mann nickte. »Gut. Dann die letzte Frage, vorerst.« Das sagte er dauernd: vorerst. Moira schloss die Augen. *Aber wovon ist das hier vorerst nur der Anfang?* Übelkeit stieg in ihr auf.

»Haben Sie irgendeinen Grund zu der Annahme, dass sich diese Schusswaffen im Besitz Ihres Sohnes Ryan befinden?«

Es war, als würde ihr der Boden unter den Füßen weggezogen. In den wenigen Sekunden nach seiner Frage erwog Moira, was sie darauf antworten konnte. *Nein, warum auch. Nein, sie gehörten Jackie. Okay, Ryan hat sich für sie interessiert, aber er würde doch nie … Bestimmt sind sie im Schuppen. Wenn Sie nachsehen, werden Sie sie finden. Lassen Sie mich dahin zurückgehen und suchen. Ich finde sie. Sie müssen irgendwo sein. Irgendwo da müssen sie sein.*

Tatsächlich sagte sie dann: »Ja, den habe ich.« Und fügte hinzu: »Natürlich hat Ryan sich für sie interessiert. Er wollte wissen, wie die funktionieren. Aber es sind Startpistolen, wie ich schon erwähnt habe. Keine echten Schusswaffen. Die sind nicht gefährlich.«

Die sind nicht gefährlich. Die Worte kamen ihr zu laut vor, es war, als hallten sie von den Transportern wider, von den Mauern der Häuser – Moira malte sich sogar aus, dass Frank, vierzig Meter entfernt, das Gespräch mithören konnte. Dabei hatte sie das gar nicht sagen wollen. Sondern: *Was hat das alles mit Ryan zu tun? Wieso spielt es eine Rolle, ob er eine alte Startpistole in seinem Zimmer oder in seiner Tasche hat?* Aber sie sagte es nicht, und sie wusste auch, warum. Nachdem sie gestern mit ihrem Sohn gesprochen hatte, hatte sie die halbe Nacht wachgelegen. Deswegen war sie überhaupt in den Schuppen gegangen.

Der Polizist neigte ein wenig den Kopf und legte die Hand ans Funkgerät, das an seiner Brust befestigt war. »Okay, Jungs.« Er sprach in einem anderen Tonfall hinein als in dem, in dem er mit Moira geredet hatte. »Wir suchen nach drei kurzläufigen, revolverähnlichen Waffen, alle haben einen Griff aus Holz oder Holzimitat. Der letzte bekannte Ort, an dem sie gelagert wurden, ist der Gartenschuppen. Sie könnten sich irgendwo im Haus befinden. Möglicherweise auch auf dem Grundstück. Aber wenn sie irgendwo hier sind, dann findet sie bitte, und zwar pronto. Wir müssen das klären, okay?« Eine Pause entstand. Noch immer hielt er Moira am Arm fest. Als er keine Antwort bekam, fügte er hinzu: »Over«, hob den Kopf und schaute ihr in die Augen. »Gibt es sonst noch etwas, das mein Team über das Haus wissen muss?«

Moira blickte sich nach Frank um. Mittlerweile stand er am Ende seines Gartenwegs und plauderte über die Mauer hinweg mit einer weißhaarigen Frau. Sie trug einen Regenmantel und hielt einen Hund an einer roten Leine. Moira hatte sie schon einmal gesehen – sie musste ein, zwei Straßen weiter wohnen. »Nein. Mir fällt nichts ein.«

»Gut.« Der Mann ließ ihren Arm los. »Ich muss jetzt gehen. Leider dürfen Sie nicht ins Haus, solange die Durchsuchung läuft, müssen aber in der Nähe bleiben. Ich möchte Sie bitten, vorerst im Garten zu warten. Gibbie hier wird Ihnen Gesellschaft leisten.« Mit einem Nicken deutete er in die Richtung des jungen Polizeibeamten, über dessen Arm nach wie vor dieses schreckliche Gewehr lag.

»Darf ich fragen …« Doch Moira wünschte sofort, sie hätte die Worte ungesagt machen können. Sie wollte es wissen und auch wieder nicht. Aber jetzt sah der Mann sie an – und wartete. »Darf ich fragen, wonach Sie suchen? Geht es meinem Sohn – Ryan – gut?«

Die beiden Männer wechselten einen Blick. »Sie haben gehört, dass es am Three Rivers College eine Schießerei gibt.« Eine Aussage, keine Frage.

»Ja. Im Radio. Ist Ryan …?«

Der ältere Mann reckte sich ein wenig. »Leider habe ich derzeit noch keine Informationen über Tote oder Verletzte. Mir ist es nicht erlaubt, Ihnen Details über die Studierenden am Tatort mitzuteilen, und ich kann Ihnen auch nicht sagen, wonach wir suchen, weil wir das zu diesem Zeitpunkt selbst noch nicht wissen. Jedoch kann ich Ihnen versichern, dass wir hier sind, um das, was sich am Three Rivers abspielt, zu stoppen und dafür zu sorgen, dass nicht noch mehr Menschen zu Schaden kommen. Dafür benötigen wir Ihre Hilfe.«

Der junge Mann, Gibbie, trat einen Schritt nach vorn. Offenbar bereitete er sich darauf vor, sich ihrer anzunehmen.

»Okay?«, sagte der andere Polizist. »Geht das in Ordnung, Moira? Wollen Sie uns helfen?«

Dann stimmte es also, was sie vermutet hatte. Das, was sie immer schwerer belastet hatte, als sie das, was sie im Schuppen gesucht, nicht gefunden hatte. *Irgendetwas ist passiert, und Ryan ist der Urheber.* »Natürlich«, hörte sie sich sagen.

Während der Mann davonging, griff Gibbie nach ihrem Oberarm. »In Kürze werden wir eine offizielle Aussage von Ihnen brauchen.« Und sehr viel leiser fügte er hinzu: »Bestimmt wird alles wieder gut.«

Moira warf einen kurzen Blick zu ihren Nachbarn hinüber, deren Mienen neugierig und verängstigt zugleich wirkten. »Das glaube ich nicht.«

14. Mai, 9:25 Uhr

Ishbel konnte ihr Auto nicht finden. Beinahe wäre sie auf der Treppe ausgerutscht und hätte sich den Hals gebrochen, und als sie über das Kopfsteinpflaster im Innenhof lief, verlor sie fast einen ihrer High Heels. Sie wusste nicht mal, wohin sie fahren musste, aber etwas in ihr sagte ihr, sie solle keine Zeit verlieren. Eine Stimme in ihrem Kopf meldete sich – später, als sie darüber nachgedacht hatte, war ihr bewusst geworden, dass die Stimme sich wie die ihrer Mutter anhörte, die vor zwölf Jahren verstorben war. *Dein Kind ist in Gefahr*, sagte die Stimme. *Geh schneller. Beeil dich.*

Und jetzt wusste sie nicht, wohin. Ihr Körper fühlte sich an wie eine geschüttelte Flasche: voll mit schwappender, sprudelnder Angst. Der Wagen war bestimmt nicht gestohlen worden. Das konnte ihr doch niemand angetan haben.

Beeil dich, sagte die Stimme. *Noch kannst du sie retten.*

Ishbel lief über den Parkplatz, zwischen Reihen glänzender Limousinen und teurer Geländewagen hindurch. Auf ihren hohen Absätzen verlor sie die Balance und scheuchte mehrere Möwen auf, die sich um den Inhalt eines überquellenden Abfalleimers zankten. Die Vögel flogen auf und begannen zu kreisen, ihr seltsam kreischendes Lachen ausstoßend.

Was ist bloß los mit dir?, sagte die Stimme.

Ihr Wagen war von einem Kastenwagen verdeckt worden. Der Fahrer hatte schlecht eingeparkt, die Vorderreifen standen auf der Trennlinie der Parkplätze. Die Stimme, die ihr riet, einfach die Fahrertür zu öffnen und sich einen feuchten Kehricht um den Lack des Transporters zu scheren, war eindeutig ihre eigene. Ishbel stieg ein und legte den Rückwärtsgang ein. Als sie zurücksetzte, ohne zu gucken, berührte ihre Fahrerseite die Seite des Kleinlasters, sodass Metall auf Metall knirschte, was sie als merkwürdig befriedigend empfand. Obgleich panisch, war sie dennoch in der Lage, an Aidans genervten Gesichtsausdruck zu denken, an den Ärger, den sie wegen des Kratzers bekommen würde.

Aber das ist der Beweis, sagte die Stimme. *Später, wenn du mit ihr nach Hause gefahren bist, kannst du ihn ihr zeigen: Sieh her, mir war alles egal. Ich wollte nur zu dir.*

Doch der Wagen rührte sich nicht vom Fleck. Ishbel saß mit dem Fuß auf der Kupplung da, völlig durcheinander. Sie hatte keine Ahnung, wohin sie fahren sollte. Zum College? Nach Hause? Vielleicht war Abigail heute Morgen nicht rechtzeitig aus dem Bett gekommen. Wenn sie nach Hause fuhr – vielleicht saß ihre Tochter dann in der Küche am Frühstückstresen, noch im Pyjama, aß ihr Müsli und blätterte in Ishbels *Hello!*.

Ihr kam ein Gedanke. Sie kramte in ihrer Handtasche nach dem Handy und wählte Abigails Nummer. Es klingelte.

»Hey, du bist mit Abigail H verbunden«, ertönte die Ansage der Mailbox. »Ich kann im Moment nicht rangehen, schick mir eine Nachricht.«

Als sie die Stimme ihrer Tochter hörte, verschwamm Ishbel erneut alles vor Augen.

Sie hatte den Anruf kaum beendet, da klingelte ihr Handy. Keine Nummer, die sie kannte, aber mit Edinburgher Vorwahl. Sie ging ran. »Baby?«

Stille in der Leitung, dann eine Männerstimme. »Entschuldigung – spreche ich mit Ishbel Hodgekiss?«

Mist. Ist das beruflich? Ruft tatsächlich jemand in diesem Moment an, um mit mir über etwas anderes zu reden als über meine Tochter? »Ja, das ist richtig. Aber ich kann jetzt nicht …«

»Ich bin's, Greg. Greg Tomlinson.«

Leg auf, sagte die Stimme. *Beeil dich.*

Ishbels Herz schlug schneller. Greg war einer ihrer alten Schulfreunde, ein Arzt. Er kam gelegentlich zum Essen vorbei, und hinterher stritten sich Ishbel und Aidan jedes Mal. Aidan hatte zu fast jeder von Gregs Meinungen eine gegensätzliche, während Ishbel Greg für dessen Ansichten bewunderte. »Greg. Entschuldige, aber ich muss gerade …«

»Es geht um Abigail.«

Hitze wallte in Ishbel auf: ein Chaos von Gefühlen, wie sie es so noch nie erlebt hatte. Erleichterung. *Abigail geht es gut. Sie ist – aus irgendeinem Grund – bei Greg!* Aber auch Panik. *Sie ist verletzt! Sie ist verletzt, und er hat vor mir davon erfahren.* »O mein Gott. Hat sie dich angerufen? Hast du sie gesehen? Greg – was ist passiert? Weißt du irgendwas?«

»Ich bin im Krankenhaus.« Er stockte.

Sie brachte kein Wort über die Lippen. War hin- und hergerissen zwischen: *Das Krankenhaus, gut. Dort kümmert man sich um sie.* Und: *O Gott, wenn sie im Krankenhaus ist, muss sie verletzt sein.* Und die ganze Zeit sagte die andere Stimme, diejenige, die nicht ganz ihre eigene war, immer wieder: *Beeil dich, beeil dich.* Aber nein, Abigail war nicht im Krankenhaus – an Gregs Tonfall stimmte irgendetwas nicht.

»Ich habe mir gedacht, du willst Bescheid wissen. Wir haben eben einen Anruf erhalten, dass die Opfer des Amoklaufs bei uns eingeliefert werden. Das heißt, die Studentinnen und Studenten, die verletzt wurden.«

Der Zusatz kam zu spät. Ishbel stieß einen eigenartigen Laut aus – als wäre sie geschlagen worden.

»Man hat mich von der Station weggerufen«, sagte er. »Wir sind vor dem Krankenhaus, das gesamte Team wartet auf die Rettungswagen. Wir wissen noch nicht, was auf uns zukommt, wie viele es sind, welcher Art ihre Verletzungen sind. Die Namen kennen wir auch noch nicht.«

Ishbel schluckte schwer, erst ein Mal, dann noch ein Mal. Sie fühlte sich, als wäre eine Art Sprudeln in ihrem Körper außer Kontrolle geraten – sie glaubte, sich übergeben zu müssen, in Tränen auszubrechen oder erneut ohnmächtig zu werden. Ein Gedanke blitzte auf – als wäre er ihr aus großer Entfernung zugerufen worden: *Soll ich jetzt überhaupt noch losfahren?* »Du hast also nichts von ihr gehört?«

Wieder eine Pause.

»Nein. Ich habe mir nur gedacht, du würdest bestimmt Bescheid wissen wollen. Wenn du möchtest, kannst du herkommen, dann bekommst du mit, ob Abigail eingeliefert wird. Wenn sie in irgendeiner Weise verletzt ist, selbst wenn es sich nur um Platzwunden und blaue Flecken handelt, kommt sie hierher. Ich sollte dir das eigentlich gar nicht sagen, aber wenn sie tatsächlich verletzt ist – und ich hoffe inständig, dass sie es nicht ist –, wäre herzukommen der schnellste Weg, das zu erfahren.«

Ishbel schwieg. Sie begann, Entfernungen zu berechnen, über Routen nachzudenken, warf einen kurzen Blick auf die Benzinanzeige.

»Die Alternative wäre, dass du wartest, ob sich die Polizei bei dir meldet und dir mitteilt, was passiert ist«, sagte Greg. »Den ersten Infos nach zu urteilen, die wir eben erhalten haben, geht es den Opfern nicht sonderlich gut. Es wird ein schrecklicher Tag werden, egal, welches Ausmaß der Anschlag hat.«

Ishbel legte den ersten Gang ein. »Das Ausmaß … hast du davon schon irgendetwas gehört?«

»Nein. Wie schon gesagt, wir wissen nicht, worauf wir uns einstellen müssen. Das Ganze ist erst … eine halbe Stunde her. Wir hoffen entgegen aller Befürchtungen, dass nur ein paar Patienten mit Blutergüssen und Fleischwunden eingeliefert werden. Dass der Amokläufer nicht gut schießen oder die Polizei ihn schnell überwältigen konnte. Trotzdem sind unsere Chirurgen auf Stand-by.«

»Gut«, sagte Ishbel. »Ich komme. Aber das Krankenhaus ist riesig und ein Labyrinth. Wo genau muss ich hin?«

Greg hatte sich in Bewegung gesetzt – sie hörte seine Schritte, er atmete etwas schneller. »Das Hauptproblem sind die Parkmöglichkeiten. So schlecht wie immer. Am besten fährst du zum kostenpflichtigen Parkplatz. Die Rechnung wird so hoch sein, als wärst du im Ritz abgestiegen, aber ich verspreche, ich werde tun, was ich kann, wenn das hier alles vorbei ist. Wenn du von dort zu den Gebäuden hinüberschaust, siehst du ein großes rotes

Schild mit der Aufschrift *Notaufnahme*. Es ist beleuchtet, du kannst es nicht übersehen. Geh dahin. Dort gibt es ein Wartezimmer. Wenn die Verletzten eingeliefert werden, legen wir eine Liste von ihnen an, die dort ausgehängt wird; sie wird ständig aktualisiert. Sollten viele Rettungswagen kommen, könnte es ziemlich hektisch werden, trotzdem wirst du dort am schnellsten erfahren, ob Abigail dabei ist. Ich werde versuchen, irgendwann eine Pause zu machen und zu dir zu kommen.«

Ishbel lenkte den Wagen bereits über den Parkplatz. »Greg, ich danke dir so sehr.«

»Kein Problem. Ich hoffe inständig, dass Abigail nicht eingeliefert wird und das Ganze nur Zeitverschwendung ist.« Aus dem Hörer war im Hintergrund eine jaulende Sirene zu hören. »Okay, ich werde gebraucht. Bis dann, Ishbel.«

»Viel Glück.« Die Worte waren an sie selbst gerichtet, denn Greg hatte das Gespräch bereits beendet.

Kopfschüttelnd legte Ishbel das Handy auf den Beifahrersitz. Sie war immer noch panisch, aber nicht mehr so neben der Spur wie noch vor wenigen Minuten. Sie hatte einen Plan.

Du hast dich gestern Abend geirrt, sagte die Stimme, *aber du kannst es wiedergutmachen. Und jetzt beeil dich. Fahr los.*

Sie lenkte den Wagen auf die Straße und fädelte sich in den Verkehr ein.

Ishbel hatte Schwierigkeiten, das Chaos in der Notaufnahme richtig einzuschätzen. Während sie auf die Anmeldung zuschritt, dachte sie: Vielleicht ist das hier ganz normal. Tatsächlich rannten viele Leute herum oder saßen auf den Reihen harter Plastikstühle. Die Wartenden sahen allerdings nicht so aus, als hätten sie sich in der Nähe der Schießerei aufgehalten. Eltern mit kleinen Kindern in Buggys; eine Frau mit einem provisorischen, blutdurchtränkten Verband an einem Fuß; ältere Ehepaare oder Einzelpersonen, die Zeitung lasen. Auf dem an der Wand befestigten Flachbildfernseher lief eine Nachrichtensendung. Ishbel fühlte sich zu den Bildern hingezogen wie eine Motte zum Licht, zwang sich aber, zum Empfangstresen zu gehen. Als die Dame dahinter in Abwehrhaltung ging, wurde Ishbel bewusst, wie sie wirken musste. Sie trug ein dunkles Kostüm und ihr Arbeitsgesicht: das Wutgesicht, wie Abigail diese Miene nannte. Wahrscheinlich sehe ich aus wie jemand von einer Behörde, dachte Ishbel.

Sie trat vor den Tresen. »Mein Name ist Ishbel Hodgekiss. Ich habe einen Anruf von …« Sie stockte, weil sie Gregs Namen nicht verraten wollte. Sein Satz war ihr in den Sinn gekommen: *Ich sollte dir das eigentlich gar nicht sagen.*

Die Frau an der Anmeldung sah sie jetzt neugierig an.

»… von einem der Ärzte hier erhalten.« Sie räusperte sich. »Es geht um meine Tochter. Ihr Name ist Abigail. Sie besucht das Three Rivers College.«

Die Frau musterte Ishbels Gesicht und kniff dabei ganz leicht die Augen zusammen. »Sie haben einen Anruf bekommen?«

»Ja.« Ishbels Hals fühlte sich geschwollen und eng an. Bitte seien Sie freundlich zu mir, dachte sie. Ob Greg wohl auch Aidan angerufen hatte? Irgendwo draußen hörte man wieder eine Sirene – noch weit entfernt, aber lauter werdend. »Er hat mir gesagt, ich solle hierherkommen. Dass ich warten könne. Er hat gesagt …« Sie stockte. *Reiß dich zusammen.* »… dass es eine Liste gibt oder geben wird.«

Einen Augenblick lang musterte die Frau Ishbel wortlos, deutete aber dann auf einen Kuli, der auf dem Tresen lag. »Es gibt keine Liste. Noch nicht. Und möglicherweise wird es auch nie eine geben. Wir wissen noch nicht, welche Informationen wir rausgeben dürfen. Aber vielleicht schreiben Sie mir einfach Ihren Namen und den Ihrer Tochter auf.« Sie schob Ishbel ein Formblatt des staatlichen Gesundheitsdienstes zu. »Wenn Ihre Tochter hier ist, kann ich Sie über ihren Zustand informieren, sobald Sie sich ausgewiesen haben.« Die Frau blickte auf Ishbels Brust – Ishbel merkte, dass sie noch immer ihre Zugangskarte aus dem Büro am Band um den Hals trug. »Aber Sie werden warten müssen. Wir sind noch mit den Leuten beschäftigt, die gerade eingeliefert werden. Wie Sie sich vorstellen können, ist das heute kein normaler Vormittag für uns.«

Ishbel nickte, während sie bereits Abigails vollständigen Namen notierte – ihr Mittelname lautete Pauline, nach Aidans Mutter. Tränen traten ihr in die Augen, sodass die Buchstaben zerflossen, aber sie riss sich zusammen. *Hör auf damit.* Außerdem schrieb sie Abigails Geburtsdatum, ihren eigenen Namen und, nach kurzem Zögern, ihre Handynummer auf. Auf Aidans Kontaktdaten verzichtete sie. Sollte er seine Informationen doch zur Abwechslung einmal von ihr bekommen. Kaum hatte sie das gedacht, schämte sie sich dafür.

»Ich möchte Sie noch um etwas bitten.« Die Frau warf

einen Blick auf das Blatt und senkte die Stimme. »Sagen Sie den anderen Patienten nicht, warum Sie hier sind. Es gibt schon genügend Unmut, weil wir die frisch Eingelieferten vorziehen …«

Ishbel kämpfte noch immer gegen ihre Tränen an. Sie sah, dass die Frau ebenfalls erschöpft war – vielleicht sogar ein wenig Angst hatte. »Verstehe. Sie müssen das nicht weiter erklären. Ich werde mit niemandem darüber reden.«

Die Frau lächelte: ein müdes, schmallippiges, aber dankbares Lächeln.

»Mir ist sowieso nicht danach, mich mit jemandem zu unterhalten«, fügte Ishbel hinzu, halb zu sich selbst.

Als sie den Kugelschreiber zurück auf den Tresen der Anmeldung legte, schob die Frau ihre kleine, trockene Hand über Ishbels. »Wenn Ihre Tochter hier ist, ist sie gut aufgehoben.«

Und schon wieder die Tränen. Ishbel schloss die Augen, um sie zu unterdrücken, und nickte. Als sie sie wieder aufschlug und sprach, klang ihre Stimme wie ein raues Flüstern. »Sie sagen mir Bescheid?«

Die Frau drückte kurz ihre Hand. »So bald wie möglich.«

Ishbel ging zur nächstgelegenen Sitzgelegenheit: neben der Frau mit dem blutdurchtränkten Fußverband. Ehe sie Platz nahm, schaute sie sich nach Aidan um – Greg musste ihn doch auch angerufen haben, oder? Kurz war sie wütend auf ihn: Anders als sie arbeitete er in Edinburghs Zentrum und hätte deshalb eigentlich vor ihr hier sein müssen. *Aber lass das – konzentrier dich auf das, was wichtig ist.*

Jetzt klang die Sirene ganz nah. Das durchdringende, wiederkehrende Geheul berührte irgendetwas tief in Ishbels Innerem, ähnlich wie der Schrei eines verängstigten Säuglings. Wenn sie diesem Laut doch nur Einhalt gebieten könnte. Sie setzte sich auf den harten orangefarbenen Plastikstuhl und mied den Augenkontakt mit den anderen Wartenden. Der Ton im Fernseher war so leise gestellt, dass man gerade noch etwas hörte.

»Und weswegen sind Sie hier?«

Die Frau mit dem Fußverband hatte sich zu ihr gebeugt. Höflichkeit gewann die Oberhand, und Ishbel antwortete widerwillig. »Es ist nicht meinetwegen. Ich ... warte nur auf jemanden.«

Die Frau machte keinen Hehl aus ihrer Enttäuschung. »Ach so.« Sie wackelte mit ihrem bandagierten Fuß. »Was mit mir los ist, kann ja wohl jeder sehen.«

Ishbel lächelte, aber ihr Lächeln war angespannt.

»Ist doch typisch«, sagte die Frau. »Da stehe ich früh auf, denke, ich arbeite heute mal im Garten, mach das Beste aus dem Wetter. Hab alles Mögliche zu tun – den alten Schuppen aufräumen, Setzlinge pflanzen, das ganze Programm. Und was passiert? Ich trete gleich am Anfang in die verdammte Harke.«

Ishbel zuckte hilflos die Schultern.

»Ja, kein schöner Anblick. Ich hab was gegen die Schmerzen genommen, aber jetzt sitz ich schon eine Ewigkeit hier. Wahrscheinlich verblute ich noch.« Die Frau schnaubte verächtlich. »Verdammtes Gesundheitssystem.«

Ishbels Körper versteifte sich. Die Sirene war verstummt, dafür erklangen jetzt Rufe. Es folgten Türknallen und schnelle Schritte, die von der anderen Seite der offen stehenden Tür kamen, durch die Ishbel kurz zuvor den Warteraum betreten hatte. Die Frau mit dem bandagierten Fuß beugte sich auf ihrem Stuhl vor, um etwas sehen zu können.

Binnen Sekunden war das Wartezimmer voll. Sanitäter in grünem Outfit. Weitere Leute in Krankenhauskleidung – Ärzte, Schwestern? In ihrer Mitte eine Rolltrage, darauf ein junger Mann mit Sauerstoffmaske auf Mund und Nase. Der Oberkörper, die Maske und der Großteil seines Gesichts waren blutverschmiert. Bei dem Geruch wurde Ishbel schlecht.

»Also los.« Ein Sanitäter manövrierte die Rolltrage mit hohem Tempo durch den Raum, die anderen Rettungskräfte begleiteten ihn. Offenbar wollten sie den jungen Mann vor neugierigen Blicken schützen. »Das ist Jack«, sagte er. »Die Kugel ist unter dem rechten Schlüsselbein eingedrungen, saubere Austrittswunde unterm Schulterblatt, aber wir haben einen perforierten rechten Lungenflügel, der Blutverlust ist …«

Jack, dachte Ishbel, warum ist der Name wichtig? Sie wühlte in ihrer Erinnerung.

Die Zeit verging wie in Zeitlupe. Aus dem Augenwinkel nahm Ishbel etwas Dunkles wahr. Irgendwie schaffte sie es, ihren Blick von dem mit Blut beschmierten jungen Mann abzuwenden. Wie aus heiterem Himmel war ein anderer Mann in dunkelgrauem Mantel in den Kreis der Leute getreten, die neben der Rolltrage standen. Mit einer flüssigen, routinierten Bewegung zog er ein Handy aus der Tasche, hielt es über die Menschentraube, über den belagerten jungen Mann, und machte ein Foto. Ishbel zuckte zusammen, als das Blitzlicht aufflammte. Plötzlich wurde ihr klar, was der Mann tat.

Eine der Rettungssanitäterinnen drehte sich zu ihm um. »Hauen Sie ab«, sagte sie ruhig und drückte ihre Hand gegen die Brust des Mannes. Die Geste genügte, dass er sich zurückzog, dann wurde die Rolltrage durch eine zweiflügelige Tür geschoben. Ishbel hustete und hatte anschließend einen sauren Geschmack im Mund.

»Heiliger Jesus, Maria und Josef!« Die Frau mit dem bandagierten Fuß sank auf ihrem Stuhl zurück. »Ist wohl wirklich so schlimm, wie die Leute sagen.«

Ishbel warf einen Blick Richtung Fernsehbildschirm – den sie in den letzten Sekunden ganz vergessen hatte. Er zeigte eine Luftaufnahme des College-Campus, am unteren Bildrand ein weißer Text auf rotem Grund. In Ishbels Kopf drehte sich alles – die Eilmeldung lief derart schnell über den Monitor, dass sie nur das eine oder andere Wort lesen konnte: *Verletzte*, *Rettungsdienste* und *Blutbad*. Sie versuchte, die College-Gebäude zu unterscheiden, die sie kannte, versuchte, sie auf den verwackelten Bildern aus dem Hubschrauber zu erkennen, konnte sich aber nicht orientieren. Ihr wurde bewusst, wie lange es zurücklag, dass sie den Campus besucht, echtes Interesse an Abigails Studium gezeigt hatte. Die Fernsehbilder wechselten zu körnigen Teleobjektiv-Aufnahmen von Rettungswagen, die hintereinander aufgereiht auf dem Parkplatz des College standen. Dann zur Nahaufnahme des High Heels einer Studentin, hellgrün mit Cut-outs, auf dem Asphalt liegend. Zurückgelassen, vielleicht, um schneller laufen zu können … oder war seine Trägerin verletzt? Ishbel versuchte, ihre Panik zu beherrschen. Wo steckte Aidan nur?

Vielleicht war er ja bei Abigail, vielleicht war alles in Ordnung … Aber das bezweifelte sie. Er hätte angerufen. *Er hätte angerufen. Er hätte mich mit meiner erbärmlichen Angst nicht hier allein gelassen. Oder?*

Jemand stand neben ihr. Als sie aufblickte, sah sie den Mann im grauen Mantel – er hatte sein Handy immer noch in der Hand. Auch er schaute zum Fernsehbildschirm.

»Sie da!« Die Frau mit dem verletzten Fuß hatte den Mann ebenfalls bemerkt. »Was haben Sie sich eigentlich dabei gedacht, hier zu fotografieren?«

Langsam wandte der Mann den Kopf – aus der Nähe betrachtet hatte er etwas Reptilienhaftes. Er war klein für einen Mann und schmächtig – nicht viel älter als dreißig, auch wenn die mausgrauen Haare schon recht spärlich wuchsen.

»Was sind Sie?«, fragte die Frau jetzt. »Vielleicht ein Perverser?«

Der Mann trat einen Schritt auf sie beide zu, und sowohl Ishbel als auch die Frau mit dem bandagierten Fuß zuckten zusammen. Kurz huschte ein hässliches Lächeln über seine Gesichtszüge. »Ich bin Journalist. Grant Lockley. Vielleicht haben Sie schon von mir gehört.«

Ishbel wünschte sich nichts sehnlicher, als dass er verschwand. Sie wollte die Fernsehnachrichten weiterverfolgen, zurück zum Empfangstresen gehen, sich noch einmal nach der Namensliste erkundigen oder irgendetwas tun. Aber zugleich hatte sie das Gefühl, diesen Mann im Auge behalten zu müssen.

»Journalist«, spöttelte die Frau mit dem Verband. »Die schlimmste Art Perverser.«

Grant Lockley schien gekränkt. »Ganz und gar nicht, gute Frau«, sagte er.

Ishbel schüttelte den Kopf. Es kam ihr vor, als befände sie sich in einem surrealen Albtraum.

»Wir müssen alle unsere Arbeit tun. Das hier ist meine.«

Die Frau lachte abfällig. Lockley schwieg, hob stattdessen sein Mobiltelefon und richtete es auf sie. Das Blitzlicht flammte auf.

Ishbel kniff die Augen zusammen. Komisch, wie hell diese Dinger waren: Hinter ihren Lidern erschien ein weißer Streifen auf der Netzhaut. Als sie die Augen wieder aufschlug, war Grant Lockley verschwunden. Die Frau neben ihr schnappte erbost nach Luft.

»Ishbel.«

Ein anderer Mann stand vor ihr. Sie hob den Kopf. Greg. Er war weiß im Gesicht. Ishbel betrachtete seine Arme, die schlaff neben seinem Oberkörper herunterhingen. Vielleicht war es ihm nicht aufgefallen – aber auf einer seiner Hemdmanschetten war ein rötlich brauner Fleck: Blut. Sofort vergaß sie den Journalisten im grauen Mantel und mit dem Handy.

»Ishbel«, sagte Greg wieder. »Bitte komm mit. Und ruf Aidan an. Ich konnte ihn nicht erreichen.«

Ishbel stand auf. Sie hatte Schmerzen, so als hätte sie lange draußen im strömenden Regen gestanden, wodurch ihre Gelenke ein wenig eingerostet wären. »Sie ist verletzt.« Es war keine Frage.

Greg drehte sich ganz zu ihr um und schaute ihr in die Augen. Rückblickend würde Ishbel das zu schätzen wissen – dass er das Ganze nicht schöngeredet hatte. Wahrscheinlich lag das an seiner jahrelangen Erfahrung.

»Ja. Abigail wurde angeschossen. Ich werde dir mehr darüber sagen, aber jetzt musst du mitkommen.« Er zeigte auf die doppelflügelige Tür.

Eine große, heiße Angst brodelte in Ishbel. Dann verließ sie das Wartezimmer der Notaufnahme und ging dem jungen Mann Jack, den Sanitätern und Greg hinterher.

An: Helen Birch
Von: Alan Gibb
CC: Amy Kato
Thema: Erste Vernehmung, Moira Summers
Datum: 14.05., 16:09 Uhr

DI Birch,

im Anhang übersende ich Ihnen die erste Aussage von Mrs Moira Summers von heute Nachmittag. Ich habe an der Durchsuchung des Grundstücks der Summers am Vormittag teilgenommen und mich währenddessen um Mrs Summers gekümmert. Als uns das Ersuchen erreichte, Mrs Summers solle ins Leichenschauhaus kommen, um ihren Sohn offiziell zu identifizieren, bat sie mich, sie dorthin zu begleiten. Nachdem ich die erforderliche Genehmigung erhalten und die Tatsache berücksichtigt hatte, dass noch kein Angehörigenbetreuer zugewiesen worden war, stimmte ich zu. Um 13:35 Uhr wurde der Leichnam offiziell als Ryan Andrew Summers identifiziert, und alle erforderlichen Unterlagen wurden ausgefüllt.

Anschließend habe ich Mrs Summers zur Polizeiwache in der Fettes Avenue gebracht und sie – wie im Anhang ersichtlich – vernommen. Mrs Summers befindet sich derzeit noch dort, ist bisher nicht in Polizeigewahrsam. Ich habe den Fall übergeben und auch Amy Kato, die, wie man mir sagte, als Angehörigenbetreuerin beziehungsweise Opferbeamtin Mrs Summers übernimmt, in cc gesetzt.

Für Rückfragen stehe ich jederzeit zur Verfügung. Ich kann mich in der Einsatzzentrale einfinden, sobald es Ihnen passt.

Alan

Anhang:

Erste Vernehmung (Audiotranskription)
Mrs Moira Summers
Datum: 14.05.
Zeit der Vernehmung: 14:44 Uhr

Ich war am Morgen in seinem Zimmer. Es ist seltsam, ich gehe da sonst nie rein, aber heute hab ich's getan. Der Raum stank nach Schweiß und altem Essen – wahrscheinlich riecht so jedes Zimmer, in dem junge Männer tun und lassen dürfen, was sie wollen. Also habe ich als Erstes das Fenster aufgemacht. Draußen war es warm, und es wehte angenehme Luft herein. Ich weiß noch, dass ich mich wunderte, dass der Frühling gekommen war, ganz plötzlich. Nachdem ich das Bett abgezogen hatte, hab ich mich ans Fenster gesetzt und eine Weile den Dohlen zugehört. Die machen so seltsame Laute – wie rollende Murmeln, wenn sie aneinanderklacken. Im Nachbargarten steht ein hoher Baum, den lieben die Dohlen.

Was habe ich in dem Zimmer getan? Mal überlegen … Ich habe das Bett abgezogen. Die Bettwäsche hab ich dann nach unten zum Waschen gebracht. Wahrscheinlich wundern Sie sich, dass ich immer noch das Bett meines erwachsenen Sohnes abziehe, aber wenn ich das nicht tun würde, würde er ein Jahr lang in derselben Bettwäsche schlafen. Bis nur noch Fetzen davon übrig wären. Dann habe ich das gebrauchte Geschirr runtergetragen. Das Übliche: Kaffeebecher mit einer Haut alter Milch drin. Leere Bierflaschen, Kronkorken. Ein paar Teller. Er isst da oben. Ich sehe ihn selten, vor allem nach dem Tod seines Vaters vor gut zwei Jahren.

Ich stöbere nicht in seinen Sachen. Ich meine, ich respektiere seine Privatsphäre. Ich hatte mit ihm schon mal Ärger deswegen – habe Dinge weggeworfen, die er behalten wollte. Quittungen und Sachen, die wie Müll aussahen. Heute Morgen hab ich ein paar Klamotten vom Boden aufgehoben, um ein bisschen staubzusaugen. Der Bildschirm des Rechners? War dunkel – wie im Energiesparmodus.

Anschließend habe ich unten sauber gemacht. Dabei lief das Radio: Ich habe währenddessen immer das Radio an. Aber ich war ja mit dem Staubsauger zugange, und die Waschmaschine war noch am Laufen, darum hab ich die Nachrichten wohl einmal nicht mitbekommen. Das Haus war irgendwie sonnendurchflutet, und ich war glücklich. Glücklich, während zur selben Zeit all das geschah.

Dann kamen die zweiten Nachrichten. Als das Three Rivers College erwähnt wurde, hab ich genauer hingehört. Es war die Rede von einer Schießerei. Zuerst hab ich gar nichts kapiert. Aber dann hab ich's begriffen, auch wenn ich irgendwann wie taub war … Ich hab nur noch das Blut in meinen Ohren rauschen gehört. Sie wüssten noch nicht viel, aber sie würden eine Hotline einrichten, hieß es.

Zunächst war ich gar nicht imstande, da anzurufen. Mir war eiskalt – ich hab am ganzen Leib gezittert und meine Hände nicht mehr gespürt. Konnte nicht wählen. Es hat fünf Minuten gedauert, und dann war die Leitung immer besetzt, und ich hing in der Warteschleife, in der diese übliche Musik dudelte. Ich fasse es immer noch nicht, dass die da diese Wartemusik gespielt haben.

Was habe ich gedacht? Ich hab gedacht: *Mein Sohn ist tot.* Ich hab gewünscht, ich hätte seine Bettwäsche nicht gewaschen, denn die hatte nach ihm gerochen. Und wenn er tot war, hätte ich ihn noch einmal riechen wollen. Dann habe ich gedacht: *Nein, Ryan ist nicht tot.* Hätte ich das denn nicht gespürt, ich, seine Mutter? Hätte mir das denn nicht irgendeine kosmische Kraft gesagt? Man liest ja immer wieder von solchen Dingen. Dann hab ich gedacht, dass das College ja groß ist und aus vielen Gebäuden besteht. All die Orte, an denen er sich verstecken könnte, dass er schon wissen würde, wo er sicher ist. Ich hab gedacht: Vielleicht war er ja im Labor, und das Ganze ist irgendwo ganz anders passiert. Vielleicht hat er nicht mal etwas davon mitbekommen. All die Sachen gingen mir durch den Kopf, während ich der Dudelmusik lauschte.

Dann hat die Musik aufgehört, und ich habe mit einem jungen Mann gesprochen. Ich habe ihm gesagt, dass mein Sohn an dem College studiert und er am Morgen hingefahren ist, und ich habe seinen vollen Namen genannt: Ryan Andrew Summers. Der Mann hat geantwortet, dass man noch keine Namen habe, dass man nicht wisse, wer angeschossen worden sei und wer nicht. Das Einzige, was er mir gesagt hat, war, dass ich nicht versuchen solle, Ryan über Handy zu erreichen, weil er oder jemand anders es benutzen könnte, um die 999 anzurufen. Und dass ich da nicht hinfahren solle, also, zum College. Dann hat er aufgelegt.

Mittlerweile habe ich erfahren, dass einige Eltern doch zum Campus-Gelände gefahren sind. Dass sie jetzt der Polizei im Weg sind. Es ist komisch: Da hab ich die ganze Zeit diese Warteschleifenmusik gehört und nie gedacht: Ich muss da hinfahren. Ich hab nicht gedacht: *Los, hol dein Kind da raus.* Was für eine Art Mutter …? Diese Frage habe ich mir wohl tausendmal gestellt, ich meine, nur heute: Was für eine Art Mutter bin ich gewesen?

Dann hat das Telefon ein paarmal geklingelt. Ich habe abgenommen und gedacht: *Ryan!* Aber es war nicht Ryan. Jedes Mal war es jemand, der es in den Nachrichten gehört hatte und wissen wollte, ob es ihm gut gehe. Ich hab geweint. Ich wollte, dass die Anrufer die Leitung frei machen – denn vielleicht rief er ja gerade an. Aber ich brachte das nicht über die Lippen. Ich hab einfach nur geheult und den Fernseher eingeschaltet.

In den Vierundzwanzig-Stunden-Nachrichten wurde davon berichtet, ein großer roter Newsticker unten am Bildschirmrand. Es hat geheißen, dass der mutmaßliche Schütze ein junger Mann sei, der an dem College studiert. Natürlich gibt es Tausende Studenten am Three Rivers, aber da hatte ich schon den Gedanken. *Was, wenn der Student mein Junge, mein Ryan, gewesen ist?* Und als mir dieser Gedanke gekommen war, konnte ich ihn nicht mehr abschütteln – er war stärker als alle anderen Gedanken. Und wenn er nun tot ist? *Er war's.* Vielleicht hatte er sich ja versteckt. *Er war's.* Jede Sekunde wird er durch die Tür kommen, wirst schon sehen. *Er war's. Er war's, er war's, er war's*. Einfach so. Die zwei Worte waren in meinem Kopf laut wie Hammerschläge.

Dann bin ich zum Schuppen rausgegangen. Ich wusste ja, dass Ryan öfter mal mit den Waffen seines Vaters rumgespielt hatte – wir haben die sogar so genannt, also Schusswaffen, auch wenn es eigentlich keine sind. Keine waren. Ich wusste nicht, was er damit machte, aber es waren doch nur Startpistolen – ich dachte nicht, dass sie jemals Schaden anrichten könnten. Aber Ryan ist der geborene Ingenieur. War. Ist. Ich weiß nicht. Mit sechs hat er eine alte Schreibmaschine auseinandergebaut und uns gezeigt, wie die funktioniert. Er hat die Kleinteile geliebt, ihre Form. Und ich hab's auch gemocht, wenn er an Dingen rumgebastelt hat. Ich hab's gemocht, wenn er an diesen Pistolen gebastelt hat. Unfassbar.

Ich gehe nicht oft da rein, darum wusste ich nicht, wo ich suchen sollte. Der Schuppen ist Männersache – er war die einzige echte Verbindung, die sie hatten, Jackie und Ryan, und ich habe mich da nicht eingemischt. Es ist ihr Ort. War. Und nach Jackies Tod fand ich's schön, wenn Ryan da drinnen war. Ich wollte, dass er das noch hat. Aber heute Morgen hab ich den Schuppen aufgeschlossen. Darin gibt es eine Werkbank, ein paar Metallschränke an den Wänden. Und Regale. Aber keine Spur von diesen Pistolen. Nach einer Weile hab ich auf Händen und Knien den Boden abgesucht. Ich hab mich schmutzig gemacht und mir Metallsplitter in den Fingern »eingefangen«, aber nicht geahnt, woher die stammen könnten. Trotzdem ist mir klar geworden, dass er was getan haben musste. Er hatte irgendwas mit diesen Pistolen angestellt, um damit schießen zu können, und sie dann mitgenommen. Und jetzt hatte es diese Schießerei gegeben. Ich bin da auf dem Boden des Schuppens herumgekrochen, wie lange, weiß ich nicht. Bis Sie mich gefunden haben, wann immer das war. Die Dohlen haben immer noch auf dem Baum im Nachbarsgarten gekrächzt, und ich konnte wie aus weiter Ferne die Geräusche aus dem Haus hören. Der Fernseher und das Radio liefen noch, aber das Programm der Waschmaschine war fertig, sie hat keinen Lärm mehr gemacht. Die Sonne schien in den Garten, und ich dachte, vielleicht ist es doch nicht so schlimm. In den Nachrichten war nichts davon gesagt worden, dass irgendwer tot war, und ich hab's auch gehofft. Vielleicht hatte er ja nicht getroffen. Aber andererseits hätte er bestimmt getroffen. Er war entschlossen und genau. Da ist er wie sein Dad. War wie sein Dad.

Ich habe in meinem Leben noch nie so viel über den Tod nachgedacht wie heute. Wie fühlt es sich an, wenn man von einer Kugel getroffen wird? Ich habe versucht, an all die Schmerzen zu denken, die ich je hatte: an all die Brandblasen oder daran, als ich einmal auf das Brett mit dem Nagel drin getreten bin. Ich habe immer wieder an die Geburt gedacht, an das Gefühl, von innen zusammengeschlagen zu werden. Es ist mir nie in den Sinn gekommen, dass auch er womöglich tot sein könnte. Ich habe immer wieder gedacht, dass ich ihn bald treffen, dass man mich zu ihm bringen würde. Dass ich mit ihm reden müsse. Und daran, was ich zu meinem einzigen Sohn sagen würde. Über die Art Mutter, die ich ihm gewesen bin.

Dann habe ich das Telefon im Haus klingeln gehört. *Vielleicht ist es Ryan, vielleicht ruft er ja an, um mir zu sagen, dass es ihm gut geht, dass er überlebt hat. Dass er es nicht gewesen ist, er die Pistolen vorher weggeworfen hat.* Aber ich konnte einfach nicht aufstehen. Besser gesagt: Ich wollte es nicht, ich weiß nicht, warum. Immer wieder hat das Telefon geklingelt. Dann habe ich gedacht, dass es wahrscheinlich eine Freundin ist, die fragen will, ob ich schon mehr weiß, ob er okay ist, wo ich bin, was ich tun werde. Ich habe niemals daran gedacht, dass Sie es sein könnten, weil ich niemals geglaubt habe, dass er tot sein könnte, und ich niemals geglaubt habe, dass man mir sagen würde, ich solle ins Krankenhaus fahren, und ich hab niemals geglaubt, dass ich in diesen Raum gehen muss und mein Kind tot dort liegen sehe. Ich hab nie geglaubt, dass ich auf den Jungen hinunterblicken würde, den ich geboren habe, und ihn tot sehen würde, sein Gesicht total weg. Ich habe ihn kaum erkannt. Auf diesem Tisch liegend habe ich ihn endlich als erwachsenen Mann gesehen – ich glaube nicht, dass ich das vorher je getan habe. Und plötzlich habe ich es begriffen. Der Mensch, den ich großgezogen habe, war ein böser Mensch – ein Mann, der Frauen verletzt hat. Aber wieso? Warum hat mein kleiner Junge das getan? Er war nie einer von der gewalttätigen Sorte. Nie im Leben hätte ich geglaubt … Ich dachte, ich könnte einfach sitzen bleiben, ganz still, mich nicht rühren und den Dohlen zuhören.

14. Mai, 17:50 Uhr

Birchs Schritte hallten den Flur entlang, ein hohles Geräusch wie das Getrappel von Pferden. Sie befand sich im ersten Stock, in der Abteilung für das Friseurwesen: Auf beiden Seiten des Gangs sah sie durch die Türen Reihen weißer Waschbecken und großer schwarzer Stühle. Jetzt war alles still. Es war schummrig, es war noch kein elektrisches Licht eingeschaltet worden. Sie sah auf die Uhr: fast sechs. Sie war seit neun Stunden hier.

Detective Chief Inspector McLeod war unten in der Kantine. Alle verfügbaren Mitarbeiter umschwirrten ihn wie Motten eine nackte Glühbirne. Nach einer Weile hatte sich Birch, die in der hinteren Reihe saß, aus dem Briefing gestohlen: McLeod hatte nichts zu sagen gehabt, was sie nicht schon wusste. Außerdem musste sie später noch eine Privataudienz mit ihm durchstehen. Sie brauchte ein paar Minuten Ruhe.

Hier oben war es friedlich, auch wenn der starke Geruch industrieller Desinfektionsmittel in der Luft hing. Birch blieb stehen. Neben ihr an der Wand war bis in etwa Hüfthöhe die Farbe des Putzes heller als überall sonst. Die Fläche war ungefähr anderthalb Meter lang. Aus ihr ragten in Abständen Metallbefestigungen hervor. Auf dem Fußboden war ein Rechteck mit Klebeband markiert. Hier hatte sich der Heizkörper befunden. Und hier war Leanne Lawrie, das neunte Opfer, zu Boden gegangen.

Sieben Stunden zuvor hatte Birch zum ersten Mal an dieser Stelle gestanden, hatte eine erste Tatortbegehung mit Police Captain David Leake durchgeführt. Leake wurde im Protokoll als der erste Beamte vor Ort genannt – er war PC Parks Partner, derjenige, der ins Gebäude gelaufen war, während die Schießerei noch im Gang war. Als er mit Birch durch den ersten Stock ging, blieb er am Heizkörper stehen, der dort hing, mit Blut beschmiert, das an den Längsrillen hinuntergeflossen und getrocknet war. Weiteres Blut war auf dem Boden in einem langsamen, klebrigen Strom Richtung Treppenhaus gelaufen, eindeutiges Zeichen dafür, dass der Boden uneben war.

»Hier«, sagte Leake und deutete auf den Heizkörper, »hier hat eine Studentin gelegen.« Er bebte am ganzen Leib.

»Es tut mir leid«, sagte Birch. »Es tut mir so leid, dass ich Ihnen das jetzt abverlangen muss. Aber wir müssen uns ein möglichst genaues Bild von dem machen, was Sie gesehen haben. Sie wissen ja, der zeitliche Ablauf ist oft von entscheidender Bedeutung.«

Er zeigte auf eine dünne Linie, die mit irgendeiner Art Stift auf den Boden gemalt worden war – ein Strich, der später mit Klebeband nachgezogen werden würde. »Die hier hatte eine Kopfverletzung«, berichtete er. »Als ich zu ihr kam, sah ich, dass ihr in den Kopf geschossen worden war. Aber ihr Puls war noch fühlbar. Ich habe auf die Sirenen der Rettungswagen gewartet – ich habe für ihr schnelles Erscheinen gebetet. Ich hatte das Funkgerät ausgeschaltet, weil ich nicht wollte, dass Summers mich hört. Aber in Gedanken, im Inneren, hab ich laut geschrien.«

Birch berührte Leake am Arm und spürte das Vibrieren in den Fingerspitzen. Er zitterte wie Espenlaub, denn er wusste, wo sie gleich zusammen hingehen würden.

Sie liefen nur wenige Meter weiter den Flur entlang in Richtung der zwei geschlossenen Leichensäcke und der Kollegen von der Spurensicherung, die dort ihrer Arbeit nachgingen.

»Als Nächstes habe ich diese zwei gesehen«, sagte Leake. »Bei beiden konnte ich keinen Puls mehr fühlen, und eine von ihnen«, er deutete auf den weiter entfernt liegenden der beiden Leichensäcke, »war ganz offensichtlich tot.«

Auch Birch erschauderte. Die Tatortfotos und die Obduktionsberichte würden nur zu bald auf ihrem Schreibtisch landen. »Wohin sind Sie als Nächstes gegangen?«, fragte sie.

Leake drehte sich um und deutete durch eine offene Tür zu einem Seminarraum hinter ihnen – auch dieser einer der Räume für angehende Friseure mit einer Reihe von Waschbecken aus Keramik. »Da drin befand sich noch eine Studentin«, sagte er. »Die anderen rannten, verließen das Gebäude durch die Notausgänge. Die meisten hatten das Stockwerk schon verlassen, als ich hier eintraf. Aber diese eine Studentin … Sie machte so ein Geräusch, deshalb habe ich mich umgedreht und sie dann gesehen.«

Birch spähte in den Raum. Das intensive Frühlingslicht beschien die Waschbecken, die weißen Resopal-Oberflächen, den glänzenden, gewischten Fußboden. »War sie verletzt?«

»Nein«, sagte Leake. »Sie hatte sich versteckt. Also, nicht richtig. Hat nur dagesessen. Als könnte sie sich nicht bewegen.«

Birch wandte den Kopf zu den beiden Leichensäcken auf dem Boden im Flur. »Sie glauben, sie hat gesehen, wie …?«

»Ja«, sagte Leake. »Ich bin zu ihr und habe mit ihr gesprochen. Sie hatte ihr Handy in der Hand. Sie wollte nicht mit mir reden, wollte, dass ich keinen Laut von mir gebe. *Psst*, hat sie mir immer wieder zugezischt, dann aber schließlich doch gesagt, dass sie Irina heißt. Sie hatte gesehen, wie die zwei erschossen wurden, hatte Summers beobachtet. Wie er davongegangen war. Sie glaubte, er sei noch in der Nähe, deshalb wollte sie sich nicht vom Fleck rühren.«

Birch nickte. »Ich werde auf jeden Fall mit ihr reden müssen.«

»Ich könnte Ihnen helfen, sie zu finden«, sagte Leake. »Lange schwarze Haare, wellig. Ein hageres Mädchen, osteuropäischer Akzent. Jede Menge Goldschmuck, Ohrringe und so.«

Birch schloss einen Moment lang die Augen, um sich ein Bild von der Zeugin zu machen. Dann blickte sie wieder Leake an. »Und weiter, David?«

Er schluckte schwer. »Dann«, er deutete den Flur hinunter, hinter die Gruppe der Spurensicherer, »bin ich zu der Tür da gegangen. Zur Damentoilette.« Leake setzte sich langsam in die Richtung in Bewegung, in die er gezeigt hatte. »Summers war durch das Blut gegangen, schauen Sie«, sagte er, wich den beiden Leichensäcken aus und deutete auf den Boden.

Birch senkte den Kopf und sah, was er meinte: die Abdrücke großer Armeestiefel.

»Ich bin den Schuhabdrücken hinterher«, sagte er, und Birch folgte ihnen mit ihrem Blick bis zur Toilettentür, unter der sie, schwächer jetzt, zu verschwinden schienen. »Sie werden sehen, dass die Abdrücke hinein-, aber nicht wieder herausführen.«

Birch nickte den Kriminaltechnikern kurz zu, während sie und Leake sich zwischen ihnen hindurchschlängelten. Einige erwiderten den Gruß oder murmelten halblaut »Ma'am«.

»Hier habe ich gestanden«, sagte Leake, als sie die Toilettentür erreicht hatten. »Und gedacht: *Wenn er nicht die Schuhe ausgezogen hat, dann ist er da reingegangen und nicht wieder rausgekommen. Dann ist er immer noch da drin.* Aber ich konnte … da nicht reingehen. Ich konnte mich einfach nicht überwinden. Es tut mir leid …«

Birch berührte Leake an der Schulter und spürte, dass er schluchzte. Es waren große, leise Schluchzer, die im Inneren des Mannes neben ihr aufstiegen und einer nach dem anderen aus ihm hervorbrachen. »David«, sagte sie, »ist ja gut. Sie haben das richtig gemacht – Sie waren unbewaffnet. Sie haben auf die Kavallerie gewartet.«

Als Leake den Kopf schüttelte, fielen seine Tränen auf Birchs Ärmel. »Aber er war am Boden«, sagte er. »Ich habe von drinnen keine Schüsse gehört, also war er schon nicht mehr am Leben, als ich in das Stockwerk kam. Er hatte sich bereits umgebracht. Er war ungefährlich. Und wenn ich da reingegangen wäre, ich weiß nicht … Was, wenn die Studentinnen zu dem Zeitpunkt noch am Leben waren? Was, wenn ich ihnen hätte helfen können?«

Birch drückte kurz seine Schulter. »Sie wussten es nicht«, sagte sie. »Sie haben nicht gewusst, dass Summers tot war. Und was die vier Studentinnen betrifft, ich kenne die Art ihrer Verletzungen. Selbst wenn sie noch am Leben gewesen wären, es hätte nichts genützt, wenn Sie Erste Hilfe geleistet hätten. Sie haben alles richtig gemacht.«

Da sah Leake sie an – mit solchem Zorn auf sie, auf sich selber –, dass sie die Hand von seiner Schulter löste und einen Schritt zurücktrat.

»Aber ich hätte bei ihnen sein können.« Seine Stimme hatte gestockt, er hatte ein eigenartiges Husten hervorgewürgt. »Ich hätte in ihren letzten Minuten bei ihnen sein können. Stattdessen bin ich hier vor der Tür stehen geblieben und habe nichts getan. Wie ein beschissener Feigling.«

Birchs Handy vibrierte und holte sie zurück ins Hier und Jetzt. Wie schlafwandelnd war sie bis zur Toilettentür gegangen, die mit Schildern und Klebeband versiegelt war: In dem Raum hatten die Forensiker noch zu tun. Es war eine kleine Toilette, nur zwei Kabinen – aber Summers hatte darin vier Studentinnen umgebracht. Birch hoffte, dass sie ohnehin dort drin gewesen waren, sich vielleicht die Haare gemacht hatten, bevor sie ins Seminar gingen, miteinander geplaudert, Lippenstifte getauscht hatten. Sie hoffte, dass sie nicht dort hineingelaufen waren, um sich zu verstecken, und für ihren Fehler bestraft worden waren. Sich auf einer Toilette zu verstecken, das war an sich kein dummer Gedanke: In den USA bläute man den Kindern ein, bei einer Schießerei in die Kabinen zu laufen und sich auf die Toilettensitze zu stellen. Birch erinnerte sich an ein weit verbreitetes Facebook-Posting: ein süßes, drei Jahre altes Mädchen, das nach dem Massaker an der Sandy Hook High School darin geschult wurde, sich im Kindergarten so zu verhalten. Amokläufer an Schulen waren immer Männer, und die soziale Konditionierung reichte tief – selbst bei einem Amoklauf wie diesem hatte der Täter vermutlich gezögert, ehe er die Damentoilette betrat. Aber, dachte Birch, dieser hier wollte Mädchen töten. Frauen, korrigierte sie sich. Alle Toten waren weiblich, und nur eines der Opfer, die in kritischem Zustand im Royal Infirmary lagen, war männlich. Birch drehte sich weg von der Toilettentür.

»Es geht um Mädchen«, sagte sie leise, aber hörbar in den langen, leeren Flur. »Er hatte irgendein Problem mit Frauen. Darauf verwette ich mein ganzes Angespartes.« Sie zog ihr Handy aus der Tasche: eine Nachricht von McLeod war eingegangen. Er zitierte sie zu sich.

Während sie durch den ganzen ersten Stock zurückging – vorbei an den Klebebandmarkierungen und den helleren Flecken auf dem Boden, wo die blutigen Stiefelabdrücke weggeschrubbt worden waren –, las sie noch einmal den E-Mail-Anhang mit Moira Summers' Aussage. Die Audioaufnahme wollte sie sich später anhören, auf Lücken, Pausen und Eigenarten achten, die vielleicht irgendetwas preisgaben. Doch in der Abschrift war keine Rede von Frauen, nicht einmal von einer Beziehung, die Summers gehabt hatte. Keine Trennung. Dafür die Zeile: *Ich sehe ihn selten, vor allem nach dem Tod seines Vaters vor zwei Jahren.* Wie gut hatte seine Mutter ihn wirklich gekannt? Es hörte sich an, als hätte Mrs Summers sich das selbst gefragt.

Das Licht im Flur wurde rasch schwächer, und Birch glaubte, weiter vorn, an einer Wand, eine Bewegung im

Schatten auszumachen. Sie blieb stehen und schauderte wider Willen. *Gebäude, in denen tödliche Schießereien stattgefunden haben, werden immer abgerissen. Zu viele Gespenster.*

In der Stille horchte sie auf Schritte, aber nichts. Doch – da war es wieder. Eine Bewegung: das schwache gräuliche Licht hatte sich verändert. War noch jemand von der Spurensicherung am Arbeiten? Oder vielleicht eine Reinigungskraft?

»Ist da jemand?«

Niemand antwortete. Doch als sie weitergehen wollte, trat eine Gestalt aus einer der Türen zu den Seminarräumen weiter vorn auf den Flur.

Birchs Herz schlug schneller, und sie griff sich an die Hüfte. Eine gewohnheitsmäßige Bewegung, nachdem sie viele Jahre einen Schlagstock getragen hatte, auch wenn sie jetzt natürlich keinen bei sich hatte. Die Person vor ihr war nicht deutlich zu erkennen, aber von schmächtiger Gestalt. Eine Frau oder ein sehr schlanker Mann. Ein Student, eine Studentin? Konnte man sich so lange verstecken, ohne von einem der Teams der Spurensicherung entdeckt zu werden? *Sicher nicht.*

»Wer sind Sie?« Ihre Stimme zitterte.

Über ihr ging die Neon-Deckenbeleuchtung an und blendete sie kurz. Dann erkannte sie, wer rund zehn Meter entfernt vor ihr mit dem Rücken neben den Lichtschaltern lehnte.

»Hallo, DS Birch.«

»Grant Lockley … Es war wohl nur eine Frage der Zeit, bevor *Sie* hier auftauchen würden.«

Lockley ließ den Lichtschalter los und legte sich die

Hand auf die Brust, als wäre er verwundet. »Ich weiß nicht, was Sie damit meinen.«

»Doch, das wissen Sie genau.« Birch überlegte: Wie ist er hier reingekommen? Hat er den Tatort kontaminiert? »Sie sind so berechenbar wie ein Regenwurm nach Regen.«

»Das nehme ich Ihnen aber übel, Detective Sergeant.« Doch er lächelte.

»Sie behaupten doch, alles zu wissen, Lockley.« Birch ging auf ihn zu. »Vor allem über mich. Deshalb wissen Sie garantiert auch, dass ich vor Kurzem befördert worden bin. Ich bin jetzt Detective Inspector, das hier ist meine Ermittlung, und jetzt würde ich gerne erfahren, wieso zum Teufel Sie mitten in diese hineinplatzen.«

Lockleys Lächeln wurde breiter. Dieses Lächeln kannte sie – allzu gut für ihren Geschmack –, auch wenn sie es seit einigen Jahren nicht mehr gesehen hatte. Lockley hatte sich in letzter Zeit mit anderen Leuten angelegt. Er sieht aus wie ein Hai, dachte Birch, mit seinem abgesägten Grinsen und den Augen, die nur ein klein wenig zu weit auseinanderstehen. Wirklich, es gab keinen besseren Beruf für ihn.

»Dieses College ist ein Albtraum, was Securitymaßnahmen angeht. Obwohl es von Polizei nur so wimmelt, kommt man mühelos rein. Niemand hat mich durchgelassen, Detective Inspector. Ich habe eine unbewachte Tür gefunden und bin einfach reinspaziert.«

Birch blieb stehen. Mittlerweile war sie nur noch eineinhalb Meter von ihm entfernt, war ihm so nahe, dass sie die Schuppen in seinem Haar erkennen konnte. Er sah aus wie immer – vielleicht etwas faltiger um die Augen herum. Aber ansonsten wie immer. Die Härchen auf

Birchs Armen richteten sich auf. Die Begegnung kam ihr genauso riskant wie auf intime Weise entmutigend vor, so als träfe man zufällig einen Exfreund.

»Finden Sie nicht, dass das ein schwerwiegendes Versäumnis ist?«, fragte Lockley. »Seit dem Amoklauf in Dunblane werden Schulen gesichert wie Fort Knox. Hier gibt es Studierende, die noch Kinder sind – fünfzehn, sechzehn Jahre alt –, und trotzdem werden die nicht durch entsprechende Sicherheitsmaßnahmen geschützt. Jeder hätte sich genauso mühelos wie ich Zutritt verschaffen können. Da wird man Fragen stellen. Es werden Köpfe rollen … die von denen, die für die Security auf dem Campus verantwortlich sind, werden nur der Anfang sein.«

Birchs Handy, das sie noch in der Hand hielt, klingelte erneut. Sicherlich McLeod – er mochte es nicht, wenn man ihn warten ließ. »Ja, klar. Bestimmt haben Sie Ihre Sensationsartikel schon fürs nächste halbe Jahr in der Schreibtischschublade, und diese Schießerei wird Ihrer schwächelnden Karriere einen ordentlich Schub versetzen.«

Jetzt wirkte Lockley aufrichtig gekränkt. »Ich diene der Öffentlichkeit genau wie Sie, Detective Inspector.« Er betonte ihren Titel auf abfällige Weise. »Die freie Meinungsäußerung ist ein Grundrecht. Die Menschen wollen die Wahrheit erfahren, und zwar ohne Meinungsmache. Und ich gebe sie ihnen. Können Sie das auch von sich behaupten?«

Birch verdrehte die Augen. Sie ahnte schon, was gleich kommen würde. Hätte sie es gewollt, hätte sie den Satz unisono mit ihm aufsagen können.

»Ich erledige hier nur meine Arbeit.« Die erhobenen Hände als Geste, die bedeuten sollte: Was soll man auch anderes tun?

Sie erinnerte sich, dass er eines Abends das Gleiche zu ihrer Mutter gesagt hatte: Er hatte sie aufweckt, weil er in den Mülltonnen vor dem Haus herumwühlte, und sie dadurch halb zu Tode erschreckt. Am Ende hatte er vor der hohen Gartenmauer gestanden und die Hände auf genau dieselbe Art in die Höhe geworfen – als hätte Birchs verzweifelte Mutter erwogen, ihn anzugreifen. »Ich mache hier nur meine Arbeit, Mrs Birch«, hatte er gesagt. »Uns allen ist doch an derselben Sache gelegen – wir alle wollen Charlie finden.«

Birch wurde bei dem Gedanken daran wütend. »Sosehr ich gerne hier den ganzen Abend herumstehen und über Ihre Tugenden plaudern möchte«, sagte sie, »aber ich habe im Moment etwa fünftausend dringlichere Dinge zu erledigen. Was halten Sie also davon, dass ich Sie vom Tatort wegbegleite? Wenn Sie jetzt auf der Stelle verschwinden, sehe ich über jede mögliche kriminelle Absicht Ihrerseits hinweg.«

Lockley ignorierte sie und blickte sich im Flur um. »Die wichtigste Frage, die sich die Öffentlichkeit stellt, ist natürlich die nach dem Warum. Warum hat Ryan Summers das getan? Was bringt einen scheinbar normalen jungen Mann dazu, loszuziehen und seine Kommilitoninnen umzubringen? Und das nicht nur aus einem Impuls heraus, sondern durchaus kaltblütig und geplant?«

»Wir kennen das Motiv noch nicht«, sagte Birch. *Verflucht. Hat jetzt schon jemand nicht dichtgehalten?*

Lockley hob eine Braue. »Wir sind in Schottland. Die

Leute hier haben nicht einfach Schusswaffen im Haus herumliegen. Dieser Junge ist losgegangen und hat sich eine Waffe besorgt – und zwar über illegale Kanäle, darauf wette ich.«

Sie entspannte sich ein wenig. Vielleicht waren das ja auch nur Lockleys Vermutungen – nicht, dass er sehr viel mehr brauchte.

»Die Leute werden wissen wollen, warum«, sagte er. »Und die Antwort werden nur die Eltern geben können. So wie im Grunde immer. Vielleicht wurde der kleine Ryan als Kind nicht genug geliebt. Oder der kleine Ryan durfte gewaltverherrlichenden Rap hören. Oder der Dad des kleinen Ryan starb, und sein Sohn ist nie darüber hinweggekommen …« Lockley legte den Kopf leicht schief, wie ein Vogel. »Nun, komme ich der Sache damit näher, DI Birch?«

Sie kniff die Lippen zusammen. Sie konnte – durfte – nicht zulassen, dass ihre vergangenen Begegnungen mit diesem Mann ihre jetzige Arbeit beeinträchtigten. Nicht bei einem Fall, der so heikel war. Die Ermittlung erschien ihr wie eine Handgranate, die sie in ihren Händen hielt; wenn sie Lockley gewähren ließ, würde er, wie sie nur allzu gut wusste, den Stift ziehen, sie scharf machen und wegrennen. »Wir haben genug geredet, Lockley.«

Er zuckte mit den Schultern. »Fürs Erste vielleicht. Aber wenn Sie denken, dass ich diese Ermittlungen vergessen werde, dann täuschen Sie sich. Ich weiß, dass ihr hauptsächlich an einem ruhigen Leben interessiert seid. Ihr wollt den Fall schnell ad acta legen und hofft, dass die Leute Ryan Summers vergessen werden, aber das werde ich nicht zulassen. Ich werde dahinterkommen, warum er das getan hat. Und wenn sich herausstellt, dass seine Mutter davon gewusst hat, werde ich auch das herausfinden. Das ist mein Job – so wie es Ihrer ist, die bösen Jungs hinter Gitter zu bringen. Unser Motiv, morgens aufzustehen, ist doch ungefähr das gleiche, oder? Ich glaube, Sie gut genug zu kennen, um das sagen zu können, wenn man Ihre … persönliche Geschichte und all das bedenkt.«

Einen Augenblick lang setzte Birchs Hörvermögen aus, und ihr wurde rot, schwarz und wieder rot vor Augen. »Meine Lebensgeschichte«, sagte sie dann mit zusammengebissenen Zähnen, »spielt bei meiner Arbeit keine Rolle … und ich will nicht, dass sie erwähnt wird. Haben Sie mich verstanden?«

Lockley blickte auf den Ärmel seines dunkelgrauen Mantels.

Cord, sah Birch, billig.

Er tat so, als hätte er einen Fussel entdeckt, und schnippte ihn weg. »Ich weiß, dass Ihr Bruder in genau demselben Alter war wie Ryan Summers, als das alles begann. Und Ihre Mutter ist erst kürzlich gestorben, stimmt's?«

Birch streckte ihren Rücken durch. »Ich denke nicht daran, mit Ihnen über meine Mutter zu sprechen.«

Er lächelte noch immer. Er schien unentwegt zu lächeln, so als wäre sein Lächeln eine Art Arbeitskleidung. »Es muss schwer für Sie sein«, sagte er, so als hätte er sie nicht gehört, »die ganze Zeit an Charlie zu denken, wo Sie doch versuchen, sich auf Ihre Arbeit zu konzentrieren. Und sagen Sie mir bloß nicht, Sie denken nicht an ihn. Es wundert mich, Sie sagen zu hören, dass Ihre persönliche Geschichte für Ihre Arbeit keine Rolle spielt, wo Sie gegenüber dem *Scotsman* doch geäußert haben – vor vielen Monaten, wie ich zugebe –, dass Ihr Bruder der Grund ist, warum Sie Polizeibeamtin geworden sind.«

Birch fluchte im Stillen. Sie war nicht immer so vorsichtig im Umgang mit Journalisten gewesen und hatte auf die harte Tour lernen müssen, was es bedeutete, mit ihnen locker zu plaudern. »Der Fall meines Bruders ist seit zehn Jahren ungelöst. Da Sie damals sämtliche verfügbaren Informationen durchwühlt haben, dürften Sie ganz genau wissen, dass es nichts gibt, worüber Sie schreiben können. Und selbst wenn es etwas geben sollte, ich würde es lange vor Ihnen wissen.« Sie trat einen Schritt auf ihn zu, in die Duftwolke seines Aftershaves. Mit leiser Stimme sagte sie: »Sie werden meine Gefühle nicht noch einmal verletzen.«

Lockley wollte etwas erwidern, aber da schwang die Tür zum Notausgang am Ende des Flurs auf.

»Birch?« McLeod stand in der Tür, die zum Treppenhaus führte.

Lockley drehte sich um, und Birch sah, wie die Mienen der beiden Männer sich verwandelten, als sie einander erkannten.

»Was ist hier los?« McLeod kam mit schnellen Schritten auf sie zu. »Was macht dieser schreckliche Mensch an meinem Tatort?«

Birch verzog das Gesicht. Darüber würde noch zu sprechen sein, später. »Er wollte gerade gehen, Sir«, sagte sie und musterte dabei Lockley scharf.

DER AMOKLAUF

Um ca. 8:15 Uhr am Morgen der tödlichen Schießerei wurde Ryan Summers dabei gesehen, wie er am Haupteingang zum Tweed Campus aus einem Bus stieg. Von dort ging er zur Südwestecke des Campus und betrat die College-Gebäude. Dabei verschaffte er sich nicht über den Haupteingang Zugang, sondern über einen Nebeneingang im Jackie-Stewart-Gebäude, dem Zweckbau, in dem sich Summers als Student vorwiegend aufhielt [6][7][10]. Summers trug dunkle Kleidung, unter anderem ein langes schwarzes Sweatshirt mit Kapuze, unter dem er ein selbst hergestelltes Holster mit drei identischen modifizierten Schreckschussrevolvern verbarg [10][12]. Summers wurde von mehreren Studierenden dabei beobachtet, wie er durch das Jackie-Stewart-Gebäude ging und die Herrentoilette aufsuchte. Es wird angenommen, dass er dort die Schusswaffen überprüfte und lud und seine Ohrstöpsel einsetzte [10][32].

Gegen 8:30 Uhr betrat er die Mensa des Tweed Campus und näherte sich der 19-jährigen Abigail Hodgekiss, die mit ihrem Freund Jack Egan, 21, sowie fünf weiteren Studenten an einem Tisch saß. Hodgekiss studierte im ersten

Jahr Darstellendes Spiel am Three Rivers College. Nach einem kurzen Wortwechsel zückte Summers eine der drei modifizierten Bruni Olympic .380 BBM-Revolver und erschoss Hodgekiss aus kurzer Entfernung [10][12]. Anschließend feuerte er auf Jack Egan, der eine Schussverletzung an der Schulter erlitt und zu Boden ging. Egan wurde später in einem Krankenhaus behandelt und überlebte [13].

Laut Aussage von Augenzeugen richtete Summers, während in der Mensa ein regelrechtes Chaos ausbrach, den Revolver dann auf die 20 Jahre alte Mary-Ann McEwan und den 19 Jahre alten Dawn Black und rief: »Hände hoch!« [10] McEwan und Black hatten am selben Tisch gesessen und versuchten, bei Abigail Hodgekiss Erste-Hilfe-Maßnahmen durchzuführen [15]. McEwan schrie Summers an, als Summers Black erschoss [10][14]. Dann wurde sie selbst von einer Kugel getroffen. Als Summers sich über Hodgekiss beugte, wurde er von der 17 Jahre alten Liz Gill attackiert, die seit Kurzem im Fach Sportcoaching immatrikuliert war [15][16][17]. Gill versuchte, Summers zu entwaffnen, doch während des Handgemenges schoss dieser ihm aus kürzester Entfernung in die Brust.

Anschließend erschoss Summers die 27 Jahre alte Mensahelferin Kerry McNaughton, die auf dem Scottish Vocal Qualification Level 1 eine Ausbildung zur Köchin absolvierte [10][15]. McNaughton hatte zuvor andere Studierende in Sicherheit gebracht, indem sie sie aufforderte, hinter der Essensausgabe Schutz zu suchen und das Gebäude durch den Kücheneingang zu verlassen [15][16]. Unter den Studenten, die auf diese Weise entkamen, befand sich auch die

23 Jahre alte Ella Ostrowska, die den ersten Notruf vom Tatort absetzte [10][13][15].

Nachdem er McNaughton getötet hatte, verließ Summers die Mensa und begab sich zu Fuß zur Haupttreppe des Gebäudes, wo er den Revolver, mit dem er seine ersten sechs Opfer erschossen hatte, wegwarf [12]. Isabel MacNab, Dozentin für Erwachsenenbildung, sah, wie Summers das Treppenhaus mit der zweiten Schusswaffe in der Hand betrat, als sie gerade ein Computer-Labor aufschloss, in dem mehrere Studierende Zuflucht suchten [10][23].
In dem Raum wählte MacNab den Notruf, und einige der Studenten, die bei ihr waren, versendeten Tweets und Facebook-Nachrichten, in denen sie das Geschehen schilderten [18][19][22].

Als er das Treppenhaus hinauflief, traf Summers auf die 29 Jahre alte Victoria Cho, eine internationale Studentin im Fach Einzelhandelsmanagement. Laut Zeugenaussagen näherte sich Cho Summers und sprach mit ihm, wobei ihr nicht bewusst war, dass es sich bei ihm um den Schützen handelte [10]. Summers schoss zweimal mit der zweiten Pistole auf sie. Cho erlag später im Krankenhaus ihren Verletzungen [20].

Anschließend verließ Summers das Haupttreppenhaus im ersten Stock, wo sich Dutzende Studierende aufhielten [10]. Da es erst etwa 8:40 Uhr war, waren die Räume für die Kurse, die um 9 Uhr beginnen, noch nicht aufgeschlossen [10][23]. Summers näherte sich einer Gruppe Studentinnen und begann offenbar wahllos um sich zu schießen, wodurch er die 22 Jahre alte Mhairi Crosbie sowie Sarah Reynolds, ebenfalls 22, tötete [10]. Die 21-jährige Leanne Lawrie wurde in der daraufhin einsetzenden Panik umgestoßen, sodass sie mit dem Kopf gegen einen Heizkörper schlug und eine schwere Kopfverletzung erlitt [20][21]. Sie verstarb später im Krankenhaus [10][20]. Augenzeugen berichten, ein Klicken des zweiten Revolvers gehört zu haben, nachdem die Schüsse abgefeuert worden waren, was nahelegt, dass Summers noch versucht hat, die Waffe zu benutzen, obwohl die Kammer bereits leer war [10][12][25].

Um ca. 8:45 Uhr betrat Summers die Damentoilette unweit des Haupttreppenhauses im ersten Obergeschoss des Gebäudes [10]. Hausmeister Jim Robertson sagt aus, einen Hilferuf aus der Toilette gehört zu haben, während er über einen Flur im ersten Stock lief und Seminarräume aufschloss, damit sich die Studenten darin verstecken konnten [23][24]. Die 25-jährige Evie Kesson, die 22-jährige Catriona Brown, die 22-jährige Gemma McGregor sowie die 19-jährige Chantal Walker wurden auf der Toilette im ersten Stock [2][10] mit Schüssen in Hinrichtungsmanier [32] getötet. Augenblicke später schoss sich Summers aus nächster Nähe seine letzte Kugel [3][10][12][25] in die rechte Kopfseite.

Zwei Tage später

Moira Anne Summers

DATUM: 16.05.
ZEIT: 14:06 Uhr
TEIL 2 DER AUFGEZEICHNETEN BEFRAGUNG
ORT: Verhörzimmer 4, Büro #20188
ANWESEND: Moira Anne Summers (Befragte), Anjan Chaudhry (Anwalt), Detective Inspector Helen Birch C#4138E, Detective Chief Inspector James McLeod C#1666E, Opferschutzbeamtin Amy Kato C#901E
SEITEN: 8

McLeod: Diese Befragung wird aufgezeichnet; die Zeit: vierzehn Uhr. Ich bin DCI McLeod und nehme unsere Befragung von Moira Anne Summers wieder auf. Ebenfalls anwesend sind DI Birch und Amy Kato, Mrs Summers' Opferschutzbeamtin. Mrs Summers' Anwalt ist Mr Anjan Chaudhry. Mrs Summers, im ersten Teil der Befragung haben Sie ausgesagt, dass Sie Moira genannt werden möchten. Ist dies noch immer der Fall?
Summers: Ja.
McLeod: Und Mr Chaudhry … meines Wissens möchten Sie eine Aussage zu Protokoll geben, bevor wir mit der Befragung fortfahren.
Chaudhry: Ja.
McLeod: Bitte machen Sie jetzt Ihre Aussage.

Chaudhry: Vielen Dank. Ich möchte lediglich zu Protokoll geben, dass Mrs Summers in den vergangenen zwei Tagen unter erheblichem emotionalem Stress gestanden hat. Nicht nur musste sie den Tod ihres Sohnes verkraften, sondern wurde darüber hinaus mit – im Wesentlichen negativen – Anfragen seitens der Presse und mehrerer Bürgerinnen und Bürger überhäuft. Ich weiß, DCI McLeod, dass Ihnen und den hier anwesenden Mitgliedern Ihres Teams derzeit mehrere anonyme Morddrohungen und Androhungen von anderer Gewalt gegen Mrs Summers vorliegen. Mir ist zudem bewusst, dass die hiesige Polizei das Verhalten jener Vertreter der Presse überwacht, die sich im Moment vor Mrs Summers' Haus befinden. Wie Sie sicherlich einräumen werden, handelt es sich hierbei um äußerst schwierige und im höchsten Maße unvorhersehbare Umstände. Ich möchte Sie daher bitten, im Laufe dieser Befragung und in allen folgenden Befragungen große Anstrengungen zu unternehmen, die Umstände in Betracht zu ziehen, unter denen sich Mrs Summers Ihren Fragen stellt. Zudem möchte ich die Gelegenheit ergreifen, die Arbeit, die Ms Kato in den vergangenen beiden Tagen geleistet hat, anzuerkennen und zu loben. Mrs Summers hat mir versichert, dass ihr Beistand von unschätzbarem Wert und ein großer Trost gewesen ist.

McLeod: Wir nehmen zu Protokoll, dass diese letzte Bemerkung direkt an die Beamtin Kato gerichtet war.

Summers: Vielen Dank, Amy. Amy war wirklich wundervoll.

McLeod: Danke für Ihre Aussage, Mr Chaudhry. Ich versichere Ihnen, dass wir uns der schwierigen Umstände, unter denen Mrs Summers aussagt, vollkommen bewusst sind.

Summers: Vielen Dank, Anjan.

McLeod: Wenn es keine weiteren Anmerkungen gibt, möchte ich nun mit der Befragung beginnen. Nehmen wir zu Protokoll, dass Mr Chaudhry genickt hat, um zu signalisieren, dass die Befragung beginnen kann. Können wir anfangen, Mrs Summers?

Summers: Moira. Ja.

McLeod: Natürlich, Moira. Entschuldigen Sie bitte. Also gut. Wir haben bereits darüber gesprochen, was Sie am Morgen des Amoklaufs getan haben. Heute möchte ich Ihnen einige Fragen stellen, die sich auf Ihren Sohn Ryan beziehen. Wir würden gerne ein genaueres Bild von den letzten Tagen und Wochen in seinem Leben bekommen.

Summers: Gut. Einverstanden. Ich werde mein Bestes geben.

»Ich weiß wirklich nicht, wie Sie mit ihm zusammenarbeiten können.«

Der Anwalt stand in einem Strahl der Nachmittagssonne, die auf den gebohnerten Fußboden des Flurs fiel. Seine Schuhe glänzten. Neben ihm blubberte der Wasserspender.

»Hallo, Anjan.« Vorsichtig trat Birch auf ihn zu: Neben ihm kam sie sich irgendwie ungepflegt vor. Auf Brustbeinhöhe blitzte eine goldene Krawattennadel, deren kleiner Rubin farblich zu dem weinroten Schlips, den Manschettenknöpfen, ja sogar den Socken passte.

»Sie sehen müde aus, DI Birch. Übrigens herzlichen Glückwunsch zur Beförderung.«

Sie griff nach einem Plastikbecher. Einem von der billigen, gerippten Sorte, die bereits beim geringsten Druck einriss. »Ich habe das Gefühl, als wäre das Ganze schon Jahre her. So viel zu der Hoffnung, ich könnte mich langsam eingewöhnen. Seit dem Amoklauf habe ich nur sechs Stunden geschlafen. Eine davon im Auto heute Morgen. Bitte entschuldigen Sie mein Aussehen.«

Der Wasserspender gluckerte.

»Na ja, Sie sind eben seine Auserwählte.« Kein freundlicher Ton. »Er sagt: *Spring*, und Sie springen ...«

»Und wenn schon. Das ist mein Job, Anjan. Er ist mein Chef.«

»Er ist ein Schweinehund.«

»Bitte, hören Sie auf damit. Und sprechen Sie nicht so laut.« Sie tauchte zwei Fingerspitzen in ihren Becher mit kaltem Wasser. Hob sie an ihr rechtes Augenlid, schloss das Auge und betupfte die dünne Haut mit dem kühlen Nass. Das Gleiche tat sie mit dem linken Auge, dann sah sie den Anwalt an. Wasser rann ihr die Wangen hinunter, wie Tränen.

»Geht's besser?« Jetzt lächelte er.

»Nicht wirklich.« Mit ihrer freien Hand tastete sie ihre Hosentaschen nach einem Papiertaschentuch ab und wischte sich das Gesicht trocken. »Es würde mir besser gehen, wenn ich wüsste, was Ihre Mandantin uns verschweigt.«

»Sie sprechen von Moira?«

Wieder schloss Birch einen Augenblick lang die Augen. Sie fühlten sich noch immer ein wenig klebrig an. »Wen sonst könnte ich damit meinen, Anjan? Sicher, ich habe Mitleid mit ihr, aber sie ist einfach ein wenig zu kooperativ.

Es gibt da etwas, von dem sie hofft, dass wir es nicht herausfinden, und Sie wissen vermutlich, worum es sich dabei handelt.«

Der Anwalt setzte eine strenge, neutrale Miene auf. »Ich kann nicht gerade behaupten zu wissen, worauf Sie hinauswollen.«

Birch verdrehte die Augen. »Natürlich nicht. Na gut. Dann bleibt uns wohl nichts anderes übrig, als einfach weiterzumachen.«

Er lächelte. »Was Sie vermutlich auch tun werden.«

Es entstand eine kurze Pause. Um sie herum herrschte geschäftiges Treiben.

Birch runzelte die Stirn. Nach einer Weile sagte sie: »Ich … möchte nur wissen, warum. Ryan Summers, meine ich. Warum hat er es getan? Warum zum Teufel macht man so etwas? Hat er nicht darüber nachgedacht, was er hinterlässt? Ich meine, schauen Sie sich doch seine Mutter an. Zwei volle Tage ist sie schon hier und wurde mit Fragen bombardiert. Ihr wurde mit Mord und Vergewaltigung gedroht, Paparazzi verstecken sich in ihrer Gartenhecke, Verrückte tauchen vor ihrer Haustür auf. War ihm denn nicht klar, was er damit anrichtet? Oder hat ihn das alles nicht gejuckt? Sie ist doch seine Mutter. Ganz zu schweigen von den jungen Frauen. Von den Opfern. Was ist mit deren Müttern? Was ist mit den Journalisten in deren Hecken, den Irren vor deren Haustüren? Er hat das alles entfesselt, und das sind nur die Folgen, von denen wir bisher wissen. Warum … Warum macht man so etwas? Aber vielleicht ist die drängendere Frage ja auch: Was kann jeder von uns angesichts einer solchen Tat tun?«

Nach dieser etwas längeren Rede schien sich Ruhe wie Rauch im Flur auszubreiten. Niemand sonst hielt sich dort auf, nur Birch und der Anwalt. Aber nicht irgendein Anwalt, sondern der beste, Anjan Chaudhry – der Mann, den man auf ihrem ehemaligen Revier »Das Hirn« genannt hatte. Sie hatte ihn immer gut leiden können. Er war tough, aber kein Arsch. Wohlhabend, aber nicht Anwalt geworden, um reich zu werden. Es war ihm nicht gleichgültig, was mit den Menschen geschah. Nur selten verteidigte er jemanden, der wirklich schuldig war. Anjan ist einer von den Guten, dachte sie.

Wie um das zu beweisen, trat er einen Schritt auf sie zu und legte ihr seine freie Hand auf die Schulter. »Sie machen das sehr gut, Helen.« Dabei rüttelte er sie ganz leicht – damit sie ihm in die Augen sah. »Das meine ich wirklich so.«

Sie blickte ihn kurz an und dann an ihm vorbei in den Sonnenstrahl. Staubpartikel wirbelten darin umher, hineingezogen vom schwachen Sog ihrer Bewegungen. »Aber was sollen wir tun?« Sie schaute auf seine Krawattennadel, der Rubin glänzte wie ein Blutfleck. »Wenn das Verbrechen so groß und uns bereits bekannt ist, wer es getan hat? Wir kennen den Täter, aber wir werden wohl nie wirklich sein Motiv erfahren. Was also sollen wir tun? Wozu das Ganze? All diese Befragungen. Der Schlafmangel. Das Gemecker über meinen Boss. Warum?«

Anjan sah ihr ins Gesicht, schien sich aber innerlich zurückgezogen zu haben, um nachzudenken. Dann rüttelte er sie noch einmal, diesmal weniger heftig. Ruhig und selbstbewusst sagte er: »Ich glaube, dass Sie, die Polizei, den Menschen Hoffnung geben. Das ist in vielen

Ländern anders – auch dort, wo ich herkomme. Doch hier trifft es zu. Alle haben Angst. Mehr Angst als Sie, Helen, denn vergessen Sie nicht: Sie sind im Besitz von Informationen, die die Menschen niemals kennen werden. Alle fragen sich, warum dies passiert ist, was einen Menschen zu einem Monster gemacht hat. Die Menschen haben Angst, weil sie einen jungen Mann wie Ryan Summers vor sich sehen und denken: Was, wenn er in Wahrheit ganz normal war? Was, wenn das, was in seinem Inneren passiert ist, auch in meinem Inneren passieren kann, wenn auch *ich* imstande bin, so etwas zu tun? Doch durch ihre Furcht erkennen sie, dass Sie etwas leisten – Sie, die Polizei. Jemand unternimmt etwas. Es wird sich drum gekümmert. Das hilft. Das ist keine Kleinigkeit.«

Birch nickte und schüttelte dann den Kopf, als versuchte sie, sich von etwas zu befreien. Sie schob seine Hand weg. »Sie haben recht, Anjan. Danke, Sie haben völlig recht. Ich bin nur müde. Ich muss mich zusammenreißen.« Sie trank einen Schluck Wasser – das in dem Plastikbecher blaugrün schimmerte und lauwarm geworden war.

»Kein Problem.« Anjan zog sein Jackett zurecht. »Ach, übrigens: Meine Kanzlei hat mehrere Anrufe von einem Mr Grant Lockley erhalten. Ich glaube, Sie kennen sich.«

Birch merkte, dass sie innerlich zusammenklappte. »Verdammt! Ja, wir hatten ein paar Meinungsverschiedenheiten, Lockley und ich. Einen … nicht so angenehmen persönlichen Umgang miteinander in der Zeit, bevor ich zur Polizei kam. Aber das ist lange her. Was will er denn?«

Anjan streckte seine elegante Hand aus, betrachtete die Fingernägel. »Das kann ich Ihnen nicht sagen. Und zwar aus dem einfachen Grund, weil ich seinen Anruf nicht beantwortet habe – und das auch nicht zu tun beabsichtige.«

»Gut«, sagte Birch. »Das freut mich zu hören. Es geht sowieso nicht um Sie – er versucht nur, an Moira ranzukommen.«

Anjan steckte die Hand wieder zurück in die Hosentasche und schaute Birch an. »Das habe ich mir schon gedacht.« Das Lächeln kehrte in sein Gesicht zurück. »Ich bin nicht erst seit gestern in diesem Metier tätig, wie Sie wissen.«

Birch lächelte müde zurück – und warf den Becher in den Abfalleimer aus Metall. »Wir sehen uns dann drinnen.«

McLeod: Moira, in unserem ersten Gespräch haben Sie ausgesagt – ich beziehe mich auf die Aussage, die Sie am Tag des Amoklaufs gemacht haben –, es habe Ihnen gefallen, wie sehr sich Ryan für die alten Startpistolen Ihres Ehemannes interessiert hat.

Summers: Ja, das stimmt.

McLeod: Können Sie uns sagen, warum Sie das mochten?

Summers: Na ja, ich weiß, es hört sich fürchterlich an, aber damals war ich einfach erleichtert. Dass er mir mal wieder etwas erzählte. Dass er mich fragte.

McLeod: Entschuldigen Sie – wenn Sie sagen, »er mir mal *wieder* etwas erzählte«, was genau meinen Sie damit?

Summers: Ach so, tut mir leid. Mit »wieder« meine ich, nach dem Tod seines Vaters.

McLeod: Sie sprechen von Ihrem Ehemann Jackie, richtig?

Summers: Er ist vor etwas mehr als zwei Jahren verstorben. Er war schon einige Zeit krank.

McLeod: Und Ryan hat nicht gut auf den Tod seines Vaters reagiert?

Chaudhry: DCI McLeod, könnten wir bitte wieder zum Thema zurückkehren? Es erscheint mir etwas beleidigend zu unterstellen, dass ein Sohn gut auf den Tod seines Vaters reagieren könnte.

McLeod: Entschuldigen Sie bitte, Moira, falls meine Frage diesen Eindruck vermittelt haben sollte.

Summers: Ist schon in Ordnung, ich weiß ja, wie es gemeint war. Ryan hat sich sehr zurückgezogen – vor allem von mir. Nach einer Weile ist er in seinen Job zurück. Da hat sein Arbeitgeber gesagt, er würde ihm den College-Kurs bezahlen, und Ryan ist aufs College gegangen. Aber zu Hause war er sehr … bedrückt, sagt man wohl.

McLeod: Können Sie mir ein paar Beispiele dafür geben?

Summers: Ja, aber nur kleine, unbedeutende. Er hat nicht gern mit mir zusammen gegessen, sondern lieber allein auf seinem Zimmer. Ich habe ihm das nach Jackies Tod wohl zu lange durchgehen lassen. Und wenn er dann einmal zu mir runtergekommen ist und sich zu mir gesetzt hat, hat er die ganze Zeit bloß auf sein Handy gestarrt. Das ging so weit, dass er kaum noch mit mir gesprochen hat.

McLeod: Aber die Gesamtsituation besserte sich Ihrer Meinung nach, als Ryan anfing, sich für die Startpistolen zu interessieren?

Summers: Ja. Er verließ häufiger sein Zimmer. Er war auch viel öfter im Schuppen, und manchmal, wenn er für eine Tasse Tee ins Haus kam, hat er sich in die Küche gestellt und ihn zusammen mit mir getrunken. Ab und an haben wir auch gemeinsam etwas gegessen. Ich glaubte, er würde Fortschritte machen.

McLeod: Und diese Fortschritte – die machte er bis zum Tag der tödlichen Schießerei?

Summers: Ja.

McLeod: Ihnen sind in den vergangenen Wochen also keine weiteren Veränderungen an Ryans Verhalten aufgefallen? Oder in den letzten Tagen?

McLeod: Bitte beantworten Sie meine Frage.

Chaudhry: Lassen Sie sich Zeit.

Summers: Nein. Keine Verhaltensänderungen, die ich benennen könnte.

McLeod: Was ist mit den Gesprächen, die Sie beide geführt haben? Hat Ryan dabei Ihnen gegenüber etwas geäußert, das Sie in irgendeiner Form ängstigte oder Anlass zur Sorge gab?

McLeod: Moira, ich weiß, dass das alles nicht leicht für Sie ist, aber Sie müssen die Frage beantworten.

Chaudhry: DCI McLeod …

Kato: DCI McLeod, ich glaube, Moira könnte eine kleine Pause vertragen. Bitte regen Sie sich nicht auf, Moira, Sie machen das ganz großartig.

Birch: Sie helfen uns sehr, Mrs Summers. Wir wissen Ihre Mitarbeit zu schätzen.

Summers: Ich kann es selbst nicht glauben, ehrlich.

McLeod: Was können Sie nicht glauben, Moira?

Summers: Dass ich es nicht habe kommen sehen.

McLeod: Sie haben sich in der Zeit unmittelbar vor seinem Amoklauf also wirklich keine Sorgen wegen Ihres Sohnes gemacht?

Chaudhry: Ich glaube, meine Mandantin hat diese Frage soeben beantwortet.

Summers: Nein, das habe ich nicht. Ich habe geglaubt, dass Jungs in Ryans Alter halt so sind. Dass Ryan so war wie alle anderen. Ich habe mit meinen Freundinnen über ihre Söhne gesprochen. Gefragt, wie es ihnen mit ihnen geht. Und die haben mir versichert, dass ihre Söhne genauso sind. Immer auf ihrem Zimmer, am Computer. Immer mit dem Handy in der Hand am Esstisch.

McLeod: Also müssen Sie sich doch erhebliche Sorgen gemacht haben, da Sie Ihre Freundinnen ja um Rat gebeten haben.

Chaudhry: Moira, Sie müssen das nicht beantworten, wenn Sie nicht wollen. Nochmals; das war keine Frage, DCI McLeod.

Summers: Das geht schon in Ordnung, Anjan. Danke. Ich habe meine Freundinnen wahrscheinlich deshalb um Rat gefragt, weil Ryan oft so mürrisch war. Sein Benehmen hat mich wirklich gestört, deshalb habe ich mich mit ihnen ausgetauscht. Wir haben dann darüber gesprochen, wie viel Zeit unsere Söhne in ihren Zimmern mit diesen Videospielen verbringen. Aber mehr war da nicht. Sie können sich doch vorstellen, was für Gespräche Mütter untereinander führen. Aber vielleicht ja auch nicht.

McLeod: Und Sie haben mit Ryan nie über Schusswaffen gesprochen, mit Ausnahme der Startpistolen?

Summers: Nie.

McLeod: Und auch mit jemand anderem haben Sie sich niemals darüber unterhalten?

Summers: Nein. Es ist nicht etwas, worüber man mit anderen spricht.

McLeod: Sie haben also niemandem erzählt, dass Ryan sich für die Startpistolen interessierte?

Summers: Nein. Heute wünschte ich, ich hätte es getan. Vielleicht hätte mich dann jemand gewarnt, dass das nicht normal ist.

McLeod: Aber Sie haben selbst nie das Gefühl gehabt, dass es nicht normal war, dass Ryan sich mit den Startpistolen beschäftigt hat?

Chaudhry: Meine Mandantin hat die Frage bereits beantwortet.

McLeod: Nun gut. Moira, hatten Sie irgendeine Vermutung, warum Ryan sich so sehr für die Waffen interessiert hat? Haben Sie sich oder ihn denn nie nach dem Grund gefragt?

Summers: Er hat mir gesagt, er will herausfinden, wie sie funktionieren. Wir haben uns einmal darüber unterhalten. Ryan hat mich nach den alten Waffen im Schuppen gefragt. Wir haben sie »Knarren« genannt. Vor diesem Zeitpunkt wusste ich nicht einmal, dass es sie gibt. Ich hatte keine Ahnung, dass Jackie sie aufbewahrt hatte, und war seit seinem Tod nicht mehr in den Schuppen gegangen. Mir war nicht bewusst, dass der Besitz solcher Startpistolen unter Umständen illegal sein könnte. Ryan sollte mir versichern, dass sie nicht gefährlich sind. Ich habe ihm gesagt, er darf nur in dem Schuppen an ihnen arbeiten und sie nicht mit rausnehmen. Ich habe mir Sorgen gemacht, jemand könnte ihn mit einer der Pistolen sehen und sie für eine echte Waffe halten. Als Ryan mich dann gefragt hat, ob er die Pistolen auseinanderbauen darf, um sich die Einzelteile anzusehen, habe ich ihm das erlaubt. Er hat mir gesagt, wenn er sie auseinandernähme, würde er sie wahrscheinlich nicht wieder zusammenbauen können. Und das habe ich geglaubt. Ich hatte ein gutes Gefühl, und danach habe ich kaum noch daran gedacht. Ich schäme mich so sehr. Es tut mir leid, Detective Chief Inspector. Es tut mir so leid.

16. Mai, 16:45 Uhr

Birch war die einzige Frau in der Mitarbeiterkantine. Niemand hatte sich zu ihr an den Tisch gesetzt. Das Licht war schlecht, irgendwie fahl und sonderbar, der Raum selbst altmodisch: mit Rigipsplatten an der Decke und einer Küchendurchreiche. Die Modernisierungsbemühungen wirkten halbherzig: neuer Linoleumboden, schon jetzt unansehnlich; bunte Stühle aus Plastik, die aussahen wie aus Knete; Pinnwände mit Postern der Police Federation und mit der Ankündigung von UNISON-Treffen. Birch fühlte sich in ihre Schulzeit zurückversetzt – allein am Tisch sitzend, ein Buch vor der Nase, als wäre sie von einem Kraftfeld umgeben, das die anderen sahen. *Vor allem die Jungs.* Die hatten damals alle einen extragroßen Bogen um sie gemacht.

Nur hatte sie jetzt kein Buch vor der Nase, sondern einen Stapel Notizen zu den Ermittlungen zum Amoklauf am Three Rivers, und ihre Kollegen gingen ihr aus dem Weg, weil sie befürchteten, sie könnte ihnen Arbeitsaufträge erteilen. Jedenfalls hoffte sie, dass das der Grund war. Sie alle hatten nur wenig Schlaf abbekommen – alle sahen käsig und abgekämpft aus. Keiner hier hatte bislang in so einem Fall ermittelt; außerdem hörte die langweilige Polizeiarbeit eines normalen Tages nicht einfach auf, nur weil es eine Schießerei gegeben hatte. Birch war diejenige, die praktisch allen Kollegen zusätzliche Arbeit aufgedrückt hatte. Wenn also niemand ihren Blick erwiderte, dann war das unter den Umständen doch völlig verständlich – oder?

Wieder sah sie auf ihre Notizen. Weil sie inzwischen die Opferschutzbeamten ernannt hatte, hatte sie eine Versammlung für die Familien der Opfer – beziehungsweise für die von ihnen, die es bis heute Abend hierher schaffen würden – organisieren können. Eines der Opfer war eine ausländische Studentin, deren Eltern Tausende von Kilometern entfernt in Korea lebten. Die Freigabe und den Transport der sterblichen Überreste – samt Papierkram, Anfragen beim Konsulat und beim Bestattungsinstitut in Übersee – zu regeln würde Birch noch beträchtliches Kopfzerbrechen bereiten. Aber sie hatte keine Lust, jetzt schon darüber nachzudenken. Sie hoffte nur, dass die Eltern angemessene Unterstützung erhielten. Die Entfernung zu ihrem Kind musste ihnen in diesem Moment unendlich groß erscheinen.

Sieh auf deine verdammte Notizen.

Es war zwar eher ungewöhnlich, dass sie ein derartiges Treffen einberief, aber es handelte sich schließlich um einen beispiellosen Fall – um ein beispielloses Verbrechen. Außerdem würde die Begegnung mit den Eltern ihr hoffentlich dabei helfen, viele Frage abzuhaken.

Erstens mussten die Familien über zahlreiche Informationen in Kenntnis gesetzt werden: Sobald man ihnen die Opferschutzbeamten zugewiesen hatte, hatten sie Fragen gestellt, und Birchs Team hatte Mühe gehabt, mit deren Beantwortung nachzukommen. Es waren überwiegend schwierige Fragen – Eltern, die wissen wollten, wann die sterblichen Überreste ihres Kindes freigegeben wurden; Geschwister, die fragten, ob sie sich allein mit den Betreuern treffen konnten, weil ihre Eltern zu sehr mit ihrer Trauer beschäftigt waren. Alle brauchten den Opferschutz in einem Maße, wie Birch es in ihrem bisherigen Arbeitsleben noch nie erlebt hatte. Neben den Opferschutzbeamten hatte sie außerdem so viele Mitarbeiter wie möglich von Victim Support Scotland eingeladen.

Zweitens: McLeod machte sich Sorgen. Hatte in den USA an einer Schule oder an einem College ein Amoklauf stattgefunden, versuchten die Opferfamilien routinemäßig, die Polizei zu verklagen. Die Reaktion der Polizeieinheiten war nicht optimal gewesen – als eine der ersten Beamten am Tatort konnte Birch das bezeugen. McLeod wollte jetzt möglichst viele der Familien an einem Ort versammeln, um sie auf seine Seite zu ziehen und sich bei ihnen einzuschmeicheln. »Schadensbegrenzung«, so hatte er sich Birch gegenüber ausgedrückt. Sie hatte ihm zwar eine lange Nase gedreht, sobald er ihr den Rücken zukehrte, jedoch zugeben müssen, dass das Treffen gar keine schlechte Idee war.

Drittens hoffte Birch, dass die Familien ein wenig Trost aus dem Umstand ziehen konnten, dass sie in einem Raum zusammenkamen. Vermutlich würde es nur ein schwacher Trost sein, aber sie wusste aus eigener Erfahrung um die stärkende Kraft, die von Gemeinschaften ausging. Nach der Sache mit Charlie hatte sich ihre Mutter erst erholt, als sie wieder damit anfing, unter Menschen zu gehen – und ihnen zu vertrauen.

Und schließlich hoffte Birch insgeheim, dass sie die Gelegenheit bekommen würde, die Familien vor Grant

Lockley und seinesgleichen zu warnen. Denn die Reporter der Boulevardpresse würden schon bald bei den Eltern vor der Tür stehen und ihnen für ihre Exklusiv-Storys schwindelerregende Summen bieten. Dabei wäre es für alle Beteiligten besser, würde man bei der Berichterstattung auf die privaten Geschichten der betroffenen Familien verzichten: Birchs persönliche Erfahrung mit Grant Lockley hatte sie das gelehrt.

Sie klappte den Deckel ihres Laptops hoch. Ihr war ein wenig schwindlig, so als wäre sie hochgehoben und durchgeschüttelt worden. Sie konnte sich auf nichts richtig konzentrieren. Als der Bildschirm hell wurde, klickte sie auf den Ordner, den sie angelegt hatte, um über die Morddrohungen auf dem Laufenden zu bleiben, die Moira Summers per E-Mail und Post erhalten hatte. Es waren viele: Birch hatte Amy eingeschärft, Moira zu verschweigen, wie viele genau. Inzwischen waren die ersten Ergebnisse der Analysen reingekommmen: Die meisten Drohungen waren online verschickt worden und nicht ganz ernst zu nehmen; manche binnen einer halben Stunde nach der Pressekonferenz, auf der ein Sprecher der Polizei bestätigt hatte, dass es sich bei Ryan Summers um den Amokschützen handelte. Doch einige Verfasser hatten sich als hartnäckiger erwiesen, indem sie ihre Drohung mehrmals verschickten, und ein paar – noch nicht identifizierte – Personen meinten es nach Ansicht der Analyseabteilung tatsächlich ernst. Da draußen gab es also Menschen, die Moira Summers möglicherweise wirklich umbringen wollten.

Es war nicht besonders schwierig, den Grund dafür zu erraten. Während ihrer ersten Jahre bei der Polizei hatte sich Birch routinemäßig dafür gescholten, dass sie insgeheim nachvollziehen konnte, warum ein Täter das Verbrechen begangen hatte, dessen er angeklagt war. Aus Eifersucht, Kummer, Verzweiflung. Mehr als einmal hatte sie gedacht: *Ich an deiner Stelle hätte genauso gehandelt*, und sich sofort zur Raison gerufen. Mittlerweile ging sie nicht mehr so hart mit sich ins Gericht. Wenn Moira Summers wirklich gewusst *hätte*, was ihr Sohn plante – wirklich geschwiegen *hätte* und es ihn *hätte* tun lassen –, dann war eine gewisse Strafe durchaus berechtigt. Birch hatte Verständnis für die Männer und Frauen, die das Gesetz in die eigene Hand nehmen wollten. Zwar hatte sie die Absicht, sie mit allen ihr zur Verfügung stehenden Mitteln daran zu hindern, doch sie verstand diese Menschen. Birch hatte mit Moira im Verhörzimmer gesessen und ihren suchenden Blick erwidert, als diese immer wieder in Tränen ausbrach. *Diese verzweifelte und aschfahle Frau kann nicht mitschuldig an dreizehn Morden sein.* Birch schüttelte den Gedanken ab. Er war ihr derart unangenehm, dass sie ihn nicht länger ertrug.

Sie klickte auf ihre E-Mails und öffnete die neueste Nachricht von Marcello, einem Profiler, für den sie eine Schwäche hatte. Marcello war italienischer Abstammung und der direkteste Mensch, den Birch kannte: Er sprach laut und lachte oft aus vollem Herzen. Gar keine schlechte Tarnung für einen Profiler, dachte sie. Jedes Mal, wenn sein Name in ihrem Posteingang auftauchte, musste sie lächeln. Marcello hatte eine Zahnlücke zwischen seinen Schneidezähnen und strahlend blaue Augen. Wäre genug Zeit, hätte sie vielleicht den Mut aufgebracht, ihn auf einen Drink einzuladen. Aber das würde nicht gut enden.

Birchs Beziehungen endeten nie gut. Nicht, seit sie mit ihrem Beruf verheiratet war, also seit – wie lange eigentlich? – zwölf Jahren. Sie seufzte. *Jetzt reiß dich endlich zusammen. Du musst das hier erledigen. Du musst dich konzentrieren.*

Marcello hatte mit seinem professionellen Blick im Wust der gar nicht so wenigen Mord- und Vergewaltigungsdrohungen einen roten Faden gefunden, dem sie seiner Ansicht nach besondere Aufmerksamkeit schenken sollte.

Ich bin auf einen Absender gestoßen und sicher, es handelt sich um einen Mann. Ich nenne ihn Korrespondent C, schrieb Marcello. *In der beigefügten Tabelle habe ich die diversen Drohungen zusammengefasst, die meiner Einschätzung nach von ihm verschickt wurden.*

Birch klickte den Anhang an und ließ ihn neben dem Text von Marcellos E-Mail geöffnet. Einige Zeilen waren grün markiert.

Es gibt nicht besonders viele Drohungen, schrieb Marcello, *jedenfalls nicht so viele wie von ein paar unserer anderen E-Mail-Verfasser. Aber ich halte seine für die glaubwürdigsten und für die bei Weitem beunruhigendsten. Korrespondent C formuliert zurückhaltend und wiederholt seine Sätze und Metaphern. Meiner Überzeugung nach besitzt er eine klare Vorstellung davon, wie er seiner Zielperson wehtun kann.*

Die E-Mail war noch länger, aber Birch fiel es nach wie vor schwer, sich zu konzentrieren. In der unteren rechten Ecke des Bildschirms wurde die Zeit angezeigt: siebzehn Uhr einundzwanzig. Vielleicht, dachte sie und griff nach ihrem Handy. Marcello war nach dem zweiten Klingeln dran.

»Detective Inspector Birch!«

Birch hielt das Telefon etwas weiter weg vom Ohr. »Schön, dass du noch im Büro bist, Marcello.«

»Ich habe auf deinen Anruf gewartet, meine Liebe.« Dann lachte er auf die ihm eigene Art. »Wenn du geglaubt hast, dass ich zurzeit um fünf nach Hause gehe, dann hast du wohl geträumt.«

»'tschuldigung. Dass du so lange arbeiten musst, ist wahrscheinlich größtenteils mir geschuldet?«

Er lachte wieder. »Sagen wir lieber, das haben wir Ryan Summers zu verdanken.«

Birch schob den Wunsch beiseite, Small Talk zu machen. Du musst deine Arbeit erledigen, ermahnte sie sich erneut und bezweifelte, ob sie die Energie für etwas anderes aufgebracht hätte als für die vor ihr liegende Aufgabe.

»Hör zu«, sagte sie, »ich bin gerade dabei, deinen Bericht über Korrespondent C zu lesen, und teile deine Besorgnis.« *Quatsch! In Wirklichkeit meinst du: Ich weiß nicht, was ich machen soll, und du, Marcello, musst mir weiterhelfen.*

»Er ist wirklich ernst zu nehmen. Ein ziemlich interessanter Mann, wie ich finde.«

Birch verdrehte die Augen. Es wunderte sie immer wieder, wie mühelos sich gewisse Kader der Polizeikräfte von den Realitäten eines Falls zu distanzieren vermochten: Täter und Opfer waren für sie einfach nur Zahlen, Verhaltensmuster und Eigenarten, die es zu analysieren galt. »Was kannst du mir über ihn sagen?« Sie war aufgeregt, merkte, dass Marcello im Begriff war, ihr seine Theorie auseinanderzusetzen.

»Nun«, begann er, »ich habe da so eine Ahnung, die ich jedoch noch nicht beweisen kann. Was ich sicher weiß, ist, dass Korrespondent C ein Mann ist. Ein älterer Mann. Wie ich dir geschrieben habe, stammen viele der einmaligen Drohungen von Personen unter fünfundzwanzig. Aber die Länge, das Vokabular und der generelle Schreibstil der Nachrichten von Korrespondent C deuten auf einen älteren Akademiker hin.«

Birch nickte – obwohl ihr Gesprächspartner sie nicht sehen konnte. Eine schlechte Angewohnheit, der sie sich seit Langem bewusst war und gegen die sie unbedingt etwas unternehmen musste. »Gut«, sagte sie. »Was sonst?«

Marcello schnalzte mit der Zunge und schien nebenher etwas zu tippen. »Ah«, sagte er dann. »Da hab ich's ja. Also, er hat sich einige Mühe gegeben, seine Identität zu verschleiern und das Ganze so aussehen zu lassen, als kämen die Drohungen von unterschiedlichen Personen.«

»Und zwar wie?«

Es folgte eine Pause. Dann: »Du hast meine E-Mail bekommen, oder?« Marcello lachte sie aus.

»Schon. Aber wegen meines Schlafmangels ist meine Aufnahmefähigkeit im Augenblick nicht die beste.«

»Na gut. Also, er versteckt sich hinter gewissen sprachlichen Mitteln. Versucht, in einer Weise zu formulieren, von der er glaubt, dass sie sich von anderen Schreibstilen unterscheidet. Das gelingt ihm nicht besonders gut, aber er bemüht sich. Er hat verschiedene Rechner mit unterschiedlichen IP-Adressen benutzt, aber wie's aussieht, stehen alle in Edinburgh. Und genau das finde ich an Korrespondent C beunruhigend. Er ist hartnäckig – gibt sich nicht damit zufrieden, einfach nur eine Drohmail zu versenden. Und er wohnt hier und dürfte somit über Ortskenntnisse verfügen. Er könnte seine Zielperson ohne Mühe aufspüren.«

»Du wirst mich also gleich fragen, ob du die IP-Adressen ermitteln darfst, um genauere Informationen zu erhalten?«, wollte Birch wissen.

»Genau. Für die benötigen wir dann einen Durchsuchungsbeschluss. Allerdings bezweifle ich, dass er so dumm ist, etwas von seiner Heimatadresse zu versenden. Wobei ich andererseits trotzdem die Vermutung habe, dass mindestens einer der Rechner an seinem Arbeitsplatz steht … einfach deswegen, weil das bei solchen Leuten wie ihm seltsamerweise üblich ist.«

Birch machte sich auf ihrer Akte oben eine Notiz. »Okay, ich kümmere mich darum. Also … was ist das für eine Ahnung?«

»Ah ja. Du willst endlich auf den Punkt kommen, wie man so schön sagt.«

Wieder verdrehte Birch die Augen.

»Na ja, ich kann das zwar noch nicht beweisen, aber wie Sie wissen, DI Birch, habe ich immer recht.« Er betonte die höfliche Anrede und ihre Dienstbezeichnung.

»Natürlich.«

»Und ich würde mich doch sehr wundern, sollte sich nicht herausstellen, dass dieser Mann mit einem der Opfer des Amoklaufs persönlich bekannt beziehungsweise sehr eng verbunden ist.«

Birch setzte sich aufrecht hin. »Du meinst … es ist ein Familienangehöriger?«

»Könnte sein. Oder ein Freund oder ein Lehrer, aber … ja, ich denke tatsächlich, dass es ein enger Verwandte von jemandem ist, der erschossen wurde. Ein Onkel vielleicht. Vielleicht sogar ein Vater. Da stecken so kleine Dinge in den Formulierungen. Kleine Eigenarten. Verstehst du?«

Birch nickte. »Marcello«, sagte sie in ihrem besten Frei-heraus-Tonfall, »wie sicher bist du dir in dieser Sache?«

»Sehr sicher.« Wieder dieses laute Lachen. »Mein Name ist Selbstbewusstsein, mein Goldschatz.«

Birch legte auf und blickte sich um. Die Kantine hatte sich geleert. Am gegenüberliegenden Ende nippten ein paar Typen, deren Namen sie nicht kannte, an ihrem fürchterlichen Kaffee aus gerippten Plastikbechern. Drei Tische entfernt tippte eine Beamtin irgendetwas in ihr Handy. Ihre Daumen bewegten sich derart flink, dass alles zusammen wirkte wie eine einzige Bewegung.

Birch ließ einen verächtlichen Laut entweichen, sodass ihr ausgestoßener Atem den Pony von ihrer Stirn wehte. »Konzentrier dich«, zischte sie – offenbar laut genug, dass die Uniformierte den Kopf hob und herübersah. *Entschuldigung*, sagte Birch stumm, und die Frau zuckte mit den Achseln.

Inzwischen war Birchs Tee lauwarm, und ein öliger Film hatte sich darauf gebildet. Sie starrte in den Becher und dachte darüber nach, was sie von Marcello erfahren hatte. Vielleicht könnte das hastig einberufene Treffen heute Abend sogar noch einem weiteren Zweck dienen: Man könnte sich die männlichen Familienangehörigen genauer ansehen und nach Hinweisen auf kriminelle Absichten fahnden.

Jemandes Onkel. Jemandes Vater. Aber würde ein Trauernder tatsächlich an Rache denken, noch ehe die Leiche seiner Tochter oder seiner Nichte überhaupt im Leichenschauhaus gelandet war? *Ja. Manche Väter sind so. Vorstellbar war es.*

Ihr Handy klingelte. Eine der Festnetznummern aus Marcellos Abteilung.

»DI Birch?«, meldete sie sich, als stellte sie sich selbst eine Frage.

»Hallo.«

Sie seufzte. Es war nicht Marcello. »Jim?«, fragte sie auf gut Glück.

»John«, sagte die Stimme am anderen Ende der Leitung. »Aber fast.«

»Sorry.«

»Macht nichts. Ich antworte auf jeden Namen, solange er keine Beschimpfung ist.«

»Es war nur, weil ich normalerweise mit Marcello zu tun habe«, sagte Birch.

»Ich weiß«, erwiderte John. »Er ist eben gegangen. Ich fürchte, Sie müssen jetzt mit mir vorliebnehmen.«

»Wenn es um Korrespondent C geht, ich habe gerade …«

»Das ist mir bekannt, aber es ist etwas anderes. Ich habe mir mal für Sie diese Forum-Postings durchgesehen.«

Birch stutzte. »Forum-Postings?«

»Ja – ich habe Ihnen dazu auch eine Mail geschickt.«

»Tut mir leid, John. Ich … bemühe mich hier drüben gerade, Prioritäten zu setzen.«

»Kein Problem. Dann fang ich mal ganz vorne an. Wir haben einen Tipp bekommen … Ich hatte angenommen, das wäre bis zu Ihnen durchgedrungen, aber wenn nicht, keine Sorge. Es geht also um einige Postings in einem Online-Forum. Postings, die über einen Zeitraum von mehreren Wochen veröffentlicht wurden und in denen auf einen Vorfall angespielt wird, der dem Amoklauf am Three Rivers ähnelt. Wir haben Grund zu der Annahme, dass sie von Ryan Summers stammen.«

Birch suchte nach einem Kuli und einem Blatt Papier, auf dem sie sich Notizen machen konnte. »Okay«, sagte sie. »Sie haben meine ungeteilte Aufmerksamkeit.«

»Freuen Sie sich nicht zu früh. Ich habe Sie hauptsächlich angerufen, um Ihnen mitzuteilen, dass wir uns die Postings zwar angesehen haben, aber zu dem Schluss gekommen sind, dass es schwierig sein dürfte, mit hundertprozentiger Sicherheit nachzuweisen, dass Summers sie geschrieben hat. In diesen Foren tummeln sich jede Menge Verrückte, die himmelschreiende Sachen von sich geben – normalerweise sind das Spinner, die in der Welt jenseits ihrer Tastatur nicht klarkommen.«

»Handelt es sich um das Forum der Männerrechtsbewegung?«

John hielt inne. »Sie haben meine Mail also doch gelesen?«

»Nein.« Birch merkte, dass ihr Mund schmal wurde. »Ich habe nur geraten, weil fast alle Opfer weiblich sind. Ich hasse es, recht zu haben.«

»Unser Problem besteht darin, dass diese Antifeminismus- und Männerrechts-Typen in vielen Foren unterwegs sind, im gesamten Internet. Sie nutzen meist dasselbe Pseudonym oder eine Variation davon, damit sie sich gegenseitig auf dem Laufenden halten können. Viele verwenden in ihren Kommunikationen kleine Insiderwitze, Hashtags und gruselige Codes. Aber dieses eine Profil, das, von dem die Postings stammen – ich kann den Autor nicht anderswo in der größeren Community der rechten Männerbewegung ausfindig machen. Sein Pseudonym erscheint nur noch auf einer einzigen anderen Website, und auch da hat er nur einmal einen ziemlich unspektakulären Kommentar über irgendwas verfasst.«

»Was ist das für eine Webseite, auf der er mehr gepostet hat?«

Sie hörte, wie John seine Notizen durchsuchte. »Sie heißt: *Truth Unifies*. Eine Site von Verschwörungstheoretikern. Es gibt keine echte Verbindung zur Männerrechtsbewegung, auch wenn es ein paar Überschneidungen zwischen beiden gibt.«

»Und wie lautet das Pseudonym?«

»*Theobviouschild*. Komischer Name.«

»Ist das nicht der Titel von einem Song von Paul Simon?«

»Keine Ahnung.«

»Doch.« Birch summte leise eine kurze Melodie – und wurde rot. Die einige Tische entfernt sitzende Uniformierte konzentrierte sich ganz offenbar darauf wegzuschauen. »Kommt Ihnen das nicht bekannt vor? Das Lied ist auf der Platte *Rhythm of the Saints*.«

John lachte. »Ich glaube Ihnen einfach mal.«

»Das Album ist erschienen, da war ich … ungefähr zwölf.« Birch gestattete sich eine flüchtige Erinnerung an die frühen Neunziger. Damals hatte sie hinten im Auto ihres Vaters gesessen und dem hämmernden Schlagzeugsolo aus dem Kassettendeck gelauscht, während ein warmer Wind durch die heruntergekurbelten Fenster wehte. »Sie sind sicher zu jung, um sich daran erinnern zu können. Und es wäre schon eine schräge Anspielung für einen

Zwanzigjährigen – falls hinter dem Namen tatsächlich Ryan Summers stecken sollte.«

»Natürlich kann es auch jemand anders sein. Aber die Sachen, mit denen der Typ droht, passen verdammt gut mit den Ereignissen am Three Rivers zusammen. Wenn es sich also nicht um Ryan Summers handelt, dann ist das ziemlich unheimlich.«

Birch machte sich Notizen. »Gut. Bleiben Sie bitte an der Sache dran, John. Das auszusprechen ist zwar furchtbar, aber ich glaube, wenn wir bei Summers rechtsradikale Neigungen nachweisen – wenn wir irgendetwas finden, das sich als Motiv bezeichnen lässt –, dann könnte das den Betroffenen helfen, das alles zu verarbeiten.«

John brummte etwas Unverständliches in den Hörer. »Ich kann zwar nichts versprechen«, sagte er dann, »aber wir tun, was wir können. Lesen Sie meine E-Mail, falls Sie die Zeit dazu haben; darin finden sich weitere Details. Aber im Moment ist nur eins über diesen *theobviouschild*-Typen zu sagen, nämlich, dass er wirklich komische Vorstellungen von Frauen hat.«

Hab ich's doch gewusst, dachte Birch, während sie über das Display ihres Handys wischte, um den Anruf zu beenden. *Und ich hasse es wirklich, recht zu haben.*

Der Raum, den sie für das Treffen am Abend ausgesucht hatte – *die Versammlung* hatte sie es im Geiste genannt, eine irgendwie blöde Bezeichnung, von der sie aber nicht mehr wegkam –, war auf traurige Art und Weise dafür ungeeignet. In der Reihe von Deckenlampen flackerte eine Leuchtstoffröhre und machte leise Blink-Geräusche. Birch hatte Tee und Kaffee für achtzig Personen bestellt – für

Familienangehörige, Mitarbeiter der Polizei, Opferschutzbeamtinnen und -beamten und für die College-Angestellten; jetzt zischten und gurgelten auf einem Seitentisch mehrere riesige Heißwasserspender in Urnenform und ließen die Teelöffel auf den Untertassen klirren. Im Raum waren in einem großen Kreis Stühle aufgestellt worden, auf Birchs Bitte hin waren sie gepolstert, geschnorrt aus Büros und Wartebereichen, sodass nur wenige zusammenpassten. Der Raum sah aus wie aus einem Horrorfilm oder wie das Setting für ein Treffen der Anonymen Alkoholiker in den Siebzigern. In einer halben Stunde sollten die Ersten eintreffen. Birch ging im Stuhlkreis auf und ab, als wäre sie in einem Hexenkreis gefangen. Gleich würde McLeod den Raum betreten, und sie würde katzbuckeln müssen.

Die Opferschutzbeamtinnen und -beamten waren bereits anwesend. Gut, dachte sie. Birch wollte sie über Marcellos Erkenntnisse informieren, bevor die Familien kamen. Zuerst war Rehan Ibrahiim aufgetaucht: Es war sein Debüt als Opferschutzbeamter, und er wollte offenbar sein Engagement demonstrieren. Einige der erfahreneren Beamtinnen und Beamten waren kurz nach Rehan eingetroffen, in einer Gruppe – eine Clique, wie Birch vermutete. Unter ihnen auch Rema Mohamed, eine Polizistin mit legendärem Ruf in Edinburgh. Mit ihrer Kögergröße von einem Meter fünfzig war Rema winzig, aber dennoch mächtig. Als lautstarke Aktivistin hatte sie dafür gekämpft, dass der Hidschab als Teil der Uniform der Police Scotland anerkannt wurde, und als dies geschah, hatte sie gegenüber der Presse verlauten lassen, dass das neue Uniformgesetz nur die Spitze des Eisbergs darstelle: Es seien gemeinsame Anstrengungen nötig, mehr Muslima bei der Polizei einzustellen. Birch bewunderte Rema, und es missfiel ihr, dass ihre männlichen Kollegen dazu neigten, von ihr zu sprechen, als wäre sie die Fliege in der Arbeitsplatzsuppe. Manche nannten sie sogar *das Kopftuchweib* – Al, der Beamte in der Wache in Gayfield, eingeschlossen. Ihr habt doch nur Angst, dachte Birch, als sie Rema durch den Raum auf sich zukommen sah. *Rema wird schon bald euer Chief Superintendent sein, und das wisst ihr genau.*

»Guten Abend, Chief Inspector«, sagte Rema und trat in den Stuhlkreis. Sie reichte Birch einen Pappbecher – zum Glück mit Tee; allerdings war das kleine Schildchen an der Beutelschnur reingefallen. »Sie sehen aus, als könnten Sie ihn brauchen.«

»Danke, Rema«, sagte Birch. »Es ist wichtig, viel Flüssigkeit zu sich zu nehmen – hat man mir jedenfalls gesagt.«

Birch hatte Rema die Familie von Liz Gill zugeteilt, der Studentin, die versucht hatte, Ryan Summers zu entwaffnen, und dafür von ihm aus nächster Nähe erschossen worden war. Als Birch diese Entscheidung traf, hatte sie noch nicht einmal die Tatortfotos gesehen. Die Familie Gill würde besonders intensiver Unterstützung bedürfen, denn ihre Tochter war wahrhaft grauenvollen Verletzungen erlegen. Außerdem hatte Liz eine Zwillingsschwester.

»Wie geht es ihnen?« Birch musste gar nicht sagen, wen sie meinte.

»Sie sind am Boden zerstört«, sagte Rema. »Das Schlimmste, was ich je erlebt habe, aber nur allzu verständlich.«

»Und die Zwillingsschwester?«

Rema schüttelte den Kopf, schloss kurz die Augen. Birch fiel auf, dass sie silbrig glänzenden Lidschatten trug.

»Das arme Mädchen«, sagte Rema. »Sie ist total durch den Wind. Und trotzdem versucht sie, sich um die Eltern zu kümmern und die Starke zu sein. Das ist das Schlimmste daran.«

Birch nickte, blies in ihren Tee.

»Und die Presseleute machen die Sache nicht gerade einfacher«, fuhr Rema fort. »Alle wollen ein Stück von ihr. Sicher, alle Familien trauern, aber bei Liz liegen die Dinge etwas anders. Die Journalisten wollen die Exklusiv-Story über die Familie der *Heldin*. Mein Telefon klingelt Tag und Nacht. Ich kann schon gar nicht mehr zählen, wie oft sie vor der Tür der Familie gestanden haben. Eine Reporterin war da und hat sich als Pfarrerin ausgegeben. Als *Pfarrerin*! Sie hatte sich sogar bei einem Kostümverleih einen Priesterkragen besorgt. Aus irgendeinem Grund dachte ich bisher, Frauen wären besser, aber dem ist wohl nicht so.«

Wider Willen musste Birch lächeln. Rema hatte immer etwas zu sagen, egal zu welchem Thema.

»Ehrlich«, sagte Rema und hob eine Hand, »es wäre zum Lachen, wenn es nicht zum Weinen wäre.«

Birch überlegte kurz. »Haben Sie den Vorfall mit der falschen Pfarrerin offiziell aufgenommen? Wir könnten die Reporterin wegen Nötigung anzeigen.«

Rema hob eine Braue. »Ist nicht nötig. Ich habe ihr die Tür geöffnet. Glauben Sie mir, die wird so eine Nummer in der nächsten Zeit bestimmt nicht noch mal abziehen.«

Auch Birch lachte, dann hielt sie inne. »Entschuldigung«, sagte sie. »Ich weiß, Sie haben eben gesagt: *Es wäre zum Lachen, wenn es nicht zum Weinen wäre,* aber …«

»Es fühlt sich irgendwie falsch an, oder?«, sagte Rema. »Ich weiß. Aber wenn man mittendrin ist, im Haus der Familie, und sieht, wie die in dieser Situation belagert wird, fragt man sich schon, ob es in unserer Gesellschaft noch Anstand gibt.« Sie machte eine kurze Pause, sah hoch. »Aber irgendwie – natürlich sage ich ihnen das nicht, jedenfalls nicht so direkt – glaube ich, dass die Gills das Ganze ganz gut durchstehen werden. Im Vergleich zu den anderen Familien, meine ich. Es ist zwar nur ein ganz kleiner Silberstreif an diesem Horizont aus Kummer und Leid, aber sie sind stolz auf ihre Tochter. Darauf, dass sie gestorben ist, weil sie versucht hat, ihre Freunde zu retten. Das Mädchen ist wirklich eine Superheldin. Ich hätte mich das nicht getraut.«

Birch spürte einen Kloß im Hals – und trank von dem viel zu heißen Tee, um ihn runterzuschlucken. Doch, das hätten Sie, Rema, dachte sie, sagte es aber nicht.

»Und stellen Sie sich nur mal vor«, fuhr Rema fort, »sie hätte Erfolg damit gehabt. Sie hätte den kleinen Scheißkerl zu Boden geworfen und ihn tatsächlich entwaffnet. Sie muss so nahe dran gewesen sein. Sie muss gewusst haben, dass es möglich gewesen wäre, sonst hätte sie es doch gar nicht versucht.«

Birch versuchte, sich zu erinnern, wie Liz Gills Vater aussah, auch wenn sie innerlich flehte: Bitte, Marcello, lass es nicht er sein.

»Ah«, sagte Rema und deutete zur Tür, »es wird Zeit, dass ich mich rarmache.«

Als Birch von ihrem Becher hochschaute, war Rema nicht mehr zu sehen. Dafür war McLeod eingetroffen, zusammen mit weiteren Opferschutzbeamtinnen und -beamten und mehreren Mitarbeitern der Polizei, uniformierter wie ziviler.

»*Showtime at the Apollo*«, murmelte Birch und verließ den Stuhlkreis.

16. Mai, 18:57 Uhr

Ishbel stand auf dem Bürgersteig der Fettes Avenue und sah zu den Gebäuden der Polizei hinter den Absperrungen hinauf. Autos fuhren an ihr vorbei und parkten am Straßenrand; die Fußgänger eilten durch den Verkehr, verursacht vom Unterrichtsschluss in der nahe gelegenen Broughton High School – der Schule, an der Abigail Fußball spielte. Gespielt hat, dachte Ishbel, und ihr Hals wurde eng. Einige der Leute, die die Polizeistation betraten, trugen Umhängetaschen beziehungsweise Aktenmappen. Andere Opferangehörige waren mühelos zu erkennen: Entweder weinten sie oder sahen aus, als versuchten sie, es nicht zu tun. Selbst die Männer wirkten wie betäubt, verloren.

Ishbel war sich nicht ganz sicher, wie sie hergekommen war. Sie hatte kaum eine Erinnerung an die kurze Fahrt: Jetzt lehnte sie an der hinteren Ecke ihres Autos, um zu vertuschen, dass ihre Beine zitterten. Es war das erste Mal, dass sie sich in zwei Tagen umgezogen hatte. Sie hatte die Kleidungsstücke aus der Schublade genommen und war in sie hineingeschlüpft, ohne sie wirklich anzuschauen. In der Fensterscheibe des Autos sah sie ihr verschwommenes Spiegelbild: eine Bluse für die Arbeit, die hätte gebügelt werden müssen, kombiniert mit einer nicht dazu passenden Strickjacke mit Blumenmuster, die Pauline ihr geschenkt hatte. Das kurze Haar stand nach allen Seiten ab. Ihre Augenpartie war derart geschwollen vom Weinen, dass ihre Krähenfüße fast verschwunden waren; sie sah beinahe so aus, als hätte man sie geschlagen. Gespiegelt hinter sich sah sie den Himmel, er hatte sich rosa verfärbt, die hohen Schleierwolken schillerten in den verschiedensten Violetttönen.

Auf dem Bürgersteig kam ihr Aidan entgegen. Sie hatte eigentlich nach seinem Wagen Ausschau halten sollen, es aber nicht getan, weil sie sich selbst betrachtet hatte. Sie erkannte an seinem Gesicht, dass auch er geweint hatte – das Weiße der Augen war rot geädert, die Wangen waren gerötet. Bislang hatte sie ihn nicht weinen gesehen: Er war auf beunruhigende, wütende Weise stoisch geblieben, als man ihn über Abigails Tod informierte, während der fürchterlichen Identifizierung und dem Papierkram im Leichenschauhaus und während des Treffens mit Rehan – dem jungen Opferschutzbeamten. Am Tag von Abigails Tod waren sie lange im Krankenhaus gewesen: Als sie es schließlich verlassen wollten, dämmerte es bereits, und Ishbel sträubte sich, zum dunklen Parkplatz zu gehen. Das Krankenhaus erschien ihr wie ein zweites Zuhause, als ein heller Ort, trotz des Geruchs nach Desinfektionsmitteln und der quietschenden Fußböden, und sie hatte das Gefühl, das Ganze ungeschehen machen zu können, hielte sie sich nur bis zum Morgen in dem Gebäude auf. Alles erschien ihr wie eine Traumlandschaft, aus der sie aufwachen wollte.

Als sie am Ausgang stand, immer wieder schluchzend, und es nicht schaffte, aus dem Gebäude zu treten, beging sie den Fehler, dies gegenüber Greg und Aidan zu erwähnen. Greg erwiderte, sie solle warten, und ging davon. In der Stille schien es Ishbel, als hörte sie ihre abgehackten Atemzüge.

»Aidan«, sagte sie, perplex, dass ihr Mann so wortkarg war. »Abigail ist ermordet worden. Sie ist tot.«

Er antwortete ihr nicht, sondern schaute sie nur an, wie man ein wimmerndes Tier betrachtet – mitleidig und ein wenig von der Seite.

»Begreifst du denn nicht?« Sie hörte ihre erhobene Stimme und wurde sich der Leute bewusst, die sich umwandten und sie anschauten. »Was ist denn los mit dir, Aidan? Sag doch etwas.«

Als er ihr ins Gesicht sah, war sie heftig erschrocken.

»Ich verstehe das sehr wohl.«

Da begriff sie, von welcher Form seine Trauer war: Er war wütend. Zorn funkelte in seinen Augen, und zum ersten Mal in den fünfundzwanzig Jahren, in denen sie ihn kannte, hatte Ishbel Angst vor ihm.

Greg kehrte mit einer schlichten weißen Tablettenpackung zurück und drückte sie Ishbel in die Hand. Sie warf einen Blick darauf und bemerkte, dass aus der Schachtel der oberste Teil eines Rezepts hervorschaute: ein Beruhigungsmittel. Als sie wieder hochsah, umarmte Greg zu ihrer Überraschung Aidan. Eine dieser kräftigen Umarmungen, die sich Männer für die seltenen Zeiten echter Not vorbehalten. Als sie sich voneinander lösten, waren Gregs Augen feucht, Aidans jedoch nicht. Auch Ishbel wollte in den Arm genommen werden – von einem der beiden oder von irgendjemandem –, aber Greg legte ihr nur leicht den Arm auf die Schulter und zeigte auf die kleine weiße Packung in ihren Händen.

»Wenn du eine brauchst«, sagte er, »nimm eine. Natürlich hilft das nicht wirklich, aber … du weißt schon.«

Ishbel ging über den Parkplatz, schluckte zwei der Tabletten trocken hinunter und legte dann den Sicherheitsgurt an. Stunden später war sie bei sich zu Hause auf dem Sofa aufgewacht – Aidan hatte sie heimgefahren. Er musste sie ins Haus getragen und aufs Sofa gelegt haben, vollständig bekleidet, im Dunkeln.

»Du hast geweint«, sagte sie jetzt zu ihm, als er näher kam. Sie lächelte. Sie wusste, dass das nicht richtig war, aber sie war erleichtert, dass er endlich einigermaßen normale Gefühle zeigte.

»Ein bisschen«, sagte er. »Im Auto.«

Dank Gregs Pillen hatte Ishbel die vergangenen beiden Tage fast durchgeschlafen – war nur wach gewesen, um kurz mit Rehan zu sprechen –, hatte jedoch den Eindruck gehabt, dass Aidan im Haus herumlief, es verließ, zurückkam und es wieder verließ.

»Wo warst du?«, fragte sie.

Er hielt inne, als wollte er eine spontane Antwort unterdrücken. »Ich musste noch kurz ins Büro«, sagte er.

Ishbel runzelte die Stirn.

»Nur für eine halbe Stunde«, sagte er. »Die haben sich schon Sorgen gemacht.« Er wandte sich ab und schaute die Straße rauf und runter, um den Verkehr abzuschätzen.

Ishbel hatte das gleiche heftige Verlangen, von ihm in den Arm genommen zu werden, wie vor dem Krankenhaus – ein Gefühl, das sie seit Jahren nicht mehr verspürt hatte. »Aidan …«

Sie streckte den Arm aus, um seine Hand zu ergreifen.

Er hatte große Hände mit feinen Härchen auf den Handrücken – *Hände wie Schaufeln*, hatte Pauline gesagt. Früher hatte es Ishbel geliebt, den Händen zuzusehen bei dem, was sie taten, egal, ob es der Abwasch war, das Schreiben der Einkaufsliste oder das Windelwechseln bei Abigail. Wenn er geweint hatte, hieße das möglicherweise, dass er sanfter geworden war – einfühlsamer vielleicht, als er es seit Monaten war, eigentlich seit dem Fall Telford, als Ishbel aufgehört hatte, auf sein Verhalten zu achten.

Aber er wich vor ihr zurück. »Na, komm schon«, sagte er nicht unfreundlich, aber gleichmütig. »Wir sind sowieso schon spät dran.«

Aidan hätte sich keine Sorgen machen müssen, sich zu verspäten. Eine junge Beamtin führte sie durch die Flure im Erdgeschoss der Polizeistation, doch als sie den Raum betraten, in dem das Treffen stattfinden sollte, ließ nichts darauf schließen, dass es bereits begonnen hatte. Aidan hielt ihr die Tür auf, und Ishbel blieb abrupt stehen: In dem Raum befanden sich weitaus mehr Leute als erwartet. In seiner Mitte stand ein Kreis aus Stühlen, auf denen sich offenbar Opferangehörige zu kleinen Gruppen zusammengesetzt hatten und sich leise unterhielten. Einige von ihnen weinten. Zwischen ihnen saßen Männer und Frauen in Anzügen oder Kostümen, um ihren Hals Lanyards der Polizei: die sogenannten Opferschutzbeamten, nahm Ishbel an. Außerhalb des Stuhlkreises standen in Gruppen vier oder fünf uniformierte Polizisten und Mitarbeiter des Three Rivers beisammen, manche lehnten an der Wand. Ihre Lanyards waren rot statt blau. Auch ein paar von den Aktentaschenträgern, die Ishbel draußen gesehen hatte, waren in den Grüppchen zu erkennen – wer auch immer die waren. Ishbel wusste nicht genau, was sie erwartet hatte, das hier jedenfalls nicht. Sie merkte, dass sie weiche Knie bekam, woraufhin Aidan sie am Arm fasste. Nachdem sie sich zwei Tage lang nach körperlicher Nähe gesehnt hatte, erschrak sie jetzt bei der Berührung.

Rehan ging mitten durch den Kreis auf Ishbel zu und ergriff nicht besonders fest ihre Hand. Seine Handfläche war feucht. »Ishbel, schön, dass Sie gekommen sind«, sagte er und wartete, bis sie ihm in die Augen sah. Dann begrüßte er Aidan. Als er sich umwandte, folgte Ishbel ihm unsicheren Schrittes in den Kreis und nahm auf einem der Stühle Platz.

»Es gibt Tee und Kaffee«, sagte Rehan. »Möchte einer von Ihnen …?«

Ishbel schüttelte den Kopf, aber Aidan, der sich noch nicht gesetzt hatte, sagte: »Ich kümmer mich schon darum.« Sie sah ihm hinterher, wie er zu den Wasserkochern ging.

Sie mied – soweit es möglich war – jeden Augenkontakt. Sie wollte nicht über Abigail reden müssen, nicht einmal sagen, wer sie war. Wollte nicht zugeben, dass sie so war wie diese anderen Menschen, dass sie hier war, weil ihr Kind gestorben war. Doch während sie sich in dem Kreis umschaute, empfand sie auch ein wenig Trost, denn sie sah, dass die anderen Frauen wie sie derangiert und irgendwie klein wirkten. Auch von ihnen schien niemand Blickkontakt aufnehmen zu wollen – die Familien unterhielten sich überwiegend untereinander, gemeinsam mit ihrem jeweiligen Opferschutzbeamten. Auch einige Geschwister waren da – junge Leute, die fest die Hände ihrer

Eltern hielten. Eine Frau, die in Ishbels Nähe saß – zweifellos ebenfalls eine Mutter –, starrte eine nackte Wand an, während ein Mann, wohl der Ehemann, mit ihrem Opferschutzbeamten redete.

Jenseits des Kreises sah Ishbel DI Birch, die leitende Kriminalbeamtin, welche sie – sehr kurz – besucht hatte, um ihnen Rehan vorzustellen. Sie war größer als die meisten ihrer Kolleginnen, und Ishbel beugte sich ein wenig vor, um zu sehen, ob die Kommissarin wohl High Heels trug. Ihr rotbraunes Haar war bis auf eine lange Strähne, die aussah, als müsste sie geschnitten werden, zu einem Pferdeschwanz gebunden. Die Frau sah müde aus. Ishbel versuchte, ihr Alter zu schätzen ... vierzig? Jedenfalls nicht viel älter. Plötzlich fiel ihr, wohl zum tausendsten Mal, wieder ein, warum sie hier war. Du bist nicht bei der Arbeit, rief sie sich in Erinnerung. Du musst hier nicht jeden beurteilen. Doch weil Aidan noch nicht wieder da war und Rehan auf sein Smartphone sah, blieb ihr nichts anderes übrig, als an Abigail zu denken; aber nein, das war inakzeptabel.

Die Standardkleidung der meisten leitenden Beamten bestand offenbar aus einem hellen Hemd und einem dunklen Anzug. DI Birch sprach allerdings mit einem Mann im extravaganten Outfit: Sein Anzug war dunkelblau mit breiten Nadelstreifen und offensichtlich maßgeschneidert. Anscheinend eine wichtige Person: Die anderen Beamten sahen ihn irgendwie anders als sich untereinander an und machten einen großen Bogen um ihn. Neben DI Birch stand eine junge asiatische Polizeibeamtin, sie trug ein neu aussehendes Lanyard und war trotz ihrer Schuhe mit äußerst hohem Absatz nicht ganz so groß wie sie. Ihr Gesicht war geradezu eine Maske der Sorge; nur gelegentlich blickte sie verstohlen zu dem Mann im Nadelstreifenanzug.

Rehan wischte über sein Handy und steckte das Gerät ein.

»Wer ist das?«, fragte Ishbel ihn.

Er war ihrem Blick gefolgt. »Der Mann dort bei DI Birch? Das ist Detective Chief Inspector McLeod. Er ist hier, um … das Prozedere zu überwachen.«

Ishbel runzelte die Stirn. »Ich meinte die junge Frau.«

»Oh, das ist Amy. Sie kümmert sich um Angehörige, so wie ich.«

Ishbel sah sich um. »Sind ihre … Angehörigen denn noch nicht hier?«

Rehan blickte hinter sich, wo Aidan mit einem kleinen Holzstäbchen in einem Becher Tee herumrührte, wandte sich dann wieder zu Ishbel um und sagte mit leiser Stimme: »Amy ist Moira Summers zugeteilt worden.« Als sie erneut die Stirn runzelte, fügte er hinzu: »Moira Summers ist die Mutter von Ryan Summers, dem … Schützen.«

Etwas durchfuhr Ishbels Körper. Panik vielleicht. »Ich weiß. Aber … Rehan, heißt das, dass sie heute Abend hier sein wird. Diese Moira – die Mutter?«

Rehan legte Ishbel die Hand auf den Arm, und wieder verspürte sie etwas, das einem elektrischen Schock ähnelte.

»Beruhigen Sie sich, Ishbel. Niemand hier würde das für angemessen halten.«

Ishbel legte die Stirn in noch tiefere Falten. Wieso denn nicht?, wollte sie erwidern, tat es aber nicht.

In ihrem Kopf drehte sich alles: Entweder wirkten die

Beruhigungsmittel immer noch, oder sie litt schon an Entzugserscheinungen. Das Zimmer kam ihr heiß und stickig vor, viel zu voll. Sie hatte das Gefühl, dass Aidan sich absichtlich von ihr fernhielt und sie von Weitem beobachtete – bestimmt, um nach Anzeichen von Verrücktheit bei ihr zu suchen. Alle halbe Minute erinnerte sie sich daran – so wie sie es seit zwei Tagen in lichten Momenten immer wieder tat –, dass Abigail tot war. Die Erinnerung pochte in ihr, als hätte sie eine kalte, furchterregende Maschine verschluckt.

DI Birch hatte sich dem Sog der Aufmerksamkeit ihres DCI entzogen und trat in den Stuhlkreis. »Guten Abend.« Ihre Stimme klang leise, tief für die einer Frau, und sie sprach langsam. »Die meisten von Ihnen kennen mich vermutlich. Ich bin Detective Inspector Helen Birch, ich arbeite … an dieser Ermittlung. Ich möchte Ihnen allen danken, dass Sie heute Abend zu diesem Treffen gekommen sind. Ich kann mir vorstellen, wie schwer es vielen von Ihnen gefallen ist, Ihre Familie und andere Menschen, die Sie in dieser Zeit unterstützen, zurückzulassen, um diesen Termin wahrzunehmen. Das wissen wir zu schätzen.«

Ishbels Gedanken schweiften ab. Sie dachte an die Menschen, die sie unterstützten, wie DI Birch sich ausgedrückt hatte. In den vergangenen Jahren waren diejenigen immer weniger geworden. Da waren natürlich Aidan und Greg, auch wenn sie Greg selten sah, und Pauline, die regelmäßig zu Besuch war. Sie kam mit ihrer Schwiegermutter zwar ziemlich gut aus, aber sie war eben die Schwiegermutter. Ishbels eigene Eltern waren beide tot – ihre Mutter schon lange, wie es ihr erschien. Was Freunde betraf, hatte sie ein tolles Verhältnis zu ihren Arbeitskolleginnen und -kollegen; wenn sie in letzter Zeit in den Pub gegangen war, was selten vorkam, dann immer mit ihnen. Ihr Beruf wurde oft missverstanden, manchmal sogar gehasst – es war nicht leicht zu erklären, worin ihre Arbeit eigentlich bestand. Also tratschte man, bemitleidete sich gegenseitig, gab einander Ratschläge – die jedoch nur selten über Berufliches hinausgingen. Man schickte sich gegenseitig Weihnachtskarten mit Grüßen *an die ganze Familie*, und hin und wieder erkundigte man sich nach den Kindern des anderen. Es waren großartige Menschen, und Ishbel mochte sie, aber es gab keinen unter ihnen, von dem sie glaubte, er könnte sie in einer Zeit wie dieser unterstützen – nicht einmal Dave, ihr geheimer Favorit in der Gruppe.

Ich habe eine beste Freundin, nur eine. Sie und Caroline waren im Studium unzertrennlich gewesen: Beide hatten sie in St. Andrews Soziologie studiert, Vorlesungen geschwänzt und sich über die Studenten der Upperclass lustig gemacht, die zu Bällen der High Society gingen und lächerliche Uni-Roben trugen. Später war Caroline eine Zeit lang mit einem Freund von Aidan zusammen gewesen, einem Typ namens Sandy, der aussah wie ein männliches Model, und sie und Ishbel hatten schon aufgeregt eine Doppelhochzeit geplant. Doch Caroline wollte weg aus Edinburgh: Die Stadt war ihr zu klein, zu provinziell, als dass sie ihre großen Ambitionen in ihr verwirklichen konnte. Sie hatte eine Ausbildung zur Psychotherapeutin gemacht und war – vor fast zwanzig Jahren, wie Ishbel mit Erschrecken feststellte, Abigail war zu der Zeit noch klein gewesen – in die USA gegangen. Jetzt lebte Caroline in

New York und besaß eine schicke Praxis in einem Brownstone in einer mit Bäumen bestandenen Straße. Seit zehn Jahren war Caroline nicht mehr nach Großbritannien gekommen, und Ishbel hatte sie seit fünf Jahren nicht mehr besucht. Sie kommunizierten hauptsächlich per E-Mails, die immer seltener wurden.

Ishbel schauderte. Caroline wusste vermutlich gar nicht, was mit Abigail passiert war, noch nicht. Aber die Vorstellung, sie anzurufen, der Gedanke, es jemandem gegenüber auszusprechen, dieser Vorstellung konnte Ishbel einfach keinen Raum geben.

Die Leute, die mich unterstützen, stehen dort drüben neben den Wasserkochern und sehen aus, als wären sie ganz woanders.

Doch als hätte Aidan ihren Gedanken gehört, wählte er diesen Augenblick, um erneut in den Stuhlkreis zu treten und sich zwischen sie und Rehan zu setzen. Der Teebecher in seiner Hand war schon halb leer. Ishbel legte ihm die Hand aufs Knie – und rechnete damit, dass er sie wegstoßen würde. Als er das nicht tat, traten ihr Tränen in die Augen. War er doch noch nicht für sie verloren? Sie wusste es einfach nicht. Wenn ja, dann hatte der Bruch zwischen ihnen schon lange vor dem Amoklauf stattgefunden, in einem ruhigen Moment, in dem sie nicht richtig aufgepasst hatte.

DI Birch hatte die ganze Zeit geredet: über die Kommunikation mit den Medien, was Ishbel nur halb mitbekommen hatte.

Jetzt unterbrach sie einer der Männer aus dem Kreis. »Natürlich wollt ihr nicht, dass wir mit den Medien reden«, sagte er.

Ishbel erkannte die Stimme. Sie gehörte zu jemandem, der sich bemühte, tapfer zu klingen, der versuchte zu vermeiden, dass seine Stimme brach. »Euch ist doch nur wichtig, dass die ganze Angelegenheit vertuscht wird!«

DI Birchs Gesicht verriet, dass sie gekränkt war – doch nur ganz kurz, dann war der Ausdruck wieder verschwunden. »Sir«, begann sie, aber DCI McLeod fiel ihr ins Wort.

Er trat in den Kreis und stellte sich vor sie, als wollte er sie vor einem tätlichen Angriff schützen. »Mr Kesson.«

Ishbel erschrak, als sie den Namen hörte. Sie wusste, wer diese Leute waren, natürlich – aber es erschütterte sie, den Nachnamen einer der anderen getöteten jungen Frauen zu hören, einen Namen, der zusammen mit Abigails in den Fernsehnachrichten, die sie im Krankenhaus gesehen hatte, vorgelesen worden war.

»Ich bin Detective Chief Inspector McLeod, ich leite die Ermittlung.«

Als Ishbel Amy, die junge Beamtin, bemerkte, war sie überrascht – sie stand auf der gegenüberliegenden Seite des Raums, hob eine Augenbraue und zog ein Gesicht in Richtung DI Birch, die jedoch keine Miene verzog.

»Niemand«, sagte DCI McLeod, »möchte irgendetwas vertuschen, das versichere ich Ihnen. Tatsächlich ist es wahrscheinlich, dass zu gegebener Zeit seitens der Regierung eine Untersuchung eingeleitet wird. Transparenz hat für uns höchste Priorität.«

Ishbel studierte McLeods Körpersprache etwas genauer: Der Mann hatte eine kräftige Statur und versperrte die Sichtachse zwischen Mr Kesson und DI Birch – was man als beschützendes oder aber dominantes Verhalten interpretieren konnte.

»Wir möchten nur dafür sorgen«, fuhr McLeod fort, »dass niemand ausgenutzt wird oder sich ungerecht behandelt fühlt. Wegen Ihrer Verletzlichkeit in dieser schweren Zeit sind Sie alle ein leichtes Ziel für die Boulevardpresse.« Er ließ den Blick über den Kreis schweifen. »Wir, andererseits, möchten versuchen, Sie zu verstehen und zu unterstützen. So verführerisch es Ihnen auch erscheinen mag, einen Journalisten anzurufen und zu reden – wir möchten Sie dazu ermutigen, sich stattdessen an *uns* zu wenden.«

Birch hinter ihm nickte. DCI McLeod schaute Mr Kesson so lange an, bis der offenbar davon überzeugt war, dass es besser war, sich nicht noch einmal zu Wort zu melden. Dann wandte er sich zu Birch um und machte eine Sie-sind-wieder-dran-Geste, die fast einer Verbeugung ähnelte. »Verzeihen Sie, DI Birch. Sprechen Sie weiter.«

Er tönt sich die Haare, dachte Ishbel, als er sich umdrehte und den Kreis verließ. *Niemand hat natürliches platinblondes Haar.* Dann waren ihre dreißig Sekunden, in denen sie an etwas anderes denken konnte, um, und sie rief sich wieder in Erinnerung, warum sie hier war. Doch etwas in ihrem Innern sperrte sich dagegen.

»Gut.« Birch versuchte, sich nach der Unterbrechung wieder zu konzentrieren. »Vielen Dank für Ihre Geduld. Ich will mich kurz fassen. Ich stelle Ihnen gleich die großartigen Menschen von Victim Support Scotland vor, die heute Abend ebenfalls hier sind.«

Der Rest des Treffens schien aus immer mehr Menschen zu bestehen, die aufstanden und etwas sagten. Ishbel hatte

Mühe, ihnen zuzuhören. Zwar hatte sie den Großteil des Tages geschlafen, trotzdem sehnte sie sich erneut danach, alles zu vergessen, sehnte sich nach stiller, traumloser Dunkelheit. Das Wissen um den Tod ihrer Tochter war wie ein langer, kalter Schatten, und diesen wach über sich zu spüren, strengte sie körperlich so an wie nichts anderes, was sie zuvor in ihrem Leben erlebt hatte. Irgendwann wurde ihr bewusst, dass ihre Hand immer noch auf Aidans Knie lag. Als sie sie anhob, war die Innenfläche feucht von Schweiß und hatte einen Fleck auf seinem Hosenbein hinterlassen. Im Laufe des Treffens war ihr aufgefallen, dass er unruhig hin- und herrutschte und sich immer wieder räusperte – auch er hatte also Schwierigkeiten, sich zu konzentrieren.

Deshalb war sie überrascht, dass er am Ende der Veranstaltung nicht zusammen mit ihr aufstand, sondern sitzen blieb und sich leise mit Rehan unterhielt. Ishbel fühlte sich unsicher auf den Beinen. Sie ärgerte sich, weil Aidan am Nachmittag mit dem eigenen Wagen irgendwohin gefahren und anschließend hierhergekommen war; sie würde also allein nach Haus zurückfahren müssen. Doch die Wut ebbte ebenso schnell ab, wie sie gekommen war. Sie schloss halb die Augen und wollte zurück in ihr Gästezimmer und zu der weißen Packung mit den Beruhigungspillen – dem kostbaren Geschenk von Greg.

Mr Kesson stand bereits am Rand des Stuhlkreises. Einige der anderen Männer hatten sich neben ihm versammelt: eine Zurschaustellung ihrer Solidarität, weil er DI Birch kritisiert hatte. Wieso sind Männer eigentlich so gut in so was?, dachte Ishbel. Darin, ruhig zu bleiben und einfach weiterzumachen? Aber sie kannte ja die Antwort –

sie hatte Aidans Art von Männlichkeit lange genug aus nächster Nähe erleben dürfen. Männer waren so, weil sie keine Wahl hatten. Stärke war das, was von ihnen verlangt wurde.

Jetzt stand Aidan auf und ging ebenfalls zu Mr Kesson hinüber. Weil Ishbel nicht allein bleiben wollte – inmitten wildfremder Leute, die möglicherweise mit ihr sprechen wollten –, folgte sie ihm.

»Mr Kesson.« Aidan streckte seine großen Hände aus, umfasste Mr Kessons kleinere und schüttelte sie. »Aidan Hodgekiss.«

»Barry«, sagte Mr Kesson. »Es tut mir sehr leid.«

»Ebenso«, sagte Aidan, und Ishbel sah, wie er dem Mann die Hand drückte und dann losließ. Dann blickte er sich unter den Männern in der Gruppe um; einige der Ehefrauen verharrten, so wie Ishbel, wie Gespenster in nächster Nähe. »Mein Beileid.«

»Es ist so schrecklich«, sagte Barry Kesson. »So schrecklich und so sinnlos.«

Ishbels Augen juckten.

»Wir unterhalten uns gerade darüber, eine Art … Stiftung ins Leben zu rufen. Im Namen … na ja, unserer Liebsten. Um damit etwas Gutes zu tun. Eine Art … Versuch, die Dinge wieder ins Lot zu bringen.«

Ishbel betrachtete Aidans Nacken. Er hielt den Kopf ein bisschen schief – untrügliches Zeichen dafür, dass er sich über etwas ärgerte.

»Die Dinge ins Lot zu bringen?«

»Ja«, entgegnete Barry Kesson. Die Männer ringsum brummten ihre Zustimmung. »Sie wissen schon, was ich meine.«

»Die Idee einer Stiftung gefällt mir«, sagte Aidan nach einer Pause. Unter anderen Umständen hätte sich Ishbel gewundert – Aidan hielt normalerweise nicht viel von wohltätigen Spenden. »Und ich würde mich freuen, mehr darüber zu erfahren. Aber ich bezweifle stark, dass irgendetwas von dem, was wir tun, *die Dinge wieder ins Lot* bringt. Ich denke, dafür bedarf es Anstrengungen von anderer Seite.«

Barry Kesson kniff die Augen zusammen. Er war ein älterer Herr. Ishbel vermutete, dass seine Tochter Evie, ungefähr in Abigails Alter, das war, was Pauline *eine kleine Überraschung* nennen würde. Bei dem Gedanken daran hätte sie am liebsten noch mehr geweint. *Die kleine Überraschung ihres Daddys* lag jetzt in einem Schubfach aus Stahl in einem eiskalten Leichenschauhaus.

»Sie sprechen von der Polizei?«, fragte Mr Kesson.

Aidan zuckte die Achseln. »Natürlich auch«, sagte er. »Aber eigentlich meinte ich damit, dass die Familie von Ryan Summers zur Rechenschaft gezogen werden muss.«

Ishbel riss die Augen auf. Es wurde still im Raum. Aidan hatte als Erster den Namen des Mannes ausgesprochen, der ihnen ihre Töchter und Schwestern genommen hatte. Hinter der Schulter ihres Ehemannes sah Ishbel, dass Amy, die junge Opferschutzbeamtin der Familie Summers, blass geworden war.

Barry Kesson trat einen Schritt auf Aidan zu. »Also, ich glaube nicht, dass hier der richtige Ort für derartige Reden ist, wenn so viele …«

Doch Aidan hob wieder nur die Schultern. »Es ist schrecklich, ich weiß«, schnitt er dem älteren, kleineren Mann das Wort ab. »Ich will seinen Namen ebenso wenig in den Mund nehmen, wie Sie ihn hören wollen. Aber es steht fest, dass niemand von uns hier wäre, hätte es diesen Jungen nicht gegeben. Hätte man uns vor ihm gewarnt.«

Amy redete gerade mit DI Birch; sie beugte sich zu ihr vor, als spräche sie in das Revers der schwarzen Kostümjacke der Kommissarin, die ihr aufmerksam zuhörte. DCI McLeod war offenbar bereits gegangen.

»Ich würde gerne wissen«, Aidan hob etwas die Stimme, damit die Mitarbeiter der Polizei im Raum sich angesprochen fühlten, »wann Ryan Summers' Mutter wegen Beihilfe zum Mord angeklagt wird. Ich glaube keine Sekunde lang, dass man mit einem Menschen unter einem Dach wohnen kann und nicht weiß, dass diese Person plant, dreizehn unschuldige Menschen zu töten.«

Barry Kesson war sichtbar elend zumute. Ishbel schaute sich nach Rehan um und sah, dass er neben ihr stand, im toten Winkel. Als sie Augenkontakt herstellten, bemerkte sie, dass er sie auf die gleiche Art ansah wie sie ihn. *Tun Sie doch etwas*, sagte sein Blick. Doch um sie herum murmelten einige der Männer aus der Gruppe bereits Zustimmung.

»Beihilfe zum Mord«, wiederholte einer, »in dreizehn Fällen.« Er sah über die Schulter zu niemandem im Besonderen. »Bestimmt kann uns jemand in diesem Raum sagen, was man dafür kriegt.«

Aidan nickte heftig.

Ishbel räusperte sich – ein Versuch, auf sich aufmerksam zu machen, aber zu leise. Sie hörte sich selbst kaum.

»Glauben Sie, dass die Polizei die Sache weiterverfolgen wird?« Aidan sprach zu der gesamten Runde.

Unwillkürlich erinnerte sich Ishbel an seine Miene, als

sie am Ausgang des Krankenhauses gestanden hatten: an diese kalte Wut. Jetzt hatte dieser Zorn ein Publikum gefunden – alle Anwesenden, auch wenn einige Leute Aidan bewusst nicht anschauten.

»Sieht es danach aus, als würde sie das tun?«

Ishbel, die hinter ihrem Mann stand, legte ihm die Hand auf den Oberarm. Sie war erschöpft. »Aidan«, sagte sie. »Aidan.« Mehr als die beiden Silben seines Vornamens brachte sie nicht über die Lippen.

Aidan drehte sich um. Die Bewegung löste offenbar den Bann, unter dem alle im Raum gestanden hatten: Um Ishbel herum atmeten die Leute tief durch. Befreit von Aidans Blick wandte sich Barry Kesson ab.

Rehan trat zu Ishbel und fasste deren Ehemann am anderen Arm. »Aidan, Kumpel.«

Ishbel wunderte sich zwar über die vertraute Anrede, aber Aidan schien sie nicht aufzufallen. »Wenn Sie darüber sprechen möchten, was unsere Gesetzeshüter unternehmen, sprechen Sie am besten mit jemandem von der Polizei.« Er lächelte nervös und gezwungen. »Zu der ich zufällig gehöre. Lassen Sie uns über alles in Ruhe reden – zu Hause.«

Einen Moment lang beobachteten Ishbel, DI Birch, Amy und die Männergruppe, was Aidan tat. Die Stille dehnte sich. Dann aber schien er sich zu entspannen, wenngleich nur ein wenig.

»Tut mir leid, Reh.«

Wieder war Ishbel überrascht – ihr hatte er nicht angeboten, seinen Rufnamen zu verwenden, und sie hatte auch schon sehr lange nicht mehr gehört, dass jemand ihren Mann als *Kumpel* bezeichnete.

»Das war krass von mir, ich weiß.«

Rehan warf den Männern, die sie immer noch umringten, einen kurzen Blick zu.

Auch Aidan wandte sich ihnen wieder zu. »Es tut mir wirklich leid.«

Die Männer murmelten ihre Zustimmung, einige nickten oder zuckten die Achseln: *Geht in Ordnung*. Nur Barry Kesson, der sich zu seiner Familie gesellt hatte, reagierte nicht.

Rehan begleitete Aidan aus dem Raum, und Ishbel, die inzwischen so müde war, dass ihr Blick verschwamm, trottete hinter ihnen her, so als wäre sie ein loser Faden, der an einer Jacke hing.

Wird die Wahrheit über den Amoklauf am Three Rivers College vertuscht, während der Steuerzahler die Zeche zahlt?

Von Grant Lockley
VERÖFFENTLICHT: 16.05.–16:15 Uhr. Aktualisiert am 16.05.–17:03 Uhr

Seit der brutalen Erschießung von 13 jungen Frauen am Three Rivers College in Edinburgh sind zwei Tage vergangen, und endlich werden Details freigegeben über das, was angeblich an jenem Tag geschah.

Laut den offiziellen Aussagen von Police Scotland verwendete der geistesgestörte Täter – der 20-jährige Ryan Summers – drei Bruni Olympic .380 BBM-Revolver, mit denen er seine 13 Opfer brutal ermordete. Anschließend erschoss er sich am Tatort. Anscheinend die übliche Praxis für die feigen Individuen, die solche Taten begehen. Für diejenigen von uns, die sich mit Waffen nicht auskennen: ein Bruni Olympic-Revolver ist eine Schreckschuss-Startpistole, deren Besitz und Verwendung im Jahr 2010 für illegal erklärt wurde.

Die Police Scotland behauptet, Ryan Summers habe sich der Fertigkeiten bedient, die er in Ingenieurs-Kursen erlernt habe, um die Startpistolen so zu modifizieren, dass sie tödliche Munition abfeuern können. Bin ich der Einzige, dem das sauer aufstößt? Was genau wird den jungen Leuten am Three Rivers College eigentlich beigebracht?

Wir haben unseren eigenen detaillierten ballistischen Bericht zusammengestellt: Lesen Sie hier mehr

Die Police Scotland behauptet zudem, dass die Waffen – die nach der Schusswaffen-Amnestie im Jahr 2010 hätten zurückgegeben werden müssen – Summers' Vater Jackie gehörten, der vor zwei Jahren infolge einer infektiösen Endokarditis, einer Herzkrankheit, verstarb.

Mir kommt das alles ein wenig zu einfach vor. Die illegalen Waffen gehörten Dad, der passenderweise nicht mehr unter uns weilt? Ein wenig klingt das so, als wollte sich die Polizei die Mühe ersparen, sich mit einer Anklage wegen illegalen Waffenbesitzes zu befassen.

Dennoch ist es möglich, dass die Mutter des Schützen, Moira Summers, in Zusammenhang mit dem Amoklauf angeklagt wird. Mrs Summers befindet sich seit der schrecklichen Tragödie in vorläufigem Polizeigewahrsam, was meines Erachtens richtig und angemessen ist. Trotzdem wurde sie bislang weder festgenommen noch einer Straftat angeklagt. In einer offiziellen Stellungnahme der Police Scotland heißt es, Mrs Summers helfe »derzeit der Polizei bei ihren Ermittlungen«, wobei die Behörde jede Aussage dazu, ob sie als tatverdächtig gilt, verweigert.

Lassen Sie mich im Kommentarabschnitt Ihre Meinungen dazu hören. Ich nehme an, dass die Mehrheit der rechtschaffenen Menschen glaubt, dass diese Frau als Komplizin eines Massenmörders hinter Gitter gehört.

Kann man im selben Haus wie jemand wohnen, der Handfeuerwaffen umbaut und einen Mordanschlag plant, und nicht wissen, dass der Betreffende etwas im Schilde führt? Dies erscheint umso weniger plausibel, wenn man die enge Beziehung zwischen Mutter und Sohn berücksichtigt. Müsste ich Mrs Summers verhören, würde ich sie bitten, einen Lügendetektortest zu machen, und sie zu ihrer mütterlichen Intuition befragen. Ich weigere mich zu glauben, dass sie nichts gewusst hat.

Three Rivers: Für einen detaillierten Bericht über den verhängnisvollen Tag klicken Sie hier

Die Öffentlichkeit hat eindeutig ihre eigenen Ansichten. In den frühen Stunden des Mittwochmorgens wurde berichtet, das Haus der Familie Summers – ein schönes Einfamilienhaus in Edinburghs wohlhabender New Town – sei von empörten Anwohnern verwüstet worden. Inzwischen bewachen uniformierte Polizisten das Haus rund um die Uhr.

Ja, Sie haben richtig gelesen. Für das Haus eines Mörders wurden Beamte für eine Rund-um-die-Uhr-Bewachung zur Verfügung gestellt: für ein Haus, das derzeit leer steht. Offenbar gehört auch dies zum Service unserer Jungs und Mädels in Blau, für den der Steuerzahler bezahlt.

Beteiligen Sie sich an unserer Umfrage: Verdient die Mutter eines Mörders Schutz seitens der Polizei? Sagen Sie hier Ihre Meinung

Der Vater des Mörders, Jackie Summers, ein High-School-Sportlehrer und Leichtathletiktrainer, verstarb vor mehr als zwei Jahren. Es wird angenommen, dass seine infektiöse Endokarditis mit einem Anfall von rheumatischem Fieber zusammenhing, den er als junger Mann erlitt.

Ryan Summers' Mutter Moira kündigte nach dem Tod ihres Mannes ihre Anstellung als Krankenschwester. Laut den verblüfften Nachbarn verhielt sie sich in jüngster Zeit distanziert, so als wollte sie ein Geheimnis verbergen.

Ich habe mit Frank Cole, einem Nachbarn, gesprochen, der nur wenige Meter vom Haus der Summers entfernt wohnt. »Nach Jackies Tod hat sie [Moira] sich zurückgezogen. Früher haben wir oft geplaudert, wenn ich sie auf der Straße traf, aber im vergangenen Jahr habe ich sie nur selten gesehen. Ich glaube, Jackies Tod war ein ziemlicher Schock für die Familie. Danach bin ich dem Sohn [Ryan] ebenfalls sehr viel seltener begegnet.«

Mrs Summers' Anwalt wurde um eine Stellungnahme gebeten, hat jedoch nicht geantwortet. Schließen Sie daraus, was Sie wollen.

Bildstrecke: zu Ehren der Opfer des Amoklaufs am Three Rivers College

Andernorts scheint die Police Scotland Mühe zu haben, auf das zu reagieren, was sicherlich das schrecklichste Verbrechen ist, mit dem sich die Ermittlungsbehörden bis zum heutigen Tag befasst haben. Erste Kritik am Vorgehen der Polizei am Tag des Amoklaufs wurde bereits geäußert. So fragen sich beispielsweise viele Menschen, warum es so lange gedauert hat, bis die ersten Einsatzkräfte den Tweed Campus sicherten.

Ich konnte mir am späten Dienstag Zugang zum Tatort verschaffen und kann berichten, dass die Sicherheitsvorkehrungen auf dem weitläufigen Campus in der Tat lax zu sein schienen – hätte ich sonst durch eine unbewachte Tür in die College-Gebäude gehen können, ohne mich bei jemandem anzumelden? Zudem hatte ich den Eindruck, dass einige Polizeibeamte am Tatort recht verwirrt wirkten, ja sogar desorientiert, und es nicht freundlich aufnahmen, als ich erschien, um einen Blick hinter die Kulissen zu werfen.

Unterdessen bringen Mitglieder der Gemeinde auch weiterhin ihren Schock und ihre Trauer über diese Tragödie zum Ausdruck. Die Namen der 13 Opfer wurden am späten Dienstagabend veröffentlicht, was zu einer Flut der Anteilnahme und der Unterstützung aus aller Welt führte. An den Eingängen zum Tweed Campus findet eine Mahnwache statt; eine Online-Crowdfunding-Kampagne, die gestartet wurde, um Geld für die Familien der Opfer zu sammeln, hat bereits 250.000 Pfund erbracht.

Weitere Artikel von Grant Lockley

Teilen oder kommentieren Sie diesen Artikel

TOP-KOMMENTARE

rEDWhiteblue1 Die Mutter befindet sich in Polizeigewahrsam? Gut. Sie sollte für immer hinter Gittern bleiben, weil sie dieses Monster in die Welt gesetzt hat. Gott segne die Familien der Mädchen, ihr seid in unseren Herzen.

^ 2364 Personen gefällt das

Kingdom77 Wenn Sie schreiben, das Haus sei verwüstet worden, dann hoffe ich, Sie meinten, bis auf den Boden niedergebrannt … Diese Mädchen kommen nie mehr nach Hause, warum also sollte SIE das können!!!!!!!!!!

^ 2041 Personen gefällt das

USAimee Ich hoffe, dass die Polizei Moira Summers bei den Verhören durch die Mangel dreht. Ich habe drei Söhne, und es ist ausgeschlossen, dass ich nichts davon wüsste, würden sie dergleichen planen.
Das war garantiert GEPLANT! Selbst wenn er ihr nichts davon erzählt hat, hätte sie als Mutter das spüren müssen. Sollte sich herausstellen, dass sie davon gewusst und es niemandem gesagt hat, soll sie IM KNAST VERGAMMELN und danach IN DER HÖLLE BRENNEN.

^ 1997 Personen gefällt das

Magdadgam Ihr wunderbaren jungen Frauen, die ihr von diesem Psycho gekillt wurdet: Ihr wurdet geliebt, möge Gott euch segnen, ihr seid alle in unseren Gebeten. 13 neue Engel haben an jenem Tag ihre Flügel bekommen. xxxxx

^ 1679 Personen gefällt das

Eine Woche später

21. Mai, 10:00 Uhr

Die Garagenzufahrt war voller Blumen. Angefangen hatte das am Abend des Amoklaufs, als die Namen der ersten Opfer, darunter auch Abigails, offiziell an die Presse weitergegeben worden waren. Zunächst waren es nur einige Sträuße gewesen: Rehan musste sie beiseitelegen, damit er seinen Wagen hinter Ishbels parken konnte. Als er die Blumen erwähnte, nahm Ishbel an, sie wären von den Nachbarn – keiner von ihnen wollte wohl gegenüber dem anderen zurückstehen. Doch zwei Tage später – am Abend, als Ishbel sich geradezu zwingen musste aufzustehen, sich anzuziehen und zur Fettes Avenue zum Treffen mit den anderen Opferfamilien zu fahren – war sie aus Versehen über ein weiches Polster aus Blumen gefahren, als sie rückwärts aus der Garagenauffahrt setzte. Jetzt hatte sich Rehan einen Parkplatz weiter unten an der Straße suchen müssen. Die Blumen bildeten eine niedrige, blühende Hecke, die an der Grundstücksgrenze verlief, und hatten die Einfahrt so weit verengt, dass ein paar Sträuße an den Hinterreifen des Qashqai lehnten.

»Es müssen inzwischen Hunderte sein«, sagte Rehan, während er seine Jacke im Flur auszog. »Die Leute nehmen wirklich Anteil.«

Ishbel wandte sich halb ab. Sie war noch im Morgenmantel, obwohl es schon später Vormittag war. Tatsächlich hatte sie beinah die ganze Woche im Morgenmantel verbracht. Rehan musste, dessen war sie sich bewusst, ihre Haare bemerken, die nach den Tagen, in denen sie sie nicht gewaschen hatte, fettig und strähnig waren; musste ihr Gesicht bemerken, das nach all dem Weinen aufgedunsen und gerötet war wie das eines Boxers. Rehan kam ihr so jung vor – zu jung für eine solche Arbeit. Sein dunkles Haar war sehr kurz geschnitten, und er trug eine modische Brille mit großem Gestell. Wäre Ishbel gefragt worden, sie hätte ihn für einen Kunststudenten gehalten, nicht für jemanden, dessen Beruf es war, Menschen in den dunkelsten Stunden ihres Lebens beizustehen. Nicht, dass er ihr groß helfen konnte.

Durch den Nebel ihrer Trauer verwirrt nahm sie es ihm übel, dass er fast ununterbrochen in ihrem Haus anwesend war; wann immer sie aufwachte, benommen wegen der Tabletten, die Greg ihr gegeben hatte, schien er da zu sein. Und sie nahm es auch übel, dass ihr Mann ihn offenbar sehr schätzte.

Sie ging ins Wohnzimmer, um aus dem großen Fenster zu sehen. Die Journalisten waren inzwischen regelmäßige Besucher in der Straße – und auf dem Grundstück. Sie versuchten ihr Glück, flitzten durch den Garten, um herauszufinden, wie nahe sie ihnen kommen konnten. Die besonders dreisten spazierten bis unmittelbar vor die Tür und klingelten. Andere riefen immer wieder auf dem Festnetz an, standen manchmal vor aller Augen im Garten, das Handy am Ohr, hoffnungsvoll wie treue Hunde. Fremde Autos parkten am Ende der Auffahrt. Die Mülleimer wurden durchstöbert, die Recyclingtonnen. Der Rasen vor dem Haus war von Schuhabdrücken übersät, und wenn die Journalisten an der Gartenhecke auf und ab liefen, drückten sie ihre Zigarettenstummel im Liguster aus. Eines Nachts – Ishbel war sich nicht sicher, wann genau, wie lange es her war – war sie im Bett im Gästezimmer aufgewacht und hatte Aidan auf der Treppe zum Dachboden gehört. Ein seltsamer Gedanke war ihr gekommen: *Was, wenn er eine Schlinge knüpft?* Sie stellte sich vor, wie er in der Luft baumelte, wie dann, weil das Seil zu lang war, seine Füße und Beine durch die Decke krachten und Gipsstückchen auf sie herabregneten. Sie hatte sich das alles gut vorstellen können, weil sie selbst daran gedacht hatte, es zu tun. In der schweren Wolke der Beruhigungsmittel hatte sie davon geträumt, die Badewanne volllaufen zu lassen, das Gesicht ins schaumige Wasser zu tauchen und einfach nicht wieder hochzukommen. Wie sich herausstellte, hatte Aidan auf dem Dachboden nur nach alten Vorhängen gesucht – ein vergeblicher Versuch, die Presseleute davon abzuhalten, mit ihren Kameras ins Haus zu fotografieren.

Hinter den schmutzigen Spitzengardinen lag der Garten in dichtem Nebel, als hätte sich der Amoklauf sogar auf das Wetter niedergeschlagen. Unten an der kurzen Auffahrt standen die Journalisten wie Gespenster unschlüssig herum.

»Ich könnte dir ein paar bringen, wenn du möchtest«, sagte Aidan, der hinter ihr im Durchgang zum Wohnzimmer stand. »Wenn ich sowieso draußen bin.«

Ishbel drehte sich nicht einmal um. Sie beobachtete Rehan, der wieder in den Garten gegangen war. Er stellte einen alten schwarzen Notenständer von Abigail auf den Rasen, ein, zwei Meter entfernt von der Haustür. Sie erinnerte sich an jenen Abend. Gestern Abend? Vor ein paar Abenden? Sie wusste es wirklich nicht. An dem sie Aidan auf dem Dachboden gehört hatte. Ich bin naiv gewesen, dachte sie: Aidan war viel zu pragmatisch, um Selbstmord zu begehen. Zu zornig. Im Krankenhaus hatte sie seine kalten Augen gesehen, und dann wieder, als er Barry Kesson taxiert hatte.

»Ein paar bringen … von was?«

Sie hörte ihn seufzen.

»Den Blumen, Bel. Den Sträußen. Reh sagt, einigen davon liegen Grußkarten bei.« Der vertraute Name, den Aidan offenbar auf Dauer benutzte, ausgesprochen: Ray. Ishbel wusste nicht, wie Aidan es ertrug, sich derart freundschaftlich zu geben. »Ich dachte, du hättest vielleicht Lust zu lesen, was die Leute schreiben. Über Baby.«

Draußen ging Rehan ein paar Schritte zurück und betrachtete den Notenständer.

»Was können die schon schreiben? Die kannten sie ja nicht.« Ishbel merkte, dass Aidan näher gekommen war. Seine Stimme war lauter.

»Ich versuche nur«, er hielt kurz inne, »konstruktiv zu sein.«

Einer der Journalisten hatte Rehan etwas zugerufen, der daraufhin zu ihm ging. Ishbel sah, dass seine Schuhe in dem nassen Gras feucht wurden.

»Du weißt genau, dass ich das nicht billige. Das, was ihr beide da macht.«

Aidan trat noch einen Schritt auf sie zu – und jetzt hörte sie seinen Atem.

»Bel. Reh hält es für eine gute Idee, die Medien auf unsere Seite zu ziehen. Wenn man eine Pressekonferenz gibt, haben die etwas, worüber sie schreiben können, sagt er. Auf die Weise könnte man wenigstens ein paar von ihnen loswerden. Das wollen wir doch, oder? Unsere Privatsphäre.«

Ishbel drehte den Kopf ein wenig, schaute sich nach Aidan um. Er war fast unmittelbar hinter ihr, verschwommen, am Rand ihres Blickfelds.

Es entstand eine Stille, die sich auszudehnen und zu vibrieren schien. Auf einmal hörte sie das Rascheln von Papier.

»Vielleicht würdest du das hier gerne lesen«, sagte Aidan. »Die Stellungnahme, die ich geschrieben habe. Sag mir, ob ich noch etwas hinzufügen soll.«

Ishbel drehte den Kopf noch ein wenig weiter, weit genug, um das vollgetippte DIN-A4-Blatt zu erkennen, das Aidan auseinandergefaltet hatte und ihr entgegenhielt. »Nein.« Sie wandte sich wieder dem Fenster zu und von ihm ab. »Ich möchte nichts hinzufügen, und ich möchte nicht, dass du das tust, Aidan. Ich möchte nicht, dass du denen auch nur irgendetwas sagst.«

Sie hörte, dass er wieder seufzte.

»Warum machst du es dir so schwer? Ich will nicht gegen deinen Wunsch handeln.«

Rehan war fast bei einer Gruppe von Reportern angelangt – zwischendurch musste er stehen bleiben, um ein paar der Blumensträuße aufzuheben und neu zu arrangieren. Am Morgen, als er eingetroffen war, hatte er sich einen schmalen Weg durch die Blumen gebahnt, und einige waren wieder an ihre ursprüngliche Ablagestelle zurückgefallen; vielleicht waren aber auch neue hinzugekommen.

»Dann mach es nicht«, sagte Ishbel. »Zur Abwechslung könntest du ein einziges Mal tun, worum ich dich bitte.«

Aidan grinste nur. »Bel, du trauerst. Du bist kaum wach. Du bist nicht du selbst. Ich glaube wirklich nicht, dass du weißt, was im Augenblick das Beste für dich ist.«

Schnell drehte sie den Kopf zu ihm und sah ihn an. In der einen Hand hielt er immer noch das getippte Statement. In der anderen bizarrerweise einen leeren Bilderrahmen. »Aber du weißt es? Du bist völlig bei Verstand, ja?« Sie senkte den Blick und sagte leiser: »Vielleicht bist du es tatsächlich. Vielleicht bist du es, weil du nicht trauerst.« Sie spürte sofort, dass die Sätze zwischen ihnen standen, und bereute sie. »Jedenfalls nicht so, dass ich es sehen kann«, fügte sie hinzu.

»Jemand«, sagte Aidan, wobei er das Wort sehr langsam aussprach, »muss ja tun, was getan werden muss. Jemand muss jetzt die Verantwortung übernehmen. Wir können nicht beide mit Beruhigungsmitteln zugedröhnt durchs Haus laufen und verzweifelt sein.«

Ishbel drehte sich wieder zum Fenster um. Lass ihn nicht sehen, wie sehr du leidest, dachte sie und unterdrückte ihre Tränen. Draußen winkte Rehan dem ersten der Journalisten über den schmalen Weg hinweg zu, den er zwischen den Blumen angelegt hatte. Er deutete auf den Notenständer, der, wie er mitten auf der kleinen Rasenfläche stand, wie eine absurde Skulptur aussah.

»Es wird Zeit«, sagte Aidan, »dass wir die Beerdigung unserer Tochter organisieren. Dafür musst du dich zusammenreißen.«

Ishbel schüttelte den Kopf – und stellte fest, dass sie nicht mehr damit aufhören konnte. Das Wort *Beerdigung* setzte sich in ihrem Gehirn fest; sie wollte es loswerden – sich von ihm befreien.

Sie schüttelte immer noch den Kopf, als Aidan schließlich hinzufügte: »Ich habe Reh das Foto von Baby gegeben, das auf dem Klavier stand.«

Deshalb also der Bilderrahmen in seiner Hand. Sie begriff. »Warum?«

Wieder seufzte Aidan. Es kam ihr so vor, als wäre er in den vergangenen Tagen ein Experte im Seufzen geworden – er hatte ungeduldig geseufzt, als sie im Krankenhaus darauf warteten, dass man sie über Abigails Zustand aufklärte; stoisch im Leichenschauhaus, als sie ihre Tochter identifizierten. Er hatte tausendmal geseufzt über ihre wenig hilfreichen Reaktionen auf die Ereignisse in den vergangenen Tagen. Sie hatte seinem seufzenden Schnarchen gelauscht, das über die Treppe bis hinunter ins Gästezimmer drang, in dem sie lag, und sich gefragt, wieso er – oder irgendjemand sonst auf dieser gottverlassenen Erde – schlafen konnte, wenn sich solche Verbrechen ereigneten.

»Für die Presseleute«, sagte er. »Ich möchte, dass sie aufhören, dieses schreckliche Foto von ihr aus ihrem Facebook-Account zu veröffentlichen. Es ist vor Jahren aufgenommen worden. Sie sieht wie ein Kind darauf aus.« Er wedelte mit dem leeren Rahmen. »Das hier ist viel besser. *Sie* hätte es besser gefunden.«

Ishbel schloss die Augen. Sie hatte sich das Bild in den letzten Tagen mehrmals angesehen: ein Porträt von Abigail, aufgenommen in einem Fotostudio, sie hatten ihr das Shooting zum achtzehnten Geburtstag geschenkt. Zu dem Anlass hatte sie ihr Lieblingstop getragen: korallenrot, mit U-Boot-Ausschnitt, aus einer Baumwollmischung, die so weich war, dass Ishbel immer wieder staunte, wie es sich zwischen den anderen Wäschestücken anfühlte. Mit einem Mal hatte sie Sehnsucht nach dem Top, das in der Schublade in Abigails Zimmer lag. Draußen hatte Rehan die Gruppe Journalisten um sich geschart: einige mit Tablets und Smartphones, Diktiergeräten; andere mit Fernsehkameras auf den Schultern.

»Du solltest gehen«, sagte Ishbel. »Deine Öffentlichkeit wartet auf dich.«

Doch Aidan hatte bereits das Zimmer verlassen. Er trat aus der Haustür und in ein Blitzlichtgewitter.

Ishbel erinnerte sich an den Tag, als sie eingezogen waren. Das war 1991 gewesen, das schlimmstmögliche Jahr, um Eigentum zu kaufen. Sie hatten seit Monaten gesucht und darin eine schreckliche Routine entwickelt: Nach der Arbeit trafen sie sich zur Besichtigung eines Hauses oder einer Wohnung. Immer fand einer von ihnen das Objekt toll, während der andere es nicht ausstehen konnte. Dann stapften sie schweigend zur nächsten Bushaltestelle, fuhren schweigend zurück zu ihrer Mietwohnung im fünften Stock und gingen schweigend die zig Treppenstufen hinauf. Dann stritten sie sich bis in den Abend – über das Objekt, das sie angeschaut hatten, über Geld oder über die Kinderfrage. Das war vor Abigail, aber Ishbel war überzeugt, dass sie etwas mit einem Kinderzimmer kaufen sollten. Aidan argumentierte dagegen, dass sie sich eine so große Immobilie nicht leisten konnten, sondern lieber eine kleine kaufen und sich vergrößern sollten, sobald die Rezession vorbei war. Worauf Ishbel ihn dann fragte, ob er denn wisse, wann dies der Fall sein werde. Aidan lachte über ihre Naivität, woraufhin Ishbel ihn beschuldigte, keine Kinder zu wollen und nur zu feige zu sein, es zuzugeben. Meistens endete so ein Abend damit, dass mindestens einer von ihnen eine Tür zuknallte.

Dann starb ganz plötzlich Aidans Vater, nach einem, wie Aidan sagte, *guten, sauberen Herzinfarkt eines echten Schotten*, und Aidans Mutter Pauline wollte allein nicht mehr in dem großen Haus in Primrose Bank wohnen. »Ich geistere darin doch nur wie ein Gespenst rum«, hatte sie gesagt und es ihnen in einer Art Tausch überlassen. »Schenkt mir ein paar Enkelkinder, dann sprechen wir nicht mehr darüber.«

Als Ishbel jetzt an das Versprechen dachte, das sie ihrer Schwiegermutter gegeben hatte, hätte sie am liebsten schon wieder geweint – auch wenn sie nicht recht wusste, was diese Tränen bedeuteten. Sie litt geradezu körperliche Schmerzen, aber sie versuchte, langsam zu atmen und die verschiedenen Gefühle zu unterscheiden, die sie spürte. Da war dieser lange Schatten der Trauer, der mit dem Mantra: *Sie ist tot, sie ist tot, sie ist tot*, einherging. Das Ganze fühlte sich an wie eine kalte Faust, die sich um ihr Herz schloss und wieder öffnete. Sicher, da war auch Wut – von einer diffusen Art, die sich im Grunde gegen nichts richtete. Da war Erschöpfung, die an Langeweile grenzte: ein fast übermächtiges Verlangen danach, einfach nicht mehr wach zu sein, alle Gedanken auszuschalten, indem man die Luftzufuhr unterbrach. Doch wichtiger als all das, so wurde ihr klar, während sie aufseufzte, war ihr Schuldgefühl. Das Schuldgefühl, ihr Kind, ihr einziges Kind, verloren, es nicht beschützt, nicht das Wichtigste getan zu haben, was eine Mutter tun sollte. Das schlechte Gewissen, das Pauline gegebene Versprechen indirekt gebrochen zu haben. Das schlechte Gewissen, weil sie noch vor fünf Minuten unterstellt hatte, ihre Trauer sei auf irgendeine Weise berechtigter als Aidans, reiner, und ein schlechtes Gewissen, weil sie das tatsächlich glaubte, auch wenn ein Teil von ihr wusste, dass das alles nicht so einfach war.

Sie sah zu, wie sich ihr Ehemann umdrehte und von der Schar Journalisten zum Haus – ebenjenem Haus von Pauline – zurückkehrte, und fragte sich, ob es wohl eine Grenze dafür gab, wie viel ein Mensch weinen sollte. Sollte es diese geben, dann näherte sie sich ihr mit Sicherheit.

Als Aidan das Zimmer betrat, wurde Ishbel plötzlich bang zumute. »Hast du die Haustür geschlossen?«, fragte sie streitbarer als beabsichtigt. »Ich habe nichts gehört.«

Aidan warf einen Blick nach hinten und drehte sich dann wieder zu ihr um. »Nein«, sagte er, wobei in seiner Stimme die gleiche Verärgerung lag, an die sie sich mittlerweile gewöhnt hatte. »Reh kommt gleich nach mir rein.« Er deutete nach hinten in Richtung Diele, aus der Schritte erklangen.

Ishbel schaute wieder aus dem Fenster. »Kommt er nicht«, sagte sie und spürte dabei einen Kloß im Hals. »Er steht noch draußen auf dem Rasen, sieh mal …«

Aidan verfiel nicht oft in Panik. Er hielt große Stücke auf seine Ruhe und Gelassenheit – auch nach dem Amoklauf. Jetzt wirkte er allerdings verängstigt. »Wer ist das?«

Ishbel drehte sich zur Tür um, wo ein schlanker Mann in dunkelgrauem Anzug stand. *Polizei. Das muss ein Polizist sein. Wer sonst würde einfach so ins Haus reinspazieren?* Seine

Anwesenheit beunruhigte sie. Sie kannte ihn von irgendwoher.

»Mr und Mrs Hodgekiss?« Der Mann strahlte Selbstzufriedenheit aus – wirkte, als versuchte er, nicht zu lächeln. »Mein Name ist Grant Lockley. Ich würde Ihnen gerne ein paar Fragen stellen, wenn ich darf.«

»Tut mir leid«, sagte Aidan.

Ishbel registrierte, dass er versuchte, die Situation einzuschätzen, und in Gedanken mögliche Szenarien durchging. »Ich kenne Sie nicht. Können Sie sich ausweisen?«

Jetzt lächelte der Mann doch. »Ich möchte Sie fragen, ob Sie irgendwelche Theorien darüber haben«, sagte er, »warum Ryan Summers diese schreckliche Bluttat verübt hat. Ich weiß, dass Abigail das erste Opfer war. Haben Sie eine Vermutung, warum?«

»Hören Sie«, sagte Aidan, »mir gefällt Ihre Frage nicht. Ich werde sie und auch jede andere erst beantworten, wenn Sie uns sagen, was Sie wollen.«

Ishbel war zwar bewusst, dass Aidan gesprochen hatte, sie hatte seine Worte aber nicht wirklich gehört. Ihr Gesicht und ihre Hände kribbelten. Kleine Pünktchen tanzten vor ihren Augen. Niemand hatte ihr bisher gesagt, dass Abigail als Erste ermordet worden war.

Sie beobachtete, dass Aidan seine Körperhaltung änderte, allerdings nur leicht – er versuchte, den kleineren Mann einzuschüchtern; er wappnete sich, so als würde sich der Eindringling im nächsten Augenblick auf ihn stürzen. Sie hätte schwören können, dass sich die feinen blonden Härchen in seinem Nacken aufrichteten wie die Nackenhaare eines Hundes. Sie öffnete den Mund. Wollte etwas sagen, auch wenn sie keine Ahnung hatte, was. Stattdessen merkte sie, dass sie nach Luft schnappte, ihre Lippen zu schlaff, zu locker.

Aidan war offenbar unbeeindruckt: Die Information war ihm nicht neu. Rehan musste ihm davon erzählt haben, irgendwann in den vergangenen Tagen, während sie schlief. Eigentlich hätte sie darüber wütend sein müssen, aber in Gedanken fragte sie sich, warum Abigail die Erste gewesen sein sollte. Warum der Mörder sie als Erste erschossen hatte.

»Mein Name ist Grant Lockley«, wiederholte der Mann. »Ich versuche herauszufinden, weshalb Ryan Summers die Tat begangen hat. Es gibt viele Menschen da draußen, die das interessiert.«

Angst vibrierte in Ishbel wie eine angeschlagene Klaviersaite: Das war der Mann, den sie im Krankenhaus gesehen hatte, der Mann, der das Foto von dem Verletzten auf der Rolltrage geschossen hatte. Sie erinnerte sich wieder. Sie hatte ihn bis zu diesem Zeitpunkt völlig vergessen gehabt. Und jetzt plante er einen Hinterhalt.

»Sie sind also Journalist?«, fragte Aidan.

Der Mann legte sich eine Hand auf die Brust. »Ich bin die Person, die für Sie der Sache auf den Grund gehen wird, Mr Hodgekiss. Ich betrachte das als meine Aufgabe in diesem ganzen schrecklichen Chaos.«

Möglicherweise ist es Zufall gewesen, hörte sich Ishbel denken. Vielleicht hat ihm Abigail einfach nur im Weg gestanden.

Aidan ballte die Fäuste. »Reh!«, rief er.

Ishbel blickte aus dem Wohnzimmerfenster zu der Stelle, wo Rehan noch immer Fragen der Journalisten beantwortete. Sie sah, dass er den Kopf hob.

»Reh!«, rief Aidan erneut.

Als sich Ishbel umschaute, hatte Grant Lockley seinen Blick auf sie geheftet. Wieder wurde ihr bewusst, wie ungepflegt sie aussah: ihr unsauberer Hals und die schmutzigen Fingernägel; unter dem Morgenmantel schauten ihre unrasierten weißen Beine hervor.

»Mrs Hodgekiss«, sagte er jetzt ein wenig ruhiger. »Möchten Sie denn keine Gerechtigkeit für Ihre Tochter? Möchten Sie denn nicht herausfinden, warum sie auf so sinnlose Weise ermordet wurde?«

Etwas in Ishbel riss entzwei. Sie stieß Aidan beiseite und stürzte sich auf den kleinen Mann, der dort im Türrahmen stand. »Verschwinden Sie aus meinem Haus!« Ihre Stimme klang hoch und kreischend. »Meine Tochter ist Ihnen doch völlig egal … Sie interessieren sich nur für Ihre Sensationsgeschichten! Ihr seid alle Aasgeier …«

Sie spürte, dass Aidan ihren Arm umfasste. Hinter Lockley tauchte Rehan auf.

»Das ist nicht richtig, sie ist mir durchaus nicht egal«, sagte Lockley. Seine Miene verdunkelte sich, das Lächeln war aus ihr verschwunden. »Ich interessiere mich für die Wahrheit – dafür, dass die Menschen die Fakten erfahren. Und lassen Sie mich Ihnen sagen, Mrs Hodgekiss, ich habe über Ihre Tochter so einige Wahrheiten herausgefunden, die Sie schockieren könnten.«

Rehan sprach schnell in sein Handy. Ishbel und der Journalist hörten die Worte *umgehend Unterstützung*.

Lockley drehte sich um. »Na schön, ich hau ja schon ab!« Er hielt die Hände über den Kopf, als bedrohte Rehan ihn mit einer Waffe. »Aber Sie sollten der Kavallerie Bescheid geben, sich zurückzuhalten, es sei denn, Sie wollen einen Artikel über noch mehr vergeudete Geldmittel der Polizei lesen.« Lockley hatte die Stimme gehoben, damit Rehans Gesprächspartner ihn hören konnte. »Sie können mir gar nichts anhängen«, sagte er. »Auch nicht Hausfriedensbruch – der Vater hat mir praktisch die Tür aufgehalten! Und jetzt verschwinde ich.«

»Gut«, sagte Aidan.

Sein Griff tat Ishbel weh, aber sie war auch froh über den Schmerz. *Er meint es nicht böse; aber ich bin eben die Person, die ihm am nächsten steht.* Das Herz hämmerte in ihrer Brust.

Lockley schob sich an Rehan vorbei und kehrte dem Trio den Rücken. Plötzlich blieb er stehen und blickte über die Schulter nach hinten, Ishbel ins Gesicht. Die Angst, die sich nach Rehans Telefonat, in dem dieser Unterstützung anforderte, in seiner Miene gespiegelt hatte, war wieder verschwunden. »Sie werden noch von mir hören«, sagte Lockley – und verließ das Haus.

Ishbels Herz pochte laut und unregelmäßig, als wäre es eine offen stehende Tür, die bei heftigem Wind auf und zu schlug. Zum ersten Mal seit einer Woche war sie hellwach, und der Schmerz darüber, dass Abigail nicht mehr da war, war so stark, dass sie sich kaum auf den Beinen halten konnte. Rehan sprach noch immer in sein Handy, leiser jetzt – er erklärte, was passiert war. Aidan stand nach wie vor ein, zwei Schritte von ihr entfernt; er hatte sich umgedreht und sah, wie Lockley aus der Haustür und durch den Garten zu den anderen Paparazzi lief. Ishbel bemerkte eine Ader, die sich am Hals ihres Mannes pulsierend abzeichnete.

»Dass er den Nerv hatte«, sagte Aidan aufbrausend.

Rehan blickte auf. »Entschuldigen Sie, entschuldigen Sie beide – ich hätte den Journalisten nicht ins Haus lassen dürfen.«

Aidan schaute an Rehan vorbei zur Tür, die Lockley hinter sich zugeschlagen hatte. »Wenn irgendjemand diese Sache *in Ordnung bringt*«, imitierte er die Stimme des Journalisten, »dann ich.« Und damit drehte er sich um und ging, ohne Ishbel anzusehen, an ihr vorbei in die Küche.

Ishbels Beine gaben nach, und sie sank auf das ausgeblichene Sofa. Aus dem Garten drang das Gelächter der Paparazzi zu ihr, aus dem Flur Rehans leise Telefonstimme. Hauptsächlich jedoch war der Raum erfüllt von Aidans Wut: Ishbel bildete sich ein, sie summen zu hören – eine Geräuschkulisse, zusätzlich zu allem anderen.

MUTTER DES MÖRDERS AUS POLIZEIGEWAHRSAM ENTLASSEN – POLIZEI BEHAUPTET, MOIRA SUMMERS SEI UNSCHULDIG, DOCH SIE HAT BLUT AN DEN HÄNDEN

Von GRANT LOCKLEY
VERÖFFENTLICHT: 21.05.–10:55 Uhr

Gute Nachrichten für Moira Summers, die Mutter des psychisch abnormen Three-Rivers-College-Mörders Ryan Summers. Sie darf nach Hause.

Mrs Summers wurde für den heutigen Vormittag in das ehemalige Präsidium der Police Lothian and Borders an der Fettes Avenue einbestellt. Von dort wird sie – kaum zu glauben – mit einer Polizeieskorte zu ihrem Haus in der New Town von Edinburgh gefahren.

Mrs Summers habe seit fast einer Woche die »Polizei bei ihren Ermittlungen unterstützt«, so der offizielle Wortlaut. Ich bin bestimmt nicht der Einzige, den es schockiert, dass sie nicht angeklagt wurde. Es heißt, sie sei nach einer Reihe von anonymen Mord- und Vergewaltigungsdrohungen gegen sie eine Zeit lang in Schutzgewahrsam gewesen.

Aktuell wird das Haus der Summers dank der britischen Steuerzahler rund um die Uhr von uniformierten Polizeibeamten bewacht. Ich halte es nicht für übermäßig bösartig von mir zu glauben, dass Mrs Summers die harschen Worte verdient, die ihr die Bürgerinnen und Bürger entgegenschleudern möchten. Zudem erachte ich es für lächerlich, dass unsere hart erarbeiteten Steuergelder dafür ausgegeben werden, dass Mrs Summers vor den höchstwahrscheinlich leeren Drohungen von Menschen geschützt wird, die nur ihrer völlig verständlichen Wut Ausdruck verleihen. Ich meine, wer von uns hätte nicht ein paar Worte für diese Frau parat, sollte er ihr auf der Straße begegnen?

Ähnlicher Artikel: Wird die Wahrheit über den Amoklauf am Three Rivers College vertuscht, während der Steuerzahler die Zeche zahlt?

Eine Woche nach dem furchtbaren Amoklauf wissen wir immer noch nichts Näheres über die Gründe, warum Moira Summers' einziger Sohn, der 20 Jahre alte Ryan, 13 seiner Kommilitoninnen tötete und weitere Personen verletzte.

Viele – ich selbst eingeschlossen – haben gemutmaßt, Mrs Summers hätte eine Ahnung haben müssen, dass ihr Sohn vorhatte, dieses schreckliche Verbrechen zu begehen. Sicherlich ist es interessant, dass Mrs Summers sehr bald nach der Nachricht über die Bluttat die Dienste des Top-Strafverteidigers Anjan Chaudhry in Anspruch genommen hat, eines der besten auf seinem Gebiet. Der Autor fragt sich: Verhält sich so eine Unschuldige?

Sollte Mrs Summers tatsächlich geahnt haben, dass ihr psychotischer Sohn plante, seine Mitstudentinnen kaltblütig zu erschießen, dann muss sie zur Rechenschaft gezogen und – meiner Ansicht nach – auch als Mordkomplizin behandelt werden.

Stimmen Sie ab: Glauben Sie, dass Moira Summers ihren Sohn im Vorfeld des Amoklaufs am Three Rivers College verdächtigte, die Tat zu begehen? Sagen Sie hier Ihre Meinung

Wie andernorts berichtet, hat am heutigen Tag Aidan Hodgekiss, der Vater von Abigail Hodgekiss, einem der unschuldigen Opfer von Ryan Summers, gegenüber der Presse eine Stellungnahme abgegeben. Abigail, die 19 war und am Three Rivers College Darstellendes Spiel studierte, war die erste Person, die durch Summers starb.

Mr Hodgekiss hat sich ebenfalls als Erster der Opferangehörigen nach dem Amoklauf öffentlich zu Wort gemeldet. In seiner Stellungnahme sagte er, ihm und seiner Frau würden die Worte fehlen, um ihrer Trauer nach dieser schrecklichen Tragödie »Ausdruck zu verleihen«. Er fügte hinzu: »Wegen der unaussprechlichen Wut und des unsäglichen Hasses eines Menschen – Ryan Summers – sind wir für immer unserer Chance beraubt worden, die Frau kennenzulernen, zu der sie [Abigail] herangewachsen wäre.«

Die emotionale öffentliche Stellungnahme des Vaters eines der Opfer: Lesen Sie sie hier in voller Länge

Mr Hodgekiss' Ehefrau Ishbel, die als Gutachterin im Bereich Sozialwesen arbeitet, ist heute nicht vor die

Kameras getreten. Der Ehemann – ein Zahnarzt – sprach im Namen der gesamten Familie, als er der Öffentlichkeit für »die große Anteilnahme« dankte, »die uns die Menschen dieses Landes und aus aller Welt entgegengebracht haben«.

Möglicherweise scheut Mrs Hodgekiss das Licht der Öffentlichkeit, weil das tragische Geschehen ihre geistige wie körperliche Gesundheit stark in Mitleidenschaft gezogen hat. Ich hatte heute die Gelegenheit, kurz mit ihr zu sprechen; sie erschien geradezu überwältigt von der Trauer um ihre einzige Tochter.

Mrs Hodgekiss' Verfassung wirft die Frage auf, in welchem Maße ein Angehöriger eine Tragödie dieses Ausmaßes bewältigen kann. Wird Ishbel Hodgekiss zu ihrem anspruchsvollen Beruf in einer Branche zurückkehren können, in der es auch um die Feinheiten von offiziellen Verordnungen geht? Oder hat Ryan Summers ihr auch diesen Teil ihres Lebens genommen?

Hier finden Sie mehr von Grant Lockley

Teilen oder kommentieren Sie diesen Artikel

TOP-KOMMENTARE

isjusticejustICE Nachdem ich Aidan Hodgekiss' Stellungnahme auf Youtube gesehen habe, bin ich wohl nicht die Einzige, die denkt, dass er nicht besonders erschüttert wirkte. Dass seine Frau den Verstand verloren hat, finde ich dagegen vollkommen verständlich.

^ 16 Personen gefällt das

StillYes45 Die Police Scotland ermittelt doch sicher weiter gegen Moira S.? Ich finde ihre Geschichte unglaubwürdig. Sie sagt, sie habe nichts von den Waffen gewusst, nichts von dem Plan, nichts davon, dass irgendwas mit ihrem Sohn nicht stimmt? Da ist doch was faul.

^ 29 Personen gefällt das

SAPPERGO Three Rivers ist eine Inszenierung!!! Alles nur erlogen. Ryan Summers lebt! Wacht auf und besucht uns unter truthunifies.com

^ 31 Personen gefällt das

21. Mai, 17:35 Uhr

~~Sehr geehrte Damen und Herren,~~
~~Liebe Welt,~~
~~Liebe alle,~~
~~Liebe Leserinnen und Leser,~~
~~Sehr geehrter Leser,~~
Leser,

ich glaube nicht, dass ich mich vorstellen muss. Sie kennen ja bereits meinen Namen. Oder wenn nicht, dann kennen Sie den Namen meines Sohnes. Mein Sohn ist der ~~junge~~ Mann, der vor einigen Tagen ~~wenn diese Zeit sich auch wie Jahre anfühlt –~~ den Tweed Campus des Three Rivers College betrat und das Feuer auf seine ~~Freunde und~~ Kommilitoninnen eröffnete. Er tötete dreizehn ~~junge~~ Frauen. Seine Name ~~ist~~ war Ryan Summers, und ich bin seine Mutter.

Warum schreibe ich Ihnen? Das ist eine gute Frage. ~~Jemand hat mir erzählt, ein offener Brief würde eine gute Möglichkeit darstellen, um das zu sagen, was man empfindet.~~ In den vergangenen Tagen wurde mir sehr oft geraten, mich dafür zu entschuldigen, den jungen Mann zur Welt gebracht zu haben, der mein Sohn ~~ist~~ war. Das kann ich nicht. ~~Zwanzig Jahre lang war Ryan mein einziges Kind, und er hat mir immer große Freude gemacht.~~ Was ich aber kann, ist, mich für ~~das, was er getan hat, seine selbstsüchtigen Taten~~ die grauenhaften Taten zu entschuldigen, die er begangen *hat. Ich möchte mich entschuldigen bei den Familien der ~~Mädchen~~ jungen Frauen, die getötet wurden. Ich weiß, dass sie alle auf ihre Weise einzigartig und begabt waren, gerade erst mit ihrem Studium, ihrem Leben begonnen hatten. ~~Mein Sohn~~ Ryan hat ihnen alles genommen, als er sie tötete, und dafür ~~entschuldige~~ sage ich: Es tut mir leid. Ich möchte mich auch gegenüber den ~~anderen~~ Studierenden und dem Personal entschuldigen, die sich an jenem Tag auf dem Campus befanden. Ich entschuldige mich für das, dessen Zeuge sie werden mussten. Und ich möchte mich bei allen anderen entschuldigen, die unter dieser Tragödie leiden. ~~So viele von Ihnen~~ Ich weiß, dass Sie so viele sind.*

Ich möchte Ihnen sagen, dass auch ich leide. Nach dem Amoklauf befand ich mich fast eine Woche lang auf einer Polizeiwache. Die letzten zwanzig Jahre meines Lebens sind eine Art Beweismaterial, das durchsucht werden kann. Ich habe Dutzende Male dieselben Antworten gegeben: Wieder und wieder bin ich gefragt worden, warum ~~Ryan~~ mein Sohn Ryan das getan hat. Immer und immer wieder habe ich geantwortet, dass ich es nicht weiß. ~~Wie Sie alle wünschte ich, ich wüsste es.~~

Jetzt bin ich zu Hause, in dem Haus, in dem ich meinen Sohn großgezogen habe, allein bis auf die bewaffneten Polizisten, die vor der Haustür und dem Hintereingang stehen. Ich habe die Anzahl der gegen mich gerichteten Mord- und Vergewaltigungsdrohungen vergessen. Selbst wenn ich mutig genug wäre, sie zu ignorieren, kann ich das Haus nicht verlassen, ohne mich Dutzenden Vertretern der Weltpresse gegenüberzusehen, die mich Tag und Nacht beobachten, die Straße blockieren und meine Nachbarn belästigen. Besuch bekomme ich keinen, denn niemand will etwas mit mir zu tun haben. Ich kann mit niemandem außer mit der Polizei sprechen. Wahrscheinlich werde ich noch nicht einmal diesen Brief abschicken.

Moira zerknüllte den Brief zu einer Papierkugel. Schon den ganzen Tag hatte sie vorgehabt, ihn zu schreiben. Seit den Befragungen, seit Anjan und die Polizisten mit ihr gesprochen hatten. Sie hatte den Brief bereits ausgeschmückt, während sie – mit dunkler Brille hinter getönten Autofenstern – auf dem Rücksitz des nicht gekennzeichneten Polizeiwagens saß und zu ihrem Haus mit dem Belagerungsring von Paparazzi fuhr und die Helikopter der Nachrichtensender darüber hinwegdonnerten. Amy hatte ihr geraten, sich den Mantel über den Kopf zu ziehen, dann war sie von ihr und einem anderen Uniformierten unter blendendem Blitzlichtgewitter ins Haus eskortiert worden.

Der Tee, den Amy gekocht hatte, stand noch immer neben ihr – eiskalt, mit Schlieren darauf.

»Der Panikknopf ist für Notfälle«, hatte Amy gesagt und diesen vor sie auf den Tisch gelegt, während sie ihr die Teetasse hinstellte. »Vermutlich werden Sie ihn nicht benötigen. Es ist wirklich unwahrscheinlich, dass jemand etwas versucht, wenn zwei uniformierte Polizisten vor dem Haus stehen. Zwei Beamte werden die ganze Zeit hier sein. Sie wechseln zweimal am Tag, sodass Sie nie allein sind. Außerdem haben Sie meine Telefonnummer und die des Reviers. Wenn Sie mit mir sprechen wollen, überlegen Sie nicht lange und greifen Sie einfach zum Hörer. Sie sind im Moment meine größte Priorität, okay? Haben Sie das verstanden, Moira?«

Sie hatte genickt und gequält gelächelt.

»Und noch etwas«, hatte Amy hinzugefügt. »Ich rate Ihnen davon ab, im Moment im Internet zu surfen.«

Jetzt blickte Moira um sich. Ihrem Gefühl nach hatte

sie sehr lange am Tisch gesessen. Nachdem Amy gegangen war, hatte sie zunächst nur den Bewegungen und den halblauten Gesprächen der Männer vor dem Haus gelauscht. Noch nie hatte es sich so leer angefühlt: ohne den eingeschalteten Fernseher, ohne das Radio, ohne die Waschmaschine. Aus dem Stock über ihr waren keine Schritte zu hören, keine ratternden Geräusche: Sie würde ihren Sohn in diesem Hause nie wieder hören. Sie dachte an das leise Geballer seiner Videospiele – daran, dass es zu einem Hintergrundgeräusch im Haus geworden war – und schauderte. Sie erinnerte sich an die Zeit, kurz nachdem Jackie gestorben war, als alles so unglaublich trist gewesen war, dass sie die Laute, das ferne, stete Geratter von Ryans digitalem Gewehrfeuer, als geradezu tröstlich empfand. Abende hatte sie auf dem Sofa in diesem Zimmer verbracht und sich dadurch beruhigt gefühlt, dass ihr Sohn in der Nähe war – fast bei ihr. Wahrnehmbar durch die Geräusche. Ihr einziger, kostbarer Sohn, der mit ihr unter einem Dach lebte. »Du bist jetzt der Mann im Haus«, hatte sie ihm mit tränenerstickter Stimme an dem Tag gesagt, als sie von der Beerdigung seines Vaters zurückkamen. Sie hatten im Flur gestanden, und sie hatte in sein Gesicht geschaut – er war so groß, dass es sie manchmal noch immer überraschte –, um in seiner Miene zu lesen. Doch Ryan hielt den Kopf gesenkt, als wäre er eine regenschwere Blume, hatte den Blick zu Boden gerichtet. Sie erinnerte sich, wütend auf ihn gewesen zu sein, auf sein mürrisches Wegwischen jeglichen Gefühls. »Ist schon gut, Mum«, hatte er schließlich gesagt, und sie hatte sich abgewandt, damit er die Treppe hinaufschleichen und allein sein konnte. Ich hätte ihn in den Arm nehmen sollen, dachte sie jetzt. Die Gedanken drangen in ihre Brust wie ein tief hineingeschobenes Messer. Erneut wurde sie wütend, aber ihre Wut richtete sich nach innen, gegen das eigene träge Herz. *Vielleicht habe ich ihn nicht oft genug umarmt. Wenn ich ihn nur an diesem Tag in die Arme genommen oder seinen Arm berührt hätte …* Sie erschrak, und die Erinnerung verzog sich ein wenig wie Nebel. Ein kleiner Segen.

Es juckte sie in den Fingern, den Panikknopf zu drücken, den Amy ihr dagelassen hatte, nur um zu sehen, was dann passierte. Sie konnte es nicht glauben, dass es da draußen Menschen geben sollte, die sie töten wollten. Sie versuchte, sich vorzustellen, was sie empfunden hätte, wären die Rollen vertauscht gewesen – wäre ein anderer an dem Tag ins Three Rivers College eingedrungen und hätte Ryan getötet. Hätte sie die Frau verletzen wollen, die diese Person zur Welt gebracht hatte? Die Vorstellung entglitt ihr immer wieder, als wäre sie mit einer Art dunklem Öl überzogen. *Könnte ich jemandem wehtun? Richtig wehtun?* Moira zitterte so sehr, dass der Stuhl, auf dem sie saß, knarrte. *Es spielt keine Rolle. Was zählt, ist, dass Menschen mir wehtun wollen. Menschen, die mich nicht einmal kennen.* Irgendwann hatte sie nach dem Notizblock gegriffen.

Aber nein. Natürlich konnte sie keinen offenen Brief an die Welt schreiben – auch wenn viele Zeitungen oder Zeitschriften, wie sie wusste, an seiner Veröffentlichung interessiert wären. Doch egal, wie vorsichtig sie ihre Worte wählte, irgendjemand dort draußen in der Welt würde sie falsch verstehen: die Zeilen sezieren und irgendetwas zwischen ihnen finden, das sie so nicht gemeint hatte. Um zu beweisen, dass sie eine schlechte Mutter gewesen war; dass sie ein Monster geboren hatte. *Diese Frau hat gewusst, dass ihr Sohn böse ist, und hat nichts dagegen unternommen!* Die Gesellschaft hatte sich bereits kollektiv entschieden.

Die Polizeibeamten hatten den Ziegelstein entfernt, bevor sie eintraf – Moira nahm an, dass es sich um einen Ziegelstein handelte, es hätte aber auch etwas anderes sein können. Sie hatten Spanplatten vors Fenster genagelt, sodass es im Zimmer unnatürlich dunkel war. Vom Ziegelstein wusste sie, weil sie im Vorraum der Polizeiwache die Fernsehnachrichten angesehen hatte, in einer Pause zwischen den Befragungen. Anjan und Amy waren nicht bei ihr gewesen, sondern irgendwo in der Nähe. Bei ausgeschaltetem Ton hatte sie entsetzt zugeschaut, wie die Kamera zu ihrem Haus schwenkte: Davor standen Reporter, die Spanplatten waren an den Fenstern bereits angebracht. Der Satz: *DER TOD IST NOCH ZU GUT*, war mit roter Farbe aufs Holz gesprüht worden. Weil Moira mit dem Mantel über dem Kopf das Haus betreten hatte, hatte sie keine Ahnung, ob die Worte noch immer auf der Spanplatte standen.

Die Splitter der Fensterscheibe lagen jedoch nach wie vor auf dem Teppich. Als sie mit Amy ins Haus kam, hatte die sie mit bloßen Händen aufgehoben – und erst damit aufgehört, als Moira sie darum gebeten hatte.

»Dann entsorge ich wenigstens die großen Scherben«, hatte Amy gesagt und sie später in den Mülleimer in der Küche getan. Der Teppich war noch immer mit scharfkantigen kleineren Splittern übersät.

Ich sollte staubsaugen, dachte Moira, machte aber keine Anstalten aufzustehen. Sie hielt den Brief noch in ihrer

Faust, auch wenn das Papier mittlerweile ein wenig feucht war.

»Was habe ich falsch gemacht?«, sagte plötzlich jemand. Doch es war ihre Stimme, müde, mit zornigem Unterton. »Was habe ich gemacht, Ryan? Was, dass du so etwas getan hast?«

Die Stille im Haus kam ihr jetzt, da sie die Worte laut ausgesprochen hatte, noch bedrückender vor. *Du weißt, was du getan hast*, schien sie zu antworten. Sie wünschte, Jackie wäre da; in seiner Gegenwart würde sie sich sicherer fühlen. Ein Gefühl, das sie ein paarmal seit seinem Tod gehabt hatte, aber noch nie so deutlich wie jetzt.

»Reiß dich zusammen, Moira.« Das war schon besser. Das klang eher nach ihr. »Tu was«, sagte sie. »Komm schon. Steh auf.«

Als hätte sie nur auf den mündlichen Befehl gewartet, erhob sie sich.

»Braves Mädchen«, sagte sie. »Und jetzt gehen wir in die Küche und werfen diesen unerträglichen Brief in den Müll.«

Sie öffnete die Schiebetür aus Glas. Auch in der Küche war es schummrig – irgendjemand hatte die Jalousie aus Holz heruntergelassen und die Lamellen so gedreht, dass kaum Licht in den Raum fiel. Amy vielleicht. Die Scherbendreiecke glitzerten ihr matt entgegen, als Moira auf das kleine Pedal des Mülleimers trat. Der süßliche Geruch nach verrotteten Speiseresten stieg ihr in die Nase: Natürlich, es war ja niemand im Haus gewesen.

»Wie soll ich bloß den Müll rausbringen?«, fragte sie. Als eine gedämpfte Stimme von der anderen Seite der

Küchentür her antwortete, die in den Garten führte, schrie sie erschrocken auf.

»Mrs Summers?«

»Ja? Wer sind Sie?«

»Police Captain Phillips.« Ein Mann. Sie erinnerte sich: die Polizisten. »Kann ich Ihnen helfen?«

Moira runzelte die Stirn. »Nein, nein. Ich … habe nur mit mir selbst gesprochen. Entschuldigen Sie.« Sie wartete auf eine Antwort, aber sollte er eine gegeben haben, hatte sie sie nicht gehört. Der Brief war noch immer in ihrer Hand. Er entfaltete sich langsam wie die Blüte einer Pfingstrose. Sie fand eine Ecke und zog daran, bis sie die ganze Seite sehen konnte.

»Du bist so dumm.« Jetzt flüsterte sie. Sie riss den Brief einmal durch, dann noch einmal und dann vollständig und warf die Fitzel in den Mülleimer. Als sie den Fuß vom Pedal nahm, fiel der Deckel mit einem metallischen Klack zu.

»Na bitte«, sagte sie. »Gut gemacht. Und jetzt zu etwas anderem.«

Als sie sich umwandte, bemerkte sie die drei grünen Flaschen, die auf der Arbeitsfläche standen: auffällig vor den weißen Küchenkacheln.

»Nein, Moira«, sagte sie.

Sollte ich mir Sorgen machen?, dachte sie und ging zurück ins Esszimmer, um sich um die Glasscherben zu kümmern. *Darüber, dass ich Selbstgespräche führe.* Als sie an das kaputte Fenster trat, knirschten die Scherben unter ihren Schuhsohlen. Sie waren überall. Im schummrigen Licht wirkte der Teppich grau vor gefährlichen Splittern. Bestimmt würde ihr Staubsauger kaputtgehen, sollte sie versuchen, sie aufzusaugen – besser, sie benutzte einen Handfeger, vielleicht sogar eine Pinzette.

»O Gott.« Sie streckte die Hand aus, lehnte sich gegen den leeren Fensterrahmen und strich mit den Fingern über das gesplitterte Holz.

Das Haus war ein Einfamilienhaus mit breiter Front, Jackie hatte es vor Jahren renoviert. Die lang gestreckte Küche befand sich auf der Rückseite, vorn das Esszimmer auf einer Seite des Flurs, auf der anderen das Wohnzimmer. Im Esszimmer aß die Familie zu Abend, sah fern. Moira dachte an all die Weihnachtsbäume, die sie ins große Erkerfenster gestellt hatten – daran, wie häufig sie Ryan dabei zugeschaut hatte, wie er das in der Schule gebastelte Lametta und die Papierengel aufgehängt hatte. *Nein, erinner dich nicht. Aber wie kann ich mich davon abhalten?*

Unsicheren Schrittes ging sie zurück in die Küche, zum Geruch des Mülleimers und zu den weißen Kacheln. Sie packte die erste der drei Flaschen am Hals: eine rechteckige Flasche Gin mit einem dreiviertel Liter Inhalt. Sie holte sich ein Glas, doch ihre Hand zitterte, als sie die Flasche neigte.

»Komm schon«, sagte sie mit zusammengebissenen Zähnen.

Der Gin gluckerte ins Glas: ein Fingerbreit, dann zwei. Als sie das Glas anhob, war es halb voll. Das Tonic im Kühlschrank war abgestanden, aber mit der griffigen Plastikflasche kamen ihre zitternden Hände besser zurecht. Sie überlegte, ob sie noch eine Scheibe Zitrone hinzufügen sollte, misstraute jedoch ihrem Geschick mit einem scharfen Messer.

»Prost«, sagte sie und trank einen großen Schluck.

Der Alkohol wirkte sofort: Zu spät erinnerte sie sich, dass sie seit fast einer Woche kaum etwas gegessen hatte – seit dem Tag, als sie im Schuppen herumgekrochen und Ryan auf die Schliche gekommen war.

»Setz dich«, zischte sie, als ihr bewusst wurde, dass einer der Polizisten vor dem Hintereingang stand, »bevor dir noch ein Malheur passiert.«

Sie ging ins Esszimmer, aber dort war es zu ungemütlich; das hätte sie nicht lange ertragen. Sie musste also nach oben. Noch bevor sie das Zimmer verließ, kam sie an der Pinnwand vorbei und sah, ehe sie den Blick abwenden konnte, das Foto von Ryan, das sie erst vor einigen Wochen dort angebracht hatte. Auf dem Bild war er ungefähr zehn und stand im Garten dieses Hauses. Hinter ihm war eine Ecke des Schuppens zu sehen. Es musste ein sonniger Tag gewesen sein: Ryan hatte sich in einen auf dem Boden liegenden Hula-Hoop-Reifen gestellt, unter blauem Himmel. Es schien, als stünde er in einer Art Hexenring, einem schützenden Energiefeld. Er lächelte. Nein, er lachte – über sich und seine Unfähigkeit, die Albernheit zu begehen, um die sie ihn gebeten hatte. Sie erinnerte sich an den Augenblick: Sie hatte versucht, die wenigen Sekunden auf ein Foto zu bannen, in denen er es geschafft hatte, den Reifen um die Taille rotieren zu lassen. Als Kind war sie verrückt nach ihrem Hula-Hoop-Reifen gewesen, sie hatte ihm erzählt, wie viel Spaß sie damit gehabt hatte. Sie hatte es immer geliebt, ihn zum Lachen zu bringen. In der letzten Zeit war ihr das nur noch selten gelungen.

Endlich wusste sie, wohin sie wirklich wollte: Der Blick von Tränen verschleiert, lief sie über die Scherben durch das Esszimmer und in den Flur. Hinter dem Milchglaseinsatz der Haustür sah sie einen der Polizisten in neongelber Jacke. Sie ging die Treppe hinauf, wobei sie mit der einen Hand das Geländer und mit der anderen das glatte Glas mit dem Gin umklammerte.

Im Obergeschoss angekommen trank sie einen großen Schluck. Der Gin war schon warm. »Ryan?«

Eine Gewohnheit – sie hatte immer nach ihm gerufen.

»Machst du auch keinen Unsinn, Liebling?« Ihrer Kehle entrang sich ein seltsamer, glucksender Laut. Vor dem Zimmer ihres Sohnes stehend lachte sie über ihr irrwitziges Verhalten.

»Na gut«, sagte sie. »Die Zeit ist um, ich komm jetzt rein.«

Aber ihre kleine Scharade auf dem Treppenabsatz – noch dazu mit dem Glas voll Gin in der Hand – hatte sie nicht auf das Zimmer ihres toten Sohnes vorbereitet. Die Kriminaltechniker – Amy sprach von ihnen als KTUler – hatten es komplett verwüstet. Das Boxspringbett war auf die Schmalseite gekippt worden und verdeckte jetzt ein Fenster, die Matratze lehnte daneben. Die mit Stoff überzogenen Seiten des Gestells waren aufgerissen worden, um sein Innenleben zu durchsuchen. Sämtliche Möbel waren in die Mitte des Zimmers gerückt worden: Moiras Gesicht brannte vor Verlegenheit, als sie den Staub und die Unordnung sah, die dabei zum Vorschein gekommen waren. Der Wäschekorb und die Schubläden der Kommode waren ausgekippt worden, über einem Stapel aus sauberen Baumwoll-T-Shirts, die sie erst vor ein paar Tagen gebügelt hatte. Der Schreibtisch für den Computer wirkte irgendwie fehl am Platz. Er war völlig leer: Jeder Gegenstand, den Ryan darauf abgelegt hatte, war entfernt worden. Der große Monitor hatte so lange darauf gestanden, dass die Tapete hinter ihm dunkler war als im restlichen Zimmer. Moira sah die merkwürdigen Rückstände, die die KTUler mit ihren Kits zur Sicherung von Spuren hinterlassen hatten. Sie betätigte den Lichtschalter, doch aus irgendeinem Grund war die Glühbirne in der Deckenlampe nicht mehr da.

Moira ging im Zimmer umher. »Sieh dir das Chaos an«, sagte sie mit einer Stimme, die wie eine Kerzenflamme im Wind zitterte. »Im Vergleich dazu warst du sehr ordentlich, Ryan.«

Sie ließ sich in den Arbeitsstuhl aus Leder sinken und verschüttete dabei etwas von dem Gin. Ihr Gesicht war feucht. Der Stuhl war voller Fingerabdruck-Puder – genauso wie jetzt auch ihr Rock. Die Tapete verschwamm vor ihren Augen.

Mit der freien Hand schlug sie sich ins Gesicht. Ein angenehm klatschender Laut erklang, aber sie spürte nichts. Sie tat es noch einmal. Diesmal folgte ein stechender Schmerz. Beim dritten Mal sah sie Sternchen vor ihren Augen.

»Mein Gott«, sagte sie und presste die Lippen aufeinander, »reiß dich doch zusammen.«

Lange saß sie auf dem Stuhl und sackte immer mehr in sich zusammen – langsam, Zentimeter um Zentimeter. Irgendwie genoss sie dieses Gefühl. In der Stille hörte sie, wie sich die Paparazzi vor dem Haus unterhielten: Vor das Fenster waren keine Spanplatten genagelt worden, die die Geräusche gedämpft hätten. Sie war überrascht – und merkwürdigerweise auch enttäuscht –, dass die Stimmen, die sie ausmachen konnte, nicht über sie, Ryan oder den

Amoklauf redeten. Stattdessen schienen sie sich über ein bevorstehendes größeres Sportereignis zu unterhalten. Sie versuchte, dem Gespräch zu folgen, konnte aber nicht einmal die Sportart erraten, vom Wettbewerb ganz zu schweigen. Warum waren die eigentlich hier? Wieso hielt das irgendjemand für eine gute Idee, diese Leute zu bezahlen? Wie lange sie womöglich blieben, darüber wollte sie gar nicht erst nachdenken.

Die blasse Sonne verschwand hinter dem Dach des gegenüberliegenden Hauses, und das Licht im Zimmer änderte sich. Ein paar Häuser die Straße runter fuhren Autos vor die Absperrung: Moira hörte das ferne Öffnen und Schließen von Schiebetüren. Das waren die Übertragungswagen der Fernsehstationen mit der nötigen Ausrüstung sowie die Reporter, die live für die Abendnachrichten senden wollten. Amy hatte sie vor ihnen gewarnt, und Moira hatte sich sofort gewünscht, ihr Vorgarten wäre gepflegter, die Regenrinnen wären frisch gestrichen. Sie hörte die Neuankömmlinge Anweisungen rufen, mit den Stativen und Tonangeln hantieren. Ihr Glas mit dem Gin war leer, es fühlte sich klebrig an in der Hand. Wenn diese Leute auf Sendung gingen, könnte sie sich das doch eigentlich ansehen.

Sie verließ Ryans verwüstetes Zimmer und lief zurück bis zum schummrigen Treppenabsatz. Dort blieb sie stehen und spähte die Treppe hinunter in den Flur. Sie konnte einen Teil der Haustür sehen, hinter dem Milchglas, wie schon zuvor die neongelbe Jacke des Polizisten. Mit geschlossenen Augen horchte sie auf das Kratzen eines Schlüssels. Als würde im nächsten Augenblick ihr Sohn in den Flur gerannt kommen, seine Tasche achtlos wegwerfen, seine Schuhe hastig ausziehen und – wenn sie Glück hatte – auf dem Weg die Treppe hinauf ein barsches *Hallo* rufen. *Ich schlafe, und dies ist nur einer dieser Träume, die man hat, einer von der Art, die einen so erschüttern, dass man ihn hinterher seinen Freundinnen erzählt.* Eine Welle der Müdigkeit schlug über ihr zusammen, aber etwas in ihrem Inneren bewirkte, dass sie die Augen wieder öffnete. Sie schwankte.

»Ryan«, flüsterte sie, »Liebling.« Doch der Raum hinter ihr war immer noch verwüstet.

Moira torkelte zu ihrem Zimmer und stellte fest, dass es ebenfalls durchsucht worden war. Allerdings hatten sich die Beamten hier darum bemüht, die Dinge wieder an ihren Platz zurückzustellen. Trotzdem sah das Zimmer so aus, als wäre eine heftige Windböe hindurchgefegt. Der Inhalt der Kommode war auseinandergefaltet und wieder hineingestopft worden. Die Matratze war ebenso aufgeschlitzt, aber das Bett zurück an seinen Platz gerückt und das Bettzeug unordentlich wieder darübergeworfen worden. Der Fernseher stand immer noch in seiner Ecke, inmitten von aufgeklappten DVD-Hüllen. Die DVDs lagen im Staub oben auf dem Gerät. Moira hob die Fernbedienung vom Boden auf und schaltete das Gerät ein. Es dauerte keine halbe Minute, bis der Nachrichtensprecher ihren Sohn erwähnte.

»Der Schütze Ryan Summers«, begann er, woraufhin sie nach der Taste suchte, um den Ton abzustellen, »wurde noch am Tatort für tot erklärt.« Zu spät. Ein Foto von Ryan wurde eingeblendet. Sein letztes Schulfoto, mittlerweile einige Jahre alt: Ryan im marineblauen Pullover der Schuluniform, der steife weiße Hemdkragen schief im

V-Ausschnitt sitzend. Er lächelte, wirkte aber nicht glücklich – ein paar Jahre zuvor hatte er beschlossen, dass er es hasste, fotografiert zu werden. Der himmelblaue Hintergrund war abgeschnitten worden, damit das Gesicht ihres toten Sohnes den Bildschirm möglichst ausfüllte. Die Schule musste der Polizei das Bild zur Verfügung gestellt haben, auf dem Ryan sich unwohl in seiner Haut zu fühlen schien. Er wirkte ungeduldig, als wollte er dort nicht sitzen. Ihr fielen die Streitereien ein, die sie immer hatten, wenn er sich für das jährliche Schulfoto zurechtmachen sollte. Damals, als Ryan klein war, hatte Moira eine Freundin namens Tanya gehabt, eine angehende Friseuse. Sie war zwar nicht besonders gut in ihrem Beruf, machte aber Hausbesuche und schnitt den Kindern ihrer Freundinnen günstig die Haare. Ryan hatte einen absurden Hass auf Tanya entwickelt, wie sich Moira erinnerte: weil er sie mit dem Tag des Schulfotos in Verbindung brachte. Nachdem sie ihren alten roten Ford Escort vor dem Haus geparkt hatte, war Ryan in den darauffolgenden vierzig Minuten so unhöflich zu ihr gewesen, wie er sich das seiner Meinung nach unter den Blicken seiner Mutter erlauben durfte. Moira schauderte. In den vergangenen Jahren war der Kontakt zu Tanya abgerissen – die schließlich in einem Salon in der Stadt einen Job angenommen hatte. *Und wenn die Presseleute sie aufspüren?* Möglicherweise würde Tanya Märchen über Ryan erzählen: dass er mürrisch, verschlagen, manipulativ gewesen sei.

»Aber so war er nicht«, sagte Moira laut zum Nachrichtensprecher, dessen Lippen sich stumm und schnell bewegten. »Ich kenne ihn besser als alle.« Doch das war jetzt ohne Bedeutung. Und sie war sich nicht einmal sicher, ob es überhaupt stimmte. Schließlich hatte sie das alles zugelassen. Sie wollte gar nicht daran denken.

Ryans Foto erschien erneut auf dem Fernsehschirm, und Moira musterte es, abermals durch einen Tränenschleier. Ryans Gesichtsausdruck würde auch von jenen gelesen werden, die ihn nicht als introvertiert kannten; vielleicht würden sie glauben, etwas offensichtlich Falsches in seinem Blick zu erkennen. Moira berührte den Fernsehbildschirm. Aber Ryan war nicht mehr da. Der Sender hatte zu einer Luftbildaufnahme vom Parkplatz des Colleges gewechselt, er war voller Jugendlicher und weißer Polizeifahrzeuge mit eingeschaltetem Blaulicht.

Sie setzte sich auf die Bettkante. Die Vorhänge waren schief zugezogen worden; in dem Dämmerlicht strahlte der stumme Fernseher so hell, dass ihr die Augen wehtaten. Jetzt erschienen Fotos von jungen Frauen auf dem Bildschirm, eine Art Diashow: ein Mädchen im fleckigen Trikot, grinsend auf einem Hockeyfeld; ein Mädchen im seidenen Ballkleid, mit einer Tiara im Haar. Moira zählte sie. Alle strahlten, waren bildhübsch – Fotos, die die Familien freigegeben hatten. *Ihre Familien.* Wie *deren* Leben im Moment wohl aussah? Standen vor deren Häusern auch Polizeibeamte, Trauben von Journalisten? Was sie wohl von ihr dachten? Moira wünschte sich, sie wüsste es, und hoffte zugleich, es niemals herauszufinden.

Das letzte Foto wurde länger als die anderen eingeblendet; Moira wusste, ohne den Ton wieder einzuschalten, dass es sich bei dem Mädchen um Abigail Hodgekiss handelte. Ihr Foto war ein Studioporträt, vermutlich zu ihrem achtzehnten Geburtstag aufgenommen, vielleicht auch zum Abschlussball der High School. Sie hatte korallenroten Lippenstift aufgelegt, sodass ihre Zähne strahlend weiß leuchteten. An der Kette um ihren Hals hing ein gelbes Medaillon. Aber sie war nicht das perfekt aussehende Mädchen, das sich Moira vorgestellt hatte. Sie hatte Sommersprossen. Sie sah nicht aus wie die Art von junger Frau, für die Männer töteten.

Plötzlich war Moira wütend – das Blut floss aus ihrem Kopf zum Herzen, sodass ihr schwindlig wurde. Sie schloss die Augen und sah schillernde Muster. Was hatte diese Abigail mit Ryan angestellt? Ryan, der dunkelhaarige Junge, der im Garten lachte, im Hula-Hoop-Reifen stehend. Bestimmt hatte sie ihm so wehgetan, dass er immer zorniger geworden war. Es musste – musste einfach – einen Grund für das alles geben.

Moira beugte sich vor und ging mit dem Gesicht ganz nahe an den Fernseher heran. Aus der Nähe betrachtet konnte sie die winzigen Pünktchen erkennen, aus denen Abigails Augen bestanden. »Was hast du getan?«, zischte sie, aber ihre Wut verpuffte so schnell, wie sie gekommen war. Als sie sich zurücklehnte, wurde Moira klar, dass Abigail klein war – feingliedrig, mit dünnen Gliedmaßen. Sie wirkte verlegen. Dieses Mädchen war schwach. War es gewesen. Und Moira wusste, dass Abigail nichts getan hatte.

Das Bild wechselte zurück zu dem schicken Fernsehstudio. Ryans Foto wurde links vom Kopf des Nachrichtensprechers eingeblendet, dessen Mund sich öffnete und schloss, doch Moira betrachtete nur ihren Sohn. Sie hatte das Foto rahmen lassen; noch immer stand es auf dem Bücherregal im Wohnzimmer. Sie sollte nach unten gehen und es anderswo hinstellen. Es aus dem Haus entfernen, vielleicht auch verstecken. Und zwar gleich. Aber sie konnte ihren Blick einfach nicht vom Fernseher abwenden.

Das Telefon klingelte, und sie erschrak. Noch ehe sie sich bremsen konnte, rief sie gewohnheitsgemäß: »Telefon!« Der zweite Apparat stand auf einem Tischchen vor Ryans Zimmer. Jedes Mal, wenn es klingelte, hatte sie nach ihm in der Hoffnung gerufen, er würde eines Tages die Tür öffnen und das Gespräch annehmen. Er hatte es nie getan. Und jetzt, dachte sie, wird er es nie mehr tun.

Sie stand vom Bett auf und ging ein wenig wankend aus dem Zimmer und zum Treppenabsatz. Als sie vor dem schnurlosen Telefon stand, das in seiner Basisstation lag, sah sie, dass das Batterielämpchen blinkte. Die Kriminaltechniker mussten irgendetwas damit angestellt haben. Es vielleicht auseinandergenommen haben, um es zu untersuchen – warum sie das hätten tun sollen, war ihr allerdings ein Rätsel. Sie nahm ab – und erwartete, Amys Stimme zu hören. »Hallo?«

Es folgte eine Pause, als hätte der Anrufer nicht damit gerechnet, dass jemand ranging.

»Guten Abend.« Eine Männerstimme mit leicht schottischem Akzent. »Spreche ich mit Mrs Moira Summers?«

»Ja«, sagte Moira und schalt sich sofort dafür. Das konnte doch irgendjemand sein.

Aber die Stimme am anderen Ende wechselte von einem höflichen in einen aufrichtig begeisterten Tonfall. »Ich freue mich ja so, Sie erreicht zu haben«, sagte der Mann. »Bitte entschuldigen Sie, dass ich Sie zu Hause störe – dazu noch in dieser für Sie so schwierigen Zeit.«

Moira sagte nichts. Wer war das?

»Mein Name ist Grant Lockley.« Der Mann hielt erneut inne, als wartete er auf eine Antwort.

»Entschuldigen Sie. Ihr Name sagt mir gar nichts.«

»Kein Problem.« Tatsächlich klang seine Stimme immer noch erfreut. »Ich dachte, dass Ihre Opferschutzbeamtin mich vielleicht erwähnt hat.«

»Nein«, sagte Moira. »Amy hat mir nichts von Ihnen erzählt.«

»Amy.« Der Mann dehnte den Namen ein wenig, als würde er ihn gleichzeitig notieren. »Gut. Und wie gesagt, das ist kein Problem.«

»Darf ich fragen …?« Moira streckte ihre freie Hand aus und stützte sich mit ihr an der Wand ab. Ihr war schwindlig vor Müdigkeit – und wegen des Gins. Das Stehen forderte seinen Tribut.

»Natürlich, natürlich«, sagte der Mann. »Ich muss mich entschuldigen. Also, ich habe Sie angerufen – nun, weil ich gehofft hatte, Ihnen einige Fragen stellen zu dürfen.«

Moira runzelte die Stirn. »Sind Sie von der Polizei?«

Der Mann redete weiter, als hätte sie nichts gesagt. »Zunächst, Moira – haben Sie eine Ahnung, warum Ihr Sohn die Tat begangen hat? Gibt es einen Grund, der für Sie einen Sinn macht? Alle wollen das wissen, aber wenn irgendjemand uns helfen kann, die Tat zu verstehen, dann Sie.«

Ihre Hand war ein wenig an der Wand hinuntergeglitten; nur noch mit Mühe konnte Moira sich auf den Beinen halten. »Was soll die Frage?«

»Haben Sie vor dem Amoklauf irgendwelche Gespräche mit Ryan geführt, die Ihnen rückblickend vielleicht verdächtig erscheinen?«

In Moiras Magen rumorte es. »Sie sind Journalist.«

Der Tonfall des Mannes am anderen Ende der Leitung änderte sich. »Was haben Sie gewusst, Moira?« Seine Stimme klang jetzt fordernder, lauter. »Warum haben Sie nichts getan, um Ihren Sohn zu stoppen? Wieso sind Sie nicht zur Polizei gegangen?«

Moira stieß einen kleinen, erstickten Schrei aus. Das Telefon entglitt ihr und fiel auf den Teppich. Aus dem Hörer erklang noch immer Grant Lockleys blecherne Stimme: »Die Öffentlichkeit möchte wissen, weshalb Ryan es getan hat, Moira. Was verbergen Sie?«

In einem Moment jäher, alles durchdringender Klarheit riss Moira das Telefonkabel aus der Wand.

Als sie wieder in ihrem Zimmer stand, kam es ihr vor, als wäre keine Zeit vergangen. In den Nachrichten wurde nach wie vor über den Amoklauf berichtet: Der Korrespondent stand im schwindenden Tageslicht in irgendeinem Garten. *Live vom Haus von Aidan und Ishbel Hodgekiss*, las sie in der unteren Bildzeile. Der Ton war noch immer ausgeschaltet, trotzdem merkte Moira, dass es eine Art Verzögerung gab, denn das Gesicht des Korrespondenten war reglos unter den von der Crew aufgestellten Scheinwerfern. Moira ließ sich aufs Bett sinken; ihre Hände zitterten. Ihr fiel das Gespräch ein, das sie geführt hatten – nur sie und Ryan, in der Küche, am Abend vor dem Amoklauf. Sie hatte es gegenüber der Polizei erwähnt, in einer der vielen Befragungen. Sie hatte versucht, nicht daran zu denken.

»Was haben Sie gewusst, Moira?« Sie hörte, wie sie Grant Lockleys Frage laut wiederholte.

Sie lehnte sich zurück gegen die Kopfkissen und schloss

die Augen. In Gedanken suchte sie nach einer Antwort, aber es gab keine. Da war nur Ryans Gesicht auf dem Schulfoto im Halbdunkel: der hervorblitzende weiße Hemdkragen und seine unergründlich mürrische Miene.

21. Mai, 18:25 Uhr

Birch kam gerade rechtzeitig vom finalen Briefing des Tages zurück, um die letzten Minuten der Sechs-Uhr-Nachrichten über den Amoklauf am Three Rivers zu sehen. Am Ende der Besprechung hatte sie sich nuschelnd bei ihrem Team dafür entschuldigt, dass sie alle so lange auf der Wache bleiben mussten.

Eine Woche nach dem Amoklauf war die Arbeitsbelastung nach wie vor konstant hoch – mehr noch: das Arbeitspensum bestand aus einem Berg von Akten, unter den sie die Unterarme in Gabelstapler-Art schieben musste, um ihn sich dann unters Kinn zu klemmen. Das Team hatte es aufgegeben, alle E-Mails zu beantworten: Sämtliche Posteingänge quollen derart über, dass man den Überblick verloren und Dinge übersehen hatte. Daher war ein neues System eingeführt worden: Die wichtigsten Nachrichten und Updates wurden ausgedruckt, sensible Informationen rot markiert. Die Folge war, dass Birch jeden Tag eine Tonne Papierkram in ihr Büro trug, auf dem Deckel jedes Pappordners ein roter Stempel. So viel zum Thema papierloser Arbeitsplatz, dachte sie.

Gerade war der Stapel an Briefing-Unterlagen mit einem Knall auf ihrem Schreibtisch gelandet, wie ein Körper, der auf den Boden prallt. Sofort war der Stapel ins Rutschen geraten. Fluchend hatte Birch die Tür hinter sich zugekickt.

Jetzt sah sie auf dem Bildschirm ihres Tablets den Rest der Sechs-Uhr-Nachrichten. Sie wünschte, man würde endlich damit aufhören, ständig dasselbe Foto von Ryan Summers einzublenden. Der Ausschnitt war schlecht ausgewählt – auf einer Seite war ein Teil seines Ohrs abgeschnitten; außerdem wirkte sein Gesicht wegen des Ausschnitts viel zu dicht, nahm zu viel Platz vom Bildschirm ein. *Trotzig sieht er aus. Nicht böse, nur leicht genervt und gelangweilt.* Er wirkte wie die Sorte Junge, die Langeweile nicht aushält. Oder dachte sie das nur, weil sie gerade eben sein Profil gelesen hatte?

Sie betrachtete das Foto, das auf den Boden gefallen war. Die Akte war von Marcello und John, von Amy und verschiedenen anderen Teammitgliedern, die Notizen und Memos hinzugefügt hatten, seit sie sie zuletzt zu Gesicht bekommen hatte, auf den neuesten Stand gebracht worden. Die Vorderseite der dünnen Akte war doppelt rot bestempelt: *vertraulich*.

»Und jetzt weitere Nachrichten«, sagte die Stimme aus ihrem Tablet, und Birch schaltete es aus. Sachte legte sie das Gerät auf den Schreibtisch, wobei sie auf die wackligen Stapel der Briefing-Akten ein Auge hatte. Es herrschte ein regelrechtes Chaos in dem Raum. Birch hatte noch nie ein eigenes Büro besessen – am Gayfield Square hatte sie mit allen anderen in einem Großraumbüro gearbeitet. Sicher, ihr Schreibtisch war nicht der aufgeräumteste gewesen, aber erst jetzt begriff sie, wie sehr die achtsamen Blicke ihrer Kollegen dafür gesorgt hatten, dass sie nicht in einem ähnlichen unvermeidlichen Durcheinander versank, wie es sie nun umgab. Birch war froh, dass die Zweierbesprechungen bei dieser Ermittlung größtenteils aufgegeben worden waren: Es war viel effizienter, möglichst viele Leute in einem Zimmer zu versammeln und ihnen so viele neue Informationen wie nur möglich mitzuteilen. Die einzigen Gespräche unter vier Augen fanden mit McLeod statt, und der zog es vor, diese in seinem gemütlichen Büro zu führen. Welches natürlich größer als ihres und zudem extrem aufgeräumt war.

Birch betrachtete die Akten zu ihren Füßen, die schiefen Stapel auf dem Schreibtisch, ihren vollen Posteingangskorb und die Ordner auf ihrem Drehstuhl. Unter dem Schreibtisch quoll der Papierkorb von braunfleckigen Pappbechern über.

»Fuck«, sagte sie laut, schob ihre Unterarme erneut unter den verbliebenen Papierstapel und kippte diesen so, dass er sich gegen ihren Brustkorb neigte und sie ihn hochheben konnte. Sie ließ sich halb sinken, halb in den Schneidersitz fallen, legte dann den Stapel vor sich ab und die bereits verrutschte Schicht wieder obenauf. Das Ergebnis ähnelte einem stümperhaft gebauten Turm. Jetzt, wo sie neben ihm saß, war der Aktenstapel fast so hoch wie sie, und sie starrte ihn an wie einen Schachgegner – als würde er irgendeinen hinterhältigen Zug planen. »Fuck«, sagte sie noch einmal, diesmal jedoch weniger energisch.

Das hier ist deine Ermittlung, dachte sie. Das hier. Und sie schaut dich an. Einen Moment lang war ihr so schwindlig, als hätte sie den ganzen Tag getrunken. Das Gefühl überkam sie jedes Mal, wenn sie zu viel über die größeren Zusammenhänge nachdachte – wenn sie oder einer ihrer Beamten der Frage: *Was zum Teufel machen wir hier?*, allzu nahe kam. Denn es gab keine Methode, ein solches Verbrechen wirklich zu *lösen*: Es gab keinen logischen Endpunkt, keinen Abschluss. Als Ryan Summers seine letzte Kugel abgefeuert hatte, war die Zeit eingefroren: Er würde auf ewig der böse junge Mann sein, den niemand mehr vor Gericht stellen konnte. Und die jungen Frauen, die er getötet hatte, würden für immer tragische Opfer bleiben: Fotos voller Regentropfen, die bei irgendeiner Mahnwache an Blumensträuße geheftet wurden. Liz Gill würde für immer die gefallene Märtyrerin sein, Kerry McNaughton für immer die tapfere Freundin, die geholfen hatte und deswegen sterben musste. Abigail Hodgekiss: für immer die Erste, die getroffen worden war. Und Chantal Walker: für immer die Letzte.

Nichts, dachte Birch. Wir tun nichts. Nichts, das irgendeinen Nutzen hat. Jedes Ende dieser Ermittlung wäre rein bürokratischer Natur: Es würde so weit sein, wenn auch das letzte bisschen Papier in Ordnern verstaut war. Erst wenn der letzte Sachverhalt berücksichtigt war, wenn sie und ihre Kolleginnen und Kollegen buchstäblich alles wussten, was sie wissen konnten, wäre die Ermittlung beendet. Darin lag keine Gerechtigkeit, das wusste Birch nur zu gut vom Fall Charlie: Charlie, ihr Bruder, für immer unsichtbar. Wenn man eine vermisste Person nicht finden konnte, konnte man nur eines tun: den Bericht zu den Akten legen. Wenn man den Schützen nicht vor Gericht bringen konnte, konnte man nur eines tun: sich über jeden seiner Schritte den Kopf zerbrechen, bis man den zeitlichen Ablauf auf die Minute genau nachvollziehen konnte. McLeod hatte wahrscheinlich recht: Dann würde es Untersuchungen seitens der Independent Police Complaint Commission geben, von einem Rechtsmediziner nach dem anderen, von einem Anwalt nach dem anderen, von der Presse – jahrelang würde es so weitergehen. Und trotzdem nicht helfen, dachte sie. In diesem Papierstapel war nichts, was auch nur eine der Toten zurückholen konnte, egal, wie sorgfältig man ihn auch durchstöberte. Egal, wie ordentlich man alles in Akten ablegte.

Sie schloss die Augen. Das innere Bild des Stapels war immer noch da, verhöhnte sie. Es war kurz vor sieben. Sie könnte die ganze Nacht hierbleiben. McLeod war bereits vor drei Stunden nach Hause gegangen.

»Komm schon, Helen«, sagte sie laut. Ihr erster Versuch, die Augen wieder zu öffnen, misslang, also atmete sie kurz und heftig aus und sagte: »Okay.«

Als ihr Blick sich wieder fokussierte, lag Ryan Summers' Profil immer noch ganz oben auf dem Stapel. Behutsam nahm sie die Akte in die Hand: Sie war nicht komplett geheftet und ziemlich schwer. Birch legte sie sich auf den Schoß und klappte den Deckel auf. An seiner Innenseite war mit einer Büroklammer das gleiche Foto befestigt worden, das sie gerade in den Nachrichten gesehen hatte: Summers in seiner Schuluniform, gelangweilt wirkend.

An den Rand hatten Marcello und John Post-its geklebt – John in gängigem Gelb, Marcello in Limettengrün –, die die Stellen der neu hinzugefügten Informationen kenntlich machten. Sie suchte den ersten grünen Zettel, schob ihren Finger zwischen die Seiten und blätterte um.

Die neuesten gesammelten Aussagen von Augenzeugen, stand auf dem Zettel. Marcellos Handschrift war elegant, schwungvoll, aber klein. *Abschnitt eins: glaubwürdig. Abschnitt zwei: Glaubwürdigkeit unklar. Abschnitt drei: als falsch bestätigt*. Oben auf die Seite war in derselben schwungvollen Handschrift gekritzelt worden: *Mit Sternchen versehene Aussagen wurden über die anonyme Crimestoppers-Hotline gesammelt.*

Birch nahm sich den ersten Abschnitt vor. Er war bei Weitem der kürzeste von den dreien, bestand lediglich aus zwei Teilen. Sie seufzte: nur zwei glaubwürdige Zeugen. Sie überflog Marcellos einleitende Sätze und gelangte dann zum interessanten Teil, der auf Anfang April datiert worden war, da der Zeuge sich an das genaue Datum nicht erinnern konnte.

- *Zeuge schildert, eine ungefähr 20-jährige männliche Person gesehen zu haben, etwa einen Meter fünfundachtzig groß, dunkle Haare, bekleidet mit einem hellgrauen Kapuzenpullover.*
- *Zeuge sah, wie diese Person von der Niddrie Mains Road zu dem Brachland [Zeuge nennt dieses, Zitat: »das Unterholz an den Bahngleisen«] zwischen Craigmillar und Niddrie ging.*
- *Zeuge sagt, er habe die Person dabei beobachtet, wie sie Ziele (vermutlich Dosen oder Flaschen) aufstellte und mit zwei kleinen Handfeuerwaffen darauf schoss.*
- *Zeuge behauptet, zu dem Zeitpunkt nicht beunruhigt gewesen zu sein: Das Gebiet sei ein beliebter Ort [Zitat] »bei Jugendlichen, die mit Luftgewehren und so rumballern«.*

Birch machte sich am Rand eine Notiz, betrachtete das Geschriebene und fragte sich, ob sie es später wohl noch entziffern könnte. Dann las sie weiter, die Aussage des zweiten Augenzeugen, die noch weniger Sätze umfasste. Diese Aussage war auf den einundzwanzigsten April datiert.

- *Zeuge radelte Richtung Osten auf dem Innocent Cycle Path im Bereich zwischen Duddingston Golf Course und Niddrie Mains Terrace.*
- *Zeuge berichtet, in der Ferne Geräusche gehört zu haben, ähnlich den Fehlzündungen bei Autos.*
- *Zeuge schildert, einen groß gewachsenen Mann in heller Kleidung im Dickicht neben dem Fahrradweg gesehen zu haben.*

Abschnitt zwei war wenig inspirierend – Birch wusste, was *Glaubwürdigkeit unklar* in Wahrheit bedeutete: *Es könnte sich hierbei um eine Sichtung von Ryan Summers handeln, aber da wir das nicht verifizieren können, werden wir es wahrscheinlich nie wissen.* Ein bekannter Straftäter hatte sich gemeldet und behauptet, er habe an einen großen jungen Mann mit dunklen Haaren Munition verkauft. Birchs Herz machte einen Satz, auch wenn sie – wie Marcello offensichtlich auch – vermutete, dass der Mann die Geschichte erfunden hatte. Offenbar wollte er unbedingt wieder ins Gefängnis gesteckt werden, wo er drei Mahlzeiten am Tag bekam und mit seinen Kumpels abhängen konnte. *Rückfälligkeit* nannte man das – wenn Männer zu Gewohnheitstätern wurden. Zwar würde die Aussage zu nichts führen, aber Birch unterstrich sie trotzdem und zeichnete einen Pfeil an den Rand, um anzudeuten, dass sie von Abschnitt zwei nach Abschnitt eins verschoben werden sollte. *NACHFASSEN*, schrieb sie neben den Pfeil. Sie würde alles dafür geben herauszufinden, woher Summers seine Munition bezogen hatte – außerdem war da eine Lücke im zeitlichen Ablauf, die ihr Sorgen bereitete.

Abschnitt drei war mehrere Seiten lang. Darin fanden sich Aussagen von Irren und Zeitverschwendern, die behaupteten, Summers gesehen zu haben, lebendig, in den Tagen seit dem Amoklauf. Da waren Anrufer, die sagten, Summers sei unschuldig und verleumdet worden. *Ich weiß, wer's getan hat.* Oder: *Ich weiß, dass er's nicht war, weil ich es war, ich bin der echte Schütze vom Three Rivers.* Außerdem viele Anrufe von Leuten mit wilden Theorien über Moira Summers' Beteiligung an der Tat ihres Sohns: erfundene Zeugenaussagen, die die Mutter an den Tatort versetzten, die ihr die Rolle des kriminellen Superhirns zuschrieben und Ryan nur die ihres hilflosen Helfershelfers. Einigen Formulierungen entnahm Birch, dass Marcello Spaß daran gehabt hatte, die seltsamen Aussagen von persönlich auf der Wache erschienenen Zeugen oder der Crimestoppers-Hotline zusammenzufassen. *Zeugin ließ sich nicht davon abbringen*, hatte er beispielsweise geschrieben, *dass es sich bei dem jungen* Mann *in ihrem Traum tatsächlich um Ryan Summers gehandelt hat.* Birch versuchte zwar, beim Lesen zu lächeln, konnte mit diesen Aussagen aber nicht viel anfangen. Nicht nur, weil es Zeitverschwendung war – wie lange hatte es wohl gedauert, all diese Anrufe bei Crimestoppers zu transkribieren? –, sondern auch, weil es sich so *persönlich* anfühlte. Nach Charlies Verschwinden hatten Birch und ihre Mutter mit der Vermissten-Hotline zusammengearbeitet; Birch war nach Glasgow, Dundee und Aberdeen gefahren, um die Plakate an Laternenpfählen anzubringen und Flyer zu verteilen. Außerdem hatte sie die PDFs der Plakate an Freunde in

London gemailt, die diese ausdrucken und überall dort auslegen sollten, wo es ihrer Ansicht nach Sinn machen könnte. Zunächst kamen die Anrufe hauptsächlich von alten Freunden von Charlie, denen nicht bewusst war, dass er als vermisst galt, und die sich einfach nur wunderten, warum er sich nicht meldete. Dann aber hatte sich Lockley in die Sache eingemischt, und plötzlich war Charlie in den Schlagzeilen gewesen. Wildfremde Leute riefen an. Mailten. So viele, dass Birch die Plakate wieder abnahm. Menschen meldeten sich, behaupteten zu wissen, wo Charlie sich befinde, und verlangten für ihre Auskunft eine Belohnung. Andere behaupteten, Charlie sei tot. Aber am schlimmsten waren die Leute, die anriefen oder in ihren Mails behaupteten, sie seien Charlie. Birchs Mutter war ein paarmal darauf hereingefallen – weil sie davon ausging, dass niemand so etwas tun würde. Aber die Leute taten es. Sie hatten es getan. Soweit Birch das wusste, war keine Mail, die sie nach Lockleys Einmischung erhielten, echt gewesen.

Weil sie zu verärgert war, um die ganze Liste zu lesen, blätterte sie zum nächsten Post-it vor. Auf dem gelben Zettel stand: *Aussagen von unbekannten Personen – neu hinzugefügt*. Birch war vertraut mit diesem Teil der Akte: Er enthielt die Zusammenfassungen von Moira Summers' Aussagen über ihren Sohn, entnommen den diversen Befragungen im Laufe der vergangenen Woche. Das, was sie Gibbie am Tag der Schießerei zu Protokoll gegeben hatte, war mehr oder minder auf Stichworte reduziert worden: *Ich habe Ryans Zimmer sauber gemacht. Ich habe dort nichts Verdächtiges gefunden. Ich habe den ersten Bericht über die Schießerei im Radio gehört.* Mittlerweile waren die Aussagen von einer Handvoll Mitarbeiter des Three Rivers College hinzugefügt worden. Birch las sie rasch durch.

Er war in praktischen Dingen extrem geschickt, lautete eine – von Ryans Tutor im Fach Mechanisches Ingenieurswesen. *Ryan hatte ein außergewöhnlich gutes Verständnis dafür, wie Dinge funktionieren, und seine praktischen Leistungen waren stets sehr gut. Er hatte etwas von einem Erfinder und hat mir gegenüber erwähnt, zu Hause eine Art Werkstatt zu haben, in der er an Gegenständen arbeitete. Mit allem Theoretischen hatte er jedoch einige Schwierigkeiten. Seine akademischen Leistungen waren unterdurchschnittlich. Er schrieb nur höchst ungern Aufsätze. Ich vermutete schon lange, dass Ryan unter einer Lese- und Rechtschreibschwäche litt. Ich und ein anderer Kollege haben ihn zu einem entsprechenden Test geschickt, an dem er aber nicht teilgenommen hat.*

Birch blätterte um. Es folgte eine Aussage von Mr Welsh, Tutor und Ansprechpartner der Studentenvereinigung am Three Rivers.

Ryan war der studentische Vertreter für sein Studienfach. Die Treffen besuchte er einigermaßen regelmäßig. Er war ungefähr ein halbes Jahr Mitglied in der Studentenvereinigung. Ryan war ruhig und beteiligte sich, wenn dazu aufgefordert, in der Regel an den Diskussionen. Ich hatte keinerlei Probleme mit ihm. Er hat niemals mit mir über etwas gesprochen, das mit Gewalt in irgendeiner Form zusammenhing, und schien sich gegenüber Gleichaltrigen nie unangenehm oder antisozial zu verhalten. Ich würde ihn als ein wenig introvertiert charakterisieren. Ryan las und schrieb nicht gerne, zum Beispiel schrieb er nicht gern das Protokoll, aber er mochte praktische Aufgaben. Er war ein Student, den ich besser kennenlernen wollte. Ich hatte gehofft, ihn aus seiner Zurückgezogenheit herausholen zu können.

Birch gähnte. Es stand so wenig in den Akten, es gab so wenig, was sie tun konnte. Ihr war nur allzu deutlich bewusst, dass ein großer Teil der Öffentlichkeit einen konkreten *Grund* dafür haben wollte, warum Ryan Summers den Anschlag verübt hatte. Irgendeine extreme Charaktereigenschaft, Gewohnheit oder ein lebensgeschichtliches Detail. Damit man mit dem Finger darauf zeigen und sagen konnte: »Deshalb ist es passiert – weil er nicht war wie wir Übrigen, sondern ein Außenseiter.« Birch wusste genau, dass die Dinge nicht so einfach lagen, auch wenn ihr klar war, dass ein kleiner Teil von ihr ebenfalls nach einer Erklärung suchte. Sollte Ryan Summers tatsächlich nur ein etwas zurückhaltender Junge gewesen sein, der gerne herumwerkelte und zufällig sehr geschickt war – nun ja, dann träfe das auf wie viele Jungs dort draußen potenziell zu? Wenn es keinen definitiven Grund gab, hatte das Hochschulmassaker einfach deshalb stattgefunden, weil sich ein scheinbar gewöhnlicher junger Mann in speziellen Lebensumständen befand. *Unter den richtigen Umständen ist jeder zu so etwas fähig*, der Gedanke war erschreckend. Sosehr sie es auch hasste, Birch verstand durchaus, warum Lockleys Leser wollten, dass er etwas aufdeckte.

Vielleicht war dieses Etwas ja hier zu finden: Birch blätterte bis zum nächsten gelben Zettel von John, der schlicht die Beschriftung *theobviouschild* trug. An der Stelle der Akte waren Teile von User-Posts aus einer schwer auffindbaren Unterabteilung eines ziemlich bekannten Forums der *Men's Rights Action*, einer – rechten – Männerbewegung, gesammelt worden. *Für die vollständigen Threads*, hatte John darüber geschrieben, *mit Datum und Antworten von Nutzern: siehe E-Mail.* Birch schickte ein Dankesgebet gen Himmel, weil John nicht alles ausgedruckt hatte. Marcello hatte sich bei den offensichtlich gefälschten Zeugenaussagen nicht so zurückgehalten.

theobviouschild: *Ihr jammert hier ständig über die Feministen. Dauernd sagt ihr, dass mit ihnen abgerechnet werden muss. Wer aber wird aktiv? Ist hier jemand Manns genug, den Worten Taten folgen zu lassen?*

John hatte eingefügt: *[JS-Anmerkung;* theobviouschild *hat den Thread nicht initiiert, sondern auf einen Post von dem Nutzernamen* Chuck_Norris *geantwortet. Die Antwort von* theobviouschild *war die sechste des Threads.]*

Birch las weiter.

theobviouschild: *Selbst Elliot Roger hat mehr Männer als Frauen umgebracht. Er wollte Vergeltung üben, scheiterte aber. Jemand muss echt mal was tun.*

[JS-Anmerkung: Anschließend verstummt theobviouschild *mehrere Tage lang, aber seine beiden Kommentare führen zu Antworten von siebzehn unterschiedlichen Nutzern, wobei die meisten ihn unterstützen und wissen wollen, was er selbst zu tun gedenkt.]*

theobviouschild: *Ich werde es wirklich tun, ja, tatsächlich. Als Student bin ich jeden Tag umgeben von Frauen meines Alters, für die ich unsichtbar bin. Ich bin unsichtbar seit meiner Kindheit. Aber ich werde aus dem Schatten heraustreten und dafür sorgen, dass sich alle von ihnen an mich erinnern werden.*

theobviouschild: *Ich habe Zugang zu drei Waffen und werde sie auch einsetzen. Ich werde so viele von denen erschießen, wie nicht weglaufen können. Ich werde meine Projektile zählen, und wenn nur noch eins übrig ist, werde ich es mir in* *den Kopf jagen. Ansonsten trägt jedes Projektil einen weiblichen Namen.*

[JS-Anmerkung: Mit dem obigen Posting von theobviouschild *wurde der Thread noch aktiver. Er löste über hundert Antworten aus, wobei einige User ihn anfeuerten, seinen Plan in die Tat umzusetzen, viele bezweifelten, dass er das tun würde, und manche versuchten, ihn ihm auszureden.]*

theobviouschild: *Diejenigen von euch, die behaupten, ich bringe das nicht – verpisst euch. Ich bin ein ausgezeichneter Schütze und habe dafür trainiert. Ich habe die Waffen zusammengebaut, kenne mich mit ihnen und damit, was sie anrichten können, aus. Ich weiß alles über das Gebäude und werde eine Route ausarbeiten, die mir maximale Schussgelegenheiten bieten wird, ohne dass man mich stoppen kann. Ich werde nicht gestoppt werden. Wartet nur ab.*

Birchs Blick schweifte über die Kommentare. Offenbar gab es ein generelles Muster von Rede und Gegenrede: *theobviouschild* nannte seine Absichten – die, wenngleich gruselig, doch relativ vage waren –, woraufhin andere Mitglieder des Forums bezweifelten, dass er imstande wäre, seinen Plan durchzuziehen. Laut John war der Thread auf diese Weise mehrere Wochen lang aktiv gewesen, wobei *theobviouschild* in größeren zeitlichen Abständen gepostet hatte und jedem seiner Beiträge Hunderte von Antworten gefolgt waren.

Birch las die Posts wieder und wieder, bis alles vor ihren Augen verschwamm. Sie schob den Zeigefinger in die Akte, um zu markieren, wie weit sie gelesen hatte, und blätterte zurück zu dem vorne am Deckel mit einer Büroklammer befestigten Foto. Sie betrachtete den jungen Mann – in ihren Augen eher ein Junge und weniger ein

Mann – im Pullover seiner Schuluniform, mit der genervten Miene. Sie konnte das Gesicht einfach nicht mit den Worten in Einklang bringen, die *theobviouschild* gepostet hatte, war nicht davon überzeugt, dass es sich um ein und dieselbe Person handelte – auch wenn andere es gern anders gesehen hätten.

»Was hast du dir nur dabei gedacht, Ryan?«, sagte sie laut zu dem Jungen auf dem Foto. »Ich weiß, deine Tat hatte etwas mit Frauen zu tun, aber ... was hast du dir wirklich dabei gedacht?«

Eine Weile lauschte Birch in die Stille hinein und gab sich schließlich einen kleinen Ruck. *Ich weiß nicht, dass es um Frauen ging. Bislang weiß niemand von uns auch nur irgendetwas über das Motiv.* Sie wollte nicht wie McLeod anfangen, der vor einiger Zeit ihr gegenüber geäußert hatte: »Für mich sind diese Videospiele voller Gewalt daran schuld.« Sie hatte ein Lächeln unterdrücken müssen, weil er sich wie jemandes Großmutter anhörte. Und so wie Lockley wollte sie mit Sicherheit auch nicht werden. Ihr fiel ein, wie er an jenem Abend in das College eingebrochen war und auf dem Gang ihr gegenüber seine Theorien runtergespult hatte.

Der kleine Ryan ist als Kind möglicherweise nicht genug geliebt worden. Der kleine Ryan durfte sich gewaltverherrlichenden Rap anhören. Der kleine Ryan ist nie über den Tod seines Dads hinweggekommen ...

Die Erinnerung an seine Stimme nervte sie wie eine Fliege am Fenster. Nein. Sie wusste nicht, warum Ryan es getan hatte – niemand wusste es, noch nicht. Wieder betrachtete sie das Foto.

»Wir werden es vermutlich nie wissen, oder?«, sagte sie

zu dem mürrisch dreinblickenden Summers. »Vielleicht hast ja nicht einmal *du* es gewusst.«

Das war doch verrückt. *Komm schon, Helen.* Sie schlug die Akte abermals dort auf, wo ihr Finger noch immer die Seite mit den Postings von *theobviouschild* markierte. Ganz unten standen weitere von Johns Notizen.

JS-Anmerkung: Was belastbare Beweise betrifft, gibt es noch immer sehr wenig, was wir definitiv Summers zuordnen können. Aber natürlich gibt es auffällige Gemeinsamkeiten. theobviouschild *redet von drei Schusswaffen. Er erwähnt, die Projektile zählen zu wollen, was auf begrenzte Munition hindeutet sowie auf den Entschluss, mit jedem Projektil treffen zu wollen (was Ryan Summers fast gelungen ist). Er spricht ausdrücklich von Projektilen – diese Besonderheit könnte damit zusammenhängen, dass er modifizierte Waffen und Munition verwendete. Er spricht davon, die Waffen zusammengebaut zu haben. Und er behauptet, Student zu sein.*

Wir sind dabei herauszufinden, von wo theobviouschild *gepostet hat, aber viele Nutzer auf derartigen Seiten nutzen einen Proxy-Server, der ihre IP-Adresse verschleiert. Außerdem analysieren wir den Schreibstil von* theobviouschild, *wiederkehrende Redewendungen und Schlüsselwörter, um ihn vielleicht anderswo im Internet unter einem anderen Nick zu finden. Mehr in Kürze.*

Unter diesem Absatz hatte John handschriftlich hinzugefügt: *Bislang noch unbestätigt. Darf NICHT an die Presse weitergegeben werden!* Das Wort *NICHT* war mehrmals unterstrichen.

Birch blätterte vorsichtig weiter durch die Mappe, damit die Seiten ordentlich aufeinanderliegen blieben. Sie wusste Johns Anmerkung zu schätzen. Beim Briefing über jenen Abend war viel Zeit der Frage gewidmet worden, wie gegen das zunehmende Problem der aufdringlichen Presseleute vorzugehen sei. Zwar hatte Birch dabei insbesondere an Lockley gedacht, aber er war nur einer von vielen. Three Rivers steigerte die Verkaufszahlen und generierte Klicks. Die Opferschutzbeamten berichteten fast einhellig, dass die Häuser der ihnen zugewiesenen Familien belagert wurden. Birch hatte sich eine Aufnahme angesehen, in der Moira Summers früher am Tag in ihr Einfamilienhaus in New Town gebracht wurde: Einige Sender hatte Hubschrauber losgeschickt, um Himmels willen! Birchs ursprüngliche Hoffnung, dass die erste Woche der Ermittlungen die schlimmste sein und das Interesse anschließend nachlassen würde, begann sich allmählich als falsch zu erweisen.

Sie erinnerte sich daran, dass der letzte Teil des Briefings in ziemlich angespannter Atmosphäre verlaufen war.

»Okay, Leute.« Birchs Kehle war bereits rau. So viele Leute befanden sich im Raum, und sie musste sich für das, was kam, überwinden. »Wir müssen noch darüber sprechen, wer mit wem außerhalb dieser vier Wände redet.«

Niemand wollte ihren Blick erwidern.

»Hört mir zu«, sagte sie, als sie merkte, dass sich die Stimmung änderte. »Ich will damit nicht behaupten, dass einer von uns ein Maulwurf ist oder irgendwas in der Richtung. Tatsächlich ist Transparenz entscheidend, und wir wissen alle, wie wichtig eine genaue Dokumentation bei dieser Ermittlung ist.«

Ein paar Köpfe nickten, trotzdem registrierte Birch ein leises, kollektives Aufstöhnen. Infolge ihrer Direktiven zur Dokumentation lagen auf allen Schreibtischen ihres Teams rutschende Aktenberge.

»Ich möchte über Klarheit sprechen«, fuhr sie fort. »Gerade haben wir lange über die Presse und darüber geredet, wie schwierig deren Vertreter sein können, richtig? Ihr seid alle außergewöhnlich geduldig und müsst euch mit viel herumschlagen.« Sie holte tief Luft, blickte sich um und sah in Remas, Amys und schließlich Marcellos Gesicht – worauf sie sich abrupt abwandte. »Wir müssen lediglich dafür sorgen, dass wir, wenn wir mit Pressevertretern sprechen, ob nun offiziell oder inoffiziell, völlig kristallklar sind in allem, was wir von uns geben.«

Birch kramte auf dem Tisch herum, hielt eine Zeitung hoch und deutete auf einen Artikel unterhalb des Falzes. »Hier zum Beispiel hat jemand von uns mit«, sie warf einen kurzen Blick auf den Verfasser, »offenbar mit Cameron Inglis gesprochen. Jemand, den dieser als Polizeisprecher bezeichnet, hat ihm gesagt, am Three Rivers habe es vierzehn Opfer gegeben.«

Erneutes nervöses Herumgerutsche auf den Stühlen; Gescharre mit den Füßen.

»Mir liegt an keiner Hexenjagd.« Ihr Hals glich einem Reibeisen, sie musste wirklich schnell zum Ende kommen. »Aber wir müssen sicherstellen, dass wir alle das Gleiche sagen. Was ich persönlich denke? Ja, ich glaube auch, dass es vierzehn Opfer am Three Rivers gegeben hat. Vierzehn Menschen sind gestorben. Ryan Summers war ebenso Opfer seiner Taten wie alle anderen. Trotzdem lautet die offizielle Anweisung, dass wir das Wort *Opfer* nicht in der Öffentlichkeit verwenden, um Summers zu charakterisieren, verstanden? Wenn man uns nach der

Anzahl der Opfer fragt, antworten wir: *dreizehn Studenten sowie Ryan Summers*. Wir sagen nicht einfach: *vierzehn*. Für die öffentliche Wahrnehmung halte ich diese Unterscheidung für sehr wichtig.«

Es war ihr peinlich gewesen – ihr kleiner Vortrag war zu einem großen Teil zu einer Wiederholung dessen geraten, was McLeod ihr früher am Tag in seinem Büro gesagt hatte.

Jetzt streckte sich Birch. Ihr eines Bein war eingeschlafen. Das ausgedruckte Profil von Summers war mit mehreren weiteren grünen und gelben Post-its versehen, denen sie noch keine Beachtung geschenkt hatte. Auf der nächsten Akte oben auf dem Stapel stand in Marcellos schwungvoller Handschrift: *Moira Summers: Analyse der Morddrohungen*. Auch aus ihr sahen mindestens fünfzehn hellgrüne Post-its heraus, penibel eingeklebt. Birch blickte zur Wanduhr: Viertel nach sieben. Sie legte die Akte von Ryan Summers weg und rieb sich wie ein müdes Kind die Augen mit zwei Fäusten. Dann stemmte sie sich mit beiden Armen und dem Bein, das nicht taub war, aus ihrer sitzenden Haltung hoch und öffnete schließlich die Tür. Für das, was nun folgte, dachte sie mit einem flauen Gefühl im Magen, brauchte sie unbedingt einen Kaffee.

Der Notfalleinsatz

Den ersten 999-Anruf vom Tatort tätigte um ca. 8:40 Uhr [10] die 23-jährige Ella Ostrowska, die eine Ausbildung zur Pflegehelferin macht – sie war eine der Studierenden, die Kerry McNaughton [16] in die Küche gestoßen und damit in Sicherheit gebracht hatte. Zum Disponenten in der Einsatzzentrale sagte sie: »Ein junger Mann hat gerade eben eine Studentin in meinem College erschossen [10][27].« Im Hintergrund der Aufzeichnung sind zwei Schüsse zu hören: Es wird angenommen, dass es sich um die beiden handelt, die Liz Gill und Kerry McNaughton getötet haben [10][15][27][32].

Den zweiten 999-Anruf vom Tatort tätigte um 8:44 Uhr Isobel MacNab, die in der Erwachsenenbildung tätig ist und ausgesagt hat, sie habe »einen Studenten mit einer Waffe« gesehen und Geräusche gehört, die sie für Schüsse hielt [24][27]. Während sich Summers im ersten Stock des Gebäudes aufhielt, gingen zahlreiche weitere 999-Anrufe ein, da den Studenten und dem Kollegium klar wurde, was gerade passierte [27]. Zu diesem Zeitpunkt hatten auch mehrere andere Studierende auf Twitter und Facebook über den Vorfall gepostet oder Nachrichten verschickt [18][19][22].

Es wird angenommen, dass der letzte Schuss um oder kurz vor 9:00 Uhr abgegeben wurde [10]. Die erste Polizeieinheit traf um 8:56 Uhr auf dem Campus ein; der erste Rettungswagen um 9:08 Uhr [26]. Die Polizei wurde von einigen Studenten [13], Familien und Medien [3] kritisiert, sie habe nicht schnell genug auf den Vorfall reagiert. Zwar waren Notfallteams 30 Minuten nach Abgabe des ersten Schusses vor Ort, doch es dauerte über 45 Minuten, bis ein bewaffnetes Einsatzteam auf den Campus vordrang [3][26][32].

Die Polizei berichtet, dass Summers mit einer schwarzen Jeans bekleidet vorgefunden wurde. Er trug einen selbst gemachten Gürtel, der ihm als Holster für seine drei Schusswaffen diente [12][25]. In einer der Taschen der Jeans fanden die Ermittler zudem ein Butterflymesser, welches am Tatort nicht benutzt wurde [25][28]. Summers gab insgesamt 18 Schüsse ab, wobei lediglich zwei seiner Opfer mehrfach getroffen wurden [21]. 12 von Summers' Opfern erlagen ihren Schussverletzungen; eines, Leanne Lawrie, starb an einer Kopfverletzung, die sie sich zuzog [20][21]. In einer Stellungnahme der Polizei am Tag nach dem Vorfall hieß es, es sei »äußerst unglücklich« gewesen, dass eine solch geringe Anzahl abgegebener Schüsse zu so vielen Toten geführt habe [12].

Zwei Wochen später

An: Rehan Ibrahiim
Von: Grant Lockley
Betreff: Bitte um Zitat: Hodgekiss-Story
Datum: 27.05. – 19:55

Rehan,

ich habe mir überlegt zu tun, was der Anstand erfordert, und wende mich zunächst an Sie statt direkt an Mr und Mrs Hodgekiss. Als Anlage finden Sie den Entwurf eines Artikels, der morgen zeitgleich mit Abigails Beerdigung veröffentlicht wird. Könnten Sie ihn an die Familie weiterleiten und sie bitten, mir ein Zitat zuzusenden (beide Eheleute dürften daran interessiert sein, aber Ishbel besonders)?

Beste Grüße
Grant

Anlage:

[Mögliche Überschrift – GL]

Opfer des College-Massakers Abigail Hodgekiss wird heute zur letzten Ruhe gebettet – »Leichen im Keller« der Familie gefunden.

[Zeile mit Namen des Verfassers, Datum/Zeit der Veröffentlichung einfügen – Freigabe erst am 28.05.]

Heute werden die Angehörigen und Freunde von Abigail Hodgekiss, der attraktiven 19-Jährigen, die Darstellendes Spiel studierte und als Erste während des schrecklichen Amoklaufs am Three Rivers College niedergemäht wurde, zu deren Kremation zusammenkommen.

Abigail wurde erschossen, als ihr psychotischer Kommilitone Ryan Andrew Summers am 14. Mai die Mensa auf dem Tweed Campus des Three Rivers College, Edinburgh, stürmte, bewaffnet mit drei Handfeuerwaffen, die er selbst umgebaut hatte. Er eröffnete das Feuer, während die Studenten morgens auf den Beginn ihrer Kurse warteten.

Abigails sterbliche Überreste werden im Anschluss an eine kleine Trauerfeier, die heute an einem geheim gehaltenen Ort in der Stadt stattfindet, im engsten Kreis der Familie und Freunde eingeäschert. Die Angehörigen haben mitgeteilt, dass Abigails Asche zu einem späteren Zeitpunkt an »einem Ort, der ihrem Herz nahesteht«, verstreut wird.

Leserinnen und Leser würdigen Abigail Hodgekiss und die Opfer des Amoklaufs am Three Rivers: Lesen Sie hier mehr

[Link einfügen – GL]

Heute ist zweifellos ein trauriger Tag, doch die Bürgerinnen und Bürger suchen noch immer nach Antworten. Viele wollen wissen, warum diese jungen Frauen so brutal ermordet wurden und was die Polizei – deren Ermittlungen eingeschlafen zu sein scheinen – plant, um nach diesem verabscheuungswürdigen Verbrechen das Vertrauen und die öffentliche Sicherheit wiederherzustellen. Inzwischen sind zwei Wochen seit dem schrecklichen Amoklauf vergangen, der unser ganzes Land bis ins Mark erschüttert hat. Es ist an der Zeit, dass wir einige Antworten erhalten.

Die Suche nach dem Grund für Abigails Tod könnte angesichts schockierender neuer Hinweise, denen zufolge die 19-Jährige Drogen der Klasse B konsumierte und verkaufte, zu ihr selbst führen.

In einem Exklusiv-Interview für diese Veröffentlichung enthüllt ihr Freund Jack Egan – der während des Amoklaufs verletzt wurde –, beide hätten an ihre Mitstudenten Cannabis und Tabletten verkauft. »Ich habe seit der High School immer wieder mal gedealt«, sagt Egan. »Dann habe ich an meinem ersten Tag am College Abi kennengelernt, und wir haben uns angefreundet. Ich habe sie gefragt, ob sie mitmachen und mir helfen will, das Geschäft auszuweiten.«

Jack Egan, Opfer des Amoklaufs am Three Rivers, erzählt alles: Lesen Sie das Exklusiv-Interview in ganzer Länge

[Link einfügen – GL]

»Zunächst hat Abi abgelehnt«, so Egan weiter. »Aber bald hat sie erkannt, dass ich ziemlich viel Geld damit verdiene. Und wie sich herausstellte, waren wir ein gutes Team, gute

Geschäftspartner. Sie hätte alles für mich getan, und ich konnte mich auf sie verlassen.«

In dem aufrichtigen Gespräch sagt Egan zudem, dass ihm Abigail jeden Tag fehle. »Sie war so unschuldig und lieb. Ein echter Schatz. Schon bei unserer ersten Begegnung habe ich sie gemocht und mich zu ihr hingezogen gefühlt. Manchen Leuten hat es nicht gefallen, dass wir zusammen waren, aber wir hatten uns eben Hals über Kopf ineinander verliebt. Jeden Tag wache ich auf und denke, das alles ist ein schlechter Traum, und dann erinnere ich mich, dass Abi wirklich tot ist. Ich vermisse sie so sehr.«

Auf die Frage, warum seiner Ansicht nach Ryan Summers diese schreckliche Tat begangen hat, antwortet Egan: »Vielleicht war er eifersüchtig auf uns, auf das, was wir hatten, und hat deshalb auf uns geschossen. Ich glaube, er wollte auch mich umbringen, ist damit aber gescheitert. Er konnte es nicht ertragen, wenn Menschen glücklich und erfolgreich waren, so wie ich und Abigail. Er war immer dieser sonderbare, etwas unheimliche Typ, mit dem keiner geredet hat.«

Hatte Summers auch mit Drogen zu tun? Stand er womöglich bei seinem Amoklauf – so wie es viele meiner Follower vermuten – unter Drogen? Egan behauptet, nein. »Ryan hasste Drogen. Noch etwas, das beweist, dass er nicht dazugehörte. Abi und ich haben immer gewitzelt, dass ihm der Konsum vielleicht guttun würde, aber ich kann mir niemanden vorstellen, der weniger Lust gehabt hätte, high zu sein. Dazu war er wohl zu sehr ein Kontrollfreak.«

[GL – Platz für Zitat der Familie Hodgekiss und Anmerkungen dazu]

Bildstrecke: Tausende Trauernde legen Blumen vor den Häusern der Opfer der tödlichen Schießerei am Three Rivers ab

[Link einfügen]

Warum sollte eine intelligente, hübsche 19-Jährige wie Abigail Hodgekiss – die ihr ganzes Leben noch vor sich hat – Drogen nehmen? Jack Egan enthüllt seine Vermutungen im zweiten Teil des Exklusiv-Interviews, das in der Samstagsausgabe der Zeitung vollständig zu lesen sein wird.

»Abi ist dahintergekommen, dass ihr Dad vor ein paar Jahren eine Affäre hatte«, so Egan. »Sie hatte ihm versprochen, dass sie ihr Wissen für sich behalten würde, aber mir hat sie davon erzählt. Weil es sie innerlich auffraß.«

Diese Enthüllungen dürften die Familie Hodgekiss erschüttern. Es wurden bereits Fragen hinsichtlich Ishbel Hodgekiss' geistiger und körperlicher Verfassung gestellt. Inzwischen wurde sie mehrmals fotografiert und wirkte dabei sehr blass und dünn und verhielt sich höchst auffällig.

Werden Sie Online-Unterstützer und lesen Sie Teil zwei von Jack Egans explosivem Exklusiv-Interview, bevor es in der Zeitung steht

[Link einfügen]

[GL – Platz für Zitat der Familie Hodgekiss und Anmerkungen dazu
ODER: Die Familie Hodgekiss wurde um einen Kommentar gebeten, hat jedoch nicht geantwortet.]

27. Mai, 21:33 Uhr

Kurz vor neun Uhr abends hatte Birch das Büro einfach verlassen. Sie war dermaßen müde, dass sie sich kaum noch auf den Beinen halten, nicht zwei Dinge gleichzeitig tun, nicht zu gähnen aufhören konnte. Ihr Schreibtisch verschwand unter Bergen von Papier, und sie war an einen Punkt gelangt, an dem sie nur noch eins tun konnte: sortieren. Als ob sie glaubte, durch das Ordnen und Neuordnen auf eine magische Kombination zu stoßen, mit der all diese Akten, Unterlagen und Tatortfotos einen logischen Sinn ergäben. Aber nichts war passiert. Stattdessen starb sie vor Hunger. Es kam ihr vor, als hätte sie Stroh im Kopf.

An ihre Fahrt nach Hause erinnerte sie sich kaum noch, kam aber zu sich, als sie ihren Wagen auf dem üblichen Platz abstellte und die Fahrertür aufstieß. Der Geruch nach heißem Fett aus dem China Express strömte in den Wagen wie warmes Wasser. Sie vergaß die Box mit dem Papierkram der Spurensicherung, die sie beim Verlassen der Wache auf den Rücksitz gestellt hatte, da sie – in ihrem Zustand völliger Übermüdung – die illusorische Vorstellung gehabt hatte, zu Hause mehr Arbeit als im Büro zu schaffen. Stattdessen schnappte sie sich ihre Handtasche, schloss den Mondeo ab und folgte ihrer Nase in den winzigen Imbiss. Sie bestellte Tofu mit Cashews in einer

Schwarze-Bohnen-Sauce und dazu vegetarische Frühlingsrollen und gebratenen Reis mit Ei.

Die ältere Frau hinter dem Tresen sah sie teilnahmsvoll an. »Langer Tag gewesen, was?« Es sah aus, als würde ihr seidenweißes, zu einem Knoten gedrehtes Haar unter dem Haarnetz zittern.

»Lange zwei Wochen«, antwortete Birch, der das Wasser vor Hunger schon im Munde zusammenlief.

»Dann essen Sie erst mal was Ordentliches«, sagte die Frau. »Dafür sind Sie hier an genau der richtigen Adresse.«

Birch setzte sich auf einen der beiden Plastikstühle, die in den kleinen Raum gezwängt waren. Auf dem anderen hatte jemand eine Zeitung liegen gelassen, halb gefaltet, die riesige rote Schlagzeile schrie ihr entgegen: MUTTER DES MÖRDERS AUF FREIEM FUSS. Birch rollte mit den Augen und drehte die Zeitung um. Auf der Rückseite war ein Porträt von Ryan Summers. Wenn jemand Birch vor der tödlichen Schießerei gefragt hätte, ob sie sich einen typischen Teenager vorstellen könne, dann hätte sie sich ebenjene Gesichtszüge vorgestellt.

Irgendwo tief in ihrer Handtasche klingelte ihr Handy. *Rehan*, verkündete das Display. Und in Klammern: *Opferschutzbeamter Hodgekiss.*

»Birch«, meldete sie sich, zu müde für eine längere Begrüßung.

Für den Bruchteil einer Sekunde entstand am anderen Ende eine Pause.

»Guten Abend, äh, Ma'am«, sagte Rehan dann. »Hoffentlich störe ich nicht. Ich bin's, Rehan Ibrahiim.«

Ich bin gerade beim Abendessen, dachte Birch, sagte

aber: »Überhaupt nicht. Ich bin gerade auf dem Weg nach Haus. Darf ich Sie daran erinnern, dass Sie mich Helen nennen sollen?«

»Entschuldigen Sie – Helen.«

Sie merkte, dass er sich ein wenig entspannte, aber seine Stimme klang gekünstelt, als versuchte er herauszufinden, wie viel Ungezwungenheit er sich ihr gegenüber erlauben konnte.

Birchs Magen grummelte und rumorte immer lauter. Sie streckte sich wie ein Affe und spähte über den Tresen.

»Ich rufe an«, sagte Rehan, »um Sie über etwas zu informieren, was hier in Trinity vorgefallen ist.«

»Trinity?«

»Bei Aidan und Ishbel Hodgekiss? Den Eltern von Abigail?«

»Ich weiß.« Einen Augenblick lang war Birch wütend. Natürlich kannte sie die Namen und wusste, wessen Eltern die beiden waren. Sie war einfach nur müde. »Als Sie Trinity sagten, dachte ich, Sie meinten das Revier dort. Die Polizeistation. Außer dass es dort gar keine gibt. Reden Sie weiter.«

Wieder eine Pause am anderen Ende. Na toll, dachte sie. Jetzt hält er mich bestimmt für eine Irre.

»Es ist etwas passiert«, sagte er langsam, »und ich finde, ich sollte Sie davon in Kenntnis setzen.«

Worüber? Worüber in Kenntnis setzen? Aus Rehans Stimme sprach Besorgnis – die ansteckend war. Alle Gedanken ans Essen lösten sich in nichts auf.

»Also«, sagte er, »Sie wissen ja bereits, dass morgen Abigails Einäscherung stattfindet. Aber … morgen früh wird etwas geschehen, was meines Erachtens zu einem echten Problem werden kann.«

Birchs Gedanken rasten. *Raus mit der Sprache!* »*Was?*« Das klang zwar bissig, aber Rehan kam ja auch nicht zum Punkt.

»Es geht um Grant Lockley. Er schreibt an einem Artikel über Abigail – und über ihren Vater Aidan. Ziemlich üble Sache.«

Birch schloss die Augen. Aufgrund der grellen Neonbeleuchtung im China Express sah sie die Innenseite ihrer Augenlider verschwommen und rot. Lockley. Wieder einmal tauchte er auf, um ihre Gefühle durcheinanderzubringen. Sie bemühte sich, emotionslos zu bleiben. Sie wollte nicht dauernd an ihren Bruder denken. *Mein kleiner Bruder*, hörte sie ihre innere Stimme verbittert sagen.

»Scheiße«, sagte sie. »Wie übel?«

»Lockley stellt zwei ziemlich gewagte Thesen auf«, antwortete Rehan. »Erstens, dass Abigail mit Drogen zu tun hatte, und zweitens, dass Aidan irgendwann eine Affäre hatte.«

Unbewusst ballte Birch die freie Hand zur Faust. »Ja, das klingt wie der klassische Grant Lockley. Heuert einen Privatschnüffler an, gräbt Dreck aus und schmeißt damit dann um sich.«

Am anderen Ende der Leitung entstand eine Pause. »Einen Privatdetektiv?«

Birch blickte in Richtung Tresen, auf dem immer noch kein Essen stand. »Ich habe so einige Erfahrungen mit ihm gemacht«, sagte sie und senkte die Stimme. »Eine Zeit lang hat Lockley sich auch mit meiner Familie beschäftigt.«

Erneut betrachtete sie kurz das körnige Foto von Ryan

Summers in der Zeitung. Ihr fiel ein besonderes Bild von Charlie ein, das Lockley damals mehrfach in seinen Artikeln veröffentlicht hatte: ihr lächelnder Bruder, wie er seine Mitbewohner im Studentenwohnheim umarmt. Lockleys Bildredakteur hatte das Foto so ausgeschnitten, dass von den anderen beiden Männern nur Schultern und Arme zu sehen waren. Kannte man den situativen Kontext nicht, sah Charlie betrunken aus, als müsste er gestützt werden, weil er zu wackelig auf den Beinen war. Die Erinnerung weckte eine altbekannte Wut in Birch, die sie, wie sie wusste, rasch unterdrücken musste, sonst würde sie sich ausbreiten und alles verschlingen. Dann fiel ihr Rehan wieder ein, der am anderen Ende der Leitung ruhig atmete. »Aber das ist nichts Neues«, fügte sie schnell hinzu, wenngleich etwas zu schnell. »Das ist über zehn Jahre her.«

Rehan sagte nichts, und Birch fragte sich, ob er nebenher etwas las oder fernsah, ob er irgendwie abgelenkt war.

»Er musste keinen Privatdetektiv beauftragen«, sagte er schließlich. »Der hat das alles von Jack Egan.«

»Dem jungen Mann, der überlebt hat?«

»Ja. Er scheint seine Geschichte an Lockley verkauft zu haben.«

Birch seufzte. Offenbar standen Lockley dieser Tage mehr Geldmittel zur Verfügung als damals. »Okay, zwei Fragen«, sagte sie. »Die erste: Haben Sie den Artikel bereits gelesen?«

»Ja«, sagte Rehan. »Er hat ihn mir zugemailt, damit Aidan und Ishbel Hodgekiss ihn kommentieren. Er will tun, was *der Anstand erfordert*. Wer's glaubt, wird selig.«

Birch zählte stumm bis zehn. *Sag jetzt bloß nichts Unprofessionelles.* »Ja, er ist ein echtes Vorbild für alle anständigen Journalisten.« Ihr fiel Lockleys Standardsatz ein – *Ich mache hier bloß meine Arbeit* –, und sie fuhr sich über die müden Augen. »Und die zweite: Hat auch das Ehepaar Hodgekiss den Artikel gelesen?«

Wieder eine Pause. Diesmal war sie länger.

»Aidan, ja.«

»Sie haben ihn ihm gezeigt?« Birch versuchte, die möglichen Folgen von alldem zu bedenken – was ihr in ihrem übermüdeten und hungrigen Zustand allerdings weitgehend misslang. »Lockley hat ihm den Artikel also nicht direkt zugesandt?«

»Ich habe ihn ihm zu lesen gegeben«, sagte Rehan. »Ich wollte wissen, ob die Behauptungen über ihn stimmen, damit wir entscheiden können, was wir dagegen unternehmen.«

Birch schloss die Augen. »Sie stimmen, oder?«

Rehan flüsterte zwar seine Antwort, Birch hörte sie aber trotzdem.

»Ich fürchte es, ja.«

Eine Zeit lang herrschte Stille. Birch stellte sich vor, dass Rehan in Gedanken die gleichen Überlegungen anstellte wie sie – hoffentlich mit größerem Erfolg.

»Ich weiß nicht, was ich mit Ishbel tun soll«, sagte er schließlich. »Sie ist … sehr labil.«

Eine braune Papiertüte landete auf der Theke in Höhe von Birchs Kopf. Aus der Tüte dampfte es.

»Tofu, Schwarze-Bohnen-Sauce, vegetarische Frühlingsrollen und gebratener Reis«, flüsterte die alte Frau, und Birch warf ihr ein dankbares Lächeln zu.

»Gut, Rehan«, sagte sie ins Handy. »Ich fürchte, Sie müssen es ihr sagen, und zwar noch heute Abend. Ich kenne Grant Lockley und weiß, dass er seinen Artikel veröffentlichen wird, ob mit oder ohne Zitat des Ehepaars Hodgekiss – und natürlich sollte er keines enthalten. Ich nehme an, das ist Ihnen klar?«

»Ja. Aidan hat bereits zugestimmt, dass wir uns nicht dazu äußern.«

»Okay. Also werden alle den Artikel morgen lesen, ob es uns nun gefällt oder nicht. Lockley ist ein Kotzbrocken, dass er dafür den Tag von Abigails Kremation wählt, aber andererseits – nein, er ist und bleibt ein Kotzbrocken. Er hat sich für diesen Zeitpunkt entschieden, um besonders viele Klicks zu bekommen. Und glauben Sie mir, sowie die übrigen Presseleute davon erfahren, werden sie garantiert auf den Zug aufspringen. Sie dürfen nicht zulassen, dass Ishbel auf diese Art und Weise davon erfährt. Sie müssen es ihr so schonend wie möglich vorher beibringen.«

»Ich werde mein Bestes geben.« Seine Stimme klang bedrückt, weit weg.

»Es tut mir so leid, Rehan.« Birch stand auf und griff nach der warmen Takeaway-Tüte aus Papier. »Ich hatte zwar damit gerechnet, dass Lockley eine Bombe hochgehen lässt, aber angenommen, sie würde neben Moira Summers explodieren.«

Sie glaubte, Rehan am anderen Ende seufzen zu hören.

»Es würde mich nicht wundern«, sagte er, »wenn er das anschließend vorhat. Weil … es gibt da noch etwas, auch wenn es nicht von Lockley kommt. Etwas, das Aidan Hodgekiss betrifft.«

Birch ging mit schnellen Schritten die Straße entlang. *Dieser verdammte Grant Lockley.* Wohl zum tausendsten Mal in den letzten zwei Wochen sagte sie sich, dass sie Journalisten hasste – insbesondere Lockley, aber im Grunde alle. In den Nachrichten hatte sie verfolgt, wie die Medien – und die Öffentlichkeit – ihre Ermittlung wahrnahmen. Wenn eine so sinnlose Katastrophe wie der Amoklauf stattfand, wollten alle einen bösen Buben vor Gericht sehen, jemandem die Schuld geben. Die Ordnung und ein gewisses Maß an Gerechtigkeit sollten wiederhergestellt werden. Doch was passierte, wenn sich der böse Bube geschickt aus der Verantwortung gestohlen hatte? *Grant Lockley. Dann kommt Grant Lockley. Er füllt das Vakuum und inszeniert einen Prozess online und auf Twitter gegen jeden, der das Pech hat, irgendwie mit der Sache zu tun zu haben.* Soweit sie wusste, könnte sie als Nächstes an der Reihe sein.

Obwohl sie müde und hungrig war, war es verführerisch, noch etwas an der Gartenpforte stehen zu bleiben. Schon den ganzen Tag hatte Seenebel über der Stadt gehangen: Er kam vom Meer, legte sich um die hellen Lichtflecken der Straßenlaternen, verwischte die harten Ränder von allem. Jetzt, am Abend, war alles ruhig, nur zwei Hundebesitzer liefen im Dunkeln über den Strand, die Lichtkegel ihrer Taschenlampen huschten durch den Nebel hin und her. Birch nahm die Takeaway-Tüte in beide Arme und drückte sie sich an die Brust, um sich ein wenig zu wärmen. Das Essen roch zu gut, als dass sie noch länger hier draußen verweilen konnte. Sie kramte in ihrer Handtasche nach dem Schlüssel und ging ins Haus.

Normalerweise setzte sie sich nicht ins Wohnzimmer – mit den unausgepackten Kartons des alten Vorbesitzers, die sie vom Dachboden geholt und noch nicht zum

Second-Hand-Laden gebracht hatte, war es noch immer zu voll. Aber weil im Wohnzimmer der Fernseher stand, räumte sie eine kleine Fläche auf der staubüberzogenen Couch frei und suchte so lange, bis sie die Fernbedienung gefunden hatte. Die Nachrichten hatten gerade begonnen. Birch wickelte die Essstäbchen aus und schob sich den gebratenen Reis – der nach dem Kantinenessen und dem Kaffee auf dem Revier fantastisch schmeckte – in den Mund.

»Morgen«, sagte der Nachrichtensprecher, »wird das erste Opfer des Amoklaufs am Three Rivers College, Abigail Hodgekiss, im Rahmen einer Trauerfeier an einem nicht näher bekannten Ort in Edinburgh eingeäschert.«

Auf dem Bildschirm erschien Abigails Porträt: das korallenrote Oberteil, der dazu passende Lippenstift. Inzwischen hatte Birch das Foto schon so oft gesehen, dass es sich ihr förmlich ins Gedächtnis eingebrannt hatte.

»Abigails Trauerfeier wird die erste der Opfer des Amoklaufs sein«, fuhr der Nachrichtensprecher fort. »In den kommenden Tagen werden vermutlich weitere folgen, wenn die sterblichen Überreste der anderen Opfer nach und nach den Angehörigen übergeben werden. Die Polizei Schottland hat zwar eine Entschuldigung für die Verzögerung veröffentlicht, aber es werden bereits Fragen hinsichtlich der Ermittlungen gestellt.«

Birch versuchte, nicht zusammenzuzucken. »Wir geben unser Bestes, ihr Schlauberger.«

»Es gibt Pläne«, sagte der Nachrichtensprecher, »eine öffentliche Trauerfeier zum Gedenken an die dreizehn jungen Frauen abzuhalten, die durch die Hand des Schützen Ryan Summers gestorben sind.« Das Bild von Summers' verdrießlichem Gesicht erschien unmittelbar auf dem Bildschirm. »Die Trauerfeier«, setzte der Nachrichtensprecher fort, »wird sehr wahrscheinlich übertragen werden. Die schottische Regierungschefin hat ihre Teilnahme bereits zugesagt.«

Birch verdrehte die Augen. *Na toll. Also müssen wir alles stehen und liegen lassen, um uns den ganzen Tag lang um sie zu kümmern – und auch das wird in den Augen der Öffentlichkeit verkehrt sein.* »Wir können einfach nicht gewinnen, oder?«, fragte Birch den Nachrichtensprecher – der nicht mehr im Bild war. Stattdessen lief auf dem Bildschirm die inzwischen vertraute Diashow der Fotos der Opfer. Nur der Himmel weiß, was die Nachrichten morgen bringen, dachte Birch, und vor ihrem inneren Auge erschien Grant Lockley. »Du mieses Arschloch.«

Nach einer gefühlten Ewigkeit sagte der Sprecher: »Und nun zu weiteren Nachrichten«, und Birch entspannte sich. Sie schaltete den Fernseher aus, aß die letzte Frühlingsrolle und dachte über die andere Sache nach, von der Rehan ihr noch berichtet hatte.

»Es ist zu diesem Zeitpunkt nicht viel mehr als eine Ahnung«, hatte er gesagt, »aber … diese Morddrohungen, die an Moira Summers geschickt wurden …«

»… werden immer noch verschickt«, antwortete Birch. Sobald die Leute jemanden wie Moira Summers am Haken hatten, ließen sie nicht mehr los – vor allem, wenn die Medien sie praktisch zum Weitermachen aufforderten.

»Okay. Also, ich habe Grund zu der Annahme, dass zumindest eine dieser Drohungen – aber wie gesagt, es ist im Moment nur eine Annahme – von Aidan Hodgekiss verschickt wurde.«

Birch blieb kurz stehen und hielt die Augen geschlossen, um nachzudenken. *Das würde Sinn ergeben.* Ihr fiel Marcellos Analyse-Bericht ein. *Ja. Das würde einige Dinge erklären. Aber es wäre auch schrecklich.*

»Rehan.« Birch stand kerzengerade in der gelben Nebelwolke unter einer Straßenlaterne. »Sie sagten, *Annahme* …«

Am anderen Ende räusperte sich Rehan. »Hören Sie, ich weiß, es klingt völlig verrückt. Und sicher, es würde die Ermittlung um ein Vielfaches verkomplizieren, aber wenn Sie glauben, ich hätte Lust, mich bei meinem ersten Einsatz als Opferschutzbeamter mit so einem Mist zu befassen, dann liegen Sie total falsch …«

Birch ließ ihm diesen Ton durchgehen, wunderte sich aber. Er war aufgebracht. Vorahnungen zogen durch ihren Kopf, wie die Nebelschwaden über die Promenade. Doch Rehans Stimme war im Moment überzeugender als irgendein Beweis, den er ihr vorlegen könnte. Er hielt Aidan Hodgekiss für den Schreiber einer Morddrohung – was im Grunde genau das war, worauf sie gehofft hatte.

»Ist schon in Ordnung, Reh.« Obwohl sie sich etwas albern vorkam, die Kurzform zu verwenden, die sie auf dem Revier gelegentlich gehört hatte, hoffte sie, ihn damit zu beruhigen. »Sie sind in dieser Sache nicht auf sich allein gestellt.« Was stimmt, dachte sie, ihm aber auch nicht weiterhilft. Mist.

Nach einem Augenblick sagte Rehan: »Ich finde, ich habe eine ziemlich gute Beziehung zu ihm aufgebaut. Er scheint mir zu vertrauen, öffnet sich mir ein wenig. Aber er hat eben auch ein paar Dinge angedeutet, verstehen Sie?«

Birch versuchte, ihre Schultern zu entspannen, und atmete tief aus. Da war ein Druck auf ihrer Brust. *Das ist nichts*, versuchte sie sich selbst zu überzeugen. *Nur ein paar Dinge, das Ganze kann sich noch immer als völlig bedeutungslos erweisen.*

»Was für *Dinge?*«

Sie hörte, wie Rehan sich am anderen Ende der Leitung wand, überlegte – und nach Worten suchte. »Na gut. Wahrscheinlich wird es sich verrückt anhören, wenn ich es laut ausspreche.«

Birch fiel Marcellos treffende Bemerkung vor einigen Tagen ein. Rehan musste noch lernen, auch Unwichtiges überzeugt vorzutragen. »Nur zu«, sagte sie in ruhigem Ton.

»Also, Aidan hat einen ziemlich eigenartigen Tagesablauf – er ist nie zu Hause, wenn ich hinkomme, und geht nicht ans Telefon. Was vielleicht sogar in Ordnung ist. Aber was Moira Summers betrifft, leidet er an Sprechdurchfall.«

Wider Willen lächelte Birch. Ihr Kollege, ein erwachsener Mann, benutzte einen Ausdruck, den sie bisher nur bei Teenagern gehört hatte.

»Ich verstehe ja, dass er wütend ist«, fuhr er fort, »aber er erwähnt sie ein bisschen öfter, als normal ist. Was auch immer unter diesen Umständen normal ist. Und wenn ich sage, er ist wütend, dann meine ich, dass er richtig wütend ist. Da ist manchmal echter Zorn, wenn er über sie redet. Und – ja, es klingt wirklich verrückt, wenn ich das sage – es scheint, als wäre er hin- und hergerissen. Als versuchte er, seine Wut zu unterdrücken, obwohl er sie mir zugleich auch zeigen will.«

Birch schwieg und nickte noch einmal – als ob Rehan sie sehen könnte.

»Ich weiß, das ist kein Beweis.« Rehan klang trotzig, als hielte er ihr Schweigen für ein Zeichen des Unglaubens. »Aber ich habe einfach dieses ungute Gefühl. Irgendwas stimmt nicht mit ihm.«

Während Birch noch nach der richtigen Erwiderung suchte, sagte Rehan: »Es tut mir leid, dass ich im Moment nicht mehr als das für Sie habe. Aber da ist etwas. Ich bilde mir das nicht nur ein.«

»Nein, ich weiß. – Sie machen Ihre Sache gut«, hatte sie zu Rehan gesagt und das Gefühl gehabt, als wäre ihr Bauch voller Wackersteine. Dieses Irgendetwas-stimmt-nicht-Gefühl, das Rehan beschrieb, war ansteckend gewesen. »Bleiben Sie bitte dran. Und melden Sie sich wieder bei mir, wenn es mehr als nur eine Ahnung ist.«

Jetzt fröstelte Birch. Es wurde langsam kühl im Wohnzimmer, sie sollte allmählich zu Bett gehen. Sie stapelte die leeren Takeaway-Verpackungen ineinander. Auf einer immer noch mit Paketklebeband verschlossenen Umzugskiste, die sie als Beistelltisch nutzte, summte ihr Handy. *Amy Kato*, informierte sie das erhellte Display. Birch zögerte, murmelte dann aber halblaut einen Fluch und ging ran. »Hey, Amy. Alles in Ordnung?«

»Hallo«, sagte Amy. Ihre übliche Heiterkeit war ihr zu dieser späten Stunde offenbar ein wenig abhandengekommen. »Ja, alles gut. Ich habe nach Ihnen gesucht, konnte Sie aber nicht finden.«

Birch blinzelte nur.

»Sind Sie noch auf der Wache?«

Sie hörte förmlich, wie Amy durchatmete.

»Nicht mehr? Dann sind Sie schon zu Hause? Oh, Helen, bitte entschuldigen Sie, ich lege …«

»Nein, nicht. Das macht nichts. Sie sind dort, wo ich eigentlich sein müsste. Ich hab's einfach nicht mehr ausgehalten. Ich war schon so weit, dass ich dieselbe Befragung fünfmal durchgelesen habe und mich trotzdem nicht mehr erinnern konnte, wer befragt wurde. Ich musste einfach eine Pause machen. Sie haben offenbar mehr Energie als ich.«

Amy lachte. »Nicht wirklich«, sagte sie. »Ich sitze seit einer Stunde in der Kantine, trinke superstarken Kaffee und versuche, mich in … na ja, in etwas einzuarbeiten.«

»Gehen Sie nach Hause«, sagte Birch. »Ich bezweifle, dass der Kantinenkaffee in großen Mengen konsumiert werden sollte. Und ich brauche Sie lebendig.«

Etwas an dem Witz kam nicht gut an, und die beiden Frauen schwiegen einen Moment lang betroffen.

»Ich würde gerne noch etwas kurz mit Ihnen besprechen«, sagte Amy. »Ich meine, jetzt, wo ich Sie schon am Apparat habe. Es dauert auch nur eine Minute.«

Birch wischte sich mit der Serviette einen Fleck Sojasauce von der Hose. »Natürlich.«

»Ich … mache mir Sorgen wegen Moira. Ich … könnte ein bisschen Zuspruch gut vertragen.«

»Schon in Ordnung. Niemand von uns hat so was wie jetzt schon einmal gemacht.«

Amy seufzte. »Ich habe mich gefragt … Ich hatte das Gefühl, dass es ihr auf der Wache ziemlich gut ging. Es war immer jemand bei ihr – ich, Sie oder Anjan. Aber jetzt ist sie in dem Haus ganz allein, das die Leute von der Kriminaltechnik komplett auf den Kopf gestellt haben. Ich habe mich umgesehen – Ryans Zimmer ist komplett verwüstet. Ich habe Moira gesagt, sie soll dort erst einmal nicht hineingehen, aber ich bin mir ziemlich sicher, dass sie es tut, wenn ich nicht im Haus bin.«

Birch zuckte mit den Schultern – als wäre Amy bei ihr im Zimmer – und kam sich dabei töricht vor. »Sie betrauert den Verlust ihres einzigen Sohnes«, sagte sie. »Da ist mit Stimmungs- und Verhaltensschwankungen zu rechnen. Sie machen alles richtig.«

»Okay«, sagte Amy, »aber was ich wissen möchte – ist sie in Sicherheit? Tue ich alles, was ich kann, um sie zu schützen? Ich weiß es einfach nicht.«

Jetzt war Birch froh, dass sie und Amy sich nicht im selben Zimmer befanden. In ihrem übermüdeten Zustand verspürte sie plötzlich das heftige Verlangen, die jüngere Frau in den Arm zu nehmen. »Amy«, sagte sie, »Sie sind nicht allein mit der Verantwortung. Sie haben ja recht, wenn Sie sich Sorgen machen wegen der Reaktion der Öffentlichkeit, was Moira betrifft. Ich habe ein paar von diesen Drohungen gelesen, und die sind verdammt glaubhaft.« Birch dachte zurück an Aidan Hodgekiss, an die Pressekonferenz, die er im Vorgarten abgehalten hatte. Sein Gebaren als trauernder Vater hatte einstudiert gewirkt. »Aber«, sie konzentrierte sich wieder auf Amy, »deswegen haben wir ja die Beamten am Haus positioniert. Und deswegen hat sie auch einen Panikknopf. Abgesehen davon befinden sich im Moment rund fünfzig Paparazzi in ihrem Vorgarten, wenn man den Zehn-Uhr-Nachrichten glauben kann. So lästig diese Journalisten auch sein mögen, sie gehören ebenfalls zu Moiras Sicherheitsteam. Niemand wird sie in ihrem Haus belästigen, ich verspreche es. Sie ist dort weit weniger gefährdet, als sie es – meiner unmaßgeblichen Meinung nach – in einer geschützten Wohnung der Polizei wäre.«

Amy gab einen ärgerlichen Laut von sich. Birch hatte es genau gehört. »Ich meinte damit nicht, dass ihr Gefahr von anderen Leuten droht. Ich mache mir Sorgen, dass sie eine Gefahr für sich selbst darstellen könnte.«

Birch schwieg. Sie war inzwischen derart müde, dass sich ihre Gedanken nur noch langsam formten. Ihr ging die Formulierung *Beobachtung wegen Selbstmordgefährdung* durch den Kopf, und sie überlegte, wie so etwas bei einer Person funktionieren sollte, die sich nichts zuschulden hatte kommen lassen, im Grunde aber unter Hausarrest stand.

»Ich frage mich«, sagte Amy, »ob ich dableiben soll. Sie wissen schon, im Haus. Auf Dauer.«

»Wenn Sie von mir hören wollen, ob Sie bei ihr einziehen sollen«, sagte Birch, »dann lautet meine Antwort: Das ist nicht Ihr Job. Ich will ganz offen sein: Falls Moira Summers einen Selbstmordversuch plant, warum glauben Sie, dass Sie irgendetwas ausrichten könnten, nur weil Sie ein paar Nächte in ihrem Gästezimmer schlafen?«

Stille in der Leitung. Du bist gemein, dachte Birch. Du kannst gar nicht mehr klar denken.

»Ich weiß«, sagte Amy. »Das habe ich mir auch schon gedacht. Trotzdem habe ich das Gefühl, dass wir uns besser um sie kümmern müssen. Sicher, sie ist kein Opfer, aber … na ja, in irgendeiner Weise ist sie's eben doch.«

»Ich verstehe schon«, sagte Birch. »Bei dieser Art von Verbrechen sind alle Opfer.« Sie hob den Kopf. Im Haus war es dunkel – sie hatte das Licht nicht eingeschaltet.

Ohne das Flimmern des Fernsehers wurde das Zimmer nur von der Straßenlaterne auf der Promenade auf gespenstische Weise erhellt. An der Wand gegenüber dem Sofa mit dem Überwurf war der Kamin. Auf dessen Sims stand lediglich ein Foto von Birchs Mutter, in dem Halbdunkel zeichnete sich der Silberrahmen hell ab. Das Foto selbst war nicht zu erkennen, nur ein dunkles Quadrat, aber sobald Birch die Augen schloss, sah sie das fahle Gesicht deutlich vor sich. »Alle sind Opfer«, sagte sie noch einmal, ruhiger diesmal.

»Sie sind müde«, sagte Amy. »Entschuldigen Sie, dass ich Sie zu Hause belästigt habe. Schlafen Sie sich aus. Ich werde jetzt auch Schluss machen.«

»Machen Sie das«, sagte Birch und versuchte, mit der Stimme zu lächeln. »Ich bin morgen in aller Früh auf der Wache, dann können wir uns weiterunterhalten. Wir werden einen Plan für Moira machen, mit dem Sie zu ihr gehen können. Dann werden wir sehen, was sie davon hält. Wie finden Sie das?«

»Gut«, sagte Amy nach einer kurzen Pause. »Das klingt prima. Danke, Helen.«

Birch nickte, schloss die Augen. Wieder erschien ihr das blasse Gesicht ihrer Mutter.

»Ach«, sagte Amy, »bevor ich auflege, muss ich Ihnen noch etwas sagen. Ich habe jede Menge Anrufe von diesem Grant Lockley erhalten.«

Der schon wieder. Birch seufzte auf. »Das war zu erwarten«, sagte sie. »Hört der denn nie auf?«

»Ich habe ihn ignoriert«, sagte Amy. »Er hat ungefähr zehnmal am Tag angerufen, aber ich habe einfach aufgelegt. Dann haben die Anrufe ganz plötzlich aufgehört.«

»Wann war das?«

»Vor zwei Tagen«, sagte Amy. »Seit zwei Tagen meldet er sich nicht mehr.«

»Sie Glückspilz.«

»Mit Glück hat das nichts zu tun.« Wieder hörte sich Amy besorgt an. »Ich bezweifle, dass jemand wie der einfach aufgibt, nur weil man ihn ignoriert.«

Erneut hob Birch den Kopf und blickte zum Foto ihrer Mutter. »Stimmt, Sie haben recht. Das tut er nicht.«

»Irgendwas läuft da«, sagte Amy. »Und der ist erst zufrieden, wenn er bekommen hat, was er will. Ich mache mir Sorgen, dass er in der Zwischenzeit belastendes Material über Moira gesammelt hat und im Begriff ist, es zu veröffentlichen.«

Birch zögerte. »Es könnte auch bedeuten, dass er sich ein neues Ziel gesucht hat.« Ihr fiel Ishbel Hodgekiss ein, das Gespräch, das Rehan im Moment vermutlich mit ihr führte.

»An wen denken Sie?«

Noch einmal schloss Birch die Augen. Ihre Müdigkeit war wie tiefes, warmes Wasser, und allmählich gab sie der Unterströmung nach. »Das erkläre ich Ihnen morgen.«

Amy schien noch etwas darauf erwidern zu wollen, entschloss sich dann aber offenbar, nicht auf eine Antwort zu drängen. »Ich glaube, Sie haben recht. Mit dem, was Sie vor zwei Wochen gesagt haben, als wir Moira befragten. Es gibt tatsächlich etwas, das sie uns verschweigt. Ich bemühe mich dahinterzukommen, aber was ist, wenn Lockley es vor mir herausfindet?«

Amy hat recht, dachte Birch. Irgendetwas an Moira Summers' Aussage hörte sich nicht ganz richtig an; auch sie selbst hatte das so empfunden: Das Gefühl summte Tag und Nacht im Hintergrund. Moira hatte aufrichtig gewirkt: Ihr Kummer und ihr Schock waren echt gewesen. Birch war sich sicher, dass Moira Summers nicht gewusst hatte, dass ihr Sohn ums Leben kommen würde. Und vermutlich auch nicht, dass er einen Amoklauf plante. Doch was sie vielleicht gewusst hatte, das war der Grund, warum ihr Sohn Frauen so sehr hasste, dass er dreizehn von ihnen ermordete. Moira hatte eine Ahnung, welcher Funke seine Wut entzündet haben könnte, sodass sie an jenem Tag in der Mensa des Three Rivers aus ihm herausbrach, schien jedoch entschlossen zu sein, darüber zu schweigen.

»Auch wenn Lockley es rausbekommen hat«, sagte Birch, zu müde, um ihre Gedanken in Gänze gegenüber Amy zu äußern, »könnten wir vermutlich nichts dagegen tun.«

Ausgedehnte Stille in der Leitung. Birch hörte Amy gähnen, die offenbar versuchte, es sich nicht anmerken zu lassen.

»Glauben Sie, dass er … auch irgendwann Feierabend macht?«

Birch blinzelte – ihre Augenlider flatterten. »Wer?«

»Lockley«, sagte Amy. »Er hat mir vorgestern um Mitternacht auf die Mailbox gesprochen. Ich meine, hat der Mann denn kein Privatleben?«

Birch überlegte kurz. Die Frage hatte sie sich auch schon gestellt, allerdings nicht konkret. Sie war Teil einer Beleidigung gewesen. Vermutlich hatte sie sich Lockley und seinesgleichen – diese besonders hartnäckigen Boulevardjournalisten, die Provokationen als Teil ihrer *Marke* verstanden – als nicht ganz zur Gesellschaft zugehörig vorgestellt. Nie hatte sie wirklich wissen wollen, ob Lockley abends zu Frau und Kindern zurückkehrte, zu einem Freund oder einer Schar geliebter Katzen. Jeder Mensch hatte doch etwas, das er liebte. Selbst einer wie Lockley. Trotzdem irritierte sie die Vorstellung, er könnte ein Mann mit mehreren Facetten sein. »Was halten Sie davon?«, sagte sie und legte dabei eine forcierte Heiterkeit in ihre Stimme. »Wir sollten uns mal auf ein Bier treffen. Nach der Arbeit. Natürlich erst, wenn sich die Situation ein bisschen entspannt hat. Dank Ryan Summers habe ich das ganze Lerne-deine-neuen-Kollegen-kennen-Ding versäumt.«

Amy lachte – im Grunde nur, um sich gleich darauf wieder zu fangen, wie Birch auffiel.

»Klingt super«, sagte sie und fügte dann hinzu, »Chefin.«

Wieder überkamen Birch schwesterliche Gefühle für Amy. »Hören Sie, Sie können mich jederzeit anrufen, okay? Bei einem Fall wie diesem bin ich immer erreichbar. Wenn Sie mich brauchen – klingeln Sie einfach durch, verstanden?«

»Danke, Helen.« Amy legte auf.

Wider besseres Wissen kickte Birch die Takeaway-Verpackungen und die halb ausgepackten Sachen vom Sofa, schwang die Füße auf den Überwurf und legte sich hin.

28. Mai, 8:45 Uhr

Seit etwa einer Viertelstunde betrachtete Ishbel Abigails Kleid vom Abschlussball. Es hing vor dem Kleiderschrank in ihrem Zimmer, geschützt durch eine durchsichtige Hülle von der Reinigung, durch die die Seide verschwommen wirkte. Ishbel versuchte, die Erinnerung daran heraufzubeschwören, wie sie das Kleid mit Abigail gekauft hatte. In der Ankleide einer Boutique hatten sie einen albernen Nachmittag verbracht und das Geschäft schließlich mit dem Kleid in einer riesigen Einkaufstüte verlassen. Waren sie hinterher noch essen gegangen? Vielleicht. Hatten sie auch die Schuhe an dem Tag gekauft oder zu einem anderen Zeitpunkt? Ishbel hatte das Gefühl, sich gedanklich durch klebrigen Teer graben zu müssen, während sie verzweifelt versuchte, die Erinnerungen ans Licht zu zerren. Doch ihr wollte lediglich jener Abend von vor zwei Wochen einfallen, als sie und Abigail sich im Auto gestritten hatten. Die letzten Worte ihrer Tochter hatten gelautet: *Scheiße, Mutter, bist du auf Crack?*

Damals war sie über Abigails Ton entsetzt gewesen. Erst gestern war ihr aufgefallen, dass in dem Satz der Name einer Droge gefallen war. Ishbel schloss die Augen und stellte sich vor – wie sie es seit Grant Lockleys Enthüllungen mehrmals getan hatte –, wie ihre Tochter Drogen nahm, mit ihnen handelte. Wie sie nach riskanten

Transaktionen Geld erhielt. Sie versuchte, Abigail high vor sich zu sehen: wie sie sich in einem unordentlichen Raum übergab. Aber sie konnte es einfach nicht glauben – wollte es nicht glauben. Die Erkenntnis, dass Aidan ihr untreu war, hatte sie wie ein Zug getroffen, dessen Herannahen sie schon von Weitem hatte hören können. Sie schockierte und schmerzte sie, aber überraschte sie nicht. *Das hätte ich wissen müssen.* Aber Abigail? *Nein.* Es konnte einfach nicht wahr sein.

Ishbel hatte auf dem immer noch ungemachten Bett ein wenig Platz geschaffen und eine Reisetasche darauf abgestellt. Dann hatte sie, so ruhig es ging, so viele von den Bekleidungsstücken ihrer Tochter in die Tasche gepackt, wie hineinpassten. Das korallenrote Oberteil hatte schief auf dem Bügel im Schrank gehangen. Ohne zu wissen, warum, hatte Ishbel es zusammengelegt und ebenfalls in die Tasche getan. Dann hatte sie den Rest des Kleiderschranks durchstöbert. Sie fand Abigails alte Schulkrawatte – marineblau mit diagonalen weißen Streifen –, stand einen Augenblick lang da, legte auch diese zusammen und auf den Pulli.

Auf der Rückseite der Kleiderschranktür hing Abigails Morgenmantel. Taubenblau, mit einem Muster aus roséfarbenen und roten Blümchen. Beim Kauf hatte sich Ishbel darüber aufgeregt, wie erwachsen er wirkte – wie Unterwäsche. Jetzt aber legte sie auch ihn in die Reisetasche.

Dann sah Ishbel in allen Schubladen nach. Sie fand Abigails Schmuckkästchen, nahm ein paar Stücke heraus und steckte sie in die Tasche ihrer Strickjacke. Zog die Schachtel unterm Bett hervor, verbarg ihr Gesicht in den Laken und Handtüchern – auch wenn die sauber waren und lediglich nach Lavendel-Weichspüler rochen. Als sie ein Handtuch ausschüttelte, hörte Ishbel einen dumpfen Aufprall und entdeckte ein dickes Buch zu ihren Füßen. Sie hob es auf, es war überraschend schwer. Sein Einband war aus weichem, dickem Leder in Babyrosé, und es wurde von einem Messingverschluss mit einem kleinen Vorhängeschloss zusammengehalten. Ishbel zögerte nur kurz, bevor sie auf den kleinen Entriegelungsmechanismus drückte, doch nichts passierte. Sie packte das Tagebuch dennoch ein.

Das Ballkleid passte nicht mehr in die Reisetasche – Ishbel hatte sie schon mit zu vielen anderen Dingen gefüllt. Doch plötzlich kam es ihr wichtig vor, es mitzunehmen. Sie hatte das Kleid hinten in den Kleiderschrank gequetscht gefunden und geweint, als sie es hervorgeholt und die Schutzhülle der Reinigung dabei geraschelt hatte. Sie heulte auch jetzt wieder.

Beim Betreten von Abigails Zimmer war Ishbels erster Gedanke gewesen, dass sie seit Wochen keinen Fuß mehr dort hineingesetzt hatte. Überall Schmutzwäsche, dazu das ungemachte Bett. Danach war ihr der Gedanke gekommen, dass hier irgendein Versehen vorlag – dass ihre Tochter einfach nicht tot sein konnte. Nicht, wenn dieses Zimmer so aussah wie immer. Der Duft nach Gewürzkuchen hing in der Luft. Abigail liebte Duftkerzen, besonders die von der einen Marke mit den dicken Gläsern. Doch darunter roch es auch nach Abigail: nach ihrem Haar, ihrer Haut. Erst Ishbels dritter Gedanke war gewesen, dass ihre Tochter – unwiderruflich – tot war. Das Zimmer war kalt und still, und Abigail würde niemals wieder darin leben.

Ishbel weinte – so wie immer in letzter Zeit. Sie hatte

sich daran gewöhnt, alles durch einen Tränenschleier wahrzunehmen. In den vergangenen zwei Wochen hatte es nur einen einzigen Augenblick gegeben, in dem sie nicht geweint hatte, und zwar am Vorabend, als Rehan und Aidan sie in der Küche regelrecht umstellt hatten, und Aidan ihr wortlos einen zerknüllten Ausdruck des Artikels des Journalisten gegeben hatte.

»Ekelhaft«, hatte sie gesagt, während ihr erst noch die Tränen übers Gesicht liefen. »Wie kann dieser Mann nachts ruhig schlafen? Wie kann sich jemand solche Lügen ausdenken?« Sie registrierte, dass Rehan und Aidan Blicke tauschten. Eine Zeit lang waren in der Küche nur Ishbels leise Schluchzer zu hören.

»Ich fürchte«, sagte Aidan schließlich, »dass das keine Lügen sind. Ich weiß, das ist jetzt die denkbar schlechteste Zeit für dich, es zu erfahren, Bel, und ich hätte auch nie etwas gesagt …«

Ishbel blickte unvermittelt auf den Ausdruck, der inzwischen mit ihren feuchten Tränen und Fingerabdrücken gesprenkelt war. »Welcher Teil davon stimmt, Aidan?«

»Der mit der Affäre, die noch immer läuft«, sagte Rehan, denn Aidan konnte es offenbar nicht aussprechen.

»So würde ich das nicht nennen …«, sagte er dann doch, aber Ishbel unterbrach ihn.

»Mit wem?«

»Netta«, sagte er ganz ruhig.

Ishbel hatte versucht, den Namen einzuordnen, bis ihr auf einmal klar wurde, dass er Annetta meinte, eine der Zahnarzthelferinnen in seiner Praxis.

»Netta«, wiederholte sie. »Aber sie ist … wie alt? Fünfundzwanzig?«

Aidan wurde blass. Plötzlich sah Ishbel so klar und scharf, dass sie die feinen Stoppel an seinem Kinn ausmachen konnte: Es war mehr Grau darin, als sie sich zu erinnern glaubte.

»Achtundzwanzig.«

Auf dem Küchentresen stand eine leere Weinflasche, und Ishbel fragte sich, wie sie dorthin gekommen war. Wer hatte den Wein getrunken? Sie hatte sich vorgenommen, die Flasche in die Recycling-Kiste im Flur zu stellen. Sie hatte danach gegriffen, und dann …

Aus dem Garten drang ein Geräusch herauf, das sie in die Gegenwart zurückholte. Rehan scheuchte die Schar Paparazzi von der Straße, damit die Autos des Bestattungsunternehmens vorfahren konnten. Wieder verschwamm das Ballkleid vor Ishbels Augen. Ich könnte es anziehen, dachte sie. Zur Einäscherung. Sie warf einen kurzen Blick auf das schwarze Kostüm, das sie bereits trug, und betrachtete dann wieder das dunkeltürkisfarbene Kleid. Sie griff nach dem Reißverschluss des Kleiderbeutels und fuhr über das Plastik, das sich auf seltsame Weise trocken und nass gleichzeitig anfühlte. Langsam zog sie das Kleid heraus. Der Schutzbeutel blieb zurück wie ein leerer Kokon. Sie hielt sich das Kleid an, hatte gehofft, es würde nach Abigail riechen – aber das war nicht der Fall. Vielmehr roch es nach dem Plastik des Kleiderbeutels, ähnlich den Zedernkugeln, die man in Schränke legt, um Motten fernzuhalten. Mit der freien Hand suchte sie an der Seite des Kleids nach dem Reißverschluss.

»Bel?«

Aidan stand im Türrahmen. Ishbel wandte sich zu ihm um, wobei der Rock weit schwang. *Dreh dich mal für uns,* hatte er gesagt, erinnerte sich Ishbel. Aufgeregt hatte Abigail vor ihnen gestanden, darauf wartend, dass die Limousine eintraf, die sie zum Abschlussball abholte.

»Bel, was machst du da?«

»Ich hab daran gedacht, es zu tragen.« Sie hatte keine Energie, eine Lüge zu erfinden. »Heute, bei ihrer Feuerbestattung.«

Aidan musterte sie von oben bis unten. Auf seinem linken Wangenknochen prangte ein Bluterguss, er schillerte violett wie eine Sturmwolke unter seinem Auge. Dazu eine Platzwunde. Ishbel erinnerte sich an den gestrigen Abend, daran, dass sie ihm das zugefügt hatte, und wurde rot.

»Bel«, sagte er sanft, »du musst dich zusammenreißen. Nur heute. Nur für *ein paar* Stunden.« Mit der Innenfläche nach unten streckte er die Hand aus, als wäre Ishbel ein nervöser Hund, den er tätscheln wollte. »Danach können wir miteinander reden.«

Er ging auf sie zu, während sie nach der Reisetasche wie nach einem schützenden Talisman griff. Das Ballkleid fiel auf den Boden, Ishbel zu Füßen.

»Ich denke gar nicht daran zu reden.« Sie hielt die – inzwischen schwere – Reisetasche vor ihren Bauch, zwischen sich und Aidan. »Nicht mit dir.«

Aidan hob das Kleid auf und rollte es sich zu einem dicken, zerknitterten Verband um den Arm – seine Idee, wie man etwas zusammenlegte. Ishbel gab einen Laut von sich, als würde sie von etwas zusammengedrückt.

»Ach komm, Bel. Wir stehen das durch.«

»Häng das Kleid auf. So wie es sich gehört.« Sie deutete auf den leeren Beutel, der immer noch, als wäre er ein

Gespenst, an dem Schrank hing. »Und nein«, fügte sie kurz darauf hinzu. »Das werden wir nicht.«

Aidan hatte das Kleid schon zur Hälfte in den Beutel gestopft, als er sie wieder fragend ansah.

»Es durchstehen, darüber hinwegkommen. Das können wir nicht. Ich jedenfalls kann es nicht.« Ishbel fuchtelte mit der Reisetasche herum. »Ich gehe zur Einäscherung, und dann ziehe ich aus. Ich nehme mein Auto – ich steige nicht in einen dieser Bestattungswagen, nicht mit dir. Ich will nie mehr dieselbe Luft atmen wie du.«

Ihr Puls pochte in ihren Ohren, laut und unregelmäßig. *Das ist richtig. Das musst du tun. Du hättest dich schon vor langer Zeit trennen sollen – warum hast du's nicht getan?* Hörte sie da die Stimme ihrer Tochter? Nein, sicher nicht. Abigail war doch der Grund, weshalb sie und Aidan so lange zusammengeblieben waren – oder? Und wenn sie es nicht war, wieso hatte sie, Ishbel, diese Scharade dann so lange aufrechterhalten? Hatte sie denn nicht gewusst, dass in letzter Zeit mit Aidan etwas nicht stimmte – etwas Unheimliches, das in ihre Ehe eingedrungen war, ein stecknadeldünner Lichtstrahl, in den sie nicht direkt blicken konnte? Wieder hörte sie Abigails Worte: *Scheiße, Mutter, bist du auf Crack?* Du bildest dir das nur ein, du bist irre, das hatte sie damit sagen wollen. Vielleicht bin ich es ja gewesen, dachte Ishbel. Doch dann erwachte ihre Wut erneut zum Leben. Wie konnte Aidan es wagen? Wie konnten das die letzten Worte gewesen sein, die Abigail an die eigene Mutter richtete? Es war, als hätten sie eine Kettenreaktion ausgelöst: Ab diesem Augenblick war alles in Ishbels Leben zusammengebrochen.

Als sie aus dem Zimmer ging und Aidan mit offenem

Mund, die Hände voller Seide, zurückließ, rechnete sie fast damit, dass sich der Boden unter ihren Füßen auftun und sie ins Erdreich stürzen würde.

Das Krematorium war ein niedriger Flachbau aus Ytong. Es war von einer Mauer aus gleichem Material umgeben, die durch die Bäume aus allen Richtungen zu sehen war. Die Mauer war hoch und hier und da mit Stacheldraht gekrönt.

Während sie auf das Gelände fuhr, dachte Ishbel an Gefängnisse, an Orte, an denen Ryan Summers hätte sein können, wenn er sich nicht umgebracht hätte, an Strafen, zu denen er womöglich verurteilt worden wäre. Sie schockierte sie: Seine jähe Anwesenheit – denn seit Abigails Tod hatte sie nicht mehr allzu oft an ihn gedacht. Und woran sonst? Im Grunde wusste sie es nicht. Hauptsächlich hatte sie geweint und Erinnerungen an Abigail heraufbeschworen, immer und immer wieder. Wie einen Videofilm, dessen Band schon ausgeleiert war.

»Du warst die ganze Zeit nur mit Heulen und dir selbst beschäftigt«, hatte Aidan ihr am Vorabend gesagt – nein, er hatte sie angeschrien, »dass du zwei volle Wochen lang nichts Nützliches zustande gebracht hast! Was ist mit mir? Wie wär's damit, mich zu unterstützen? *Einander* zu unterstützen? Du solltest froh sein, dass ich jemanden hatte, der mir zugehört hat.«

Du solltest froh sein, dass ich mir eine Geliebte halte. In dem Moment hatte sie sich auf ihn gestürzt und ihn mit den Fäusten traktiert. Rehan war eingeschritten.

Auf dem Parkplatz neben dem Krematorium blieb sie eine Zeit lang stehen. Weil sie im eigenen Wagen gekommen war, war sie die Erste, sie hatte nicht hinter den Autos des Bestattungsunternehmens herschleichen müssen. Am einen Ende des Parkplatzes stand ein riesiger Container, der randvoll mit Blumen war. Weiße Lilien mit braunen Blüten; verblühte Rosen mit gelblichen Stängeln.

Plötzlich wurde Ishbel bewusst, dass sich erst einige Tage zuvor jemand wegen der Auswahl dieser Blumen den Kopf zerbrochen haben musste. Sie stellte sich die Gespräche in den Blumenläden vor: *Er hat rosa Rosen immer geliebt. Wir nehmen die Lilien; das ist Tradition.* Jetzt vergammelten all die letzten Blumengrüße in einem verrosteten blauen Container. Ishbel hatte keine Blumen ausgesucht – heute fand nur die Einäscherung statt, die wegen der plötzlichen Freigabe von Abigails sterblichen Überresten erforderlich geworden war. Später würde es eine schöne Trauerfeier geben, hatte Aidan ihr versprochen – wenn die Medien das Interesse verloren hätten und man keine Polizeieskorte mehr benötigte, oder so ähnlich. Sie würden die Asche verstreuen, es gäbe Blumen, Lieder würden gesungen werden, und alle Bekannten könnten kommen. Heute würden nur Aidan, Aidans Mutter Pauline und ein paar andere Leute anwesend sein – sie konnte sich nicht erinnern, wer. Aidan hatte die Namen mehrmals ihr gegenüber erwähnt, und sie hatte genickt, ohne wirklich etwas zu verstehen. Währenddessen hatte sie geweint. Als sie eine Hand ans Gesicht hob, stellte sie fest, dass sie auch jetzt weinte. Ihre Haut fühlte sich an, als wäre sie abgezogen und anschließend wieder falsch angenäht worden – dieses blasse, feuchte Etwas konnte einfach nicht ihre Haut sein.

Es fing an zu regnen. Ishbel betrat die Kapelle. Darin waren Stuhlreihen wie in einer richtigen Kirche, an einer

Seite stand ein hölzernes Podest mit in die Oberseite eingelassenen mechanischen Rollen. Daneben hing ein billiger Samtvorhang: Dort würde der Sarg stehen. Ishbel setzte sich auf den Platz, der dem Podest am nächsten war, vorne links. Sie wollte die Hand ausstrecken und diese an die lackierte Seitenwand des Sarges mit ihrer Tochter legen können.

So saß sie eine Zeit lang da und überlegte, ob sie beten sollte, entschloss sich aber dagegen. *Alles hier ist leblos.* Das Kreuz auf dem Altar war aus Plastik, das erkannte sie auch aus fünf Metern Entfernung. Im Raum roch es nach Lufterfrischer und als würde der Heizstrahler etwas versengen. Was für einen Gott es auch immer gab, hier wohnte er jedenfalls nicht. Abigail würde nicht aus den Flammen gehoben werden und in ein schöneres Reich emporsteigen – nicht hier, nicht an diesem Ort. Hier war sie einfach nur tot. Ishbel schluchzte laut.

Die Trauergäste betraten die Kapelle.

Pauline war die Erste. Sie setzte sich neben Ishbel und umfasste ihre Hand. »Aidan hat mir alles erzählt, Liebes.«

Ishbel blickte die Hand ihrer Schwiegermutter an: grau und von Venen durchzogen.

»Es tut mir so leid. Du Arme. Und dieser Reporter … Der Mann gehört eingesperrt wegen der Sachen, die er schreibt.«

Ihre Schwiegermutter schaute Ishbel ernst ins Gesicht … und sah, wie Ishbel annahm, ihre Blässe, die bläuliche, aufgedunsene Haut um die Augen. Sah das ungewaschene, ungekämmte Haar, die ungebügelte Kostümjacke, die sie aus dem Kleiderschrank gezogen hatte. Weil Ishbel keine Erwiderung einfiel, wandte sie den Kopf und blickte wieder den Mittelgang entlang zu der Handvoll von Trauergästen, die sich dort versammelt hatten.

Sie entdeckte Greg – er hatte sich in eine leere, mittlere Stuhlreihe gesetzt, als hielte er sich nicht für besonders wichtig. Als würden noch viele andere Leute kommen, die weiter vorn Platz nehmen müssten. Ernst lächelnd hob er die Hand zum Gruß. Ishbel spürte die Überraschung über seine Geste, während ihr gleichzeitig bewusst wurde, dass niemand sie in den letzten zwei Wochen angelächelt hatte. Aus irgendeinem Grund musste sie plötzlich an Gregs verstorbene Frau Lisa denken und stellte sich deren gemeinsames Leben vor, angefangen vom ersten Mal, als Lisa dieses Lächeln gesehen hatte, bis zum letzten Mal, am Ende ihrer langen, schweren Krankheit. Ishbel erwiderte das Lächeln mechanisch und ließ den Blick weiter durch die Kapelle schweifen. Sie erinnerte sich an den Tag vor zwei Wochen, als Greg mit ihr die Krankenhausflure entlanggegangen war, während das gesamte Gebäude von Rufen und Schritten widerhallte. Sie hatten ein kleines Zimmer mit Sofas und Zierkissen und einer Box Kleenex betreten – ein Zimmer, das gemütlich sein sollte, dabei aber kahl und klinisch wirkte. In diesem Zimmer hatte er ihr gesagt: *Abigail ist tot. Sie ist noch am Tatort gestorben. Niemand konnte etwas für sie tun.* Und Ishbel erinnerte sich, gedacht zu haben: *Warum erzählst du mir das? Was ist mit* meiner *Tochter?* Greg hatte sie an den Schultern gefasst und gefragt: *Ishbel, begreifst du, was ich dir sage?*

Sie runzelte die Stirn. Wie lange war es her, dass sie an Lisa gedacht hatte? Wie lange, seit sie gestorben war? Ich werde Aidan später danach fragen, dachte sie. Aber nein, das würde sie nicht tun. An Aidan zu denken fühlte sich an, als träte man in einen tiefen Schatten, als befände man sich an einem Ort, an dem nie die Sonne schien.

Einige Bankreihen vor Greg saßen drei Mitarbeiter des Three Rivers College – Ishbel erkannte den Dekan, den sie im Fernsehen gesehen hatte. Außerdem ein paar junge Frauen – fünf oder sechs, die sich leise unterhielten. Einige hatte Ishbel schon mal gesehen, allerdings konnte sie sich nicht an ihre Namen erinnern. Freundinnen von Abigail. Vom College oder vom Fußballverein. Ich müsste doch ihre Namen wissen, dachte Ishbel.

In der Nähe der Mädchen saßen mehrere Personen, die Ishbel ebenfalls von irgendwoher bekannt vorkamen. Mit gerunzelter Stirn musterte sie sie, bis ihr dämmerte, dass es sich bei ihnen um Familie Kesson handelte. Evie Kesson war auch ums Leben gekommen. Ishbel dachte, dankbar für ihre Anwesenheit sein zu müssen, aber stattdessen verspürte sie Angst. Wann fand die Beerdigung der Tochter der Kessons statt? Hatte sie die verpasst? Wenn nicht, dann müsste sie dort erscheinen, oder? Sie wandte sich ab.

Rehan hatte sich in die Reihe hinter Ishbel gesetzt, ans andere Ende, nahe an den Hauptgang. Er wirkte müde, und zum ersten Mal fragte sie sich, wie wohl sein Leben aussah. Hatte er Kinder? Was versäumte er, wenn er Überstunden machte und sie und Aidan in ihrer Trauer begleitete?

Auch Pauline sah jetzt nach hinten und drückte Ishbel dabei noch immer die Hand. »Da kommt sie«, flüsterte sie.

Angeführt von einem Mann in einem schlichten schwarz-weißen Kirchengewand wurde der Sarg in die Kapelle getragen. Die Tür stand offen; Ishbel hörte den

Regen, wie er draußen auf das flache Plexiglasdach prasselte, unter dem der Leichenwagen parkte. Sie wandte sich ab. Keinesfalls wollte sie den teuren Sarg sehen, der jetzt den Gang entlanggetragen wurde. Dann aber war er vor ihr, und sie musste hinschauen. Zwei Bestatter umfassten sein vorderes Ende. Einer davon war eine Frau ungefähr in Ishbels Alter, ihr grau meliertes Haar hatte sie zu einem strengen Knoten gebunden. Aidan fasste an einer hinteren Ecke mit an und musste den Rücken beugen, damit der Sarg in der Waagerechten blieb. Es schien, als würde er zittern; der kleine Blumenkranz vom Bestattungsunternehmen bewegte sich auf dem Sargdeckel. Ishbel weinte. Auch Pauline neben ihr schluchzte. Ishbel verspürte eine jähe Wut, für die sie keine Erklärung hatte. Aidan war jetzt fast so nahe, dass sie ihn berühren konnte, der Bluterguss und die Platzwunde auf seiner Wange so belastend wie eine Schlagzeile von Grant Lockley.

Der Mann im Gewand – ein Vikar oder Pfarrer? Aidan hatte es ihr gesagt, aber sie konnte sich nicht mehr daran erinnern – blieb vor dem Altar mit dem billigen Plastikkreuz stehen und wandte sich den Trauergästen zu. Die Träger hoben den Sarg auf das Podest und traten einen Schritt zurück. So klein, dachte Ishbel, Abigail kann darin doch gar nicht richtig liegen. Erst jetzt erkannte sie die vierte Person, die den Leichnam ihrer Tochter getragen hatte. Ohne nachzudenken, erhob sie sich. »Sie!«

Laut erklang ihre Stimme in der Kapelle. Ishbel war sich nur undeutlich bewusst, dass alle zu ihr schauten, dann zu dem Mann vor ihr, dann wieder zu ihr. Wie Zuschauer bei einem Tennismatch, die kollektiv den Atem anhielten und auf den nächsten Fehler warteten.

»Wie können Sie es wagen, hier zu erscheinen?«

Ishbel sah, dass auch Pauline aufstand und sie am Arm berührte.

Aidan fuhr sich mit der Hand über das feuchte, abgespannte Gesicht und sagte: »Bel.«

»Was macht der hier, Aidan? Was will …«

Der junge Mann trat vor, stand nur noch einen halben Meter von ihr entfernt. Ishbel blinzelte. Er war groß – fast so groß wie Aidan –, schlank, mit dunklen, gelockten Haaren, die vor Kurzem geschnitten worden waren, und einer modischen Brille mit Schildpattgestell. Er streckte ihr die Hand entgegen. »Mrs Hodgekiss. Ich bin Jack Egan.«

Als sie seine gepflegte Hand nicht ergriff, versuchte er zu lächeln.

»Ich weiß, wer Sie sind«, herrschte sie ihn an. »Sie sind der, der mit dem Reporter geredet hat. Sie sind der, der die Lügen über Abigail erfunden und zugelassen hat, dass sie gedruckt wurden. Sie sind der, der sein Geld angenommen hat. Wie konnten Sie nur? Und wie können Sie es wagen, hier zu erscheinen?« Ishbel hörte ihre Worte von den Wänden der Kapelle widerhallen.

Inzwischen hatten sich alle erhoben. Pauline hielt ihren Arm mit beiden Händen, redete beruhigend auf sie ein und versuchte, Ishbel zurück auf ihren Platz zu ziehen. Rehan war in der Bankreihe weitergerutscht, saß jetzt direkt hinter ihr und wiederholte ihren Namen in einer Art Sprechgesang: »Ish-bel. Ish-bel. Ish-bel.« Greg und die anderen unterhielten sich leise im Mittelgang.

Aidan trat in ihr Gesichtsfeld. »Du hast doch gewusst, dass Jack kommt, Bel. Ich habe es dir gesagt. Als wir die Namensliste durchgegangen sind.«

Ishbel starrte ihn ungläubig an. »Wie hast du das erlauben können?« Sie schrie ihn an; ihr Kopf war ganz heiß.

Aidans Gesicht kam näher. »Bel. Ich wollte, dass du dich zusammenreißt, nur für diesen einen Morgen. Schaffst du nicht einmal das? Schaffst du es nicht einmal, ausnahmsweise zu tun, worum man dich bittet?«

Ishbel blickte an Aidans Gesicht vorbei – es war so nahe, dass sie es nur verschwommen sah – den jungen Mann an, der hinter ihm stand. Der marineblaue Anzug, den er trug, schien wie gemacht für ihn. Das Lächeln, das er ihr schenkte, war wie ein helles Licht, das angeknipst wurde. *Das also ist der Freund meiner Tochter*. Er sah aus wie ein männliches Model und schaute sie aus seinen Augen mit langen Wimpern an. Sie konnte sich vorstellen, was Abigail an ihm gefunden hatte. »Sie müssen jetzt gehen«, sagte sie über Aidans Schulter hinweg. »Aidan. Er muss jetzt gehen.«

Die Gesichtszüge des hübschen jungen Mannes wurden hart, der Mund verzog sich zu einem dünnen Strich. Ishbel erinnerte sich an das eine Mal, als sie ihn zuvor gesehen hatte – ausgestreckt und um Luft ringend auf einer Krankenhaustrage. Sie erinnerte sich an seinen weißen, mit Blut beschmierten Oberkörper, an das Hemd, das von den Sanitätern aufgeschnitten worden war. Grant Lockley tauchte vor ihrem geistigen Auge auf, wie er plötzlich im Wartezimmer gestanden und sich über den liegenden Körper gebeugt hatte, um ein Foto zu schießen. Wie hatte dieser Junge mit einem Mann gemeinsame Sache machen können, der so etwas in so einem Augenblick tat?

»Abi hatte recht«, sagte Jack Egan und entblößte seine

makellosen Zähne. »Sie sind wirklich eine verklemmte Zicke.«

In der Kapelle erklang ein kollektives Raunen. Aidan streckte die Hand in Richtung des jungen Mannes aus. »He, so geht das nicht, mein Junge.«

Jack musterte Aidan, als wollte er seine Chancen gegen ihn bei einer Prügelei einschätzen. »Scheiß drauf«, sagte er wütend, »schaut euch beide doch nur mal an.«

Ishbel spürte, dass ihr schon wieder Tränen die Wangen hinabliefen. »Bitte«, sagte sie, und das Wort klang rau, wie geflüstert. »Bitte gehen Sie jetzt. Seien Sie kein Unmensch.«

Aber der junge Mann redete immer noch. »Sie beide haben sie depressiv gemacht. Halten Sie sich doch mal den Spiegel vor. Nicht ich habe sie getötet. Ich wurde angeschossen, schon vergessen? Statt gegen mich zu wüten, sollten Sie Ihren Zorn vielleicht einmal gegen Ryan Summers richten. Oder gegen seine beschissene Mutter, jetzt, wo er tot ist.«

Ishbel glaubte, in Aidans Gesicht etwas bemerkt zu haben – ein Zucken, das wie ein Schatten über sein Gesicht geglitten war –, als der junge Mann Summers' Mutter erwähnte. Aber sie hatte nicht die Zeit, sich darüber Gedanken zu machen: Jack war in den Mittelgang getreten und sah ihr jetzt mitten ins Gesicht.

»Fragen Sie sich selbst«, sagte er und deutete mit kurzem Nicken nach hinten. Auf den Sarg? Sie wusste es nicht. »Fragen Sie sich, wer hier die *wahren* Unmenschen sind.«

Stille. Die Leute um sie herum so fasziniert, als wäre das Ganze ein Spiel.

»Das reicht jetzt.«

Ishbel sprang auf. Nicht Aidan hatte das gesagt, sondern jemand, der hinter ihr stand. Sie drehte sich um – und bemerkte, dass ihre Bewegungen von Jack Egan gespiegelt wurden, als auch er sich in die Richtung der Stimme wandte. Mit geballten Fäusten war Barry Kesson vorgetreten.

»Sie sollten sich schämen, so mit dieser bemitleidenswerten Frau zu sprechen.« Er fixierte Jack. Aber nicht so, als würde er ihn von Kopf bis Fuß mustern, wie Ishbel später klar wurde, sondern als würde er dessen glänzendes Äußeres bewerten – und feststellen, dass etwas daran ihn nicht überzeugte.

Ishbel registrierte, dass Aidan hinter ihr zusammenzuckte: ein winziger Luftzug, den vermutlich nur sie bemerkte. Sie spürte seine Wut, noch ehe er etwas sagte – ähnlich dem Knistern in der Atmosphäre, dem ein Gewitter folgt.

»Ich kümmere mich darum«, sagte Aidan nach einer kurzen Pause. Ishbel kannte ihn gut genug, um zu wissen, dass er sich noch gerade rechtzeitig zurückgehalten hatte. Der Satz war eine abgeschwächte Fassung dessen, was er möglicherweise gern gesagt hätte. Neben ihr stöhnte Pauline, deren eine Hand jetzt nur noch schlaff auf Ishbels Arm lag, leise auf. Barry Kesson machte ein zorniges Gesicht. *Eine Art Revanche wegen des letzten Mals, als er und Aidan aneinandergeraten sind?*

»Ihre Frau hat recht«, sagte er schließlich. Seine eigene Frau – deren Vornamen Ishbel nicht kannte – starrte ausdruckslos ins Leere. Es war die Frau, die auch schon beim Treffen bei der Polizei vor sich hin gestarrt hatte, als wäre sie eine Statue, während die anderen um sie herum sich unterhielten. Ishbel tippte darauf, dass sie Beruhigungstabletten nahm.

Barry Kesson redete noch immer, ob mit Aidan oder Jack, wusste sie nicht, und es spielte eigentlich auch keine Rolle.

»Dass Sie sich einmischen, ist absolut unangemessen. Was haben Sie sich eigentlich dabei gedacht?«

Jeder Muskel in Ishbels Körper spannte sich an. Sie war diesem Mann dankbar für seine Unterstützung, bekam aber auch Angst. Barry Kesson kannte Aidan nicht, wusste nicht, wie schnell er aus der Haut fahren konnte. Jacks Anwesenheit in der Kapelle schmerzte wie ein Brandmal. Ishbel hatte nicht gewusst, dass man gleichzeitig so viele starke Gefühle fühlen konnte. Ihr war, als wartete auch Pauline auf den Wutausbruch ihres Sohnes.

Doch nicht Aidan, sondern Jack konnte sich nicht mehr beherrschen. »Fickt euch doch alle.« Der letzte Rest der schönen Fassade zerbrach. Unter ihr erblickte Ishbel Jacks früheres Ich: das eines gehänselten kleinen Jungen, der einen tiefen und sehr lebendigen Groll gegen die Welt entwickelt hatte. »Ich habe Abi geliebt. Mehr als ihr sie je geliebt habt. Sie gehörte zu mir.«

In der unangenehmen Stille, die folgte, wandte sich der junge Mann der offenen Tür im hinteren Bereich der Kapelle zu. Ishbel drehte sich langsam um und sah noch, wie er mit langen Schritten durch den Mittelgang lief, unter die Plexiglasüberdachung und dann hinaus in den Regen trat.

28. Mai, 10:00 Uhr

Sie folgte ihrem Sohn über einen menschenleeren Parkplatz. Sie ging dicht hinter ihm: dicht genug, um zu sehen, dass er sich die Haare schneiden lassen musste. Sie stießen schon am Kragen auf. Plötzlich kam ihr ein Gedanke: *Etwas stimmt hier nicht – der Parkplatz sollte nicht leer, sondern voller Autos und Menschen sein.* Doch Ryan ging weiter über den Asphalt, hinüber zu den weißen Markierungslinien, und sie schritt hinter ihm her.

Er betrat das Gebäude durch eine graue, schwere Schwingtür. Sie sah ihm dabei zu, wie er sich zum Öffnen mit seinem Oberkörper gegen sie lehnte. Der lange Flur dahinter wurde lediglich vom Licht erhellt, das durch die Fenster der angrenzenden Zimmer fiel. Ein farbloses Licht wie an einem sehr frühen Morgen. Im Halbdunkel behielt sie Ryans Nacken im Blick: ein weißes Aufblitzen zwischen dem schwarzen Stoff und den Haaren.

Auf halbem Weg blieb er stehen, als horchte er. Als wüsste er, dass sie da war. Doch statt sich zu ihr umzudrehen, stieß er mit dem Ellbogen eine Tür rechts von sich auf. Eine Deckenlampe ging an, und auf einer Wand aus Spiegeln erblickte sie sein Gesicht – das Gesicht, das auf einer Million Boulevardzeitungen prangte. Sich selbst konnte sie nicht erkennen.

Sie beobachtete, wie er sich innerlich sammelte. Er sah

nicht auf seine Hände, sondern betrachtete stattdessen die Spiegelversion seiner selbst, so wie er es offensichtlich schon mehrmals getan hatte. Das Badezimmer, denn das war es, verfügte auf beiden Seiten über Spiegel. Wenn sie sich im richtigen Winkel hinstellte, sah sie Ryan in vielfacher Ausführung, jede Kopie von ihm ein wenig kleiner als die vorherige, bis er im Nichts verschwand. Es waren Hunderte, alle kurz davor, aus dem sterilen Zimmer mit einem tropfenden Wasserhahn herauszutreten.

Langsam ging er den Rest des Flures entlang. Sie wusste, dass sein Hörvermögen nun eingeschränkt war, deshalb musste er auf der Hut sein. Er ging aufrecht wie jemand, der versuchte, ruhig zu bleiben.

Stell dich ihm in den Weg, sagte jemand. *Unternimm etwas*. Aber sie tat nichts. In seiner Gesäßtasche konnte sie den Umriss seines Handys ausmachen. Hinter seinem Ohr glitzerte der vergoldete Stecker eines Ohrrings. Am Ende des Flurs blieb er vor einem zweiflügeligen Notausgang mit Bullaugenfenster stehen. Einen Augenblick lang verharrte er und betrachtete die helle Szene dahinter, und sie dachte, dass jeder auf der anderen Seite sein seltsames weißes, von den winzigen Fäden der verstärkten Glasscheibe durchzogenes Gesicht sehen könnte. Dann presste er seine flache Hand gegen die Tür, bereit, sie aufzudrücken, und sie sah die blutige Nagelhaut seines Daumens, den abgekauten Fingernagel. Sie merkte, dass er schnell, abgehackt atmete, als wäre er eine große Distanz hierhergelaufen. Oder lachte er? Weinte er? *Berühr ihn*, sagte die Stimme. Aber er hatte die Tür bereits aufgestoßen.

Moira erwachte. Jemand klingelte an der Haustür – musste bereits eine Weile geklingelt haben. Sie setzte sich auf. Der Fernseher in der Ecke lief noch immer. Ihr Zimmer war nach wie vor so unordentlich, wie sie es vor zwei Wochen vorgefunden hatte. Sie trug die Sachen vom Vortag, ihr Rock war verrutscht. Auf dem Nachttisch stand eine leere Weinflasche. Sie war mitten in der Nacht in die Küche gegangen, um etwas zu trinken, weil sie mit einer entsetzlichen Angst aufgewacht war, die sie einfach nicht hatte abschütteln können. Der heftige Kopfschmerz erinnerte sie daran. Das Ganze wurde allmählich zur Gewohnheit.

Während sie die Treppe unsicheren Schrittes runterging, wurde aus dem Klingeln ein Schlagen gegen den Glaseinsatz in der Haustür. Durch das Milchglas sah sie drei schemenhafte Gestalten: den mit der Neon-Jacke bekleideten Polizisten und zwei andere Personen in dunkler Kleidung und mit dunklen Haaren. Sie drückte sich gegen die Wand. Sie wollte niemanden sehen und nicht gesehen werden. Da war etwas ganz hinten in ihrem Kopf, wie ein vergessener Name, etwas, woran sie nicht denken wollte. Als sie auf der untersten Treppenstufe stand, erinnerte sie sich, so wie sie sich an jedem Morgen erinnerte, und ihre Beine gaben fast nach: *Ryan ist tot*.

Die Personen auf der anderen Seite der Tür unterhielten sich leise. Jetzt im Flur konnte sie sie hören.

»Sie ist da drin«, sagte eine Stimme – die vom Neon-Mann. Wieder donnerte er mit geschlossener Faust gegen die Tür. »Sie kann das Haus nicht verlassen haben, ohne gesehen zu werden. Unmöglich.«

»In dem Fall muss ich die Tür aufbrechen.« Das war Amy.

Moira fiel ein Stein vom Herzen. Es waren nur Amy und ihr uniformierter Freund.

Der Polizeibeamte in der neonfarbenen Jacke schnaubte verächtlich. »Wir können nicht einfach die Tür aufbrechen«, sagte er. »Was ist mit den Sensationsreportern, die da draußen lauern? Wollen Sie vielleicht, dass morgen in allen Boulevardblättern ein Foto von mir erscheint, wie ich mir Zugang zum Haus verschaffe?«

Amy zögerte. »Aber ich muss da rein. Sie geht weder ans Telefon noch an die Tür. Wenn sie dort drinnen im Sterben liegt und Sie verhindert haben, dass Erste Hilfe geleistet wird ...«

Moira griff nach der Sicherheitskette. Das Rasseln ließ Amy verstummen. Mit einiger Mühe öffnete Moira die diversen Schlösser und zog die Tür auf.

»Wieso glauben Sie eigentlich, dass ich tot im Haus liege?«, fragte sie und blickte in Amys entsetztes Gesicht.

Hinter der Gartenmauer begannen die Reporter, etwas zu rufen, und die beiden Polizisten stellten sich als eine Art Sichtschutz hinter Amy. Der Mann in der schwarzen Uniform beugte sich zu Amys Ohr vor: »Wollen wir das nicht im Haus besprechen?«

Moira hatte sich noch immer nicht um das kaputte Fenster gekümmert. Als sie ins Wohnzimmer ging, fiel ihr wieder einmal die von den Spanplatten verursachte Dunkelheit auf, aber sie ging weiter.

Hinter ihr stieß Amy einen Schrei aus. »Moira, Ihre Füße!«

Sie blickte an sich hinunter. Sie trug die Strumpfhose vom Vortag, aber keine Schuhe. An dem einen Hacken war das Lycra rostrot.

Plötzlich war Amy neben ihr, packte ihren Arm mit beiden Händen und führte sie zwischen den Scherben hindurch zum Sofa. »Sie hätten mich hier sauber machen lassen sollen«, sagte Amy. »Jetzt sehen Sie sich an, was passiert ist.« Sie ging neben Moira in die Hocke und hob ihren Fuß an.

Hinter ihr stand ihr Kollege, blass im Gesicht. Amy drehte sich zu ihm um und deutete in Richtung Küchentür.

»Holen Sie eine Schere und einen sauberen Lappen. Ich muss die Strumpfhose aufschneiden und mir die Wunde anschauen.«

Der Mann verschwand durch die Schwingtür.

Moira fasste sich an die Stirn. Ein Gefühl, als würde ihr Puls gegen ihre Handfläche pochen. »Wieso haben Sie gesagt, Sie glaubten, ich sei tot, Amy?«

Keine Antwort. Amys Gesicht war nahe an Moiras Fuß.

»Gelte ich bei der Polizei als selbstmordgefährdet? Sind Sie deshalb hier?« Amy zog an einer Glasscherbe in ihrer Fußsohle. Sie spürte ein Stechen.

»Es tut mir leid, Moira. In der letzten Woche haben mich ein paar Dinge …«

Moira fiel der zusammengeknüllte Brief ein, den sie im Abfalleimer in der Küche entsorgt hatte, und dass sie beim Schreiben an Suizid gedacht hatte. »Sie müssen sich keine Sorgen machen. Ich werd mich schon nicht umbringen. Ich habe mich dagegen entschieden.«

Amy blickte zu ihr hoch.

»Wie könnte ich denn meinem Leben ein Ende machen, nachdem all diese Mädchen ihres verloren haben – und zwar wegen meines Sohnes?«

Amy sah sie noch immer an, unverwandt, schwieg.

»Nein.« Moira wandte den Kopf zur Seite. »Dazu wäre ich nicht in der Lage. So egoistisch könnte ich nicht sein.«

Amys Kollege kehrte, die Hände voller Gegenstände, ins Zimmer zurück. »Hier ist die Schere«, sagte er und reichte ihr eine große Schere mit grauen Griffen.

Es war die, mit der Moira sonst Fleisch schnitt. Moira sagte kein Wort.

Amy machte sich an der Strumpfhose zu schaffen.

»Ich habe in den Nachrichten gesehen, dass heute Abigail Hodgekiss' Begräbnis stattfindet«, sagte Moira.

Amy und der Polizist wechselten Blicke. »Die Feuerbestattung«, korrigierte sie der Mann. Und als Moira die Stirn runzelte, fügte er hinzu: »Für eine Beisetzung ist derzeit das öffentliche Interesse zu groß. Sie wird später stattfinden.«

Moira schloss die Augen. Ryans Leiche war noch nicht freigegeben worden, aber sie glaubte, dass Amy sich bald mit ihr zusammensetzen würde, um mit ihr darüber zu sprechen. Sie versuchte, sich vorzustellen, wie sie Ryans Begräbnis organisierte. Sie hatte das Gefühl, als hätte sie erst gestern Jackies über sich ergehen lassen – Ryan neben sich in einem schlecht sitzenden Anzug, wie er in der kalten Kapelle mit der kleinen Trauergemeinde aus Verwandten fror. Sie versuchte, sich zu erinnern, in welcher Reihenfolge sie die Dinge erledigt hatte. Erst Sarg? Dann Blumenschmuck? Dann Reden? Doch schon allein der Gedanke daran tat weh – körperlich, ein heißer Schmerz im Kopf. Ihr fiel wieder ein, wieso sie mitten in der Nacht nach unten gegangen war, um den Wein zu trinken.

»Die Leute reden natürlich schon über den großen

öffentlichen Trauergottesdienst«, sagte der Polizist. Moira sah, dass Amy die Zähne zusammenbiss. »Er soll live übertragen werden, heißt es.«

»Oh«, sagte Amy – ein wenig zu rasch, zu heiter, als sie Moiras Fuß abtupfte. »Die Wunde ist gar nicht so schlimm. Wegen des vielen Bluts hat das viel ernster ausgesehen, als es in Wirklichkeit ist.«

Der Polizist hatte ein feuchtes Tuch mitgebracht, dazu eine Tube Salbe, die er in irgendeiner Schublade gefunden haben musste, sowie eine Packung mit Pflastern. Moira war beeindruckt. Wenn sie Jackie losgeschickt hätte, um in der Küche nach einem Erste-Hilfe-Set zu suchen, wäre er mit nichts als einem hilflosen Hundeblick zurückgekehrt. Sie überlegte, ob sie eine diesbezügliche Bemerkung machen sollte, ermahnte sich aber: *Nein. Keine Witze. So viele Menschen sind gestorben.*

Stattdessen wich sie dem Blick des Polizisten aus; alle schwiegen, als Amy die kühlende Salbe auf die Wunde auftrug und dann behutsam ein großes Pflaster darüberklebte.

»Steve?«, sagte Amy schließlich. »Könnten Sie nach oben gehen und für Moira ein Paar Schuhe holen?« Sie drohte Moira mit dem Zeigefinger. »Das passiert nicht noch einmal, verstanden?«

Moira lächelte schmallippig, während sie an die Flasche Wein dachte. Sie bezweifelte, dass sie das versprechen konnte.

Amy stand auf, strich ihren Bleistiftrock glatt und ging knirschend über die Scherben in den Flur. Sie kam mit einer Laptop-Tasche zurück, die sie neben Moira aufs Sofa legte.

Moira brauchte einen Moment, um zu begreifen, dass es sich um ihre Tasche handelte. Das Laptop, das sie sich gekauft hatte, als sie mit dem Studium an der Open University anfing – sie hatte das alles ganz verdrängt und versuchte jetzt, sich damit zu identifizieren. Aber kein Gefühl stellte sich ein.

»Wir haben das Laptop untersucht«, sagte Amy. »Alles sauber. Wir glauben nicht, dass Ryan es je benutzt hat. Sie können es zurückhaben.«

Moira wartete, bis Amy und der Polizist namens Steve die Haustür hinter sich geschlossen hatten, wartete, bis das Geschrei der Paparazzi draußen erst nachließ und dann verstummte. Dann zog sie den Reißverschluss auf, holte das Laptop heraus und fuhr es hoch.

Der Bildschirmschoner war gelöscht worden, die kleinen Datei-Icons waren jetzt vor einem schlichten schwarzen Hintergrund angeordnet. Das Foto des Schoners hatte Jackie und Ryan gezeigt, aufgenommen während eines Familienurlaubs. Ryan als Teenager, er hatte verdrießlich in die Kamera geblickt, den Arm seines grinsenden Vaters um die Schulter gelegt, im Hintergrund war ein Sandstrand zu erkennen gewesen. Moira fragte sich, ob das Foto wohl entfernt worden war, um ihr den schmerzlichen Moment zu ersparen, das Laptop aufzuklappen und sofort das Foto zu sehen.

Nach kurzer Überlegung tat Moira genau das, wovon Amy ihr abgeraten hatte. Sie klickte auf das kleine Icon in der Menüleiste unten am Bildschirmrand und öffnete ein neues Browserfenster. *Nur kurz nachsehen, ob die Graffiti noch da sind.* Mit zitternden Händen tippte sie *Haus der Familie Summers* in die Suchmaske.

Als Ergebnis wurden viele Fotos vom Haus angezeigt. Sie betrachtete die kleinen quadratischen Vorschaubilder. Es war verwirrend, das Haus, in dem sie seit Jahrzehnten wohnte, durch die Objektive der Männer zu betrachten, die dort draußen standen. Auf einigen der Fotos waren Menschen zu sehen: verschiedene Polizisten, einige davon Frauen. Amy, wie sie auf dem Gartenweg zur Straße ging und dabei die Hand hochhielt, um ihr Gesicht zu verbergen. Die Graffiti waren auf allen Fotos zu sehen.

Doch Moira gab sich nicht damit zufrieden. Kaum hatte sie das Laptop aufgeklappt, wusste sie, dass sie sich nicht damit begnügen würde, denn die Fotos ihres Hauses waren nicht wirklich das, wonach sie suchte. Sie klickte die Bilder an, sodass die dazugehörigen Artikel erschienen, und begann zu lesen. Ihr war, als wäre alle Luft aus dem Zimmer – dem Haus – abgesaugt worden. Als würde sie ersticken.

Überall der Name ihres Sohnes; er erschien neben Wörtern wie *Monster*, *geistesgestört*, *Einzelgänger* und sogar *Bestie*. *Ist der Serienmörder Ryan Summers*, lautete eine hellblaue Zeile, *letztlich das Produkt toxischer Männlichkeit?* Und eine andere: *Der Three-Rivers-Mörder Ryan Summers probte sein Massaker mittels Ego-Shooter-Spielen*. Und noch eine andere: *Mutter des Mörders aus Polizeigewahrsam entlassen – sie ist angeblich unschuldig, und doch klebt Blut an ihren Händen*.

Eine Erinnerung stieg in Moira auf: so jäh, dass sie sich fühlte, als wäre sie bei viel zu schneller Fahrt mit dem Auto in ein unsichtbares Schlagloch geraten. Eine Szene, an die sie in den vergangenen zwanzig Jahren nicht hatte denken wollen, was aber nie geklappt hatte – trotzdem war sie da. Die Erinnerung, wie sie auf ihre Hand hinuntergeblickt und dann bemerkt hatte, dass sie blutverschmiert war – mit ihrem Blut, Blut, das nach ihr roch. Angst flutete ihr Herz. Als sie die Bettdecke zurückschlug, stellte sie fest, dass das Bett voll davon war, überall das gleiche rostfarbene Blut. Der Laut, der ihr entfuhr, weckte Jackie auf – wie jung er doch in der Erinnerung war, wie lebendig. Es war kein Schrei, eher etwas, das dem leisen Wimmern eines Tieres glich. Viel später, am Tag von Ryans wundersamer Geburt, hatten sie sich darauf geeinigt, ihm nichts von seinem älteren Bruder oder seiner älteren Schwester, den oder die er nie gehabt hatte, zu erzählen. Doch seit Jackies Tod hatte Moira es in Betracht gezogen, mehr als einmal. Sie hatte geglaubt, dass sein Wissen darüber sie vielleicht einander näherbringen, ihren Sohn womöglich zurückholen könnte von dem fernen Ort, an den es ihn seit dem Tod seines Vaters verschlagen hatte. Nun war Ryan tot, Jackie war tot, und das Baby, das nie geboren wurde, war auch schon so lange tot, und es schien ihr, als wären die Geheimnisse, die in den vier Wänden dieses Hauses niemals ausgesprochen worden waren, das Problem, der Grund für das alles.

Heiße Wut stieg in Moira auf: Hinter ihrem Brustbein baute sie sich auf, bis sie sich aus ihrem Mund ergoss und ihr dieser grollende Laut entfuhr, den sie zuvor nur ein einziges Mal von sich gegeben hatte. Ihr Körper zuckte nach vorn: Sie packte das Laptop und schob es von ihren Oberschenkeln, als hätte sie sich daran verbrüht. Mit einem dumpfen Aufprall fiel es auf den Teppich. Moira beugte sich nach unten, legte den Kopf zwischen die Knie und heulte. Das Geräusch, das sie dabei machte, ähnelte dem eines Ertrinkenden; über ihr Gesicht zogen sich Speichelfäden; sie schluchzte. Es kam ihr vor, als wäre alles, was sie je geliebt hatte, verloren und als trüge sie die Schuld daran – als wäre irgendwie jedes Mal sie dafür verantwortlich. Du, du verdienst das, dachte sie immer wieder. Du. Verdienst. Das.

Nach einer Weile ebbten die Geräusche, die sie von sich gab, langsam ab. Sie blinzelte heftig und wartete, dass Ruhe einkehrte. Das war's: Sie war noch da. Sie würde weiterleben müssen.

Moira richtete sich auf und wischte sich mit einem Ärmel die Tränen aus dem Gesicht. Sie fühlte sich leer und lächerlich, hob das Laptop vom Teppich auf und legte es sich wieder zurück auf die Knie. Auf dem Bildschirm war die aufgerufene Website mit den Suchergebnissen zu sehen; so als hätte die letzte Viertelstunde gar nicht existiert. Moira scrollte sie mechanisch nach unten, wunderte sich über die schiere Anzahl. Während sie sich durch die zahlreichen Seiten mit den Suchergebnissen klickte, wurden die Namen der Websites immer unvertrauter. Die Ergebnisse begannen mit Bildern der *BBC News*, dem *Guardian*, der *Huffington Post* sowie diversen Internetseiten, die zu Boulevardblättern gehörten. Ungefähr auf Seite acht änderten sich die Quellen der Artikel: Blogs und Foren mit Namen wie *opencases*, *operationjustice* und *unsungheroes* tauchten auf. Moira lief es kalt über den Rücken. Die Welt bildete sich eine Meinung über ihren Sohn.

Aus Gewohnheit öffnete sie ihre E-Mails. Der Posteingang war randvoll mit ungelesenen Nachrichten, manche davon mit Betreffzeilen wie *Es tut mir so leid!*, *Geht's dir gut?*, *Ich denk an dich*. Doch fast ganz oben, unter den neuesten Nachrichten, fanden sich auch ein paar mit Betreffzeilen wie *Fahr zur Hölle* und *Du wirst einen Preis zahlen für das, was du getan hast*. Einige wurden eingeleitet mit *Re: Re: Re: Re:*. Da wurde Moira klar, dass es noch viel mehr von ihrer Art gegeben hatte – die Polizei musste sie entfernt haben, während das Laptop in ihrer Obhut war. Ihr wurde schwarz vor Augen. Die Angst in ihr schwoll an. Diese Menschen hassten sie. Aber was wussten die denn von ihr? Was *konnten* sie von ihr wissen?

Als sie schließlich die kleinen Kästchen anklickte, um die Hassmails zu löschen, fiel ihr Blick auf eine Betreffzeile, die sie aufschluchzen ließ. Nur einmal, in die Stille des Hauses hinein. Sie lautete: *Ist Ryan noch am Leben?*

Instinktiv öffnete Moira die Nachricht, ohne die Adresse des Absenders gesehen zu haben.

Liebe Moira,

mein Name ist Grant Lockley. Ich bin freier Journalist. Wir haben kurz miteinander an dem Abend telefoniert, als Sie aus dem Polizeigewahrsam entlassen wurden. Aber offenbar waren Sie zu erschöpft, um mit mir reden zu können. Das ist völlig verständlich. Ich möchte jedoch die Gelegenheit ergreifen, um Sie noch einmal anzusprechen und um Ihnen einige Informationen anzubieten, auf die ich gestoßen bin und die Sie möglicherweise interessieren könnten.

Ich habe einen Threadverlauf auf einer Website namens *Truth unifies* verfolgt. Die dortige Community ist, so wie viele Bürgerinnen und Bürger, sehr erpicht darauf zu erfahren, warum Ryan seine Tat am Three Rivers verübt hat, und hat deshalb selbst ermittelt. Derzeit wird auf der Site die Möglichkeit diskutiert, dass hinter dem Amoklauf mehr steckt, als die Polizei oder die Medien uns verraten. Sie finden den Thread unter http://truthunifies.com/110355.

Moira hielt inne und sah entgeistert auf den blau leuchtenden Hyperlink.

»Momentan würde ich mich vom Internet fernhalten«, hatte Amy, nicht zum ersten Mal, ihr geraten, als sie das Haus verließ. »Ich muss Ihnen sicher nicht erklären, dass draußen in der Welt Menschen trauern und eine der Trauerphasen sich durch Wut kennzeichnet. Und weil es viele Menschen sind, haben wir vor Ihrer Tür uniformierte Beamte postiert.«

Moira musste skeptisch gewirkt haben – vielleicht hatte sie auch einfach nicht schnell genug reagiert –, denn Amy hatte hinzugefügt: »Ich lege Ihnen sehr ans Herz, meinen Rat zu befolgen. Glauben Sie mir: Das Internet ist momentan nicht gut für Sie.«

Noch einmal gingen Moira Amys Worte durch den Kopf. Dann holte sie tief Luft und klickte auf den Link.

truthunifies.com

Die Freiheit zu denken ist die Freiheit, anders zu denken

HOME | FOREN | SPENDEN | INFORMATIONEN SENDEN

truthunifies: FOREN: BELIEBT: THREE RIVERS COLLEGE
Ist Ryan Summers noch am Leben?

Übermittelt von | **FoolBritannia**

Moderatoren | ***LastManPandering f1ypaper 86vintage born_ Yesterday iamthatgirl*** | *Thread melden*

FoolBritannia *Profil ansehen 11 Posts*
Gepostet um 22:34:07 Uhr

Hallo, ihr Wahrheitsliebenden,

ich habe diesen Thread ins Leben gerufen, weil ich diverse Behauptungen und/oder Theorien hier gelesen habe, die in Bezug auf das Three Rivers College kursieren, und der Sache auf den Grund gehen will. Zwei meiner Threads wurden bereits gemeldet, weshalb alle Versuche, darüber zu diskutieren, bisher gescheitert sind. Meine Fragen wurden ignoriert oder als Gelegenheit genutzt, mich zu attackieren (das ist den Moderatoren gemeldet worden, aber ich nehme an, dass nichts dabei herauskommen wird). Hier also noch mal meine Fragen:

Warum so wenig Panik? Aus dem, was ich der Berichterstattung im Fernsehen entnehme, wirken die Augenzeugen ruhig und unbeeindruckt. Luftaufnahmen vom Campus zeigen kaum Aktivitäten; sämtliche Polizei- und andere Rettungsfahrzeuge scheinen weit weg von den Haupteingängen zu den College-Gebäuden zu parken. Aber sobald feststand, dass Summers außer Gefecht gesetzt worden war, hätten die Rettungswagen doch sofort vor Ort sein müssen.

Wo sind die Studenten? Es handelt sich um den Hauptcampus eines Colleges mit riesigem Einzugsbereich. Laut der Wikipedia-Seite zum Three Rivers hätten allein auf dem Tweed Campus mehr als 7000 Studierende anwesend sein sollen (allerdings schließt die Zahl Teilzeit- und Fernstudierende ein, die an jenem Tag dort gewesen sein können oder auch nicht). Nochmals: Auf den Luftaufnahmen, die ich gesehen habe, laufen verdächtig wenige Leute dort herum, und bei vielen scheint es sich um Ersthelfer/Rettungspersonal zu handeln. Wo sind die Studenten?

Wenn es sich tatsächlich um einen vorgetäuschten oder von jemand anderem geplanten Amoklauf handelte, was für einen Grund könnte es dafür geben? Meines Wissens werden in den USA ständig solche Vorfälle als Vorwand inszeniert, um die Waffengesetzgebung zu verschärfen; aber schon der Umstand, dass Summers in einem Land wie meinem an irgendeine Art Schusswaffe gekommen ist, ist doch ziemlich unglaubwürdig. (Ehrlich, ich habe es selbst versucht, ist kaum zu schaffen.) Hat der Vorfall vielleicht etwas mit Überwachung zu tun?

Noch einmal: Wenn der Amoklauf unter »falscher Flagge« inszeniert wurde, wer ist dann Ryan Summers? Hat irgendwer da draußen Infos über ihn?

[Antworten]

Moira blinzelte: einmal, zweimal. Sie verstand das, was sie gelesen hatte, teilweise, aber bei den Worten *vorgetäuschten oder von jemand anderem geplanten Amoklauf* schlug ihr Herz hart wie der Klöppel gegen eine Glocke. Sie dachte zurück an den Morgen des Vorfalls – war das tatsächlich schon zwei ganze Wochen her? –, als sie im Vorgarten gestanden hatte. Als die in Schwarz gekleideten Polizisten mit Schutzwesten sie umringt hatten; als immer mehr Nachbarn erschienen waren, um vom anderen Bürgersteig herüberzugaffen. Während sie zugeschaut hatte, wie persönliche Dinge von ihr und Jackie und Ryan aus dem Haus getragen und in die parkenden Kastenwagen verladen wurden, war ihr immer wieder ein und derselbe Gedanken gekommen: *Vielleicht ist es ja tatsächlich nur eine Art Inszenierung, eine Übung.*

Sie konzentrierte sich wieder, drückte CTRL und klickte auf den mit *Luftaufnahmen* betitelten Link. Sie landete auf einem Blog. War es der des Schreibenden, *FoolBritannia?* Die Bilder waren aus dem Helikopter eines Nachrichtensenders aufgenommen worden: Standbilder, am unteren Rand waren Ausschnitte des Live-Tickers zu sehen. Jemand hatte die Gruppen von Rettungswagen rot eingekreist. Bildunterschriften erklärten Moira, was sie sah: der Zugang zum College war verwaist, die Rettungswagen parkten gut hundert Meter entfernt. Sie klickte zurück und las die erste Antwort.

Underthejail *Profil ansehen 2341 Posts*
Gepostet um 22:41:55 Uhr

Zunächst mal herzlich willkommen, FoolBritannia, und danke für deine Einsichten aus Großbritannien.

Wie ist die Stimmung bei euch in ltz. Zeit?

Ich habe mir mal die Berichterstattung des Amoklaufs angesehen, die hier in den USA nicht so ausführlich war, wie ich's gern hätte, aber trotzdem sind mir die gleichen Sachen aufgefallen wie dir.

Fehlende Panik - und wo sind die Studenten?

Nicht zu erklärende Parkpositionen von Rettungsfahrzeugen und von denen auch eine überraschend geringe Anzahl bei dieser Art von Vorfall.

Ich bin überzeugt davon, dass der Amoklauf inszeniert wurde, was Ryan Summers zu einem bezahlten Schauspieler oder einem Angehörigen des Militärs macht, der zu dem Zweck ausgebildet wurde. Vermutlich ist er, wie bei vielen vorgegaukelten Schulmassakern in den USA der Fall, wohlauf, hat eine neue Identität angenommen und einen dicken Scheck bekommen.

Du fragst, warum die britische Regierung so was macht. Es ist ziemlich offensichtlich, dass sie den USA nacheifern, weil sie gemerkt haben, wie die Demokraten hier von vielen von ihnen geplanten Amokläufen profitiert haben.

Könnte auch sein, dass die US-Regierung Druck auf Großbritannien ausgeübt hat, dass der Amoklauf von den USA inszeniert wurde, aber eben auf britischem Boden stattfand.

Wir wissen, dass die USA ähnliche Vorfälle schon mehrmals im Ausland geplant haben, man blicke nur in Richtung Ukraine.

Natürlich könnte es auch um das Thema der staatlichen Überwachung gehen, aber davon hast du vermutlich mehr Ahnung.

Stell weiter Fragen.

[Antworten]

Moira hatte das Gefühl, in zwei Hälften zu zerfallen. Einerseits war da die eine, die dachte: *Diese Leute müssen unrecht haben. Ryan ist tot. Ich habe ihn gesehen.* Diese Hälfte hatte zugeschaut, wie der Sektionsassistent im Leichenschauhaus das Laken in Zeitlupe von dem gehoben hatte, was vom Gesicht ihres Sohnes übrig geblieben war.

»Wieso sieht er … so aus?«, hatte sie gefragt.

Der junge Polizist – Gibbie genannt – hatte ihr die Hand tröstend auf die Schulter gelegt.

»Trümmerfraktur des Schädels«, hatte der Assistent gesagt. »Die Kugel ist direkt über dem rechten Auge eingedrungen und ...« Er hatte innegehalten, Moira angesehen und geglaubt, sie habe ihn nicht verstanden. »Er hat sich in die Schläfe geschossen. So.« Er hatte sich zwei Finger seitlich an den Kopf gedrückt. »So wie in Filmen.«

Moira war zusammengebrochen und, vor Schmerzen gekrümmt, schluchzend und würgend, von Gibbie weggeführt worden.

Doch jetzt gab es da noch eine andere Stimme in ihrem Kopf, die zwar wie ihre eigene klang, jedoch sich mit ihr über diese Erinnerung stritt, tobend und schreiend. *Was ist, wenn er nicht tot ist?*, fragte die Stimme. *Hier behauptet jemand schließlich, dass er nicht tot ist. Was ist, wenn er nicht tot ist? Was ist, wenn er's nicht ist? Was ist, wenn er's nicht ist?*

Moira las das Posting noch einmal.

```
Ich bin überzeugt davon, dass der Amoklauf
inszeniert wurde, was Ryan Summers zu einem
bezahlten Schauspieler oder einem Angehörigen
des Militärs macht, der zu dem Zweck ausge-
bildet wurde. Vermutlich ist er, wie bei vie-
len vorgegaukelten Schulmassakern in den USA
der Fall, wohlauf, hat eine neue Identität
angenommen und einen dicken Scheck bekommen.
```

Sie hatte keine Ahnung, wie so etwas funktionieren konnte oder ob so etwas überhaupt möglich war: Die beiden Hälften stritten in ihr miteinander, und sie wunderte sich über die Absurdität des Ganzen. Aber wenn jemand tatsächlich Ryan gefragt hätte, ob er bei einer Geheimoperation der

Regierung mitmachen wollte – anscheinend das, was laut dem letzten Schreiber passiert war –, dann hätte ihn das ganz bestimmt begeistert. Während andere Jungs auf dem Spielplatz der Grundschule herumtollten und Feuerwehrleute, Polizisten oder Cowboys spielten, war Ryan meistens für sich geblieben. Er hatte von einer Ecke aus zugeschaut, Dinge vom Boden aufgesammelt und sie sich in die Taschen gesteckt oder unverständliche Zeilen und Symbole hinten in sein Übungsheft gekritzelt.

»Ich bin ein Spion«, hatte er mal zu ihr gesagt, als sie ihn danach fragte. »Geh weg, Mummy. Ich hab mich verkleidet.«

Hatte er sich auch jetzt verkleidet? Traute sie sich, das, was diese Leute – diese Fremden im Internet – behaupteten, zu glauben?

Sie las weiter.

ElectRick *Profil ansehen* *554 Posts*
Gepostet um 00:47:21 Uhr

Hey, Wahrheitsliebende,

ich möchte gern über die Waffen reden, weil ich eine riesige Verarschung rieche. Wir sollen glauben, dass dieser Junge mit drei modifizierten Startpistolen und achtzehn Kugeln da reingegangen ist und es geschafft hat, 13 Menschen und sich selbst umzubringen? Angeblich soll er alle achtzehn Kugeln abgefeuert haben, und wir wissen, dass auf einige der sogenannten Opfer mehrmals geschossen wurde. Überlegt mal, da stimmt was nicht.

Sollte Summers wirklich nicht mehr als 18 Kugeln zur Verfügung gehabt, tatsächlich alle Mädchen getötet UND einige davon mehrmals getroffen haben, muss er ein supergut ausgebildeter Schütze gewesen sein. Es gab also kaum Fehlschüsse, kaum Querschläger. Dann muss der Typ ein ausgebildeter Killer gewesen sein, der für den inszenierten Amoklauf jahrelang geübt hat.

Lasst mich eure Meinungen hören, Wahrheitsliebende. Ich bin mir ziemlich sicher, dass niemand von euch beweisen kann, dass ich mit meiner Vermutung falschliege.

Moira schwirrte der Kopf. Sie hatte das Gefühl, betrunken, ohnmächtig oder eine Kombination aus beidem zu sein. Sie rief sich die Male in Erinnerung, in denen ihr Sohn außer Haus gewesen war und sie nicht wirklich gewusst hatte, wo. Sie hatte immer versucht, ihm Freiraum zu lassen, vor allem in den vergangenen Jahren. Hatte sich gesagt: *Er ist jetzt schließlich ein Mann.* Bei diesen Malen … War ihr Sohn da irgendwo, vielleicht in irgendeiner Regierungsbehörde, zu einem Schützen ausgebildet worden?

Das ist Science-Fiction, sagte die eine ihrer Hälften.

Aber was ist, wenn er wirklich noch lebt?, sagte die andere.

Noch einmal klickte sie auf Grant Lockleys E-Mail.

Ich möchte jedoch die Gelegenheit ergreifen, um Sie noch einmal anzusprechen und um Ihnen einige Informationen anzubieten, auf die ich gestoßen bin und die Sie möglicherweise interessieren könnten.

Zum Schluss war eine Handynummer angegeben. Unterschrieben war die Mail mit: *In tiefster Anteilnahme, Grant.*

Moira las den Thread auf der Website weitere Male. Dann noch mal die E-Mail. Schloss das Browserfenster, um es wieder zu öffnen. Sie saß da und betrachtete die schwarzen Worte auf weißem Hintergrund, bis alles vor ihren Augen verschwamm. Draußen machte einer der Journalisten einen Witz. Lautes Gelächter drang durch die Spanplatten vor den Fenstern ins Haus. Moiras Gedanken drifteten ab – wie so häufig, sie waren wie Metallspäne, die von einem Magneten angezogen wurden. Sie kehrten zurück zu ihrem letzten Gespräch mit Ryan am Küchentisch am Vorabend des Amoklaufs. Sie wollte so sehr in der Zeit zurückreisen, zurückkehren zu diesem Moment, dass ihr die Brust vor lauter Sehnsucht wehtat. Wenn sie Ryan doch nur zurückhaben könnte, vor ihr sitzend, sie mit ihm sprechen könnte, wenn auch nur für eine Minute …

Erneut las Moira die Mail und dann noch einmal. Die beiden streitenden Hälften in ihr waren verstummt – es gab nur noch die Worte dieses Mannes, die sich wie Rauch nach einer Explosion in ihr ausbreiteten.

Was, wenn?, flüsterte plötzlich eine der beiden Hälften, und Moira griff nach dem Telefon.

EILMELDUNG! OPFER DES AMOKLAUFS AM THREE RIVERS WEGEN DROGENDELIKTEN ANGEKLAGT – POLIZEI BEHARRT DARAUF, SIE HABE NICHTS ZU VERBERGEN

Von GRANT LOCKLEY
VERÖFFENTLICHT: 29.05.–8:45 Uhr

Jack Egan, ein Opfer des Amoklaufs am Three Rivers College, wird von der Polizei angeklagt, nachdem er gestanden hat, auf dem Tweed Campus des Colleges mit Drogen gehandelt zu haben. Der 21-Jährige bekannte sich dazu in einem zweiteiligen Exklusiv-Interview mit mir, den gesamten Text können Sie hier lesen. Darin sagte er, er habe das Geld für seine Geschäfte, die darin bestanden, Drogen der Klasse B zu besorgen und diese an Mitstudenten zu verkaufen, benötigt, um seine Mutter zu unterstützen, die als Behinderte auf Sozialhilfe angewiesen sei.

Opfer des Amoklaufs am Three Rivers erzählt alles: Lesen Sie das Exklusiv-Interview hier

Egans Freundin, Abigail Hodgekiss, wurde ebenfalls in die kriminellen Aktivitäten einbezogen, über die, so Egan, »alle am College Bescheid wussten«. Hodgekiss gehört zu den 13 jungen Frauen, die der Schütze Ryan Summers ermordete, als er am Morgen des 14. Mai auf dem Tweed Campus um sich schoss. Gestern versammelten sich Abigails Freunde und Angehörige, unter ihnen auch Jack Egan, an einem nicht näher bekannten Ort in Edinburgh, um sie einzuäschern.

Heute Morgen hat die Polizei Jack Egan in Gewahrsam genommen, und es ist wahrscheinlich, dass er wegen des Besitzes und Verkaufs illegaler Drogen angeklagt wird. Sein Anwalt wurde gestern kontaktiert, lehnte aber jede Stellungnahme ab. (Wie immer können Sie auf dem neuesten Stand der Entwicklungen bleiben, indem Sie mir auf Twitter @thegrantlockley folgen.)

Bildstrecke: Während die Gerüchteküche brodelt, verlassen Abigail Hodgekiss' Eltern in getrennten Fahrzeugen ihr Haus, um an der Feuerbestattung ihrer Tochter teilzunehmen – lesen Sie hier mehr

Wie andernorts berichtet, häufen sich die Spekulationen hinsichtlich der laufenden Ermittlungen der Police Scotland zum Amoklauf am Three Rivers. Auch eine Online-Gruppe mit dem Namen »Truth unifies« stellt, wie so viele von uns, die offizielle Version der Ereignisse infrage. Sie interessiert sich insbesondere für den Ballistikbericht der Police Scotland und behauptet, dieser zeichne ein ungenaues Bild.

Wir haben unseren eigenen detaillierten Ballistikbericht zusammengestellt: Lesen Sie hier mehr

Ryan Summers, so ein Mitglied von »Truth unifies«, sei »ein erfahrener Schütze, und ich rede hier nicht nur vom Schießstand«. Nach Angaben der Ballistikexperten von »Truth unifies« ist die Modifizierung einer Schusswaffe kein Kinderspiel – laut Aussage der Polizei hat Summers gleich drei Waffen erfolgreich manipuliert. »Er ist ein ausgebildeter Killer«, so unsere Quelle weiter, »und [es ist wahrscheinlich], dass er seit Jahren … hierfür trainiert hat«. Natürlich handelt es sich bei »Truth unifies« um eine Gruppe mit dem Hang zu Verschwörungstheorien, doch was mir hinsichtlich der Ballistik von Seiten der Polizei mitgeteilt wurde, erscheint bislang tatsächlich fragwürdig und unterstützt meine These, dass die Polizei uns lediglich einen Bruchteil dessen erzählt, was sie wirklich über diesen Fall weiß.

Unterdessen erhält Ryan Summers' Mutter Moira weiterhin kostspieligen Rund-um-die-Uhr-Personenschutz. »Wir haben derzeit Grund, etlichen Drohungen nachzugehen, die gegen Mrs Summers ausgesprochen wurden«, heißt es in einer offiziellen Stellungnahme. »In einem solchen Fall ist es unsere Pflicht, das Opfer in Obhut zu nehmen.« Die Polizei wurde aufgefordert, dies genauer zu kommentieren, lehnte jedoch ab. Ich persönlich bleibe weiterhin skeptisch, was den geradezu paranoiden Schutz von Mrs Summers betrifft. Wieder stellt sich die Frage – verdient die Frau diese Vorzugsbehandlung?

Lesen Sie mehr von Grant Lockley

Teilen oder kommentieren Sie diesen Artikel

TOP-KOMMENTARE

Kirsten_i Ich persönlich finde es nicht richtig, dass der Junge festgenommen wurde – er ist doch erst 21, um Himmels willen!!!! Wer hat in dem Alter denn keine Dummheiten begangen? Ich habe gestern sein Interview gelesen, er scheint ziemlich viel durchgemacht zu haben! Man sollte ihm eine Chance geben.

^ 797 Personen gefällt das

miKomiko Die Polizei schuldet uns die Wahrheit!!! Eine Untersuchung des Massakers durch die Regierung wird kommen, und dann werden alle leitenden Beamten gefeuert!!!

^ 561 Personen gefällt das

stonej86 Ich hab mir mal die Seite von »Truth unifies« angesehen. Ein Haufen Leute da sind anscheinend geisteskranke Verschwörungstheoretiker. In einem haben die allerdings recht, nämlich dass es viel Geschick erfordert, eine Waffe umzubauen. In dieser Frage hat die Öffentlichkeit noch nicht viele Informationen erhalten, vermutlich um Nachahmer zu verhindern. Aber hier meine eigene – spekulative – Einschätzung: Ich glaube, dass Summers höchstwahrscheinlich den Waffenlauf beziehungsweise einen Teil davon entfernt hat, um dann den Stift herauszuziehen, der bei Schreckschusspistolen verhindert, dass scharfe Patronen abgefeuert werden. Das wäre die beste Methode, um zu verhindern, dass die Munition in der Waffe stecken bleibt und dass nachfolgende

Schüsse dazu führen, dass die Waffe explodiert. Entweder das, oder Summers hat auf irgendeine Weise selbst spezielle Munition für die Waffen hergestellt. Meiner Meinung nach ist es schwierig, Schreckschusswaffen zu modifizieren, aber nicht unmöglich. Vielleicht war Ryan Summers dazu in der Lage. Ich schreibe als ehemaliger Sportschütze, der leider den Großteil seiner Sammlung der Polizei übergeben musste.

^ 423 Personen gefällt das

1357924 Wieso ist Cannabis überhaupt illegal? Jack Egan hat mit etwas »gedealt«, das Millionen Menschen jeden Tag konsumieren – wacht endlich auf!

^ 310 Personen gefällt das

29. Mai, 9:15 Uhr

»Dieser Lockley geht mir dermaßen auf die Nerven.«

Birch schrak zusammen. Vor zwei Stunden war sie früh zur Arbeit erschienen, hatte eine Besprechung mit Rehan gehabt, das Team über die Ereignisse bei der Einäscherung von Abigail Hodgekiss informiert und bergeweise E-Mails in ihrem Posteingang abgearbeitet (aber dabei alles ignoriert, was nicht mit dem Three Rivers zusammenhing). McLeod war zwar erst seit zehn Minuten im Haus, aber im Team kursierte bereits die Nachricht, dass er üble Laune hatte und man ihm um jeden Preis aus dem Weg gehen musste. Birch hatte sich nicht schnell genug verdrückt.

»Aber wir müssen Gründe haben, um ihn festnehmen zu können.«

McLeod sah so adrett aus wie immer – sogar mit perfekt gebundenem Windsorknoten –, aber seine Augen traten fast aus ihren Höhlen. Birch schob mit einem Finger Krümel über die Arbeitsfläche in der Teeküche, um ihn nicht ansehen zu müssen.

»Na ja«, sagte sie, »ich persönlich vermute ja schon lange, dass er Informationen zugespielt bekommt. Er fällt in das Raster gewisser Journalisten, die sich für so etwas hergeben. Vor allem durch sein Anheuern von Privatdetektiven.«

»Sie sprechen von Hacking?«

»Ja … E-Mail-Accounts und anderes. Es hat Zeiten gegeben, da hat er Sachen geschrieben, die er nur wissen konnte, weil er sich in den Nationalen Computer der Polizei gehackt hatte.« Als McLeod ihr einen seiner Reden-Sie-weiter-das-interessiert-mich-Blicke zuwarf, fügte sie hinzu: »Aber ich habe schon länger mit ihm zu tun. Seit Jahren.«

»Seit dem Fall Ihres Bruders.«

»Ja.« Birch schrak zusammen. *Bitte, sprechen wir heute Morgen nicht darüber.*

McLeod bemerkte ihre Reaktion nicht. »Wie kommen Sie damit eigentlich zurecht, Helen?«

Sie betrachtete die Krümel auf der klebrigen Arbeitsplatte, die inzwischen in einer unordentlichen Reihe lagen.

McLeod neigte den Kopf ein wenig und versuchte, ihren Blick aufzufangen. »Mir ist genügend über Sie und Lockley bekannt«, sagte er, »um zu wissen, dass Ihnen alles, was mit ihm zusammenhängt … persönlich nahegeht.«

Nichts davon ist persönlich, dachte Birch. So redete auch Lockley. Und genau deshalb war er in diesem Scheiß, den er tat, so gut. Er glaubte das Ich-mache-nur-meinen-Job-Mantra. Aber das konnte sie McLeod nicht erklären. Genauso wenig, wie dass alles, was mit Lockley zu tun hatte, ihr schlichtweg wehtat.

»Ist schon gut, Sir.« Birch richtete sich kerzengerade auf und sah ihrem Chef in die Augen. »Ich werde nicht zulassen, dass meine persönliche Geschichte mit diesem Mann meiner Arbeit in die Quere kommt, das verspreche ich Ihnen hoch und heilig.«

Einen Moment lang musterte McLeod sie schweigend, und sie strengte sich an, seinem durchdringenden Blick standzuhalten. »Gut«, sagte er schließlich. »Sie glauben also, dass Lockley sich diese Sachen über die Familie Hodgekiss aus den Fingern saugt?«

Birch sah weg. »Unwahrscheinlich. Leider scheint es so, als würde das Gift, das er im Moment verspritzt, tatsächlich von Jack Egan stammen.«

»Dem Jungen, der überlebt hat?«

»Genau dem. Der überlebt hat, um diese Geschichte zu erzählen.«

McLeod schnaubte verächtlich. »Und was für eine schäbige kleine Geschichte. Was hat das Arschloch eigentlich gedacht, was passiert, wenn es der Scheißallgemeinheit verkündet, dass es mit Drogen handelt? Hat der Typ denn nicht gewusst, dass er polizeibekannt ist? Ich meine, im Ernst, Birch.«

Birch zuckte die Achseln. »Ich denke, er gehört in die Kategorie *hübsch, aber nicht besonders hell*. Vielleicht hat er ja auch geglaubt, dass ihn die überwältigende Anteilnahme, die er bekommt, weil man ihn angeschossen hat, vor dem langen Arm des Gesetzes schützen würde.«

McLeod war wütend.

Birch versuchte, es zu ignorieren. »Ehrlich gesagt, mir tut der Junge leid«, sagte sie. »Von seinem Minidrogenimperium einmal abgesehen – er ist erst einundzwanzig und hat gerade seine Freundin verloren.«

»Die seine Drogenkurierin war.«

Birch dachte nach. »Das stimmt«, sagte sie langsam. »Aber wenn Sie das Interview von Lockley lesen, spricht der junge Mann so über sie, als wäre sie die große Liebe seines Lebens gewesen. Natürlich könnte ihm jemand geraten haben, die Sache so darzustellen, aber er kommt mir zu dumm vor, um überzeugend zu schauspielern. Ich fürchte, Jack Egan ist seiner eigenen Naivität zum Opfer gefallen.«

»Jaja, der arme Junge«, sagte McLeod sarkastisch. »Wenigstens können wir ihn einbuchten. Aber was ist mit Lockley? Jedes Mal, wenn ich eine Zeitung aufschlage, starrt mir in der Verfasserzeile sein verfluchter Name entgegen. Er hat den Köder ausgelegt, und jetzt belagert jeder Reporter der Stadt das Haus der Familie Hodgekiss – das Ehepaar kann uns verklagen. Lockley hat diesen Egan in unsere Ermittlungen reingezogen, die ohnehin schon – wie ich Ihnen sicher nicht erklären muss, Birch – irrsinnig heikel sind. Er ruft jedes Mitglied der Opferfamilien zu den unmöglichsten Zeiten an und macht unseren Opferschutzbeamten ihre Arbeit zur Hölle. Außerdem haben Sie selber gesagt, dass er damit gedroht habe, uns aufs Korn zu nehmen, sobald er mit seinen anrührenden Geschichten über die Familien fertig ist. Und er ist nicht der Einzige – jeder skrupellose Dreckskerl der Medienbranche steht zurzeit auf der Türschwelle eines Angehörigen eines Three-Rivers-Opfers. Die Geier sind da draußen, besorgen sich ihre Exklusiv-Storys vom Küchenpersonal des Colleges oder den Kids, die mehr Glück hatten und sich während des Amoklaufs versteckt haben. Die sind doch alle nur geil auf Klicks, und Lockley ist ihr Scheißschutzheiliger. Er muss gestoppt werden.« McLeod schlug mit der Faust gegen die dünne Pinnwand neben sich. »Also, Birch, wie zum Teufel halten wir den Kerl auf?«

Birch hatte nur mit halbem Ohr zugehört. Die Teeküche, in der sie standen, lag im obersten Stockwerk des Gebäudes und verfügte über ein schmales Fenster mit Blick auf das Gelände der Fettes School. Birch hatte einen Mann beobachtet, wie er auf einem Sitzrasenmäher die riesigen Rasenflächen rauf und runter und unter eine Buche fuhr, die hundert Jahre alt sein musste. Die hellgrünen Blätter waren noch blass. Wenn sich Birch ein wenig nach links lehnte, konnte sie, wie sie wusste, außerdem auf die Spielfelder aus Kunstrasen der Broughton High School hinunterschauen. Der hohe Zaun der Schule und die windschiefen Flutlichter erinnerten an ein Gefängnis, ganz anders dagegen die Fettes School mit der breiten Auffahrt und den bleigefassten Türmchen. Der Lektüre der Akte Hodgekiss hatte sie entnommen, dass Abigail Hodgekiss einem Fußballteam angehört hatte, das auf den Spielfeldern dort unten trainierte. McLeods Frage hatte sie aus ihren Gedanken gerissen.

»Entschuldigung, Sir«, sagte sie, nachdem sie wieder seinen durchdringenden Blick auf sich gespürt hatte. »Ich hatte das für eine rhetorische Frage gehalten.«

McLeod sah sie an wie eine ältliche Lehrerin. »Das war sie ganz und gar nicht«, sagte er. »Ich hatte daran gedacht, ob Sie vielleicht … Ich meine, Sie kennen Lockley doch schon, seit er beim Nationalen Journalistenverband akkreditiert ist. Sollten Sie also irgendwelche Informationen über ihn haben, die wir gegen ihn verwenden könnten … Sie wissen schon, aus der schlechten alten Zeit, als die Sache mit Ihrem Bruder und all das passierte.«

Birch schloss kurz die Augen. Sie dachte zurück an den Tag, als ihre Mutter den Anruf der Polizei erhalten hatte, in dem ihr mitgeteilt wurde, dass Charlies Fall von nun an als ungelöst galt. Ihre Mutter war zu Boden gesunken und hatte sich mehrere Stunden nicht bewegt, während Birch versucht hatte, sie irgendwie zu trösten.

»Das war zu viel von ihm«, erinnerte sich Birch, gesagt zu haben. »Wenn sich herausstellt, dass Charlie noch am Leben ist, werde ich ihn eigenhändig umbringen.«

Daraufhin hatte ihre Mutter den Kopf gehoben und zu ihr hochgeschaut. Birch konnte noch immer ihr hageres kalkweißes Gesicht sehen – wie schmal sie aussah, nachdem sie monatelang nicht richtig gegessen, nicht richtig geschlafen hatte.

»Er lebt noch, Helen«, hatte sie gesagt, und das mit einer so eiskalten Gewissheit, dass es ihrer Tochter das Herz zusammenzog. Birch hatte ihre Bewerbung für den Polizeidienst in der darauffolgenden Woche eingereicht. Wenn er noch lebt, hatte sie gedacht, dann finde ich ihn. Jetzt wurde ihr klar, dass sie das schon seit Jahren nicht mehr glaubte.

»Ich vermisse die alten Zeiten«, sagte McLeod jetzt. »Früher hätte ich Lockley erst eingesperrt und mir später dann einfach eine Begründung dafür ausgedacht.«

Birch erschauderte bei dem Gedanken. Sie konnte sich gut Lockleys Heerscharen von Unterstützern vorstellen, die den Dreck, den sie bei der geringsten Provokation aufwirbeln könnten, auch aufwirbeln würden. Sie beschloss, das Thema zu wechseln. »Mal was anderes als Lockley«, sagte sie, »ich habe leider noch mehr Hiobsbotschaften für Sie.« Sie wartete, spielte auf Zeit.

McLeod zwinkerte ein langsames Wie-schlimm-kann-es-schon-sein?-Blinzeln.

O Gott, dachte sie. »Rehan Ibrahiim hat mir gesagt,

dass es Grund zu der Annahme gibt, dass Aidan Hodgekiss etwas mit den Morddrohungen gegen Moira Summers zu tun hat.« Sie sprach so schnell, als würde sie übel schmeckende Medizin schlucken.

McLeod schwieg, aber sie sah, wie, eins nach dem anderen, mehrere Gefühle über sein Gesicht huschten.

»Es ist nur eine Ahnung, sagt er«, fügte Birch hinzu, »aber es würde vieles erklären.«

McLeod stellte seinen halb leeren Kaffeebecher auf der Arbeitsfläche ab. Mit so viel Kraft, dass die Plörre in einer kleinen Welle überschwappte und Birchs fein säuberliche Krümelreihe unter Wasser setzte. »Verdammter Mist.«

»Ich weiß.« Birch fiel nichts anderes dazu ein. »Ich weiß, Sir.«

»Na ja«, sagte McLeod, »die Familie Hodgekiss hätte natürlich ein Motiv.« Und dann, nach einer Pause: »Ach, verdammt noch mal, Birch.«

Sie nickte mechanisch – und ließ es dann sein. »Ich denke, wir sprechen nur von Aidan Hodgekiss.« Sie verspürte den merkwürdigen Wunsch, seine Frau zu beschützen – sie musste Lockleys jüngste Enthüllungen ja auch gelesen haben. »Natürlich muss dem nicht so sein, Rehan könnte die ganze Sache auch missverstanden haben.«

McLeod hatte sich eine Hand über die Augen gelegt. »Ich muss Ihnen wohl nicht erklären, was für ein totales Desaster es wäre, müssten wir den Vater eines der Opfer verhaften … *wegen irgendetwas*. Die Medien, Birch, Sie können sich sicher vorstellen, wie die darauf reagieren würden.«

Sie verzog den Mund, ohne es zu bemerken. »Eine noch größere Katastrophe wäre es, sollte es Aidan Hodgekiss gelingen, Moira Summers etwas anzutun«, sagte sie – und bereute es auf der Stelle. Sofort wappnete sie sich gegen McLeods Erwiderung, die jedoch ausblieb. Er dachte nach, das sah sie ihm an – spielte die diversen beschissenen Szenarios durch, die durchaus Realität werden könnten. Er fürchtete um seinen Job; Birch las das in seinen Gesichtszügen.

»Sir«, sagte sie in einem freundlicheren Ton als vorher, »wir können erst dann wirklich etwas unternehmen, wenn wir Beweise haben, die Rehans Ahnung bestätigen. Aber ich verspreche Ihnen, ich bleib an der Sache dran. Das hat ab sofort Priorität.« Allein der Gedanke an eine weitere Priorität auf ihrer To-do-Liste sorgte dafür, dass sie sich todmüde fühlte.

McLeod antwortete nicht sofort. Seine Stirn runzelte sich.

»Ich halte Sie auf dem Laufenden«, fügte sie hinzu.

»Tun Sie das.«

Birch wollte noch etwas erwidern, als ihr Handy klingelte und sie McLeod und seinem Gegrübel endlich entfliehen konnte. Schnell schickte sie ein stummes Dankgebet gen Himmel. Sie wusste, dass es Amy war, noch ehe sie das Telefon in der Hand hielt. Sie hatte sie gebeten, sich zu melden und ihr mitzuteilen, was beim gestrigen Treffen mit Moira herausgekommen war. »Wie ist es gelaufen?«, fragte sie. Auf der anderen Seite der Verbindung waren raues Atmen und das Klacken von High Heels zu hören. Rannte Amy?

»Scheiße, Helen, ich glaube, wir haben ein Problem.«

Birch lächelte McLeod an. »Okay«, sagte sie, während ihr mulmig zumute wurde. »Lassen Sie mich nur kurz ins

Büro gehen, damit ich das für Sie überprüfen kann.« Noch immer lächelnd verließ sie die Teeküche. Sobald sie die Tür geschlossen hatte, verfiel sie in Laufschritt.

»Was ist passiert?« Birch schob ihre freie Hand in die andere Innentasche ihres Jacketts. Sie wollte das leise, beruhigende Klimpern des Schlüssels ihres Mondeos hören, da sie fürchtete, sofort losfahren zu müssen. Aber die Tasche war leer. *Mist. Der Schlüssel muss irgendwo auf meinem Schreibtisch liegen.* »Hat Moira sich etwas angetan?«

Sie hörte, wie eine Tür zuschlug, bevor Amy in der Stille eines Autos sagte: »Nein – körperlich geht's ihr gut. Sie ist ziemlich robust, aber sie droht damit, eine echte Dummheit zu begehen. Ich fürchte, ich kann sie nicht davon abhalten.«

Birchs Gedanken rasten. Am Ende des Flurs angekommen drückte sie immer wieder die Taste für den Aufzug. »Worum geht es, Amy? Was hat Moira vor?«

Der Klang der Stimme am anderen Ende änderte sich: Amy hatte die Freisprechanlage eingeschaltet. »Sie hat mich heute früh am Morgen angerufen.« Jetzt hörte sich ihre Stimme blechern an. »Sie ist gegen meinen Rat ins Internet gegangen. Und sie hat Post bekommen.«

Birch stöhnte auf. Sie wusste nicht, was als Nächstes kam, aber es konnte nichts Gutes sein.

»Von Grant Lockley«, fuhr Amy fort. »Er schreibt, dass Ryan seines Erachtens noch am Leben ist. Er hat eine Gruppe Verschwörungstheoretiker aufgetan, die behauptet, die Wahrheit über den Amoklauf zu kennen. Außerdem schreibt er, dass …«

»Lassen Sie mich raten«, fiel Birch Amy ins Wort. »Er schreibt, dass wir etwas vertuschen?«

Amy klang hektisch, ihre Atmung war schnell und laut.

»Ja.«

Der Aufzug war da, und die Tür öffnete sich. »Ich bin gerade im Lift«, sagte Birch, »die Verbindung könnte also abbrechen, aber … ich hätte das heute Morgen voraussehen müssen. Lockleys neueste Attacke, was die Ballistikergebnisse betrifft. Ich hätte wissen müssen, dass er es nicht nur auf uns abgesehen hat.«

»Moira hat ihn angerufen, und er hat ihr erzählt, dass es ein False-Flag-Amoklauf war«, sagte Amy. »Wissen Sie, was der Ausdruck bedeutet?«

Die Tür des Lifts schloss sich. Birch strich sich mit der freien Hand über das Gesicht. Ihre Handfläche war feucht. »Irre Verschwörungstheoretiker haben den Begriff erfunden, um ein Ereignis zu beschreiben, das ihrer Ansicht nach inszeniert wurde. Sie glauben beispielsweise, dass die CIA Kennedy erschossen hat und für den Anschlag auf das World Trade Center Amerikaner verantwortlich sind.«

Der Lift fuhr abwärts.

»Aha.«

»Warten Sie, Amy«, sagte Birch, »mir fällt gerade noch etwas ein. Haben Sie eben gesagt, Lockley habe Moira gegenüber behauptet, dass es ein False-Flag-Amoklauf war?«

Es entstand eine Pause. Der Aufzug kam zum Stehen, die Tür öffnete sich.

»Ja«, sagte Amy. »Die beiden haben miteinander telefoniert. Erst hat Moira gestern anscheinend dauernd auf seine Mailbox gesprochen …«

Gesprächsmitschnitt, dachte Birch. Super Beweismaterial.

»… und dann haben sie auch miteinander geredet. Er hat ihr gesagt, Ryan sei womöglich noch am Leben.«

Birch betrat das Erdgeschoss. Im Flur saß Anjan auf einem Plastikstuhl, eine Aktentasche auf den Knien. Als er Birch entdeckte, hob er eine Hand zum Gruß.

»Verstehe.« Sie musste sich wieder auf Amy konzentrieren. »Und Sie haben ganz recht: Jetzt haben wir ein Problem.«

»Aber das ist noch nicht alles, Helen. Es kommt noch schlimmer.«

Birch schloss die Augen in der Hoffnung, dass sie, wenn sie sie öffnete, feststellen würde, dass alles nur ein Traum war. Ein schreckliches, unkontrollierbares Märchen. Stattdessen sah sie, als sie die Augen wieder aufschlug, dass Anjan aufgestanden war und in ihre Richtung kam. »Sagen Sie's mir.«

»Die beiden wollen sich treffen.« Amy klang jetzt kleinlaut – als wäre ihr bewusst geworden, dass auch Birch ihr keine Lösung anbieten konnte. »Moira will sich mit Lockley zusammensetzen. In einem Café. In der Öffentlichkeit.«

»Scheiße«, sagte Birch.

Ein, zwei Meter von ihr entfernt blieb Anjan stehen. Seine Miene, die er zur Begrüßung aufgesetzt hatte, verschwand wie eine Kerzenflamme, die ausgeblasen wird.

Amy sprach weiter. »Ich habe versucht, es ihr auszureden«, sagte sie. »Am Telefon, meine ich. Steve und ich wollen gleich zu ihr fahren, aber sie sagt, dass nichts sie aufhalten kann. Sie hat mich belehrt, frei nach dem Motto *Ich bin Bürgerin eines freien Landes.* Es ist, als wäre Lockley in ihren Kopf gekrochen.«

Birch hielt den Zeigefinger ihrer freien Hand hoch und bedeutete Anjan zu warten – sie wolle ihn sprechen.

»Ich meine«, sagte Amy jetzt, wobei sie die Stimme so weit hob, dass sie sich panisch anhörte, »woher wissen wir, dass diese Verschwörungstheoretiker nicht dieselben Leute sind wie die, von denen die Todesdrohungen stammen? Die könnten diese ganzen Postings doch nur ins Netz gestellt haben, um Moira aus dem Haus zu locken … oder?«

Anjan versuchte nicht einmal zu verbergen, dass er mithörte.

Birch sah ihn böse an, war sich aber nicht sicher, ob sie Erfolg damit hatte. »Das wäre auch eine Möglichkeit.« Sie dachte an Aidan Hodgekiss – und hoffte zum ersten Mal, dass er hinter den Todesdrohungen steckte. Er würde sie zumindest nicht in die Tat umsetzen. »Aber das ist jetzt nicht wichtig, Amy. Wir müssen das Treffen verhindern, verstanden? Wie schnell können Sie bei Moira Summers sein?« Im Hintergrund hörte sie das Geräusch eines Sicherheitsgurts, der einschnappte.

»Wir sind schon fast da«, sagte Amy. »Wir haben gerade an der Tankstelle in Canonmills getankt. Aber Moira redet davon, Lockley heute noch zu treffen. Sie habe schon alles arrangiert.«

»Okay. Fahren Sie zu Moiras Haus, und versuchen Sie, sie daran zu hindern, es zu verlassen. Anjan steht zum Glück direkt neben mir.«

Kurz machte Anjan ein besorgtes Gesicht, dann lächelte er Birch gewinnend an.

Du hältst dich doch für so einen tollen Anwalt, dachte sie. *Also, dann befrei mich aus* dieser *Bredouille.*

Amy schwieg, und Birch hörte, wie der Motor ansprang.

»Wie Sie meinen, Chefin«, sagte Amy schließlich. »Aber sie erscheint mir ziemlich entschlossen. Wir brauchen einen Plan B.«

Birch winkte Anjan in Richtung Büro. »Ich denke mir etwas aus«, sagte sie. »Sorgen Sie nur dafür, dass Moira bleibt, wo sie ist.« Sie legte auf.

Anjan zog die Tür zum Büro auf und hielt sie Birch auf. »Ihr Boss hat mich zu einem Treffen herbeizitiert«, sagte er, sowie sie beide im Zimmer waren. »Ich kann so etwas nicht ausstehen.«

Birch ließ ihren Blick auf der Suche nach ihrem Autoschlüssel über den Schreibtisch schweifen. »Ich bin heute leider nicht in der Stimmung für Smalltalk. Machen Sie die Tür zu.«

Er tat es, lächelte aber immer noch.

»Wir haben ein echtes Problem«, sagte Birch, und sein Lächeln machte sie ganz unruhig.

»Ich weiß. Sie sind keine besonders gute Schauspielerin.«

Birch sah sich um und entdeckte den Schlüssel. Er lag inmitten eines Stapels diverser Akten. Sie lief dorthin, und die oberste Akte flog im hohen Bogen zu Boden.

»Also.« Anjan stellte seine Tasche ab, bückte sich und reichte ihr die Akte. »Was passiert nun mit Moira? Wie kann ich helfen?«

Birch wurde rot. Sie machte einen Schritt auf Anjan zu – wobei sie sich nicht ganz sicher war, warum.

Er nahm ein paar Unterlagen von einem Stuhl und hob dann die Hand.

»Fangen Sie gar nicht erst an, sich hier häuslich einzurichten«, sagte sie. »Wir müssen los. Ich erkläre Ihnen alles auf dem Weg zum Wagen.«

Birch saß im Auto. In der Straße, in der Moira wohnte. Sie war unscheinbar, die Häuser zu beiden Seiten aus den Fünfzigerjahren mit vielen Balkonkästen und Rauputz. Zwischen ihnen hindurch blickte Birch in die Hintergärten mit Kinderrutschen aus Plastik und Wäsche auf den Leinen. Das Einfamilienhaus der Summers' stand am Ende der Straße, dort, wo die Grundstücke etwas teurer waren: Es hatte eine breite Front, war vom Nachbarn allerdings lediglich durch einen kleinen Weg mit Holzzaun getrennt. Birch hatte geparkt, ohne Aufsehen zu erregen, und konnte von ihrem Standort aus die herumlungernden Paparazzi sehen. Wie ihre E-Zigaretten dampften und sie sich gegen die Autos von Moiras Nachbarn lehnten. War die Gruppe zahlenmäßig etwas geschrumpft? Möglicherweise. Eine ganze Woche lang hatten sie nichts fotografieren können außer den Lieferwagen von Tesco, der, von Amy organisiert, Lebensmittel gebracht hatte, sowie Amy selbst, wie sie kam und ging – doch die Besuche von Opferschutzbeamten waren nichts Besonderes. Birch sah, dass sich der Kollege vor der Tür langweilte. Amys Auto stand vor dem Haus, zwei Reifen auf dem Kantstein. Sie lächelte mokant.

»Was würden Sie tun?«, hatte Anjan auf dem Parkplatz gefragt, nachdem Birch ihm einen etwas wirren Kurzbericht über die sich entwickelnde Lage gegeben hatte.

Sein Aftershave roch irgendwie vertraut. Während sie versuchte, den Duft zu identifizieren, hatte sie Mühe, vollständige Sätze zu bilden.

»Die Frage ist mir ernst.« Er schenkte ihr diesen ganz besonderen Blick, bei dem sie das Gefühl hatte, er könne ihr ins Hirn schauen. »Stellen Sie sich vor, Sie haben gerade einen Angehörigen verloren, und dann ruft jemand Sie an und sagt, dass diese Person noch am Leben und die ganze Sache nur ein Streich gewesen ist – was würden *Sie* tun?«

Birch sagte noch immer nichts. Anjan hatte ein Szenario beschrieben, das sie sich, vor allem nach dem Tod ihrer Mutter, schon häufig ausgemalt hatte. Aber das war etwas anderes. Es sich vorzustellen war etwas anderes. Alle Menschen träumten von solchen Dingen. Aber deshalb passierten sie nicht wirklich.

»Aber Ryan Summers ist tot«, erwiderte Birch endlich. »Ich habe den Obduktionsbericht gelesen. Er hat sich in den Kopf geschossen.«

»Das ist richtig«, sagte Anjan. Er schien immer zu lächeln, selbst wenn er über etwas Ernsthaftes sprach. Die Leute bei Gericht musste das ziemlich irritieren. »Das wissen Sie, und ich weiß es auch, und ich bin mir sicher, dass Moira Summers es tief in ihrem Inneren ebenfalls weiß. Sie hat sogar seinen Leichnam gesehen – im Gegensatz zu Ihnen oder mir. Aber hier geht es nicht darum, was man weiß. Sondern darum, was man in diesem Fall tut. Ignoriert man die Person, die einem einen Weg aus dem eigenen Kummer anzubieten scheint? *Kann* man das? Oder will man mehr herausfinden, obwohl man es doch eigentlich besser weiß? Denn was ist, wenn diese Person – auf wundersame Weise – recht hat? Kann man mit seinem Leben weitermachen, ohne sich vergewissert zu haben? Ich glaube, Sie kennen die Antwort, Helen. Ich jedenfalls weiß genau, was ich tun würde.«

»Aber was ist mit den Morddrohungen? Moira ist in Gefahr, sobald sie das Haus verlässt und sich mit Lockley – oder mit irgendjemandem – trifft.«

»Dann begleiten Sie sie doch.« Anjan deutete auf das Funkgerät, das an Birchs Revers klemmte. »Stellen Sie das Ding an, und beantragen Sie für Moira in der nächsten Stunde Polizeischutz. Das Gespräch wird schon nicht so lange dauern. Ich bezweifle, dass der Journalist tatsächlich etwas Substanzielles zu sagen hat.«

Birch presste sich die Hände auf die Augen. »Das ist doch genau der Punkt.« Sie merkte selbst, dass sich ihre Stimme, die durch ihre Finger drang, trotzig und kindlich anhörte. Sie nahm die Hände wieder herunter, was allerdings nichts Wesentliches daran änderte. »Ich kann es nicht rechtfertigen, noch mehr Kräfte zu einem Unterfangen abzuziehen, von dem ich weiß, dass es ein völlig sinnloses ist. Sie müssen mir helfen, Moira davon abzuhalten, zu dem Treffen zu fahren.«

Anjan streckte seinen Rücken durch. »Gilt meine Mandantin im Rahmen Ihrer Ermittlungen als tatverdächtig?«

Birch schloss die Augen. »Nein.«

»Vermuten Sie, dass sie eine Straftat begehen könnte?«

Na toll, dachte Birch. So weit ist es schon gekommen. »Nein, aber …«

»Haben Sie irgendwelche Gründe, meine Mandantin in Polizeigewahrsam zu nehmen?«

»Nein. Habe ich nicht.«

»Nun, wenn dies alles der Fall ist, können Sie sie von gar nichts abhalten.« Er hatte Birchs Tonfall nahezu perfekt nachgeahmt, und nur eine Sekunde lang juckte es ihr in den Fingern, ihm eine Ohrfeige zu verpassen. »Sie ist eine freie Bürgerin dieses Landes, und selbst wenn sie mit einem Irren eine Affäre anfangen wollte, hätte sie dazu das uneingeschränkte Recht.«

Birch konnte sich nicht entscheiden. Nicht nur würde Anjan sie offenkundig nicht unterstützen, er hatte auch vollkommen recht. »Aber«, sie beschloss, es ein letztes Mal zu probieren, aber ihre Stimme klang wenig überzeugt, »das ist ein gefundenes Fressen für die Presse. McLeod schmeißt mich raus, wenn ich zulasse, dass Moira Summers sich mit Lockley trifft. Und Sie wissen genau wie ich, dass wir uns bei dieser Ermittlung keine Fehler leisten dürfen.«

»Helen«, sagte er und verzichtete auf das Lächeln, mit dem er sie schon die ganze Zeit verunsichert hatte, »ich bin Anwalt. Probleme, die ihr mit der Presse oder der Öffentlichkeit habt, interessieren mich nicht.«

Und damit drehte er sich um und ging zurück in Richtung Gebäude, während sie neben dem Wagen zurückblieb, den Schlüssel nutzlos in ihrer Hand.

»Wo gehen Sie hin?«, rief Birch ihm hinterher.

»Ich bin spät dran. Ich habe eine Besprechung mit Ihrem Chef, schon vergessen?« Abrupt blieb er stehen und wandte sich halb zu ihr um. »Viel Glück mit Moira. Und wenn es so aussieht, als könnte sie eine Straftat begehen, dürfen Sie mich anrufen.«

Birch hatte geflucht – und gehofft, dass er es nicht hörte.

Inzwischen fiel ein feiner Sprühregen auf die Windschutzscheibe des Mondeos. Birch dachte an all die Wäsche in den Hintergärten in dieser Straße, dachte an all die Wäsche auf den Leinen in der ganzen Stadt und an die Menschen, die sich nun beeilten, sie ins Haus zu bringen.

Sternanis. Ja, das war es gewesen. *Das ist der Duft in Anjans Aftershave. Sternanis.* Charlie war damals von allem besessen gewesen, das nach Anis roch oder schmeckte. Schon als kleiner Junge, aber als Erwachsener noch stärker. Sie hatte ihn im Studentenwohnheim in der Warrender Park Road besucht. Auf dem Küchentisch stand immer eine Schüssel mit Sternanis, wie ein Potpourri. Charlie kochte Currys mit so viel Anis, dass sie kaum genießbar waren. Er trank Absinth, wenn er es sich leisten konnte, und Pernod, wenn nicht. Er hätte Anjans Aftershave geliebt. Vermutlich kostete es hundert Pfund die Flasche.

Birch schüttelte sich. Hör auf, an Anjan zu denken, ermahnte sie sich. Und höre vor allem auf, an Charlie zu denken.

Sie holte ihr Handy hervor, scrollte zu Amys Nummer und wählte. »Amy? Ich bin vor dem Haus. Ich habe nachgedacht – wir machen Folgendes.«

29. Mai, 12:35 Uhr

Als Moira aus dem Auto stieg, hörte sie sofort laute Stimmen aus den Funkgeräten der Polizei. Vier kräftige Männer in dunklem Zivil umstanden sie wie Bäume. Hinter den Männern, ein, zwei Meter entfernt, machte sie DI Birch aus. Das letzte Mal hatte Moira die Kommissarin an dem Tag gesehen, als sie nach Hause gehen durfte. Birch hatte die Tür eines Autos mit getönten Scheiben geöffnet, sie ihr aufgehalten, damit Moira einsteigen konnte, und dabei etwas nachgeholfen, so wie Polizisten manchmal in Filmen. Schon damals war Moira aufgefallen, wie müde sie wirkte, aber jetzt sah sie fünfzigmal schlechter aus. Ob DI Birch wohl das Gleiche über sie dachte?

Moira legte ihre zitternde Hand auf das Autodach, um sich abzustützen, und sog die kühle Luft ein: Sie roch nach feuchten Nadelhölzern und geschnittenem Gras. Moira zählte: Seit acht Tagen war sie nicht mehr draußen gewesen, nicht mehr seit der Autofahrt, als Amy sie unter dem Schutz ihres Mantels den Gartenweg entlang begleitet hatte, während die Journalisten ihr Fragen zuriefen.

Jetzt blickte sie sich um. Der Wagen war so weit wie möglich auf den kurzen Fußweg gefahren. Er stand zwischen den regennassen Rückseiten von Garagen und den nassen Koniferen, in denen sich Plastiktüten verfangen hatten, an denen der Wind zerrte.

»Kann losgehen«, sagte einer der Polizisten.

Sie hatten einen Mann vorausgeschickt – er ging etwa zwanzig Meter, sah sich um, blieb stehen und wandte sich dann ihnen zu, bevor er Moira mit erhobenem Arm zu sich winkte. Sie verspürte das heftige Verlangen, den Daumen hochzuhalten, sodass er ihn verdeckte, und damit seine winzige, dunkle Gestalt auszulöschen. Das Spiel hatte sie mit Ryan gespielt, als er klein war – sie hatte seit Jahren nicht mehr daran gedacht. Sie erinnerte sich, wie sie auf dem Oberdeck des Busses gesessen hatten, auf dem Weg in die Stadt. Wie der Bus an einer Ampel gestanden und sie dem begeisterten Ryan beigebracht hatte, dass er auf diese Weise, aufgrund dieses Tricks der Perspektive, Menschen verschwinden lassen konnte. Nicht weinen, dachte sie. Nicht weinen. Nicht weinen.

»Mrs Summers?«

Einer der Männer legte ihr seine kräftige Hand auf den Rücken, und sie setzte sich in Bewegung. Das Adrenalin war verantwortlich dafür, dass sie weiter mit Amy gestritten und DI Birch gegenüber darauf bestanden hatte, das hier zu tun. Das Adrenalin hatte sie auch durch die Tür gehen lassen. Vorher hatte sie sogar geduscht und sich umgezogen – auch das erste Mal, seit sie wieder zu Hause war. Doch auf der Fahrt hierher – wieder in einem Polizeiauto mit getönten Scheiben – hatte die Wirkung des Adrenalins nachgelassen. Jetzt schritt sie langsam aus und fühlte sich dabei, als wäre sie eine dieser im Wind knatternden Plastiktüten – ausgeblichen, dünn und leer. Als könnte auch sie mühelos in den hellen nachmittäglichen Himmel davonwehen.

Als sie vor dem Polizisten stand, wirkte er so groß und

imposant wie seine Kollegen. Er ging vor ihr her, nahm eine Abzweigung des Fußwegs: eine schmale Lücke, die hinter den Garagen versteckt gewesen war. An den Wänden Graffiti, Flaschen auf dem Boden, es roch schlecht. Die Rückseiten von Schuppen. Zaunpaneele. Moira glaubte zu schweben, statt zu gehen. Sie hatte Hunger. Ein Kopfschmerz summte hinter ihren Lidern. Der schmale Weg schlängelte sich weiter. Sie hatte keine Ahnung mehr, in welcher Richtung sich das schwarze Auto befand, wo die Straße war, auf der sie hergefahren waren, wo ihr Haus mit dem zerborstenen Fenster, das zur Straße ging. Als der Polizist vor ihr stehen blieb, wäre sie beinahe mit ihm zusammengeprallt.

»Da wären wir«, sagte er so heiter, dass sie fast gelächelt hätte. Er öffnete die abblätternde Holztür in einem runtergekommenen Holzzaun, und Moira betrat einen kleinen, mit Betonplatten gepflasterten Hinterhof.

»Wo bin ich?«

Im Hof surrte eine Lüftungsanlage. Hinter dem Zaun standen Stapel sonnengebleichter Lieferkisten, Recycling-Container, die von Pappkartons überquollen. Über ihr ragte die Rückseite eines Wohnhauses auf, geschwärzt von uraltem Ruß.

»Sie sagten doch *Muffins Café*, richtig?« Der Polizist lächelte schief. Als glaubte er, sie wollte ihn mit ihrer Unwissenheit auf den Arm nehmen. »Das hier ist der Lieferanteneingang.«

Er näherte sich der schlichten Tür, mit billigen Spanplatten verkleidet und einem Stahlgitter. Als er laut anklopfte, wurde sie geöffnet, allerdings konnte Moira die Person auf der anderen Seite nicht erkennen.

Der Beamte zückte seinen Dienstausweis und nannte seinen Namen. Hinter sich, jenseits des Zauns, hörte Moira das Knistern der Funkgeräte der anderen Polizisten, die sich inzwischen dort versammelt hatten und warteten.

»Wir hatten angerufen«, sagte der Polizist vor ihr, wieder mit diesem schiefen Lächeln.

Die Tür öffnete sich etwas weiter.

»Kommen Sie rein.«

Moiras mulmiges Gefühl musste sich in ihren Gesichtszügen gespiegelt haben, denn der Beamte fügte hinzu: »Jetzt gehen Sie schon, Amy und Steve sind bereits da, und der Notrufknopf ist griffbereit.« Er trat einen Schritt zurück in den Hof und fasste sie am Arm.

Sie zitterte.

»Außerdem«, sagte er und dirigierte sie in Richtung Tür, »ist dieser Lockley doch kein Gegner für Sie. Ein Windstoß, und er kippt um.«

Er nahm seine Hand erst weg, als sie auf der Türschwelle stand und in die beengte, von der Deckenbeleuchtung grell erhellte Küche blickte, auf den klebrig aussehenden Glanz der Geräte und Abzugshauben aus Edelstahl. Sie wusste, was der Polizist dachte. *Wir stecken alle zu tief drin, Sie können jetzt keinen Rückzieher mehr machen.* Seine Aufgabe war es, sie an diesen Ort zu bringen, und er würde dafür sorgen, dass er sie erfüllte.

»Woll'n Sie nun rein, oder was?«

Moira trat einen Schritt vor und sah, dass eine junge Frau um die zwanzig die Tür geöffnet hatte. Ihr Haar war zu zwei Zöpfen gebunden, die sie sich um den Kopf gelegt und fixiert hatte. Jeden Zopf durchzog eine pinkfarbene

Strähne. Sie trug eine Schürze, die aussah, als müsste sie gewaschen werden.

»Na, dann mal rein mit Ihnen«, sagte die junge Frau. »Bin heut alleine hier. Ehrlich gesagt kommt mir das alles nich besonders gelegen.«

Die Tür fiel zu.

Moira glaubte, etwas erwidern zu müssen. »Ich … danke Ihnen«, sagte sie mit heiserer Stimme. »Vielen Dank.«

Die junge Frau verzog den Mund und musterte Moira von oben bis unten. »Das könn'n Sie sich schenken«, sagte sie. »Ich kenn Sie. Kann gar nicht glauben, dass man Sie frei rumlaufen lässt nach dem, was Sie gemacht haben.«

Moira traten Tränen in die Augen. »Das war nicht ich«, flüsterte sie, obwohl sie gar nicht wusste, was sie da bestritt – nicht wusste, ob sie überhaupt das Recht hatte, es zu bestreiten.

Die junge Frau verdrehte nur die Augen. »Der Mann is da drin«, sagte sie und zeigte zu einer Schwingtür mit einem kleinen quadratischen Fenster. »Ich hab hundert Sachen zu tun, erledigen Sie also das, wozu Sie hergekommen sind.«

Moira ging durch die Schwingtür, die unter ihrem Gewicht leichter nachgab als erwartet. Nach der hellen Beleuchtung in der Küche wirkte das Café schummrig, obwohl es über bodentiefe Fenster verfügte. Es war nicht besonders stark frequentiert, doch alle Gäste drehten sich zu ihr um, als sie den Raum betrat. Moira kam sich vor wie in einer dieser Filmszenen, in denen alle Figuren außer der Held erstarrt sind und die Kamera einen

Dreihundertsechzig-Grad-Schwenk macht, um das den Zuschauern zu zeigen. Die Nachmittagssonne fiel durch die kleinen Vorhänge an den Fenstern, brach sich in der halbrunden Glasvitrine mit den Kuchen und zeichnete Lichtflecken auf die abwischbaren, fransengesäumten Plastiktischdecken. Moira fiel auf, dass alles grün war: grüne, beflockte Tapete, Kaffeetassen mit grünem Muster, grüne Kunstdrucke, die in Klemmrahmen an den Wänden hingen. Auf jedem Tisch stand eine kleine Vase mit einer grünen Plastikblume.

Moira reckte sich. Mach einen normalen Eindruck, ermahnte sie sich, obwohl sie keine Ahnung mehr hatte, was das bedeutete. Sie mied den Augenkontakt mit den Gästen und suchte den Raum nach Lockley ab. Einen Moment lang fiel ihr Blick auf Amy, die eine Tasse in der Hand hielt und besorgter dreinblickte, als Moira sie bisher gesehen hatte. Sie wollte sie nicht allzu lang anschauen, wandte den Kopf und – ja, da war er. Lockley saß an einem Tisch neben dem Fenster, damit Moira von jedem Passanten gesehen werden konnte, der zufällig in die Richtung schaute.

Sie spürte, wie Verärgerung kurz aufflackerte, bevor sie wieder erlosch, so wie ein weggeworfenes Streichholz. Sie hatte nicht die Kraft, die Flamme am Leben zu halten.

»Mrs Summers«, sagte Lockley, als sie sich ihm gegenübersetzte. »Darf ich Sie Moira nennen?«

Blinzelnd sah Moira Lockley ins Gesicht. Er hatte ihr ein Foto von sich gemailt, damit sie ihn erkannte, und obwohl das Foto ihr dabei geholfen hatte, sah er in Wirklichkeit doch anders aus. Er lächelte, aber nur mit den Lippen. Zwischen seinen kleinen, regelmäßigen Zähnen hatte er Lücken – wie Kinder. Seine Augen waren auffallend blass und wirkten seltsam ausdruckslos. Moira fröstelte. Was sollte sie hier?

»Ja«, sagte sie nach einer gefühlten halben Ewigkeit. »Ich denke, das ist okay.«

»Ich bin Ihnen *so* dankbar, dass Sie hergekommen sind«, sagte Lockley, ließ aber gleichzeitig seinen Teelöffel gegen seine leere Tasse klirren, um zu zeigen, dass er schon gewartet hatte. »Bevor wir anfangen, erlauben Sie mir zu sagen, dass mir das … was passiert ist, sehr leidtut.«

Moira schluckte schwer und schwieg.

»Also gut«, sagte Lockley, nachdem er einen Moment lang gewartet und sie aus seinen blauen Augen betrachtet hatte. Er beugte sich nach hinten, kramte in den Taschen seines Mantels, den er über die Stuhllehne gehängt hatte.

Moira hatte das Bedürfnis, sich umzudrehen und zu Amy zu schauen, wollte aber nicht, dass er das mitbekam.

Endlich zog Lockley ein Handy hervor, das riesig wirkte. Ein paar Sekunden hantierte er mit dem Gerät, bevor er es mit dem Display nach oben zwischen ihnen auf den Tisch legte.

»Sie nehmen unser Gespräch auf?«, fragte Moira krächzend. Alle Blicke waren auf sie gerichtet.

Lockley lächelte wieder, seine Augen blieben starr. »Ich nehme immer alles auf. In meinem Beruf kann man nicht vorsichtig genug sein, Moira.«

Sie schüttelte den Kopf. In ihren Ohren rauschte es leise, sodass es ihr so vorkam, als würde ihr jemand etwas zuflüstern, das sie nicht verstand. »Das möchte ich nicht.«

»Dass ich unsere Unterhaltung aufzeichne?« Lockley hob die Hände mit den Innenflächen nach oben. »Ihre

Entscheidung. Aber ich werde Ihnen nur dann sagen, was ich weiß, wenn Sie sich auf meine Bedingungen einlassen.«

Moira blickte auf den Tisch, spürte, dass Lockley sie beobachtete.

»Also gut«, sagte sie nach einem langen Augenblick. »Dann lassen Sie uns reden.«

Jetzt lächelten auch Lockleys Augen, doch das Lächeln wirkte wie eine böse Vorahnung – wie Mondlicht, das auf der Schneide eines Messer glitzert. »Großartig«, sagte er. »Moira, als Erstes möchte ich Sie fragen: Warum hat Ryan das an jenem Tag am Three Rivers College getan – was glauben Sie?«

Moira guckte verdutzt. »Ich bin nicht hier, um darüber zu reden.«

»Hatten Sie eine Vermutung – irgendeine Vermutung –, dass er möglicherweise etwas plant?« Lockley ignorierte ihre Antwort, er redete einfach weiter. »Und selbst wenn Sie zu der Zeit keine Vermutung hatten, haben Sie jetzt, rückblickend, vielleicht eine? Gab es da etwas, das er gesagt hat? Oder haben Sie beide vor langer Zeit ein Gespräch geführt, das jetzt, nach dem Vorfall, eine andere Bedeutung zu haben scheint?«

Es war, als hallten seine Worte um sie herum wider. *Ein Gespräch, das jetzt, nach dem Vorfall, eine andere Bedeutung zu haben scheint.*

Lockley wandte seinen Blick nicht von ihr ab. »Erzählen Sie mir einfach, was Sie wissen. Erzählen Sie mir, was Sie über dieses Verbrechen gewusst haben.«

Moira schlug sich die Hand vor den Mund und versuchte, nicht zu weinen. »Aber ich bin hier, weil Sie …

gesagt haben, dass Sie …« Sie hielt inne, schloss die Augen, atmete tief durch. »Ich bin hier«, sagte sie, ein wenig gefasster diesmal, »um etwas über Ihre … Theorie zu erfahren.«

Vor dem Fenster verlangsamte ein Passant seine Schritte und sah in das Café. Moira erwiderte seinen Blick, beobachtete ihn. Er versuchte offensichtlich, sie einzuordnen. Ein Licht erlosch in seinen Augen, als ihm einfiel, wer sie war. Seine Miene verdüsterte sich, und er eilte weiter, verschwand.

»Ich habe recht, nicht wahr?« Lockley betrachtete sie immer noch – mit seinem unheimlichen Blick schien er mitten in ihre Gedanken sehen zu können. »Sie haben doch bestimmt irgendetwas gewusst. Etwas, von dem Sie bislang niemandem erzählt haben. Sie haben mit Ihrem Sohn geredet, und irgendetwas, was er gesagt hat, hat Ihren Argwohn erregt. Vielleicht haben Sie sein Tagebuch gefunden und konnten nicht umhin, darin zu lesen? Damals wollten Sie den Gedanken nicht zulassen, aber dann … eine Woche später? Einen Monat darauf? Dann wurden all diese jungen Frauen getötet. Dreizehn Morde, die Sie hätten verhindern können, wenn Sie den Mund aufgemacht hätten.« Er beugte sich über den Tisch. »Sie hätten die Heldin sein können, Moira. Sie hätten die Frauen retten können. Aber Sie haben es nicht getan, Sie haben sie sterben lassen. Das haben Sie. Sie. Obwohl Sie …«

Moira zog ihre Hand unter dem Tisch hervor und schlug auf den Tisch, nur einmal. »Stopp.«

Das Geräusch war laut – ein Knallen auf der Tischdecke aus Kunstfaser. Sofort herrschte Stille in dem Café.

»Wollen Sie etwas antworten?« Lockley schob das Telefon etwas weiter zu ihr hin.

Moira wartete, bis wieder Hintergrundgeräusche zu hören waren. »Erzählen Sie mir von diesen Leuten.«

Lockleys Augen weiteten sich. »Leuten?«

»Diesen Leuten aus dem Internet. Denen von *Truth unifies*. Die glauben, dass Ryan … dass das Ganze inszeniert wurde.«

»Hoffen Sie, dass es so gewesen ist?«

Im Rückblick sollte Moira klar werden, dass ihr die Realität ihrer Situation bereits zu diesem Zeitpunkt dämmerte. Hoffnungslosigkeit stieg in ihr auf, ähnlich einer Rauchsäule in kalter Luft. Trotzdem antwortete sie. »Natürlich. Natürlich möchte ich hoffen … dass es so war. Dass die Sache nicht wirklich passiert ist.«

»Sie wünschten also, Ryan wäre noch am Leben und die Leute von *Truth unifies* hätten recht?«

Jetzt weinte sie; sie hatte vergessen, dass sie das vermeiden wollte. »Natürlich. Ich wünsche es mir mehr als alles andere.«

»Mehr als alles andere«, wiederholte er, »wünschen Sie, dass die Leute von *Truth unifies* recht haben.« Er grinste und wich zum ersten Mal, seit sie sich gesetzt hatte, ihrem Blick aus. »Interessant.«

Moiras Herz hämmerte. »Was daran ist interessant?«

Lockley sah ihr wieder in die Augen, bis sie den Kopf senkte. »Na ja. Zunächst einmal gilt die Website von *Truth unifies* als Online-Pendant zur Gummizelle in einer Klapsmühle. Diese Leute sind erwiesenermaßen verrückt, Moira. Die glauben sogar an *Chemtrails*. Wenn Sie gedacht haben, dass ich auf deren Schwachsinn auch nur eine

Minute lang reingefallen bin, dann sind auch Sie nicht ganz bei Trost. Und zweitens ... Sie möchten, dass das, was sie sagen, tatsächlich stimmt? Dass Ihr Sohn vom Militär rekrutiert wurde, jahrelang zum Scharfschützen und Auftragskiller ausgebildet und dann losgeschickt wurde, um seine hart erarbeiteten Fertigkeiten an einer Gruppe unschuldiger junger Frauen auszuprobieren? Dass er in dem Chaos, das dem Blutbad folgte, einfach abgehauen ist, einen goldenen Handschlag und einen neuen Pass bekommen hat und jetzt an der Riviera oder sonst wo in Saus und Braus lebt? Sagen Sie mir noch mal: Wollen Sie wirklich, dass das stimmt?«

Übelkeit machte sich in Moira breit. Sie sprang wie von der Tarantel gestochen auf und blickte auf Lockley hinab. »Das habe ich nicht gesagt. So nicht.«

Lockley griff nach seinem Mobiltelefon und hielt es ihr vors Gesicht.

Moira stand da, das Karomuster der Tischdecke verschwamm vor ihren Augen. Ihre Arme und Hände wurden kalt, ihre Arme kribbelten wie statisch aufgeladen, ihr ganzer Oberkörper fühlte sich heiß an. Wut ... es dauerte ein paar Sekunden, bis sie sie erkannte, aber ja, da war sie. Wut auf diesen höhnischen Mann, der nur von seinem Verlangen nach Klicks, Kommentaren und Aufmerksamkeit gesteuert wurde. Wut auf die eigene Dummheit, darauf, dass sie hierhergekommen war – ja, dass sie darauf bestanden hatte. Wut auf Amy, DI Birch, Anjan und all die angeblich für sie verantwortlichen Leute, die ihr erlaubt hatten, das Haus zu verlassen. Doch hauptsächlich Wut auf ihren Sohn, auf Ryan. In diesem Augenblick war sie derart wütend auf ihn, dass sie glaubte, sich übergeben zu müssen. Auf diesen Mann in seiner schäbigen grauen Kleidung, auf all diese grüne, unpersönliche Einrichtung um ihn herum. Ihre Hand brannte noch immer nach dem Hieb auf den Tisch, aber es fühlte sich gut an. Sie wollte noch mehr Dinge schlagen, sie wollte jeden gedeckten Tisch in dem Café umstoßen. »Ich kann nicht …«, sagte sie schließlich, hatte aber keine Ahnung, wie sie den Satz zu Ende bringen sollte.

»Moira.« Lockley schleuderte ihr ihren Namen entgegen, als wäre er ein Stein, aber sie kehrte ihm den Rücken zu. »Sie sollten sich wirklich wieder setzen und mir verraten, was Sie wissen. Sie wollen mir doch etwas sagen. Ihre Qual, die verschwindet nicht von alleine.«

Moira schloss die Augen und machte einen ersten Schritt. Sie hatte eine ungefähre Vorstellung davon, wo Amy saß, und lief in die entsprechende Richtung. Die Hitze in ihrer Brust war kaum auszuhalten.

»Die Schuldgefühle werden Sie auffressen.« Lockley hatte seine Stimme erhoben. Er sprach so laut, dass es schien, als würden seine Worte den Raum füllen, als würden die Kunstdrucke in den Klemmrahmen und die Plastikblumen in den Vasen unter ihnen erzittern. »Es würde Ihnen guttun, diese Last zu teilen. Ich würde Ihnen gerne den Gefallen tun und zuhören – deshalb habe ich Sie ja kontaktiert. Lassen Sie mich einfach meinen Job machen.«

Zwei Hände umfassten Moiras Arme oberhalb der Ellbogen. Sie öffnete die Augen – es war Amy. Hinter ihr wartete Steve bereits in der Schwingtür, hielt sie auf, damit Moira aus dem Café fliehen konnte. Doch es war zu spät.

»Sie schulden es der Öffentlichkeit zu reden!«, rief Lockley ihr hinterher. »Ich werde nicht ewig warten.«

Moira musste die Gäste nicht sehen, um zu wissen, dass alle sie anstarrten. Amys Gesicht war aschfahl – Moira erkannte echte Angst in ihrem Blick.

»Es tut mir leid«, flüsterte sie, als Amy sie in die grell erleuchtete Küche brachte.

»Ich schreibe etwas, so oder so!«, war Lockley noch aus dem Gastraum zu hören.

Die junge Frau mit den pinkfarbenen Strähnen in den Zöpfen hatte die Tür vom Hintereingang schon geöffnet. In ihrer Miene war zu lesen: *Geschieht dir ganz recht.*

Und Moira floh.

29. Mai, 15:45 Uhr

Ishbel hatte sofort nach der Einäscherung die Kapelle verlassen. Sie hatte keine Lust gehabt, sich unter das Plastikdach des Carports zu stellen und Plattitüden auszutauschen. Und sie wollte auch nicht darüber reden, was passiert war – über nichts davon. Nicht über die Szene, die Jack Egan verursacht hatte, nicht über Abigails Beziehung zu ihm, nicht über Aidans nun öffentliche Indiskretion, nicht darüber, dass Barry Kesson sich auf ihre Seite geschlagen hatte. Und über den Tod ihrer Tochter in all seiner furchtbaren Gewalt … darüber wollte sie am allerwenigsten sprechen. Deshalb war sie aus dem Gotteshaus gegangen – und in einen Tag getreten, der aus Regen zu bestehen schien.

Sie hatte Greg im Schutz des großen blauen Containers gefunden. Er rauchte unter dem Überhang aus vergammelten Blumen. Erst als sie die Konturen seines kräftigen Rückens sah, wurde ihr klar, dass sie nach ihm gesucht hatte. »Ich wusste gar nicht, dass du rauchst.«

Er hatte sie nicht kommen hören und erschrak.

»Entschuldige«, sagte sie. Und dann, noch einmal: »Ich wusste gar nicht, dass du rauchst.«

Greg zuckte mit den Schultern. »Ich bin Arzt … das käme bei vielen nicht gut an.«

Ishbel stand dort und spürte, wie der Regen die Kleider

auf ihre Haut drückte, wie sie immer schwerer wurden, an ihr klebten. »Die Menschen haben so viele Geheimnisse«, sagte sie.

Greg schnippte die Zigarette weg. Es zischte, als das glimmende Ende auf den nassen Asphalt fiel. Greg trat einen Schritt auf sie zu und blieb dann stehen.

Sie verspürte das gleiche seltsame Verlangen wie an dem Abend im Krankenhaus: Er sollte sie in die Arme nehmen und ihr versichern, dass alles gut werden würde.

»Ich habe Abigail nicht wirklich gekannt«, sagte er, während er in dem strömenden Regen neben ihr stand. »Aber ich kenne viele Männer wie diesen Jungen. Diesen Jack. So sanft, so glaubwürdig. Abigail wurde da in etwas hineingerissen. Solche jungen Männer erwecken den Eindruck, dass Geheimnisse aufregend sind.«

Ishbel schaute zu, wie die Schultern seines Mantels sich vom Regen langsam dunkel färbten.

»Dabei ist es doch so, dass Geheimnisse in Wahrheit«, fügte er hinzu, »nichts als Probleme oder Schmerzen bringen. Irgendwann bereut man, sie gehabt zu haben.«

Ishbel blickte zurück auf die kleine Menschengruppe unter dem Carport. Aidan schüttelte gerade der Bestatterin mit den grauen Haaren die Hand, sein Mund ein dünner Strich. Barry Kesson hatte mit seiner Familie eilig das Weite gesucht, um Aidan nicht die Gelegenheit zu einer direkten Konfrontation zu geben, auf die dieser, wie Ishbel wusste, nur allzu große Lust gehabt hätte. Jack Egans Abschiedsworte wollten Ishbel nicht aus dem Kopf gehen: *Sie gehörte zu mir. Sie gehörte zu mir.*

»Sie wäre zu dir zurückgekommen«, sagte Greg, als hätte er ebenfalls an diese Worte gedacht. »Mit der Zeit.

Ich kannte sie wie gesagt nicht besonders gut, aber ich weiß, sie war klug. Sie hätte ihn am Ende durchschaut und wäre zu dir zurückgekehrt.«

Er streckte den Arm aus und legte Ishbel die Hand auf ihre Schulter. Sie erschrak kurz bei seiner Berührung, erwiderte jedoch seinen Bick. Regen sickerte durch den Stoff ihres Mantels.

»Das musst du mir glauben«, sagte er.

Hinter ihr rief Pauline ihren Namen über den Parkplatz. Sie nahm keine Notiz davon. »Mit der Zeit«, wiederholte sie Gregs Satz, doch ihre Stimme klang bei Weitem nicht so selbstbewusst wie seine.

»Davon bin ich überzeugt«, sagte er. Die Art und Weise, wie er hinter sie blickte, ließ Ishbel ahnen, dass Pauline zu ihr herüberkam. »Es tut mir so leid, dass Ryan Summers ihr das genommen hat. Diese Gelegenheit, ihren Fehler zu erkennen. Zu lernen.«

Ishbel hob ein wenig den Kopf. Die Regentropfen fielen ihr ins Gesicht und mischten sich mit ihren Tränen. »Er ist einfach so furchtbar.« Sie war sich nicht sicher, über wen sie sprach. Über Jack Egan? Aidan? Aber vielleicht meinte sie auch Ryan Summers. Sie wusste es nicht.

»Er ist einundzwanzig«, sagte Greg und hatte damit instinktiv Jack Egan aus der unausgesprochenen Liste gewählt. »Einundzwanzig Jahre junge Männer können wirklich schrecklich sein. Ich war auch mal einer – und entschuldige mich im Nachhinein dafür. Irgendwann wird es ihm leidtun, merk dir meine Worte. Jetzt spielt er den tragischen Freund, aber warte, bis er diese Rolle nicht mehr ablegen kann. Bis er vierzig ist und diese Geschichte noch immer das Einzige ist, worüber man sich mit ihm unterhält.« Er hielt kurz inne und fügte dann hinzu: »Du weißt, dass er Abigail wirklich geliebt hat. Natürlich nicht wie du, aber … auf seine eigene schreckliche Weise.«

Ishbel sah ihren Freund an. Er war der Erste, der in vollen zwei Wochen einen Versuch unternommen hatte, ihr etwas Sinnvolles – wirklich Sinnvolles – zu sagen.

»Mir tut das Ganze leid«, sagte Greg und ließ ihre Schulter los.

Pauline war schon fast bei ihnen.

»Ich muss jetzt gehen«, sagte Ishbel. Und dann, weil sie wusste, dass es da andere Dinge gab, die man sagen könnte, die zu äußern sie aber nicht in der Lage war, fügte sie hinzu: »Danke, Greg.« Sie holte den Autoschlüssel hervor und lief zum Wagen.

Als sie am Kreisverkehr an der Elm Row im Stau stand, hatte sich ihre Wut auf Aidan gelegt. Sie weinte inzwischen auch nicht mehr.

»Dieser Kreisverkehr war noch nie für irgendetwas gut«, zischte sie, als spräche sie mit einem unsichtbaren Mitfahrer. »Die Leute, die aus der Broughton Street abbiegen, verstopfen ihn.«

Bei der Theatre Royal Bar mit ihren hohen Fenstern im Obergeschoss und den farbenfroh bemalten Hofnarr-Figuren davor blickte sie aus dem Beifahrerfenster. Sie hatte die Statuetten immer gemocht – ihre Primärfarben trotzten selbst dem schrecklichsten Edinburgher Wetter –, aber jetzt wirkten sie billig, unecht.

»Ich habe meinen Mann verlassen«, sagte Ishbel laut. Dann noch lauter: »Ich habe meinen Mann verlassen, und meine einzige Tochter ist tot.«

Sie fuhr hinter einem Bus mit der Nummer acht die Elm Row entlang. Der Verkehr war vor dem Geschäft für Brautmoden zum Stehen gekommen, in dem sie auch Abigails Abschlussballkleid gekauft hatten. Dasjenige, das sie heute hatte tragen wollen, bevor Aidan sie davon abhielt. Im Grunde war es ein Kleid für Brautjungfern, aber was machte das schon? Ishbel warf einen Blick nach hinten auf die Reisetasche auf dem Rücksitz und wünschte sich einmal mehr, das Kleid eingepackt zu haben. Vor ihr, hinter dem Bus, ragte der Uhrenturm des Balmoral Hotels in die tief hängenden Wolken. Ishbel erlaubte sich einen Augenblick lang, mit offenen Augen zu träumen: Sie könnte dort absteigen, den Autoschlüssel dem Portier im Kilt aushändigen, auf ein Zimmer gehen und sich auf ein teureres und bequemeres Bett legen, als sie und Aidan es sich jemals würden leisten können und wollen. Niemand würde sie je finden. Und wenn ihr das Geld ausging, könnte sie wie Hallam Foe im Uhrenturm wohnen. Aber nein, das ging natürlich nicht. Als der Bus sich wieder in Gang setzte, fuhr sie an der Fassade vom Balmoral mit seinen prächtigen Balustraden und der altmodischen Drehtür vorbei und bog erst nach links auf die Waverley Bridge ab und dann noch einmal links auf die Market Street.

Sie stieg im Premier Inn ab, unter ihrem Mädchennamen. Natürlich könnte Aidan sie trotzdem finden – Rehan bat sie, ihm eine Nachricht zu schicken und ihn wissen zu lassen, wo sie sich aufhielt; und weil Rehan streng genommen Polizeibeamter war, hatte sie das Gefühl, dazu verpflichtet zu sein. Doch fürs Erste war sie für niemanden sonst als für ihn zu erreichen. Sie hatte die Tür zu dem engen, kleinen Zimmer mit seinen Nullachtfünfzehn-

Kunstwerken, den Gratis-Teebeuteln und dem kaum duftenden Shampoo geöffnet und den Raum erleichtert betreten. Das alles lag vierundzwanzig Stunden zurück.

Ishbel war sich nicht ganz sicher, wo die Stunden geblieben waren – der Koffer stand noch immer am Fußende des Betts. Sie hatte nur eine Garnitur Kleidung herausgenommen: Sie hatte alles ausgezogen, was sie zur Einäscherung getragen hatte, und es in die Badewanne geworfen. Eine Weile hatte sie in Unterwäsche dagestanden und zugeschaut, wie Rinnsale aus grauem Regenwasser aus dem kleinen Kleiderhaufen herausliefen, hinein in den Abfluss. Sie hatte dort gestanden, reglos und stumm. Bis es dunkel geworden war.

Sie hatte die Vorhänge zugezogen und sich, immer noch ausgekleidet, auf das tadellos gemachte Bett gelegt. Sie musste geschlafen haben, obwohl sie nicht das Gefühl hatte.

Als sie die schweren, blickdichten Vorhänge wieder aufzog, schien die Frühlingssonne ins Zimmer. Richtung Osten, hinter dem Observatorium auf dem Carlton Hill und der Spitze von Leith, zog eine dunkle Wetterfront ins Landesinnere. Hinter ihr war ein Regenbogen zu sehen, wie der Schwanz eines Kinderdrachens. Typisches Edinburgher Wetter, dachte sie. Wie ging der alte Witz? *Dir gefällt das Wetter nicht? Warte einfach fünf Minuten.*

Sie hatte einen ganzen Tag lang nichts gegessen, aber im Grunde war ihr das egal. *Ich habe meinen Ehemann verlassen, und meine einzige Tochter ist tot*, rief sie sich immer wieder in Erinnerung. Der Fernseher – er war eingeschaltet gewesen, als sie das Zimmer betrat – flimmerte noch immer.

Irgendwann erwachte Ishbel erneut aus einem unruhigen Schlaf und stellte fest, dass eine Sondersendung von *Newsnight* lief, in der es – worum sonst? – um den Amoklauf am Three Rivers ging.

»Wie könnten«, fragte der Moderator von *Newsnight*, »in einem Fall wie diesem also die Ermittlungen aussehen? Kann es für die Angehörigen jemals Gerechtigkeit geben?«

Die Kamera schwenkte auf einen Teilnehmer der Diskussionsrunde. Laut der Einblendung handelte es sich um einen stellvertretenden Polizeichef im Ruhestand aus irgendwo in Colorado.

»Nun«, sagte er, »Sie haben schon recht. Bei einem solchen Fall fällt es schwer festzumachen, was Gerechtigkeit bedeutet. Welche Gerechtigkeit kann es für diese Familien geben, wenn der Schütze nicht zur Rechenschaft gezogen werden kann? Im Moment gibt es viel Wut und viel Groll unter den Bürgern, und ich denke, das ist verständlich. Aber letzten Endes ist der Fall doch ziemlich klar. Wir wissen, wer es getan hat, und wir kennen alle Details, wie er's getan hat – das Einzige, was wir nie erfahren werden, ist der Grund. Und obwohl uns diese Frage vielleicht für den Rest unseres Lebens beschäftigen wird, ist es nicht die Aufgabe der Strafverfolgungsbehörden, sie zu beantworten.«

Jetzt tastete Ishbel nach der Fernbedienung und drückte auf *stumm*. Sie war unruhig. Sie hatte mit ihrem Kummer einen ganzen Tag verloren, in diesem langweiligen Zimmer – sie musste etwas dagegen tun. Auf allen vieren kroch sie zum Ende des Betts, hievte die offen stehende Reisetasche auf die Überdecke und kippte ihren Inhalt aus. Das pinkfarbene Tagebuch fiel heraus und blieb auf dem unordentlichen Stapel der Kleidungsstücke liegen.

Ishbel setzte sich auf die harte Hotelmatratze und betrachtete es. Sie hatte es bislang übersehen, bemerkte jetzt aber, dass in den Ledereinband goldfarbene Lettern geprägt waren: *Sei ein so guter Mensch, dass man dich nicht ignorieren kann.* Vor drei Wochen hätte sie über den Satz noch eine spöttische Bemerkung gemacht.

Sie stellte sich vor, wie sie sagte: »Die Leute können einen immer ignorieren«, während Abigails herzförmiges Gesicht sie wütend anblickte.

Auf der Suche nach etwas, das ihr dabei helfen könnte, das kleine Vorhängeschloss zu knacken, sah sie sich im Zimmer um. Das Schloss am geheimen Tagebuch ihrer Tochter. *Deiner toten Tochter*, erinnerte sie sich. *Deiner einzigen Tochter. Deiner Tochter, die tot ist.*

Ihr Blick blieb am Tablett mit den beiden sauberen Teetassen und Zuckerpäckchen hängen. Die Messer, die das Hotel beigelegt hatte, waren stumpf, aus biegsamem Plastik, aber die Teelöffel waren aus Edelstahl. Ishbel stand auf, nahm sich einen und rammte erst seinen Griff in die Schlaufe des kleinen Vorhängeschlosses und dann das Tagebuch gegen den Tisch. Etwa zehn Sekunden lang drückte sie den Löffel gegen die Haspe und glaubte, dass nichts passieren würde. Dann hörte sie plötzlich ein metallisches Geräusch, und das Vorhängeschloss brach. Es fiel erst auf Ishbels Knie und dann auf den Boden, während sie einen kurzen Schrei – eine Mischung aus Schmerz, Schock und Triumph – ausstieß.

Die billige Klebeheftung knackte, als das Tagebuch aufklappte. Der aufgeschlagene Eintrag handelte von Abigails erstem Tag am College vor über acht Monaten, im vergangenen September.

Heute erster Tag am College. Ich bin zu spät gekommen – irre peinlich. Mir war nicht klar, dass der 21er-Bus so scheißlangsam ist. Aber heute wurden nur Erstsemestersachen besprochen, deshalb dürfte es wohl nicht so schlimm sein.

Hab ein paar Leute meines Kurses kennengelernt. Hauptsächlich Mädchen. Fast alle sind jünger als ich, die meisten kommen direkt aus der High School. Jede Menge eingebildete Zicken, die Meryl Streep oder so was sein wollen. Im ganzen Kurs gibt es nur drei Jungen. Mit einem von ihnen habe ich gequatscht. Er ist der Älteste im Kurs, etwa eineinhalb Jahre älter als ich. Er ist ziemlich geil. Aber Jungen, die sich für Darstellendes Spiel interessieren, sind im Kern immer schwul, deshalb darf ich mir keine zu große Hoffnung machen.

Beinahe hätte Ishbel hier aufgehört zu lesen, denn dem kurzen Eintrag folgte eine leere weiße Seite. Das Gefühl, die privatesten Gedanken ihrer Tochter zu lesen, wissend, dass sie tot war, ließ sie frösteln, als stünde sie im Schatten eines riesigen Obelisken. Es war kaum zu ertragen. Andererseits konnte sie die Seite einfach nicht nicht umblättern.

Da waren ein paar Eintragungen über einen Kurs mit dem Thema Drama, kleine Texte über Tage, an denen sie sich für Seminare eingeschrieben und mit anderen Studenten in der Mensa geplaudert hatte. Diverse Beschwerden über den langsam fahrenden Bus und das frühe Aufstehen. Und dann, zwei Wochen nach Studienbeginn:

Habe mich mit Jack angefreundet. Ich glaube, ich bin inzwischen ein bisschen verliebt, was SUPERPEINLICH ist, weil ich mir noch immer Sorgen mache, er könnte schwul sein. Wie er sich kleidet, das ist so süß – er trägt immer ein Button-down-Hemd mit einer Strickjacke darüber. Sein Lieblingshemd ist von Ben Sherman, pink kariert. Pinkfarbenes Hemd = schwul??? Dass es sein Lieblingshemd ist, weiß ich, weil er es im Grunde jeden zweiten Tag trägt. Und dazu diese dunkelgraue Strickjacke aus Schafwolle. Und eine große Brille mit Schildpattgestell. Eigentlich müsste er damit wie ein Opa aussehen, aber so ist es nicht: Er sieht ziemlich cool aus. Wie ein Dichter – oder nein, wie ein echter Schauspieler. So als wäre er bereits einer. Er hat dunkles, leicht gewelltes Haar und ein strahlendes Lächeln. Seine Zähne sind so weiß, dass ich meine beim Lächeln nicht zeige, wenn ich in seiner Nähe bin. Ich habe Angst, er könnte bemerken, dass meine gelb sind. Aber er ist ganz sicher schwul, oder? Ich meine, er studiert Darstellendes Spiel, ist gut gekleidet und SO NETT. Unmöglich, dass er nicht schwul ist.

Ishbel versuchte, diese Schilderung mit dem jungen Mann in Einklang zu bringen, der sie erst am Vortag in der Kapelle des Krematoriums angeschrien hatte. Für sie stand fest, dass er mit seinen einundzwanzig Jahren ein *Mann* war, auch wenn Abigail ihn in ihren atemlosen Einträgen als *Jungen* bezeichnete. Während sie weiterlas, wurde sie wütend, weil sie daran dachte, was Greg über Geheimnisse gesagt hatte.

Okay, Jack ist also definitiv nicht schwul. (Aber ich schätze, er könnte bi sein.) Wir haben gequatscht, und er hat seine Freundin erwähnt. Ich muss wohl ein komisches Gesicht gemacht haben, denn er hat mich angeguckt und gesagt: »Ich meine, sie ist jetzt meine Exfreundin.« Also ist er nicht schwul. TOLL! Aber – gute Arbeit, Abi! – ich habe total versagt und uncool reagiert. Immerhin wollte er mich wissen lassen, dass er MOMENTAN keine Freundin hat, heißt das also, dass er an mir interessiert ist? Im Grunde wäre es das Beste, was mir pas-

sieren könnte. Ich habe es dermaßen satt, eine 19 Jahre alte Jungfrau zu sein und die ganze Zeit zu lügen, verdammt noch mal!

Ishbel brachte nicht den Mut auf, die nächsten Einträge genauer zu lesen. Weil sie schon an einzelnen Sätzen erkannte, dass die Lektüre zu schmerzvoll sein würde, überblätterte sie ganze Seiten. Sie spürte, dass ihre kleine Tochter ihr entglitt – weggezogen wurde von dieser jungen Frau, dieser erwachsenen Frau, die sich offenbar aus irgendeiner Alternativwelt an Ishbel herangeschlichen hatte. Sie dachte an Abigail im Alter von vier Jahren, als sie ihr taubenblaues Tutu angezogen hatte und in ihrem ersten Ballettstück aufgetreten war. Sie dachte an Abigail im Alter von sieben Jahren, als sie auf einer Geburtstagsparty das erste Mal Ishbels Lippenstift ausprobierte. Sie dachte an die Zeit, als sie beide, verlegen und mit leisen Stimmen, über Abigails bevorstehende erste Periode redeten, als Abigail zwölf war. Jeder dieser Momente war von dem jähen Entsetzen darüber begleitet worden, wie schnell doch die Zeit verging. Aber diese kleinen, schmerzhaften Stiche waren nichts im Vergleich zu der Pein, in einem Hotelzimmer zu sitzen und zu erkennen, dass die Zeit zum Stillstand gekommen war und sich Abigail nicht weiterentwickeln würde. Es würde keine weiteren Augenblicke zum Erinnern, keine weiteren ersten und letzten Male von etwas mehr geben. Und der Schmerz, als Ishbel las, wie Abigail ihre Jungfräulichkeit verloren hatte …

Es ist okay, ich wusste ja, es würde wehtun, und ich glaube auch, Jack hat nichts bemerkt. Ich hab im Bad ein bisschen geheult, und dann war's in Ordnung. Als ich zurückkam, hat er geschlafen.

Da weinte auch Ishbel. Aber in dem Tagebuch standen noch weitere Dinge. So hieß es in einem Eintrag vom Dezember:

Ich hatte mich schon gewundert, wieso Jack immer so viel Geld hat. Na ja, heute hab ich herausgefunden, dass er im Grunde ein Drogendealer ist. Dieser kleine Widerling Ryan Summers hat es mir auf dem Treffen der SV erzählt. Zuerst habe ich ihm nicht geglaubt, aber dann musste ich dauernd daran denken, deshalb entschloss ich mich, Jack einfach danach zu fragen, und er hat es zugegeben. Das erklärt vermutlich auch, warum er so viele schicke Klamotten hat und immer so toll aussieht. Und sein Auto und alles. Wir hatten deswegen einen großen Streit, und er hat mir gesagt, ich sei naiv und solle, wenn es mir nicht passt, nach Hause zu Mummys und Daddys großem Haus laufen. Er ist ein beschissenes Arschloch, und ich will ihn hassen, aber ich hocke hier, und er fehlt mir so sehr. Ich bin eine Idiotin.

Einige Augenblicke lang hatte Ishbel Mühe zu atmen. Vor ihr auf dem Papier stand, in der Schrift ihrer Tochter, der Name ihres Mörders. Sie hatten einander gekannt. Miteinander gesprochen. Mit *SV* war vermutlich die Studentenvereinigung gemeint. Abigail war nur manchmal hingegangen, wenn ihr danach war. Anscheinend war Ryan Summers auch Mitglied gewesen. Ishbel konnte sich beim besten Willen nicht vorstellen, dass er Teil von irgendetwas hatte sein wollen – es passte jedenfalls nicht zu dem Bild, das sie sich von ihm gemacht hatte.

Ein paar Tage später:

Ich bin so glücklich, dass Jack und ich wieder zusammen sind. Er hat mir so sehr gefehlt. Und ich kann mit dem Job leben – so nennt er das nämlich, »den Job«, was irgendwie komisch klingt. Aber egal. Ich kann damit leben, wenn ich es verdränge. Es geht ja sowieso niemanden etwas an. Jedenfalls definitiv nicht Ryan. Der Freak hat mich noch mal angesprochen und mir gesagt, dass er es nicht gut findet, dass ich wieder mit Jack zusammen bin. Als ob ihn jemand um seine Meinung gefragt hätte! Ich kenne ihn ja nicht mal. Will ihn auch nicht kennen.

Dann, Ende März, ein kurzer Eintrag:

Lange nicht gesehen, liebes Tagebuch. Aber es ist so viel passiert. Am Ende habe ich nachgegeben und eingewilligt, Jack im Job zu helfen. Ich muss ziemlich viel machen. Ich schätze mal, das erklärt, warum ich nichts geschrieben habe, oder?

Ishbel hatte das Gefühl gehabt, durch Wasser an die Oberfläche zu schwimmen. Sie war völlig in das Tagebuch vertieft gewesen, in die Stimme ihrer Tochter. Als sie sich im Hotelzimmer wiederfand, während im stumm geschalteten Fernseher *Neighbours* lief und der Regen leise gegen das Fenster prasselte, fühlte sie sich, als wäre sie aus den Tiefen eines aufgewühlten Meeres endlich wieder aufgetaucht. Es stimmte also, was Grant Lockley über Abigail und die Drogen gesagt hatte. Ishbel konnte es nicht mehr abstreiten. Ihr wurde heiß im Gesicht.

»Baby«, sagte sie laut in die Stille des Hotelzimmers hinein. »Du dummes, dummes, dummes Mädchen.« Sie blinzelte: Wieder waren da Tränen. Auf der zerwühlten Überdecke lag Abigails Tagebuch, die jüngsten Einträge aufgeschlagen. Sie waren inzwischen derart flüchtig, dass auf jede Doppelseite etwa zehn davon passten:

Hab heute mit Jack auf dem Rückweg vom College im Stau gestanden, weshalb ich mir irgendeinen Schwachsinn ausdenken musste, wo ich gewesen bin. Schreckliches Mutter-Tochter-Gespräch. Wünschte, ich hätte Geld, um auszuziehen.

Ishbel erinnerte sich an den Abend. Sie hatte die Version ihrer Tochter akzeptiert – irgendetwas mit dem Bus, dem Dreiundzwanziger, der, warum auch immer, umgeleitet worden sei. Abigail war zu spät zum Abendessen erschienen und hatte weder eine Nachricht geschickt noch angerufen, daher das *schreckliche Mutter-Tochter-Gespräch*. Jetzt kam sich Ishbel töricht vor. Es musste Anzeichen gegeben haben, die sie alle übersehen hatte.

Hab heute alle meine Kurse geschwänzt, wurde aber von Mr Welsh im Foyer aufgehalten. Das SV-Treffen hatte gerade angefangen, und mir ist keine Ausrede eingefallen. Bin da seit Wochen nicht mehr hingegangen. Aber Ryan Summers war da und hat irgendeinen Scheißwitz über mich und Jack gerissen. Es nervt mich so, dass er um mich herumschleicht. Nachdem alle gegangen waren, habe ich Mr Welsh gesagt, dass ich mich in Ryans Nähe unwohl fühle. Er will das als formelle Beschwerde eintragen und mit ihm sprechen. Ich hab ein bisschen übertrieben, aber das geschieht dem kleinen Freak recht. Jack meint, Ryan ist verliebt in mich, aber ich glaube, er ist nur ein jämmerlicher Loser, der sich gerne in anderer Leute Angelegenheiten einmischt. Er sollte irgendwann mal high werden, dann käme er bestimmt besser im Leben klar.

Ishbel schloss die Augen. Ihr war, als wäre ihr Kopf voller Geräusche: Das Blut rauschte in ihren Ohren, und dann war da noch diese Stimme, die Stimme dieser furchtbar aggressiven Frau, zu der ihre Tochter anscheinend geworden war. Auch Greg sagte etwas – *Sie wurde hereingelegt. Das war nicht wirklich sie* –, und dann hörte Ishbel Jack Egans Worte im Krematorium, als wollte er sich mit Greg streiten. *Schauen Sie sich selbst an. Wer sind hier die wahren Unmenschen?* Erst als Ishbel die Seite nochmals las, verklangen die Stimmen, und sie fühlte sich, als hätte sie lange gegraben, mit bloßen Händen in gefrorenem Boden. Sie war hungrig und müde und hatte in den vergangenen zwei Wochen so viel geweint, dass sie sich nicht sicher war, ob sie je wieder wegen irgendetwas weinen könnte. Jetzt aber hatte sie möglicherweise die Sache gefunden, nach der sie die ganze Zeit gesucht hatte, und sie wurde ruhig, konnte wieder klar denken.

Das könnte der Grund sein, warum er sie ermordet hat. Warum sie als Erste getötet wurde.

Der letzte Eintrag stammte vom Montag, dem Abend vor dem Amoklauf. *Dem Abend, bevor sie starb*: Der Gedanke war schon da, ehe Ishbel ihn hatte wegschieben können. Dem Abend, an dem sie gestritten hatten. Dem Abend, von dem Ishbel wünschte, sie könnte dorthin zurückkehren und alles ungeschehen machen. Sie wünschte es sich mehr als alles andere – vielleicht sogar mehr, als dass Abigail noch am Leben war. Sie erinnerte sich, auf der Treppe gestanden und sich mit Aidan gestritten zu haben, sodass Abigail sich zurückzog. Dann war sie wie ein Teenager zum Zimmer ihrer Tochter gestürmt, in der Hoffnung, Abigail ihre Gereiztheit, ihre Wut spüren zu lassen. Und später war sie im Gästezimmer zu Bett gegangen, hatte im Dunkeln wachgelegen und dabei an all die richtigen Dinge gedacht, die sie hätte sagen sollen. Sie hatte sogar daran gedacht, zurück zu Abigails Zimmer zu gehen, sie aufzuwecken und diese Dinge auszusprechen. Jetzt aber saß sie auf ihrem Hotelbett und dachte: Ich bin es. Ich. Ich bin der Unmensch. Ihr wurde klar, dass sie kein einziges Mal daran gedacht hatte, Abigail zu wecken und zu fragen, was denn wirklich los sei. Ihrer Tochter zu sagen, dass es ihr leidtue. Dass sie sie liebe. Sie hatte es versäumt, diese Dinge zu tun für den Fall, dass ihre Tochter am nächsten Tag nicht mehr am Leben sein könnte.

Der Eintrag von diesem Abend lautete:

Mum hat mich zum Treffpunkt gefahren. Haha, nicht wirklich. Sie hat mich beim Training abgesetzt, und dann bin ich den Rest zu Fuß gegangen. Aber Jack hat mich sitzen lassen, ist einfach nicht aufgekreuzt. Jamie war irre wütend und hat mir total Angst gemacht. Weil mich niemand fahren konnte, musste ich zurück den Bus nehmen. Ich hatte mich in der Zeit geirrt, deshalb merkte meine liebe Mutter, dass ich nicht beim Fußball war. Musste im Grunde aus dem Wagen fliehen und mich hier, in meinem Zimmer, verbarrikadieren, um ihren endlosen Fragen zu entgehen. Das Letzte, was ich gerade brauche, ist, dass sie mir hinterherschnüffelt.

Ishbels Handy klingelte und vibrierte. Es fiel derart laut vom Nachttisch, dass ihr Puls in die Höhe schoss. Sie griff nach dem Telefon, und für einen kurzen Moment war Abigail dran, die sie anrief, um sich bei ihr zu entschuldigen, um zu sagen, sie habe einen Fehler gemacht, komme aber jetzt zurück. *Bis gleich zu Hause, Mum.*

Doch am anderen Ende der Leitung war eine Männerstimme. Ishbel erkannte sie wieder: dieser nur sehr leichte schottische Akzent.

»Ishbel Hodgekiss?«

Am liebsten hätte sie gefaucht wie eine in die Ecke getriebene Katze. »Wie sind Sie an die Nummer gekommen, Lockley?«

Es entstand eine Pause, und als er wieder etwas sagte, sprach er so, als hätte sie gefragt: *Wie kann ich Ihnen weiterhelfen?*

»Ich rufe an, um mich zu erkundigen, ob Sie einen neuen Artikel kommentieren möchten, an dem ich gerade schreibe. Er soll in der kommenden Woche am Tag des öffentlichen Gedenkgottesdiensts erscheinen.«

»Sagen Sie mir«, Ishbel spürte, wie sich jeder Muskel in ihrem Leib spannte, »wie Sie in den Besitz dieser Nummer gekommen sind.«

»Werden Sie bei dem Gottesdienst anwesend sein, Ishbel?«

Er hat ein echtes Talent dafür, hartnäckig zu bleiben, dachte sie im Stillen.

»Oder ist das Verhältnis zwischen Ihnen und Ihrem Ehemann momentan zu angespannt dafür?«

Ihr fehlten die Worte. Sie hörte ihren Atem im Telefonhörer.

»Ich weiß«, fuhr Lockley fort, »die Gerüchteküche ist etwas Schreckliches. Aber wieso nutzen Sie die Möglichkeit nicht, die Sache richtigzustellen? Erzählen Ihre Version der Geschichte. Sie und ich, wir könnten uns zusammensetzen, nur wir beide, und Sie könnten absolut alles sagen, was Sie der Welt mitzuteilen haben. Über Abigail, über Jack Egan, über Ryan Summers und über all die anderen Menschen, denen wehgetan wurde. Sie könnten der Welt erzählen, welch wundervolle junge Frau Abigail in Wirklichkeit gewesen ist. Und ich könnte Ihnen dabei helfen. So sehe ich meine Rolle – ich könnte Ihr Sprachrohr sein.«

Ishbel fasste es nicht, wie unverfroren dieser Mann war, trotzdem machte sein Vorschlag Sinn. Wenn er denn nicht an Bedingungen geknüpft wäre. Sie konnte nachvollziehen, wieso Jack Egan darauf eingegangen war. Doch im

Fernsehen hatte sie auch gesehen, dass er sich mittlerweile in Polizeigewahrsam befand.

»Ich habe mich heute Vormittag mit Moira Summers unterhalten«, fuhr Lockley fort. »Sie hat ja wirklich eine Meinung zu allem, was passiert ist. Soll der Mutter des Mörders Ihrer Tochter eine Plattform in der Öffentlichkeit geboten werden, Ihnen aber nicht? Möchten Sie sich denn nicht zu all dem, was sie gesagt hat, äußern?«

Ishbel spürte Wut in sich aufsteigen – aber sie bezwang sie. *Er will dich nur aufstacheln.* Ryan Summers' Mutter hatte womöglich gedacht, etwas gewinnen zu können, indem sie mit der Presse redete, aber das war eine Illusion. Alles, was aus ihrem Mund kam, würde gegen sie verwendet werden. Verwundert stellte Ishbel fest, dass ihr die Frau leidtat.

»Ich kann Ihnen ein großzügiges finanzielles Angebot machen«, versuchte es Lockley.

Ishbel gelang es noch immer nicht, ihm zu antworten. Offensichtlich ihres Schweigens überdrüssig, änderte er seine Taktik.

»Wissen Sie«, sagte er und klang jetzt drohend, »es wäre gar keine schlechte Idee, wenn Sie die Gelegenheit ergriffen und sich öffentlich zu Wort melden, solange Sie das noch können. Draußen kursieren belastende Informationen über alles und jeden. Es ist ein Leichtes, sich die zu beschaffen.«

Ishbel fand ihre Stimme wieder. »Drohen Sie mir?«

»Überhaupt nicht.« Sie hörte förmlich, wie er abwehrend die Hände hob. »Ich mache nur meinen Job und schreibe darüber, was mir berichtet wird. Ich informiere die Öffentlichkeit. Nicht meinetwegen sollten Sie sich

Sorgen machen. Sondern wegen Leuten wie der Familie Telford.«

Ishbel war überrascht. Sie wusste genau, über wen er redete, denn der Fall hatte sie in der Vergangenheit oft beschäftigt. Sie hatte ihn sich als den Startpunkt von etwas vorgestellt – im Grunde genommen davon, dass ihre Ehe den Bach runterging, wenn sie ehrlich war. Vor drei Jahren hatte sie im Büro einen Fall bearbeiten müssen, bei dem es auch um die Unterschlagung staatlicher Zuschüsse in einem privaten Pflegeheim ging. Mit der Hilfe einer anderen Agentur hatte Ishbel aufgedeckt, dass die Eigentümer sich jahrelang bereichert hatten: ein Ehepaar namens Stuart und Annie Telford. Ishbel hatte ihre gesammelten Beweise der Polizei übergeben, doch die Telfords hatten mit einer offiziellen Klage zurückgeschlagen, die sie bis zum Ombudsmann durchfochten. Ishbel wurde damals recht gegeben, aber es war ein langes, schwieriges Jahr gewesen. Die Ermittlungen hatten sich negativ auf ihre restliche Arbeit, ihre Beziehung zu Aidan und sogar auf ihre Gesundheit ausgewirkt.

»Wollen Sie sich denn nicht äußern«, sagte Lockley jetzt, »bevor Stuart Telford sich an die Presse wendet und behauptet, Sie hätten ihn unschuldig ins Gefängnis gebracht?«

Es wurde still in der Leitung. Ishbel lauschte Lockleys leisem Atem; ihre Gedanken rasten.

»Denken Sie mal darüber nach, Ishbel«, sagte er schließlich. »Und rufen Sie mich an, wenn Sie reden möchten.«

29. Mai, 18:45 Uhr

»Es tut mir leid, Helen«, sagte McLeod, sah aber nicht aus, als meinte er es so. Er war zwei Stunden zuvor nach Hause gefahren, aber irgendwer hatte ihn angerufen und aufs Revier zurückbeordert.

Lockley hatte seinen Artikel über das Treffen mit Moira Summers fertiggestellt, in ihm ein längerer Absatz, demzufolge die Polizeikräfte dazu missbraucht würden, sie zu schützen. Lockley hatte per Mail um ein Zitat gebeten, und irgendein Vollidiot irgendwo im Haus hatte die E-Mail an McLeod weitergeleitet, der daraufhin tatsächlich ins Büro zurückgekehrt war, um jedem einzelnen Beamten die Hölle heißzumachen, der auch nur im Entferntesten mit dem Fall zu tun hatte. Birch und Amy hatte er sich bis zum Schluss aufgespart. »Ich begreife einfach nicht, was Sie sich dabei gedacht haben.«

Amy kämpfte gegen Tränen an. Birch versuchte, sie nicht anzuschauen. »DI Birch dachte, dass …«

McLeod drehte den Kopf blitzartig zu Amy, die auf der Stelle schwieg. »Zu Ihnen komme ich gleich noch, Kato«, sagte er. »DI Birch braucht Sie nicht, um mich zu verarschen, wie Sie gleich feststellen werden.«

Birch begann im Geiste zu zählen. *Bleib ruhig, Helen.* Sie war bis sechs gekommen, als sie McLeods wütendes Schweigen nicht mehr ertrug. »Wie gesagt, Sir, meine erste

Priorität galt stets der Sicherheit von Mrs Summers. Ich habe mit Mr Chaudhry gesprochen, und ...«

»Stopp, Birch.« McLeod griff sich an die Stirn. »Das waren schon die ersten beiden Fehler. Nummer eins: Sie haben diesen schmierigen Scheißanwalt in die Sache reingezogen. Nummer zwei: Sie haben vergessen, dass der *Erfolg dieser beschissenen Ermittlung* oberste Priorität hat, sonst nichts.«

Birch versuchte, erneut zu zählen. Es misslang ihr. »Bei allem Respekt, Sir, ich glaube nicht, dass wir uns hinsichtlich Anjan Chaudhry in solche Kraftausdrücke flüchten sollten.« Sie fürchtete, rot zu werden. »Ich habe mich an ihn gewandt, weil ich eine Lösung für dieses Problem finden wollte. Ich dachte, wir könnten Moira die Sache ausreden.«

McLeod schnaubte verächtlich.

Birch war tatsächlich rot geworden. *Lass dich nicht von ihm provozieren*, warnte ihre innere Stimme – aber sie hörte nicht auf sie.

»Und was ist dabei herausgekommen, Helen?«

»Nicht viel.« Birch presste die Lippen aufeinander. »Mr Chaudhry hat mich darauf hingewiesen, dass Mrs Summers tun und lassen kann, was sie will. Und als sich abzeichnete, dass sie tatsächlich tun würde, was sie wollte, musste ich mich um ihre Sicherheit kümmern.«

»Mrs Summers' Sicherheit ist mir wurscht.« McLeod schlug mit der Hand so heftig auf den Schreibtisch neben sich, dass Birch unwillkürlich dachte: Das hat wehgetan. »Wie sieht das denn aus? Wir hatten über dieses Scheiß-Lockley-Problem nur geredet, aber dann haben Sie im Alleingang alles zehnmal schlimmer gemacht!«

Ich glaube nach wie vor, dass ich alles richtig gemacht habe, wollte sie erwidern. *Hätte ich Moira allein aus dem Haus gehen lassen, und sie wäre angegriffen worden, dann würden wir jetzt noch schlechter in der Presse dastehen.* Doch es war sinnlos. McLeod war von einer unbändigen Wut gepackt – wahrscheinlich, weil er Angst hatte, aber die konnte sie ihm auch nicht nehmen. Wenn alles ins Laufen kam, würde er es sein, der fotografiert werden würde, wie er ins Gericht hineinging und wieder herauskam. Wenn man einen Sündenbock brauchte, würde er das sein.

Als hätte er ihre Gedanken gelesen, beugte er sich nahe zu ihr heran und sagte: »Wenn ich wegen dieser Sache abgeschossen werde, Helen – ich schwöre bei Gott, dann sind auch Sie geliefert.«

»Ja, Sir.« Mehr brachte sie nicht über die Lippen.

McLeod streckte seinen Rücken durch. »Ich beschneide Ihre Kompetenzen.« Er hatte seine Stimme wieder auf volle Lautstärke gedreht, so als spräche er zu jemandem vor der Bürotür. »Ab sofort will ich über alles informiert werden. Jede Entscheidung, die Sie treffen, lassen Sie erst von mir absegnen. Jeder Penny, der für diese Ermittlung ausgegeben wird, muss vorher von mir genehmigt werden. Betrachten Sie Ihre verfluchten Flügel als gestutzt, haben Sie mich verstanden?«

»Ja, Sir.«

»Wirklich?«

»Ja, Sir.«

»Okay.« Er drehte sich zu Amy um. »Und was Sie angeht, Kato – was ich Ihnen jetzt gleich sagen werde, sollte Sie in keiner Weise überraschen. Ich ziehe Sie von diesem Fall ab und sage Ihnen klipp und klar, dass ich glaube, dass es falsch war, Sie überhaupt dazu einzuteilen.« Er schaute wieder zu Birch, die sich entschloss, seinem Blick auszuweichen. »Sie werden Moira Summers an einen anderen Opferschutzbetreuer meiner Wahl übergeben. Ich werde Sie den Namen morgen früh wissen lassen.«

»Ja, Sir.«

Birch sah auch Amy nicht an, doch ihrer Stimme nach zu urteilen, hatte die jüngere Frau den Kampf gegen ihre Tränen schon verloren.

»Gut.« McLeod erhob sich und rieb die Hände aneinander, als müsste er sie säubern. »Und jetzt hauen Sie beide ab aus meinem Büro. Ich hätte schon vor einer Stunde zu Hause sein müssen.«

Birch hielt Amy die Tür auf. »Kopf hoch«, flüsterte sie, als Amy an ihr vorbeiging. Sofort straffte sich Amy und machte ein entschlossenes Gesicht. »So ist's gut«, sagte Birch. Sie zog die Tür ins Schloss, obwohl sich McLeod schon seinen Mantel überstreifte.

Am Ellbogen führte sie Amy den Flur entlang, weg von Ground Zero. »Lassen Sie nicht zu, dass die Sie in diesem Zustand sehen«, sagte sie, als zwei Beamte um die Ecke bogen und näher kamen.

»Hi, Jungs.« Birch nickte, während an ihnen die Männer vorbeigingen, die ihren Gruß erwiderten. Schnell warf sie Amy einen Blick zu und sah, dass sie sich gerade noch beherrschen konnte.

Sie liefen zur Damentoilette, die gnädigerweise leer war. Birch setzte sich auf einen der Waschtische, während Amy schluchzend in eine der Kabinen entschwand. Birch vertrieb sich die Zeit damit, die Ereignisse des Tages zu überdenken – hätte sie anders entscheiden können? Hatte

McLeod recht? War die Außenwirkung das Wichtigste? Sie dachte an Anjans Aftershave, das nach Sternanis roch, dann an Charlie und schließlich, wie sehr sie Grant Lockley hasste und sich wünschte, dass das Karma nur dieses eine Mal, so wie alle behaupteten, zurückschlagen und diesem Mann endlich ganz übel mitspielen würde. Birchs Gedanken drehten sich so lange im Kreis, bis ihr klar wurde, dass heute mit ihrem Hirn nichts mehr anzufangen war.

In der Toilettenkabine wurden Amys Schluchzer leiser.

»Entschuldigen Sie, dass ich Sie in die Sache reingezogen habe, Amy«, sagte Birch. »Vielleicht hat McLeod ja recht, und ich hätte Sie diesem Fall nicht zuteilen dürfen. Ich hätte erkennen müssen, dass die Ermittlung beschissen laufen würde. Sie konnte gar nicht gut gehen, nicht bei einem Verbrechen wie diesem.«

Ein Klicken, Amy öffnete die Tür. Sie sah irgendwie jünger aus als vorher – das Make-up war größtenteils verschmiert, ihr Gesicht leicht aufgedunsen. »Erinnern Sie sich noch an Ihren Vorschlag, mal zusammen was zu trinken, Chefin?«

Birch stutzte. »Ja.«

»Na ja«, Amy deutete auf ihr Spiegelbild hinter Birch, »ich glaube, jetzt wäre der richtige Zeitpunkt dafür.«

Sie gingen in eine Weinbar in Stockbridge, ganz in der Nähe von Amys Wohnung. Birch kam sich alt unter den Gästen vor, und die Beleuchtung war für ihren Geschmack viel zu dunkel. Bewundernd schaute sie zu, wie Amy einen Burger mit Süßkartoffel-Pommes bestellte und ihn im Handumdrehen verschlang. Sie selbst hatte nur einen

Salat geordert und wünschte sich, sie hätte Amys Stoffwechsel.

»Es tut mir wirklich leid, dass alles so gekommen ist.« Sie musste das einfach sagen, obwohl Amy ihr ausdrücklich verboten hatte, sich nochmals bei ihr zu entschuldigen. »Je länger ich darüber nachdenke, desto überzeugter bin ich, dass McLeod teilweise recht hat. Wir hätten Moira einfach erlauben sollen, allein das Haus zu verlassen und sich mit Lockley zu treffen. Sie kannte ja die Risiken. Vermutlich wäre ihr nichts passiert, und Sie wären immer noch ihre Opferschutzbeamtin.«

Amy schüttelte den Kopf. »Nein«, sagte sie ruhig. »Ich bin froh, dass Sie – wir – so gehandelt haben. Wenn schon nichts anderes, dann hat es Moira immerhin gezeigt, dass sie uns nicht gleichgültig ist. Dass wir ihr Leben genauso wertschätzen wie das der Opferfamilien … Selbst wenn es sonst niemand tut.«

»Wahrscheinlich stimmt das sogar. Aber ich würde lügen, wenn ich behauptete, ich hätte mich aus Sorge um Moira dafür entschieden. Eigentlich komisch, ich rümpfe die Nase darüber, wie McLeod arbeitet, aber ich könnte durchaus das eine oder andere von ihm lernen. Er streitet zwar gerne, wird aber nie persönlich. Er nimmt die Probleme im Beruf nie mit nach Hause, ist Ihnen das schon aufgefallen? Er kommt pünktlich um neun und geht pünktlich um fünf. Nur in der Zeit dazwischen ist er Polizist. Er scheint sich emotional von den Fällen distanzieren zu können.«

Amy schwenkte den Wein in ihrem Glas und schaute zu, wie der Minitornado, den sie dadurch erzeugt hatte, wirbelte und sich dann legte. »Sie meinen, das ist etwas Gutes?«

Birch schwieg eine Sekunde lang. »Vor diesem Fall«, sagte sie langsam, »hätte ich das bestritten. Aber jetzt glaube ich, dass es vielleicht die richtige Einstellung ist.«

Amy krauste die Nase. »Aber er hat es ja auch leicht. Ich meine, emotionale Bindungen hin oder her, ich würde liebend gern um fünf Uhr den Griffel fallen lassen und Feierabend machen. Und Sie wissen ganz genau, dass Sie gerade nett waren, Chefin. Er geht nämlich nicht um fünf, sondern um halb fünf.«

Birch lachte und spürte bereits, dass der Wein ihre Gedanken zu vernebeln begann. »Okay, in der Hinsicht haben Sie recht. Und vielleicht kann er seinen Nehmen-Sie's-nicht-mit-nach-Haus-Film auch nur deshalb fahren, weil er so viel Arbeit an den Rest von uns delegiert.«

»Eines Tages werden Sie an seiner Stelle sein«, sagte Amy und hob eine Augenbraue.

Birch schlug sich in gespieltem Entsetzen auf die Brust und musste sofort an Lockleys Gehabe denken. »Gott bewahre. Glauben Sie wirklich – nach diesem Fall? Würde man mich morgen auffordern, den Dienst zu quittieren, ich glaube, ich würde mich nicht dagegen wehren.«

Amy beobachtete, wie Birch ihr Glas leerte. »Ich finde, Sie machen Ihre Arbeit so gut, wie es nur geht.«

»Sie sind sehr freundlich, aber da täuschen Sie sich. Das meinte ich, als ich sagte, man solle sich nicht allzu sehr in einen Fall reinziehen lassen. Ich glaube, ich habe heute mit Moira einen Fehler gemacht, weil ich das Ganze zu sehr an mich herangelassen habe.« Birch blickte zum Bartresen hinüber und nickte: *Mehr Wein, bitte.* Sie hatte seit Langem nicht mehr so viel Alkohol getrunken. »Insbesondere habe ich zugelassen, dass Lockley mir an die Nieren geht.«

Das laut auszusprechen fühlte sich bedeutend an – zwar nicht wie Erleichterung, aber wie etwas ziemlich Ähnliches. Als würde der Stein, den man beiseiteschieben wollte, sich bewegen, wenn auch nur ein kleines bisschen.

»Was genau meinen Sie damit? Ich hoffe, es macht Ihnen nichts aus, wenn ich danach frage.«

Birch schaute Amy an. Sie ahnte, worauf die Frage zielte, sagte aber: »Wovon … sprechen Sie?«

Ein Kellner brachte noch zwei Gläser Wein an den Tisch. Birch fand, er wirkte, als wäre er zwölf Jahre alt, und dachte dann sofort: *Na toll, jetzt bin ich schon in dem Alter, in dem alle jungen Leute in meinen Augen wie zwölf aussehen*. Ihr fiel auf, dass der Kellner Amys Beine betrachtete, als sie sich bei ihm bedankte.

»Von Ihnen und Lockley«, sagte Amy gedankenverloren. »Es kursiert das Gerücht, dass Sie schon mal aneinandergeraten sind.«

Birch zuckte nur mit den Schultern. »Jeder, der lange genug gelebt hat, ist schon mal mit Lockley aneinandergeraten. Er hat schon Polizisten gejagt, als er noch kurze Hosen trug.«

Amy lächelte sichtlich enttäuscht.

Ach, was zum Teufel, dachte Birch. »Aber es stimmt schon«, fügte sie hinzu. »Er nervt mich mehr als andere Kollegen. Und dabei geht es nicht um Berufliches, sondern um Persönliches.«

Beide Frauen tranken einen großen Schluck. Birch schaute zu, wie Amy sich im Stuhl zurücklehnte und auf mehr wartete.

»Na schön.« Irgendwo in der zerklüfteten Landschaft ihres Geistes stand noch ein Mast aufrecht und sendete eine Warnung aus, nicht noch mehr preiszugeben. Aber Birch war beschwipst vom Wein und wusste nicht, ob sie ständig an Charlie denken konnte, ohne daran zu zerbrechen oder irre zu werden. »Ich bin wegen meines kleinen Bruders zur Polizei gegangen. Charlie. Sie erinnern sich vermutlich nicht daran, aber vor dreizehn Jahren wurde er vermisst. Der Fall war groß in den Medien.«

Amys Augen weiteten sich. »Charlie Birch. Das war Ihr *Bruder?*«

Birch schrak zusammen. In der Regel war es ihr lieber, wenn die Leute nichts von Charlie gehört, nicht die Artikel gelesen und sich keine Meinung über den Fall gebildet hatten. »Ja, er war mein kleiner Bruder – im Guten wie im Schlechten.«

»Wow, Charlie Birch … der Teenager-Gangster«, sagte Amy. Und dann: »Entschuldigen Sie.«

Birch hob die Schultern. »Das war eine von Lockleys schönsten Schlagzeilen. Natürlich konnte er seine Behauptungen nie beweisen, was ihn aber nicht davon abhielt, sie drucken zu lassen. Wenn jemand als vermisst gilt, ist er ein gefundenes Fressen – dann kann man über ihn behaupten, was man will, denn der Betreffende kann sich nicht verteidigen. Ich habe inzwischen Distanz zu der Sache gewonnen. Aber damals war ich überzeugt, dass mehr getan werden könnte – um Charlie zu finden, meine ich, oder, was wahrscheinlicher war, seine Leiche. Um die Gerüchte ein für alle Mal zu bestätigen oder zu widerlegen. Darum bin ich Polizistin geworden. Ich glaubte, da Erfolg haben zu können, wo alle anderen vor mir gescheitert waren. Ich habe geglaubt, ich könnte ihn finden.« Sie lachte auf, kurz und verbittert, blickte dabei in ihr Weinglas. »Was nur beweist, wozu es führt, wenn man zu lange über eine Sache nachdenkt.«

Amy runzelte die Stirn. »Lockley hat also …?«

Birch nickte. »Er war damals ganz neu in der Branche. Er kann höchstens zwanzig gewesen sein. Er machte ein Volontariat bei einem der großen Boulevardblätter – die haben ihm nichts bezahlt, aber er wollte einen Platz am Tisch der Großen, also hat er sich an Charlies Geschichte drangehängt. Besser gesagt: an *uns*, die Familie. Er tat alles, um einen Knüller zu landen, der ihm zu einem Namen verhelfen würde. Erinnern Sie sich noch an all die Artikel, in denen er irgendwelche Kellerleichen unserer Familie ans Licht zerrte? An die Typen, die dafür bezahlt wurden, dass sie behaupteten, sie hätten mitbekommen, dass Charlie seit ewigen Zeiten bei jedem krummen Ding dabei gewesen sei? Diese verleumderischen Artikel hat alle Lockley geschrieben. Und die verhärmt aussehende Frau auf den Fotos, die neben den Artikeln abgedruckt waren, das war meine Mutter.«

Amy schlug sich ihre Hand vor den Mund.

»Er hat uns monatelang nachgestellt«, sagte Birch. »Ist vor unserem Haus aufgetaucht. Hat die Mülleimer durchwühlt. Uns Tag und Nacht angerufen. Er hat Menschen kontaktiert, die wir vergessen hatten, ihnen eine Viertelstunde Ruhm versprochen und sie dann von vorne bis hinten falsch zitiert. Meine Mutter ist schließlich umgezogen, aber er hat einen Privatdetektiv angeheuert, um ihre neue Adresse herauszufinden. Er ist sozusagen bei uns in die Lehre gegangen. Meine Familie ist der Grund, warum er inzwischen ein allseits geliebter Journalist ist … Obwohl, von wem er geliebt wird, ist mir schleierhaft.«

»Wahrscheinlich hat er kein eigenes Leben mehr«, sagte Amy, und Birch erinnerte sich an ihr Telefonat mit ihm.

»Vielleicht …« Ihre Stimme klang verträumt, weit entfernt. »Sie haben mich da gerade auf eine Idee gebracht. Lockley ist ein echter Dreckskerl, aber es könnte doch sein, dass das nur ein Image ist, verstehen Sie? Möglicherweise arbeitet er in seiner Freizeit in einer Suppenküche oder so.«

Amy grinste. »Das glauben Sie?«

»Nicht wirklich«, gab Birch zu.

»Ich auch nicht.«

Okay, genug über Lockley geredet, dachte Birch und trank noch einen Schluck Wein. »Entschuldigen Sie, wenn ich zu sehr ins Detail gegangen bin.«

Amy blinzelte etwas schläfrig. »Überhaupt nicht. Wissen Sie, ich habe mich immer gefragt – damals, meine ich –, wie viel von den Sachen wirklich stimmt.«

»Soll ich ehrlich sein? Um Ihnen eine Antwort zu geben, müsste ich mit Charlie sprechen. Aber der Fall ist seit zwölf Jahren ungelöst. Mehr noch: nicht nur ungelöst, sondern abgeschlossen.«

»Das tut mir leid«, sagte Amy wieder. »Wie geht es Ihrer Mum denn heute?«

Birch schloss die Augen, nur ganz kurz. Das Foto ihrer Mutter erschien ihr klar und deutlich. »Sie ist im vergangenen Jahr verstorben. Darmkrebs. Es ging sehr schnell, was wohl ein Segen war. Während der Sache mit Charlie hatte sie aufgehört zu essen, litt an allen möglichen Verdauungsstörungen, auch aufgrund der Angst. Sie ist nie mehr wieder richtig gesund geworden, glaube ich. Es gibt natürlich keinen Beweis dafür, aber ich bin mir sicher, dass der Krebs mit … na ja, mit alldem in Zusammenhang steht. Dem schrecklichen Gefühl, das im Grunde nie weggegangen ist.«

»Mein Gott«, sagte Amy, »das tut mir wirklich leid.«

»Ist schon gut«, sagte Birch. »Sie ist mit der Überzeugung gestorben, dass Charlie noch lebt. Dass er irgendwo dort draußen ist. Was vermutlich in gewisser Weise gut ist. Sie hat nie um ihn getrauert, musste es nie. Aber es hat einen kleinen Keil zwischen sie und mich getrieben. Ich bin Realistin. Nach einer Weile begann ich mich damit abzufinden, dass er, sollte er je wieder auftauchen, in einem Sarg liegen würde. Außerdem wollte meine Mum ständig erfahren, welche Fortschritte die Ermittlungen machten, welchen Spuren ich folgte. Immer wieder musste ich ihr antworten, dass es keine gab, dass es vorbei war.«

»Das hört sich wirklich grausam an.«

Birch zuckte mit den Schultern. »Vielleicht. Nach einer Weile hat sich daraus jedenfalls ein Streit zwischen uns entwickelt. Weil die Tochter nicht die Erwartungen der Mutter erfüllt hat. Aber so etwas passiert in vielen Familien, wir waren nichts Besonderes.«

Amy runzelte erneut die Stirn. »Trotzdem«, sagte sie, »Sie verdienen eine Medaille, weil Sie … ich weiß nicht, Lockley nichts angetan haben.«

Birch lachte. Sie nahm ihre unmittelbare Umgebung nur noch verschwommen wahr, verspürte jedoch, nachdem sie Amy ihre Geschichte erzählt hatte, eine Art Hochstimmung. Die aber einen bitteren Beigeschmack hatte. Auch wenn sie glaubte, gleich in Tränen ausbrechen zu müssen, nahm sie bei dem, was sie als Nächstes sagte, kein Blatt vor den Mund.

»Man weiß nie.« Sie rang sich ein Lächeln ab. »Wenn es so weitergeht, dann ist McLeod drauf und dran, das für mich zu erledigen.«

Drei Wochen und vier Tage später

FIRST MINISTER UNTER HOCHRANGIGEN TRAUERGÄSTEN BEIM HEUTIGEN LANG ERWARTETEN ÖFFENTLICHEN GEDENKGOTTESDIENST FÜR DIE OPFER DES AMOKLAUFS AM THREE RIVERS

Von GRANT LOCKLEY
VERÖFFENTLICHT: 08.06.–08:02 Uhr

Die 13 jungen Frauen, die im vergangenen Monat bei dem Amoklauf am Three Rivers College brutal ermordet wurden, werden im Rahmen eines öffentlichen Gedenkgottesdienstes gewürdigt, der am heutigen Tag in der St Giles' Cathedral in Edinburgh stattfindet. Der Gottesdienst wird von STV live übertragen. Es werden zahlreiche hochkarätige Gäste erwartet, darunter auch die Regierungschefin – die sich, wie wir wissen, einen Fototermin nie entgehen lässt –, der Vize-Regierungschef sowie Mitglieder des Schottischen Parlaments aus allen großen Parteien.

Bildstrecke: zu Ehren der Opfer des Amoklaufs am Three Rivers

Der Gedenkgottesdienst findet zu Ehren der 13 jungen Frauen statt, die ihr Leben verloren, als ihr Kommilitone – der geistig verwirrte 20 Jahre alte Ryan Summers, Student der Ingenieurswissenschaften, bewaffnet mit drei modifizierten Handfeuerwaffen, am Morgen des 14. Mai in die Mensa des Tweed Campus stürmte. Tragischerweise waren alle Opfer jünger als 30 Jahre. Unter ihnen befanden sich auch Abigail Hodgekiss, die, wie sich herausgestellt hat, am College mit Drogen handelte, sowie Liz Gill, die mutige 17-Jährige, die starb, als sie versuchte, Summers zu entwaffnen. Vergangene Woche wurde publik, dass Gill für ihr Handeln posthum eine Medaille verliehen wird. Dies erscheint uns als ein Silberstreif, so schmal er auch ist, am dunklen Horizont der Three-Rivers-Ermittlungen.

Mutiger Teenager Liz Gill erhält das Georgs-Kreuz: Lesen Sie hier mehr

Die heutige Gedenkveranstaltung wird mit einer öffentlichen Mahnwache vor den Gebäuden des Schottischen Parlaments beginnen. Es wird erwartet, dass Mitarbeiter und Studenten des Three Rivers College anschließend eine Prozession die Royal Mile hinauf bis zur St Giles' Cathedral anführen werden, wo der offizielle Gottesdienst um 11 Uhr beginnen soll. Tausende Menschen werden teilnehmen: Der Fernsehsender STV hat auf dem West Parliament Square Großbildleinwände aufgestellt, damit auch diejenigen, die keinen Platz in der Kathedrale finden, die Zeremonie verfolgen können. Weitere Millionen werden über Satellitenfernsehen und Internet zuschauen, da der Gottesdienst auf der ganzen Welt als Live-Stream übertragen wird.

Nachbarn ehren die Opfer des Anschlags am Three Rivers, während die Familien ihre Lieben beerdigen: Lesen Sie hier mehr

Der genaue Ablauf des Gottesdienstes wurde noch nicht bestätigt, doch es ist anzunehmen, dass die Erste Ministerin der Opfer gedenken und den Familien die Gelegenheit gegeben wird, zu den Trauergästen und den Zuschauern daheim zu sprechen. Die Police Scotland hat zugesagt, die Feierlichkeiten zu unterstützen, vielleicht um dem zunehmenden Unbehagen in der Öffentlichkeit über den bisherigen Ermittlungsverlauf entgegenzuwirken. Ganz recht: Die Polizei hat noch immer nicht enthüllt, was an dem Tag tatsächlich geschehen ist, und immer mehr Vermutungen werden laut, dass man am Tatort nicht alles Nötige getan hat. Hätten in diesen entscheidenden Sekunden Menschenleben gerettet werden können? Dass die Polizei uns dies nicht mitteilt, spricht Bände.

Die Polizei stellt zudem Hunderte Mitarbeiter für die Mahnwache, die Prozession sowie jenen Teil des Gottesdienstes ab, der im Freien stattfindet. Einige leitende Ermittler haben ihre Anwesenheit zugesagt, wohingegen andere sich weigern zu bestätigen, ob sie teilnehmen werden. Offenbar ziehen es gewisse Leute vor, das Rampenlicht der Medien zu meiden. Nur gut, dass ich beabsichtige, vor Ort zu sein, mit dem Smartphone in der Hand.

Grant Lockley live beim Gedenkgottesdienst zu Ehren der Opfer des Blutbads am Three Rivers: Loggen Sie sich hier ein, um unserer Berichterstattung zu folgen

Ja, der Verfasser dieser Zeilen wird live von den Ereignissen rund um den Gedenkgottesdienst berichten: Über den obigen Link können Sie sich einloggen, um sich selbst ein vollständiges Bild der Geschehnisse vor Ort zu machen. Alternativ folgen Sie dem Hashtag #TRCmemorial, um offizielle Tweets sowie die Reaktionen in den Sozialen Medien aus der ganzen Welt zu lesen. Wie immer finden Sie mich persönlich unter @thegrantlockley auf Twitter. Sehen wir uns dort?

Lesen Sie mehr von Grant Lockley

Teilen oder kommentieren Sie diesen Artikel

Top-Kommentare

JohnEnglish Habe heute an die jungen Frauen gedacht. Beabsichtige, eine Kerze anzuzünden und um 11 Uhr eine Schweigeminute einzulegen, weil sie einen eigenen Gedenktag verdienen.
^ 894 Personen gefällt das

Moongurl7 Wissen wir, ob Ryan Summers' Mutter dort sein wird? Hoffe für sie, dass sie zu Hause bleibt – niemand will dich da, Moira! Ich warte immer noch auf ihre öffentliche Entschuldigung.
^ 691 Personen gefällt das

Keith00 @moongurl7 Und ich warte immer noch drauf, dass sie eingesperrt wird! Die Police Scotland hat die Opfer und ihre Familien auf so viele Weisen schändlich im Stich gelassen. Es gibt keine Gerechtigkeit. RIP.

^ 599 Personen gefällt das

Stacey_xo Möchte immer noch wissen, was jemand dazu bringt, so eine Tat zu begehen. Danke, Grant Lockley, dafür, dass du immer nach der Wahrheit suchst. Meine These ist, dass Ryan Summers Drogen genommen hat, die ja am College gehandelt wurden. Aber eines weiß ich sicher: Wenn es stimmt, dann wirst du, Grant, das herausfinden. Ich finde deine Kolumne super. Werde heute auch am W Parliament Sq sein. Wir sehen uns dort, Grant!

^ 409 Personen gefällt das

8. Juni, 9:15 Uhr

»Ich will das wirklich nicht.« Moira war sich ihres ungepflegten Äußeren sehr bewusst. Aber inzwischen, nach fast einem Monat, hatte sie es satt – sie war es leid, dass andere Leute vor ihrem Haus rumlungerten und erst dafür sorgten, dass sie sich dessen bewusst war. Im Moment stand sie in dem engen Flur mit zwei uniformierten Polizisten sowie Callum, ihrem neuen Opferschutzbetreuer. Sie war noch im Morgenmantel und hatte – an einem Tag wie heute – jedes Recht dazu. Doch irgendwie brachte Callum es fertig, dass sie sich für ihre Trauer, ihre Schuldgefühle und deren körperliche Begleiterscheinungen schämte – etwas, was Amy nie getan hatte.

»Das ist keine Frage des Wollens, Moira«, sagte Callum. »Sondern eine Frage des Müssens.«

In dem schmalen Gang versuchte Moira, Callums Blick standzuhalten. Sie war entschlossen, es ihm heute noch nicht allzu leicht zu machen, und diese beiden fremden Beamten würde sie mit Sicherheit auch nicht in ihr Wohnzimmer lassen. Callum war etwa eins neunzig groß und trug einen derart dichten Vollbart, dass Moira sich wunderte, wieso seine Vorgesetzten diesem Seebären nicht mal Bescheid gaben, sich endlich zu rasieren.

»Wir möchten kein Risiko eingehen«, sagte er. »Alle sind angespannt wegen des Gottesdienstes heute.«

Natürlich wegen des Gottesdienstes, dachte Moira. Ich bin doch nicht blöd, ich weiß genau, warum Sie das vorschlagen. »Sicher, ich habe mir Sorgen gemacht«, sagte sie, »als Sie die Bewachung zurückgefahren haben. Aber jetzt war eine volle Woche am Tag keiner Ihrer Kollegen im oder vor dem Haus, und ich habe gemerkt, dass Sie recht hatten. Mir geht es gut. Und diese ... diese Journalisten sind bis heute Vormittag auch nicht mehr als an den meisten anderen Tagen geworden.«

Callum war nicht untätig gewesen: Das Erste, was er getan hatte, nachdem er ihr zugewiesen worden war, war, darauf zu bestehen, dass Moira das Fenster zur Straße hin reparieren ließ.

Moira hatte sich an die Spanplatten gewöhnt und fühlte sich jetzt wieder den Blicken von draußen ausgesetzt: Sie hielt die Vorhänge zu allen Zeiten geschlossen, auch wenn sie ihr durchsichtig und nutzlos erschienen. Anschließend hatte Callum darauf bestanden, die schützende Polizeipräsenz zu verringern, zweifellos eine Anordnung von irgendwo ganz oben. So wie alle anderen hatte Moira die Nachrichten im Fernsehen gesehen: Eine Menge Leute dort draußen waren der Meinung, dass ihr Schutz keinen einzigen Penny des Steuerzahlers wert war.

»Die Beamten in der Nacht werden auch bald abgezogen«, erinnerte Callum sie. Er redete mit ihr in einem väterlichen Tonfall, den sie noch nie gemocht hatte. Vor allem nicht an jemandem, der noch nicht mal vierzig war. »Die Drohungen haben weitgehend aufgehört, nur dieser eine Dreckskerl ist ziemlich hartnäckig. Aber wir glauben, wir stehen kurz vor einer Verhaftung. Die Wachen vor Ihrem Haus sind nur für den heutigen Tag.«

Moira zögerte – beschloss dann aber, die Wahrheit zu sagen. »Jetzt hören Sie mir mal zu. Es ist mir egal, ob ich Besuch von dieser … Person bekomme, die mir Morddrohungen schickt. Sie haben es selber gesagt – erst vorige Woche, wenn ich mich richtig erinnere: *Wir können Sie nicht für immer beschützen*. Sie haben ja recht, das können Sie nicht, und das sollen Sie auch nicht. Nicht, wenn es nach mir geht. Wenn die Leute der Meinung sind, dass ich sterben soll, damit diese jungen Frauen gerächt werden, dann soll ich vielleicht sterben. Können Sie sich vorstellen, wie oft ich im vergangenen Monat sterben wollte?«

Callum blinzelte. Sie hatte ihn überrascht.

»Mehr noch«, fuhr sie fort, »inzwischen glaube ich, es wäre besser gewesen, wenn Ryan mit mir begonnen hätte – mich als Erste erschossen hätte. Oder noch besser: mich statt all den anderen erschossen hätte.«

Die drei Polizisten wechselten Blicke.

»Oh, keine Sorge«, sagte sie. »Ich werde mir schon nichts antun. Das Gespräch haben Amy und ich bereits geführt. Ich werde Ihnen jetzt sagen, was ich ihr erzählt habe: Es wäre feige, mich umzubringen, wenn man bedenkt, was alles passiert ist. Ich könnte es nicht – und deshalb werde ich es nicht tun. Aber was ist mit jemandem, dem Ryan wehgetan hat, der herkommt und mich tötet, weil er glaubt, einen gewissen Trost daraus schöpfen zu können? Ich habe viel darüber nachgedacht – darüber, was ich tun könnte, damit es diesen Familien besser geht. Und … ich glaube, zu sterben wäre nicht das Schlechteste.«

»Aber es wäre Mord«, sagte Callum.

Moira verdrehte die Augen. »Natürlich«, sagte sie. »Aus Ihrer Sicht würde das so aussehen.«

Es entstand eine Pause. Moira beobachtete Callum dabei, wie er zu entscheiden versuchte, wie er weiter vorgehen sollte, und beschloss, ihm den Mund zu verbieten.

»Ich will hier und heute keine neuen Beamten sehen, die mich beschützen wollen. Denn ich habe keine Ahnung, warum sich der heutige Tag von den anderen vorangegangenen unterscheiden sollte. Abgesehen davon ist die Pressemeute zurückgekehrt.« Sie deutete in den Vorgarten. »Sollte also jemand herkommen, um mich zu ermorden, werden Sie jede Menge fotografisches Beweismaterial haben.«

Wieder sahen die Männer einander an. Einen Moment lang stellte Moira sich vor, wie sie über sie sprachen, wenn sie nicht in ihrer Nähe waren. *Diese verfluchte Summers, diese verrückte Nervensäge. Aber sie hat recht, sie hätte es verdient.*

»Ich möchte, dass Sie jetzt gehen«, sagte sie. »Hiermit weise ich das Angebot des Schutzes durch einen Polizeibeamten offiziell zurück.« Sie stieg die Treppe nach oben, um aus dem Fenster zu verfolgen, wie die drei Polizisten durch den Garten und über die Straße gingen, während die Paparazzi sie fotografierten und Fragen riefen. Callum zwängte sich auf den Beifahrersitz des Streifenwagens und holte sein Handy hervor, bestimmt, um zu melden, dass Moira sich ihnen widersetzt hatte.

Sie wartete ab, bis der Wagen außer Sicht war, ging zum Treppenabsatz, stöpselte das Telefon vom Nebenanschluss ein und wählte die Nummer, die sie inzwischen auswendig kannte.

Amy ging nach nur zweimaligem Klingeln ran.

»Ich hasse Callum«, sagte Moira anstelle einer Begrüßung. »Er redet mit mir wie mit einem Kind.«

In der Leitung blieb es still, dann unterdrückte Amy einen Seufzer. »Sie müssen aufhören, mich anzurufen, Moira. Ich bin nicht mehr Ihre Opferschutzbeamtin. Ich bin sogar von den Ermittlungen ausgeschlossen worden.«

»Ich weiß«, sagte Moira, »und ich begreife es immer noch nicht. Callum ist sicherlich ein sehr guter Polizist, aber … ich kann ihn nicht ausstehen. Sie dagegen habe ich gemocht. Sie haben mich nicht behandelt, als ob ich …« Sie wartete, dass Amy den Satz beendete, auch wenn sie nicht wirklich wusste, was sie eigentlich hatte sagen wollen. *Etwas Falsches getan habe? Aber das hast du doch, Moira. Du hast wirklich etwas Falsches getan.* »Sie haben mich nicht behandelt wie er.«

Amy reagierte noch immer nicht.

»Ich hatte das Gefühl, mit Ihnen reden zu können«, sagte Moira. Etwas flackerte in ihrer Brust, eine Warnung, dass sie dabei war, sich in Gefahr zu begeben. »Und wenn ich Sie brauchen würde, um … mich zu unterhalten? Um Ihnen etwas zu erzählen?«

»Moira, dafür ist Callum da. Er ist äußerst professionell, hat viel mehr Erfahrung in seiner Arbeit als ich. Wahrscheinlich ist es sogar besser, dass Sie ihn jetzt als Betreuer haben.« Amy schien sich zu bemühen, mit der Stimme zu lächeln. »Sie sollten ihn als eine Art Upgrade sehen.«

Sie versucht, dich abzuwimmeln, Moira. Kapierst du das nicht? Die haben dich alle satt.

Sie holte tief Luft. »Und wenn ich nun mit einer Frau reden will? Das steht mir doch zu, oder?«

Amy gab einen Laut der Enttäuschung von sich, von dem Moira annahm, dass sie ihn nicht hatte hören sollen.

»Es tut mir wirklich leid«, sagte sie, »aber Sie dürfen nicht mehr mit mir sprechen. Wir dürften nicht einmal dieses Gespräch führen.« In der kurzen Stille, die folgte, schien Amy etwas einzufallen. »Aber ich stehe gerade neben DI Birch, Sie könnten also mit ihr sprechen.« Wieder eine Pause, dann fügte Amy hinzu: »Sie ist ja eine Frau.«

Beinahe hätte Moira laut gelacht. Sie erinnerte sich, wie DI Helen Birch auf dem unkrautübersäten Fußweg zum Hintereingang von *Muffins Café* gegangen war, sich auf die Lippe beißend, blass, als hätte sie seit Wochen nicht mehr geschlafen. Erinnerte sich an Amys Worte, dass Birch für sie gekämpft und verloren habe: dass die Anordnung, Amy mit Callum auszutauschen, von höherer Stelle getroffen worden sei. »Gut«, sagte sie.

Aus der Telefonleitung drang ein wischendes Geräusch – zweifellos Amys Hand über dem Hörer, während sie DI Birch erklärte, dass die geistig verwirrte Summers sie am Telefon nerve. Moira sah sich auf dem kleinen Treppenabsatz um, während sich ihre Augen an das Halbdunkel gewöhnten. Ohne groß nachzudenken, streckte sie den Arm aus und schob die Tür zum Zimmer auf, das sich ihr am nächsten befand. Es war Ryans Zimmer. Sie sah das zerfetzte Bett – das von Callum zwar zurück an die richtige Seite gestellt worden, aber immer noch aufgeschlitzt war – und die aufgezogenen Schubladen. Die unordentlichen Berge von Kleidungsstücken türmten sich auf dem Boden. Wohl zum tausendsten Mal rief sich Moira in Erinnerung, wer sie war. Wer ihr Sohn gewesen war. Was er getan hatte. Wovon sie ihn nicht abgehalten hatte.

»Mrs Summers.« DI Birchs Telefonstimme holte Moira aus ihren Gedanken zurück, riss ihren Blick weg von dem verwüsteten Zimmer mit dem leeren Bett. »Amy sagte mir, Sie bräuchten jemanden, der Ihnen zuhört. Ist das richtig?«

Moiras Gedanken rasten. *Möchte ich das? Wirklich?* »Ja, das habe … ich gesagt.«

»Sie haben ein Problem mit unserem neuen Arrangement?«

Etwas an der Art, wie Birch *unserem* sagte, bestätigte, was Amy in Bezug auf die Änderung erwähnt hatte, nämlich dass die Entscheidung über Birchs Kopf hinweg getroffen worden war.

»Ja.«

»Okay.« Moira stellte sich vor, dass DI Birch auf die Uhr sah – und erinnerte sich an deren zerzaustes Haar. »Heute dürfte es schwierig sein, das zu lösen, das muss ich Ihnen wohl nicht sagen.«

»Nein.«

»Aber wenn Sie nichts dagegen haben, würde ich gerne vorbeikommen und mit Ihnen sprechen, sobald der Gedenkgottesdienst vorüber ist.« DI Birch wartete kurz und fügte dann hinzu: »Wäre das in Ordnung?«

Moira überlegte kurz. »Ja. Das wäre es.«

»Und Sie sind sich sicher, dass Sie nicht schon früher jemanden zum Reden brauchen? Ich weiß, dass Sie eine … etwas hitzige Diskussion hatten, als Callum von Amy übernommen hat. Wegen heute.«

Moira schloss die Augen. »Ja, das hatten wir. Aber ich war damals im Unrecht. Ich weiß jetzt, dass Sie mit allen Entscheidungen richtiglagen.«

»Es ist nicht so, als würden wir finden, Sie hätten es nicht verdient, dort zu sein«, sagte Birch. »Ich persönlich bin der Ansicht, dass Sie etwas ganz Richtiges geäußert haben. Der Gedenkgottesdienst sollte Ryan ebenfalls einbeziehen. Schließlich ist auch er gestorben.«

»Das habe ich so nicht gesagt.« Moira wünschte, sie wäre bei der Übergabe so geistesgegenwärtig gewesen, alles dafür zu tun, um Amy zu behalten – aber sie erschrak auch bei DI Birchs Worten. *Auch er ist gestorben. Er ist gestorben.*

»Es tut mir leid.« DI Birch klang so, als ob sie es wirklich meinte. »Vielleicht habe ich es falsch verstanden, aber Amy hat mir gesagt, dass Sie heute am Gottesdienst teilnehmen wollten, und sie und Callum – na ja, sie mussten Ihnen erklären, warum ...«

»... es keine gute Idee ist«, beendete Moira den Satz. »Ja. Und sie hatten recht. Aber das ist nicht ... der Grund, warum ich gesagt habe, dass ich mit jemandem reden möchte.«

»Okay. Und Callum war heute Vormittag schon bei Ihnen?«

Moira schnaubte nur. »Ja.«

»Aber Sie halten durch bis heute Nachmittag, wenn ich Zeit habe?«

Moira wandte sich halb um und blickte erneut in Ryans Zimmer. Es würde ein schöner Tag werden: Das zeigten die langen hellgelben Sonnenstrahlen, die durch die halb geöffneten Vorhänge in den Raum fielen. Staubpartikel schwebten im Sonnenlicht: winzige Stückchen Haare und Haut. *Winzige Stückchen von Ryan*, dachte sie und schauderte. »Ich glaube, das schaffe ich.«

»Großartig.«

Moira blickte zur Wanduhr in Ryans Zimmer und wunderte sich darüber, dass sie dort hing, obwohl die Leute von der Spurensicherung sie untersucht haben mussten. Einer musste sie wieder aufgehängt haben. Was ihn wohl dazu veranlasst hatte?

»DI Birch«, beeilte sie sich, Birchs Aufmerksamkeit noch einmal auf sich zu lenken, bevor sie auflegte. »Ich wollte keine Szene machen. Also, beim Gottesdienst. Ich wollte auch nicht vorschlagen, dass er wegen Ryan veranstaltet werden soll … oder damit es mir besser geht. Das ist das Letzte, was ich möchte. Ich wollte nur …« Es rauschte in der Leitung. »Ich hatte in den letzten Wochen viel Zeit zum Nachdenken. Darüber, was ich will. Darüber, ob es etwas gibt, was ich tun kann … um etwas wiedergutzumachen. Und manchmal glaube ich, wenn ich nur …«

Rede weiter, jetzt sprich es einfach aus, um Himmels willen!

»Ich weiß nicht. Wenn ich nur … mit einigen der Familien reden könnte. Den Opferfamilien. Wenn ich ihnen erklären könnte …«

DI Birch schwieg.

Was erklären?, dachte Moira. Sie war sich nicht einmal sicher, dass sie das wusste.

»Verstehe«, sagte DI Birch so leise, dass Moira es beinah nicht gehört hätte. »Es klingt unwahrscheinlich, aber ich verstehe Sie wirklich. Ich weiß genau, wie Ihnen zumute ist.«

Moira stutzte. Die Verbindung wurde schlechter, dann wieder besser.

»Vielleicht kann ich Ihnen erklären, was ich meine, wenn wir uns treffen«, sagte Birch.

Einen Augenblick lang erwiderte Moira nichts. Dann sagte sie: »Vielleicht. Danke.«

»Ich weiß noch nicht genau, wann ich bei Ihnen sein kann.« DI Birchs Stimme hörte sich jetzt nicht mehr so sanft an wie gerade eben noch. Als hätte die Kommissarin irgendein Gefühl abgelegt. »Der Tag kann noch viele Überraschungen bringen.«

»Das macht nichts.« Wieder blickte Moira auf die Uhr in Ryans Zimmer. Neun Uhr fünfundvierzig. »Ich bleibe im Haus.«

Nachdem sie aufgelegt hatte, verharrte Moira noch ein paar Minuten auf dem Treppenabsatz. In Ryans Zimmer schwebten und tanzten die Staubpartikel weiter. Inzwischen fielen die Sonnenstrahlen über die Türschwelle: Moira stand in einem goldenen Quadrat. Die Luft war warm. Draußen vor ihrem grauen Haus auf der anderen Seite der zugezogenen Vorhänge war es Sommer. Staunend dachte Moira: Die Welt dreht sich weiter, egal, welch entsetzliche Taten die Menschen begehen. Das Gleiche galt für ihr eigenes kleines Leben. An den meisten Tagen wollte Moira nichts beziehungsweise so wenig wie möglich tun: nur im Halbdunkel im Bett liegen und ihren Kummer immer wieder umdrehen und sich ansehen, als wäre er ein dunkelgrauer Stein. Doch im Verlauf der Wochen seit Ryans Tod – seit dem Tod all dieser jungen Frauen – hatte sich ihr Körper immer wieder gemeldet. Hatte darauf gepocht, dass sie aufstand. Etwas trank, etwas aß, ohne dass sie sich gleich darauf wieder übergab. In letzter Zeit sagte ihr Körper ihr manchmal auch, sie solle sich waschen und frische Kleidung anziehen. Und irgendwann währenddessen war es – kaum zu glauben – Sommer geworden.

Moira stand in der Tür zu Ryans Zimmer. Seit Callum das Bett wieder richtig hingestellt hatte, hatte sie sich ein paarmal daraufgelegt – ohne Matratze, nur auf das Gestell, das sich unter ihrem Gewicht etwas bog. Solange Ryan noch lebte, hatte sie nie auf diesem Bett gelegen. Mittlerweile hatte sie es sich angewöhnt, an die Decke mit der teuren Tapete zu starren, Überbleibsel einer untergegangenen Einrichtungsära. Sie stammte von einer Traditionsmarke, und Jackie hatte sie immer ersetzen wollen, es aber nie getan. Moira stellte sich vor, wie Ryan exakt an diesem Ort jede Nacht gelegen und die Kringel und Kurven des Tapetenmusters betrachtet hatte, so wie ein Kind die Wolken. *Das da sieht aus wie ein Elefant. Und das wie ein Schwan mit s-förmigem Hals.* Das Gestell musste auch unter seinem Gewicht nachgegeben haben – vielleicht lag sie gerade in genau derselben Mulde, die er über viele Jahre geschaffen hatte. Der Gedanke war tröstlich, und zugleich hasste sie jede Sekunde mit ihm, fühlte sich durch ihn geschwächt. Wieder aus diesem Bett aufzustehen, um ins eigene zu steigen und ihren sie quälenden Körper zu nähren, war der anstrengendste Teil jedes Tages. Und es waren wirklich schwierige Tage. Moira realisierte, dass sie noch nie etwas so Schwieriges erlebt hatte, noch nie einen derartig kalten, unablässigen Schmerz hatte erdulden müssen.

Sie beugte sich vor und legte den Hörer auf das Telefon zurück, das sie mitgenommen hatte. Dann streckte sie sich noch mehr und zog das Kabel aus der Steckdose im Flur. Als sie sich aufrichtete, war das Zimmer noch immer da, voller Sonnenlicht, der mit einem Tuch abgedeckte Unterbau des Bettes weiß und flach wie der Tisch eines Einbalsamierers. Sie war nur eine Stunde wach gewesen, verspürte aber das fast überwältigende Verlangen, sich wieder hinzulegen. Doch zum ersten Mal sagte eine kleine Stimme in ihrem Kopf: *Tu's nicht.*

Moira saß reglos da und lauschte. Da war nichts: nur die Stimmen der Fotografen vor dem Haus und der wenige Autoverkehr in der Ferne. Aber das *Tu's nicht* schwebte in der Luft wie der helle Klang einer Glocke.

Das Einzige, was Moira an Callum schätzte, war der Umstand, dass er ihr sagte, was sie zu tun hatte. *Zeigen Sie mir, wo die Kaffeebecher stehen. Bleiben Sie mal kurz hier, während ich telefoniere. Um Gottes willen, lassen Sie mich endlich das Fenster reparieren.* Seine Anweisungen ähnelten denen ihres Körpers: *Trink was,* oder: *Du musst essen.* Dank ihnen musste sie nicht allzu viel denken. Ihr wurde bewusst, dass sie seit fast einem Monat keinen einzigen Entschluss mehr getroffen hatte. Selbst die katastrophale Unterhaltung mit Lockley war eigentlich seine Entscheidung gewesen, nicht ihre. Bis heute, als sie sich dem erneuten Schutz durch Polizeibeamte widersetzt hatte. Und jetzt, da sie beschloss, sich nicht wieder aufs Bett ihres toten Sohnes zu legen und den restlichen Tag dort zu verbringen und zu weinen. Sie atmete tief durch. Die Luft war warm.

Ergebnisse für **#TRCmemorial**

Spr G Gulbraith @SapperGeo 45min
Auf geht's zum **#TRCmemorial**. Wir müssen uns versammeln und enthüllen, was wirklich passiert ist. http://www.truthunifi…

Grant Lockley @thegrantlockley 42min
First Minister unter den hochkarätigen Trauergästen beim lang ersehnten Three-Rivers-Gedenkgottesdienst **#TRCmemorial** http://bit.ly/grantlo…

Grant Lockley @thegrantlockley 41min
Ich werde live von der Mahnwache und aus dem Gedenkgottesdienst twittern. Folgt **#TRCmemorial** für Updates im Laufe des Tages.

Alison Ross @alibalyalibalyb 38min
Ich bin aufs Three Rivers College gegangen. Bin traurig & stolz, für meine Studienfreunde und -freundinnen am **#TRCmemorial** teilzunehmen :'(

Marianne Egan @maeg21657 35min
So froh, dass mein Sohn Jack heute beim **#TRCmemorial**

an meiner Seite sein wird. Wir werden nicht aufhören, für #justice zu kämpfen.

Edinburgh Watcher @ALookAtEdin 33min
Einwohner von #Edinburgh, vergesst nicht, dass heute das **#TRCmemorial** stattfindet, rechnet also mit Straßensperrungen und anderen Störungen im Stadtzentrum. #travel #travelsafe

Grant Lockley @thegrantlockley 31min
Umfrage: Sollte Moira Summers, die Mutter des Schützen, heute am **#TRCmemorial** teilnehmen dürfen? Sagt hier eure Meinung: http://bit.ly/poll983 …

Logic Ninja @__logical 30min
@thegrantlockley Auf keinen Fall!!!!! An den Händen dieser Frau klebt Blut! **#TRCmemorial**

MG @moongurl7 30min
@thegrantlockley Wie ich schon im Kommentar deiner Kolumne gesagt habe – niemand will Moira dort sehen! Ich persönlich warte immer noch auf ihre öffentliche Entschuldigung. **#TRCmemorial**

MG @moongurl7 29min
@thegrantlockley @__logical Du hast recht, ist sicher besser, dass sie nicht beim **#TRCmemorial** erscheint!

#ThreeRivers newsbot @threeriversbot 28min
#TRCmemorial findet heute statt: 438 Tweets hierzu #threerivers #threeriverscollege #threeriversbot

#Threerivers newsbot @threeriversbot 28min
Retweet @thegrantlockley – Umfrage: Sollte Moira Summers, die Mutter des Schützen, heute am **#TRCmemorial** teilnehmen dürfen? Sagt hier eure Meinung: http://bit.ly/poll983…

Spr G Gulbraith @SapperGeo 25min
Vielleicht gehöre ich ja einer Minderheit an, aber meiner Meinung nach hat Mrs Summers jedes Recht, beim **#TRCmemorial** anwesend zu sein. @thegrantlockley @__logical @moongurl7

Logic Ninja @__logical 23min
@sapperGeo Lösch deinen Account, Troll! @thegrantlockley @moongurl7 **#TRCmemorial**

MG @moongurl7 22min
Haha! Ähm … Mein ich auch @__logical @sapperGeo Lösch deinen Account, Troll! @thegrantlockley **#TRCmemorial**

8. Juni, 10:00 Uhr

Ishbel war um fünf Uhr morgens aufgewacht – und fürchtete sich plötzlich: Was für ein seltsames Zimmer war das hier, nur vom grünlichen Schein eines Notausgangsschilds erleuchtet? Es roch nicht wie in ihrem Haus am Primrose Bank, die Geräusche waren andere. Zu viel Verkehrslärm: Lkws auf Kopfsteinpflaster und das Geratter von Zügen. Und dann erinnerte sie sich so wie jeden Morgen. Nach einigen Augenblicken des seligen Vergessens wusste sie wieder: *Sie ist tot. Mein früheres Leben gibt es nicht mehr. Ich habe meinen Ehemann verlassen. Und meine einzige Tochter ist tot.*

Seit zehn Tagen war sie hier. Allerdings kam ihr die Zeit wie ein langer, betäubter Schlaf vor, mit Wachphasen dazwischen, in denen sie weinte. Ein paarmal hatte sich Ishbel aufgerafft und war um den Block gegangen. In dem kleinen Laden an der Ecke St Mary's Street hatte sie ein paar Dinge eingekauft: Äpfel, Mineralwasser. Sie hatte geweint, als sie sie bezahlt hatte. Auf dem Rückweg war sie von Touristen auf der Royal Mile angegafft worden.

Ihre Mailbox war voll mit Nachrichten von Aidan und Pauline. Sie hatte sie abgehört – Aidan hatte in jeder eine andere Taktik ausprobiert: war erst wütend, dann flehend, dann verdrossen gewesen –, aber nicht zurückgerufen. Sie ging nur ans Handy, wenn Rehan sie anrief. Er war schließlich Polizist. Sie sprachen unbeholfen und in kurzen Sätzen miteinander. Seines Erachtens wäre es eine gute Idee, wenn sie und Aidan sich zu einem Gespräch träfen. Sie lehnte ab, erwiderte, er, Rehan, sei kein Eheberater, er solle lieber tun, wofür er bezahlt werde. Sicher, das war unfair, aber es hatte funktioniert – Rehan war danach nie mehr auf das Thema zu sprechen gekommen.

Jetzt kleidete sich Ishbel im kleinen Hotelzimmer an, die Reisetasche auf einer Ablage, Shampoofläschchen im Miniformat kreuz und quer um sie herum verstreut. Sie hatte nichts Eigenes mehr, das inzwischen nicht schon einmal getragen war, und Aidan war nicht da, um ihr zu sagen, was sie tun sollte. Seit sie im Premier Inn gelandet war, hatte sie Abigails Sachen mehrmals aus der Tasche genommen – nur um sie anzufassen. Sie auseinanderzufalten, auszuschütteln und gleich darauf wieder zusammenzulegen. Nur um ihr Gesicht in ihnen zu verbergen und tief einzuatmen.

Sie zog sich an. Zunächst eine Strumpfhose, die sie in der Kommode in Abigails Zimmer gefunden hatte. Sie war von guter Qualität, teuer; sie kratzte und knisterte nicht wie die, die sie sonst zur Arbeit trug. Außerdem verlief auf der Rückseite jedes Beins ein schwarzer Saum, wie bei den Strümpfen im Zweiten Weltkrieg oder denen von Burlesque-Tänzerinnen. Als würde ich versuchen, wieder jung zu sein, dachte Ishbel, als sie ihre Beine in den Strumpfhosen betrachtete.

Darüber zog sie den schlichten schwarzen Rock, den sie zur Einäscherung getragen hatte. Dazu Abigails korallenrotes Top, das hübsch war, aber für einen Gottesdienst die völlig falsche Farbe hatte. Die Krawatte der Schuluniform war zerknittert, und als Ishbel sie hochhob, wunderte sie sich, wie manche Dinge das machten – wie sie zerknitterten, ohne dass sie jemand auch nur berührt hatte. Einen Augenblick lang überlegte sie, die Krawatte als eine Art Stirnband zu tragen, entschied sich aber dagegen und schlang sie sich stattdessen wie einen sehr dünnen Schal um den Hals. Unter dem Schmuck, den Ishbel ihrer Tochter stibitzt hatte, befanden sich auch zwei Paar Ohrringe. Sie war unschlüssig, welches davon sie tragen sollte, und entschied sich für einen von jedem Paar. Dann steckte sie sich die zwei glitzernden Klemmen ins Haar. Abigail hatte sie oft benutzt, um ihre widerspenstigen, hellen Haare davon abzuhalten, ihr ins Gesicht zu fallen. Aber Abigail hatte Aidans Haar geerbt: Ishbels war dunkel und streng geschnitten, und die Haarspängchen bündelten es so, dass es an kleine Rasierpinsel erinnerte. Ishbel streckte die Hand aus und berührte die goldenen Clips zärtlich, einen nach dem anderen. Es spielte keine Rolle, wie sie damit aussah. *Es sind Abigails.* Sie korrigierte sich: *waren Abigails.*

Von den Kleidungsstücken ihrer Tochter war nur noch der seidene Morgenmantel übrig. Und obwohl die Versuchung groß war, war sich Ishbel doch bewusst, dass sie einen heiligen Ort aufsuchen würde, weshalb sie sich nicht zu der Respektlosigkeit hinreißen lassen wollte, Nachtwäsche zu tragen. Sie zog das schwarze Jackett von der Kremation an – es war steif und hatte Falten, nachdem es tagelang auf der Hotelheizung gelegen hatte. Sie betrachtete sich im Spiegel. Seltsam sah sie aus: wie eine Mutter, die sich von ihrer kleinen Tochter hatte einkleiden lassen. *Aber ich bin ja auch nicht mehr ich. Alles, womit ich mich identifiziert habe, gibt es nicht mehr*. Sie wohnte schon so lange in diesem trostlosen Zimmer, dass sie sich heimatlos fühlte, als wäre sie ein Niemand. Und kein Mensch, dachte sie, als sie in den allzu warmen Mantel schlüpfte, kein Mensch beachtet einen Niemand.

Sie lief Richtung Canongate und stieß dort auf Polizisten in Neon-Westen, die Absperrungen aufstellten, wo der Bürgersteig in die kopfsteingepflasterte Straße überging. Entlang der ganzen Straße standen die Gitter schon. Der Verkehr floss zwar noch immer die Royal Mile rauf und runter, doch die ersten Polizeifahrzeuge versammelten sich bereits. Bald würde der gesamte Bereich abgeriegelt sein, damit der Marsch vom Ort der Mahnwache zur Kathedrale beginnen konnte.

An der Ecke Cranston Street zögerte Ishbel und versuchte zu entscheiden, ob sie nach links abbiegen sollte, hügelabwärts, Richtung Mahnwache. Das gelbliche Licht an einem Gebäude vor ihr lenkte sie ab: die Fassade aus Sandstein erstrahlte wie eine Papiertüte mit einer Kerze darin. Während Ishbel dastand, erhob sich ein Schwarm Tauben von einem der hohen Schieferdächer und flog durch den blauen Himmel auf die gegenüberliegende Straßenseite. Aus dem Schornstein, um den sich die Vögel wieder niederließen, stieg eine dünne Rauchfahne empor: Irgendwo in dem Gebäude wurde trotz des warmen Junimorgens geheizt. Ishbel wandte den Kopf nach rechts, schaute hinauf zum Uhrenturm der Tron Church und zu St Giles' dahinter, während der süße, brotähnliche Geruch der Caledonian Brewery ihr in die Nase stieg. An der Mahnwache würde es voll sein. Bestimmt wären Fernsehteams anwesend. Aidan würde ganz bestimmt dort sein. Rehan hatte angerufen, um ihr das mitzuteilen und zu fragen, ob sie sich dort mit ihm treffen, vielleicht ein paar Worte wechseln wolle. Wenn sie hügelan schaute, stand die Sonne hinter ihr und warf Ishbels Schatten lang und metallisch grau auf den Bürgersteig. Ginge sie in die Richtung, würde sie ihn stets vor sich sehen. Ishbel schob die Hände in die Manteltaschen und steuerte den Zebrastreifen an.

Sie hatte erwartet, die St Giles' Cathedral so vorzufinden, wie sie meistens war: ein kühler, dunkler Raum mitten in der Innenstadt, still bis auf das gelegentliche Quietschen von Touristenschuhen auf dem Steinboden, das Flüstern der Besucher. Doch als sie um die Kathedrale herumging, stellte sie fest, dass auf dem West Parliament Square reges Treiben herrschte: Lastwagen fuhren zwischen den aufgestellten Barrieren hindurch, Männer mit Schutzhelmen entfernten Gerüstteile von den Fronten riesiger Bildschirme. Die Reporter einiger Fernsehteams standen bereits an verschiedenen Punkten um das Queensberry Memorial, Kameraleute wetteiferten um die beste Perspektive auf die von Abgasen geschwärzte Fassade der Kathedrale. Obwohl überall offizielles Personal zu sehen war – Leute in Warnwesten oder in Fleecejacken mit aufgesticktem STV-Logo, Leute, die in Headsets sprachen oder Walkie-Talkies in Händen hielten –, versuchte niemand, Ishbel aufzuhalten, als sie die wenigen Stufen zur Kathedrale erklomm und sie betrat. Drinnen ging es noch geschäftiger zu: Im Mittelgang stand ein Gerüst mit Scheinwerfern. Um Ishbel herum wuselten Menschen und redeten durcheinander: Männer in Poloshirts mit dem Aufdruck *CREW* auf dem Rücken schleppten Kameraausrüstungen und befestigten Kabelstränge mit Klebeband am Boden. Und über allem erstrahlte das Great West Window in gebrochenen Farben.

Jemand tippte Ishbel auf die Schulter. »Mrs Hodgekiss?«

Sie wandte sich halb um – und erblickte eine junge Frau, deren Haar zu zwei langen, strohfarbenen Zöpfen gebunden war. Sie trug ein Headset mit einer gebogenen Antenne, die ein kleines Mikrofon unter ihr Kinn schob. In der Hand hielt sie ein Klemmbrett. Ishbel schrak zusammen und stellte sich schon darauf ein, gerügt zu werden. *Sie ist drauf und dran, mich rauszuwerfen.* »Ja?«, sagte sie.

Die junge Frau atmete tief aus. »Sie sind es tatsächlich. Ich habe Sie gleich erkannt … weil ich Ihr Foto gesehen habe. In der Zeitung. Aber Sie wissen ja, wie das so ist, wenn man jemanden dann anspricht. Man ist unsicher: Ist es wirklich die betreffende Person, oder verwechselt man sie und macht sich nur lächerlich?« Die junge Frau kicherte.

»Mein Foto ist in der Zeitung?«

»Oh.«

Ishbel erhaschte einen Blick auf das Schild, das der Frau an einem Band um den Hals baumelte. *Poppy*-irgendwas.

»Ja, das war es. Nur – so ein Paparazzi-Foto, Sie wissen schon. Darauf sind Sie in Ihr Auto gestiegen, glaub ich.«

Ishbel wusste nicht, was sie sagen sollte. Die Fotografen vor ihrem Haus hatten sie gestört, aber eher wegen ihrer unerwünschten Anwesenheit – dem Gefühl, ständig beobachtet zu werden. Zu keinem Zeitpunkt war ihr der naheliegende Gedanke gekommen, dass dort, wo Fotografen waren, auch Fotos gemacht wurden. Von ihr. »Ich war in letzter Zeit sehr … abgelenkt«, erklärte sie mehr sich und weniger Poppy. »Ich habe versucht, nicht in die Zeitungen zu schauen.«

»Das war wahrscheinlich vernünftig«, sagte Poppy. Und gleich darauf, als wäre ihr eben erst klar geworden, mit wem sie sprach: »Es tut mir so leid, was … passiert ist.«

Sofort gingen Ishbel mögliche Antworten durch den Kopf: *Danke. Sie sind sehr freundlich. Ich weiß Ihre Anteilnahme sehr zu schätzen.* Oder: *Das sollte Ihnen auch leidtun. Sie meinen es doch gar nicht ernst. Niemand meint es ernst. Die Leute glauben es, aber tun es nicht.* Sie beschloss zu schweigen.

»Sie sind recht früh dran«, sagte Poppy, die entweder Ishbels Unbehagen nicht spürte oder es spürte und versuchte, es zu ignorieren. »Sie gehen nicht vorher zur Mahnwache?«

»Nein.« Die Antwort schien nicht zu genügen, und sie hörte sich hinzufügen: »Mein Mann wird dort sein.«

Poppy legte den Kopf leicht schräg.

»Ich meine nicht … Also, das ist natürlich nicht der Grund, warum ich nicht …« Ishbel schwitzte in dem grellen Licht der TV-Strahler. Sie war ganz durcheinander. *Quatsch, genau das ist der Grund.*

»Ist schon gut, Mrs Hodgekiss.« Zu ihrer Verwunderung griff Poppy nach ihrem Arm und drückte ihn, nur einmal und ganz sanft. »Ich habe gelesen, was in den Zeitungen steht, die Artikel von Grant Lockley. Das reicht, um jede Beziehung zu belasten.« Plötzlich machte die junge Frau ein ernstes Gesicht.

»Vielen Dank«, sagte Ishbel, »dass Sie gesagt haben, es tue Ihnen leid. Ich weiß das sehr zu schätzen.«

Poppy lächelte. »Einige von den jungen Frauen waren im gleichen Alter wie ich. Dadurch wird einem vieles bewusst. Dass das Leben kurz ist. Es ist wirklich furchtbar.«

Ishbel schluckte schwer. *Nicht weinen. Du darfst nicht in Tränen ausbrechen, nur weil jemand freundlich zu dir ist. Du darfst nicht wegen jeder Kleinigkeit für den Rest deines Lebens weinen.* Doch es war zu spät: Auf ihren Augen bildete sich bereits ein feuchter Film.

»Kommen Sie, ich bringe Sie zu Ihrem Platz«, sagte Poppy.

Ishbel ließ sich von ihr durch den Mittelgang bis ganz nach vorn führen. Auf den Stühlen der ersten Reihen lagen kleine Zettel mit dem STV-Logo und dem Wort *Reserviert* darauf.

»Hier sitzen Sie«, sagte Poppy, blickte auf ihr Klemmbrett und deutete gleich danach auf einen Stuhl, der sich relativ nahe am Gang in der vordersten Reihe befand.

»Hier?«, fragte Ishbel beklommen.

»Ja. Wir haben alle … ähm … Eltern hier platziert. Eltern und Geschwister. Weitere Angehörige werden hinter Ihnen sitzen, die Mitarbeiter des Three Rivers haben ebenfalls reservierte Stühle. Die anderen Trauergäste können dann Platz nehmen, wo frei ist, die Presseleute in den letzten Reihen.«

Ishbel durchschaute Poppy: Sie hatte offenkundig irgendein offizielles Dokument auswendig gelernt.

Poppy beugte sich vor und entfernte den *Reserviert*-Zettel von dem Sitz, auf den sie zuvor gezeigt hatte.

Ishbel nahm Platz und merkte dabei, dass sie keine Kraft mehr hatte, um zu streiten. »Aidan sitzt neben mir, nehme ich an?«

»Genau«, erwiderte Poppy, bis bei ihr der Groschen fiel. »Ist das schlimm? Würden Sie vielleicht lieber …« Sie sah sich verzweifelt um, als suchte sie nach einem Vorgesetzten, mit dem sie die Änderung besprechen könnte.

»Ist schon gut«, sagte Ishbel und wedelte mit der Hand. »Ich habe nur gefragt.«

Poppys Gesicht entspannte sich. »Ich muss Sie jetzt leider allein lassen. Man benötigt mich anderswo, überall. Aber wenn Sie irgendetwas brauchen, machen Sie sich einfach bemerkbar, jeder von uns steht Ihnen gerne zur Verfügung. Nochmals, es tut mir wirklich leid. Dass Sie hier sein müssen … und dass wir das hier heute tun müssen.«

Wieder war Ishbel kurz davor, in Tränen auszubrechen; lächelte sie aber weg.

Poppy hatte sich halb abgewandt, drehte sich dann aber doch wieder um und fasste sich an den Hals. »Ist das die Krawatte ihrer Schuluniform?«

Auch Ishbel berührte ihren Hals. Über dem Mantelkragen spürte sie den seidigen Polyesterstoff mit dem erhabenen weißen Baumwollstreifen. Sie hatte den Schlips ganz vergessen.

»Hübsch«, sagte Poppy noch und ging dann mit langen Schritten den Mittelgang hinunter.

Ishbel saß ganz still da und schaute zum Great West

Window hinauf. Das Licht, das hindurchschien, veränderte sich, wenn draußen Wolken vorbeizogen oder die Scheinwerfer der Fernsehsender umgestellt wurden. Das Holz des Stuhls war hart, unbequem. Ishbels Blick schweifte zum Altar, der unterhalb des riesigen Fensters stand und mit einem bestickten weißen Tuch und zwei schlichten Vasen mit weißen Lilien, weißen Rosen und Schleierkraut geschmückt war. Zwischen den Vasen blitzte das große Altarkreuz aus Messing auf, wenn das Licht der Fernsehstrahler darauffiel – so viel echter als das Gegenstück aus Plastik im Krematorium.

Und so wie in jenem abscheulichen Krematorium fragte sich Ishbel auch jetzt, ob sie beten sollte. Sie war schottisch-reformiert erzogen worden und wusste vermutlich immer noch, wann man in einem Gottesdienst aufstehen und wann sich setzen musste. Sie kannte St. Giles', weil sie und Aidan in den meisten vergangenen Jahren die Christmette besucht hatten. Als sie klein war, war Abigail noch mitgekommen. Ishbel mochte die Kirche wegen der gedämpften Stimmen und der muffigen Gerüche und wegen des Kerzenlichts und der hoffnungsvolleren Lieder zu Weihnachten. Als junge Frau hatte sie aufgehört, zu den Sonntagsgottesdiensten zu gehen. Sie hatte nie verstehen können – wenn es denn einen Gott gab, der ohnehin alles sah und wusste –, warum sie morgens, wenn es noch dunkel war, aufstehen und ihre immer kostbareren Sonntagvormittage aufgeben sollte, nur um sich in ein kaltes Gemäuer zu setzen und sich von irgendeinem alten Pfarrer eine Predigt anzuhören. Sie konnte doch auch zu Hause beten, oder? Eine Zeit lang hatte sie das auch getan, bis das Beten auf ihrer Prioritätenliste immer weiter nach unten rutschte und schließlich ganz davon verschwand. Das lag inzwischen Jahre zurück.

Welcher Gott, welcher sogenannte *liebende* Gott, hatte so etwas wie Ryan Summers' Amoklauf zugelassen? *Dabei geht es nicht nur um die Schießerei, sondern auch darum, was seither passiert ist. Fotografen vor der Tür. Belästigungen. Aidan, der mit seiner Zahnarzthelferin schläft und sich wie ein Fremder verhält. Journalisten und die Gerüchte, die sie in die Welt setzen. Grant Lockley, der Menschen am Telefon droht. Jack Egan. Und Abigail.* Ishbel merkte, dass sie tatsächlich betete, aber es war ein verbittertes Gebet.

Was für einen Sinn hat das alles? Der Gedanke wurde immer größer. Was für einen Sinn hatte Abigails Tod gehabt? Warum war sie die Erste gewesen – wegen der Drogengeschichte? Weil sie sich bei einem Dozenten über Ryan Summers beschwert hatte? Wegen etwas anderem, das Ishbel nie erfahren würde? Oder war das alles nur ein einziges großes Chaos aus Lärm und Blut und Wut ohne Grund gewesen? Das war die letzte verbliebene Frage, die einzige, auf die es keine Antwort gab.

Wieder blickte sie zum polierten Altarkreuz hinauf. »Das war's«, schnaubte sie. »Ich bin fertig mit dir. Ich weigere mich zu glauben, dass es dich gibt.« Sie wartete – vielleicht auf eine Antwort. Doch sie hörte nur den Klang, als etwas gegen ein Gerüst schlug, und Schritte und Stimmen im Hintergrund.

»Wie auch?« Ishbel wandte den Blick vom Altar ab, dessen kleines weißes Tuch mit Pünktchen gesprenkelt war, verursacht vom Licht, das durch das Buntglasfenster fiel. »Wie könnte es dich geben, wenn du so sinnlose Dinge passieren lässt?«

Ishbel registrierte, dass jemand in der Nähe stand: einer der Männer mit *CREW* auf dem Rücken. Er vermied bewusst jeden Augenkontakt, stellte einen großen TV-Monitor unter die Kanzel und tat dann, was seine Kollegen im Rest der Kirche schon getan hatten: Er befestigte die Kabel mit Klebeband auf dem Steinplattenboden. Dann schaltete er den Bildschirm ein und hob sein Walkie-Talkie. »Bildcheck auf sechs«, sagte er.

Ein Bild erschien auf dem Monitor, der ein, zwei Meter von Ishbel entfernt stand. Sie erkannte das Gebäude des schottischen Parlaments: der weiße Naturstein und die eigenartigen Bambusstangen als eine Art Witterungsschutz über dem Eingangsbereich.

Sie beobachtete die Mahnwache, wie sie in diesem Moment am Ende der Canongate abgehalten wurde. Sie konnte die Anzahl der Menge nur schätzen, da die Menschen sich zusammendrängten. Viele von ihnen trugen eine Kerze in der Hand: kleine weiße Pappringe verhinderten, dass Wachs hinuntertropfte. Erste Großaufnahmen einzelner Personen wurden gezeigt, manche weinten. Sie schienen einer Rede zuzuhören.

»Sechs ist okay«, sagte der Mann in sein Walkie-Talkie. Er hob den Kopf und machte das Alles-klar-Zeichen, vermutlich für einen Kollegen unter dem Dach der Kathedrale. Ishbel schaute noch immer auf den Monitor. Die Kamera hatte herumgeschwenkt und zeigte nun den Sprecher, die Person, deren Worte die Menschenmenge zu Tränen rührten. Ishbel fuhr zusammen: Es war Aidan. Er stand mit einer weißen Kerze in der Hand an einem weißen Podium und redete mit zu Boden gesenktem Blick. Hinter ihm waren einige der anderen Angehörigen zu sehen. Auch Barry Kesson sah zu Boden und schüttelte den Kopf, als verzweifelte er an dem, was Aidan gerade sagte. Etwas weiter dahinter, aber dennoch deutlich zu erkennen, erkannte Ishbel Annetta. Netta, dachte sie, als sie sich an den Kosenamen erinnerte, den Aidan benutzt hatte. *Seine Geliebte. Er hat seine Geliebte gebeten, an der Mahnwache teilzunehmen. Der Mahnwache für unsere Tochter.*

Ishbel würgte. Der Magen drehte sich ihr um: Sie wollte das Gefühl, das in ihr wühlte, verstehen, fürchtete aber, sie könnte sich genau hier, auf dem geschrubbten Steinboden der Kathedrale, übergeben. Sie wandte den Kopf und hielt nach Poppy Ausschau, war sich aber nicht sicher, warum. Nicht weit hinter ihr ging jemand durch den Mittelgang. Sie drehte sich um, vielleicht könnte sie ihn darum bitten, diesen schrecklichen Monitor auszuschalten oder ihn wenigstens woanders aufzustellen. Doch bei der Person handelte es sich nicht um Poppy oder jemand anderen, der ihr helfen könnte. Wieder zuckte Ishbel zusammen. »Sie!?«

Grant Lockley stand etwa fünf Reihen hinter ihr und hielt sein Handy, als wollte er ein Foto von ihr machen. »Oh, Ishbel«, sagte er laut genug, dass es im gesamten Kirchenraum zu hören war. »Das wäre ein wunderschönes Foto geworden – nur Sie, ganz allein, tief in Gedanken. Das Fenster war ein so schöner Hintergrund. Hätten Sie sich bloß nicht umgedreht.«

Ishbel sprang vom Stuhl auf – und merkte, wie ihr schwindlig wurde. Es schien, als wäre der Boden nicht ganz eben, als würde er sich bewegen. »Wagen Sie es ja nicht, mich ohne Genehmigung zu fotografieren«, sagte sie.

Lockley zuckte nur wie immer mit den Schultern. »Keine Sorge«, sagte er. »Ich hatte bisher keine Gelegenheit dazu. Aber wenn ich einfach nur …« Er trat einen Schritt auf sie zu.

»Kommen Sie mir nicht zu nahe.« Ishbel hob die Hand wie eine Polizistin, die den Verkehr anhält. Zu ihrer Verwunderung blieb Lockley tatsächlich stehen. »Was machen Sie überhaupt hier? Gibt es wirklich keinen Ort, an dem man vor Ihresgleichen sicher ist? Ist Ihnen denn nichts mehr heilig?«

Im hinteren Bereich der Kirche sahen einige schon eingetroffene Trauergäste auf und sie an; Ishbel merkte, dass sie laut geworden war.

Lockley hob beide Hände in die Höhe – in der Rechten hielt er das Handy zwischen Daumen und Handfläche; das Display leuchtete. Er grinste ein wenig schief. »Ich weiß nicht, was Sie meinen«, sagte er leise, da er wusste, dass er beobachtet wurde. »Es gibt viele, die heute nicht hier sein können – für sie berichte ich.« Er fuchtelte mit dem Telefon herum und fügte hinzu: »Und das alles dank der wunderbaren Erfindung von Twitter.«

Ishbel hätte am liebsten ausgespuckt, hätte es vielleicht wirklich getan, wäre sie nicht in einer Kirche gewesen, umgeben von Kameras. »Fällt eigentlich irgendjemand auf Sie herein, wenn Sie sich derart dumm verstellen?«

Lockley zuckte nur wieder mit den Achseln und lächelte immer noch schief.

»Und wenn Sie Ihre Leser informieren wollen«, sagte Ishbel, »wieso nehmen Sie dann nicht an der Mahnwache teil?«

»Dasselbe könnte ich Sie fragen.« Mit einem Nicken

deutete er auf etwas hinter ihr: den Monitor. »Allerdings könnte ich es auch vermuten.«

Ishbel drehte sich um. Die Menschen bei der Mahnwache schienen sich zu zerstreuen: Die Kamera zeigte, wie sie sich langsam zu einer Schlange Richtung Kathedrale aufreihten. Dann wieder eine Nahaufnahme: Aidan schüttelte der Ersten Ministerin die Hand. Ishbel verfolgte, wie sich ihr Ehemann hinter dem Podium umdrehte, Annetta herbeiwinkte, sie lächelnd einen Schritt vortrat und seine Hand ergriff.

»Das muss wehtun«, sagte Lockley.

Ishbel wollte ihn beschimpfen, brachte aber kein Wort heraus. Sie holte tief Luft und gab einen Laut von sich, der einem Schluchzer ähnelte.

»Es tut mir leid«, sagte Lockley, und hätte Ishbel es nicht besser gewusst, hätte sie ihm seine Worte vielleicht geglaubt.

Er wartete einen Augenblick, bis er sagte: »Ich wollte Sie fragen, ob Sie etwas mehr Zeit brauchen, um über meinen Vorschlag nachzudenken. Mein Angebot gilt nach wie vor, selbst nach heute.« Wieder nickte er Richtung Bildschirm. »Vielleicht vor allem nach heute. Möchten Sie nicht gern über das hier reden, Ishbel? Möchten Sie nicht, dass die Menschen erfahren, wie Ihnen zumute ist?«

Hinter ihr, auf dem Bildschirm, gingen Aidan und Annetta an der Spitze der Trauerprozession zur Canongate: neben der Regierungschefin, den Eltern von Liz Gill, dem Rektor des Three Rivers und – wie Ishbel entsetzt sah – Jack Egan. Flankiert wurde der Trauermarsch von Polizeibeamten in neongelben Jacken und ernst dreinschauenden Männern in schwarzen Anzügen, die kleine Drahtspiralen hinter den Ohren trugen. Lockley schaute zu, und Ishbel beobachtete ihn dabei. Eigentlich wollte sie ihn gar nicht ansehen, konnte sich aber einfach nicht wieder zum Monitor umwenden.

»Ich würde Ihnen meine Geschichte selbst dann nicht verkaufen«, sagte sie bedächtig, »wenn Sie der letzte Mensch auf Erden wären.«

Wieder lächelte Lockley. »Wissen Sie«, sagte er, »das höre ich nicht zum ersten Mal. Aber es ist erstaunlich, wie oft Menschen ihre Meinung ändern, sobald sie die Summe auf dem Scheck sehen.«

Ishbel schloss die Augen. »Hauen Sie ab«, zischte sie. »Das hier ist eine Kirche. Ich bin hier, um meiner Tochter zu gedenken, mich an sie zu erinnern.« Sie öffnete die Augen wieder und musterte Lockley. »Sie hingegen sind hier, um Geschäfte zu machen. Sie sollten sich schämen.«

»Okay«, sagte er. »Darf ich Sie dann wenigstens fragen, was Sie über Moira Summers denken? Es kursiert das Gerücht, dass sie heute hier erscheinen könnte.«

Ishbel blinzelte einmal, zweimal. Sie wusste sich nicht gegen Lockleys Hartnäckigkeit zu wehren, seine Art der Kommunikation, die darauf abzielte, den anderen zu überrumpeln. »Wie bitte?«, sagte sie, ohne dass sie sich bremsen konnte.

»Schockierend, oder?«, sagte Lockley. »Dass die Polizei … na ja, dass alle es für angemessen halten, dass sie hier erscheint.«

»Aber warum?« Ishbel wusste nicht genau, woher der Gedanke kam, aber kaum war er da, hatte sie ihn laut ausgesprochen. Jetzt stand die Frage zwischen ihnen. Den gleichen Gedanken hatte sie auch nach dem Treffen mit den Angehörigen gehabt, zu dem DI Birch sie aufs Polizeirevier bestellt hatte. Als sie von Rehan erfahren hatte, wessen Opferschutzbeamtin Amy Kato war. »Wieso sollte es nicht angemessen sein, dass sie heute hier ist? Wir gedenken der Menschen«, sie hielt inne und fuhr dann fort, »die an jenem Tag am Three Rivers College ihr Leben verloren haben. Und zu denen gehört ihr Sohn ebenso wie meine Tochter, oder?«

Lockleys Lächeln wurde breiter. »Ach, Ishbel«, sagte er, »Sie sollten wirklich überlegen, mich anzurufen, wenn das heute hier vorbei ist. Ich glaube, wir können gemeinsam so viel erreichen. Ich meine, stellen Sie sich das mal vor: Sie und Moira Summers im Gespräch. Zwei Frauen, die von dieser Tragödie auf so unterschiedliche Weise betroffen sind und die sich aussprechen. Das könnte etwas sehr Schönes sein.«

Hinter Lockley ging ein junger Mann mit einem Papierstapel in der Hand durch die Reihen und legte je ein Blatt auf jeden Stuhl. Wahrscheinlich der Ablaufplan für den Gottesdienst. Auch auf fünfzig Schritte Entfernung konnte Ishbel deutlich das Porträt ihrer lächelnden Tochter erkennen, geschrumpft zu einem kleinen Quadrat auf der Vorderseite, neben zwölf anderen.

Lockley wandte den Kopf und folgte ihrem Blick. Die Leute vom Fernsehen hatten mittlerweile strategische Positionen in der Kathedrale eingenommen. »Showtime«, sagte er und sah sie wieder an. »Ich geh jetzt wohl besser zu dem mir zugewiesenen Platz.« Er rollte theatralisch mit den Augen.

Ishbel tat so, als hätte sie es nicht bemerkt.

»Sie können mich jederzeit anrufen.«

Sie ignorierte die Visitenkarte, die er ihr noch zugesteckt hatte, setzte sich wieder auf den harten Holzstuhl und überlegte einen kurzen Moment lang, ob sie weinen sollte. Doch stattdessen zog sie ihr Handy hervor.

8. Juni, 11:45 Uhr

Birch war dem Gottesdienst nicht gefolgt; hatte schon vor einer Weile aufgehört, sich auf ihn zu konzentrieren. Sie hatte kein Wort der überlangen Rede der Ersten Ministerin mitbekommen; hatte den anwesenden Verwandten oder Dozenten des Colleges keine Aufmerksamkeit geschenkt, die sich nach und nach erhoben und über jedes einzelne Opfer gesprochen hatten. Nicht einmal Aidan Hodgekiss hatte sie zugehört – jetzt eine Person von Interesse in ihrer Ermittlung, auch wenn ihm das nicht bekannt war. Das Telefonat mit Moira Summers von heute Morgen ging ihr nicht aus dem Kopf.

Sie hatte es gewusst, schon bei jener ersten Befragung im Revier in Fettes, unmittelbar nach dem Amoklauf: Es gab tatsächlich etwas, das Moira zurückhielt, etwas, über das sie reden wollte. War sie nun bereit, es gegenüber einer leitenden Polizeibeamtin zu enthüllen, mit der sie nur ein paarmal gesprochen hatte? Amy hatte so viel Zeit darauf verwendet, eine Beziehung zu Summers aufzubauen, doch Birch war für sie beinahe eine Fremde. McLeod war ein verdammter Narr, viel zu besorgt darüber, was die Presse womöglich von ihm dachte. Leute wie Lockley mussten ignoriert werden, man durfte sich ihretwegen nicht verrückt machen, so schwer einem dies auch fiel; gerade sie wusste das. Amy war jetzt nicht mehr Teil des Teams – *und alles hängt an mir. Ich bin so erschöpft. Ich quäle mich. Was, wenn ich eine falsche Entscheidung treffe?* Immer wieder dieses Durcheinander an Gedanken.

Jetzt redete Liz Gills Zwillingsschwester Valerie – oder versuchte es. Sie machte lange Pausen, in denen sie von ihren Gefühlen überwältigt die Augen schloss, während die Zuhörer ermutigend murmelten, und sprach über die beherzte, aber verhängnisvolle Entscheidung ihrer Schwester, Ryan Summers in der Mensa des Three Rivers anzugreifen. »So war Liz. Wenn sie eine Möglichkeit sah zu helfen, dann hat sie's einfach getan.«

Wieder war Birchs Aufmerksamkeit woanders. Verstohlen blickte sie sich um. Fast wäre sie vorhin zu spät gekommen, da sie draußen bei der Koordination hatte mithelfen müssen, als die Mahnwachenbesucher auf dem Parliament Square eintrafen und das halbe schottische Parlament und das Gros – so schien es – der Weltpresse mitbrachten. Schließlich hatte sie sich ans Ende einer Sitzreihe quetschen müssen, als der Gottesdienst begann. Amy hatte ihr den Platz freigehalten. McLeod saß ein paar Stühle weiter, und obwohl er seinen Blick auf Valerie gerichtet hielt, während sie sich durch ihre Rede quälte, wirkte er abwesend. Birch wäre jede Wette eingegangen, dass er überlegte, wie er heimlich sein Handy auf Nachrichten überprüfen konnte.

Wandte sie den Kopf in die andere Richtung, sah sie Jack Egan. Er saß ihr direkt gegenüber auf der anderen Seite des Mittelgangs, flankiert von einem ihrer Kollegen auf der einen Seite und einem uniformierten Beamten auf der anderen. Obwohl die Ermittlung gegen ihn noch im Gange war, war Egan die Erlaubnis erteilt worden, an dem

Gottesdienst teilzunehmen. Er saß da, die Ellbogen auf die Knie, das Kinn auf die Hände gestützt. Eine völlig unangemessene Haltung in einer Kirche, dachte Birch. Dennoch wirkte er nicht gelangweilt – vielmehr tief in Gedanken versunken, als dächte er über etwas nach, das mit Valerie Gill, dieser Veranstaltung und dem Three Rivers nichts zu tun hatte. Als er sich kurz bewegte, spiegelte sich das Licht, das durch die Buntglasfenster fiel, in seiner modischen Brille.

Ebenfalls auf der anderen Seite des Mittelgangs und ein paar Reihen vor Egan sah Birch Aidan Hodgekiss' Hinterkopf, seinen Hemdkragen und die tadellos geschnittene Schulterpartie seiner schwarzen Anzugjacke. In der Menge der Opferfamilien, die zuletzt die Kathedrale betraten, hatte sie ihn wohl übersehen. Sie ermahnte sich, ihn nicht anzuschauen, ignorierte das aber gleich darauf.

Als hinter ihr ein Laut zu hören war – ein Stuhlbein auf dem Steinboden der Kathedrale –, blickte Birch sich um. Weiter hinten war Grant Lockley aufgestanden und schob sich jetzt, sich entschuldigend, durch seine Sitzreihe.

»Wo zum Teufel will der hin?«, murmelte Birch gerade laut genug, dass Amy den Kopf zu ihr wandte.

»Was ist los?«, fragte sie.

»Lockley macht sich aus dem Staub«, gab Birch zurück. »Ich geh mal los und behalte ihn im Auge.« Sie ignorierte Amys warnenden Blick. Ja, das hier war persönlich. Sie traute dem Mann nicht über den Weg, vor allem nicht an einem Tag wie diesem.

So schnell und leise wie möglich erhob sich Birch und dankte ihrer Intuition, dass sie sich vor dem Kaffee am Morgen für flache Schuhe statt für High Heels entschieden hatte. Sie folgte Lockley den Mittelgang entlang, aus der Kathedrale und in die Sonne.

Sie hatte das übliche geschäftige Treiben auf der Royal Mile erwartet: Straßenmusiker mit Dudelsäcken, Autos, die über das Kopfsteinpflaster rumpelten. Stattdessen herrschte eine gespenstische Stille. Die Straße war gesperrt, und der West Parliament Square hatte sich mit Hunderten von Menschen gefüllt. Die meisten von ihnen reckten die Köpfe und schauten Valerie Gill zu, wie sie sich noch immer durch ihre Dankesrede für ihre mutige Zwillingsschwester kämpfte. Ihr Gesicht wurde riesig auf die Großbildleinwand projiziert.

Auf der Treppe vor der Tür der Kathedrale blieb Birch stehen. Von hier bot sich ihr ein recht guter Blick über die Menschenmenge, und sie beobachtete, wie Lockley sich bis an deren Rand schlängelte und sich dabei immer wieder umschaute. Einmal blieb er stehen und hob sein Handy, um ein Foto zu machen, vermutlich mit der Menschenmasse und der hellen Großbildleinwand im Hintergrund. Ich werde auf dem Foto sein, begriff Birch. Allerdings in zu großer Entfernung, als dass man sie erkennen könnte.

»Chefin?« Amy stand neben ihr. »Alles in Ordnung?«

Birch schaute sich nicht um: Den Blick auf Lockley geheftet, drängelte sie sich durch die Anwesenden. »Ja, alles gut«, sagte sie und deutete mit einem Nicken in Richtung des Journalisten. »Ich wollte nur mal sehen, was er im Schilde führt. Warum er die Kirche so früh verlassen hat.«

Amy verzog das Gesicht. »Er hat heute Vormittag schon ziemlich viel online veröffentlicht«, sagte sie. »Live-Twittern, so nennt er das. Ich habe ihn beobachtet, als wir reingingen. Da hat er Fotos von den Leuten gemacht – und Sekunden später erschienen die auf Twitter mit irgendeinem Kommentar dazu. Er hat extra für den Gottesdienst einen Hashtag festgelegt.«

»Einen was?«

Amy lächelte. »#TRCmemorial. Die Leute bei der Mahnwache haben unter dem Hashtag sogar Selfies gepostet. In den sozialen Medien ist echt nichts mehr heilig.«

Birch kniff die Augen zusammen. Die Sonne war stark, sie wurde vom glänzenden Kopfsteinpflaster reflektiert und spiegelte sich in den Fenstern des High Court und der Signet Library. Lockley war stehen geblieben und unterhielt sich mit einem Mann, der ihr vage bekannt vorkam.

»Sie können sich die Online-Reaktionen später noch ansehen«, sagte Amy. »Aber natürlich sind eine Menge Lockley-Fans darunter, seien Sie darauf vorbereitet. Sie danken ihm, weil er so mutig ist und die Wahrheit ans Licht bringen will, und …«

»Mit wem redet er da?«

»Könnte einer von seinen Anhängern sein«, sagte Amy und seufzte. »Wie gesagt, den Hashtag verwenden viele Leute, die Lockley toll finden. Ein paar haben geschrieben, dass sie hoffen, ihn in der Menge zu entdecken, um Hallo sagen zu können.«

Birch tastete ihre Taschen ab: kein Handy. Es musste im Wagen sein. Sie fluchte. »Können Sie denn nach diesem Hashtag suchen?«, fragte sie. »Nachsehen, wer in letzter Zeit dazu etwas gepostet und Lockley dabei erwähnt hat?«

Amy fischte ihr Handy hervor und drückte auf den Tasten herum. »Sieht ihm ganz ähnlich«, sagte sie, »eine derartige Veranstaltung zu verlassen, nur weil jemand draußen sein Autogramm haben möchte. Sehen Sie hier: Grant Lockley, seine Tweets und die Reaktionen.«

Birch beobachtete die Männer auf der anderen Seite des Platzes und wartete, dass Amy weiterreden würde. Die Leute wurden nervös, ihre Großbildleinwand-Starre fiel von ihnen ab. Sie schienen zu spüren, dass der Gottesdienst sich dem Ende näherte.

»Die letzte Person, der er per Twitter geantwortet hat, war …«

»Was?«

Einige der Männer hielten etwas in Händen – irgendetwas. Verbargen etwas, das aussah wie …

»Vor vier Minuten hat er jemandem namens @SapperGeo geschrieben: *Ich bin gleich draußen, warte*. Chefin?«

Aber Birch lief bereits die Treppe hinunter. Plakate. Sie hatten Plakate dabei. Gleich würde es eine nicht genehmigte Demonstration oder Kundgebung geben, angeführt von einem bekannten Drecksack namens George Gulbraith, im Internet unterwegs unter seinem Alias SapperGeo. Gulbraith war Mitglied der SDL, einer faschistischen Protestorganisation, die aus etwa dreißig Männern mittleren Alters und ein paar irren Halbstarken bestand. Gulbraith hatte aber auch noch andere Anliegen. Es schien sein Hobby zu sein, in dem gewalttätigen Block von so ungefähr jeder Demo und jedem Streik mitzulaufen, die in Schottland stattfanden. Vor der Kathedrale hätte er eine aufmerksame Zuhörerschaft von Hunderten Menschen und von den Tausenden weiteren, die womöglich Lockleys Hashtag folgten. Birch kämpfte sich bis zu der Männergruppe vor, Amy im Schlepptau.

Auf halbem Weg sah sie, dass Gulbraith seine Leute in eine Reihe stellte und Lockley ein, zwei Meter entfernt stand, mit gezücktem Handy. Er war bereit, den Aufmarsch zu fotografieren. Typisch Lockley: An einer respektvollen Berichterstattung über den Trauergottesdienst war er nicht interessiert. Das, was er jetzt machte, würde das Foto sein, das morgen über seiner Kolumne prangte: *Faschisten machen ihrem Unmut Luft, während die Besucher des Three-Rivers-Gottesdienstes zuschauen.*

Als Birch in einer Lücke nahe dem Rand der Menschenmenge stand, gab sie einer Uniformierten ein Zeichen. Sie kannte deren Namen, doch er war ihr im Moment entfallen. »Kommen Sie mal rüber!«, rief sie ihr zu. »Sie werden gebraucht.«

Es war zu spät: Gulbraiths Leute hatten bereits ihre Plakate ausgerollt, um sie zu präsentieren. Dabei grinsten sie in Lockleys Handykamera. Besser gesagt: Ein paar grinsten – andere hatten sich Schals über Nase und Mund gewickelt. Leute in der Nähe stießen einander an und deuteten auf die Gruppe.

Birch stand nur etwa sieben Meter entfernt, als Gulbraith sein Plakat hochhob und die Worte, die darauf standen, über die Köpfe der noch ruhigen Menschenmenge hinwegbrüllte. »Ryan Summers ist ein antifeministischer Held!« Das Echo hallte von allen Wänden wider.

»Scheiße!« Birch stieß die uniformierte Beamtin an. »Beordern Sie ein paar mehr Kollegen her, und zwar lieber gestern als heute.«

Die Beamtin in der neonfarbenen Jacke sprach sofort in ihr Funkgerät; und Birch sah, dass einige der anderen Polizisten sich in ihre Richtung in Bewegung setzten.

Sie rannte zu Gulbraith und stieß dabei Lockley beiseite. »Wirklich, George«, sagte sie laut genug, dass die Gruppe sich zu ihr umdrehte. »Ist das nicht ein bisschen lächerlich? Selbst nach Ihren Maßstäben?«

Einen Moment lang starrte Gulbraith sie an, die Arme immer noch über den Kopf gehoben, das Plakat schwenkend. »Wir protestieren gegen Diskriminierung, Sergeant Birch«, sagte er. »Es gibt Frauenrechtlerinnen in diesem Land, die eine radikale Agenda des Hasses predigen. Sie behaupten, Ryan Summers habe gemordet, weil er ein weißer Mann sei. Sie behaupten, weiße Männer seien die Ursache aller Gewalt. Und sie wollen uns alle auslöschen. Sind das denn keine Hassreden?«

Birch zwang sich, nicht die Augen zu verdrehen. Amy hinter ihr hatte sich anscheinend nicht zurückhalten können, denn ein paar der Männer warfen wütende Blicke in ihre Richtung.

»Ryan Summers«, sagte Gulbraith jetzt, »war ein Opfer dieser feministischen Agenda. Er saß in der Falle und hatte das Gefühl, dass es nur eine Lösung gibt: sich gegen den feministischen Staat aufzulehnen.«

Birch schloss die Augen. *Zähl bis zehn, Helen.* Um sie herum wurde die Menge lauter. Ein paar hatten angefangen, Gulbraith anzuschreien.

»Okay, und woher wissen Sie das?« Sie spielte auf Zeit: Aus dem Augenwinkel sah sie, wie mehrere Beamte in Schutzwesten sich näherten. »Haben Sie vielleicht eine zwielichtige Hellseherin aufgesucht oder Ähnliches?«

»Diese Frauen sind gestorben, weil sie sich dem radikalen Programm der Feministen verschrieben hatten!«, brüllte Gulbraith. Etwas prallte gegen sein Plakat und landete gleich darauf zu seinen Füßen. Eine weiße Kerze mit weißem Pappteller, von irgendwoher aus der Menge geworfen.

»Verhalten Sie sich bitte ruhig!« Die Beamtin, die Birch angewiesen hatte zu helfen, gab ihr Bestes, um die inzwischen wütenden Teilnehmer der Mahnwache und Gulbraiths Gruppe auf Distanz zu halten. Panik lag in der Luft, Menschen rempelten sich gegenseitig an. Die Verstärkung war zwar fast bei ihnen, aber Birch musste sofort etwas unternehmen.

»Na schön, George«, sagte sie. »Sie sind verhaftet.« Sie legte ihm die Hand auf den Unterarm. Die Männer um ihn herum machten einen Lärm wie wütende Hunde, aber Birch ließ sich nicht beeindrucken: Wahrscheinlich waren sie alle vorbestraft, und niemand von ihnen konnte es sich leisten, sich wegen Widerstands gegen die Staatsgewalt eine Haftstrafe einzuhandeln.

Gulbraith nahm das Plakat herunter, entriss aber seinen Arm Birchs Griff. »Warum?«

Birch packte erneut zu und bohrte ihm diesmal ihre Fingernägel in die Haut. Kurz dachte sie an McLeod und daran, was er über Lockley gesagt hatte. »Damit befasse ich mich später.«

Endlich waren die Männer in den Schutzwesten da. Ein paar begannen, Gulbraiths Anhänger festzuhalten, während die anderen sich zwischen den Protestlern und der Menschenmenge aufstellten.

»Das ist Verletzung meiner Redefreiheit!«, rief Gulbraith. »Und unserer Versammlungsfreiheit! Wir haben ein Recht darauf zu demonstrieren!«

Es war ein Leichtes für Birch, Gulbraith zu sich zu drehen, auch wenn er sich dagegen zur Wehr setzte. »Aber, aber, George«, sagte sie, »Sie wollen doch hoffentlich keinen Widerstand leisten.«

Sein Körper erschlaffte. Birch schnippte mit dem Finger in Richtung der Beamtin in der Neon-Jacke, die Gulbraith übernahm und ihm Handschellen anlegte. »Ich werde einen Bericht hierüber schreiben«, sagte Birch leise zu ihr. Und gleich darauf lauter zu Gulbraith: »Ach, George?«

Der Mann blickte sie über die Schulter an.

»Es heißt seit Kurzem *Inspector* Birch.« Sie kehrte Gulbraith den Rücken zu, während er abgeführt wurde.

Amy grinste, als Birch auf sie zukam, und hielt ihr ihre Handfläche hin. Birch zögerte keine Sekunde, dann klatschte sie Amy ab. Beide Frauen lachten.

»Super gemacht, Chefin«, sagte Amy. »McLeod würde vor Neid erblassen.«

Birch schnaubte verächtlich. »Eher wird er mich zum Abendessen verspeisen, sobald er von meiner kleinen Nummer hier erfährt«, sagte sie.

»Detective Inspector Helen Birch, sieh mal einer an.« Eine Männerstimme, die so nahe, so unerwartet erklang, dass Birch erschrak. »Sie verhaften also einen friedlichen Demonstranten ohne rechtliche Begründung.«

Lockley stand nur eine Armeslänge entfernt und hielt sein Handy in die Höhe. Er filmte sie. Es war widerlich. Birch wurde klar, dass er nicht nur den kurzlebigen Protest und Gulbraiths Festnahme aufgezeichnet hatte, sondern auch sie, ihre und Amys Reaktion.

Einen Augenblick lang standen die beiden Polizeibeamtinnen regungslos da. Birch wollte Lockley anschreien, wollte ihm das Handy aus der Hand schlagen – wollte ihm alle Wörter an den Kopf werfen, mit denen sie ihn im Stillen schon beschimpft hatte, ihm sagen, wie er ihr Leben, das ihrer Mutter und, ja, auch das Leben ihres seit Langem verschollenen Bruders ruiniert hatte. Doch was immer sie als Nächstes sagte oder tat, es würde gefilmt und im Internet hochgeladen werden. Hinter ihr verließen die ersten Teilnehmer des Gottesdienstes nacheinander die Kathedrale. Auch sie wären im Hintergrund von Lockleys Aufnahmen zu sehen. Birch war wie erstarrt und hatte keine Ahnung, was sie als Nächstes tun sollte.

»Mr Lockley?«

Alle drei, Amy, Birch und Lockley, blickten sich um – zu Ishbel Hodgekiss. Sie stand rund einen Meter entfernt. Lockley drehte das Handy sofort weg von Birch und richtete es auf sie.

»Nein«, sagte Ishbel und hielt sich eine Hand vors Gesicht, als wollte sie ihre Augen vor allzu grellem Licht schützen. »Ich erteile Ihnen nicht meine Erlaubnis, mich zu filmen.«

Lockley zögerte, nahm dann aber das Telefon herunter.

»Vielen Dank«, sagte Ishbel. Sie sah kurz zu Birch hinüber.

Wie lange hat sie schon dort gestanden?, dachte Birch.

»Mr Lockley«, sagte Ishbel noch einmal. »Ich habe darüber nachgedacht, was Sie gesagt haben. Über Ihr Angebot. Für einen Artikel oder … etwas anderes. Mit mir … und der Möglichkeit, meine Geschichte zu erzählen. Ich glaube, ich würde darauf gerne zurückkommen.«

Lockley begann zu lächeln. Offenbar war Birch fürs Erste vergessen. »Ishbel«, sagte er, »ich freue mich sehr, dass Sie es sich anders überlegt haben. Wann können wir uns zu einem Gespräch treffen?«

Birch warf Amy einen kurzen Blick zu, die nur mit den Achseln zuckte. »Mrs Hodgekiss«, sagte sie schließlich. »Meinen Sie nicht, dass Sie das zuerst mit Rehan besprechen sollten, bevor Sie … sich zu irgendetwas verpflichten?«

Ishbels Miene war abweisend. »Das glaube ich nicht«, sagte sie. »Unter uns, DI Birch: Ich habe nicht den Eindruck, dass er mich in den vergangenen Wochen gut beraten hat.«

Birch dachte an Reh, ihren Spion im Hause der Familie Hodgekiss, und daran, dass Ishbel es so vorgekommen sein musste, als hätte er sich bei ihrem Ehemann eingeschmeichelt, der sie betrogen hatte. Ihr fiel keine Erwiderung ein, aber Lockley beeilte sich, die Stille nicht allzu lang werden zu lassen.

»Je früher, desto besser, wirklich«, sagte er. Er sah Ishbel an, hatte Birch und Amy den Rücken zugekehrt. »Ich weiß, es muss ein schwieriger Vormittag für Sie gewesen sein, aber wenn Sie sofort Zeit hätten, könnten wir …«

Bestimmt ist es nur wegen deines Ehemanns, dachte Birch. Wenn es meiner wäre, würde ich mehr tun, als nur über ihn zu reden.

»Müssen Sie jetzt nicht berichten?« Wie Ishbel das sagte, deutete darauf hin, dass etwas in ihr brodelte.

Warum verkauft sie ihm ihre Geschichte, wenn sie doch weiß, dass er sie nur ausnutzen will? Birch sah Amy noch einmal fragend an, die als Antwort den Kopf schüttelte: *Keine Ahnung.*

»Heute Abend vielleicht«, sagte Ishbel. »Ich möchte jetzt gehen, mich ein wenig ausruhen und nachdenken. Aber später könnten wir uns treffen.«

»Das klingt großartig.«

Birch verdrehte die Augen – Lockley sabberte geradezu.

»Aber ich habe eine Bedingung«, sagte Ishbel.

Lockleys Körpersprache veränderte sich. »Nennen Sie sie.«

Mit einem Nicken deutete Ishbel auf das Handy, das er immer noch in der Hand hielt. »Das Video, das Sie eben gemacht haben«, sagte sie, »darf erst nach unserer Unterhaltung veröffentlicht werden.«

Lockley blickte wieder zu Birch und Amy.

Birch bemühte sich, eine möglichst teilnahmslose Miene aufzusetzen.

»Darf ich Sie nach dem Grund fragen? Das Video zeigt DI Birch und ein paar Demonstranten, die eben noch hier standen. Sie erscheinen darauf nur ganz kurz am Ende, und ich hätte nichts dagegen, Sie herauszuschneiden.«

Ishbels Gesichtszüge verhärteten sich. »Ich habe die Demonstranten gesehen, Mr Lockley.« Sie nickte in Amys Richtung. »Ich bin ihr durch die Menschenmenge gefolgt und habe das kleine Spektakel mitbekommen.«

Birch konnte nichts dagegen tun, rot zu werden.

»Aber in diesem Fall«, sagte Lockley, »stimmen Sie mir doch sicher zu, dass die Öffentlichkeit sehen muss, was soeben passiert ist!«

Wieder sah Birch Amy an, deren Lippen lautlos das Wort *sorry* formten. Um sie herum hatte sich der Menschenauflauf aufgelöst. Birch entdeckte McLeod, der auf die sonnigen Stufen vor der Kathedrale heraustrat und blinzelte, als hätte er geschlafen. Mist, dachte sie, das wird mich meinen Kopf kosten.

»Wie auch immer«, sagte Ishbel, »aber es wäre mir lieber, wir würden uns unterhalten, bevor das Video online gestellt wird.« Sie überlegte einen Moment und fügte kurz darauf hinzu: »Wenn ich meine Geschichte erzähle, möchte ich schließlich nicht, dass alle Leute einem anderen Ihrer Artikel mehr Beachtung schenken.«

Lockley nickte. Sie hatte seine Sprache gesprochen. »Das ist nur fair«, sagte er. »Obwohl ich Ihnen versichern kann, dass Ihr persönliches Statement – so könnten wir das nennen, wenn Sie nichts dagegen haben – alles andere in den Schatten stellen wird, sobald wir es veröffentlichen.«

Zwar konnte Birch sein Gesicht nicht sehen, stellte sich aber vor, wie er Pfundzeichen in den Augen hatte.

Ishbel trat ein paar Schritte auf Lockley zu und streckte die Hand aus. »Sie behaupten immer, ein integrer Mann zu sein. Reichen Sie mir also Ihre Hand. Geben Sie mir Ihr Ehrenwort, dass ich das Video heute nicht im Internet sehen werde.«

Lockley hielt nur einen Sekundenbruchteil inne, dann schlug er ein. Birch sah Amy an, die die beiden irritiert beobachtete.

»Danke«, sagte Ishbel. »Ich melde mich dann im Laufe des Tages bei Ihnen. Ich habe ja Ihre Visitenkarte.«

»Fabelhaft«, sagte Lockley schmeichlerisch. »Das ist wirklich toll. Sie können mich jederzeit anrufen, ich warte auf Ihren Anruf. Und natürlich können wir uns treffen, wo immer Sie wollen. Wo Sie sich wohlfühlen.«

Erstmals lächelte Ishbel ihn an – kalt. »Ich melde mich«, sagte sie.

Auf den Stufen der Kathedrale hatten sich die restlichen Pressevertreter versammelt und hörten der Regierungschefin zu, die eine kurze Pressekonferenz gab. Lockley warf einen Blick hinüber und schaute dann wieder zu Birch und Amy. »Die Pflicht ruft.« Er wandte sich an Ishbel: »Es ist mir ernst. Sie können mich jederzeit anrufen.« Damit schlängelte er sich durch die verbliebenen Grüppchen in Richtung Haupteingang der Kathedrale.

Einen Augenblick lang standen die drei Frauen stumm beieinander. Ishbel betrachtete Birch mit einem Gesichtsausdruck, der nicht zu durchschauen war.

Schließlich brach Birch das Schweigen. »Mrs Hodgekiss, es tut mir so leid …«

Ishbel hob die Hand. »Helen«, sagte sie. »Ich darf Sie doch Helen nennen? Sie müssen sich für absolut nichts entschuldigen. Wenn Sie den Mann nicht festgenommen hätten, würde ich Sie jetzt fragen, warum nicht.«

Birch legte den Kopf ein wenig schief. Ishbel Hodgekiss' Outfit war interessant: Ihr schwarzes Kostüm war zerknittert und verrutscht. Unter der Jacke trug sie ein korallenrotes Oberteil, das offenkundig ein paar Größen zu klein war. Ihre Haare standen zu Berge, und um den Hals hatte sie sich eine Krawatte geschlungen. Und doch war sie sehr klar und wach: In ihrer Stimme lag kein Zittern, und trotz der geröteten Augen und den Augenringen wirkte sie auf sie emotionslos – geschäftsmäßig.

»Der Mann wollte anscheinend seine Meinung kundtun, dass der Mann, der meine Tochter ermordet hat, für ihn eine Art Held ist«, sagte Ishbel. »Ehrlich gesagt, es ist gut, dass Sie ihn vor mir zu fassen bekommen haben.«

»Ich fürchte allerdings, er wird nicht angeklagt werden«, sagte Birch. »Ich habe ihm nicht genug Zeit gelassen, eine ernsthafte Störung der öffentlichen Ordnung zu begehen, auch wenn es fast dazu gekommen wäre. Er hat weder eine Hassrede gehalten noch jemandem gedroht. Er hatte leider recht, was die Gründe für eine Festnahme betrifft. Es gibt keine. Ich … hatte nicht darüber nachgedacht. Das wird mich auf dem Revier teuer zu stehen kommen.«

Ishbel runzelte die Stirn.

Amy, die ganz in ihrer Nähe stand, beugte sich zu ihnen. »Mrs Hodgekiss«, sagte sie, »bitte. Verkaufen Sie Ihre Geschichte nicht an Grant Lockley. Vermutlich hat er Sie davon überzeugt, das sei eine gute Idee, aber dem ist nicht so. Was immer Sie ihm sagen, er wird es für seine eigennützigen Zwecke missbrauchen. Moira …« Amy hielt inne, sie erkannte ihren Fehler zu spät.

Ishbel sah sie scharf an. »Sie meinen Moira Summers? Was wollten Sie über sie sagen?«

Amy schien förmlich zu schrumpfen. »Ich … war die Opferschutzbeamtin von Mrs Summers«, sagte sie. »Lockley hatte auch sie überredet, sich mit ihm zu treffen, ein bisschen so, wie er's mit Ihnen gemacht hat. Entgegen unserem Rat hat sie mit ihm geredet.«

Ishbels Miene war nachdenklich.

Amy warf Birch einen verzweifelten Blick zu, doch Birch schüttelte den Kopf: *Das musst du jetzt allein zu Ende bringen.*

»Es war ein Desaster«, fuhr Amy fort. »Ihr wurde klar, dass sie in eine Falle getappt war. Er hat ihr sofort das Wort im Munde herumgedreht, hat es so erscheinen lassen, als wäre sie eine von diesen Verschwörungstheoretikern, die glauben, dass ihr Sohn darin ausgebildet wurde, das zu … tun, was er getan hat. Ausgebildet von der Regierung. Lockley hat es so wirken lassen, als wäre sie völlig verrückt.«

Ishbel nickte. »Ich habe mir ein paar seiner Artikel durchgelesen. Ich kapiere nur einfach nicht, warum die Leute so etwas glauben.«

Amy zuckte die Achseln.

»Wir haben festgestellt, dass viele Leute hinsichtlich Moira Summers das Schlimmste annehmen«, sagte Birch. »Aber in Wahrheit ist sie nur eine Mutter, die trauert. So wie viele andere Leute hier und heute.«

Wieder herrschte Stille. Ein Gefühl huschte über Ishbels Gesicht, das Wut sein konnte, und Birch fluchte im Stillen: *Das war dumm von dir, Helen.* Auf der anderen Seite des Platzes sprach die Regierungschefin immer noch in die Kameras, und McLeod näherte sich ihr von hinten, als wollte er sich ins Bild drängeln. Als sie sah, dass Lockley auf sein Handy blickte, verspürte Birch ein jähes Angstgefühl, denn ihr war wieder das Video mit ihr und Amy eingefallen.

»Warum haben Sie das getan?«, fragte sie und drehte sich zu Ishbel um. Als Ishbel sie verständnislos anschaute, fügte Birch hinzu: »Wieso haben Sie Lockley gebeten, das Video nicht zu posten?«

»Aus demselben Grund, den ich ihm gegenüber angegeben habe«, entgegnete Ishbel. »Die Menschen sollen dadurch nicht davon abgelenkt werden, was ich zu sagen habe.«

Amy und Birch schauten einander an, aber Ishbel setzte

hinzu: »Seien Sie sicher, ich werde nicht das sagen, was er von mir erwartet.«

Die Regierungschefin hatte zu Ende gesprochen – die versammelten Journalisten riefen ihre ersten Fragen.

»Außerdem«, fügte Ishbel hinzu, »habe ich damit etwas in der Hand, was ich gegen Sie verwenden könnte, DI Birch. Praktisch, denn ich benötige Ihre Hilfe bei einer bestimmten Sache. Es wird Ihnen zwar nicht gefallen, aber jetzt … müssen Sie mir den Gefallen eben tun.«

8. Juni, 18:00 Uhr

Moira hatte den ganzen Tag die Berichte über den Trauergottesdienst verfolgt. Sie hatte sich angesehen, wie die Moderatoren des Frühstücksfernsehens darüber spekulierten, was die Regierungschefin wohl sagen würde, und anschließend die Live-Übertragung der Mahnwache vor dem Parlament und den Gottesdienst selbst. Im Internet hatte sie sich wacklige Handy-Videos angeschaut, gefilmt von Leuten, die in der Menge auf dem Parliament Square standen. Eines war dabei gewesen – kurz und aus großer Entfernung aufgenommen –, das einen Mann mit einem Plakat zeigte, auf dem stand, dass ihr Sohn ein Held sei. Sie hatte gesehen, wie ihm das Plakat entrissen und er von Polizisten abgeführt wurde. Ihr war speiübel gewesen.

Inzwischen wusste sie alles, was sich bei dem Gedenkgottesdienst zugetragen hatte. Sie wusste, was die Leute twitterten, was deren Interesse angestachelt hatte. Über den Mann mit dem Plakat wurde weniger berichtet als über Aidan Hodgekiss und seine Entscheidung, mit seiner sehr jung aussehenden Geliebten an der Mahnwache teilzunehmen. Beim Gottesdienst selbst hatte er neben seiner Ehefrau gesessen – die Kamera hatte ein paarmal auf dem Paar verweilt; die Frau hatte verletzlich gewirkt, tief in sich gekehrt, in einem bizarren Outfit. Moira empfand Mitleid für sie, rief sich dann aber zur Raison: *Hör endlich auf damit, dass dir andere Leute leidtun. Die interessieren sich doch auch nicht für deine Gefühle.*

Aber sie hatte Gefühle. Obwohl sie sie beiseitezuschieben versuchte, verspürte sie eine Wut, die im Laufe des Tages noch stärker geworden war. Was war mit dem Gedenkgottesdienst für ihren Sohn? Würde man je anders als mit Boshaftigkeit und Rachsucht auf seinen Tod reagieren? Und was würde geschehen, wenn *sie* starb? Wer würde sich dann noch an Ryan als den kleinen Jungen mit dem weißen Hula-Hoop-Reifen im Garten erinnern? Wer daran, dass er in der Schule mit viel Glitter Muttertagskarten gebastelt und sie zu Hause unter ihrem Kissen versteckt hatte? Wer würde sich daran erinnern, dass er im Dunkeln Angst gehabt hatte oder Grün seine Lieblingsfarbe gewesen war? Wenn sie erst mal unter der Erde war, würden sich alle an ihn nur noch als den jungen Mann erinnern, der den Verstand verloren und so viele Menschen ermordet hatte. Sein Name würde ausschließlich zusammen mit anderen seiner Art erwähnt werden: Elliot Rodger. Adam Lanza. Ryan Summers.

Die Journalisten hatten den ganzen Tag vor dem Haus herumgelungert, ihre hoffnungsvollen Mienen hatten einen resignierten Ausdruck angenommen, als deutlich wurde, dass sie nicht vorhatte, in Trauerkleidung und als ungebetener Gast beim Gedenkgottesdienst zu erscheinen. Das Licht hatte sich mittlerweile rosa verfärbt: ein Schwarm Mücken schwebte in der Sonne in Moiras Vorgarten. Die Gruppe der Journalisten war kleiner geworden – sie konnte ihren Schatten durch die fadenscheinigen Vorhänge im Wohnzimmer sehen, schmaler als noch am Morgen. Es war achtzehn Uhr. Aus Gewohnheit schaltete

Moira den Fernseher ein, um sich die Nachrichten anzusehen, und stellte fest, dass zumindest ein Sender einen Korrespondenten entsandt hatte, um live von ihrem Gartentor zu berichten. Er hatte natürlich keine Informationen: *Obwohl wir gehofft hatten, dass Moira Summers heute erscheinen und eine Szene machen würde, hat sie das Haus nicht verlassen. Schade.*

Wieder sah Moira die Berichte, die schon den ganzen Tag liefen. Der breite weiße Bürgersteig vor dem Parlamentsgebäude war voller Menschen. Nahaufnahmen von verweinten Gesichtern und von Händen, die flackernde weiße Kerzen hielten. Ein Ausschnitt aus der Rede der Ersten Ministerin bei der Mahnwache und dann der Zehn-Sekunden-Einspieler, in dem Aidan Hodgekiss, am Podest stehend, sich abwandte und nach der Hand einer hübschen jungen Blondine griff. Anschließend Bilder der Teilnehmer der Mahnwache, die die Royal Mile entlanggingen: ein paar Plakate, Menschen, die DIN-A4-Ausdrucke der Fotos von den Opfern in den Händen hielten. Die Regierungschefin wirkte überaus ernst, winkte jedoch den Menschen zu, die sich auf dem Bürgersteig drängten. Schließlich in der Kathedrale: Valerie Gill, wie sie auf der Kanzel stand und weinte. Close-ups von großen Stumpenkerzen, deren helle Flammen streuten. Die Berichterstattung endete mit dem Schluss des Gottesdienstes, und der Nachrichtensprecher erschien erneut auf dem Bildschirm.

»Mit mir im Studio ist jetzt«, sagte er, und Moira schaltete das Gerät aus. Sie hatte keine Lust, sich die Analysen der Experten zum Gedenkgottesdienst anzuhören. Es gab zwar offenbar eine stillschweigende Vereinbarung, Ryan während der Veranstaltungen nicht zu erwähnen, aber jetzt war der Gottesdienst vorüber, und deshalb würde die Jagd auf ihn – und in weiterem Sinne auch auf Moira – schon bald erneut eröffnet werden.

Moira saß auf dem Sofa und starrte gefühlt sehr lange Zeit auf den schwarzen Monitor. Im Zimmer wurde es dunkel. Hinter den Vorhängen verabschiedeten sich die Journalisten voneinander und zogen ab. Zum ersten Mal seit rund einer Woche machte ihr der Gedanke Sorgen, dass kein Polizist das Haus schützte und es in ein paar Stunden Abend sein würde.

Es klopfte an der Haustür. Moira schrak zusammen. Ihr Herz fing an zu rasen: Wer konnte das sein? Sie ballte die Hände zu Fäusten und saß da wie erstarrt, lauschend. Von hinter der Tür erklang eine leise Stimme.

»Mrs Summers?« Erneutes Klopfen.

Moira atmete aus. Natürlich: DI Birch. Die hatte sie ganz vergessen. Sie stand auf, schüttelte die Vorstellung von einem Axtmörder auf der Türschwelle ab – *denn natürlich würde ein Axtmörder nicht anklopfen, Moira, du Idiotin* – und lief zur Tür. Im Flurspiegel überprüfte sie rasch ihre Frisur im Spiegel – und kam sich dabei lächerlich vor.

»DI Birch«, sagte sie, öffnete und lächelte etwas gequält. Doch das Lächeln erstarb schnell. »Oh.«

Es folgte eine Stille, so zerbrechlich wie eine dieser Weihnachtskugeln aus dünnem Glas, die in der Hand so leicht zersprangen. Hinter DI Birch auf dem Gartenweg, nur ungefähr drei Schritte von Moira entfernt, stand Ishbel Hodgekiss. Die Frau, deren Tochter Ryan als Erste getötet hatte.

»Mrs Summers«, sagte DI Birch noch einmal.

Moira richtete den Blick auf sie. Sie sah schlecht aus: müde und etwas anderes. Hatte sie Angst?

»Können wir hereinkommen?«, fragte Birch und blickte sich um.

Moira fielen die Journalisten ein. Offenbar waren sie zu früh nach Hause gegangen. Was immer das hier war – jedes Foto, das in diesem Augenblick gemacht worden wäre, hätte einen Bombenaufmacher abgegeben. »Ja«, sagte sie, auch wenn ein leichtes Beben in der Stimme ihre Unsicherheit verriet. »Natürlich.«

»Ich nehme an, ich muss Ihnen nicht erklären, wen ich mitgebracht habe«, sagte DI Birch, sobald sie sich in der relativen Sicherheit des Wohnzimmers versammelt hatten.

Moira war in Richtung Küchentür zurückgewichen, wodurch sie möglichst viel Platz für Ishbel Hodgekiss machte. Diese Frau konnte doch sicher nicht in ihrer, Moiras, Nähe sein wollen, oder? Was zum Teufel machte sie hier? Moria bemerkte, dass *sie* jetzt Angst hatte: Die Distanz, die sie geschaffen hatte, sollte *sie* schützen. »Nein«, sagte sie und überlegte, was sie hinzufügen konnte. Das Naheliegende – die Worte, die sie seit fast einem Monat immer wieder und wieder schreien wollte, bis sie heiser war – kam ihr nun völlig unangemessen vor. Trotzdem sah sie Ishbel Hodgekiss in die Augen und flüsterte: »Es tut mir leid.« Dann brach sie in Tränen aus.

Ishbel beobachtete sie. »Haben Sie es gewusst?«

Ein panischer Ausdruck huschte über DI Birchs Gesicht. »Mrs Hodgekiss, wir sind nicht hier, um …«

»Hatten Sie«, sagte Ishbel jetzt lauter, »eine Ahnung? Einen Verdacht?«

Moira klappte zusammen, so als hätte sich eine große Welle krachend über ihr gebrochen. Zwischen den Schluchzern rang sie um Luft. »Ja«, sagte sie kaum hörbar.

DI Birch riss die Augen auf, fing sich wieder, wandte sich zu Ishbel um und sagte: »Es gibt Wege, wie so etwas gehandhabt wird. Etwa durch eine Mediation.«

Ishbel nahm keinerlei Notiz von ihr. »Gut«, sagte sie mit einer Stimme, die hohl klang. Sie sah Moira an – wartete, dass sie sich sammelte und ihren Blick erwiderte. »Gehen Sie bitte nach oben.«

»Wie bitte?« Birch trat einen Schritt auf Ishbel zu.

»DI Birch«, erwiderte Ishbel, »wir haben das doch besprochen. Ich habe Ihnen versichert, dieser Frau nichts anzutun. Aber ich glaube nicht, dass ich im Moment mit ihr im selben Zimmer sein kann.« Sie wandte sich an Moira. »Und auch, wenn sie vielleicht den Grund dafür nicht versteht, glaube ich, dass mir Mrs Summers vor dem Hintergrund von … allem, was passiert ist, diesen Wunsch erfüllen wird. Habe ich nicht recht, Moira?«

Moira richtete sich auf und atmete tief durch. Nach einem Augenblick wischte sie sich mit der Hand übers Gesicht und sagte dann: »Ja.«

»Sie auch, DI Birch«, sagte Ishbel. »Gehen Sie bitte auch kurz nach oben. Wenn ich Moira rufe, können Sie mit ihr herunterkommen.«

Birch runzelte die Stirn. »Entschuldigen Sie, aber so haben wir das nicht besprochen. Sie sagten, Sie wollten herkommen, um …«

»DI Birch.« Moira ging zu ihr und legte ihr die Hand auf den Arm. »Wenn sie einen Moment für sich braucht, dann ist das doch wohl nicht zu viel verlangt.« Sie hörte ihre Stimme brechen, riss sich aber zusammen. »Ich kann mir gut vorstellen, wie schwierig es für sie sein muss, hier zu sein. Sich in diesem Zimmer zu befinden … mit mir.«

Ishbel wirkte verkrampft, entspannte sich dann aber wieder. Jetzt erkannte Moira, dass sie noch immer die seltsamen Kleider vom Gedenkgottesdienst trug, allerdings nicht mehr den Schlips. Wie Birch wirkte auch sie müde und erschöpft.

Wortlos machte Ishbel Platz, und Moira und Birch gingen an ihr vorbei aus dem Zimmer, durch den Flur und schließlich die Treppe hinauf. Moira hörte, wie sich die Tür zum Wohnzimmer hinter ihnen schloss.

Auf dem Treppenabsatz drehte sie sich in Richtung ihres Schlafzimmers. Es war der größte Raum im Haus.

DI Birch blieb hinter ihr stehen und wandte den Kopf. »War das hier Ryans Zimmer?«, fragte sie.

Moira hielt inne und sah DI Birch schon über die Schwelle treten. Sie musste keine Antwort geben: Der Zustand des Zimmers war Erklärung genug.

»Mein Gott.« Birch ließ das Bild der Verwüstung auf sich wirken. »Es tut mir so leid – die Kriminaltechniker waren nicht gerade sensibel.« Und nach einer Pause fügte sie hinzu: »Amy und Callum hätten dafür sorgen müssen, dass die Unordnung beseitigt wird.«

Auch Moira ging in das Zimmer. »Sie haben es versucht«, sagte sie. »Aber ich war noch nicht bereit dafür. Es hätte bedeutet … dass ich mich von Dingen trennen muss. Von Ryans Dingen. Erst jetzt bin ich so weit, dass ich sie mir wieder ansehen kann. Angefasst habe ich nichts. Ich kann mir noch immer nicht vorstellen, sie zu sortieren, sie wegzuwerfen.«

Ohne Vorwarnung nahm DI Birch auf dem Computerstuhl Platz, als wäre sie plötzlich mit ihren Kräften am Ende und könnte sich nicht mehr auf den Beinen halten. »Es tut mir so leid«, sagte sie, »das hier. Es war ein Riesenfehler, Mrs Hodgekiss herzubringen, und ich habe es von Anfang an gewusst. Aber sie hat darauf bestanden. Sie hat gesagt, sie wolle mit Ihnen reden. Und Sie hatten ja gesagt, Sie wollten mit jemandem … von den Angehörigen sprechen. Deshalb habe ich gedacht, es wäre okay. Und dann … hatte sie mich irgendwie in der Hand.«

Moira ging vorbei an Birch, hinüber zum Bett. Sie setzte sich und verspürte das fast überwältigende Verlangen, sich hinzulegen. Der Drang war für sie inzwischen fast zur Normalität geworden, aber sie blieb standhaft.

»Ich habe keine Ahnung, was das Ganze soll«, sagte Birch. »Was macht sie da unten? Sie könnte ja auch das Haus in Brand stecken. Entschuldigung … das hätte ich nicht sagen sollen.«

Moira schwieg einen Augenblick lang. »Soll sie doch«, sagte sie dann. »Vielleicht wäre es das beste Ende für das Haus. Wissen Sie, dass ich es in fast einem Monat nur ein einziges Mal verlassen habe? Für das desaströse Treffen mit Lockley. Amy hat die Lebensmittellieferungen organisiert, und ich habe mir tagein, tagaus die furchtbaren Fernsehnachrichten angesehen. Dieses Haus ist ein Gefängnis. Im Grunde wäre ich froh, sollte es abbrennen.«

Eine Zeit lang saßen sie schweigend da. Im Erdgeschoss hörten sie Ishbels Stimme, zu leise, als dass sie einzelne Wörter verstehen konnten, aber sie redete definitiv mit jemandem oder mit sich selbst.

»Ich habe in letzter Zeit vieles völlig falsch gemacht«,

sagte Birch. »Die Ermittlung ist mir über den Kopf gewachsen.«

Moira erwiderte nichts. Ishbels – mal leiser, dann wieder lauter werdende – Stimme verstummte plötzlich. Es herrschte Stille.

»Ich habe natürlich gehört, was Sie gerade gesagt haben, als sie Sie fragte, ob Sie Bescheid gewusst hätten«, begann Birch. »Auch Amy sagt, sie hätte geahnt, dass Sie etwas gewusst haben.«

Moira schwieg und ließ es zu, dass Birch sah, wie ihr erneut die Tränen kamen. »Amy hat recht«, sagte sie leise. Sie schlug sich die Hände vors Gesicht und begann, hin und her zu schaukeln – sie schluchzte nicht, sondern zitterte stumm, als würde sie von unsichtbaren Händen geschüttelt.

Mit leiser Stimme fragte DI Birch: »Warum haben Sie uns das nicht gesagt? An einem der vielen Tage, die Sie auf der Wache in der Fettes Avenue waren. Warum haben Sie mir nichts erzählt? Oder Anjan – Sie hätten es doch Anjan anvertrauen können.«

»Ich hätte es Anjan sagen *können*. Stimmt, das hätte ich. Anfangs kam er mir vertrauenswürdig vor, aber dann – ich weiß, es ist albern – musste ich unentwegt an diese Krimiserien denken, in denen die Anwälte immer falsch sind. Sie machen einen vertrauenswürdigen Eindruck, spielen aber eigentlich nur ein Spiel. Deshalb habe ich am Ende nichts gesagt.«

»Moira.« Birchs Stimme, ein bisschen schroff. »Diese Krimiserien haben wenig mit der Realität zu tun – *sehr wenig*, glauben Sie mir. Anjan ist der ehrlichste Mann, den ich kenne.« Nachdem sie wieder eine Weile geschwiegen hatten, sagte sie: »Sie hätten uns damit Informationen über eine Straftat geliefert, die von *jemand anderem* begangen wurde, nicht von Ihnen. Durch meine Gespräche mit Amy weiß ich, dass Sie Schwierigkeiten haben, es zu verstehen, aber *Sie sind nicht Ryan*. Nicht *Sie* haben das getan. Sie hätten praktisch alles erzählen können und wären nicht bestraft worden – Sie persönlich sind für uns lediglich eine sehr wertvolle Zeugin.«

Moira sah zu ihr auf.

»Sie sind *nicht Ryan*«, sagte Birch noch einmal. »Außerdem ist diese Ermittlung im Grunde beendet. Seit Sie Lockley getroffen haben, habe ich alles vergeigt. Deshalb ist es wahrscheinlich, dass es überhaupt keinen Unterschied mehr macht, was Sie wissen. Warum also erzählen Sie's mir nicht einfach?«

Du lügst mich doch an, dachte Moira. Aber Lockley hatte recht: Es war *wirklich* schwierig, ein Geheimnis für sich zu behalten. Es machte alles andere *tatsächlich* nur noch schlimmer. Moira atmete tief ein ... und langsam wieder aus und sagte: »Es war am Abend davor ... vor dem Amoklauf.«

DI Birch beugte sich vor, stützte die Ellbogen auf die Knie und verschränkte die Finger.

Sie sieht aus wie eine Profiboxerin, die in ihrer Ecke darauf wartet, dass der große Kampf beginnt, dachte Moira. Sie schloss die Augen und redete sich ein, sie würde mit niemandem reden – nur mit Ryans stillem Zimmer. Nur mit leerer Luft.

»Ich war in der Stadt«, begann sie. »Ich hätte in der Bibliothek für den Open-University-Abschluss lernen müssen, den ich mache. Machen wollte. Aber ... ich weiß nicht, es war, als ob an diesem Tag irgendetwas nicht stimmte. Es ging einfach nicht, also bin ich stattdessen den ganzen Tag durch die Stadt gelaufen. Rückblickend frage ich mich natürlich, ob ich irgendeine Art – das klingt jetzt albern, aber – sechsten Sinn gehabt habe, dass etwas Schlimmes bevorsteht. Dass ich einen letzten Tag in der Öffentlichkeit verbringen sollte, um noch einmal das Leben zu genießen. Aus irgendeinem Grund habe ich an jenem Tag viel über Ryan nachgedacht. Daran, wie launisch er in letzter Zeit war, dass er vom College kam und immer einfach schnurstracks auf sein Zimmer ging und nicht mal zum Essen wieder auftauchte. Dass ich so wenig von ihm sah. Das hat mir Sorgen gemacht. Ich wusste, dass es meine Schuld war. Nachdem sein Vater … Nach Jackies Tod habe ich mich in meinen kleinen Kokon aus Trauer eingesponnen, den ich anderthalb Jahre lang nicht mehr verlassen habe. In jener Zeit habe ich Ryan vernachlässigt – ich habe ihn ignoriert. Ich war so auf mich, auf mein Leid, fixiert. Ich hatte das Gefühl, als würde es mir langsam wieder besser gehen, wenn ich mich ganz still verhielte und nur nach innen schaute. Ich hatte angenommen, dass es ihm genauso ging, aber jetzt glaube ich, dass er mich in dieser Zeit gebraucht hätte und ich ihn im Stich gelassen habe. Ich fühlte mich so schuldig, und an jenem Tag habe ich gedacht, dass dieser Zustand lange genug gedauert hat und ich endlich mit ihm sprechen muss.« Wieder holte Moira tief Luft. Ihre Augen waren immer noch geschlossen.

»Und dann war da dieser junge Mann«, fuhr sie fort. »An jenem Nachmittag wollte ich aus irgendeinem Grund zum Royal gehen, also, zum Krankenhaus … beziehungsweise dorthin, wo das alte Royal früher einmal stand. Ich habe dort als junge Frau gearbeitet, bevor ich Jackie kennenlernte. Als Krankenschwester. Ich bin also hingegangen und habe mir die neuen Gebäude angeschaut. Und … es gab da einen Unfall. Ein junger Mann war verletzt worden. Er war … von irgendetwas aufgespießt worden.«

Moira sah sie an, als Birch sagte: »Ich erinnere mich daran. Ich habe von dem Unfall erfahren und gebetet, dass er nicht auf meinem Schreibtisch landet. Und dann, am Tag darauf … nun, Sie wissen ja.«

Moiras Stirn legte sich in Falten. »Wissen Sie, ob es dem Jungen gut ging?«

Birch hob den Blick. »Doch, es ging ihm einigermaßen gut, dem ersten Anschein nach. Ich meine, so gut, wie es einem nach so einem Unfall gehen kann. Allerdings wird es wahrscheinlich zu einer juristischen Auseinandersetzung kommen. Anjans Kanzlei vertritt den jungen Mann. Das habe ich jedenfalls gehört. Es wäre gut, wenn Sie das für sich behalten könnten, Moira.«

Moira erkannte an Birchs Miene, dass sie wollte, dass sie weiterredete. Na gut, dachte sie und schloss wieder die Augen. »Also, dieser junge Mann … Als ich ihn gesehen habe, war ich tief erschüttert. Er war in Ryans Alter und … na ja, es war, als hätte er für mich eine Entscheidung getroffen. Ich beschloss, nach Hause zu gehen und mit Ryan zu reden, noch an diesem Abend. Was immer mit ihm los war, es musste ein Ende haben. Ich machte mir Sorgen, dass der Tod seines Dads und meine Reaktion darauf ihn verändert haben könnten. Jetzt weiß ich natürlich, dass er zu dieser Zeit … o Gott. Er hat geplant, Menschen zu töten.« Sie hörte, dass DI Birch ihr Gewicht verlagerte: Das Kunstleder des Computerstuhls quietschte.

»Was haben Sie ihm an jenem Abend gesagt, Moira?«

Stille. Moira verzog das Gesicht. *Wenn ich mich nur richtig daran erinnern könnte.*

Ryan war vom College nach Hause gekommen: Moira hörte das vertraute Kratzen seines Schlüssels im Schloss, das Zuknallen der Haustür und dann die schnellen, schweren Schritte, als er die Treppe hinaufging.

»Schatz?«

Er hätte sie hören müssen. Sie stand in der Küche, die Hände im Spülwasser. Ryans Zimmer lag direkt darüber. Dann das so bekannte Geräusch, als er seinen Rucksack auf den Boden schmiss. Sie wartete. Mit der Pfanne in der Hand, die die Spülmaschine einfach nicht sauber bekam. Sie hatte Fett unter den Fingernägeln, weil sie die Pfanne geschrubbt hatte. Ryan antwortete nicht.

Irgendwann ging sie so leise die Treppe hinauf, als wollte sie nicht, dass er es mitbekam. Warum eigentlich? Wovor hatte sie Angst? Vor der Tür des Zimmers ihres Sohnes blieb sie stehen – sie war natürlich geschlossen – und lauschte auf das gedämpfte Stakkato eines Ego-Shooter-Spiels.

Er hat keine Kopfhörer auf, dachte sie, dann kann er mich hören.

»Ryan?« Sie rief den Namen relativ laut, so wie jemand, der einem Mann auf einem Dach eines hohen Hauses etwas zurufen will.

Nichts.

»Du kommst später runter und isst zusammen mit mir.«

Keine Antwort aus dem Zimmer ihres Sohnes. Kein

Laut, der darauf schließen ließ, dass er sie gehört hatte, aber auch keine Zurückweisung. Das Essen ist noch nicht mal gekocht, dachte Moira. Es hat noch Zeit.

»Hast du mich gehört, Ryan?«, fragte sie, und diesmal hörte sie seine Antwort beinahe sofort. Ein leises *Ja*. Nur das – ein *Ja*. Ausdruckslos, aber klar und deutlich.

Moira lief die Treppe wieder hinunter in den hellen Flur und zurück in die Küche, um sich zu sammeln. Damit sie auf alles vorbereitet wäre.

Sie hatte sich darauf eingestellt, ihn noch mal rufen zu müssen, doch gerade, als sie sich vorbeugte, um das Gemüse aus dem Backofen zu holen, stand er neben ihr – sie erschrak, wie groß er war. Daran hatte sie sich immer noch nicht ganz gewöhnt. Er ist ein Schlaks, dachte sie, während sie sich aufrichtete und lächelte. Er hatte schmale Schultern: krümmte sich, als wollte er seine Schlaksigkeit kaschieren, aber der Effekt war der gegenteilige.

»Was gibt's denn?«, fragte er und stand herum. Er rührte keinen Finger, um ihr zu helfen, und sie verdrängte schnell ihre Verärgerung darüber. Er war da – sie hatte ihn gebeten, und er war gekommen.

»Pasta«, sagte Moira. »Mit Hühnchen und gegrilltem Gemüse. Ich bin wieder auf dem Gesundheitstrip.«

Ryan verdrehte nur die Augen.

»Solltest du dich wieder öfter dazu herablassen, mit mir zu essen«, sie sprach neckend, mit leicht sarkastischem Unterton, »könnte ich mich dazu hinreißen lassen, auch mal Steak und Pommes zu machen, okay?«

Da lächelte auch er. Manchmal, wenn Ryan das tat, spürte sie, wie sie rücklings in einen Strudel stürzte, in die

Vergangenheit, in der Jackie noch lebte und Ryan etwa elf Jahre alt war und hinaus in den Schuppen lief, um an irgendeiner Erfindung zu arbeiten, die er sich ausgedacht hatte. Sie sah den kleinen Elfjährigen vor sich – konnte ihn auch jetzt sehen.

Sie saßen einander gegenüber. Eine Weile schaute Moira zu, wie ihr Sohn das Essen, das sie gekocht hatte, in sich hineinschlang. Sie hatte es nie verstanden, wie Männer aßen: Als hätten sie es eilig, Treibstoff zu tanken, für was auch immer sie als Nächstes tun mussten. Jackie war auch so gewesen – voller Energie und immer hungrig. »Schmeckt's dir?«

»Ja«, sagte Ryan mit halb vollem Mund. Er sah sie an, unter seinen dunklen Haaren hervor. »Für gesundes Essen ist es ziemlich gut.«

In dem Moment hatte Moira sich entschieden: *Schnell, bevor er aufgegessen hat.* »Ich habe dich in letzter Zeit so selten gesehen«, sagte sie. Sie versuchte, nicht flehentlich zu klingen, und fand, dass ihr das ganz gut gelang. »Du hattest mit dem Studium viel zu tun, stimmt's?«

Ryan blickte rasch wieder auf seinen Teller. »Stimmt.«

»Ich … habe dich lange nicht mehr danach gefragt, wie es läuft«, sagte Moira. »Das tut mir leid, Schatz. Woran arbeitest du im Augenblick?«

Sie beobachtete, wie er die Linguine um seine Gabel wickelte. »Nur so Sachen«, sagte er – die Antwort, von der sie so sicher gewesen war, dass er sie ihr geben würde, dass sie hätte mitsprechen können.

»Etwas Praktisches?« *Trag nicht zu dick auf, Moira.* Sie fand, sie hörte sich ein wenig zu heiter an. »Oder schreibst du an einer Arbeit?«

»Nimm's mir nicht übel, Mum«, sagte er, »aber du hast von Ingenieurswesen nicht die geringste Ahnung. Du schaltest immer ab, wenn ich über mein Studium rede.«

Moira wurde rot. Er hat recht, dachte sie. »Entschuldige, Schatz. Ich weiß, ich bin nicht sehr aufmerksam gewesen. Aber ich glaube, jetzt geht's mir endlich wieder etwas besser. Nach der Sache mit Dad.«

Ryan schwieg und schob sich die Gabel wieder in den Mund.

»Und wie ist's mit dir?«, fragte sie vorsichtig. »Wie geht es dir jetzt … nach Dads Tod, meine ich?« Sie wartete auf eine Antwort, die nicht kam. Während ihr Sohn kaute, schnaufte er kaum hörbar. »Du scheinst …« Moira suchte nach Worten. Sie musste das hier richtig hinbekommen, sonst würde er sich ganz vor ihr verschließen. »Es kommt mir so vor, als würdest du im Moment nicht ganz du selbst sein. Geht es dir gut? Kann ich irgendetwas tun?«

Etwas arbeitete hinter der Stirn ihres Sohnes.

»Okay, Mum«, sagte er. »Rein hypothetisch. Stell dir mal vor, wie ihr, du und Dad, euch kennengelernt habt.«

Moira blinzelte überrascht und sagte dann: »Gut.«

Ryan blickte auf den Tisch. »Also, als du Dad kennengelernt hast«, er zögerte etwas, »hast du ihn da gemocht?«

Moira lächelte. Die Frage wunderte sie, aber sie löste eine derart lebendige Erinnerung aus, dass sie sich in das hypothetische Szenario ihres Sohnes nur zu leicht hineinziehen ließ. »Ich fand ihn ziemlich frech«, antwortete sie lachend. »Du weißt ja, wie er war – so was von selbstbewusst, ein Aufschneider. Aber ja, ich konnte nicht umhin, ihn zu mögen. Seine Art war ein Teil davon, warum er mir gefallen hat.«

Ryan machte ein langes Gesicht. Sie hatte das Falsche gesagt.

»Die habe ich nicht, oder?«, fragte er leise. »Seine Art.«

»Ach, Liebling«, sagte Moira.

Ryan hatte aufgehört zu essen. Er hielt die Gabel zwischen Daumen und Zeigefinger, als wäre sie ein Drumstick.

»Sag mir, worum es geht. Worüber machst du dir Sorgen?«

Moira hielt ihre Erinnerungen an. Ihr Hals war trocken, und sie kämpfte schon wieder gegen ihre Tränen. Sie wusste zwar nicht, ob sie weiterreden könnte, aber sie ahnte auch, dass es zu spät für einen Rückzieher war.

»Ist schon gut, Moira«, sagte DI Birch. »Sie machen das großartig.«

Moira öffnete die Augen und warf Birch einen dankbaren Blick zu. Dann schloss sie sie wieder. »Er hat gesagt, das ginge nur ihn etwas an – was trotzige Jungs in dem Alter eben so sagen. Ich erwiderte: *Ich nehme an, es hat nichts mit dem College zu tun?* Und da hat er so merkwürdig gelacht. Etwas an seinem Verhalten hat in mir ein unbehagliches Gefühl geweckt. Er hatte diesen Blick. Zum ersten Mal hatte ich den gesehen, da war er etwa fünfzehn, glaube ich. Er war schon in die Höhe geschossen und hatte Streit mit seinem Vater. Jackie konnte manchmal sehr pedantisch sein. Und Ryan war stur, vielleicht noch sturer als der durchschnittliche Teenager. Also ist der Streit, ich kann mich nicht mehr erinnern, worum es dabei ging, immer mehr eskaliert, und irgendwann habe ich diesen furchtbaren Ausdruck über Ryans Gesicht huschen gesehen. Und dann … dann hat er seinen Vater geschlagen.

Nur einmal. Aber mit voller Kraft. So dass er im Wohnzimmer zu Boden gegangen ist. Jackie und ich waren völlig perplex. Diesen Gesichtsausdruck habe ich nie mehr vergessen, und an jenem Abend, als wir über Selbstbewusstsein und die besondere Art seines Vaters geredet haben, hatte er ihn wieder aufgesetzt.«

DI Birch nickte.

Moira versuchte, sich das Gesicht ihres Sohnes vorzustellen.

»Ryan.« Das Essen auf ihrem Teller war kalt. Moira war der Appetit vergangen. Sie wollte nur eines, endlich wissen, was mit ihrem Sohn los war. Die Angst in ihr breitete sich immer mehr aus. »Ryan, du weißt, dass du es mir sagen kannst, wenn du in Schwierigkeiten steckst.«

Wieder diese finstere Miene – und dann lächelte er auch noch irgendwie schief. Die Härchen auf Moiras Armen stellten sich auf.

»Und was für Schwierigkeiten könnten das wohl sein, was meinst du?«

Endlich erwiderte er ihren Blick. *Und wenn nun etwas wirklich Schlimmes passiert ist?* Aber sie musste weiterfragen. Sie stellte sich das Schlimmstmögliche vor – vielleicht wäre es ja gut, damit anzufangen. »Ich habe mir Sorgen gemacht, dass du vielleicht Drogen nimmst.« Eine Lüge. Sie hatte sich über nichts im Besonderen Gedanken gemacht. Aber jetzt, da sie die Worte ausgesprochen hatte, wurde Moira panisch.

»Hast du gehört«, sagte er, und die Verwunderung über ihre Frage milderte die Härte seines Blickes ein bisschen, »was bei uns am College abgeht?«

Moira schüttelte den Kopf.

»Da wird mit Drogen gedealt.« Ryan senkte den Blick und fing wieder an, die Pasta lässig um seine Gabel zu drehen. »Ich mache da nicht mit, aber trotzdem kannst du überall Drogen kaufen. Du hast davon nichts mitbekommen?«

Moira wurde ganz blass. »Ich höre zum ersten Mal davon, aber – was wird denn dagegen unternommen?«

Ihr Sohn schnaubte nur kurz, aber laut. »*Scheiß drauf.* Das ist alles, was die Lehrer sagen.«

Normalerweise hätte sie seine Ausdrucksweise kommentiert – und das wusste er –, aber er sollte weiterreden. »Und was hat das mit mir und deinem Dad zu tun? Warum hast du mich eben darum gebeten, an ihn zu denken?«

Es folgte eine lange Stille, unterbrochen lediglich von Ryans Gabel, die über die lasierte Oberfläche des Tellers kratzte. Dann, als sie gerade glaubte, er würde nicht mehr den Mund aufmachen, sah er sie wieder an.

»Mum … du erinnerst dich doch an Abigail Hodgekiss?«

DI Birch setzte sich kerzengerade auf.

»Es tut mir leid.« Moira strich sich mit der Hand über die Augen. »Ich weiß, ich hätte Ihnen sagen sollen, dass Ryan … dass es da so etwas gab. Mit Abigail. Sie waren zusammen auf der High School.«

DI Birch starrte sie an. »Das habe ich gewusst, aber – wollen Sie mir sagen, dass es da noch mehr gab?«

Moiras Stirn legte sich in Falten, so wie Papier, das zusammengeknüllt wird. »Bitte entschuldigen Sie«, sagte sie wieder, »ich hätte es Ihnen sagen sollen. Aber ich hatte mich entschieden, es nicht zu tun, weil … na ja, weil niemand sonst davon gewusst hat. Nicht mal Abigail, es war ihr nie bewusst gewesen. Ich hab gedächt, vielleicht ist es ja gar nicht wichtig, oder es war nur ein Zufall, dass sie eine von den … jungen Frauen war. Den getöteten jungen Frauen.« Moira schluchzte. »Aber dann wurde es immer schwieriger, das Geheimnis zu bewahren. Es nicht zu sagen …« Moira ließ den Kopf in ihre Hände fallen.

»*Was* nicht zu sagen?«

Die Schärfe in DI Birchs Stimme sorgte dafür, dass Moira wieder den Kopf hob. Sie sah das Zimmer durch ihre Tränen nur noch verschwommen. »Dass … Ryan eigentlich verliebt in Abigail war. Die ganze High-School-Zeit hindurch ist er total in sie verknallt gewesen.«

DI Birch blieb der Mund offen stehen.

»Sie hatte nicht die geringste Ahnung«, sagte Moira mit nur noch dünner Stimme. »Er war praktisch Luft für sie.«

»Ich bin praktisch Luft für sie.« Ryan ließ die Gabel auf den Tellerrand fallen, sodass sie auf den Tisch rutschte und auf Moiras Tischdecke einen roten Saucenfleck hinterließ.

Moira lächelte. Sicher, sie sollte es nicht sein, aber sie war so erleichtert. Sie hatte genügend Abende mit Ryan verbracht, als er dreizehn, vierzehn, fünfzehn gewesen war, an denen sie ihn zu überzeugen versucht hatte, dass Abigail ihn schließlich doch wahrnehmen würde. Und wenn nicht, dann würde es andere Mädchen geben. Liebeskummer, dachte sie. Es war doch nur Liebeskummer.

»Eigentlich«, sagte Ryan, »ist es sogar noch schlimmer. Sie nimmt mich wahr, aber sie hasst mich. Und sie hat diesen Vollidioten als Freund.«

Wieder erschrak Moira über die Ausdrucksweise, aber wieder beschloss sie, sie ihm durchgehen zu lassen.

»Er ist ein totales Arschloch«, sagte Ryan. »Er ist in diese ganze Drogensache involviert, die da abläuft, ist ganz oben in der Hierarchie. Und Abigail liebt ihn einfach. So wie alle Frauen immer die Arschlochtypen lieben – so wie du damals, Mum! So wie sogar meine eigene Mutter.«

Wut trübte Moiras Blick. »Jetzt hör mal zu, junger Mann«, sagte sie, und die Worte klangen schroffer als beabsichtigt. »Sprich nicht so über deinen Vater. Nicht in diesem Haus. Nirgends.«

Leise und trotzig sagte Ryan: »Okay. Aber ich versuche, das Richtige zu tun, und sie schert sich einen Scheißdreck darum. Niemand schert sich.«

»Wen meinst du damit?«

»Einfach … alle. Mädchen. Frauen. Es ist, als wäre ich für sie unsichtbar.«

Moira sah ihren Sohn an. Über den Tisch gebeugt, den Kopf tief zwischen die schmalen Schultern gezogen, saß er da und blickte auf den Teller.

»Ryan«, sagte Moira nach einer Weile. »Ich glaube wirklich, es ist an der Zeit, dass du Abigail Hodgekiss hinter dir lässt.«

Er sah sie an, und in seinem Blick lag der düstere Ausdruck, den sie nicht mochte. Die Pupillen waren vergrößert, die braunen Ringe der Iris irgendwie verschattet. »Das glaube ich auch«, sagte er.

Moira rang sich ein Lächeln ab. »Sie ist eine Person aus deiner Vergangenheit. Vielleicht solltest du so über sie denken. Schließ mit ihr ab, und lass sie dort, in der Vergangenheit. Sieh nach vorn.«

Ryan blickte ins Leere und nickte. »Ich schließe mit ihr ab«, wiederholte er. Und dann: »Vielleicht sollte ich das mit ihnen allen tun.«

Ein Gefühl flackerte in Moira auf – sie begriff ihren Sohn nicht. »Das wird das Beste sein«, sagte sie trotzdem.

Ryan sah sie an. »Du hast ja recht, Mum. Ich werde es versuchen. Gleich morgen, okay? Jetzt habe ich ja deinen Segen.« Er stand auf. Für ihn war das Gespräch beendet.

Und dann hatte sie noch gesagt: »Ich möchte, dass du tust, was immer du für richtig hältst.«

Moira schlug die Augen auf. Es schien, als prallten die Worte, die sie eben aus ihrer Erinnerung hervorgeholt hatte, gegen die leeren, vergilbten Wände des Zimmers ihres Sohnes.

»Verstehen Sie jetzt, warum ich niemandem davon erzählt habe, DI Birch? Wie hätte ich das denn sagen sollen? Was, wenn die Presse dahintergekommen wäre? Für Leute wie Lockley wäre das ein gefundenes Fressen gewesen. Und Sie hätten glauben können, ich hätte ihn dazu ermuntert. Womöglich hätten Sie mich für eine Komplizin gehalten. Aber ich verspreche Ihnen, ich hatte zu der Zeit keine Ahnung, was er vorhatte. Keinen blassen Schimmer.«

DI Birch nickte. »Was ist dann passiert?«

Moira schloss wieder die Augen – es half ihr dabei, sich zu erinnern.

»Dann hat er gesagt: *Danke für das letzte Abendessen*, und hat die Küche verlassen. Ich habe ihn die Treppe hinaufgehen hören, zurück in sein Zimmer. Ich rief ihm hinterher, weil ich fand, dass er nicht genug gegessen hatte, und weil mir die Art und Weise, wie er sich verabschiedet hatte, nicht gefiel. Ich habe mir Sorgen gemacht, hauptsächlich wegen dem *letzten Abendessen*, und wollte, dass er zurückkommt und mir erklärt, was er damit gemeint hatte. Ich glaube, ich dachte, er wollte sich umbringen. Es fällt mir schwer, mich jetzt daran zu erinnern, was mir wirklich durch den Kopf gegangen ist, weil ich nur an eins denken kann: *Ich muss es gewusst haben*. Oder wenigstens: *Ich hätte es wissen müssen*. Ich habe ihn gerufen, immer wieder. Sogar geschrien. Aber er hat nicht reagiert. Ich stand vor seiner Tür, aber bekam keine Antwort, obwohl ich ihn in seinem Zimmer hörte. Schließlich gab ich auf. Das Ganze hat mich tief erschüttert. Als ich im Bett lag, habe ich versucht, mich mit dem Gedanken zu trösten: *Wenigstens haben wir miteinander geredet. Ich habe ein Gespräch begonnen*. Und dann … ist alles, was passiert ist, passiert. Jetzt komme ich mir so töricht vor.«

Moira hielt inne. Sie atmete schnell. Im Zimmer war es dunkler geworden. Von unten drang kein Laut herauf. Und dann fiel Moira wieder ein, warum sie hier saß, auf Ryans Bett, zusammen mit DI Birch, die ihr zuhörte.

Birch runzelte die Stirn, offenbar tief in Gedanken. »Ich denke«, sagte sie dann langsam, »dass das, was Sie mir eben erzählt haben, im Großen und Ganzen keinen Unterschied macht. Ich glaube nicht, dass Sie sich schuldig fühlen müssen. Es gab viel zu wenige Hinweise. Sie konnten die Bemerkungen, die er Ihnen gegenüber gemacht hat, nicht so interpretieren, dass Sie an einen Punkt gelangt wären, an dem Sie die Polizei hätten benachrichtigen müssen. Jedenfalls nicht bevor der Amoklauf stattfand. Trotzdem hätten Sie jemandem davon erzählen sollen – mir, Anjan, Amy, schon zu Beginn Ihrer Befragungen. Natürlich hätten wir mehr darüber wissen wollen, hätten vermutlich viel darüber gesprochen. Doch ich glaube nicht, dass jemand gesagt hätte, dass Sie irgendetwas hätten anders machen sollen. Sie haben Ishbel unten geantwortet, Sie hätten von der geplanten Tat gewusst, aber das haben Sie nicht. Nicht wirklich.«

Wieder weinte Moira – jetzt laut, schluchzend.

»Es ist manchmal sehr verwunderlich«, sagte Birch, »was für Geheimnisse Menschen, die man liebt, vor einem verbergen. Menschen, von denen man meint, alles zu wissen. Was ich vorhin schon am Telefon gesagt habe, gilt immer noch: Ich weiß, wie Ihnen zumute ist. Ich weiß, welch einen Schock Sie an jenem Tag erleben mussten.«

Moira sah zu ihr hoch, jetzt war sie es, die die Stirn runzelte. »Das wissen Sie? Tatsächlich?«

Aber DI Birch war abgelenkt. Ihr Handy vibrierte, und sie zog es hervor, um einen Blick darauf zu werfen. Wenige Sekunden später weiteten sich ihre Augen. »Oh. Also gut.«

Moira reckte den Hals, als könnte sie auf diese Weise die winzigen Worte auf dem Display lesen. »Was ist passiert?«

»Die Morddrohungen. Unser Verdächtiger …«

»Was? Was ist mit den Morddrohungen?«

Aber Birch erstarrte und horchte. Unten klopfte jemand an die Haustür.

8. Juni, 20:00 Uhr

Ishbel hatte sich in Moira Summers' Wohnzimmer umgesehen. Es war altmodisch: Strukturtapete, die mehrmals überstrichen worden war, dazu ein hässlicher Gaskamin aus falschem Naturstein. Den Kaminsims überzog eine dicke Staubschicht, man sah deutliche Abdrücke – wo Bilderrahmen gestanden hatten, aber entfernt worden waren. Ishbel war froh, dass sie sich die Fotos des Sohnes dieser Frau nicht anschauen musste … aber auch traurig, dass die Mutter sich gezwungen gesehen hatte, die Bilder aus dem Zimmer zu verbannen.

Sie wusste, was sie tun musste, warum sie dieses Haus aufgesucht hatte. Sie hatte nur den Mut dazu aufbringen müssen. Sie war sich nicht sicher, wie lange DI Birch oben bleiben würde, deshalb wollte sie sich beeilen. Aber sie hatte Angst. Einem Impuls folgend ging sie zur Küchentür und öffnete sie leise. Sie registrierte eine Reihe leerer Weinflaschen auf der Arbeitsfläche – sie erinnerten sie an die Flasche, die sie an jenem Abend in der Küche nach Aidan geworfen hatte, und an die Schnittwunde, die sie ihm an der Wange zugefügt hatte. Bei der Erinnerung daran verspürte sie ein ganz klein wenig Stolz. Das Gefühl war warm, als erwachte etwas in ihr wieder zum Leben. Doch sie verdrängte es. In Moiras Küche roch es: Der Mülleimer war lange nicht mehr geleert worden. In der

Spüle und daneben stand der Abwasch von mehr als nur einem Tag.

Mach schon, dachte Ishbel und kehrte ins Wohnzimmer zurück. Sie holte ihr Handy und aus einer anderen Tasche Grant Lockleys Visitenkarte hervor. Als sie die Nummer eintippte, kam ihr kurz die Formulierung *Provozieren einer strafbaren Handlung* in den Sinn. War das, was sie im Begriff war zu tun, illegal? Sie wusste es nicht, und als sie Lockleys Stimme am anderen Ende der Leitung hörte, merkte sie, dass es ihr auch völlig gleichgültig war.

»Sie sprechen mit Grant Lockley.« Und dann: »Ishbel, sind Sie es?«

Sie schluckte schwer. »Ja.«

Sie glaubte, hören zu können, wie er seine Faust in die Luft stieß. »Das ist ja fa-bel-haft. Ich bin so froh, dass Sie anrufen. Können wir reden?«

Ishbel nutzte die Tatsache, dass er sie nicht sehen konnte, und verdrehte die Augen. »Ja. Können Sie zu mir kommen?«

»Ich komme, wohin auch immer Sie wollen.«

Du übertreibst, Lockley, dachte sie. Du solltest besser vorsichtiger sein. Aber vielleicht hatte die erfolgreiche Manipulation von Jack Egan ihn ja unaufmerksam werden lassen.

»Sind Sie zu Hause?«, fragte er.

Ishbel blinzelte. Wenn jemand wusste, dass sie aus dem ehelichen Nest geflüchtet war, dann er. *Er will dich auf die Probe stellen. Sag's ihm nicht.* »Im Moment nicht.« Sie versuchte, heiter zu klingen. »Tatsächlich bin ich …« *Sag's einfach und lass es ganz normal klingen.* »Ich bin im Haus von Moira Summers.«

In der nachfolgenden Stille stellte sich Ishbel Lockleys verzerrten Gesichtsausdruck vor. »Haben Sie das nicht gewusst?«, fragte sie, ehe er antworten konnte. »Moira und ich, wir stehen in Kontakt.« Sie schloss die Augen, um festzustellen, ob sie dadurch leichter lügen könnte. »Schon seit einiger Zeit, um ehrlich zu sein. Sie hat … den ersten Schritt getan. Wir … sind dabei, Brücken zu bauen.« Bloß nicht zu viele Metaphern, ermahnte sie sich. Aber die beschönigenden Umschreibungen, so hoffte sie, würden verhindern, dass sie zu tief in den Sumpf der Unwahrheit watete.

»Ich hatte keine Ahnung«, sagte Lockley mit enttäuschter Stimme.

»Kein Mensch kann *alles* wissen, Mr Lockley.« Ishbel konnte sich die Spitze einfach nicht verkneifen. Dann fuhr sie fort: »Wie auch immer, jetzt wissen Sie es. Und nach unserem Treffen heute Nachmittag habe ich mich ein bisschen mit DI Birch unterhalten«, dieser Teil zumindest stimmte, »bevor ich mit Moira plauderte.« Das traf, streng genommen, ebenfalls zu – wenn man den kühlen Austausch einiger Worte denn so nennen wollte. Aber jetzt kam die dicke Lüge. »Und wir haben beschlossen, dass wir uns gerne … gemeinsam mit Ihnen unterhalten würden. Wir beide. Moira und ich im Gespräch, wie Sie es vorgeschlagen haben. Wir beide möchten«, Ishbel stockte, atmete tief durch, »Ihnen unsere Geschichten verkaufen.«

Wieder entstand eine lange Pause. Ein Schlurfen war zu hören: Lockley holte bestimmt schon seinen Mantel. »Mrs Summers ist jetzt bei Ihnen?«

Ishbel schloss die Augen und schickte ein stummes *Danke* gen Himmel. Er war drauf reingefallen. »Ja. Sie möchte nicht mit Ihnen am Telefon sprechen, aber sie ist hier. Können Sie gleich kommen?«

Stille in der Leitung. »Einen Moment noch«, sagte Lockley verunsichert.

Komm schon, du bist der Hai, und ich lege die Blutspur.

»Ich möchte nicht gesehen werden. Stehen Fotografen vor dem Haus? Wenn ich mich jetzt auf den Weg mache, möchte ich natürlich auch die Exklusiv-Rechte.«

Ishbel trat rasch ans Fenster und zog die Vorhänge wenige Zentimeter zur Seite. »Nein. Niemand da. Ich habe es schließlich auch geschafft, unbemerkt hierherzukommen. Ansonsten hätten Sie doch bestimmt einen Anruf von jemandem erhalten.« Ishbel fühlte sich überfordert. Konnte nicht mehr klar denken. Sie lauschte, während Lockley überlegte.

Nach ein paar Momenten hatte seine Neugier die Oberhand gewonnen. »Gut.«

Sie hörte, wie er einen Reißverschluss zuzog. »Und Sie kennen die Adresse?« *Natürlich weiß er die. Und noch viel mehr.*

»Ja.«

»Wunderbar«, sagte Ishbel. Ihr Herz trommelte wie heftiger Regen. »Dann sehen wir uns gleich?«

»Gewiss.« Lockley wollte noch etwas in seinem schmeichlerischen Ton hinzufügen, aber Ishbel hatte bereits aufgelegt.

Draußen hatte die Dämmerung eingesetzt. Ishbel ließ sich, noch im Mantel, auf Moiras Sofa sinken, bis ihr klar wurde, dass Lockley ihr Aufzug komisch vorkommen musste. Sie stand auf, zog den Mantel aus und versuchte, im Geiste durchzugehen, was sie ihm sagen, wie sie ihm die Information präsentieren wollte; versuchte vorwegzunehmen, wie er reagieren könnte. Aber immer wieder musste sie an Ryan Summers denken. Dies hier war nicht nur das Haus seiner Mutter, sondern auch seines gewesen. Er hatte hier gesessen, genau hier, auf diesem Sofa. Er hatte geplant, ihre Tochter zu töten, weil sie sich bei einem Tutor über ihn beschwert hatte.

Im stillen Halbdunkel stellte Ishbel sich vor, wie es zu der Tat gekommen war, welcher Gedanke sie ausgelöst haben könnte. *Das ist kaum nachzuvollziehen*, hatten ihr viele Leute seit dem Ereignis gesagt. *Seit Abigail nicht mehr am Leben ist* – sie zwang sich, die Worte zu denken, sie stumm auszusprechen. *Es ist kaum nachzuvollziehen*: Greg hatte das so ähnlich im Krankenhaus gesagt. Rehan hatte es zu ihr und zu Aidan gesagt, mehr als nur einmal. Pauline hatte es zu ihr am Telefon gesagt, und in den Nachrichten musste sie den Satz Hunderte von Malen gehört haben.

Jetzt aber stellte sie fest, dass es nachzuvollziehen war. Sie saß auf derselben Couch, auf der der Mörder ihrer Tochter gesessen hatte, und stellte ihn sich vor. Den einsamen Jungen – ein komischer junger Mann, von dem sich die Leute fernhielten, jedenfalls nach Abigails Tagebucheinträgen zu urteilen. Sein Dad, der vor nicht allzu langer Zeit gestorben war. Der Junge war traurig. Ishbel erinnerte sich nicht besonders gut an die Zeit, als sie zwanzig gewesen war, aber sie wusste noch, dass sie nicht gerade einfach gewesen war. Sie stellte sich vor, wie es war, wenn zu den normalen Schwierigkeiten noch Traurigkeit, Frustration und Einsamkeit hinzukamen. Und sie malte sich aus, wie es war, ein Mann zu sein – Aidan hatte ihr ständig gesagt, dass alles, insbesondere das Erwachsenwerden, für junge

Männer schwieriger sei. Baby hat's leicht, hatte er immer gemeint, wenn Abigail als Jugendliche wegen irgendetwas jammerte. *Aber das sieht sie natürlich nicht.*

Dann stellte sich Ishbel vor, wie dieser traurige, frustrierte, einsame junge Mann erfuhr, dass sich eine seiner Kommilitoninnen über ihn beschwert hatte, er würde *um sie herumschleichen*. Und das, obwohl Ryan Summers in Wirklichkeit nur versucht hatte, Abigail vor dem Einfluss von Jack Egan zu schützen. Hätten die Dinge nicht so geendet, wie sie geendet hatten, wäre Ishbel ihm womöglich dankbar.

Ich bring sie um, stellte sie sich seine Gedanken vor. *Ich könnte sie wirklich umbringen.* Und da war er: der Gedanke, der die Tat ausgelöst hatte. Auch Ishbel hatte so etwas bereits gedacht: viele Male und über alle möglichen Leute. Sogar über Abigail – regelmäßig. Und sie hatte es laut zu Aidan gesagt. Manchmal hatte sie sich selbst erschreckt, wie nahe dran sie gewesen war, die Worte auch so zu meinen. *Ich könnte sie umbringen. Ich könnte sie mit blanken Händen umbringen.*

Ishbel schüttelte den Kopf: Ihr Gesicht war feucht. Sie wischte sich mit dem Ärmel über die Augen.

Sie hörte, dass sich Moira und DI Birch über ihr leise unterhielten, verstand aber nicht, was sie sagten. Das Gefühl, einsam zu sein, legte sich auf sie, kalt wie Frost. Sie wollte die Treppe zu ihnen hinaufgehen, ihnen sagen, was sie dachte, und zuhören, was sie zu sagen hätten. *Ich sollte wütend sein. Ich sollte nicht versuchen, Ryan Summers zu verstehen, ich sollte einfach nur wütend auf ihn sein.* Aber alles, was sie empfand, war übermächtige Einsamkeit und das starke Verlangen, sich hinzulegen und zu schlafen.

Von draußen drang das Geräusch eines sich nähernden Autos zu ihr, und kurz darauf – nach einem Moment, in dem es still war und in dem sich Ishbel zu wappnen versuchte – ertönte ein Klopfen an der Tür. Die Stimmen oben verstummten.

»Kommen Sie nicht runter, DI Birch«, flüsterte Ishbel, stand auf und ging zur Tür. »Lassen Sie mir eine Minute Zeit mit ihm.«

Lockley stand vor dem Eingang. Sein kleines metallgraues Auto parkte halb auf dem Bürgersteig.

»Sie haben uns gefunden«, sagte Ishbel.

Er sah sie verdutzt an – als spürte er, dass sie ihn herausfordern wollte. »Ich glaube, alle kennen diese Adresse«, sagte er und betrat den Flur, ohne darauf zu warten, dass sie ihn hereinbat. »Das Haus ist seit einiger Zeit allabendlich in den Nachrichten.«

Sie machte einen Schritt zurück, und er ging an ihr vorbei ins Wohnzimmer. Sie folgte ihm und beobachtete, wie er sich umsah.

»Wo ist denn Moira … Mrs Summers?«

»Oben.« Ishbel machte ihm ein Zeichen, sich zu setzen. »Sie … sammelt sich gerade.« Keine Sprechpausen, bevor du lügst, dachte sie. Dadurch wurde die Lüge nur offensichtlicher. Aber Lockley ließ sich auf dem Sofa nieder, er gab sich offenbar mit der Erklärung zufrieden. »Ich gebe ihr Bescheid, dass Sie hier sind«, sagte Ishbel und ging in den Flur.

Unten an der Treppe lauschte sie kurz. Die beiden anderen Frauen taten offenbar das Gleiche, denn sie konnte keine Stimmen hören. Gut. Lockley sollte nicht wissen, dass auch Birch hier war. Ishbel umfasste das Treppengeländer und suchte nach dem richtigen Tonfall, mit dem sie nach Moira rufen wollte – einer Wildfremden, die sie eigentlich hassen müsste, die sie aber Lockley gegenüber schon fast als eine Freundin ausgegeben hatte. Plötzlich empfand sie ein solch starkes Déjà-vu-Gefühl, dass sie einen Augenblick wankte. Beinahe hätte sie den Namen ihrer Tochter gerufen.

»Moira?«, brachte sie endlich hervor, ihre Stimme ein Singsang. »Mr Lockley ist jetzt da.«

Sie wartete. DI Birch erschien oben an der Treppe mit verständnisloser Miene. Ishbel legte die Finger an die Lippen und sagte dann stumm: *Vertrauen Sie mir*. Birch schien noch immer Bedenken zu haben, aber sie nickte: einmal, zweimal. Hinter ihr erschien Moiras Gesicht.

»Da sind Sie ja«, sagte Ishbel laut und bedeutete ihr, oben auf der Treppe zu bleiben. Moira sah sie verwirrt an, tat aber wie geheißen. Dann zeigte Ishbel auf Birch: *Sie. Kommen Sie her*. Sie winkte sie zu sich, ehe sie die Finger wieder an die Lippen legte.

Birch ging langsam die Treppe hinunter. In ihrem Gesicht spiegelte sich Verwirrung.

»Das ist schon in Ordnung, Moira«, sagte Ishbel und bemühte sich, normal zu klingen. »Wenn Sie noch nicht so weit sind, bleiben Sie doch einfach noch ein bisschen oben. Kommen Sie runter, wenn es für Sie passt, okay?«

BI Birch war im Flur angelangt.

Ishbel warf einen Blick nach hinten zur Wohnzimmertür, die einen Spaltbreit offen stand, und wagte es, sehr leise zu flüstern: »Bleiben Sie hier, und hören Sie einfach zu.«

Birch schüttelte den Kopf. Sie wirkte total übermüdet.

Aber dann hob sie die Hand und spreizte alle Finger. *Fünf Minuten*, sagte sie stumm.

Ishbel ging ins Wohnzimmer zurück, ohne die Tür zu schließen. »Okay, Mr Lockley. Lassen Sie uns nicht lange drum herumreden. Sind Sie bereit zu hören, was ich Ihnen zu sagen habe?«

Lockley schaute überrascht. »Aber natürlich. Nur eine Sekunde noch.« Er kramte in der Tasche seines grauen Mantels und zog sein Handy hervor. Ishbel sah zu, wie er damit hantierte und es dann auf der Sofalehne drapierte.

Sie setzte sich ihm gegenüber in den Sessel. »Sie nehmen das hier auf?«

»Ich muss. Ist das in Ordnung für Sie?«

»Natürlich«, sagte Ishbel, »wenn es für Sie okay ist.«

»Warum sollte es das nicht sein? Ich zeichne solche Gespräche immer auf.« Mit zufriedenem Lächeln lehnte er sich auf dem Sofa zurück.

Er glaubt, er hat's geschafft. Er meint, endlich seine Story eingesackt zu haben. Dass Jack Egan nur eine Probe für das war, was seines Erachtens gleich kommt.

»Fangen Sie einfach an«, sagte Lockley. »Wenn Sie nichts dagegen haben, werde ich zwischendurch Fragen stellen.«

Ishbel lächelte. Wieder flackerte in ihrer Brust dieser helle, kleine Funken: *Das wird ein großer Spaß*. »Gut. Als Erstes würde ich gerne über Stuart Telford reden.«

»Wie bitte?«

»Erinnern Sie sich nicht?« Ishbel tat überrascht. »Als Sie mich anriefen und mich baten, an dieser … Story mitzuarbeiten, erwähnten Sie Stuart und Annie Telford. Das Ehepaar mit dem Altersheim.«

Lockley richtete sich ein wenig auf. »Warum wollen Sie darüber reden?«

Ishbel zuckte nur die Achseln. »Sie haben das Thema an jenem Tag aufgebracht. Wäre ich hysterisch veranlagt, könnte ich sogar glauben, Sie hätten mir gedroht. Es schien, als hätten Sie mich erpressen wollen, dass Sie, sollte ich nicht mit Ihnen reden, stattdessen ein Interview mit Stuart Telford machen würden. War es nicht so?«

Lockley lächelte gezwungen, auch wenn seine Augen kühl blieben. »Das ist nie meine Absicht gewesen, Ishbel. Ich war zu keinem Zeitpunkt mit den Telfords in Kontakt. Ich dachte nur einfach, Sie bräuchten einen kleinen Schubs, um sich mir zu öffnen. Wollen Sie mir das jetzt vorhalten?«

»Ich könnte Ihre journalistische Moral infrage stellen. Bestreiten Sie, dass Sie mir gedroht haben?«

Lockley lächelte weiter. »Ich finde es nicht ungewöhnlich, dass Menschen in meinem Metier ... an gewisse Grenzen gehen. Was aber nur ganz selten nötig ist.«

»Entschuldigen Sie sich dann wenigstens?«, fragte Ishbel in ruhigem, ja freundlichem Ton. »Worauf auch immer Sie es abgesehen haben, Sie haben mich angerufen, als Sie wussten, dass ich gerade meine Tochter durch einen furchtbaren Gewaltakt verloren hatte. Ich denke, eine Entschuldigung wäre angebracht.«

»Ishbel, es tut mir wirklich leid, dass Sie eine so schlechte Meinung von mir haben ...«

Ishbel stand rasch auf und schnitt ihm das Wort ab. »Dann lautet Ihre Antwort wohl nein«, sagte sie. »Okay.« Sie ging durchs Zimmer, vorbei an Lockley, zum Fenster und wandte ihm den Rücken zu. Einen Augenblick lang blieb sie dort stehen, dann streckte sie den Arm aus und zog den Vorhang etwas zur Seite, als wollte sie auf die Straße schauen. Aber stattdessen blickte sie verstohlen durch die leicht geöffnete Tür zu Birch, die immer noch im Schatten des Flurs stand. Ishbel hob die Brauen: *Und jetzt hören Sie gut zu.*

Sie drehte sich um. »Dann sagen Sie mir mal, woher Sie Ihre Informationen über die Telfords haben. Der Fall liegt doch schon etwas länger zurück.«

Erstmals in dem Gespräch schien sich Lockley unwohl in seiner Haut zu fühlen. »Ich verstehe nicht, warum das relevant sein soll. Vielleicht könnten wir lieber mit dem Frage-Antwort-Format beginnen.«

»In einer Minute«, sagte Ishbel. »Aber vorher würde ich wirklich gerne wissen, wo Sie von dem Fall Telford gehört haben.«

Lockley verlagerte ein wenig sein Gewicht. »Es ging durch die Medien«, sagte er. »Stuart Telford wurde vor Gericht gestellt und verurteilt. Stand in allen Zeitungen. Ich glaube, sogar ich habe damals ab und an darüber berichtet.«

»Natürlich.« Ishbel gestattete sich ein ziemlich hässliches Lächeln. »Wie dumm von mir. Trotzdem will es mir nicht einleuchten, wie Sie dahintergekommen sind, dass ich die federführende Gutachterin in dem Fall war. Meines Wissens wurden die Fallakten alle anonymisiert. Das war sogar eine Bedingung für meine Aussage bei Mr Telfords Prozess. Und genau deshalb hat mich das Ganze in den zehn Tagen seit unserem Telefonat so stark beschäftigt. Wenn Sie sich nicht mit den Telfords in Verbindung gesetzt haben, wie zum Teufel haben Sie es dann geschafft, dieser Spur, die es nie hätte geben dürfen, bis zu mir zu folgen?«

Lockley warf einen Blick auf das Handy neben sich, das noch immer aufnahm. »Es gibt Fragen, die sollte ich Ihnen besser unter vier Augen stellen, ohne Mrs Summers. Vielleicht könnten wir jetzt damit beginnen und später auf Ihre Frage zurückkommen?«

»Aber wollen Sie mich denn nicht von meinem Leid erlösen? Die Unwissenheit quält mich schon die ganze Zeit.«

»Zum Beispiel«, sagte Lockley und wischte ihre Worte mit knapper Handbewegung weg, »würde ich Ihnen gerne die Frage stellen, auf die absolut alle Leser eine Antwort haben wollen. Warum hat Ryan Summers es Ihrer Ansicht nach getan? Was hat ihn dazu gebracht, Ihre Tochter und all die anderen jungen Frauen auf solch unaussprechliche Weise zu ermorden?«

Ishbel klimperte mit den Wimpern. »Oh!« Sie hatte recht gehabt: *Ich habe wirklich großen Spaß.* »Ich weiß genau, warum. Abigail hat darüber in ihrem Tagebuch geschrieben. Wenn wir jetzt kurz, nur für eine Sekunde, noch mal auf meine Frage …?«

Lockley beugte sich auf dem Sofa vor. »Haben Sie eben gesagt, Sie wissen, warum Abigail getötet wurde?«

»Ja«, sagte Ishbel. Sie ging ein paar Schritte zurück und blieb vor Lockley stehen. »Aber ich werde es Ihnen erst verraten, wenn Sie mir meine Frage beantworten.«

Lockley lehnte sich wieder zurück, sichtlich genervt, dass sie stand und er saß. »Sie hatten ja recht … was mein Benehmen betrifft, als wir vor zehn Tagen am Telefon miteinander sprachen. Das war unprofessionell.« Wieder blickte er auf sein Handy, an dem das rote Lämpchen blinkte. »Ich habe Sie bedroht. Und … es tut mir leid. In Ordnung? Können wir jetzt weitermachen?«

Ishbel tat so, als wäre sie tief in Gedanken. »Nun gut, ich akzeptiere Ihre Entschuldigung – danke«, sagte sie endlich. Erst als sie sah, dass Lockley sich ein wenig entspannte, fügte sie hinzu: »Dennoch verlange ich von Ihnen, dass Sie mir erklären, wie Sie von meiner Verbindung zu den Telfords erfahren haben.«

Lockley blickte zu ihr auf, offenbar wusste er nicht, was er sagen sollte – was selten vorkam.

Sie konnte nicht umhin zu lächeln. »Ich werde nicht lockerlassen.«

Plötzlich stand Lockley auf, baute sich ganz nah vor ihr auf und zischte: »Was soll das heißen?«

Ishbel war bereit. Da war er – der große Moment. »Das heißt, dass ich Sie beschuldige, sich in meine private Korrespondenz gehackt zu haben. Sämtliche offiziellen Dokumente des Telford-Falls waren versiegelt, das war eine Bedingung des Prozesses. Ich habe darüber nachgedacht und heute Nachmittag ein paar Telefonate geführt. Und jetzt weiß ich, dass es nur eine Möglichkeit gibt, wie jemand in diesem Zusammenhang auf mich kommen konnte. Können Sie mir das erklären, Mr Lockley?« Sie wartete, hielt seinem Blick stand.

Lockley gab nach und sah zu Boden.

»Es geht nur, wenn man meine persönlichen E-Mails gelesen hat«, beendete sie den Satz. »E-Mails, in denen ich Freunden und meiner Schwiegermutter mein Herz ausgeschüttet habe. E-Mails, die absolut nicht für die Öffentlichkeit gedacht waren.«

Unvermittelt sah Lockley ihr wieder ins Gesicht.

»Das können Sie nicht beweisen«, herrschte er sie an. »Sie können nicht beweisen, dass ich Ihnen gegenüber Stuart Telford auch nur erwähnt habe. Wenn Sie das hier weiterverfolgen wollen, werde ich leugnen, den Namen zu kennen.« Sein schmales, blasses Gesicht hatte sich verfärbt: zwei scharlachrote Flecken waren über seinen Wangenknochen erschienen.

Ishbel behielt die Nerven. »Würden Sie es denn zugeben«, sagte sie, »wenn ich verspräche, Ihnen Abigails Tagebuch auszuhändigen?« Für einen größeren Effekt hielt sie inne. »Ich meine, nur … mir gegenüber. Es nur *mir gegenüber* zugeben?«

Lockley schwieg.

Ishbel spürte, dass er im Stillen mit sich rang. »Nur damit ich zur Ruhe komme«, sagte sie. »Ich war in letzter Zeit so angespannt wegen allem, was passiert ist. Wenn ich nur wüsste, dass ich damit, was ich herausgefunden habe, recht habe. Ich würde mich so viel besser fühlen.« Sie beobachtete ihn.

»Und«, fuhr sie fort, »denken Sie doch mal daran, was Sie mit dem Tagebuch anfangen könnten. Wenn ich Ihnen die Erlaubnis erteilte, Auszüge daraus zu zitieren, würde doch alle Welt endlich die Wahrheit erfahren. Ist es nicht das, was Sie wollen? Das sagen Sie doch immer. Dass Sie nur die Wahrheit ans Licht bringen wollen. Das ist Ihr Job, oder?«

Lockley hatte einen hochroten Kopf. Ihre Gesichter waren einander jetzt so nahe, dass Ishbel seinen Atem spürte, der stoßweise kam. Er roch merkwürdig: muffig und irgendwie medizinisch. Angst ließ sie innerlich erzittern – sie waren ungefähr gleich groß, aber er war drahtig und angespannt wie eine Sprungfeder. Wenn er beschloss, sie zu attackieren, müsste sie nach DI Birch rufen, und das Spiel, das sie gespielt hatte, wäre durchschaut. Sie zwang sich, ruhig zu wirken und seinen Blick zu erwidern. Der Kampf, den sie untereinander austrugen, ging weiter – und war dann entschieden.

»Na gut, einverstanden.« Es war kaum mehr als ein Flüstern, und Ishbel betete, dass DI Birch es hören konnte. »Ich gebe auf. Ja, ich habe Ihre E-Mails gelesen, okay? Aber ich habe nicht explizit nach Stuart Telfords Namen gesucht … sondern einfach nur nach etwas, mit dem ich Sie zum Reden bringen könnte. Hätten Sie es mir leichter gemacht, hätte ich Telford nie erwähnt. Aber Sie waren ja so schwierig.«

Ishbel schwieg. Es hatte funktioniert. Sie konnte es nicht fassen, dass es geklappt hatte. Ein warmes Gefühl durchströmte sie, und zum ersten Mal, seit sie an jenem fürchterlichen Tag aus dem Büro geflohen war, mit rasendem Herzen und dem Autoschlüssel in der Hand, hatte sie Lust zu lachen. Beherrsch dich, dachte sie, denn sie wusste, dass ihre Zeit mit Lockley auslief. *Mal sehen, was ich sonst noch aus ihm rausbekomme.*

»War das nicht ziemlich kompliziert?« Sie riss ungläubig die Augen auf. »Ich meine, sich in jemandes E-Mail-Konto zu hacken.«

Eine Ader pulsierte an Lockleys Hals. »Seien Sie nicht albern«, sagte er. »Das ist ein Kinderspiel, wenn man einmal kapiert hat, wie's funktioniert. Ich habe das schon unzählige Male gemacht.«

Ishbel nickte. »Sie haben auch Aidans Mails gelesen,

oder? Das ist nämlich die zweite Sache, die mich beschäftigt … dass Abigail wusste, dass Aidan eine Affäre hatte, und es vor mir geheim gehalten hat. Das hat mich eine Zeit lang echt erschüttert. So ein Verhalten sah ihr so gar nicht ähnlich. Und ich habe auch nichts darüber in ihrem Tagebuch gefunden. Aber dann … als Sie die Telfords erwähnten, habe ich gedacht: *Vielleicht hat er diese Information ja gar nicht von Jack Egan*. Das stimmt doch, oder? Jack hat Ihnen nicht gesagt, dass Aidan eine Affäre hat – weil er es gar nicht wusste. Genauso wenig wie Abigail. Sie haben die Information aus Aidans E-Mails, nicht wahr?«

Lockley streckte einen Arm aus und nahm sein Handy von der Sofalehne. Mit seinem Zeigefinger tippte er etwas, schaltete die Aufnahmefunktion aus und löschte schließlich die Datei.

»Okay«, sagte er, »ich hab's getan. Na, sind Sie jetzt zufrieden? Meiner Meinung nach sollten Sie es nicht sein. Weil nämlich nichts davon erfunden ist. Ihre Lage verbessert sich dadurch kein bisschen. Ihre Tochter hat tatsächlich im Three Rivers – und auch außerhalb davon – mit Drogen gedealt; das habe ich von Jack Egan, und glauben Sie mir, der Junge ist zu dumm zum Lügen. Ihr Ehemann hat wirklich eine Affäre, ganz gleich, wie ich dahintergekommen bin … mehr noch, er hat sie schon seit Jahren.« Er machte eine Pause, musterte Ishbel von oben bis unten; sein Atem ging schnell. »Und natürlich ändert das alles auch nichts an der Tatsache, dass Ihre Tochter tot ist – ermordet wurde. Ich frage Sie also, ist es wirklich wichtig, wie Informationen ans Licht kommen?«

Aus dem Augenwinkel sah Ishbel eine Bewegung. DI Birch hatte sich leise ins Zimmer gestohlen und beobachtete sie beide. Ishbel schaute wieder zu Lockley hin und lächelte. »Nein, für mich nicht.«

Sie sah, wie Lockley sich entspannte und wieder fünf, sechs Zentimeter zusammenzusacken schien. Seine leicht gebeugten Schultern verschwanden in seinem abgewetzten grauen Mantel.

»Gut«, sagte er. »Dann bin ich froh, dass ich Ihre Fragen beantworten konnte. Wollen wir dann da weitermachen, wo wir aufgehört haben? Ich würde gern mehr über dieses Tagebuch erfahren.«

»Darauf würde ich meinen Arsch wetten.«

Für den Bruchteil einer Sekunde war Lockley verwirrt. Hatte Ishbel eben etwas gesagt, ohne die Lippen zu bewegen? Dann wurde sein Gesicht weiß wie die Wand: Er hatte die Stimme wiedererkannt. Während er sich blitzschnell zu DI Birch umdrehte, ging diese mit drei langen Schritten auf ihn zu und umfasste sein Handgelenk.

»Grant Lockley«, sagte sie, »ich freue mich, Ihnen mitteilen zu dürfen, dass Sie verhaftet sind.«

Lockley stand der Mund offen. Ishbels Empfinden nach sah er aus wie ein Ertrinkender, der nach Luft schnappt, die ihn retten könnte, obwohl er sich im luftleeren Raum befindet.

»Sie sind nicht verpflichtet, sich zu äußern«, sagte DI Birch, »aber es könnte Ihrer Verteidigung schaden, wenn Sie auf meine Frage etwas verschweigen und sich später vor Gericht darauf berufen. Alles, was Sie sagen, kann gegen Sie verwendet werden.« Sie grinste Ishbel an, dann wandte sie sich wieder an Lockley. »Setzen Sie sich doch so lange, bis meine Kollegen eintreffen.«

Lockley entriss seinen Arm Birchs Griff. Endlich hatte

er die Sprache wiedergefunden. »Sie dürfen mich nicht festnehmen! Was habe ich denn verbrochen?«

Birch verdrehte die Augen. »Sie haben gerade eben gestanden, dass Sie sich illegal vertrauliche Informationen beschafft haben.«

Lockley lachte verkrampft. »Ach ja? Und wie wollen Sie das beweisen!«

Birch sah Ishbel an, und Lockley folgte ihrem Blick. Ishbel gestattete sich ein siegesgewisses Lächeln und zog dabei *ihr* Mobiltelefon aus der Brusttasche ihres Jacketts.

Lockley hob die Hände. »Das ist eine Provokation einer Straftat, Birch. Scheiße, ich sorge dafür, dass Sie deswegen vom Dienst suspendiert werden.«

»Ach, halten Sie doch ausnahmsweise mal den Mund.« Ishbel hörte die eigene Stimme, die Kraft darin – und war schockiert. »Setzen Sie sich, wie DI Birch Sie gebeten hat, und hören Sie auf mit Ihren leeren Drohungen. Es handelt sich hier keinesfalls um die Provokation einer Straftat. Sie haben nämlich gleich zu Beginn unseres Gesprächs zugestimmt, dass Ihre Aussage aufgenommen wird.«

»Das habe ich nicht!«

Ishbel fühlte sich seltsam ruhig, auch wenn ihr Herz raste. »Haben Sie doch. Erinnern Sie sich? Ich sagte: *Für mich ist das in Ordnung, wenn es für Sie okay ist.* Und Sie sagten, dass Sie nichts dagegen hätten. Als ich die Gelegenheit dazu bekam, bin ich aufgestanden, zum Fenster gegangen«, Ishbel zeigte in die entsprechende Richtung, als könnte Lockley sich nicht mehr daran erinnern, »und habe die Aufnahme gestartet.«

Lockley öffnete den Mund und neigte sich leicht Ishbel entgegen, als hätte er vor, ihr zu widersprechen. Doch dann kam ihm offenbar ein anderer Gedanke, und er schwieg. In der Stille, die folgte, ließ er sich aufs Sofa sinken.

»So ist gut«, sagte Birch, immer noch grinsend.

Lockley sah wütend zu ihr hoch. »Ich werde gegen Sie vorgehen, Birch«, herrschte er sie an. »Das werden Sie mir nicht anhängen.«

Ishbel beobachtete Birch; sie strahlte. Ein Teil der Erschöpfung und der Sorge, die zuvor da gewesen waren, war von ihr abgefallen.

»Würden Sie darauf wetten, Grant?«

»Kein Kommentar.«

Birch warf Ishbel einen Blick zu, die ihr Lächeln erwiderte: müde, aber aufrichtig. »Das dachte ich mir«, sagte Birch.

In der Ecke des Zimmers ging eine Tür auf, und Moira Summers kam zögernd herein, fast so, als wollte sie nicht gesehen werden. Sie sah auf Lockley hinunter, der da auf ihrem Sofa saß – erst überrascht und gleich darauf, als wäre er eine schleimige, wirbellose Kreatur, die aus dem Schmutz draußen in ihr Haus gekrochen war.

»Moira«, sagte Birch mit einer feierlichen Miene wie an Heiligabend, »könnten Sie bitte Ihren Panikknopf für mich drücken und die Kavallerie rufen?«

8. Juni, 21:00 Uhr

Birch stand vor Moiras Haustür und schaute zu, wie Lockley durch die Gartenpforte geführt und auf den Rücksitz eines Streifenwagens verfrachtet wurde. Die Szene kam ihr vor wie ein Film, den sie im Geiste schon so oft gesehen hatte. Lockley in Handschellen, auf dem Weg zu einer angemessenen Bestrafung für die Verletzungen, die er so vielen Menschen zugefügt hatte. Natürlich war noch eine Menge Arbeit nötig, dass das auch wirklich geschah. Doch zu sehen, wie er sich auf den Rücksitz des Polizeiautos zwängte, löste in ihr ein tiefes, warmes Gefühl der Ruhe aus. Einen Moment lang stand sie allein vor der Tür: Um sie herum setzte die sommerliche Dämmerung ein, und hinter den Häuserdächern von Moiras Straße drangen die Geräusche des Stadtverkehrs zu ihr, irgendwo in der Ferne kreischte eine Sirene, alles war wie immer. Moira hatte die Außenbeleuchtung eingeschaltet. In ihrem Licht tanzten kleine Motten und Mücken wie Staubpartikel. Plötzlich spürte Birch die Anwesenheit ihrer Mutter in Form einer warmen Luftsäule neben sich. Das Gefühl war so echt, dass sie beinahe laut mit ihr gesprochen hätte. Dann kamen zwei uniformierte Kollegen die Auffahrt entlang auf sie zu, und sie sprach die Worte nur stumm aus: *Es ist vorbei, Mum. Er kann uns nicht mehr wehtun.*

»Ma'am?« Einer der Uniformierten stand vor ihr.

Birch zuckte kurz zusammen, dann war der Bann gebrochen.

McLeod war am Telefon. »Sie haben meinen Abend gerettet, Helen.«

Sie stutzte. Sie hatte ihm nur einige Einzelheiten mitgeteilt, die unverfänglich waren, trotzdem klang er hocherfreut. »Gratulieren Sie mir noch nicht, Sir. Lockleys Anwalt wird sich auf die Art und Weise stürzen, wie wir das Geständnis bekommen haben.«

McLeod war unbeeindruckt. »Und wenn schon. Wichtig ist nur, dass wir daraus einen Fall konstruieren können. Ich wette mein letztes Pfund, dass er, wenn er die E-Mail-Accounts der Familie Hodgekiss gehackt hat, das auch mit denen der anderen Familien getan hat. Und ich bezweifle auch, dass zu seinen letzten Neujahrsvorsätzen gehörte: *Lerne, wie man sich unerlaubt Informationen beschafft.* Das dürfte er schon seit Ewigkeiten praktizieren.«

Birch holte tief Luft. »Bevor Sie feiern, Sir, sollten Sie vielleicht auch wissen, dass Lockley noch mindestens eine für uns gefährliche Story auf Lager hat.«

McLeod schnaubte laut in Birchs Ohr. »Ich nehme an, Sie meinen Lockleys Video, das zeigt, wie Sie einen friedlichen Demonstranten festnehmen und sich dann mit einer Kollegin abklatschen?«

Birch schloss die Augen und bereitete sich auf eine Rüge vor. »Ja, Sir«, sagte sie. Und dann: »Sie wissen schon davon?«

McLeod lachte freudlos. »Natürlich. Ihre junge Zechkumpanin, Ms Kato, ist heute Nachmittag völlig aufgeregt zu mir gekommen und hat mir alles erzählt. Nicht Ihre beste Leistung, Birch, das muss ich schon sagen.«

Birch seufzte. »Dessen bin ich mir bewusst, Sir. Und es tut mir auch sehr leid. Ich weiß nicht, was in dem Moment über mich gekommen ist.«

»Ich aber. Grant Lockley ist über Sie gekommen. Diese Ermittlung war nicht leicht für Sie, Birch – ich verstehe das durchaus.«

Er hat recht. Verdammt.

»Und deshalb haben Sie beschlossen, Ihr eigenes kleines Treffen im Haus von Moira Summers zu veranstalten? Ich kann Ihnen versichern, dass die Opferschutzbeamten keine großen Fans von dieser Entscheidung sind … vor allem Reh Ibrahiim.«

Birch hielt die Augen noch immer geschlossen. Sie war froh, dass McLeod nicht sah, wie sie zusammenzuckte.

»Und nur damit das klar ist, ich bin auch kein großer Fan davon, dass Sie alles auf eigene Faust regeln wollen.«

»Sir …«

»Wie auch immer.« Er klang ein wenig so, als müsste er sich das Lachen verkneifen. Zweifellos schien er seinen Spaß zu haben. »Ins Unreine gesprochen: Ich bin ziemlich angenehm überrascht, dass Sie das Regelbuch aus dem Fenster geworfen und Gefallen an der Polizeiarbeit der alten Schule gefunden haben. Das sieht Ihnen zwar nicht ähnlich, aber es macht mir Freude. Als Nächstes verprügeln Sie wahrscheinlich noch böse Männer in dunklen Gassen.«

»Sir, bitte machen Sie keine Witze darüber. Ich stehe vor einer möglichen Anhörung wegen Fehlverhaltens im Dienst, und zwar zu Recht.«

Wieder schnaubte McLeod in den Hörer. »Sie sind eine gute Beamtin, Helen. Und Sie haben heute alles richtig gemacht – jedenfalls, was das Ergebnis betrifft. Keine Sorge, es wird schon gut gehen.«

Birch verzog das Gesicht. Sie überlegte kurz, was Anjan wohl von der ganzen Sache hielt. Ihr Herzschlag beschleunigte sich, wenn auch nur ein wenig.

»Ich habe beschlossen«, sagte McLeod jetzt, »dass es wichtig ist, dass Sie Teil meiner Truppe sind.«

Birch sackte noch mehr in sich zusammen. *Er will das alles vertuschen. Er wird versuchen, das alles unter den Tisch zu kehren.* »Sir, ich glaube wirklich nicht, dass …« Müdigkeit stieg in ihr auf wie das Meer bei Flut: Jeden Augenblick der vergangenen dreieinhalb Wochen spürte sie in den Knochen, als hätte sich ihr Gewicht ganz plötzlich auf ihre Schultern gelegt.

»Stopp, Helen«, sagte McLeod. »Ich rate Ihnen ausdrücklich, ausnahmsweise einmal nicht zu widersprechen.«

Er will es so. Und am Ende schulde ich ihm einen Riesengefallen, sodass er sich mir gegenüber ewig aufspielen kann. »Sir …«

»Überlassen Sie alles mir«, sagte McLeod. »Und machen Sie sich keine Sorgen.«

»Ich habe viel darüber nachgedacht«, sagte Moira Summers. Ishbel saß ihr gegenüber auf dem Sofa, auf dem Lockley gesessen hatte, bis DI Birch ihn aus dem Haus geführt hatte. Ein junger uniformierter Beamter war ins Zimmer gekommen, und Moira hatte ihn gebeten, ihnen beiden einen Tee zu kochen. Er hatte sich wortlos gefügt, und erst, als er in der Küche hantierte, war Ishbel klar geworden, wie merkwürdig die ganze Situation war. Sie hatte leise gelacht und sich selbst mit der Reaktion überrascht.

Jetzt saßen sie und Moira mit dampfenden Bechern auf den Knien da. Der junge Polizist hatte sich in den Flur zurückgezogen, DI Birch telefonierte im Vorgarten. Sie hörten ihre Stimme vor dem Fenster.

»Ich hatte mir überlegt, was ich sagen könnte«, fuhr Moira fort, »zu Ihnen oder zu einem der anderen … Angehörigen. Ich dachte, es gäbe so viele Dinge. Aber jetzt … fällt mir nichts ein. Außer Ihnen noch einmal zu versichern, wie leid es mir tut. Aber das genügt nicht, oder?«

Ishbel trank einen Schluck von ihrem Tee. Beide Frauen schwiegen.

»Ich weiß, was Sie meinen«, sagte Ishbel schließlich, »jedenfalls ungefähr. Ich habe auch daran gedacht, mich mit Ihnen zu treffen. Und ich habe überlegt, wie es wäre, mich mit Ihrem Sohn zu treffen, auch wenn das natürlich unmöglich ist. Ich habe über alles nachgedacht, was ich sagen könnte – und angenommen, ich würde so wütend sein, dass ich auf Sie losgehen würde. Aber jetzt finde ich es nur komisch, hier zu sitzen. Seltsam. Ich fühle mich überhaupt nicht so wie gedacht.«

Aus dem Garten hörten sie DI Birch sagen: *Sir, ich glaube wirklich nicht, dass …*

Moira runzelte die Stirn. »Hoffentlich macht man ihr jetzt nicht zu viele Probleme.«

Ishbel nickte. DI Birch schien aufgeregt zu sein. Wahrscheinlich sollten sie nicht lauschen.

»Sie …« Ishbel hatte das Wort ausgesprochen, bevor ihr klar war, was sie sagen sollte, »Sie haben keine weiteren Kinder?«

Moira stutzte. Etwas huschte über ihr Gesicht – ein Ausdruck, den Ishbel nicht genau deuten konnte. »Nein.« Fast ein Flüstern. »Lange glaubten wir, wir könnten es nicht … Kinder bekommen, meine ich. Überhaupt nicht. Aber dann ist es einfach passiert.«

Ishbel schwieg und überlegte, wie der vergangene Monat wohl ausgesehen hätte, hätte sie sich um ein weiteres Kind kümmern müssen – einen Bruder oder eine Schwester von Abigail. Aber nach der Geburt ihrer Tochter war sie so erpicht darauf gewesen, in den Beruf zurückzukehren, den sie damals so liebte und später hasste, dass es sich einfach nie ergeben hatte. Hätte er oder sie ihnen im vergangenen Monat geholfen, das Geschwister? Oder hätte Ishbel auch dieses Kind vernachlässigt, um den ganzen Tag auf dem harten Bett im Gästezimmer schlafen zu können? War es besser, einfach allein zu sein, ganz allein? Sie wollte die Frage Moira Summers stellen, wusste aber nicht, ob sie das durfte.

Um sie herum brach der Abend an: Dielenbretter knarrten, weil sie abkühlten. Aus der Küche drang das Summen des Kühlschranks.

»Er hat mich gewarnt«, sagte Moira in die Stille hinein. »Am Abend vor dem Amoklauf. Wir haben geredet, und … ich habe Ihnen ja schon gesagt, dass ich es gewusst habe, aber das habe ich eigentlich nicht, jedenfalls nicht wirklich. Ich wusste nicht, wovon er sprach. Er hat es mir nicht verraten. Aber er sagte einige Dinge, mit denen … jetzt, wo ich darüber nachdenke … er mir meinem Erachten nach etwas mitteilen wollte. Jedenfalls möchte ich glauben, dass er hoffte, ich würde ihn davon abbringen. Aber ich war zu dumm, um das zu begreifen.«

Ishbel blickte auf. Tränen glitzerten auf Moiras Wangen.

»Es tut mir so leid«, sagte Moira noch einmal. »Es tut mir so leid, dass ich Ihre Tochter nicht retten konnte.«

Ishbel senkte den Blick. Im dunklen Tee in ihrem Becher spiegelte sich das unstete Abbild ihres blassen Gesichts. *In diesem Moment hast du die Wahl. Du kannst die Entschuldigung annehmen oder nicht. Dein Leben weiterleben oder nicht.* Sie dachte daran, was Aidan tun würde, wäre er hier – vermutlich etwas Hässliches. Dann, wie aus dem Nichts, stellte sie sich die Frage, wie Greg sich wohl verhalten würde – was er ihr raten würde. Und auf einmal hatte Ishbel das Gefühl, aus einem langen Schlaf zu erwachen. Ja, sie *konnte* wählen. Sie sah Moira an, deren Kopf auf die Brust gefallen war, und erwog ihre Optionen.

»Ich habe geglaubt«, sagte Ishbel bedächtig, »ich könnte sie retten. An jenem Morgen, als ich hörte, was passiert war. Ich dachte, wenn ich nur schnell genug fahre, einfach nur schnell genug bei ihr bin, würde ich sie retten können.«

Moira blickte verwundert hoch und hörte zu weinen auf.

»Aber jetzt«, sagte Ishbel, »weiß ich, dass sie bereits verloren war, bevor ich in meinem Auto saß. Ich hatte sie schon lange verloren.«

Wieder Stille. Draußen beendete DI Birch ihr Telefongespräch.

»Abigail hat ihn geärgert, wissen Sie. Sie waren zusammen in der Studentenvereinigung, und …« Auch Ishbel hatte zu weinen begonnen, sie nuschelte. »Sie hatte diesen furchtbaren Freund. Jack Egan, vielleicht haben Sie sein

Bild in den Zeitungen gesehen. Er hat seine Geschichte an Lockley verkauft, hat ihm gesagt, sie hätten zusammen mit Drogen gehandelt – er hat meine Abigail erst mit Drogen bekannt gemacht. Ich habe nichts davon gewusst. Und mitten in alldem hat Ihr … Ryan …« Ishbel hielt inne. Seinen Namen vor seiner Mutter auszusprechen war seltsam, als würde sie zum ersten Mal begreifen, dass er zu einem echten Menschen gehörte – nicht nur zu einem dunklen Schatten oder zu einer bösen Tat, die niemals rückgängig gemacht werden konnte.

»Ryan wollte ihr helfen«, sagte Ishbel mit tränenerstickter Stimme. »Er hat versucht, ihr klarzumachen, dass Jack nicht gut für sie ist. Aber sie hat nicht auf ihn gehört. Sie hat ihn bei einem Dozenten angeschwärzt – hat behauptet, Ryan Summers würde um sie herumschleichen, sie bedrängen. Das hat ihn wahrscheinlich so wütend gemacht, dass er …« Sie konnte den Satz nicht zu Ende bringen, und Moiras Miene nach zu urteilen, wollte die ihn auch nicht hören.

Moira erwiderte nichts. Sie blieb stumm sitzen, als dächte sie genau nach. Ishbel beobachtete ihr Gesicht: eine weiße Maske der Müdigkeit. »Ich glaube«, sagte sie schließlich, »dass das nicht der Grund gewesen ist. Besser gesagt: Es war nicht der *einzige* Grund. Das erklärt nicht, dass …« Sie stockte, setzte aber wieder an. »Es erklärt nicht all die anderen jungen Frauen. Ich habe einiges im Internet gelesen, diese Theorien von Leuten über … Auch von der Männerrechtsbewegung. Ich habe keine Ahnung mehr, was wahr ist, und das ist ein höchst frustrierendes Gefühl. Aber … so wie Sie das erklären, ist es …« Einen Augenblick lang schien es so, als wollte Moira nichts mehr sagen. Aber dann fuhr sie behutsam fort. »Ich komme mir vor, als tastete ich mich durch diese schreckliche Dunkelheit. Ich bin auf der Suche nach einem Hebel, irgendeinem Schalter – etwas, das alles in helles Licht tauchen und dafür sorgen wird, dass es wieder in Ordnung kommt. Wenn ich nur den Schalter fände, würde ich in einem hell erleuchteten Zimmer stehen, und auf dem Boden würde der Grund geschrieben sein. Der Grund, weshalb mein Sohn …« Moira schluckte schwer. »Weshalb mein Sohn diese dreizehn Frauen getötet hat. Die Dunkelheit um mich herum ist diese Frage nach dem Warum. Und der Lichtschalter würde mir die Antwort geben – eine Antwort, von der ich weiß, dass sie wahr ist. Aber ich glaube nicht, dass ich den Schalter je finden werde. Ich werde wohl für den Rest meines Lebens in dieser Dunkelheit gefangen sein.«

Ishbel nickte bedächtig.

»Aber indem Sie mit mir reden«, sagte Moira, »fühlt sich die Dunkelheit nicht mehr ganz so undurchdringlich an wie eben noch.«

Einen Moment lang sahen sich die beiden Frauen an. Sie hatten einen Draht zueinander gefunden.

»Also … danke«, sagte Moira.

Ishbel bemühte sich zu lächeln – und stellte fest, dass es ihr leichter fiel als erwartet. »Gern geschehen«, sagte sie.

Moira sank in den Stuhl zurück. Dann waren Schritte zu hören, und DI Birch trat wieder ins Zimmer.

»Ich muss mich bei Ihnen beiden entschuldigen.« Birch tat der Hals weh. Ihr war heiß. Hoffentlich kriege ich keine

Erkältung, dachte sie und versuchte dann zu verdrängen, womit sie sich in der nahen Zukunft befassen musste. Mit George Gulbraith, dem Fall Lockley, dem endlosen Papierkram wegen der Three-Rivers-Sache. Mit Anhörungen wegen Fehlverhaltens. Wahrscheinlich käme auch eine öffentliche Untersuchung auf sie zu. Ihr wurde schon schwindlig, wenn sie nur daran dachte.

Sie versuchte, sich wieder auf das Hier und Jetzt zu konzentrieren. Ishbel saß auf dem Sofa neben ihr. Moira im Sessel gegenüber. Sie hatten miteinander geredet, auch wenn Birch sich nicht vorstellen konnte, was sie einander gesagt haben könnten, während sie telefoniert hatte.

»Ich muss mich entschuldigen«, wiederholte sie, »weil ich mich heute Abend nicht richtig verhalten habe. Ich hätte für Ihr Gespräch einen Mediator organisieren müssen.«

Moira blickte Ishbel an, und als sie sah, dass sie die Aufmerksamkeit der anderen Frau gewonnen hatte, schüttelte sie leicht den Kopf. Ishbel lächelte.

»Sie müssen sich nicht entschuldigen, DI Birch«, sagte Ishbel. »Ich habe Sie mit dem Video erpresst, damit Sie mit mir herkommen. Aber ich bin froh, dass ich es getan habe, und würde es noch einmal tun. Und das werde ich vor jedem Disziplinarausschuss sagen, vor dem Sie sich verantworten müssen.«

Birch errötete. »Das ist zwar sehr freundlich, aber vermutlich nicht ganz angemessen.«

Ishbel blickte auf ihren Tee. Er war kalt geworden, aber sie hielt die Tasse immer noch in den Händen. »Ich hatte es nicht wirklich geplant«, sagte sie, als spräche sie zu sich,

»aber immer wieder mal daran gedacht. An das, was er – Lockley – über die Telfords gesagt hat. Ich konnte es einfach nicht vergessen. Der Gedanke war immer wieder plötzlich da, obwohl ich nicht über ihn nachdenken wollte. Er hat so viel kaputtgemacht. Lockley, meine ich.«

Birch nickte.

»Ohne ihn«, fuhr Ishbel fort, »hätte ich nie erfahren, dass Abigail mit Drogen zu tun hatte. Ich hätte nie gewusst, dass sie mit diesem Jungen eine Beziehung hatte. Ich hätte mich so an sie erinnern können, wie sie in meinen Augen gewesen ist, wie ich sie kannte. Wenn ich jetzt an sie denke, denke ich zuerst an das andere.«

Birch legte Ishbel die Hand auf den Arm. »Das wird sich ändern. Im Moment haben Sie das Gefühl, dass Sie immer auf sie wütend sein werden wegen dieser Dinge, die aus Schwäche geboren, falsch oder kriminell waren. Aber diese Wut wird nachlassen. Das verspreche ich Ihnen.« Birch machte eine Pause, holte Luft und fügte dann hinzu: »So war es jedenfalls bei mir.«

Beide Frauen sahen sie an. Moira hatte den Kopf schräg gelegt, als lauschte sie auf ein sehr leises, weit entferntes Geräusch.

»Was meinen Sie damit?«, fragte Ishbel.

Birch atmete tief durch. »Mein kleiner Bruder war Charlie Birch.« Sie wartete auf eine Reaktion. Ishbels Miene verriet ihr, dass sie von Charlie gehört hatte, aber Moira runzelte nur fragend die Stirn.

»Ein großer Vermissten-Fall«, sagte Birch. »Vor dreizehn Jahren ist mein Bruder spurlos verschwunden, es stand in allen Zeitungen.« Sie wartete, ob Moira sich jetzt auch erinnerte.

»Vor dreizehn Jahren«, sagte sie langsam, »war Ryan sieben. Ich weiß nicht mehr viel aus dieser Zeit. Jackie hatte immer viel zu tun im Beruf, und ich ging damals ganz in meiner Mutterrolle auf.«

»Charlie war spurlos verschwunden, und zunächst wurde nach ihm nur wie nach jedem beliebigen vermissten jungen Mann gesucht. Er war zwanzig.« Birch hielt kurz inne und entschied dann zu sagen, was sie dachte – was sie immer wieder in den letzten dreieinhalb Wochen gedacht hatte. »Er war in Ryans Alter.«

Die beiden Frauen nickten, als würde es ihnen helfen, das Ganze besser zu verstehen.

»Dann«, Birch streckte ihren Rücken durch, »begannen diese Gerüchte zu kursieren. Ich war noch nicht bei der Polizei, deshalb waren wir nur *die Angehörigen*. Damals gab es noch keine Opferschutzbeamten, und wir wurden nicht besonders gut auf dem Laufenden gehalten. Aber wir erfuhren, dass irgendwelche Exhäftlinge über Charlie geplaudert hatten. Dass er in irgendwelche … illegale Aktivitäten involviert sein sollte.« Birch erinnerte sich, runzelte die Stirn.

»Irgendwann«, fuhr sie fort, »hat sich Lockley hinter den Fall geklemmt. Damals war er noch ein junger Reporter, ein Volontär. Aber aus irgendeinem Grund glaubte er, Charlie habe Dreck am Stecken. Er fing an, Schmutz über ihn auszugraben, von dem weder ich noch meine Mutter etwas wussten. Er heuerte einen Privatdetektiv an und förderte all diese belastenden Informationen zutage, anscheinend aus dem Nichts.«

Ishbel hob die Brauen.

Birch nickte. »Ich schätze, jetzt wissen wir möglicherweise, wie ihm das gelungen ist. Jedenfalls stellte sich heraus, dass sich Charlie mit ein paar richtig schweren Jungs eingelassen hatte. Im Grunde waren es Verbrecher, auch wenn ich dieses Wort hasse. Und dann kam mein Bruder – das ist jedenfalls meine Theorie – da nicht mehr heraus. Er schuldete Leuten Geld, Gefälligkeiten oder was auch immer und konnte sie nicht bezahlen oder wiedergutmachen. Und dann ist er verschwunden, besser gesagt: Man hat ihn verschwinden lassen. Lockley hat damals ein paar wirklich furchtbare Artikel über all diese Theorien geschrieben, die im Umlauf waren. Er brachte Charlie mit jedem erdenklichen ungelösten Verbrechen in Verbindung. Er machte aus meinem vermissten Bruder einen von der Polizei gesuchten Mann. Es hätte meine Mutter fast umgebracht.«

Alle drei Frauen waren einen Moment lang still.

»Ich erinnere mich noch gut«, sagte Ishbel. »Ich habe ein paar von den Veröffentlichungen gelesen. Auch von Bandenkriminalität war die Rede, oder?«

Birch nickte; ihr Mund verzog sich zu einem dünnen Strich. »Einige Indizien wiesen auf eine Verbindung zum organisierten Verbrechen in Glasgow hin, ja. Wie Sie sich vorstellen können, war das ein gefundenes Fressen für Lockley.«

Moiras Augen waren weit aufgerissen. »Was ist dann passiert? Haben Sie Ihren Bruder je gefunden?«

Birch schüttelte den Kopf. »Die Spur verlief sich, und ich ging zur Polizei, weil ich nach meinem kleinen Bruder suchen wollte. Hätte ich ihn gefunden, hätte ich ihn möglicherweise am Ende hinter Gitter bringen oder, schlimmer noch, begraben müssen. Jetzt, nach dreizehn Jahren, ist er immer noch verschollen. Und es sieht alles danach aus, als bliebe es auch so.«

Moira war entsetzt. »Und Ihre Mutter?«

Birchs Augen brannten. »Sie ist gestorben. An Krebs. Im letzten Jahr.«

»Das tut mir leid«, sagte Moira leise.

Birch wandte sich wieder Ishbel zu. »Was ich damit verdeutlichen wollte«, sagte sie und versuchte, heiter zu klingen, »eine Zeit lang sind mir, wenn ich an Charlie dachte, auch nur diese Anschuldigungen durch den Kopf gegangen. Ich konnte nur daran denken, was er möglicherweise getan hatte oder wessen er beschuldigt wurde. Aber in letzter Zeit erinnere ich mich an Sachen wie …« Birch musste lachen. »Erst kürzlich habe ich an die Currys gedacht, die Charlie immer gekocht hat. Er liebte Sternanis … Sie wissen schon, das Gewürz. Für seine Currys hat er so viel davon verwendet, dass sie fast ungenießbar waren. Ich habe den Geruch erst letztens gerochen und dann an ihn gedacht. Die guten Erinnerungen kommen tatsächlich zurück.«

Moira schaute zweifelnd drein.

Birch nickte ihr zu. »Vielleicht wird es eine Weile dauern, aber ich glaube wirklich, dass es so ist.«

Ishbel ging zum großen schwarzen Mondeo von Birch und ließ sich auf den Beifahrersitz fallen. Es wurde dunkel, Regen hatte eingesetzt. In der Ferne hörte sie das Geräusch von Autos, die auf glatten, nassen Straßen fuhren. Das Licht der Außenleuchte brach sich auf der regennassen Fassade von Moiras Haus. Aus der offenen Haustür fiel ein langer orangefarbener Lichtstrahl auf den glänzenden

Gartenweg. DI Birch stand in dem Lichtstreifen, ihr schien kalt zu sein, und sie sagte etwas zu Moira, das sie nicht hören konnte.

Während sie wartete, erinnerte sie sich, wie Aidan sich bei der Mahnwache vom Podium abgewandt und Nettas Hand ergriffen hatte. Wieder und wieder lief die Sequenz in ihren Gedanken ab, als würden die einzelnen Bilder auf die schlierige Windschutzscheibe projiziert. Doch jedes Betrachten tat weniger weh. Natürlich hatte er eine Geliebte: Es war so offensichtlich, dass sie sich fragte, wieso ihr das nicht schon lange klar gewesen war. Die Gründe, warum sie sich darüber aufregte, so wurde Ishbel bewusst, hatten nichts mit ihrer Liebe zu Aidan zu tun. Sie hatte schon vor langer Zeit aufgehört, ihn zu lieben. Vielmehr damit, dass er die Affäre geheim gehalten hatte und sie derart lange weiter in dem erstickenden Kokon ihrer Ehe gelebt hatten. Es hatte so viele Worte der Wut gegeben, wegen nichts. Wenn sie sich getrennt hätten, wäre Abigail dann vielleicht noch am Leben? Ishbel hätte in den Westen der Stadt ziehen und Abigail mitnehmen können, sodass sie ein anderes College besucht hätte – dann wäre sie an jenem Tag im Mai zwar schockiert und blass nach Hause gekommen, aber ihr wäre nichts geschehen. Die Vorstellung tat so weh, dass sie kaum zu ertragen war – neben ihr verblasste der Schmerz wegen Netta, der Schmerz wegen Aidans langer und sinnloser Lüge. *Denk an etwas anderes. Irgendetwas.*

DI Birchs Worte gingen ihr ungebeten durch den Kopf: *Die guten Erinnerungen kommen tatsächlich zurück.* Sie versuchte, eine schöne Erinnerung an Abigail heraufzubeschwören, aber das war schwierig: Sie wollte sich nicht an etwas erinnern, das auch Aidan beinhaltete. Am Ende kam sie einmal mehr auf den Tag zurück, an dem sie mit Abigail das Kleid für den Abschlussball gekauft hatte. Zwar konnte sie sich nicht genau an alles erinnern – wichtige Einzelheiten waren bereits aus ihrem Gedächtnis getilgt –, doch der Stolz, den sie an diesem Tag empfunden hatte, einem Meilenstein in Abigails Leben, war wieder da. Abigail war offiziell erwachsen, mit ihren eigenen Gedanken und Geheimnissen und Verletzungen und Freunden. Ishbel hatte dafür gesorgt, dass sie an dem Tag viele Erwachsenendinge taten: Sie frühstückten ausgiebig, bevor sie zu dem Geschäft gingen, und nahmen den kostenlosen Sekt in dem riesigen Ankleideraum gerne an. Sie war so zufrieden gewesen, hatte gedacht, dass dieser Meilenstein nur einer von vielen sein und in eine Zukunft führen würde, die sie, Ishbel, irgendwann nicht mehr beinhaltete. Eine Zukunft, in die Abigail allein gehen würde, erwachsen und selbst alternd. Ishbel erinnerte sich – als sich Abigail an jenem Tag in jenem Ankleideraum in dem Kleid drehte –, sich ausgemalt zu haben, dass sie eines Tages in das Geschäft zurückkehren würden, um ein Hochzeitskleid zu kaufen. Und dass später dann das Brautkleid vielleicht von Abigails eigener Tochter getragen würde, während sie, Ishbel, sie stolz betrachtete, auch wenn sie gebeugt und alt wäre. Sie hatte kein einziges Mal die Millionen kleiner Dinge erwogen, die geschehen mussten, damit ihre Vorstellung Wirklichkeit wurde. Und nun war die Zukunft eine bloße Fantasie: eine so schmerzvolle, dass Ishbel schwer atmete, als sie darüber nachdachte und sich fühlte, als hätte man ihr einen Schlag versetzt.

»Woran denkst du, Mum?«, hatte Abigail gefragt. Sie war aus der mit einem Seidenvorhang abgetrennten Umkleidekabine getreten, in einem todschicken Kleid, das Ishbel schließlich bezahlt hatte.

»Die Zeit«, antwortete Ishbel. »Ich habe über die Zeit nachgedacht. Es kommt mir vor, als wäre es erst zwei Sekunden her, dass dein Vater und ich dir die erste Schuluniform gekauft haben. Jetzt bist du plötzlich erwachsen. Wie konnte das nur passieren?«

Abigail lachte und zeigte ihre makellosen weißen Zähne, die sie immer noch für zu gelb hielt. Ihr Lächeln war Ishbels eigenem sehr ähnlich.

»Ich bin erst siebzehn«, hatte sie gesagt und die Augen verdreht. »Ich bin noch lange nicht erwachsen.«

Ishbel blinzelte die Erinnerung weg – der Schmerz war zu stark, zu durchdringend. DI Birch hatte vermutlich recht: *Es kann eine Weile dauern.*

Birch öffnete die Fahrertür des Autos und ließ sich auf den Sitz sinken. Moira stand noch immer in der Haustür und schaute zu ihnen herüber: eine schwarze Gestalt im orangefarbenen Lichtstrahl. Das Haus wirkte groß und leer. Es gab keine weiteren Lichtquellen, die Vorhänge vor allen Fenstern waren zugezogen wie graue Leichentücher. Es sah traurig aus – vielleicht sogar verwunschen. An der Hauswand lehnten die Spanplatten des inzwischen reparierten Erkerfensters, die Worte *DER TOD IST ZU GUT* in roter Farbe immer noch lesbar.

Während DI Birch den Motor anließ und den Mondeo auf die Straße lenkte, hob Ishbel die Hand und hielt sie nahe an das beschlagene Autofenster. Sie sah, dass auch Moira die Hand zum Abschiedsgruß hob, und verfolgte im

Rückspiegel, wie ihre kleine Gestalt in dem erleuchteten Türrechteck immer kleiner wurde, bis sie um eine Ecke bogen und Moira Summers und ihr Haus verschwanden.

Beide Frauen fuhren schweigend durch die regennassen Straßen, während sie ihren Gedanken nachhingen.

»Okay«, sagte Birch, und Ishbel drehte sich zu ihr um, »ich muss Ihnen jetzt leider etwas sagen – es ist nichts Gutes.«

Ishbel krümmte sich auf ihrem Sitz. *Noch etwas? Was denn noch?* »Worum geht es?«

Birch konzentrierte sich, korrekt in einen Kreisverkehr zu fahren. »Um Aidan«, sagte sie. »Er wurde zu einer Vernehmung vorgeladen. Ich habe eine E-Mail bekommen, während Sie … mit Lockley beschäftigt waren.«

»Einer Vernehmung wegen was?« Ishbels Gedanken rasten.

Birch machte ein gequältes Gesicht. »Haben Sie in den Zeitungen gelesen, dass Moira Morddrohungen erhalten hat?«

»Ja.«

»Also gut.« Birch blieb an einer Kreuzung stehen und riskierte einen Blick auf Ishbel. »Zunächst waren es viele Drohungen. Hunderte. Nicht alle davon glaubhaft, aber doch mehrere. Deswegen haben wir das Haus und natürlich auch Moira im Auge behalten. Im Laufe der Wochen nahm die Zahl der Drohungen drastisch ab, sodass wir uns mit diesen ausführlicher beschäftigt haben. Am Ende konnten wir nur eine Quelle als besonders glaubhaft einstufen, und … meine Kollegen haben herausgefunden, um wen es sich bei dieser Quelle handelt.«

»Und … Ihre Kollegen glauben, es ist Aidan?«

Es entstand eine Pause.

»Er ist noch nicht verhaftet«, sagte Birch.

Ishbel war klar, dass sie versuchte, ihr die Neuigkeit behutsam beizubringen.

»Wir sind uns natürlich bewusst, wie die Medien reagieren könnten, deshalb redet er offiziell im Moment nur mit uns, und die Journalisten erfahren nicht, worum es geht.«

Ishbel blickte Birch von der Seite an und schwieg: ein Trick, den sie bei Menschen anwandte, die ihren Fragen ausweichen wollten.

Birch verstand. »Meine Kollegen sind sich ziemlich sicher«, sagte sie.

Ishbel griff sich an die Stirn. »DI Birch«, sagte sie, »es ist mir unbegreiflich, wie ich einen solchen Menschen heiraten konnte.«

Wieder fuhren sie schweigend weiter. Ishbel schloss die Augen und lauschte den Geräuschen der Stadt im Regen.

»Wie auch immer«, sagte Birch schließlich, als wäre ihr die Stille zu viel geworden, »es war ein ziemlich ereignisreicher Tag. Sie müssen erschöpft sein.«

Ishbel überlegte kurz. »Das bin ich wirklich. Aber ich habe den Eindruck, heute etwas Gutes getan zu haben. So habe ich mich schon sehr, sehr lange nicht mehr gefühlt.«

Birch lächelte. »Sie haben etwas getan, von dem viele Menschen wünschten, ihnen wäre es gelungen. Sie haben Grant Lockley außer Gefecht gesetzt, zumindest vorübergehend. Viele haben es schon versucht … aber am Ende brauchte es eine sehr schlaue Frau wie Sie.«

Ishbel schwieg. »Nicht schlau«, sagte sie dann. »Nur

verzweifelt. Ich hatte den Eindruck, als würde er mich – uns – sonst nie in Frieden lassen. Und ich glaube nicht, dass ich es überlebt hätte, hätte Lockley sich noch länger mit meinem Leben beschäftigt.«

Birch nickte, hielt den Blick auf die Straße gerichtet.

»Aber ich habe nicht Lockley gemeint«, fuhr Ishbel fort. »Als ich eben von *etwas Gutem* sprach – da dachte ich an das Gespräch. Darüber, was passiert ist. Mit Moira.«

Birch hielt an einem Zebrastreifen. Eine junge Frau trat vor ihnen mit ihrem Regenschirm auf die Straße und blickte auf ihr Handy. Ihr Gesicht wurde von dem schwachen Lichtschein erhellt.

»Ich habe seit dem Tag nicht mit vielen Menschen gesprochen«, sagte Ishbel. »Mit Aidan natürlich, meiner Schwiegermutter und mit Rehan. Auch mit einem unserer Freunde – einem *meiner* Freunde, Greg –, nach Abigails Einäscherung. Ich hatte erwartet, die Menschen würden mich verstehen, aber hatte bald das Gefühl, dass niemand das tat. Vor allem Aidan nicht, dabei war sie ja auch seine Tochter. Es ist komisch, wirklich komisch, aber heute Abend hatte ich das Gefühl, dass ich mit jemandem rede, der es begriffen hat. Als Moira gesagt hat, dass es ihr leidtue, habe ich es ihr wirklich abgenommen. Ist das nicht seltsam? Ausgerechnet der Mutter …«

Wieder schwiegen beide Frauen. Der Zebrastreifen war frei, und der Mondeo fuhr weiter.

»Es sind seltsame Zeiten«, sagte Birch in die Stille hinein. »Ich glaube, wir leben in einer Welt, die keiner von uns wirklich versteht.«

Der schwarze Wagen glitt durch die Straßen. Wann immer er langsamer fuhr oder stehen blieb, betrachtete

Ishbel die Fußgänger, die in dem schlechten Wetter nach Hause eilten, oder schaute in helle, beschlagene Fenster, hinter denen Gläser und Silbervasen und Gesichter verschwammen.

»Ich habe gerade bemerkt, dass ich Sie zu Ihrem Haus fahre«, sagte Birch. »Nach Trinity. Aber … wollen Sie überhaupt dorthin?«

Lange sagte Ishbel nichts. Sie standen an einer Kreuzung, die hohen, milchigen Fenster eines Busses neben ihnen leuchteten.

»Sie können doch nicht für immer in dem Hotel bleiben.« DI Birchs Stimme klang sanft. »Können Sie nicht woanders wohnen? Vielleicht bei dem Freund, den Sie erwähnten?«

Ishbel runzelte die Stirn: Nein, das hatte keinen Sinn. Auch wenn sie nicht zum ersten Mal überlegte, Greg anzurufen und ihn zu bitten, ihr zu helfen. Er würde es gern tun, das wusste sie. Greg kümmerte sich um Menschen. Aber auch er würde sie nicht verstehen, nicht wirklich. Moira Summers verstand sie, aber wie sich herausstellte, konnte sie ihr genauso wenig helfen wie alle anderen. Die Dunkelheit erschien auch Ishbel immer noch riesengroß und laut: In ihr verbargen sich Dinge, die sie nicht erkennen konnte, und das machte ihr Angst. Die Finsternis hatte einen Namen: *Meine einzige Tochter ist tot*, und sie wusste, dass sie den Weg durch sie hindurch allein gehen musste, so lange, wie es eben dauerte. Bis die furchterregende Dunkelheit sich lichten würde.

»Sie haben recht«, sagte Ishbel und schluckte ein paar Tränen hinunter. »Aber das Hotel ist fürs Erste genau das Richtige.« Sie blickte durch die Windschutzscheibe auf die gelben Straßenlampen der Old Town. Dabei war sie sich gewahr, dass DI Birch sie beobachtete. »Ich kann Ihnen den Weg zeigen«, sagte sie. »Aber wir fahren bereits in die richtige Richtung.«

ANSCHULDIGUNGEN WEGEN GEHACKTER E-MAIL-KONTEN: OFFIZIELLE STELLUNGNAHME VOM 10. JUNI

Wir wurden darüber informiert, dass mehrere Anschuldigungen wegen Hackens von E-Mail-Konten – und wegen der Verbreitung illegal erworbener vertraulicher Informationen – gegen Grant Lockley erhoben wurden. Mr Lockley arbeitet seit drei Jahren als fest angestellter Journalist bei uns. Davor war er als Freelancer für uns tätig, beauftragt durch unseren Mutterkonzern.

Wir möchten unseren Leserinnen und Lesern versichern, dass wir solche Anschuldigungen sehr ernst nehmen und weder ausbeuterische noch illegale Vorgehensweisen im Zusammenhang mit der Veröffentlichung von Artikeln dulden. Wir werden mit den Behörden zusammenarbeiten, um sicherzustellen, dass die Vorwürfe gründlich und fair untersucht werden, wobei wir angemessene Sanktionen – ob rechtliche oder andere – gegen jede Person für angebracht halten, die sich etwas hat zuschulden kommen lassen, das gegen unseren Verhaltenskodex verstößt.

Momentan stehen wir in engem Kontakt mit der Police Scotland und unterstützen deren Untersuchung von Mr Lockleys früheren und neueren Aktivitäten. Aus rechtlichen Gründen sehen wir uns im Moment außerstande, die Einzelheiten dieser Untersuchung zu kommentieren. Wir können jedoch bestätigen, dass Mr Lockley freigestellt wurde, bis das Ergebnis vorliegt. Bis dahin wird Mr Lockleys Kolumne von verschiedenen Gastautoren weitergeführt.

Richmond Sheridan
Chefredakteur

Grant Lockley ist zurzeit nicht zu erreichen.
Kommentare zu diesem Artikel werden nicht zugelassen.

An jenem Tag

14. Mai, 7:45 Uhr

Hektisch blinzelnd stieg sie aus dem Bus. Es war stickig darin gewesen: zu viele Menschen auf zu engem Raum, die schläfrig auf ihren Sitzen und in den Gängen hin und her schaukelten. Auch sie war kurz eingenickt und hätte ihre Haltestelle fast verpasst. Der kalte Luftstrom beim Öffnen der Türen und die lauten Gespräche ihrer Mitstudenten, als sie sich zum Ausgang drängten, hatten sie geweckt. Sie hatte einen seltsamen Traum gehabt – sie spürte noch immer seinen Schatten, der auf ihr lastete wie eine kühle Wolke, wie der Schemen eines Fremden, der ein wenig zu nahe neben einem steht. In dem Traum war ihr ihre Mutter erschienen, sie hatten am Vorabend gestritten. In letzter Zeit gerieten sie häufig aneinander, und in den ehrlicheren Momenten wusste Abigail, dass auch sie schuld daran war und ihre Mutter traurig machte.

In dem Traum schwebte Abigail, als wäre sie körper-, schwerelos. Mühelos schwebte sie über der Welt und ließ diese unter sich vorbeiziehen. Sie beobachtete ihre Mutter aus großer Entfernung – und weil es ein Traum war, konnte sie jedes Detail sehen, sogar ihren Gesichtsausdruck. Er drückte Panik aus. Ihre Mutter war überzeugt, dass Abigail etwas zugestoßen war, etwas Schlimmes, dass Abigail sich irgendwo verlaufen hatte und sie brauchte. Ihre Mutter rannte, rannte, rannte – ihre Füße klatschten auf den Asphalt, ihre persönliche Habe aus ihrer Handtasche lag verstreut um sie herum – und versuchte, zu Abigail zu gelangen, versuchte, sie zu erreichen. Abigail schwebte über ihrer Mutter, körperlos, regungslos, und rief: *Mummy, es ist in Ordnung, mir geht's gut. Mir geht's gut – ich bin hier. Schau nach oben! Mummy, ich bin doch hier!* Aber ihre Mutter hörte sie nicht und wurde immer panischer. Sie rannte weiter und weiter.

Abigail versuchte, den Traum abzuschütteln. Es gab andere, wichtigere Dinge. Während sie den Weg hinaufging, tauchten vor ihr auf der Anhöhe die Campus-Gebäude auf. Die Sonne, noch nicht hoch über den Dächern stehend, warf pink- und orangefarbene Lichtstreifen auf die obersten Fenster. Um sie herum schlurften Kommilitonen in Richtung Campus-Eingang: Rucksäcke, tief hängend auf ihren Rücken, Kopfhörer an weißen Kabeln, genau die gleichen wie ihre eigenen, in den Ohren. Abigail suchte in der Menge nach Jack – den hoch aufgeschossenen, schlanken Jack in seinem schicken Tweedsakko –, schnupperte nach dem Kirschgeruch seiner E-Zigarette. Aber er war noch nicht da. Sie hatte vorgehabt, an diesem Tag möglichst früh zu kommen, und hatte es tatsächlich geschafft. Ihr blieb noch etwas Zeit, um nachzudenken, bevor er eintraf.

Sie stand am Eingang. Vor ihr erstreckte sich der große Parkplatz – schon fast voll. Der Wetterbericht hatte angenehme Temperaturen vorausgesagt, aber die Luft fühlte sich noch kühl und feucht an: kleine Dampfschwaden stiegen von den glänzenden Motorhauben der kurz zuvor abgestellten Autos auf. Die eine Seite des Parkplatzes wurde von Ahornbäumen flankiert, unter denen hier und da Bänke und Tische standen. Es waren noch junge Bäume. Abigail erinnerte sich an den Tag, als ein großer Lastwagen sie gebracht hatte und sie gepflanzt worden waren, ihre Wurzeln eingeschlagen in hellen Filz. Jetzt schien zwischen den Bäumen die bleiche Sonne hindurch und zeichnete ein hell-dunkles Muster auf den Rasen. Während die anderen Studenten auf den Campus strömten, löste sich Abigail aus der Menge und ging zur nächstgelegenen Bank, die einigermaßen trocken war. Sie hockte sich auf die Lehne. Um sie herum hingen noch immer die nebligen Spinnweben ihres Traums.

Heute ist der Tag, dachte sie. Sie war aufgeregt: Heute würde alles so sein wie in diesen Filmen, wenn die Heldin die Entscheidung trifft, ihr altes, schreckliches Leben hinter sich zu lassen, und dann dessen noch rauchenden Ruinen entsteigt. In den Filmen war damit meist auch eine radikale Veränderung verbunden: Abigail spielte mit der Idee, sich den Schädel zu rasieren oder ihre farbige Kleidung zugunsten von Rock-'n'-Roll-Schwarz und rotem Lippenstift aufzugeben, so wie Sandy in *Grease*, ihrem heimlichen Lieblingsfilm. Aber eigentlich musste sie einfach nur ihr Ding durchziehen. Sie musste Jack loswerden. Abigail konnte die Formulierung *sitzen lassen* nicht leiden – sie klang so teenagermäßig und außerdem zu banal, als dass sie zu ihrem Plan passen könnte. Und trotzdem, sie würde ihn sitzen lassen. Sie rechnete damit, dass es sie fast umbringen würde, doch sie hatte ohnehin das Gefühl zu sterben. Vor Panik davor zu sterben, mit so viel Stoff erwischt zu werden, dass man ihr eine Anklage wegen Drogenhandels anhängen konnte. Vor Eifersucht zu sterben, wenn Jack mit einem anderen Mädchen redete und ein anderes Mädchen ansah, abfällige Bemerkungen über sie machte oder vergaß, eine Nachricht zu beantworten. Vor peinlicher Verlegenheit zu sterben wegen des Treffens am vorherigen Abend, zu dem Jack nicht erschienen war. Vor Angst darüber zu sterben, was Jamie ihr antun könnte, sollte das nächste Treffen nicht absolut nach Plan verlaufen. Und vor Scham zu sterben, weil ihre Eltern ihr einen Kurs am College bezahlten, den sie in Wahrheit gar nicht mehr besuchte. Weil sie für ihre berufliche Zukunft bezahlten, die sie aus dem Blick verloren hatte. Sie war gescheitert. Sie ging am eigenen Versagen zugrunde. Auch wenn der Schmerz stärker sein würde als alles, was sie je empfunden hatte, musste sie es tun. Sie musste aus der Sache rauskommen.

Abigail kramte in ihrem Rucksack und holte das Tagebuch hervor, das sie erst ein paar Tage zuvor gekauft hatte. Gestern Abend hatte sie mit ihrer Mutter gestritten, und nachdem sie sich eingeschlossen hatte, um ungestört weinen zu können, war sie mitten in der Nacht aufgestanden und hatte einen ernsten Brief an sich geschrieben, auf die ersten beiden Seiten des neuen Tagebuchs. Ein Neustart. Dieses Tagebuch besaß kein Schloss wie ihr altes – auch das kam ihr zu teenagermäßig vor –, weshalb sie sich Sorgen machte, dass jemand es stehlen und herausfinden könnte, was sich in ihrem Kopf abspielte. Jetzt schlug sie es auf und überflog rasch die Stichworte, die sie sich notiert hatte, den Aktionsplan, den sie gleich in die Tat umsetzen musste. Als sie zum letzten Absatz des Briefes gelangte, las sie sorgfältiger, ließ die Worte auf sich wirken.

Das war's, Abigail. Jetzt reicht's. Hast du nicht schon lange genug? Das hier ist NICHT, wie sich Liebe anfühlen soll. Das hier ist NICHT die Person, die du wirklich bist. Was ist nur aus dir geworden? Wer IST dieses Mädchen, das alle Freundschaften in den Wind schießt, um mit einem Typen abzuhängen? Wer ist dieses Mädchen, das sich seinen Eltern gegenüber wie ein totaler Arsch verhält? Das seinen Traumberuf wegwirft, um auf Friedhöfen Drogendeals mit fertigen Männern abzuwickeln? Dieses Mädchen ist nicht ich, das ist nicht der Mensch, der ich sein will. Ich möchte wieder meine eigenen Gedanken denken können, ohne dass Jack sich ständig einmischt. Ich möchte mein Handy weglegen und es eine Stunde lang nicht angucken können – oder einen Tag oder so lange ich will! Ich will wieder den Flur im College entlanggehen können, ohne dass mich alle anstarren und zu tuscheln beginnen. Ich möchte Mum umarmen und ihr sagen, dass es mir leidtut, dass wir uns in letzter Zeit so oft gestritten haben, und ich möchte mich entschuldigen für all die furchtbaren Dinge, die ich gesagt habe. Ich möchte mich bessern. Ich möchte es wirklich. Ich liebe Jack, aber meine Familie liebe ich mehr. Ich liebe mich selbst mehr. Es ist Zeit, loszulassen und DEM EIN ENDE ZU MACHEN! Morgen, okay? KEIN RÜCKZIEHER. Das war's. Das war's wirklich, Abigail. Das schaffst du.

Abigail saß da und betrachtete die letzten Zeilen eine gefühlt sehr lange Zeit. Um sie herum zwitscherten Vögel. Sie konnte die Busse hören, die am Fuße des Hügels die Haltestelle anfuhren, und das angeregte Geplauder von Studenten, während sie auf den Campus schlenderten und sich noch den Schlaf aus den Augen rieben. Ihr war kalt, und sie fröstelte. Sie fühlte sich, als hätte sie einen schwachen Stromschlag bekommen, als wäre sie wachgerüttelt worden. Ja. Sie würde es tun. Sie würde die Sache durchziehen.

Der süße Geruch von Kirschen ließ sie aufblicken. Jack stand auf der andere Seite des Parkplatzes, er zog an seiner E-Zigarette und sah auf sein Handy; eine dicke Rauchwolke hing über ihm in der kühlen Morgenluft. Heute trug er nicht sein Tweedsakko – stattdessen das pink karierte Hemd, sein Lieblingshemd. Die graue Lambswool-Strickjacke hatte er zugeknöpft. Seine Uniform, dachte Abigail. Als er sie entdeckte, sonnte sie sich in einem letzten, langen Blick: Die letzten Minuten, in denen sie seine Freundin war, bevor sie Schluss machte. Sie betrachtete seine schicken braunen Schuhe, mit deren Spitzen er – erst mit der einen, dann mit der anderen, ein nervöser Tick – auf den Asphalt tippte. Sie musterte seine feinen Gesichtszüge mit den hohen Wangenknochen, die grauen Augen hinter der großen Brille mit dem Schildpattgestell. Irgendetwas auf dem Handy brachte ihn zum Lächeln, und sie empfand einen letzten Stich Eifersucht. Wer hatte ihm wohl gerade eine Nachricht geschickt, wer flirtete mit ihm? Sein Lächeln hatte sie immer am meisten an ihm geliebt, aber in letzter Zeit hatte er es ihr gegenüber als Waffe eingesetzt. Er holte es immer dann hervor, wenn er etwas von ihr wollte, und hielt es zurück, wenn sie sich nicht fügte. Es war zum Lächeln eines Tigers geworden: schön, aber auch eine Warnung. Er zeigte es ihr stets, bevor er sie anschnauzte.

Wieder schaute sie auf das Tagebuch in ihren Händen und ließ den Blick ein letztes Mal über die Sätze huschen. *Ich möchte mich entschuldigen für all die furchtbaren Dinge, die ich gesagt habe. Ich möchte mich bessern. Ich möchte es wirklich.* Fast hätte sie gelacht. Sie brauchte diesen Brief nicht mehr: Der Weg in ihre Zukunft war frei, ganz bestimmt. Kurz blickte sie sich um, dann riss sie die beiden vollgeschriebenen Seiten aus dem Buch. Sie behielt Jack im Auge, während sie sie erst in zwei, dann in vier Stücke riss und dann anfing, auch diese zu zerreißen. Sie wollte ihre Worte auslöschen, bis sie nichts mehr weiter waren als Punkte auf Papierkonfetti. Dann steckte sie das nun leere Tagebuch in ihren Rucksack zurück, zerknüllte die Überreste des Briefes in ihrer Hand, hob diese und sah auf ihre Uhr. Acht Uhr zehn. Zeit, Konsequenzen zu ziehen, dachte sie. Zeit, das erste Gute in einem neuen, besseren Leben zu tun. Ja.

Abigail stand auf, öffnete ihre Hand und ging über den von Sonnenstrahlen gestreiften Parkplatz zu Jack hinüber. Hinter ihr regnete es kleine weiße Papierschnipsel, sie landeten auf dem Rasen, auf dem Parkplatz und wurden vom Wind davongetrieben.

Danksagung

Ich kann Nelle Andrew gar nicht genug danken: Nelle, bevor wir uns begegneten, war dieses Buch weniger als ein Roman, eher ein riesiger Knoten, den ich ohne deine Hilfe nicht hätte entwirren können. Auch den anderen Juroren des Lucy Cavendish College Fiction Prize und den Organisatoren bin ich zu großem Dank verpflichtet, wie auch der früheren Preisträgerin Catherine Chanter. Catherine, ich höre deine klugen Worte jedes Mal im Geiste, wenn ich mich hinsetze, um zu schreiben.

Ein riesiges Dankeschön geht an meine großartige Agentin Cathryn Summerhayes für alles, aber vor allem dafür, dass sie sich Zeit für mich nahm und mir Dinge auf unkomplizierte Weise erklärte. Ich danke auch Irene und allen anderen bei Curtis Brown.

Ich hatte unglaublich viel Glück, dass die brillante Ruth Tross mein Buch lektoriert hat. Ruth, tausend Dank einfach dafür, dass du dieses Buch *kapiert* und mich auf jedem Schritt des Weges begleitet hast. Dank gebührt auch Louise, Cicely und allen bei Hodder: Ihr habt dafür gesorgt, dass ich mich wohlfühlte.

Ich möchte alle Mitarbeiterinnen und Mitarbeiter vom Moniack Mhor Creative Writing Centre umarmen: Leute, ich habe eine der schwierigsten Zeiten in meinem Leben mit euch verbracht, und ihr habt euch unglaublich gut um mich gekümmert. Ein besonderer Dank gebührt Heather Clyne, die mich öfter gerettet hat, als ich aufzählen kann.

Allen beim Scottish Book Trust, aber insbesondere Koren, Philippa, Caitrin, Lynsey und Kay: Danke, Ladys, für alles.

Ich danke auch den Menschen, die mir bei fachlichen Fragen geholfen haben: Emma Hack dafür, dass sie meine inoffizielle DI Birch war; JH Campbell, der mich in ballistischen Fragen beriet; @ConstableChaos, die mir erklärten, wie die Rotation bei Polizeischutz funktioniert; @MsAshleyDavies, die mir Insiderinformationen über Boulevardjournalismus lieferte, sowie Michael O'Byrne, dem Autor von *The Crime Writer's Guide to Police Practice and Procedure*. Alle Fehler in diesem Buche sind meine und nicht ihre.

Ich danke den zwei großartigsten Erstlesern (und zufälligerweise meinen besten Freunden): Leon Crosby und Stella Hervey Birrell. Ich liebe euch beide.

Tausend Dank gebührt den unglaublichen Autorinnen, die mir großzügige Unterstützung gewährt haben, während ich an diesem Roman schrieb: meinen Verbündeten Julie Danskin, Sasha de Buyl und Alice Tarbuck; der brillanten Natalie Fergie und allen von Write Like A Grrrl! und der #GrrrlCon-Gang: Jane Bradley und Kerry Ryan, die immer die richtigen aufmunternden Worte finden; und Marjorie Lotfi Gill, die die besten Flapjacks backt. Eine Extraerwähnung verdient Helen Sedgwick: Helen, ich weiß gar nicht, wie ich dir danken soll. Ohne dich hätte dieser Roman Staub in der Schublade angesetzt.

So viel Liebe und Dank gebührt meinen Eltern und Nick Askew: Bruder, Mitbewohner und persönlicher Samariter. Ohne euch drei wäre ich keine Autorin. Ihr hört niemals auf, mich anzuspornen, danke! Die gleiche Liebe und der gleiche Dank gehen an Stephen Welsh: Stephen, deine Geduld und deine Güte bedeuten mir so viel und werden es immer tun.

Und schließlich: Es gibt nicht genug Dank und Liebe in der Welt für Dominic Stevenson, ohne den dieses Buch nie das Licht der Welt erblickt hätte. Dom, von ganzem Herzen: danke. #Stevenskew für den großen Sieg.